달리는 꽃잎을 물고

나남
nanam

紅樓夢 홍루몽 ② ——— 흩날리는 꽃잎을 묻고

2009년 7월 10일 초판 발행
2010년 4월 15일 초판 2쇄
2012년 2월 20일 2판 발행
2016년 8월 25일 2판 4쇄

저자_ 曹雪芹·高鶚
역자_ 崔溶澈·高旼喜
발행자_ 趙相浩
발행처_ (주)나남
주소_ 경기도 파주시 회동길 193
전화_ 031)955-4601(代)
FAX_ 031)955-4555
등록_ 제1-71호(1979.5.12)
홈페이지_ www.nanam.net
전자우편_ post@nanam.net
표지·본문 디자인_ 제다

ISBN 978-89-300-0914-0
ISBN 978-89-300-0919-5(세트)
책값은 뒤표지에 있습니다.

紅樓夢

2

흩날리는 꽃잎을 물고

조설근曹雪芹 · 고악高鶚 지음

최용철 · 고민희 옮김

나남
nanam

보차의 생일날 잔치를 열고
연극을 구경하다.

제
22
회

❀

대보름날 귀비가 보낸
등불 수수께끼를 풀며 즐기다.

보옥은 심방갑에 앉아
《회진기》를 읽고,
대옥은 떨어진 꽃잎을 긁어모아
꽃무덤을 만들다.

제
27
회

보차가 적취정에서
호랑나비를 잡으려 하다.

❀

꽃무덤가에서 대옥은
덧없는 청춘을 슬퍼하며 눈물짓다.

❀

보옥이 가정에게
호되게 매를 맞다.

대옥이 보옥의
병문안을 하다.

추상재에서 해당사를 결성하다.

유노파가 처음으로
대관원을 구경하다.

우향사에서 게 연회를 벌이다.

제 38 회

❀

가모가 대관원에서
연회를 베풀다.

# 일러두기

이 책의 번역저본은 중국예술연구원 홍루몽연구소에서 교주校注
하고 인민문학출판사에서 간행한 신교주본新校注本《홍루몽》을
사용하였다. 초판은 1982년에 나왔으나 이 책은 1996년에 나온 제
2판 교정본을 사용하였다. 이 판본은 전80회는《경진본庚辰本》
을, 후40회는《정갑본程甲本》등을 중심으로 교감한 새로운 통
행본이다.

———

이 책의 권두 삽화는 청대 손온孫溫의 채색도화인《청·손온회전
본홍루몽淸·孫溫繪全本紅樓夢》(작가출판사 간행)을 사용하였으며
따로 청말《금옥연金玉緣》판본의 흑백 삽화를 일부 활용하였다.

———

이 책은 매 20회씩 나누어 총 6권으로 하였으며 각권마다 별도
의 부제를 붙여서 전체 줄거리의 변화를 보여주도록 하였다. 또
각 회의 회목은 번역문과 원문을 병기하였고 동시에 독자의 빠
른 이해를 위해 따로 간편한 제목을 붙였다.

———

작품 속의 시사詩詞 등 운문에는 편리하게 대조할 수 있도록 원문
을 병기하였으나 운문의 일부와 산문의 경우는 이를 생략하였다.

———

작품 속의 인명과 지명 등 고유명사는 한글의 한자음을 사용하
였으며 처음 등장할 때 혹은 필요하다고 생각되는 곳에는 한자
를 병기하였다.

홍루몽 ──── 2

흘날리는 꽃잎을 물고

## 홍루몽 6권
### 다시 돌이 되어

俊襲人嬌嗔箴寶玉　俏平兒軟語救賈璉

# 바람둥이 가련

속이 깊은 습인은 달래면서 보옥을 깨우치고
재치 있는 평아는 둘러대서 가련을 구하였네

賢襲人嬌嗔箴寶玉　俏平兒軟語救賈璉

상운은 대옥이 쫓아올까 봐 후다닥 밖으로 튀어나오는데, 보옥이 멀찌감치 뒤에서 소리쳤다.

"잡지는 못할 테니까, 너무 허둥대지 말고 넘어지지 않게 조심해!"

대옥은 문 앞에까지 쫓아갔지만 보옥이 나서서 두 손을 벌리고 문지방을 막아서며 달랬다.

"한 번만 상운이를 용서해 줘."

대옥은 보옥의 팔을 치우면서 앙칼지게 소리쳤다.

"상운이를 그냥 놔두면 내가 죽어버리고 말겠어!"

상운은 보옥이 문 앞을 막아서서 대옥이 더 이상 쫓아오지 못할 거라고 생각하고 웃는 얼굴로 통사정했다.

"언니, 이번 한 번만 용서해 주라, 응?"

마침 보차가 오다가 상운의 등 뒤에서 한마디 거들었다.

"보옥 도련님의 입장을 봐서라도 두 사람은 이제 그만 난리치고 화해

23

하는 게 어때?"

대옥이 곧바로 받아쳤다.

"난 그렇게 못해. 모두가 한통속이 돼서 나를 놀리고 있잖아!"

"누가 감히 우리 대옥 아가씨를 놀린다고 그래, 대옥이 먼저 상운이를 놀리지 않았으면 쟤들 그랬겠어?"

보옥이 적극 말리고 나섰다. 네 사람이 실랑이를 벌이는 중에 식사하라는 전갈이 와 앞쪽 건물로 건너왔다. 그러다 곧 해거름이 되어 등불이 켜질 무렵이 되었고 그때 왕부인과 이환, 희봉, 영춘, 탐춘, 석춘 등이 모두 가모의 처소에 모여 한바탕 즐거운 담소를 나누다가 각자 처소로 돌아갔다. 상운은 여전히 대옥의 방에서 함께 묵었다.

보옥이 두 사람을 소상관瀟湘館으로 바래다줄 때 시간은 벌써 이경〔二更: 밤 10시 무렵〕이 넘어 있었다. 습인이 몇 번이나 재촉해서야 보옥은 이홍원怡紅院으로 돌아와 잠자리에 들었다.


이튿날 날이 밝자 보옥은 곧 겉옷을 걸치고 신발을 질질 끌고는 부랴부랴 대옥의 처소로 달려갔다. 자견紫鵑과 취루翠縷 두 사람은 어디 갔는지 보이지 않았고 대옥과 상운은 아직도 침실의 이불 속에 함께 누워 있었다. 보옥은 그들의 잠든 모습을 바라보았다.

대옥은 살굿빛 붉은 능단을 댄 비단이불을 단단히 여미고 조용히 눈을 감고 잠들어 있었지만 상운의 잠든 모습은 가히 가관이었다. 검은 머리카락을 베개 너머로 늘어뜨리고 이불은 가슴팍까지 걸쳤는데 눈처럼 하얀 어깨와 팔을 이불 밖으로 내놓고 팔목에는 두 개의 금팔찌를 차고 있었다. 보옥이 한숨을 쉬며 한마디 내뱉었다.

"잠을 이렇게 험하게 자면 어떡해! 그러다 바람이라도 쏘이면 어깻죽지니 목이니 아프다고 난리치려고."

보옥은 가볍게 이불을 끌어당겨 상운을 덮어주었다. 이때 대옥은 이미 잠이 깨는 중이었다. 누군가 곁에 와 있는 것을 느끼고 보옥일 것이라 생각했다.

"뭐 하려고 이렇게 일찍 달려온 거야?"

"시간이 이르다고? 한번 일어나서 보시지."

"오빠 좀 나가 있어. 우리 이제 일어날 테니까."

보옥은 밖으로 나와 기다렸다. 대옥이 상운을 깨워 일으키고 두 사람 모두 옷을 입은 뒤 보옥이 다시 들어와 경대 옆에 앉았다. 이때 자견과 설안이 들어와 세수 시중들었다. 상운이 얼굴을 씻고 난 물을 취루가 밖에 쏟아버리려고 했더니 보옥이 달려들었다.

"잠깐! 나도 이참에 세수를 끝내고 말지 뭐. 공연히 다시 집에 돌아가 부산을 떠느니."

그리곤 곧 다가와 허리를 굽혀 두어 번 얼굴을 문질렀다. 자견이 비누를 건네니 보옥이 받지 않았다.

"여기 대야 속에 잔뜩 풀려 있구먼그래. 따로 비누칠이 필요 없겠어."

보옥이 다시 두어 번 씻고는 수건을 달라고 하자 취루가 그냥 넘어가지 않았다.

"그 버릇은 여전하시군요. 언제나 고쳐지려는지."

그 말에 보옥은 아무런 대꾸도 없이 서둘러 소금을 달라 하여 이를 닦고 상운이 막 머리를 다 빗자 다가와 웃으며 청했다.

"상운아, 내 머리도 좀 빗어줄래?"

"그건 좀 어렵겠는데요."

상운이 거절하자 보옥은 더욱 애걸했다.

"상운아 제발 그러지 말라고. 지난번에도 내 머릴 빗겨줬잖아."

"지금 또 잊어버렸네. 어떻게 땋아야 하지?"

"어쨌든 외출할 것도 아니고 모자 쓰거나 띠를 맬 것도 아니니까 그저 몇 가닥 댕기를 묶어주면 그 뿐이야."

보옥은 상운이 선뜻 해주지 않자 애걸복걸 매달렸다. 그제야 마지못해 상운은 그의 뒤에서 머리를 잡고 한 올 한 올 빗질을 시작했다. 집안에 있는 터라 관을 쓸 것도 아니고 묶어 상투로 올릴 것도 아니어서 주변의 짧은 머리를 작은 변발로 엮어 정수리로 모아 다시 굵은 변발로 만들어 붉은 천으로 잡아맸다. 머리카락은 정수리에서 댕기 끝까지 중간에 네 개의 진주를 달았고 아래쪽에는 금장식으로 마무리했다. 상운은 두 손으로 연신 댕기머리를 땋으면서 이상하다는 듯이 한마디 했다.

"원래 쓰던 구슬은 세 개뿐이네. 내가 알기론 똑같은 거였는데. 어째 하나가 없어요?"

"한 개는 잃어버렸어."

"밖에 나갔다가 떨어졌을 거야. 누군가 주웠으면 재수 좋았겠군."

상운의 말에 곁에서 손을 씻던 대옥이 코웃음을 치며 말했다.

"진짜로 잃어버린 건지 누가 알게 뭐야. 누군가에게 어디라도 박아넣어서 머리에 꽂고 다니라고 주었을지도 몰라."

대옥의 빈정거림에 보옥은 아무 대꾸도 안 했다. 경대 양편에 올려놓은 화장품이 눈에 들어오자 곧 손을 뻗어 자신도 모르게 연지를 집어 들어 입으로 가져가려고 하였다. 하지만 상운이 또 핀잔할까 봐 잠시 머뭇거리는데 과연 상운이 뒤에서 이를 알아차리고 한 손으로 변발을 잡아끌면서 다른 손을 뻗어 탁하고 내려쳤다. 연지는 그만 땅바닥으로 굴러 떨어졌다.

"이런 몹쓸 버릇은 도대체 어느 세월에 고칠 거예요!"

그 한마디가 미처 끝나기 전에 마침 습인襲人이 찾아와 그 광경을 다보고 말았다. 벌써 세수도 다 마친 걸 알고 습인은 그냥 맥없이 이홍원으로 돌아와 자기 혼자 세수를 끝냈다. 그때 보차가 찾아왔다.

"보옥 도련님이 어딜 가셨나?"

곧이어 습인이 탄식했다.

"보옥 도련님이 이 시간에 집에 계실 겨를이 있으시던가요? 아이고, 해도 너무하세요. 자매들과 화기애애한 것도 분수가 있어야지요. 밤이나 낮이나 그저 뒤엉켜 떨어질 줄 모르니 남이 뭐라고 말리든 그저 마이동풍이라니까요."

보차는 그 말을 듣고 조용히 마음속으로 되새겨 보았다.

'이 시녀가 보통이 아니군. 말을 들어보니 식견이 상당한 것 같아.'

보차는 구들 위에 올라앉아 천천히 한담을 나누면서 그녀의 나이며 고향 등을 묻고 눈여겨 관찰하였다. 그녀의 말과 뜻이 진중하고 사려 깊음을 알고 차츰 존중하는 마음이 일어났다. 잠시 후 보옥이 돌아오자 보차는 곧 나가버렸다.

"보차 누나하고 무슨 말을 그렇게 정답게 나눴기에 내가 들어오니 바로 도망치는 거야?"

보옥이 습인에게 물었지만 아무 대답이 없다가 재차 다그치자 그제야 비로소 말했다.

"아, 나한테 물었던 거예요? 두 분의 속사정을 제가 어떻게 알겠어요."

보옥이 그 말을 듣고 습인의 안색을 살펴보니 평소와 전혀 달랐다. 그래서 웃으면서 달랬다.

"어째서 정색을 하고 화를 내는 거야?"

"제가 감히 화를 낼 수 있겠어요? 하지만 앞으론 이 방에 다신 들어오지 않겠어요. 좌우지간 누군가가 도련님을 보살펴 주실 거니까 제발 저를 부르지 마세요. 저는 다시 노마님이나 시중들러 돌아갑니다."

습인은 투덜거리면서 구들 위에 누워 눈을 감았다. 보옥이 습인의 행동을 보고 이상하게 생각되어 얼른 다가와 달래면서 위로하였다. 하지만 습인은 그럴수록 대꾸도 않고 눈을 감은 채 묵묵부답이었다. 보옥은 어쩔 도리가 없어 발을 동동 구르는데 마침 사월麝月이 들어왔다.

"네 언니가 도대체 왜 저러는 거냐?"

"제가 알 수 있나요. 자신한테 물어보면 잘 아시겠지요!"

보옥의 물음에 사월이도 퉁명스럽게 대답하였다. 보옥은 머리가 띵하면서 멍하니 한참 있다가 머쓱해져서 슬그머니 일어나 한숨을 내쉬었다.

"그래, 다들 상관 않겠다 이거지. 나도 잠이나 자러 가야겠네."

그리곤 온돌을 내려가 자기 침상으로 가서 푹 고꾸라졌다. 습인이 가만히 동정을 살펴보니 보옥이 한동안 아무 소리도 안 내다가 마침내 가느다랗게 코고는 소리가 들려오자 그가 잠든 줄 알고 일어나 망토를 가져다 살그머니 덮어주었다. 그 순간 보옥은 손으로 휙 뿌리쳐 내던져버리곤 다시 눈을 감고 자는 척했다. 습인은 그러는 까닭을 뻔히 알고 고개를 끄덕이며 코웃음을 쳤다.

"도련님도 그렇게 화내실 필요가 없다고요. 앞으론 그냥 벙어리 된 셈치고 다시는 한마디도 안 할 테니까, 그러면 되겠죠?"

습인의 말에 마침내 보옥이 벌떡 일어나 따지고 들었다.

"내가 어쨌다고 날 타이르는 거야? 나한테 충고하는 말은 또 그렇다고 쳐. 방금 전에는 나한테 충고의 말 같은 것도 전혀 하지 않았잖아. 내가 들어오자마자 아예 상대조차 안하고 다짜고짜 화를 내며 자려고 했잖아. 난 도대체 뭐가 어디서부터 잘못되었는지 알 수 없단 말이야. 그러더니 이번엔 나더러 왜 화내느냐고? 내가 언제 무슨 충고하는 말이라도 들었어야 말이지. 안 그래?"

습인도 지지 않고 대꾸했다.

"도련님 스스로 생각해보시면 잘 아실 텐데 굳이 내가 말해야 하나요?"

그렇게 실랑이를 벌이는데 가모가 사람을 보내 보옥한테 식사하러 오라고 일렀다. 그는 앞쪽에 있는 가모의 처소에 가서 후다닥 대충 밥 그릇을 비우고는 다시 제 방으로 돌아왔다. 그 사이에 습인은 바깥방의 구들 위에서 잠이 들어 있었고 사월은 그 곁에서 골패를 만지작거리고 있었다. 보옥은 사월이 평소에 습인과 가까이 지낸다는 걸 알고 있어서 사월까지 모른 척하고 스스로 문발을 열어 제치고 안쪽 칸으로 들어섰다. 사월이 하는 수 없이 뒤를 따라 들어오자 보옥이 나가라고 그녀를 밀쳐내면서 볼멘소리를 했다.

"마님을 감히 깨우지 못하겠나이다!"

그 말에 사월이 그저 웃으면서 밖으로 나와 어린 시녀 둘을 불러들였다. 보옥은 한참 동안 비스듬히 누워서 책을 보다가 차 한 잔을 달래려고 고개를 들어보니 어린 시녀 두 사람이 바닥에 서 있었다. 나이가 더 들어 보이는 시녀는 그런대로 몸매가 미끈하게 빠진 아이였다.

"네 이름이 뭐냐?"

보옥의 물음에 시녀가 대답했다.

"혜향蕙香이라고 하옵니다."

"누가 지었어?"

"저는 원래 운향芸香이라고 불렸는데 습인 언니가 혜향이라고 고쳐주었어요."

그 말에 보옥이 엉뚱한 곳에 화풀이를 했다.

"야, 야. 차라리 아예 재수 없다¹라고 부르지 그랬어? 혜향은 무슨 혜향이야. 근데 너네 집에 딸이 몇이냐?"

"넷이요."

"넌 몇째인데?"

---

1 재수 없다는 말이 중국어로 회기(晦氣)인데 회(晦) 자가 혜향의 혜(蕙) 자와 발음이 같으므로 회기를 연상한 것임.

"넷째요."

보옥은 그 말을 듣고 아예 그 아이의 이름을 바꿔버렸다.

"내일부터 넌 사아〔四兒: 넷째〕라고 불러라, 무슨 혜향이니 난기蘭氣니 하는 이름일랑은 필요 없어. 도대체 누가 그런 꽃에 비교나 될 만하겠어. 괜히 좋은 이름과 좋은 성씨만 욕되게 하지 말라고 그래!"

한바탕 분풀이를 하고는 다시 그녀에게 차를 따르도록 했다. 습인과 사월은 바깥 칸에서 그 말을 다 듣고는 입을 가리고 킥킥 웃어댔다.

그날 보옥은 밖으로 나가지도 않고 자매들이나 시녀들과도 어울리지 않고 혼자서 답답하게 지내면서 그저 책이나 뒤적이고 붓글씨나 써 보면서 무료함을 달래고 있었다. 다른 사람은 부르지도 않고 다만 사아만 불러서 심부름시키곤 했다. 헌데 이 사아라는 아이는 더없이 꾀가 많은 시녀였다. 일단 보옥이 자신에게 자주 일을 시키자 갖은 방법으로 보옥의 환심을 사려고 애썼다.

저녁밥을 먹고 난 뒤에 보옥은 술을 두어 잔 마신 터라 눈이 벌게지고 귓불이 은근히 달아올라 있었다. 보통 때 같았으면 습인 등과 여럿이 다 함께 웃고 떠들면서 여흥을 즐겼을 테지만 이날은 썰렁하게 혼자 등불을 마주하고 앉아 있자니 정말로 무료하기가 죽을 맛이었다. 여자애들이 노는 곳으로 달려가고 싶어도 그녀들이 득의양양하여 앞으로 더욱 대놓고 충고하려 들 테고 만약 상전으로서의 잣대를 들이대며 억누르고 야단치자니 그건 너무 매정하기 그지없을 것만 같았다.

'어찌 되었든 마음을 독하게 먹고 그들이 죽은 셈 치자. 좌우지간 그럭저럭 살아갈 수 있을 거야. 일단 그녀들이 죽었다고 치면 아무것에도 걸릴 게 없어 절로 즐거워질 것이다.'

그렇게 생각을 다져먹은 보옥은 사아를 시켜 등불 심지를 돋우고 차를 끓이도록 한 뒤 《장자莊子》를 뒤적이다가 《외편外篇·거협편胠篋

篇》에 있는 다음과 같은 한 대목을 읽게 되었다.

그러므로 성스러움을 끊고 지혜로움을 버려야 큰 도적이 멈추게 되고 옥을 버리
고 진주를 깨뜨려야 작은 도둑도 생기지 않는다. 부절을 태우고 관인을 부수면
백성이 순박해지고, 쌀되를 박살내고 저울을 분질러버리면 백성이 다투지 않게
된다. 천하의 성스런 법령을 모두 파기하면 백성은 비로소 더불어 논의할 수 있
게 될 것이며, 육률[2]을 흐트러뜨리고 악기를 깨부수고 눈먼 사광師曠[3] 같은 음악
인의 귀를 막아버리면 천하 사람들은 비로소 진정한 청각을 지니게 될 것이다.
무늬를 없애고 색깔을 버리고 이주離朱[4]같이 눈 좋은 사람의 눈을 붙여버리면
천하 사람들은 비로소 진정한 시각을 갖게 될 것이다. 곡선쇠나 직선 먹줄을 부
수고 원형쇠와 사각쇠를 버리며 공수工倕[5] 같은 이름난 명장名匠의 손가락을 분
질러버려야 비로소 천하 사람들이 진정한 기교를 가지게 될 것이다.

보옥은 여기까지 읽다가 문득 기분 좋은 생각이 떠올라 일시적 술기
운에 자신도 모르게 붓을 놀려 다음과 같이 그 뒤를 이어서 썼다.

꽃송이를 불태우고 사향을 흩어지게 하여야 규중에 비로소 충고가 찾아들 것이
요, 보차의 신선 같은 자태를 베어버리고 대옥의 신령스런 지혜를 재로 만들며
정감과 의지를 줄여야 비로소 규중의 고움과 미움의 차별이 없어질 것이다. 그
들의 타이름이 찾아들어 없어지면 서로 엇갈리는 상극의 걱정도 사라질 것이요,
신선 같은 자태를 죽이고 사랑하는 마음을 없애면 그 신묘한 지혜는 재가 되고
뛰어난 재주와 감정도 사라지리라. 저 보차와 대옥과 습인과 사월이란 자들은
모두가 그물을 펼치고 함정을 파 놓은 것과 같아서 천하를 어지럽히고 눈을 흐
리게 하는 자들일 뿐이로다.

---

2 육률(六律)은 넓은 의미에서의 음률을 지칭함.
3 음률을 분별하고 판단하는 데 뛰어났다는 춘추시대의 맹인 악사.
4 고대 전설에 등장하는 시력이 가장 뛰어난 사람.
5 요임금 시기의 뛰어난 장인.

글을 다 쓴 보옥은 붓을 내던지고 바로 자리에 누웠다. 머리를 베개에 눕히자마자 곧 깊은 잠에 빠져들었다. 하룻밤이 어찌 갔는지 순식간에 지나가고 이튿날 아침이 밝아 비로소 눈을 떴다. 몸을 일으켜 살펴보니 습인이 여전히 옷을 입은 채 이불 위에 누워 있었다. 보옥은 어제의 일일랑은 일찌감치 멀리 날려 보낸 것처럼 습인을 흔들면서 좋은 말로 일렀다.

"어서 일어나 제대로 잠을 자야지, 그러다가 감기 들겠어."

사실 습인은 보옥이 밤이고 낮이고 자매들과 뒤엉켜서 정신 못 차리고 놀기만 좋아하는 걸 보고 만일 노골적으로 타이르면 제대로 들어먹지 않을 것을 알고 일부러 부드러운 말로 경계를 주려고 한 것이었다. 그러면 한나절이나 적어도 한동안은 제대로 돌아올 것이라고 생각했는데 뜻밖에도 하루 밤낮을 지나도 아무런 변하는 기색이 없자 습인도 어쩔 도리가 없어 밤새 제대로 잠을 이루지 못했던 것이다.

지금 아침이 되어 보옥이 이렇게 나오자 마음이 이미 돌아온 줄로 여기고 더더욱 눈길도 주지 않았다. 보옥은 습인이 아무런 반응이 없자 손을 뻗어 대신 옷을 벗겨주려고 하였다. 막 단추를 풀어주려는데 습인이 돌연 휙 뿌리치면서 보옥의 손을 밀어내고 다시 단추를 여미는 게 아닌가. 보옥은 하는 수 없이 그녀의 손을 잡아끌며 웃음으로 달랬다.

"왜 그러는 거야, 도대체. 응?"

몇 번이나 다그쳐 묻자 습인은 눈을 번쩍 뜨면서 앙칼지게 대답했다.

"내가 뭘 어쨌다는 거예요? 잠이 깨셨으면 어서 건너편 집으로 세수나 하러 가세요. 잘못하면 늦을지도 모르겠네요!"

"나더러 어딜 가라고?"

보옥의 반문에 습인은 코웃음을 쳤다.

"지금 나한테 물으시는 거예요? 그걸 내가 어찌 알겠어요? 도련님이 가고 싶은 곳으로 가시는 거지. 지금부터 우린 서로 각자 놀자고요. 공연히 소리 지르며 닭이나 거위처럼 싸울 필요도 없게요. 사람들이 비웃기만 하잖아요. 어쨌든 저쪽 집에도 싫증이 나서 돌아오면 여긴 또 넷째(四兒)인지 다섯째(五兒)인지 하는 애들이 시중들어 드릴 테니 저희 같은 것들이야 공연히 좋은 이름 좋은 성씨만 욕되게 하고 있잖아요?"

"아직까지 그런 말을 마음에 두고 있단 말이야?"

보옥의 핀잔에 습인이 더욱 강하게 나왔다.

"백 년이 되어도 고스란히 묻어둘걸요! 도련님하고야 생판 다르죠. 그저 제 말씀은 귓등으로 듣고 밤에 한 말을 아침이면 깡그리 잊어버리는 그런 분하고야 같을 수 있나요?"

보옥은 습인이 그 예쁜 얼굴에 온통 노기를 띠자 참을 수가 없었다. 그래서 침상 옆에 있던 옥비녀 하나를 집어다 그 자리에서 두 동강을 내면서 맹세했다.

"내가 만약 두 번 다시 말을 안 들으면 바로 이렇게 되고야 말겠어!"

습인이 놀라 벌떡 일어나 두 동강으로 부러진 비녀를 줍고는 은근히 달랬다.

"꼭두새벽부터 이게 무슨 난리예요? 말을 듣고 안 듣고가 뭐 그리 대단한 일이라고 이렇게까지 심하게 말하는 거예요?"

"내가 얼마나 속상하고 마음이 조급한지 알기나 해?"

"도련님도 속상한 걸 아신다고요? 그러시면 내 마음이 어떤지도 알 거 아녜요? 어서 일어나 세수나 하시라고요."

두 사람은 그제야 일어나서 세수를 마쳤다.

보옥이 어른들 계시는 큰집으로 간 후에 마침 대옥이 찾아왔다. 보옥이 방에 없는 걸 알고는 책상 위를 훑어보다가 지난밤 보옥이 보던 《장자》를 뒤적이게 되었다. 그러다 《장자》를 이어서 쓴 보옥의 글을 읽고 절로 화도 나고 우습다는 생각도 들어 자신도 모르게 붓을 들어 절구 한 수를 그 뒤에 붙여 써넣었다.

| | |
|---|---|
| 까닭 없이 붓을 놀린 이 그 누구런가? | 無端弄筆是何人? |
| 어이하여 《장자인》[6]을 더럽혔던가. | 作踐南華莊子因. |
| 스스로 식견 낮음을 되돌아보진 않고 | 不悔自己無見識, |
| 곱지 않은 말로 남의 탓만 하였네! | 卻將醜語怪他人! |

한편 왕희봉의 집에서는 딸 대저大姐가 병이 나서 의원을 불러 진맥하는 등 법석이 일어났다. 의원은 진맥을 마치고 말했다.

"마님들께 아뢰옵니다. 애기씨의 열은 다른 병이 아니옵고 마마로 인한 것이오니 그다지 걱정할 바가 못 되옵니다."

왕부인과 희봉은 그 말을 듣고 다시 사람을 보내 급히 물었다.

"괜찮아질 것 같은가?"

"마마가 비록 위험한 병이긴 하지만 대체로 순조로우니 그다지 염려치 않으셔도 되옵니다. 어서 뽕나무벌레나 돼지 꼬리를 준비하십시오."

왕희봉이 그 말을 듣고 바쁘게 움직이기 시작했다. 우선 방 한 칸을 깨끗하게 비워 청소하고 마마여신을 모시도록 하였다. 그리고 집안사람들에게 일러 음식을 지지거나 볶는 일을 금하도록 하는 한편 평아에게 이부자리와 옷가지 등을 마련하여 가련을 사랑방으로 옮기도록 일렀다. 또한 붉은 천을 가져다 유모와 시녀 등 가까운 이들에게 주어 옷을 재단하도록 하였다. 밖에는 또 깨끗한 방 한 칸을 마련하여 두 명의 의원을 잘 접대하며 열이틀 동안 머물면서 진맥하고 약을 처방하도록 했다. 가련은 어쩔 수 없이 바깥 서재로 침실을 옮겨 재계를 시작했고 희봉과 평아는 왕부인과 더불어 날마다 마마여신께 치성을 올렸다.

원래 가련賈璉이란 자는 희봉과 떨어져 있기만 하면 뭔가 새로운 건수를 찾으려는 사람인데 혼자 독수공방으로 이틀 밤을 지내니 점점 견

---

6 《장자인(莊子因)》은 청나라 강희 연간에 《장자》를 풀이하여 쓴 책.

딜 수가 없었다. 그리하여 시동 중에서 말쑥하게 생긴 놈을 하나 데려
와서 적적함을 풀어야겠다고 생각했다.

　그런데 뜻밖에도 일이 다른 방향으로 전개되었다. 영국부에 아주 덜
떨어진 술주정뱅이 요리사가 하나 있는데 이름은 다관多官이라고 했다.
사람들은 그가 너무나 나약하고 무능하여 다혼충多渾蟲이라고 놀렸다.
하지만 일찍이 어려서 부모가 맺어준 아내가 있었는데 올해 스물 남짓
으로 그럭저럭 잘 빠진 얼굴과 몸매를 갖추어 보는 이마다 침을 흘렸
다. 그녀는 원래 경박하고 바람기가 다분하여 아무하고나 잘 붙어먹었
지만 다혼충은 전혀 개의치 않고 그저 술과 고기, 그리고 돈이나 몇 푼
있으면 만사가 그만이었다. 그래서 영국부나 녕국부의 사내들은 다투
어 그녀를 손에 넣으려고 안달이었다. 남달리 자색이 있고 이루 말할
수 없이 경망스러워 사람들은 그녀를 '너도 나도 재미 보는 기생〔多姑娘
兒〕'이라고 부르곤 했다.

　지금 가련이 며칠째 바깥 서재에서 홀로 독수공방하며 견디기 힘들
다 보니 자연히 그녀가 생각났다. 전에 한 번 그 여인을 보고 가슴이 울
렁댄 적이 있었지만 안으로는 본처가 무섭고 밖으로는 총애하는 남자
시동이 두려워 미처 손을 대지 못했던 것이다. 그 '너도 나도 재미 보는
기생'의 경우도 가련한테 마음이 없었던 바는 아니었지만 다만 적당한
기회가 없는 것이 한스러울 뿐이었다. 이제 가련이 바깥채의 서재로 나
와 혼자 지내고 있다는 말을 들으니 그녀는 아무 일이 없음에도 불구하
고 두어 번 오가면서 꼬드겨 보려고 애썼다. 결국 굶은 쥐새끼처럼 침
흘리던 가련의 눈에 띄게 되었다.

　가련은 심복 하인과 밀모하여 일이 잘되면 돈과 비단을 넉넉히 쥐어
주기로 했다. 하인들이 마다할 까닭이 없는 데다 모두들 이 여인과는
가깝게 지내는 사이였으므로 한마디 말로 바로 성사되었다. 그날 밤 이
경二更 무렵, 다혼충이 술에 곯아떨어진 사이를 틈타 가련은 그녀를 슬

그머니 빠져 나오게 하여 서로 만났다. 방 안에 들어서는 그녀의 자태를 보자마자 벌써 혼백이 다 달아난 듯 미처 정담을 속삭이고 말고 할 것 없이 다짜고짜 옷을 벗어젖히고 그 일을 시작했다.

이 여자는 천성적으로 기가 막힌 재주를 타고나 남자 몸이 붙기만 하면 온몸의 뼈와 살이 다 녹아내리는 듯하여 남자로 하여금 마치 부드러운 솜이불 위에 누운 듯한 기분이 들게 하였다. 더구나 음란한 자태와 교태 어린 비명을 질러대는데 뭇 창녀를 능가하였으니 어느 남자인들 이런 지경에 제 목숨을 아까워하랴. 가련은 그저 제 몸뚱어리가 몽땅 녹아들어 그녀의 몸속으로 파고들지 못하는 것만을 한스러워했다. 여인은 가련의 몸 아래에 깔려 일부러 콧소리를 내어가며 애교를 부린다.

"따님의 병을 떼어내려고 마마여신께 치성을 드린다는데 나리께서도 마땅히 며칠간은 금기를 지키셔야죠. 저 때문에 몸을 더럽히시면 되시겠어요? 어서 일어나 제 몸에서 떨어지세요!"

가련은 온몸을 크게 흔들어 허리운동을 계속하면서 숨을 헐떡였다.

"자네가 바로 마마여신일세, 마마여신이 무슨 개뿔 같은 것인지 내가 알게 뭐야."

여인은 점점 음란함을 더해가고 가련은 추태를 부릴 대로 다 부린 다음 마침내 일을 마쳤다. 두 사람은 서로 손가락을 걸며 헤어지지 말자고 맹세하여 이로부터 그들 사이에는 남모를 묵계가 이뤄졌다.

그러던 어느 날 마침내 대저의 마마 독이 다 빠지고 반점이 사그라져서 열이틀간 모시고 치성을 드리던 마마여신도 보내드리고 온 집안이 천지신명과 조상님께 제사를 지냈다. 분향을 마치고 다 같이 경하하면서 그동안 수고한 여러 사람들에게 치사를 했다. 가련도 다시 내실로 들어왔다. 오랜만에 아내인 희봉을 만나 '떨어졌다 만난 사이 신혼보다 더 진하다'는 속담처럼 더욱 깊고 진한 사랑을 나누었음은 말할 필요도 없었다.

다음날 아침 희봉은 큰집으로 갔다. 평아는 가련이 묵었던 바깥채 서재의 이부자리와 옷가지를 정리하다가 생각지도 못하게 베갯머리에서 머리카락 한 줌을 주웠다. 평아는 얼른 알아차리고 옷소매 속에 감추고는 이쪽 방으로 들어와 머리카락을 내밀어 보이며 가련을 향해 웃으면서 물었다.

"이게 다 뭐죠?"

가련이 보고 기겁을 하며 재빨리 잡아채 뺏으려 하니 평아가 도망치려다 곧 가련에게 뒷덜미를 잡혀 바닥에 깔렸다. 가련은 평아의 두 손을 꼭 붙잡고 뺏으려고 했다.

"요년아, 어서 내놓지 못하겠느냐? 안 그러면 네년의 어깻죽지를 부러뜨리고 말겠다."

가련의 말에 평아가 웃으면서 대꾸했다.

"정말 양심이라곤 털끝만큼도 없으시군요. 내가 일부러 마님한테 숨기고 나리한테 물으려던 것이었는데 되레 이렇게 독하게 나오시다니. 정말 이러시면 조금 있다가 아씨 오시거든 일러바칠 테니 나리께서 어찌 되시나 한번 보자고요."

그 말에 가련이 얼른 웃으면서 애걸복걸 사정했다.

"알았다, 알았어. 넌 원래 착한 사람이니 그걸 나한테 넘겨주렴. 그럼 다시는 독하게 대하지 않을 테니."

그 말이 미처 끝나기 전에 희봉이 돌아오는 소리가 들렸다. 가련은 얼른 손을 놓았다. 풀려난 평아가 막 몸을 일으켜 세우는 순간 희봉은 이미 방 안에 들어섰다. 희봉이 평아에게 어서 문갑에서 숙모님이 달래시는 견본을 찾아보라고 했다. 그러다 옆에서 있는 가련을 보자 갑자기 생각난 듯 평아에게 물었다.

"가져나갔던 물건들은 다 들여왔느냐?"

"네, 다 들여왔어요."

"모자라는 건 없더냐?"

"저도 뭔가 잃어버린 게 없나 하고 잘 살펴보았지만 다 있었어요."

"없어진 게 없다면 됐다. 더 늘어난 건 없었겠지?"

희봉이 말에 평아는 웃으면서 대답했다.

"없어진 게 없으면 천만다행이지 누가 뭘 더 보태놓겠어요?"

희봉이 코웃음을 치면서 말했다.

"요 반달가량 그냥 깨끗하게 지냈을 것 같지 않구나. 누군가 함께 지
내던 년이 떨어뜨린 것 말이야, 반지라든가 땀수건[7]이라든가 향주머니
아니면 머리카락이나 뭐 손톱 같은 거라도 말이야, 그런 걸 모두 이르
는 게야."

그 말에 가련은 속이 뜨끔하여 얼굴이 누렇게 질려버렸다. 가련은 희
봉의 몸 뒤에 숨어서 평아를 바라보고 두 손으로 닭 모가지 비트는 시늉
을 하면서 눈짓을 보냈다. 평아는 일부러 못 본 체하면서 만면에 웃음
을 띠고 대답했다.

"어쩜 제 마음하고 아씨 마음이 그렇게도 똑같을까요! 저도 뭔가 있
지 않을까 싶어 신경 써서 찾아보았는데 아무런 흔적도 없더라고요. 마
님이 못 믿으시겠다면 직접 한번 뒤져보시겠어요? 아직 치워버리지 않
고 두었거든요."

"바보 멍텅구리 같으니라고. 뭔가 있었다고 한들 우리가 찾아낼 때까
지 놔두었겠니?"

희봉은 그렇게 말하면서 견본을 찾아서 다시 왕부인의 거처로 올라
갔다. 그제야 평아는 손가락으로 제 코를 가리키면서 웃음을 띠고 물
었다.

"자, 이제 무엇으로 저한테 감사의 표시를 하시겠어요?"

---

7 원문은 한건(汗巾)으로 허리춤에 차고 땀을 닦는 수건 또는 허리띠.

겨우 위기를 모면한 가련은 너무나 기뻐 온몸이 근질근질할 지경이
라 와락 달려들어 끌어안고는 "아이고, 우리 귀여운 것" 하고 제멋대로
소리 지르며 고마워했다. 평아는 여전히 머리카락 뭉치를 꺼내서 웃으
면서 빈정거렸다.

　　"이것은 제 평생 동안 증거물로 압수하고 있을 테니까 잘만 대해 주시
면 좋겠지만 만일 그렇지 않으면 이번 일을 까발려버릴 거예요!"

　　"그래. 제발 잘만 보관해다오. 절대로 저 사람한테 들키면 안 되는
거다. 응?"

　　말은 그렇게 하면서도 평아가 제대로 방비하지 않는 틈을 타 머리카
락을 재빨리 낚아채어 장화 속으로 쑤셔 넣었다. 그리고는 히죽히죽 웃
으면서 말했다.

　　"아무래도 네가 가지고 있으면 화근이 될 테니 내가 태워버리고 마는
게 상책일 듯싶구나."

　　평아는 이를 악물면서 억울해했다.

　　"정말 양심이라곤 털끝만치도 없는 양반! 속담에 강을 다 건너면 다
리를 부숴버린다더니. 앞으로 내가 대신 거짓말을 해줄 거라고는 생각
지도 마시라고요."

　　가련은 평아의 귀여운 애교를 보자 홀연 마음이 동하여 곧 달려들어
끌어안고 옷을 벗기려 했지만 평아는 손아귀를 벗어나 재빨리 도망치
고 말았다. 벌써 몸이 달아오른 가련은 허리를 구부린 채 멍하니 도망
가는 평아를 보고 뒤에서 원망했다.

　　"요, 음탕한 년이 아주 사람을 갖고 노는구나. 남한테 불을 질러놓고
저는 도망을 쳐?"

　　"내가 불을 지피든 말든 무슨 상관이에요. 누가 자기 몸 달아오르
고 했나요? 겨우 잠깐 좋자고 아씨한테 미움이나 받게 하려고 그래요?"

　　도망 나간 평아가 창밖에서 웃으면서 대꾸했다. 가련이 용기백배하

여 말했다.

"너, 그 사람 무서워할 필요 없어. 내가 언젠가 정말 성질나면 그 질투 덩어리 마누라를 박살낼 테니까. 나를 아주 도둑놈 막듯이 대하면서 자기는 남자들하고 멋대로 떠들어대고 나는 여자한테 말도 못 붙이게 한단 말이야. 내가 조금이라도 여자를 가까이 하면 곧장 의심하면서 자기는 시동생이고 조카놈이고 큰놈 작은놈 안 가리며 들러붙어서 떠들고 지껄이는데 내가 질투하는 건 겁나지 않는다 이거지. 앞으로 나도 그 사람이 남자를 못 만나게 하고야 말겠어!"

"그래요? 아씨가 나리님을 의심하는 건 일리가 있지만 나리가 아씨한테 질투하는 건 아무 소용없을걸. 아씨는 올바르게 행동하고 옳은 길을 가시는 거지만, 나리님이야 솔직히 걸핏하면 마음을 나쁘게 먹으니 저조차도 맘을 놓을 수 없는 판인데 아씨야 더 말해 뭐 하겠어요."

평아의 대꾸에 가련이 이젠 한꺼번에 욕을 해댔다.

"너희 두 년이 다 똑같은 소릴 하는구나. 그래 너희 행동은 하는 거마다 다 올바르고 내가 하는 짓은 무조건 비뚤다 이거지. 언젠가는 모두 내 손에 죽을 줄 알라고! 알았어?"

그 말이 미처 끝나기 전에 희봉이 마당 안으로 들어오다 평아가 창밖에 서 있는 걸 보고 한마디 했다.

"둘이 말을 하려면 방 안에서 할 일이지 밖에서 창문을 사이에 두고 떠들고 있는 건 도대체 무슨 짓이야?"

가련이 안에서 그 말을 받아쳤다.

"당신 궁금하면 저것한테 물어보라고. 방 안에 호랑이가 저를 잡아먹을까 그러는 모양이니."

"방 안에 아무도 없는데 나리 앞에서 가만히 있어 뭐 하겠어요?"

평아의 말에 희봉이 웃었다.

"그럼, 그럼. 아무도 없어야 더 좋지."

"그 말씀 저한테 하시는 거예요?"

"그럼 너한테 하는 거 아니면 누구한테 하는 것이겠어?"

희봉의 말에 평아는 뾰로통해졌다.

"제 입에서 고운 말 나오길 바라지 마세요."

그렇게 톡 쏘아붙이곤 발을 걷어 희봉이 들어가도록 하지도 않고 자기가 먼저 홱 제치고 안쪽으로 쑥 들어가 버렸다. 희봉이 스스로 발을 열고 들어와서 독한 말을 내뱉었다.

"평아, 네년이 아주 미쳤구나, 미쳤어. 이년이 정말로 나를 눌러보겠다는 심보 아냐? 언제 요절별지 모르니 조심해."

가련은 그 말에 웃음을 참지 못하고 박수치며 깔깔댔다.

"야, 우리 평아 아가씨 이렇게 대단하실 줄이야 그 누가 알았으랴. 이제는 당신도 완전히 눌려버렸네 그려."

"그게 다 당신이 제멋대로 하도록 내버려둬서 그래요. 당신한테 따질 테니 그리 알아요!"

"어라? 당신들 두 사람이 어긋나니까 날 끌어들여 화풀이하는 건 또 무슨 심보이신가? 난 당신을 피해 다녀야겠네요."

"어디로 도망가려 그래요?"

"곧 돌아올게."

그 말에 희봉이 정색하며 말했다.

"그러지 않아도 당신하고 상의할 게 있어요."

과연 희봉이 상의할 일이란 무엇일까? 궁금하면 다음 회를 보시라.

예쁜 숙녀 언제나 원망이 가득하고,　　　　　　淑女從來多抱怨,
안방마님 자고로 질투를 품는다네.　　　　　　嬌妻自古便含酸.

聽曲文寶玉悟禪機
製燈謎賈政悲讖語

# 가보옥의 깨우침

창극가사로 보옥은 참선의 진리 깨닫고
수수께끼로 가정은 불길한 징조 느끼네

聽曲文寶玉悟禪機 製燈謎賈政悲讖語

가련은 희봉이 무엇인가 상의할 게 있다고 하자 발걸음을 멈추고 무슨 일이냐고 물었다.

"오는 스무하룻날이 보차 동생의 생일인데 당신 생각엔 어떻게 해야 좋을까요?"

"어찌 해야 되는지는 나도 알겠는데, 숱하게 크고 작은 생일을 치러 본 당신이 이번엔 어째서 아무런 방도가 없다는 게요?"

가련의 대꾸에 희봉이 말했다.

"그야 물론 스무 살이나 서른 살처럼 열 살 단위로 맞는 큰 생일이라면 그에 맞는 법도가 있지요. 하지만 이번에는 그런 큰 생일도 아니고, 그렇다고 아무렇게나 넘겨도 되는 생일도 아니니 당신과 상의하는 거예요."

그 말에 고개를 숙이고 한참 생각에 잠겨있던 가련이 이윽고 대답했다.

"당신도 참, 잠시 머리가 어찌 된 게 아니오? 멀쩡한 전례가 있는데도 생각이 안 난다고 하니. 지난해 대옥 누이한테 생일을 차려 주었던 정도로 맞춰주면 될 게 아니겠소."

희봉은 코웃음을 쳤다.

"설마 내가 그것도 모를까 봐 그러세요? 저도 원래는 그렇게 생각했죠. 근데 어제 할머님께서 여러 사람들의 나이며 생일을 물으시다가 보차 동생이 올해 열다섯이 된다는 말씀을 들으시더니 비록 열 살 단위로 떨어지는 큰 생일은 아니지만 여자로서는 비녀 꽂을 나이가 된 셈이니 이번 생일만큼은 신경 써서 잘 치러주라고 각별히 일러주셨단 말이에요. 그렇게 생각하면 전에 대옥 동생한테 해준 생일잔치와는 아무래도 달라야 하지 않겠어요?"

"그렇다면 대옥 누이보다는 좀더 써야 하겠구먼."

"저도 그렇게 생각해요. 그래서 말씀인데, 당신의 동의를 얻으려는 거예요. 내 맘대로 덧보태면 미리 말 안 했다고 뭐라 하실 것 같아서요."

가련이 웃음을 터뜨렸다.

"됐네, 됐어. 그런 빈말뿐인 공경은 아예 받지 않겠소이다. 나한테 따지려 들지 않는 것만으로도 족한데 내 어찌 감히 당신을 탓할 수가 있겠소?"

그렇게 한마디 하고는 횅하니 나가버렸다.


한편 사상운史湘雲은 이틀가량 묵었기에 그만 돌아가려고 하였는데 가모가 말렸다.

"좀더 있다가 보차 언니의 생일날 연극구경이나 하면서 축하해주고 돌아가려무나."

그 말에 사상운은 그대로 머물렀다. 그리고 따로 사람을 집에 보내 전에 만들어 놓은 색실로 수놓은 자수를 가져오도록 했다. 보차의 생일

선물로 줄 요량이었다.

가모는 보차가 이곳에 온 이후로 그녀의 온화하고 진중한 됨됨이를 남달리 생각하고 있었다. 마침 보차의 첫 번째 생일을 맞게 된다고 하니 희봉을 불러 선뜻 스무 냥을 내놓으면서 생일에 술자리와 연극공연을 준비하라고 일렀다. 이는 참으로 뜻밖이었다. 희봉은 얼른 비위를 맞추며 웃음 띤 얼굴로 가모한테 투정을 했다.

"아이고머니나, 온 집안의 가장 높으신 우리 할머님께서 손녀딸들한테 생일잔치를 해주시겠다는데 어찌 말릴 수 있겠어요. 헌데 술자리도 차리고 연극도 한판 벌이려면 아무래도 몇 푼은 더 쓰셔야 하실 텐데요. 겨우 곰팡내 나는 요 스무 냥 갖고 한턱 쓰신다고 하시니 결국은 저한테 나머지를 다 뒤집어쓰라는 말씀 아니신가요? 정말로 내실 수 없다면 할 수 없죠. 하지만 금이나 은이나 둥근 거나 납작한 거나 돈 궤짝 바닥이 찌그러지도록 가득 채워놓으시곤 저희들만 졸라매라고 하시는 건가요? 자, 한번 둘러보세요. 어느 누가 할머니 손자 손녀딸이 아니던가요. 설마 나중에 할머니 돌아가실 때 보옥이 아우 혼자 앞장서서 상여 메고 오대산¹에 올라 성불시켜 드릴 건 아니잖아요? 몰래 숨겨두신 쌈짓돈일랑 몽땅 남겼다가 보옥이한테만 물려주실 거겠지요. 우리야 그런 돈 써볼 입장도 못 되니 제발 괴롭히지는 말아 주셔야지요. 요 몇 푼 부스러기 돈으로 술자리 차리고 연극 한판 벌일 수나 있겠어요?"

희봉의 말에 좌중의 사람들이 다들 폭소를 터뜨렸다. 가모도 따라 웃으면서 손가락질했다.

"아이구, 저 애가 주둥이 놀리는 것 좀 들어보게나. 나도 입담 하나는 꽤 있다고 하지만 아무리해도 저 원숭이처럼 잘 지껄이는 희봉이를

---

1 직설적으로 죽는다는 표현을 꺼려서 오대산(五臺山)에 오른다고 하여 사후 신선이 되고 성불할 것임을 암시.

이길 순 없어. 네 시어미도 나한테는 감히 대들지 못하는데 네년은 아주 대놓고 강짜를 부리는구나, 하하하."

"우리 시어머님도 보옥을 끔찍이 여기고 계시니 저야 어디 가서 이 억울함을 하소연 한답니까. 할머님은 되레 저만 나무라시네!"

희봉이 지지 않고 다시 대꾸하자 다들 또 한바탕 웃음을 터뜨렸다. 가모도 대단히 즐거워하였다.

저녁 무렵이 되어 다들 가모에게 찾아가 잠자리 인사를 드린 후 모녀와 자매들이 다함께 얘기를 나누었다. 가모는 보차에게 어떤 연극을 좋아하고 무슨 음식을 즐겨먹는지 여러 가지를 물어 보았다. 보차는 가모처럼 나이 드신 노인네들은 시끌벅적한 연극을 좋아하고 연하고 물렁한 음식을 잘 드신다는 걸 알고 있으므로 전부터 가모가 좋아하던 것들로 골라 말씀을 올렸다. 그 말에 가모는 더욱 흡족하였고 흐뭇하였다.

다음날 먼저 옷가지와 패물 등의 선물을 보냈다. 왕부인과 희봉, 대옥 등은 각각 자기 분수에 따라 차등을 두어 다른 물건을 보냈음은 물론이다.

스무하룻날이 되자, 가모가 거처하는 안마당에 작고 예쁜 연극무대가 차려지고 곤산강崑山腔)[2] 익양강弋陽腔)[3]을 잘 부르는 창극단도 데려왔다. 그리고 가모의 대청마루 널찍한 자리에 술자리를 마련하였다. 다른 외부 손님은 하나도 부르지 않았다. 설부인과 사상운, 설보차만이 타성바지 손님이라 할 수 있었고 나머지는 모두 집안 식구들이었다.

이날 아침 일찍 일어난 보옥은 대옥이 나타나지 않자 그녀의 방으로 찾아갔다. 대옥은 구들 위에 몸을 비스듬히 기대고 누워 있었다.

"어서 일어나 밥 먹으러 가야지, 곧 연극도 시작된다는데. 보고 싶은

2 곤강(崑腔)이라고도 하는 희곡 곡조. 곤강으로 부르는 노래를 곤곡(昆曲)이라고 함.

3 익강(弋腔)이라고도 하는 희곡 곡조.

연극 제목이 뭐지? 내가 대신 주문해줄게."

대옥은 그 말에 코웃음을 치며 대꾸했다.

"정녕 진심이 그러하시다면 아예 이번 기회에 절 위해서 창극반을 특별히 청하여 제가 좋아하는 대본으로만 한번 보여주시지 그러세요. 굳이 이번처럼 남의 잔치 덕에 허울 좋은 핑계를 빌려 제게 물으실 건 없잖아요?"

"그게 뭐가 어렵다구 그래? 내일 바로 그렇게 하면 되지 뭐. 그러면 이번엔 저 사람들이 우리 덕을 보게 되는 거겠지."

보옥은 웃음을 띠고 대옥을 달래 데리고 나갔다.

저녁식사를 끝내고 창극공연을 주문할 때가 되었을 때 가모는 보차에게 먼저 고르도록 일렀다. 보차가 굳이 양보했지만 어쩔 수가 없어 우선 '서유기西遊記' 한 대목을 주문했다. 물론 가모는 좋아했다. 다음에는 희봉에게 고르라고 하니 희봉도 할머니가 떠들썩한 극 중에서도 해학적이고 웃기는 걸 더욱 좋아하신다는 걸 알고 있는지라 '유이당의〔劉二當衣: 유이가 옷을 저당 잡히다〕' 대목을 주문했다. 과연 가모는 기분이 흐뭇해하며 이번에는 대옥에게 고르라고 하였다. 대옥은 그 자리에 함께 계시던 설부인과 왕부인 등에게 양보하였다. 가모가 나서며 한마디 일렀다.

"오늘은 내가 너희를 데리고 함께 즐겁고 재미있게 놀아보려고 특별히 마련한 자리야. 우리끼리 놀면 되는 게지. 저 양반들은 상관하지 않아도 된다고. 내가 창극단 부르고 술자리 만든 것이 모두 저 양반들을 위해서였겠니? 자자, 저 양반들은 여기서 그저 공짜로 듣고 마시는 것만도 벌써 득을 보는 거라고. 그러니 공연제목의 주문까지야 양보할 수 없지, 아니 그러하냐?"

그 말에 모두들 와 하고 한바탕 웃었다. 그제야 비로소 대옥이 나서 주문했다. 그 다음에 보옥, 상운, 영춘, 탐춘, 석춘, 이환 등도 모두 자신의 뜻에 따라 주문을 마치니 연극은 주문된 작품 순서대로 하나씩 공연이 진행되었다.

술자리가 벌어지자 가모는 다시 보차에게 작품을 주문하라고 하였고 보차는 '노지심취뇨오대산〔魯智深醉鬧五臺山: 노지심이 크게 취해 오대산에서 소란을 일으키다〕'을 주문했다. 보옥이 가만히 있지 않고 투정어린 말을 한마디 한다.

"오직 그런 극만 골라내시는구먼!"

"보옥 동생은 여태까지 연극을 헛 감상하셨으니 이 작품의 장점을 어찌 알겠어. 연출도 그만이고 노랫말 또한 기가 막히다고요."

보차의 변명에 보옥은 여전히 빈정댔다.

"난 원래부터 그렇게 야단법석 떠는 작품을 싫어했다구."

"이런 작품을 시끄럽다고 하면 정말로 연극을 모르는 거라고요. 자 이리 오시라니까, 내가 자세히 알려줄 테니. 그럼 이 연극은 어때, 시끄럽겠어, 조용하겠어? 북방곡조의 '점강순〔點絳脣: 곡패명(曲牌名)〕'인데. 그 쟁쟁 울리는 조화로운 음률은 말할 것도 없고 노래가사 중에 들어 있는 '기생초〔寄生草: 곡패명으로 노지심이 사부에게 작별 인사를 할 때 부르는 노래〕' 한 수는 정말 기막힌 작품이라고요. 이런 장점을 어찌 보옥이 알겠어?"

가만히 듣고 있던 보옥은 보차가 침이 마르도록 좋다는 말을 하자 얼른 다가앉으며 졸라댔다.

"누나, 그럼 지금 어떤 것인지 읊어줘요."

보차는 서슴없이 읊조리기 시작했다.

| | |
|---|---|
| 영웅의 더운 눈물 훔쳐내면서, | 漫搵英雄淚, |
| 조용히 처사의 집 떠나왔다네. | 相離處士家. |
| 자비로운 은혜에 감사드리니 | |
| 연화대 아래에서 삭발하였네. | 謝慈悲剃度在蓮臺下. |

48

불법과는 애초에 인연 없었나
창졸간에 또 한번 이별이어라.                     沒緣法轉眼分離乍.
벌거숭이 이 한 몸 달랑 남으니
어디든 오고 감에 걸릴 것 없네.                   赤條條來去無牽掛.
도롱이와 삿갓을 구해 쓰고서
또다시 떠나가는 외로운 신세?                     那裏討煙蓑雨笠捲單行?
해어진 짚신에 깨진 바리때로
이 몸은 인연 따라 동냥하리라!                     一任俺芒鞋破鉢隨緣化!


보옥은 노래가사를 들으면서 너무 기뻐 무릎을 치고 손가락으로 원을 그리며 입이 마르도록 칭찬하였다. 대옥이 곁에서 한마디 했다.

"그냥 조용히 연극이나 구경하시자고요. 아직 '산문山門'도 노래 않고 있는데 벌써 미친 체하는 '장풍妝瘋'을 떠들고 있단 말이에요?"

그 말에 곁에 있던 상운도 따라서 웃었다. 그래서 다들 조용히 연극을 감상하기 시작했다.


저녁이 되어 끝날 무렵 가모는 공연에서 여주인공을 맡은 소단小旦과 광대 역을 맡은 소축小丑이 특별히 잘하던 생각이 나서 데려오라고 했다. 가까이 데려와 자세히 보니 더욱 귀여우면서도 가련한 생각이 들었다. 나이를 물어보니 소단은 열한 살이었고 소축은 겨우 아홉 살이라고 했다. 그 말에 다들 한숨을 내쉬며 안타까워했다. 가모는 따로 고기와 과일을 차려주라고 이르고 또 돈 두 관을 상으로 내렸다. 그때 희봉이 웃으면서 쓸데없는 말을 한마디 했다.

"자자, 여러분! 이 아이가 무대에서 공연할 때 우리들 중 누군가를 쏙 빼닮지 않았던가요? 그래 아무도 알아보지 못하셨나요?"

보차는 마음속으로 이미 알고 있었지만 미소 지을 뿐 말하지 않았다. 보옥이도 짐작은 하였지만 감히 드러내지 못하고 있는데 상운이 곧바로 입바른 소리를 내뱉고 말았다.

"맞아요, 맞아! 대옥 언니와 아주 흡사하더라고요."

보옥이 얼른 상운에게 그러지 말라는 눈짓을 보냈다. 사람들은 그 말을 듣고 가만히 살펴보니 과연 그러하다며 한바탕 웃고는 흩어졌다.

저녁에 되자 상운은 옷을 갈아입으면서 시녀인 취루에게 옷 보따리를 다 싸놓으라고 명했다.

"아가씨, 그게 뭐 그리 서둘 일이세요? 가는 날 짐을 꾸려도 늦지 않을 텐데."

취루의 말에 상운이 쌀쌀하게 대답했다.

"내일 아침 일찍 떠나자구. 여기서 뭘 더 하겠어? 남의 눈치코치나 봐야 한다면 이게 도대체 뭐냐구?"

보옥이 말을 듣고 다가가 상운의 손을 잡으며 오해를 풀려고 하였다.

"누이야, 제발 그러지 마. 나를 오해하지 말라고. 대옥 누이가 성격이 예민하다는 건 다 알잖아. 남들도 알고 있었지만 말하지 않은 것은 대옥이 신경질 부릴까봐 걱정이 되었기 때문이야. 그런데 상운이 네가 먼저 아무 거리낌도 없이 불쑥 말해버린 거잖아. 그러면 대옥이가 가만있겠어? 난 네가 대옥이한테 싫은 소리 듣게 되는 것이 걱정되어 얼른 눈짓을 했던 건데 되레 나한테 화내는 건 무슨 이치야? 이건 내 성의를 무시하는 것이야. 난 억울하다구. 만약 다른 사람이었다면 열 사람한테 싫은 소리를 듣고 욕을 먹게 된다 한들 내가 알게 뭐겠어."

하지만 상운은 냉정하게 손을 뿌리쳤다.

"오빠는 공연히 감언이설로 날 설득하려고 하지 말아요. 나 같은 사람은 오빠의 그 잘난 대옥 동생하고는 감히 견줄 수도 없는 처지니까요. 다른 사람은 뭐라고 말하든, 웃음거리로 만들어도 괜찮고 내가 한마디 하면 그건 절대 안 된다 이 말이죠? 저는 애당초 그 사람하고는 비교조차 할 수 없는 존재죠. 그는 아가씨고 상전이시고, 저는 그저 종년이고 시녀일 뿐이니 절대로 비위를 거스르게 할 수는 없는 노릇이겠죠, 그렇죠?"

보옥은 말이 안 통하자 더욱 열이 올라 미칠 지경이었다.

"난 누이를 위해서 그랬던 건데 되레 나한테 잘못했다고 하는구나. 정말로 내가 딴 마음이 있어 그랬다면 이 자리에서 당장 죽어 한 줌의 재가 되어 뭇 사람들에게 짓밟혀도 상관없어!"

"정초부터 못하는 소리가 없네. 그런 쓰잘데없는 독한 맹세나 너절하고 삐딱한 말씀들은 저기 저 옹졸하고 속이 좁아 터져 걸핏하면 신경질이나 박박 내면서도 무슨 재주인지 오라버니를 두 손 안에 꽉 움켜쥐고 계신 분한테나 들려드리지 그러세요! 공연히 나한테 한마디 하다가 핀잔이나 맞지 마시고."

상운은 보옥에게 쏘아붙이고 곧장 가모의 처소로 가서 분이 풀리지 않은 채 벌렁 드러누워 버렸다.

남은 보옥은 공연히 머쓱하여 하릴없이 대옥을 찾아 나섰다. 막 문지방을 들어서는데 대옥이 곧바로 일어나서 보옥의 몸을 밀쳐내곤 문을 닫아걸었다. 보옥은 도대체 무슨 까닭인지를 알지 못하고 "대옥아, 도대체 왜 그러는 거야?" 하고 소리쳤지만 대옥은 눈길 한 번 주지 않고 외면했다. 보옥은 답답한 마음에 고개를 떨구고 스스로 생각에 잠겼다. 습인은 그 까닭을 알고 있었지만 이런 순간에 나서서 달랠 수는 없는 일이었다.

보옥은 그저 멍하니 그곳에 한참을 서 있었다. 대옥은 잠시 후에 보옥이 돌아갔겠거니 생각하고 문을 열었다. 그곳엔 보옥이 아직도 말없이 서 있었다. 대옥은 미안하고 민망하였지만 그렇다고 다시 문을 닫을 수도 없어 그대로 돌아 들어와 침상에 누워버렸다. 잠시 후 보옥이 따라 들어와 침상 곁에 서서 물었다.

"세상사 모든 일이란 다 그 까닭이 있는 법인데, 말을 해주면 사람이 억울하게 생각지는 않을 거 아냐? 공연히 말도 없이 화내고 있으니 도대체 무엇 때문이란 말이야?"

대옥이 그제야 코웃음을 치며 냉랭하게 말했다.

"나한테 그 까닭을 묻고 있는 거예요, 지금? 나도 바로 그 까닭을 모르겠어요. 알고 보니 나는 그저 당신들 웃음거리밖에는 안 되는 거였더군요. 창극 배우한테나 빗대어서 우스개로 삼고 있으니."

"난 누이를 빗대지도 않았고 또 웃지도 않았는데 왜 나한테 화내는 거지?"

"그럼 빗대보고 싶었고 비웃어보고 싶었다는 거예요? 그래, 오빠는 그렇게 하지 않았다지만, 남들이 빗대고 비웃은 것보다도 더 나빴어요."

대옥의 말을 듣고 보옥은 더 이상 따질 수도 없어 입을 다물고 말았다.

"좋아요, 그것까지는 그렇다고 쳐요. 봐줄 수도 있지요. 하지만 그 다음에 오빠는 왜 상운이한테 눈짓을 보낸 거죠? 도대체 그 심보가 뭐였어요? 상운이는 원래가 대갓집의 아가씨고, 나는 본래 가난뱅이 딸자식에 불과하니 상운이가 나하고 실랑이를 벌여 만일 그 자리에서 내가 모질게 대꾸라도 하면 상운이 체면이 여지없이 깎인다고 생각했던 거 맞죠? 그래요. 그거야 오빠의 착한 마음이 발동한 거라고 할 수도 있을 테죠. 하지만 삐딱한 저쪽에서도 오빠의 호의를 받아주지 않고 화만 냈을 테죠. 오빠는 내 얘기를 안주삼아 내가 원래부터 속이 좁다는 둥, 걸핏하면 신경질을 부린다는 둥 통사정을 했겠죠. 상운이가 나한테 죄를 짓고 나한테 미움 받을까 봐 걱정되었던 것 아녜요? 내가 그 애한테 화를 내건, 그 애가 나한테 미움을 받건 오빠하고 도대체 무슨 상관이죠?"

보옥이 들어보니 방금 전 상운과 나눴던 말들을 대옥이 모두 엿들었던 게 틀림없었다. 가만히 돌이켜 생각하니 자신은 그들 두 사람이 공연한 일로 사이가 벌어지고 화를 내게 될까봐 중간에서 어떻게든 화해

를 시켜주려던 것이었는데 조정은커녕 오히려 양쪽에서 비난을 받는
처지로 전락하고 말았던 것이다. 며칠 전에 읽었던 《남화경南華經》[4]
속에 있는 구절이 그대로 맞아떨어진 느낌이었다.

| | |
|---|---|
| 재주꾼은 고달프고 똑똑한 자 근심 많네, | 巧者勞而智者憂, |
| 무능한 사람은 바라는 바도 없느니, | 無能者無所求, |
| 배불리 먹고 나면 제멋대로 나다니네, | 飽食而遨遊, |
| 밧줄 풀린 빈 배와 다를 바가 없어라. | 汎若不繫之舟. |
| 산의 좋은 나무는 절로 베임을 당하고, | 山木自寇, |
| 맛있는 샘물은 몰래 마시기 마련이네. | 源泉自盗. |

보옥은 생각하면 할수록 점점 재미가 없어지고 다들 싫어졌다. 지금
눈앞에 이 두 사람의 일만 갖고 보더라도 화해도 못 시키고 오해만 일으
키니 곰곰이 생각해봐도 앞으로 어찌해야 할지 알 수 없었다. 보옥은
제 방으로 돌아가려고 발걸음을 옮겼다. 대옥은 보옥이 기분이 상하여
오기가 나서 말 한마디 없이 간다고 생각했다. 그러자 자신도 점점 더
화가 끓어올라 뒤에서 독하게 한마디 쏘아댔다.
"지금 가 버리면 한평생 다시는 올 생각도 하지 마! 나하고는 더 이상
말도 하지 말아요!"
보옥은 상대도 않고 제 방에 돌아와 침상에 드러누워 눈만 멀뚱멀뚱
천장을 쳐다보고 있었다. 습인은 전후사정을 잘 알고 있었지만 감히 나
서서 달래지 못하고 다른 일로 그의 마음을 풀어보려고 애썼다.
"오늘 연극구경 한번 하는 바람에 며칠간이나 계속 구경하게 생겼어
요. 보차 아가씨가 틀림없이 답례잔치를 청하게 될 테니까요."
보옥이 싸늘하게 웃으면서 대꾸했다.

---

4 도교에서 《장자》를 높여 이르는 말.

"그 사람이 답례를 하건 말건 누구한테 무슨 상관이 있단 말이야."

습인은 보옥의 말투가 전에 없이 냉담하자 다시 한마디 붙였다.

"그게 무슨 말씀이세요. 기분 좋은 정월달에 마님과 아가씨들이 모두 즐기고 좋아하는데 도련님만 왜 그렇게 삐딱하게 되었지요?"

"너네 마님과 아가씨들이 좋아하든 말든 그건 나하고 아무 상관없어."

보옥이 썰렁하게 대답하자 습인은 웃음을 띠고 말했다.

"그 사람들이 모두 기분 좋게 어울릴 때 도련님도 그냥 함께 하시면 모두들 피차간에 즐겁고 재미있잖아요?"

"뭐? '모두들 피차간'이라니 무얼 말하는 거야? 그 사람들한테야 '모두들 피차간'이란 게 있겠지만 나는야 '벌거숭이 이 한 몸, 어디든 오고 감에 걸릴 것 없네!'⁵"

보옥은 그렇게 말하는 순간 불현듯 눈물이 흘러내렸다. 습인이 그 모습을 보다가 더 이상은 아무 말도 안 하는 게 좋겠다고 생각했다. 보옥은 그 구절을 가만히 곱씹다가 마침내 대성통곡했다. 잠시 후 책상 머리로 옮겨 앉아 붓을 들어 즉석에서 게문〔偈文: 불경의 노래 가사〕을 한 수 썼다.

| | |
|---|---|
| 그대가 증명하고 나 또한 증명하고, | 你證我證, |
| 마음이 증명하고 뜻 또한 증명하니. | 心證意證. |
| 이것이 바로 증명 있지 않음이요, | 是無有證, |
| 이것이 또한 증명할 수 있음이니. | 斯可云證. |
| 이것을 증명할 수 없다는 경지가, | 無可云證, |
| 그게 바로 발 디딜 마지막 경지라. | 是立足境. |

글을 다 쓰고 나서 보옥은 스스로 깨달음을 얻었다고 여겼으나 남들

---

5 이 구절은 앞의 '기생초'의 내용 중에서 나온 것임.

54

이 이를 이해하지 못할까 여겨 '기생초' 한 곡조에 새로운 가사를 붙여 이 게문의 뒤에 써넣었다. 다시 한 번 읽어보니 홀연 마음이 개운하여 속으로 흡족하게 여기고는 곧 침상 위에 누워 잠이 들어버렸다.

한편 이때 대옥은 보옥이 그처럼 단호한 태도로 돌아간 뒷일이 궁금하여 습인을 만난다는 핑계를 대고 찾아와 동정을 살폈다. 습인이 웃으며 맞이했다.

"벌써 잠이 드셨는걸요."

대옥이 돌아서서 가려고 하자 습인이 웃으며 청했다.

"아가씨, 잠깐만요. 도련님이 방금 써 놓은 글인데 무슨 뜻인지 한번 보시겠어요?"

그리곤 조금 전에 보옥이 쓴 '기생초' 곡조에 붙인 가사와 게문을 몰래 가져 나와 대옥에게 보여주었다. 그것은 보옥이 일순간의 느낌으로 지은 것이었다. 대옥은 우습기도 하였지만 또한 마음속에 느껴지는 바가 있었다. 그래서 습인에게는 적당히 얼버무렸다.

"그냥 장난삼아 쓴 것에 불과하고 별로 중요한 것은 아닌 것 같은데."

그리곤 그것을 방으로 가지고 돌아와 상운과 함께 읽어보고 다음날에는 보차에게도 보여줬다. 보차가 '기생초'의 가사를 읽어보니 이러했다.

| | |
|---|---|
| 내가 없으면 너도 없는 것, | 無我原非你, |
| 남이 모르면 그냥 두어라. | 從他不解伊. |
| 어디 가든 걸림 없이 오고 가리라. | 肆行無礙憑來去. |
| 망망 세상 어찌하여 희비 논하랴, | 茫茫著甚悲愁喜, |
| 분분하게 친소관계 말해 뭐 하고. | 紛紛說甚親疏密. |
| 녹녹하게 지난 일을 따져 뭐 하랴, | 從前碌碌卻因何, |
| 이제와 생각하면 부질없는 일이네! | 到如今回頭試想眞無趣! |

보차가 이를 다 읽고 다시 게문을 보고 웃으면서 혼잣말로 중얼거렸다.

"이 사람이 정녕 깨달은 모양이구나. 모두가 내 잘못이야. 이게 모두 어저께 내가 읊어준 그 곡조 때문에 생겨난 사단이란 말이야. 이런 도가의 글이나 참선의 이치는 사람의 본성을 바꾸기 쉬운 것이지. 훗날 정말로 이런 정신 나간 소리를 하고 여기에 생각이 빠져들면 이는 모두 내가 읊어준 그 한 곡조로 때문일 것이야. 그리하면 내가 바로 빌미를 만든 죄인이 되는 거잖아."

보차는 곧바로 가사가 적힌 종이를 발기발기 찢어 시녀에게 주면서 태워버리라고 했다. 대옥이 아쉽다는 듯이 말했다.

"찢기는 왜 찢어버려요? 내가 오빠한테 따져 물어볼 테니 다 같이 따라와요. 내가 책임지고 보옥 오빠가 그런 삐뚤어지고 바보 천치 같은 생각을 거두도록 할 테니."

과연 세 사람은 곧 보옥의 처소에 이르렀다. 방 안에 들어서자마자 대옥이 먼저 보옥에게 심문하듯 달려들었다.

"자, 지금부터 보옥 오빠한테 묻겠으니 잘 들어요! 세상에 지극히 귀한 것을 보배〔寶: 보옥의 보(寶)를 말함〕라 하고 지극히 견고한 것을 구슬〔玉: 보옥의 옥(玉)을 말함〕이라 하였는데, 그대는 무슨 귀함이 있고 무슨 견고함이 있습니까?"

보옥이 잠결에 일어나 어안이 벙벙하여 미처 답을 하지 못하자 세 사람은 손뼉을 치면서 웃어댔다.

"이렇게 우둔하신 양반이 어찌 참선을 하겠다는 것입니까?"

대옥이 이어서 덧붙였다.

"오빠가 쓴 게문의 끄트머리에는 '이것을 증명할 수 없다는 경지가, 그게 바로 발 디딜 마지막 경지라'고 하셨는데 물론 좋은 말씀이지만 제가 보기엔 조금 미진한 감이 없지 않습니다. 제가 그 뒤를 이어 두 구절을 덧붙여 볼까요."

| 발 디딜 마지막 경지도 없어져야, | 無立足境. |
| 비로소 진정으로 깨끗해지리라. | 是方乾淨. |

보차가 대옥의 말을 듣고 나서 옛날이야기를 한다.

"정말 그래야 철저하게 깨달았다고 할 수 있는 거죠. 옛날 남종南宗의 육조六祖 혜능惠能은 처음에 스승을 찾아 소주韶州로 갔는데 오조 홍인弘忍이 황매산에 계시다는 소문을 듣고 찾아가 몸소 부엌일을 맡는 화두승火頭僧이 되었답니다. 오조는 법통을 이어갈 후계자를 물색하려고 제자들에게 게문을 한 수씩 써내도록 했는데 상좌 신수神秀가 멋지게 읊어내었대요.

| 나의 몸은 보리수, | 身是菩提樹, |
| 나의 마음 명경대, | 心如明鏡臺, |
| 시시때때로 닦아 내어서, | 時時勤拂拭, |
| 티끌먼지도 없게 하리라. | 莫使有塵埃. |

그때 부엌에서 쌀 방아를 찧던 혜능이 그 게문을 듣고 '좋기는 좋은데 여전히 미진한 데가 있구나' 하고는 자신의 게문을 읊었대요.

| 보리수는 본래 나무가 아니요, | 菩提本非樹, |
| 명경대도 원래 누대가 아니니, | 明鏡亦非臺, |
| 애당초 없는 물건에, | 本來無一物, |
| 티끌먼지 어디 물으랴? | 何處染塵埃? |

그 말을 듣고 오조 홍인은 곧 의발<sup>5)</sup>을 그에게 전수했다고 하지요. 지금 이 게문을 들으니 또한 그와 같은 의미가 있군요. 다만 보옥 아우의

이 게문은 아직 완전하게 마무리되지 않은 것 같은데 이렇게 손을 놓아 버려서야 되겠어요?"

대옥이 웃으면서 다시 물었다.

"아까 대답을 못했으니 진 거나 진배없지요. 이번에 대답한다고 해도 별로 놀랄 일은 아니에요. 앞으로 다시 참선에 대해선 논하지도 마세요. 우리 두 사람조차도 알고 있는 일을 오빠가 아직도 모르는 게 현실인데 그래도 참선하겠다고 하시겠어요?"

보옥은 스스로 자신이 뭔가를 깨달았다고 생각했다. 그런데 지금 돌연 대옥의 질문 한마디에 쩔쩔매며 대답을 못하였고 또 보차로부터는 '어록'에서 인용한 자세한 설명까지 들었다. 이런 것을 그들이 잘 알리라고는 생각지도 못했다. 그리하여 다시 한 번 곰곰이 생각하였다.

'그러고 보니 저들이 나보다 앞서 알고 있었는데도 아직 완전한 깨우침은 얻지 못했는데 하물며 나 같은 것이 지금 이 순간에 스스로 고민을 찾아야 할 까닭이 어디 있으랴.'

그런 생각이 들자 곧 웃음을 띠고 말했다.

"누가 참선을 했다고 그래? 그저 심심풀이로 글 장난을 해본 것뿐인 걸."

그 말에 네 사람은 곧 지난날처럼 스스럼없이 화기애애한 분위기로 돌아갔다.

바로 그때 궁중의 귀비마마께서 수수께끼 초롱[7]을 보내왔다는 전갈이 왔다. 다들 모여서 수수께끼의 해답을 맞혀보고 그 답을 적어 궁중

---

6 불가의 스승과 제자 사이에 전승하고 전승받는 법기(法器). 의(衣)는 가사이고 발(鉢)은 승려들이 밥을 담는 식기임.
7 원문은 등미(燈謎)로, 음력 정월 보름이나 중추절 밤에 초롱에 수수께끼의 문답을 써넣는 놀이.

에 들여보내라는 것이었다. 네 사람은 곧 가모의 큰방으로 달려갔다. 궁중에서 보내온 어린 내시 한 사람이 사각으로 만든 고운 백사등白紗燈 하나를 들고 있었다. 애초부터 수수께끼 놀이에 쓰려고 만든 초롱이었다. 거기에 벌써 한 문제가 쓰여 있었는데 다들 다투어 이 말 저 말 해 답을 맞히려고 애쓰고 있었다. 어린 내시가 다시 유시〔諭示: 귀비가 내리는 명령〕를 전했다.

"아가씨들께서 누구든지 만약 정답을 아시면 곧 발설하지 마시고 각자 종이 위에 남몰래 답을 적어 한꺼번에 저를 주셔야 합니다. 궁중으로 가져가면 귀비마마께서 정답인지 아닌지를 가리시게 될 것이옵니다."

보차 등이 가까이 다가가 살펴보니 칠언절구 한 수가 적혀 있었다. 내용도 별로 새롭거나 기이하지 않았지만 입으로는 칭송을 그치지 않으면서 답이 무엇인지 알아맞히기 어렵다며 일부러 한참 고민하는 시늉을 했다. 사실 그 답은 단숨에 알 수 있는 것이었다. 보옥과 대옥, 상운, 탐춘 네 사람도 곧 답을 알았기에 각자 남몰래 종이에 적어 넣었다. 가환과 가란 등도 불러 풀어보게 하였더니 함께 조금 생각하곤 곧 종이 위에 적었다. 그런 다음 한 가지 물건을 잡아 수수께끼 하나를 만들어 정성스럽게 적어서 초롱 위에 붙였다.

궁중 내시가 들어간 뒤에 저녁이 되자 유시가 전해졌다.

"귀비마마께서 만드신 수수께끼는 다들 알아맞혔는데 둘째 아가씨와 셋째 도련님의 답은 틀린 것이었습니다. 아가씨들이 낸 수수께끼도 모두 답을 적었는데 맞았는지 모르겠군요."

적힌 내용을 꺼내보니 어떤 것은 맞혔고 어떤 것은 틀렸기에 그냥 적당히 얼버무려서 "모두 다 알아맞히셨습니다" 하고 소리쳤다. 내시는 또 수수께끼를 알아맞힌 사람에게 귀비마마께서 내리는 하사품을 전했는데 사람마다 궁중에서 만든 시의 초고를 담는 죽통〔詩筒〕과 찻잔을 씻는 대나무 솔〔茶筅〕 등이었다. 다만 영춘과 가환은 얻지 못했다. 영춘은 그런 것이 다 웃자고 하는 장난에 불과한 것을 잘 알기에 개의치 않았지만, 가환은 기분이 조금 언짢아졌다. 잠시 후 내시가 또 가환에게 직접 말했다.

"셋째 도련님이 지은 수수께끼는 말이 안 돼 귀비마마께서 답을 찾지 못하셨기에 저한테 가져가 직접 도련님께 물어보라고 하셨습니다."

도대체 뭐라고 썼기에 그럴까하고 다들 들여다보았다.

| | |
|---|---|
| 큰형은 뿔이 여덟 개, | 大哥有角只八個, |
| 둘째 형은 뿔이 두 개. | 二哥有角只兩根. |
| 큰형은 늘 침상 위에 앉고, | 大哥只在床上坐, |
| 둘째 형은 늘 지붕에 앉네. | 二哥愛在房上蹲. |

사람들이 다들 까르르 웃었다. 가환은 내시한테 답을 말하지 않을 수 없었다.

"큰형은 베개이고, 둘째 형은 용마루에 얹는 괴수怪獸예요."

내시는 그 말을 받아 적어두고 차를 얻어 마시곤 궁중으로 돌아갔다. 가모는 원춘이 이런 수수께끼 놀이에 취미가 있음을 알고 자신도 점점 좋아하게 되었다. 곧 명을 내려 작고 정교한 병풍 모양의 수수께끼 초롱을 만들어 방에 걸어두고 손녀딸들이 몰래 문제를 만들어 초롱에 붙여두게 하였다. 그리곤 향기로운 차와 맛난 과일을 준비하고 각종 장난감을 마련하여 수수께끼의 정답을 맞힌 사람에게 상으로 주고자 하였다.

가정賈政은 궁중조회가 끝난 뒤에 귀가하여 아직 명절기간이었으므로 저녁시간에 참가하여 다 같이 재미있는 놀이를 하기로 하였다. 주과상을 차리고 재미있는 장난감과 노리개를 준비하여 안채 대청에 채색 등불을 걸고 가모를 청해서 등불구경을 즐기도록 하였다. 위쪽에 가모와 가정, 보옥이 한 상에 앉고 다음에 왕부인과 보차, 대옥, 상운이 한

상에 앉았으며, 영춘과 탐춘, 석춘 세 사람이 다른 한 상에 둘러앉았다. 바닥에는 할멈들과 시녀들이 가득 섰고 이환과 왕희봉 두 사람은 안쪽에 따로 자리를 마련하였다.

가정은 가란이 보이지 않자 물었다.

"어찌하여 우리 난이가 보이지 않느냐?"

할멈이 그 말을 듣고 급히 안으로 들어가 이환에게 물어보니 이환이 일어서서 웃음을 띠고 답했다.

"그 애는 할아버지께서 자기를 부르지 않았다고 감히 올 수 없다면서 안 오려고 했어요."

할멈이 그 말을 가정에게 전하자 옆에서 듣던 사람들이 모두 웃으면서 "천성적으로 황소 고집쟁이로군"이라고 한마디씩 했다. 가정은 가환과 할멈 둘을 보내서 어서 가란을 데려오라고 했다. 가란이 오자 가모는 자신의 옆자리에 앉히고 과일을 집어주며 먹으라고 했다. 다들 즐겁게 웃으며 이야기를 나눴다.

이전 같으면 이러한 자리에서 오로지 보옥만이 온갖 장광설을 내뿜기 일쑤였는데 오늘은 부친인 가정이 자리를 함께 하고 있어서 공손히 대답만 하고 있을 뿐이었다. 다른 사람 중에서는 상운이 비록 규중의 아가씨이지만 평소에 담론을 좋아하는 사람이었는데 오늘은 가정이 동석하고 있어서 역시 입을 굳게 다물고 말을 삼가고 있었다. 대옥이는 본성이 남들과 더불어 쓸데없는 말을 나누기 싫어하는 성격이었고 보차는 본래 경거망동을 하지 않는 성품이니 이런 자리에서는 자연히 태연자약하게 얌전만 빼고 있을 뿐이었다.

그러한 까닭에 이날 저녁의 모임이 비록 일상적인 즐거운 만남이었지만 오히려 무언가에 얽매어 무거운 분위기가 감돌았다. 가모도 가정이 이 자리에 있어서 그런 분위기가 되었음을 알고 술잔이 서너 번 돌자 가정에게 먼저 들어가 쉬도록 했다. 가정도 가모의 뜻이 자기를 내보내고 나서 손자 손녀들과 스스럼없이 즐겁게 놀고 싶어한다는 점을 잘 아는지라 얼른 웃으면서 말했다.

"오늘은 노모께서 이곳에 원소절(元宵節: 음력 정월 대보름날)을 기념하여 수수께끼 초롱을 내걸고 즐기신다는 말씀을 듣고 약간의 술자리를 마련하여 특별히 모임에 참가하게 되었는데 어찌 손자와 손녀들만 귀여워하시고 이 못난 아들한테는 그 반쪽의 사랑도 나눠주시지 않으시나이까?"

가모도 웃으면서 대꾸했다.

"자네가 이곳에 앉아 있으니 저 아이들이 아무도 즐겁게 웃고 떠들려고 하지를 않아 나를 오히려 답답하게 만들고 있으니 낸들 어쩌겠나? 만일 자네가 수수께끼를 한번 맞혀보겠다면 내가 문제를 낼 터이니 해보게나. 만일 알아맞히지 못하면 벌을 받아야 하네."

"그야 물론 벌을 받아야지요. 하지만 알아맞히면 저에게도 상을 주시겠지요?"

"그야 여부가 있나."

가모는 곧 '과일이름 알아맞히기'의 수수께끼 문제를 냈다.

원숭이는 몸도 가볍게 나무 끝에 서 있네.　　　　　猴子身輕站樹梢.

가정은 정답이 여지[8]라는 걸 알았지만 일부러 모르는 척하며 이것저것 엉뚱한 답을 말해 벌로 수많은 물건을 낸 다음에 겨우 알아맞혀서 가모의 물건을 상으로 받았다. 이번에는 가정이 '일상용품 알아맞히기' 문제를 내고 가모가 대답할 차례였다.

---

8 여지(荔枝)는 과일 이름으로 가지 끝에 서다(立枝)라는 말과 중국어 음이 같음.

| | |
|---|---|
| 모양은 네모로 단정하고, | 身自端方, |
| 온몸은 자체가 단단하며. | 體自堅硬. |
| 비록 말은 한마디 못해도, | 雖不能言, |
| 할 말 있으면 필시 응하네. | 有言必應. |

가정은 문제를 낸 다음에 가만히 보옥에게 일러주었다. 보옥은 무슨 뜻인지 알고 다시 몰래 할머니한테 귀띔했다. 가모도 생각하던 차에 틀림없는 걸 알고는 곧 답을 했다.

"벼룻돌!"

"과연 노모님은 대단하십니다. 그냥 딱 한 번에 알아 맞히셨군요."

그리고 소리쳤다.

"어서 축하 비단을 가져와 바쳐라."

일하는 어멈들이 서둘러 큰 상과 작은 상을 한꺼번에 바쳤다. 가모가 훑어보니 모두가 정월 보름에 쓰는 노리개와 신기한 장난감 등이어서 더욱 기뻐했다.

"네 아버지께 술을 따라드려라."

곁에 있던 보옥이 얼른 술병을 잡고 영춘이 나서서 술잔을 받아 올렸다. 가모가 다시 한마디 덧붙였다.

"자네 저 병풍 위를 잘 보게. 모두가 다 저 손녀딸들이 만든 수수께끼들이지. 한 번 더 맞혀보려는가?"

가정이 병풍 앞에 다가가 보니 첫 번째 문제는 이렇게 쓰여 있었다.

| | |
|---|---|
| 요괴마왕 간담조차 서늘하게 하는, | 能使妖魔膽盡摧, |
| 비단 같은 몸매에다 우레 같은 기세. | 身如束帛氣如雷. |
| 한 번 소리치면 온 세상이 놀라지만, | 一聲震得人方恐, |
| 얼핏 머리 돌려 다시 보면 재뿐이라. | 回首相看已化灰. |

"이건 폭죽爆竹이겠지."
가정이 정답을 맞히자 보옥이 얼른 나서서 말했다.
"네, 맞혔습니다."
가정은 다음 수수께끼를 계속 읽어보았다.

하늘 운과 사람 공은 다함없어라,　　　　　天運人功理不窮,
공만 있고 운 없으면 만날 수 없네.　　　　有功無運也難逢.
어이타 하루 종일 어지럽게 분주해,　　　　因何鎭日紛紛亂,
음양의 숫자배열 서로 맞지 않아서.　　　　只爲陰陽數不同.

"이건 주판이구먼."
가정의 대답에 이번에는 영춘이 나서서 응했다.
"네, 맞혔습니다."
가정은 다시 다음 것을 보았다.

섬돌 아래 아이들이 고개 들어 바라보네,　　階下兒童仰面時,
청명한 하늘 위에 점점으로 찍힌 화장.　　　淸明妝點最堪宜.
실 한 올 끊어지면 하릴없이 날아가니,　　　游絲一斷渾無力,
행여나 봄바람에 이별 원망일랑 말지어다.　莫向東風怨別離.

"이건 연鳶이 아니냐."
이번엔 탐춘이 나서며 대답했다.
"네, 맞습니다."
가정은 이어서 다음 수수께끼를 읽었다.

전생의 인연일랑 이루지도 못하면서,　　　前身色相總無成,
마름의 노래 대신 독경소리 듣는구나.　　　不聽菱歌聽佛經.
이승은 먹빛바다 원망조차 행여 않고,　　　莫道此生沉黑海,
천성의 자신 속에 대광명을 품었도다.　　　性中自有大光明.

"이건 부처님 앞에 서 있는 해등海燈이 분명하구나."

석춘이 웃으면서 대답했다.

"네, 해등이 맞아요."

가정은 잠시 깊은 생각에 빠져들었다.

'귀비가 지은 수수께끼는 폭죽인데 이런 물건이란 소리를 한 번 요란하게 내곤 흩어지는 것이고, 영춘이 지은 주판이란 난마처럼 얽혀서 요동치는 것이고, 탐춘이 지은 연은 공중에 날아올라 표연히 떠도는 물건이고, 석춘이 지은 해등은 고적한 절간에서 외롭게 서 있는 것이 아니던가. 오늘은 정월 대보름 좋은 명절날인데 왜 다들 이처럼 상서롭지 못한 물건들을 가져다 장난삼아 수수께끼로 만들게 되었단 말인가?'

내심 점점 마음이 무겁게 내려앉는데 노모를 모시고 있는 마당이라 감히 내색하지는 못하고 억지로 계속 읽어내려 갔다. 다음의 수수께끼는 칠언율시 한 수인데 이는 보차가 지은 것이었다.

조회 끝나면 소매 끝에 연기만 남을 터,　　　朝罷誰攜兩袖煙,
칠현금 옆과 이불 속과도 인연은 없어라.　　琴邊衾裏總無緣.
새벽시간 계인이 시간 알릴 필요 없고,　　　曉籌不用雞人報,
오경에도 시녀가 향을 피울 까닭 없네.　　　五夜無煩侍女添.
아침저녁 시시때때 제 머리 불태우고,　　　焦首朝朝還暮暮,
매일같이 세세년년 제 마음 지지누나.　　　煎心日日復年年.
세월은 유수같이 순식간에 흐르노니,　　　光陰荏苒須當惜,
풍우와 음지양지 하릴없이 바뀌도다.　　　風雨陰晴任變遷.

가정은 이 수수께끼 시를 읽은 다음에 다시 한 번 깊은 생각에 빠졌다.

'이것의 정답은 시간을 알리는 경향⁹인데 이놈은 언젠가는 다 타버리

---

9 경향(更香)은 밤에 쓰기 위해 제조한 가늘고 긴 향으로 하나가 다 타면 1경이 지남.

고 마는 것. 어찌하여 아직 어린것들이 지은 게 이처럼 불길하기만 하단 말인가. 오랫동안 길이길이 수복을 누리고 살 자들이 아닌 모양이구나!'

생각이 거기에 미치자 더욱 마음이 무겁고 착잡하여 슬픈 마음이 표정으로 드러나려 하였다. 방금 전까지의 즐거운 생각은 사라지고 고개를 떨구고 깊은 상념에 잠겼다.

가모는 가정의 이러한 모습을 보고는 그가 몸이 좀 피곤한 것이라고 생각해서, 이 기회에 여러 손녀딸들을 얽매임 없이 즐겁게 놀게 하려고 곧 가정에게 말했다.

"자자, 이제 자네는 그만하면 됐네. 수수께끼는 그만 풀고 돌아가 좀 쉬게나. 우리는 좀더 앉았다가 끝마칠 테니까."

가모의 말을 듣고 가정은 곧 몇 번이고 '예, 예' 하고는 다시 억지로 노모한테 술 한 잔을 올리고서야 물러갔다. 자신의 방으로 돌아가서도 깊은 사색에 빠져 몸을 뒤척이며 잠을 이루지 못하고 슬픈 생각에 휩싸였다.

한편 가모는 가정이 나가자 여러 사람들에게 큰소리로 외쳤다.

"자, 이제부턴 너희 세상이니 마음껏 즐기며 놀아라!"

그 말이 미처 끝나기도 전에 벌써 보옥이는 병풍 앞으로 달려 나가 손가락을 휘젓고 발을 들었다 놓았다 하면서 수수께끼 하나하나에 온갖 비평을 달기 시작했다. 이 구절은 이래서 좋고 저 구절의 시작은 어째서 마땅치 않다면서 고삐 풀어놓은 원숭이 마냥 날뛰었다. 보차가 우선 한마디 충고했다.

"아무래도 조금 전처럼 그냥 앉아서 떠들고 이야기하는 게 좋겠네요. 그게 더 점잖지 않겠어요?"

안에 있던 희봉이 서둘러 나서면서 끼어들었다.

"이런 사람을 봤나? 보옥 도련님! 아무래도 도련님한테는 아버지 곁에 붙어서 한 발짝도 떨어지지 않도록 하는 게 좋겠어요. 방금 전에 내가 깜빡했는데, 아버지가 계실 때 그 앞에서 도련님한테 직접 수수께끼 시 한 수를 지어보도록 시키라고 말씀드릴걸 그랬군요. 과연 그러했다 면 지금쯤 식은땀깨나 흘렸겠지."

그 말에 보옥이 깜짝 놀라 희봉한테 달려들어 꽈배기처럼 칭칭 감아 들며 응석을 부렸다. 가모는 이환을 비롯하여 여러 손녀딸들과 더불어 한참을 더 재미있게 웃고 떠들다가 다들 피곤해하고 시간도 자정이 넘 어 경루〔更漏: 물시계를 이용해 때를 알리는 장치〕가 네 번이나 울리자 음식들 을 치우고 물건들을 상으로 나눠준 뒤에 자리에서 몸을 일으켰다.

"자, 이제 다 같이 각자 쉬러 가자. 내일은 또 명절 끝이니 일찍 일어 나야지. 내일 저녁에 또 놀면 되지 뭐."

이어지는 이야기는 다음 회를 보시라.

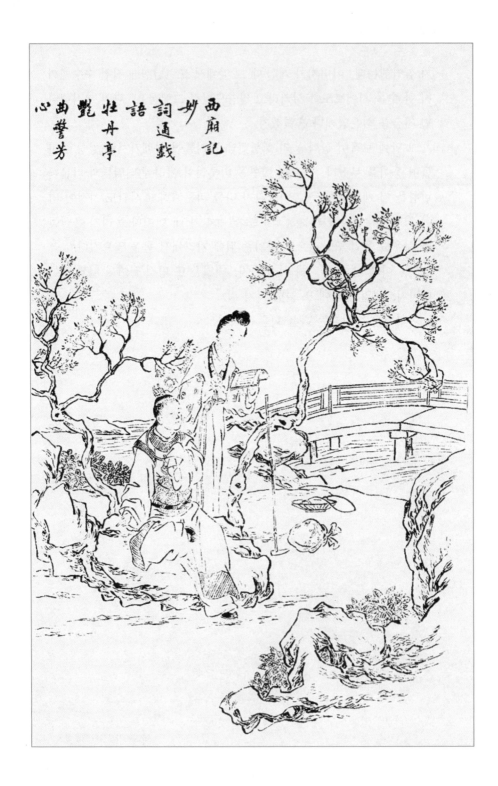

西廂記
妙詞通戲
語
牡丹亭
艷
曲警
心 芳

# 서상기와 모란정

서상기 기묘한 사는 희롱의 말로 통하고
모란정 애틋한 곡은 소녀의 마음 흔드네
西廂記妙詞通戱語 牡丹亭艶曲警芳心

가원춘賈元春은 지난번 대관원을 떠나 궁중으로 돌아간 후에 탐춘探春
에게 명하여 그날 지었던 모든 시구들을 잘 정리하고 초록하여 편차를
만들고 우열을 나누고, 또 대관원에 비석을 세워 천고의 풍류와 우아한
일로 기념할 수 있도록 했다. 귀비의 뜻을 전해들은 가정은 각지의 장
인들을 골라 뽑아 대관원에 돌을 세우고 글자를 새기도록 하였다. 이에
가진賈珍이 가용賈蓉과 가평賈萍 등을 인솔하고 감독에 나섰다. 가장賈薔
은 문관文官 등 열두 명의 소녀 연극단을 관리하는 단장을 맡아 바빴기
때문에 가진은 따로 가창賈菖과 가릉賈菱을 불러 감독 일을 맡도록 하였
다. 마침내 날을 받아 붉은 글씨에 밀랍을 붙이고 글자를 새기기 시작
하여 공사가 본격적으로 진행되었다. 이 얘기는 여기서 잠시 접는다.

그보다 우선 다른 얘기를 먼저 하도록 한다. 옥황묘玉皇廟와 달마암達
摩庵 두 곳에 임시 거처하던 열두 명의 어린 사미승과 열두 명의 어린 도

사를 이번에 대관원으로 옮겨오도록 하였다. 가정은 이들을 각 절에 나누어 살게 할 생각이었다. 이때 마침 뒷골목에 살고 있는 가근賈芹의 모친인 주씨周氏가 가정과 왕부인에게 청을 넣어 여러 가지 대소사 중에서 자기 아들에게 일거리 하나를 주어 관장하도록 손을 써 볼 요량이었다. 그러면 아무래도 돈푼이나마 만질 수 있을 거라고 생각했기 때문이었다.

그런데 뜻밖에 바로 그러한 소식을 듣자 곧장 가마를 타고 왕희봉에게 찾아왔다. 희봉은 그녀가 평소에 위세를 부리지 않는다는 걸 알았기에 두말없이 그렇게 하라고 허락했다. 그리고 몇 마디 이유를 생각하여 왕부인을 찾아가 말했다.

"이들 어린 스님과 도사들을 다른 곳으로 보내서는 절대로 아니 됩니다. 언젠가 불시에 귀비마마께서 납시게 되면 곧바로 불러다 써야 하는데 만일 흩어지게 하였다가 필요할 때 다시 쓰려면 결국 골칫거리가 되지요. 제 좁은 소견으로는 그들을 우리 집 가묘〔家廟: 한 집안의 사당〕인 철함사鐵檻寺에 모아 두는 것이 좋을 듯싶습니다만. 한 달에 한 번씩 사람 하나 보내어 은자 몇 냥으로 땔감과 양식만 마련해주면 그만 아니겠습니까? 그들이 필요할 때 가서 바로 불러올 수 있으니 전혀 힘들 것도 없을 거고요."

왕부인이 듣고 가정과 상의하였다. 가정이 웃으면서 응낙했다.

"그래, 오히려 나를 일깨워 주었구먼그래. 그렇게 하는 게 좋겠소."

그 자리에서 바로 가련을 불렀다. 가련은 마침 희봉과 함께 식사하다가 무슨 급한 일인지 몰라 곧 숟가락을 놓고 일어나려고 했다. 희봉이 곁에서 붙잡아 세우며 웃었다.

"당신 잠깐 제 말씀 좀 들어보세요. 다른 일 같으면 저도 상관하지 않겠지만 만약 어린 스님과 도사의 일이라면 어쨌든 제 말씀대로 하시는 게 좋을 거예요."

그러면서 이건 이렇고 저건 저렇고 한바탕 사전교육을 시켰다.

가련이 웃으면서 빈정댔다.

"글쎄, 난 잘 모르겠으니 당신이 그런 재주 있으면 직접 말씀드려보시지."

그 말에 희봉은 머리를 빳빳이 세우고 젓가락을 내려놓더니 웃는 듯 마는 듯 가련을 노려보면서 당차게 달려들었다.

"정말 그러자는 거예요, 아니면 농담이에요?"

"서쪽 행랑채의 다섯째 형수의 아들 운아가 나를 두어 번 찾아와서 할 일을 하나 맡겨 달라고 청하여 내가 그러마 하고 기다려 보라고 했거든. 겨우 이번에 일이 생겼는데 당신이 또 뺏어가려고 하니까 그러잖아."

가련의 말에 희봉도 웃으면서 답했다.

"그런 거라면 걱정 마세요. 대관원 동북쪽 귀퉁이에도 귀비마마께서 말씀하시길 소나무며 잣나무 등을 더 많이 심어야겠다고 하셨고 누각 아래엔 화초도 더 가꾸라고 하셨거든요. 이번 일이 잘되면 제가 책임지고 운아에게 그 일을 맡길 테니까요."

"과연 그리 해준다면 나도 알았소. 헌데 간밤에 말이야, 난 그저 평소 자세를 약간 바꿔 보려고 했던 것인데 당신은 그냥 손발을 비틀어 대면서 왜 그렇게 말을 듣지 않은 거요?"

갑자기 가련의 엉뚱한 소리를 들은 희봉은 피식 웃음을 터뜨리며 가련을 향해 퉤퉤하고 침을 뱉으며 물러가라 하고 자신은 고개를 숙여 다시 밥을 먹기 시작했다.

가련은 능글맞게 웃으면서 물러 나와 가정에게로 갔다. 과연 어린 스님들에 대한 처우 문제였다. 가련은 희봉의 소견대로 말했다.

"요즘에 와서 근아芹兒가 몰라보게 달라졌습니다. 이런 일은 그 녀석한테 시키면 잘해낼 겁니다. 어쨌든 정해진 내규에 따라 매월 근아에게 와서 수령하도록 하면 그 뿐입니다."

가정은 본래 이런 문제에 대해 그다지 따지지 않는 성격이었고 가련조차 그렇게 말하니 그대로 하도록 했다. 가련이 집에 돌아와 희봉에게 그 말을 전하니 희봉은 곧 사람을 시켜 주씨에게 그 사실을 알렸다. 가근이 곧장 달려와 가련 부부에게 극진히 인사하면서 몇 번이고 고맙다고 했다. 희봉은 그 자리에서 인정을 베푸는 척하며 가련에게 먼저 석 달치 비용을 내놓으라고 졸라 수령장을 쓰도록 했다. 가련이 비표에 수결手決한 다음 즉석에서 부절을 내어 줬다. 금고지기는 수표의 액수만큼 석 달치 비용으로 번쩍이는 은전 이삼백 냥을 내주었다. 가근은 손에 은전 한 닢을 얼른 집어 저울질하는 일꾼에게 찻값에 쓰라고 건네주고는 나머지 돈을 하인에게 들게 하여 집으로 돌아와 모친과 상의하였다.

　가근은 큰 노새 한 마리를 빌려 타고 여러 채의 수레를 세내어 영국부의 쪽문에 와서 어린 스님과 도사 스물네 명을 모두 수레에 태우고 곧장 성 밖의 철함사로 달려갔다. 이 얘기는 여기서 일단 접기로 한다.


　한편 귀비 가원춘은 궁중에서 엮은 대관원 시집을 보다가 문득 대관원의 경치를 떠올렸다. 자신이 행차하고 돌아온 이후에 부친이 필시 대관원을 엄하게 봉쇄하여 사람들이 들어가지 못하도록 막고 있을 텐데 그러면 정원이 얼마나 쓸쓸하고 처량할까 하는 생각이 들었다. 마침 집 안에 시를 잘 짓는 자매들이 여럿 살고 있으니 그들에게 들어가 살도록 하면 이들 가인들이 공연히 쓸쓸하게 세월을 보내지 않아도 되고 정원 안의 화초와 나무들도 빛을 더할 것이라고 생각되었다.

　또 보옥이는 어려서부터 자매들 사이에서 자랐기 때문에 다른 형제와는 달리 생각했는데 그도 함께 들어가 살라고 하는 것이 좋겠다고 생각했다. 만일 보옥이 따로 떨어져 있어 쓸쓸하고 마음이 적적하게 되면 가모나 왕부인의 걱정도 늘어나는 격이니 그도 함께 대관원에 들어가도록 하는 것이 좋겠다고 생각한 것이다.

생각을 정하고는 태감인 하수충夏守忠 영감을 불러 영국부에 유지諭旨를 내렸다. 보차 등을 대관원에서 거주하여 그곳을 금지된 정원으로 만들지 말도록 하며 아울러 보옥이도 함께 들어가 공부하도록 하라고 명하였다.

가정과 왕부인은 귀비의 유지를 받고 하수충 영감을 접대하고 돌려보낸 다음 바로 가모에게 그 뜻을 아뢰고 사람을 시켜 대관원에 들어가 곳곳을 깨끗이 청소하도록 하고 필요한 곳마다 주렴과 장막과 침상 휘장을 치도록 시켰다. 이 소식이 전해지자 다른 사람은 그렇다 치고 보옥은 너무나 기뻐하며 어쩔 줄 몰라 했다. 그래서 곧 할머니와 여러 가지 방안을 논의하면서 이것저것 달라 하고 만들라고 하였다. 그때 홀연 시녀 하나가 달려와 "나리께서 보옥 도련님을 찾으십니다"라고 말했다.

보옥은 그 소리에 마치 벼락이라도 얻어맞은 듯 순식간에 흥이 깨지고 얼굴빛이 확 변했다. 할머니를 잡아당기며 엿가락처럼 달라붙더니 죽어도 못 가겠다고 떼를 썼다. 가모가 조용하게 달랬다.

"애야, 여기 이 할미가 있잖니. 아무 걱정 말고 어서 가 보렴. 네 아범도 함부로 너를 야단치지는 못할 테니까. 게다가 네가 또 좋은 글을 짓지 않았니. 아마도 귀비마마께서 너까지 들어가서 살도록 하였으니 너한테 몇 마디 분부할 말씀이 있으시겠지. 그래 봤자 원내에서 너무 개구쟁이로 놀지 말라는 말씀일 게다. 뭐라 말씀하시든 너는 그저 잘 알았습니다 하고 대답하면 되는 게야."

그렇게 달래는 한편 늙은 할멈 둘을 불렀다.

"보옥이를 잘 데려갔다가 제 아범한테 혼나지 않게 잘 보살펴 주어라."

보옥은 어쩔 수 없이 따라 나섰지만, 질질 끌려가는 소처럼 한 걸음에 겨우 세 치도 움직이지 않으며 자꾸 땅바닥에 주저앉곤 했다. 그때 가정은 마침 왕부인 방에서 뭔가 상의하고 있었다. 금천아金釧兒와 채운彩雲, 채하彩霞, 수란繡鸞, 수봉繡鳳 등의 여러 시녀들이 모두 나와 처마 밑에 서 있다가 보옥이 오는 모양을 보고 입을 가리며 웃음을 참지 못했다. 금천아가 달려가 보옥을 덥석 한 손으로 잡고는 은근한 목소리로 말했다.

"도련님, 지금 제 입술에 향기로운 연지를 막 발랐거든요. 이번에도 한번 빨아먹어 볼래요?"

채운이 뒤에서 달려들어 금천아를 밀치고 웃으며 말렸다.

"남은 지금 속이 잔뜩 뒤틀려 있구먼 넌 이 판국에 놀리기까지 하냐? 지금 나리의 기분이 좋으실 때 얼른 들어가 뵙도록 하세요."

보옥은 할 수 없이 몸을 구부리고 들어가니 가정은 왕부인과 함께 건너편 구들 위에 마주 앉아 이야기를 나누고 있고 바닥에는 의자들이 쭉 놓여 있는데 영춘과 탐춘, 석춘, 가환 네 사람이 이미 그곳에 와 있었다. 보옥이 들어오자 영춘을 제외한 나머지 세 사람이 일어나 안으로 맞이했다.

가정이 보니 보옥이 눈앞에 있는지라, 곁에 있던 가환과 비교하여 살펴보았다. 보옥은 몸매에서 신비로운 기운이 풍기고 빼어난 빛깔이 퍼져 나오는 듯하였고, 가환은 인물 됨됨이 왜소하고 자잘하며 행동거지가 거칠고 무언가 나사가 빠진 듯하였다. 문득 먼저 세상을 떠난 큰아들 가주賈珠를 떠올리며 다시 마주 앉은 왕부인을 건너다보았다. 그녀에게는 이제 친아들이라곤 이 녀석 하나뿐이니 평소 손안의 구슬처럼 애지중지 하는구나 하는 생각이 들었다. 자신의 수염도 벌써 희끗희끗하게 나이가 들어가는 것을 느끼며 몇 가지 일로 평소 보옥을 언짢게 생각하고 미워하던 마음이 자신도 모르게 거의 사라지고 말았다. 한참 만에야 말문을 열었다.

"귀비마마께서 네가 날마다 바깥에서 놀기만 좋아하고 점차 공부를 게을리 하니 지금부터는 너를 다잡아 잘 다스리라 하시고 누이들과 함께 대관원 안에서 책을 읽고 글씨를 쓰라고 명하셨단다. 그러하니 너는 마음을 가다듬고 공부에 전념해야 하느니라. 만일 앞으로 본분을 제대로 지키지 않고 규칙을 멋대로 어기게 되면 내 가만두지 않을 터이니 각별히 조심하렷다!"

보옥은 연거푸 몇 번이고 "네! 네!" 하고 대답했다. 왕부인이 얼른 보옥의 손을 끌어 자신의 옆자리에 앉혔다. 왕부인은 보옥의 목덜미를 어루만지면서 물었다.

"지난번 환약은 다 먹었니?"

"아직 한 알 남았어요."

"내일 열 알을 더 가져다가 매일 잠자기 전에 습인에게 시중들라 하고 먹은 뒤에 자도록 해라."

"어머니 분부대로 하고 있어요. 습인이 매일 저녁마다 잊지 않고 챙겨 주고 있어요."

모자간의 대화를 옆에서 듣던 가정이 문득 물었다.

"습인이란 아이가 누구요?"

"시중드는 시녀예요."

가정이 왕부인에게 대꾸했다.

"시녀들이야 어떻게 부르든 상관없지만 누가 괴상망측한 발상을 하여 그런 이름을 붙였단 말이오?"

가정이 습인의 이름을 언짢게 생각하고 있는 걸 보고 왕부인은 얼른 보옥을 감싸며 둘러댔다.

"할머님이 붙이신 이름이랍니다."

"노모께서 어떻게 그런 말을 하실 줄 아시겠소? 분명히 이놈 보옥이 짓이겠지. 안 그러냐, 이놈아?"

보옥은 더 이상 속일 수가 없음을 알고 부득이 일어나 아뢰었다.

"평소에 책을 읽다가 옛 사람의 시 한 구절을 외우게 되었는데 '화기 습인지주난花氣襲人知晝暖'이라고 '꽃향기 물씬 풍기니 한낮이 따스함을 알겠네'라는 구절이옵니다. 마침 이 시녀의 성씨가 꽃 화花자를 쓰기에 그냥 자연스럽게 그 이름을 붙였던 것입니다."

왕부인이 선뜻 나서며 사태의 확산을 막으려고 보옥에게 타일렀다.

"보옥아, 돌아가거든 그 이름을 고치려무나. 당신도 이런 별거 아닌 일로 너무 신경 쓰지 마시고요."

"어찌 되었든 별 상관이야 없을 테니 굳이 고칠 필요는 없을 거요. 다만 보옥이 이 녀석이 올바른 일에 힘쓸 생각은 않고 농염한 시구 나부랭이에나 정신을 팔고 있는 게 문제란 말이오."

가정은 말을 마치자 곧 보옥에게 호통 쳤다.

"이 천하에 돼먹지 못한 녀석 같으니라고. 썩 물러나지 못하겠느냐?"

왕부인도 얼른 한마디 덧붙였다.

"그래. 어서 가 보렴. 할머님께서 밥상 차려놓고 기다리실 게다."

보옥이 천천히 물러 나오다 문밖에서 금천아를 향해 웃으며 혀를 날름 하고는 두 할멈과 함께 쏜살같이 빠져나왔다.

건물 아래로 통하는 천당穿堂에 이르자 습인이 문설주에 기대어 기다리고 있었다. 보옥이 별 탈 없이 돌아오자 안도의 웃음을 지으며 물었다.

"도련님을 왜 불렀대요?"

"아무것도 아냐. 대관원에 들어가서 말썽피우며 놀까 봐 몇 마디 당부 말씀을 하시려는 거였어."

곧 할머니에게 다녀왔다는 말씀드리고 돌아보니 임대옥이 와 있었다.

"누이는 어디에 살게 돼?"

대옥은 그러지 않아도 바로 그 생각을 하던 차였는데 보옥이 묻자 웃으면서 얼른 대답한다.

"난 지금 소상관이 좋을 거 같아요. 대나무 사이로 은은하게 굽이진

76

난간이 감춰져 있어 다른 곳보다 훨씬 그윽하고 조용하잖아요."

보옥이 그 말에 박수를 치며 좋아했다.

"어쩌면 내 생각하고 그렇게 똑같지. 나도 누이가 그곳에 살기를 바라고 있었는데. 난 이홍원怡紅院에 살게 되었거든. 우리 둘이 서로 가깝고 둘 다 맑고 그윽한 곳이어서 너무나 좋을 거야."

두 사람이 그런 이야기를 하고 있는데 가정이 사람을 보내 가모에게 말씀을 전했다.

"이월 스무이튿날이 좋은 날이라 하여 날을 받으셨다고 하시네요. 도련님과 아가씨들이 그날 옮겨가시면 되겠다고 하셨어요. 요 며칠 사이 사람을 보내 거처 안팎을 치워놓도록 하시겠대요."

그리하여 보차는 형무원蘅蕪苑에 살게 되었고 대옥은 소상관, 영춘은 철금루綴錦樓, 탐춘은 추상재秋爽齋, 석춘은 요풍헌蓼風軒, 이환은 도향촌稻香村, 그리고 보옥은 이홍원에 거주하게 되었다. 각처마다 개인이 데리고 있던 유모나 데려온 시녀를 제외하고 별도로 일꾼 할멈 두 명과 시녀 네 명을 추가로 배치하였으며 또 청소하는 사람도 따로 두었다.

스무이튿날이 되자 여러 사람들이 일시에 대관원으로 들어가게 되었다. 순식간에 이 거대한 정원은 꽃같이 아름답고 비단같이 고운 사람들이 하늘거리는 버들가지가 향기로운 바람결에 흔들리듯 오고가는 모습에 지금까지의 적막한 모습이 일시에 바뀌고 말았다.

보옥은 대관원으로 옮겨온 이후로 마음이 흡족하고 기분이 좋아져서 다른 것에는 일체 욕심을 부리지 않았다. 매일같이 자매들이나 시녀들과 함께 책을 읽고 글씨를 쓰며 칠현금을 타거나 바둑을 두기도 하였고, 혹은 그림을 그리거나 시를 읊기도 하였다. 심지어 자수의 본을 뜨거나 온갖 풀이름 맞히기[1], 머리에 꽃 꽂아 주기, 나직한 목소리로 흥

---

[1] 민속놀이로 봄여름에 꽃과 풀이 무성할 때 규중에서 이 놀이를 많이 즐겼음. 화초

얼대며 노래 부르기를 하거나 글자풀이와 수수께끼 맞히기 등 무엇이
든 즐기며 보내게 되었다.

　그동안 보옥이 지은 즉사시〔卽事詩: 눈앞에 있는 사물을 제재로 삼은 시〕가
몇 수나 되는데 뜻밖에 사실적인 정경과 사연을 담고 있어서 볼 만했
다. 그중의 몇 수를 보면 이러했다.


봄밤 이야기　　　　　　　　　　　　春夜卽事
노을빛 비단휘장 구름 이불 펴내니,　　霞綃雲幄任鋪陳,
길 건너 야경소리 어렴풋이 들려오네.　隔巷蟆更聽未眞.
베개는 싸늘하고 창밖에는 비가 오니,　枕上輕寒窓外雨,
눈앞엔 봄빛이요 꿈길에는 정든 님.　　眼前春色夢中人.
촛농은 그렁그렁 누굴 위해 눈물짓고,　盈盈燭淚因誰泣,
점점이 지는 꽃잎 나로 인해 노하였나.　點點花愁爲我嗔.
응석받이 아가씨는 게으름에 젖어,　　自是小鬟嬌懶慣,
이불 안고 웃으면서 떠들기를 못 참네.　擁衾不耐笑言頻.


여름밤 이야기　　　　　　　　　　　夏夜卽事
수놓다 지친 가인 깊은 꿈에 빠지고,　　倦繡佳人幽夢長,
새장 속 앵무새는 차 따르라 소리치네.　金籠鸚鵡喚茶湯.
거울함 열어보니 밝은 달빛 비추는 듯,　窓明麝月開宮鏡,
방 안엔 단향 구름 어사향을 피웠는가.　室靄檀雲品御香.
호박의 술잔으로 박하주를 기울이고,　琥珀杯傾荷露滑,
유리의 난간에는 버들바람 불어오네.　玻璃檻納柳風涼.
호숫가 정자에 비단자락 휘날리니,　　水亭處處齊紈動,
주렴 걷은 누각서 밤 화장을 지우누나.　簾卷朱樓罷晩妝.


---

나 대나무를 꺾어서 이름을 대며 대결하는데 희귀한 것을 가진 사람이 이기는 놀
이.

가을밤 이야기                                        秋夜卽事

강운헌 소란 멈춰 고요함 깃들었고,                     絳芸軒裏絶喧嘩,
밝은 달 흐르는 빛 사창에 스며드네.                     桂魄流光浸茜紗.
이끼 낀 섬돌 위엔 두루미가 잠이 들고,                  苔鎖石紋容睡鶴,
우물가 오동나무 갈가마귀 이슬 젖네.                    井飄桐露濕栖鴉.
시녀는 이불 안고 봉황금침 깔아주고,                    抱衾婢至舒金鳳,
난간에 섰던 이는 돌아와서 비녀 푸네.                   倚檻人歸落翠花.
한밤의 전전반측 술기운에 목마르고,                     靜夜不眠因酒渴,
재 속 깊은 불 다시 지펴 차 끓이네.                     沉煙重撥索烹茶.


겨울밤 이야기                                        冬夜卽事

대나무 매화나무 꿈꾸는 야삼경에,                      梅魂竹夢已三更,
비단금침 깔았건만 잠 못 이뤄 괴로워라.                 錦罽鸝衾睡未成.
소나무 그림자에 학이 노는 정원에,                     松影一庭惟見鶴,
배꽃 같은 눈송이 꾀꼬리는 어딜 갔나.                  梨花滿地不聞鶯.
소녀는 푸른 소매 시 생각이 차가웁고,                   女兒翠袖詩懷冷,
공자는 금빛담비 술기운이 가볍구나.                     公子金貂酒力輕.
차 맛을 아는 시녀 솜씨가 반가워라,                     卻喜侍兒知試茗,
첫눈을 쓸어 모아 때맞춰 차 끓이네.                     掃將新雪及時烹.


    당시 권세에 이득을 보려는 사람들은 이 시가 영국부의 열두서너 살 된 귀공자가 지은 것임을 알고 다투어 베껴다가 각지로 다니면서 칭송하기를 그치지 않으며 소란을 떨었다. 또 당시 내로라하는 경박한 귀족 자제들은 이 시가 풍류 넘치는 요염한 구절이라고 하면서 마음에 두고 부채나 바람벽에 써 놓고는 시시때때로 읊조리며 침이 마르게 칭송하곤 했다. 그 바람에 어떤 사람들은 보옥을 직접 찾아와 시나 글씨를 써 달라고 하고, 그림이나 글을 청탁하기도 하였다. 보옥은 어린 나이에 스스로 으쓱하여 온종일 이러한 쓸데없는 잡일에 세월을 보내고 있었다.

하지만 뜻밖에 고요함 속에서 번뇌가 일어나듯 하루는 돌연 우울함에 빠져 이것도 싫고 저것도 싫다하고 들락날락 거리면서 미치도록 답답해하였다. 대관원에 있는 대부분의 여자애들은 마치 혼돈의 세계처럼 천진난만한 시절이라 퍼질러 앉거나 드러눕는 것도 전혀 가리지 않고 남의 따분한 속은 알 바 없이 그저 무심하게 웃고 떠들어대고 있을 뿐이었다. 보옥의 마음은 더욱 답답하고 불편하여 원내에 있기가 싫어 밖으로 싸돌아다니기만 하였지만 오히려 점점 바보가 되어가는 느낌이었다. 몸종으로 시중드는 명연茗煙이 그나마 보옥의 그러한 변화를 눈치채고 어떻게든 마음을 풀어주려고 이리저리 골똘히 생각해 보았지만 대개가 보옥이 싫증나도록 놀아 본 것들이라 제대로 우울한 마음을 풀어줄 수가 없었다.

그러다 문득 어느 한 가지 생각에 미쳤다. '그래 바로 이거야! 도련님이 이런 것은 아직 한 번도 볼 기회가 없으셨겠지' 하고 생각하며 곧장 길거리 책방으로 달려갔다. 고금의 이름난 소설과 조비연趙飛燕과 조합덕趙合德 자매 이야기, 측천무후則天武后 이야기, 양귀비楊貴妃 이야기 등의 야사와 희곡 대본을 수도 없이 사들여와 보옥에게 보여주었다. 보옥으로서는 과연 처음 보는 책들이었다. 그는 곧 보배를 만난 듯 귀하게 여겼다. 명연이 거듭 다짐을 받으면서 대관원에는 절대 갖고 들어가지 말라고 일렀다.

"누군가 알면 저는 먹던 밥그릇 싸들고 줄행랑쳐야 할 거예요."

하지만 보옥이 어디 그럴 사람이던가. 안달이 나서 배기지 못하고 몇 번이고 주저주저 하다가 문장이 좋고 짜임새가 있는 것을 몇 가지 골라 대관원에 갖고 들어가 침상 곁에 두고 아무도 없을 때 몰래 꺼내 보곤 하였다. 그리고 너무 저속하고 노골적인 것들은 바깥 서재에 감춰 두었다.

그러던 어느 날 때는 바야흐로 삼월 중순경이었다. 아침 조반을 마친

뒤에 보옥은《회진기會眞記》, 즉《서상기西廂記》[2] 한 질을 가지고 심방
갑沁芳閘 다리 옆의 복사꽃 아래 놓인 돌 위에 자리를 잡고 앉았다. 그는
《회진기》를 펴고 처음부터 천천히 감상하기 시작했다.

책 속에서 막 '붉은 꽃잎 떨어져 수북이 쌓여 있네'라는 구절을 보던
중인데 마침 한줄기 바람이 휙 불어오더니 나뭇가지를 흔들어 복사꽃
을 거의 절반이나 떨어뜨렸다. 꽃잎은 보옥의 몸과 책과 그리고 바닥
위에 어디라 할 것 없이 가득 쌓였다. 보옥은 꽃잎을 털어 내려고 했지
만 또 그 꽃잎을 밟을까 저어하여 가만히 손으로 꽃잎을 받아 물가에 이
르러 연못 안에 뿌렸다. 꽃잎은 물위에 하나씩 둘씩 둥둥 떠내려가 심
방갑으로 흘러갔다. 제자리로 돌아오니 바닥에는 아직도 꽃잎이 한가
득 쌓여 있었다. 이 꽃잎을 어찌하면 좋을까 망설이고 있는데 마침 등
뒤에서 누군가의 말소리가 들렸다.

"여기서 뭐 하고 있어요?"

보옥이 돌아보니 임대옥이었다. 그녀는 어깨에 꽃잎 주머니가 달린
길다란 꽃삽을 메고 손에는 꽃비를 들고 있었다.

"그래, 마침 잘 왔네. 여기 꽃잎을 쓸어다 연못 위에 버리자구. 방금
도 한 움큼이나 갖다버렸거든."

보옥의 말에 대옥이 답했다.

"물에 갖다버리면 안 좋아요. 자, 여길 한번 봐요. 이곳의 물은 그래
도 깨끗하지만 흘러 내려가서 사람들이 사는 곳에 이르면 더러운 물과
함께 섞이게 되지요. 결국 꽃잎을 더럽히는 꼴이 된다는 말이에요. 저
쪽 귀퉁이에 제가 꽃 무덤을 하나 만들었거든요. 그 꽃잎을 쓸어 담아
여기 비단 꽃 주머니에 넣어 흙 속에 묻으면 오래 지나도 결국 흙으로

---

2 《서상기(西廂記)》는 당 원진(元稹)의 전기소설 《앵앵전(鶯鶯傳)》을 바탕으로
한 희곡. 남녀 주인공 장생(張生)과 최앵앵(崔鶯鶯)의 연애 이야기로 유명함.

돌아갈 뿐이니 훨씬 깨끗하다고 하지 않겠어요?"

보옥은 대옥의 말을 듣고 뛸 듯이 기뻐하며 좋아했다.

"잠깐 기다려. 보던 책을 덮어놓고 쓸어 담는 걸 내가 도와줄게."

"무슨 책인데?"

대옥이 묻는 말에 보옥은 화들짝 놀라 미처 보던 책을 감추지도 못하고 그냥 얼버무리려고 했다.

"응, 그냥 《중용中庸》이나 《대학大學》 같은 거지 뭐. 별거 아니야."

대옥이 뭔가 이상하다고 벌써 눈치채고 웃으면서 다가왔다.

"오빠, 지금 나한테 뭔가 숨기려는 거지? 그러지 말고 나한테 고분고분 내놓고 보여주는 게 어때?"

"그래, 그래. 착한 누이야. 너라면 내가 뭐 겁나겠어. 자, 이걸 좀 봐. 하지만 보고 나서 남한테 얘기하면 절대 안 돼, 알았지? 이거 정말 기가 막히게 좋은 책이라고. 아마 보기 시작하면 밥 생각도 없어질걸."

보옥이 책을 건네주자 대옥은 꽃잎 묻은 도구를 한쪽에 내려놓고 책을 받아 처음부터 읽어 내려가기 시작했다. 그녀는 곧 읽는 재미에 푹 빠져 한달음에 열여섯 막을 모두 다 읽어 버리고 말았다. 그 곡사의 아름다움이 정말 사람을 놀라게 할 만하여 가만히 읊조리니 입안에 그 여운이 가득 남는 듯하였다. 대옥은 책을 다 읽었지만 아직도 넋을 놓고 마음속에 아련히 다가오는 구절을 되뇌고 있었다.

보옥이 빙긋이 웃으면서 말했다.

"어때? 정말 맘에 들지 않아?"

"그래요. 과연 맘에 들어요."

대옥의 말에 보옥은 《서상기》의 구절을 한 단락 인용하여 외웠다.

"나는야 '근심 걱정 넘치는 병들고 외로운 몸', 당신은 바로 '나라도 성도 무너뜨리는 경국지색'이라네."³

그 말을 들은 대옥의 두 뺨과 양 귓불이 발갛게 달아올랐다. 그러다 대옥은 돌연 미간을 찌푸린 듯, 두 눈을 부릅뜬 듯 홍조 띤 얼굴에 화를 내면서 보옥에게 손가락을 들이대고 앙칼지게 말했다.

"지금 뭐라고 하시는 거죠. 정말 못 말리겠네. 멀쩡한 사람이 그런 음탕하고 야한 곡사를 가져다 사람을 희롱하고, 더욱이 말도 안 되는 엉터리 말을 배워서 나를 업신여기며 모욕하다니 내가 가만둘 줄 아세요? 외숙부, 외숙모한테 그대로 일러바치고 말 거야!"

모욕이란 말에 이르자 대옥은 벌써 두 눈이 벌겋게 상기되고 눈물을 글썽이며 몸을 휙 돌려 달아나려고 했다. 보옥은 너무나 다급하여 얼른 앞을 가로막아 섰다.

"정말 왜 그래? 대옥아, 제발 이번 한 번만 용서해 줘. 정말 잘못했어. 일부러 너를 모욕하려고 했다면 내일 당장이라도 저 연못에 풍덩 빠져 머리통에 울퉁불퉁 부스럼 난 왕거북이한테 잡아먹혀 종당에는 나도 커다란 거북이가 될 거야. 대옥이가 먼 훗날 정일품 정경부인이 되어 한평생 잘 살다가 승천하게 되면 내 그때 너의 무덤 앞에 선 비석을 한평생 등에 지고 있겠어."

그 말을 들은 대옥은 그의 맹세가 너무나 황당하여 피식 웃음을 터뜨리고야 말았다. 그리곤 한편으로 젖은 눈을 비비면서 웃음을 띠고 말했다.

"그런 식으로 누굴 놀라게 하겠다고 황당한 말만 계속 하는 거야? 흥! 알고 보니 겉만 번지르르해서 '잘 자란 묘목에 이삭은 안 달리고, 은빛 창끝은 백랍처럼 흐물대는 꼴苗而不秀, 是個銀樣鑞槍頭'[4]이네."

대옥의 빈정거림에 보옥도 비로소 가슴을 쓸어내며 웃었다.

"어라? 방금 네가 말한 것도 《서상기》에서 가져온 구절이지? 나도

3 《서상기》에 나오는 대목으로, 여기서는 보옥이 자신과 대옥을 장생과 최앵앵에 비유했다 하여 대옥이 화를 낸 것임.
4 보기는 좋으나 쓸모가 없다는 의미로 《서상기》에 나오는 구절.

사람들한테 일러바칠 테다. 알겠어?"

"오빠는 자기가 한 번 보면 외운다고 자랑하는데 설마 난들 그 정도야 못하겠어? 한눈에 열 줄은 외우지."

보옥은 책을 받아 챙기면서 웃음을 띠고 말했다.

"자, 자. 어서 꽃잎이나 묻어 주자고. 다른 얘기는 이제 그만 하고."

두 사람은 떨어진 꽃잎을 모아 땅을 파고 잘 묻어 주었다. 그때 마침 습인이 찾아왔다.

"아무데도 없으시길래 여기까지 찾아왔어요. 저 건너 큰 대감님께서 몸이 불편하시다고 하여 아가씨들이 모두 병문안 갔어요. 노마님께서 도련님도 가보라고 하셨으니 어서 옷이나 갈아입으셔요."

그 말을 듣고 보옥은 황급히 책을 챙겨들고 대옥과 헤어져 방으로 돌아와 옷을 갈아입었다.

한편 그 자리에 남은 대옥은 보옥을 보내고 나서 멍하니 무료한 생각에 잠겼다. 다른 자매들도 집에 없다는 말을 들은 터라 어디고 따로 찾아가 볼 데도 없어서 자신의 집으로 돌아가려는 참이었다. 그러다 막 이향원梨香院 앞의 담장 모퉁이를 지나는데 대청 안에서 피리소리가 노랫가락과 함께 유장하게 흘러나왔다. 대옥은 그것이 바로 열두 명으로 된 연극반의 여자아이들이 공연 연습하는 중임을 알았다. 다만 대옥은 평소에 연극을 즐기는 편이 아니었기에 별로 염두에 두지 않고 제 갈 길을 재촉했다. 하지만 우연히 두 구절의 노랫가락이 그녀의 귓속으로 파고들었다. 그리고 아주 분명하게, 한 글자도 빠지지 않고 그녀의 뇌리에 새겨졌다.

> 고운 자태로 흐드러지게 핀 다홍색 꽃잎,　　　　原來姹紫嫣紅開遍,
> 마른 우물가 무너진 담벼락에 피어났구나　　　　似這般都付與斷井頹垣.

대옥은 그것을 듣자 불현듯 마음에 깊이 와 닿는 느낌을 받아 가던 발걸음을 멈추고 귀를 기울여 다음 구절을 계속 들었다.

좋은 시절 고운 경치 속절없는 세상이여,　　　良辰美景奈何天,
기쁜 마음 즐거운 일 그 누가 함께 하랴.　　　賞心樂事誰家院.

이 구절을 듣자 대옥은 저도 모르게 고개를 끄덕이고 긴 한숨을 뱉어내며 속으로 가만히 생각했다.
'그렇구나. 희곡 안에도 이런 좋은 구절이 있었네. 세상 사람들이 그저 공연을 볼 줄만 알았지 이처럼 소중한 구절의 참된 의미를 마음에 새길 줄은 몰랐구나.'
그러다 공연히 쓸데없는 생각으로 정작 곡조를 놓쳤구나 후회하면서 다시 귀를 기울여 다음 구절을 들었다.

아 어이하랴! 그대의 꽃다운 그 모습과,　　　則爲你如花美眷,
아 어이하랴! 물처럼 흐르는 이 세월을…　　　似水流年…

대옥은 이 구절을 듣자마자 곧 정신이 아득해지고 마음이 흔들렸다. 다음 구절은 또 이러했다.

그대는 깊은 규중에서 홀로 슬퍼하노니.　　　你在幽閨自憐.

대옥은 마침내 무엇에 취한 듯, 무엇에 홀린 듯 온몸의 힘이 다 빠져나가는 듯하였다. 그 자리에 도저히 서 있을 수 없게 되자 돌더미 위에 걸터앉아 가만히 그 구절을 다시 한 번 되뇌었다.

꽃다운 그 모습,　　　如花美眷,
흐르는 이 세월.　　　似水流年.

그리고 나니 문득 옛 사람의 시 구절이 생각났다.

흐르는 물, 지는 꽃잎 모두 무정하여라.          水流花謝兩無情.

또 사詞에는 이런 구절도 있었다.

물 흐르고 꽃잎 지면 봄날도 지나가네,          流水落花春去也,
하늘나라 저만치에 인간세상 이만치.          天上人間.

그리고 다시 방금 읽었던 《서상기》의 한 대목이 또 생각이 났다.

흐르는 물결 위에 붉은 꽃잎 떨어지면,          花落水流紅,
공연한 근심 걱정 천만 갈래 생겨나네.          閑愁萬種.

이처럼 가슴 아려오는 구절들이 한꺼번에 생각났다. 대옥은 마음이
싸하게 아파오며 정신은 점점 몽롱해지고 어느덧 눈물이 방울방울 솟
구쳐 흘러내렸다. 이렇게 넋을 놓고 있을 때 누군가 갑자기 어깨를 탁
치는 사람이 있었다. 깜짝 놀라 뒤를 돌아보았다.

이야기는 다음 회에 계속된다.

아침 화장 밤 바느질 마음이 전혀 없고,          妝晨繡夜心無矣,
달 보고 바람 쏘이니 원망만 절로 이네.          對月臨風恨有之.

醉金剛輕財尚義俠
癡女兒遺帕惹相思

# 가운과 소홍의 만남

주정뱅이 예이는 재물 내어 의협을 기리고
어리석은 소홍은 수건 잃고 사랑에 빠졌네

醉金剛輕財尚義俠 痴女兒遺帕惹相思

임대옥이 깊은 생각에 잠겨 넋을 놓고 아련한 생각을 하고 있을 때 갑자기 등 뒤에서 그녀의 어깨를 툭 친 사람이 있었다.

"아가씨! 여기서 혼자 앉아 뭘 하고 있는 거예요?"

깜짝 놀란 대옥이 뒤를 돌아보니 다름 아닌 향릉香菱이었다.

"아이고 깜짝이야. 이 계집애가 왜 이렇게 사람을 깜짝 놀라게 하는 거야. 근데 어디서 오는 길이지?"

향릉이 히히 웃으며 말했다.

"우리 집 아가씨를 찾고 있는데 도통 찾을 수가 없네요. 자견이도 지금 아가씨를 찾고 있더라고요. 희봉 아씨께서 찻잎을 보내오셨다나 봐요. 얼른 가보세요."

향릉은 대옥의 손을 이끌고 소상관으로 돌아왔다. 와서 보니 과연 희봉이 보내온 새 찻잎 두 병이 있었다. 대옥과 향릉은 함께 자리를 잡고 앉았다. 하지만 사실 무슨 대단하게 상의할 것이 있는 것은 아니고 그저 자수를 보며 이건 참 예쁘다, 저건 참 정교하다고 얘기를 나누기도 하고 또 바둑을 한 판 둔 후에 책을 몇 구절 함께 읽었다. 그러고 나서 향릉은 제집으로 돌아갔다.

한편 보옥은 습인이 부르는 바람에 집으로 돌아왔다. 원앙은 침상에 비스듬히 누워 습인의 바느질 솜씨를 보고 있다가 보옥이 돌아온 것을 보고 벌떡 일어났다.

"도련님! 도대체 어딜 갔다 이제 오는 거예요? 노마님께서 기다리고 계시는데. 도련님더러 큰 대감님한테 병문안 가라고 하셨어요. 어서 옷 갈아입고 가보세요."

습인은 옷을 가지러 안으로 들어갔다. 보옥은 침상 머리에 앉아 신발을 벗고 다시 새 신을 갈아 신으며 원앙을 바라보았다. 엷은 분홍색 비단 저고리에 푸른색 주단의 조끼를 입고 하얀 주름이 잡힌 명주 수건을 허리에 질끈 매고 있었다. 침선을 자세히 보느라 숙이고 있는 옆얼굴과 목덜미 옷깃에 단 꽃무늬 동정이 눈에 들어왔다. 보옥은 얼른 일어나다가 얼굴을 그녀의 목덜미에 가까이 들이대고 킁킁거리며 몸에서 나는 향기와 체취를 맡았다. 그러고는 새끼 원숭이처럼 엉겨 붙어 매달리며 통사정했다.

"누나! 제발 누나 입술에 바른 연지를 조금이라도 빨아먹을 수 있게 해 줘, 응?"

보옥은 말과 동시에 온몸을 꽈배기처럼 비비꼬면서 원앙의 몸에 달라붙었다. 원앙이 참다못해 습인을 불렀다.

"습인아, 여기 와서 우리 도련님 하시는 꼴 좀 봐라. 평생 도련님을 따라 시중들면서 잘 좀 타이르고 말릴 것이지 어째 아직도 이 모양이시냐?"

습인은 옷가지를 끌어안고 방 안에서 나오다가 보옥에게 한마디 핀잔을 줬다.

"그렇게 타이르고 타일러도 영 고칠 생각을 안 하니 도련님은 도대체 어떻게 된 양반이에요? 계속 그러시면 우리도 여기 오래 머물 수가 없어요. 더 이상 모실 수가 없다고요."

습인은 말을 하면서 보옥에게 어서 옷을 갈아입으라고 재촉하였다. 잠시 후 보옥은 원앙과 함께 가모의 처소로 왔다. 가모를 뵙고 밖으로 나오니 일꾼과 말이 모두 준비되어 있었다. 막 말에 올라타려는데 가련이 문병을 마치고 돌아오고 있었다. 두 사람이 서로 인사를 나누는데 곁에서 한 사람이 다가오며 보옥에게 허리 굽혀 인사를 했다.

"보옥 아저씨, 안녕하셨어요?"

누군가 봤더니 얼굴은 길쭉하고 몸은 훤칠하며 나이는 열여덟이나 열아홉쯤 되어 보였다. 생김새가 우아하고 점잖아서 선비 같은 풍모를 풍기고 있었다. 낯이 익었지만 순간적으로 어느 일가의 누구인지 이름이 생각나지 않았다. 곁에 있던 가련이 웃으며 일깨워줬다.

"오늘 따라 어째 갑자기 멍청해졌느냐? 이 사람마저 몰라본단 말이야? 저 뒤편 행랑채에 사시는 다섯째 형수네 아들인 운아가 아니더냐?"

그제야 보옥이 웃으면서 아는 체를 했다.

"그래, 그래. 맞아. 왜 내가 까맣게 잊었을까?"

그리곤 그에게 모친은 안녕하신가, 이번에는 무슨 일을 하게 되었는가 등을 물었다. 가운賈芸은 가련을 가리키며 말했다.

"련이 형님을 만나 말씀을 드릴 게 있어서요."

보옥이 웃으면 말했다.

"맞아. 지난번 봤을 때보다 훨씬 멋지게 변했구먼. 아주 내 아들 삼아도 되겠는걸 그래."

그 말에 가련이 너털웃음을 터뜨렸다.

"아이구야, 부끄럽지도 않은가 봐. 그 사람이 자네보다 너덧 살은 위라네. 그런데 아들 노릇을 하라고?"

보옥도 웃으면서 물었다.

"올해 몇인데?"

"열여덟이에요."

사실 가운으로 말할 것 같으면 이 또래에서 영리하고 꾀가 많기로 소문이 난 사람이다. 보옥이 그렇게 말하자 얼른 머리를 굴려 웃음을 가득 담고 대답했다.

"옛날 속담에도 있잖아요. '요람 속의 할아버지와 지팡이 짚은 손자'가 있다고요. 비록 나이가 많다고는 하지만 산이 높은들 어찌 태양을 가리겠어요. 저는 친아버지가 돌아가신 이후 요 몇 년간 아무도 저를 보살펴 주지 않아 가르침 받을 기회도 없었어요. 만일 보옥 아저씨께서 이 조카를 싫어하시지만 않는다면 제가 양아들이 되어 드릴게요. 그렇게만 되면 저로서는 더할 나위 없는 행운이지요."

가련이 곁에서 여전히 웃으며 한마디 툭 던지고는 들어가 버렸다.

"저 말 들었지? 양아들 삼는 게 어디 함부로 내뱉을 일인가 말이야."

보옥이 가운한테 은근하게 말을 건넸다.

"내일쯤에 시간이 나면 찾아와. 공연히 저런 양반들하고 뒷구멍에서 은근슬쩍 뭐 해보려고 하지 말고. 지금은 시간이 없으니까 내일 내 서재로 찾아오면 얘기 좀 나누고 대관원 구경도 시켜줄 테니까."

보옥은 말안장에 올라타고 여러 하인들에 에워싸여 가사賈赦의 집으로 왔다. 가사는 우연히 감기가 든 정도로 별건 아니었다. 보옥은 우선 가모의 안부 말씀을 전해 올리고 자신도 인사를 여쭈었다. 가사는 일어서서 가모께 회답의 말씀을 고하고 다시 사람을 불러 분부했다.

"도련님을 모시고 안채 마님 방으로 안내하여 쉬었다 가시게 하여라."

보옥은 밖으로 나와 뒤쪽으로 가서 안방으로 들어갔다. 형부인은 그가 들어오자 얼른 일어나 맞이하며 우선 가모의 안부를 물었다. 보옥이 비로소 안부 인사를 올렸다. 형부인은 보옥의 손을 잡아 구들 위로 올라앉도록 하고 다른 사람들의 안부를 연이어 물었다. 또 사람을 시켜 차를 따르게 했다. 미처 차 한 잔을 다 마시지 않았는데 가종賈琮이 불쑥 들어와 보옥에게 인사했다. 형부인이 호통을 쳤다.

"이런 원숭이 같은 놈이 어디 또 있겠느냐? 네놈의 유모는 다 죽어 나자빠졌다더냐? 너를 좀 깔끔하게 챙겨 주지 않고 도대체 뭘 하는 건지. 그저 눈썹이고 주둥이고 새까맣게 하고 다니는 꼴이라니. 글공부하는 대갓집 도련님과 비슷하기나 해야 말이지!"

그때 어린 숙질간인 가환賈環과 가란賈蘭이 함께 찾아와 안부 인사를 올렸다. 형부인은 그들에게 의자를 주어 앉도록 했다. 가환은 보옥이 형부인과 함께 구들 위의 방석에 앉아 있고 또 형부인이 연신 사랑스럽게 쓰다듬어 주고 있자 금세 마음이 언짢아졌다. 잠시 앉아 있다가 가란에게 나가자는 눈짓을 보냈다. 가란이 마지못해 함께 일어나 인사했다. 두 사람이 나가자 보옥도 일어나 나가려고 했다. 형부인이 웃으며 말렸다.

"넌 좀더 앉아 있어라, 내가 할 말이 좀 있으니까."

보옥은 어쩔 수 없이 그냥 눌러 앉았다. 형부인이 다른 두 사람에게 일렀다.

"너희는 그만 돌아가 보아라. 가서 너희 어머니들께 내 안부를 잘 전하려무나. 오늘은 너희 누나들과 누이들이 몽땅 이곳에 쳐들어와 시끌벅적하게 난리를 피우고 있으니 내 머리가 다 어지럽다. 그래서 오늘은 너희한테 저녁밥까지 먹고 가라고 하지 못하겠구나."

가환 등은 집으로 돌아갔다. 보옥이 웃으면서 물었다.

"누나들이 모두 왔다면서 어째 다들 안보여요?"

"응, 여기 와서 잠깐 앉았다가 뒤채로 갔는데 어느 방으로 들어갔는지 모르겠네."

"큰어머니, 하실 말씀이란 게 뭐예요?"

보옥이 묻자 형부인은 웃었다.

"할 말은 무슨 할 말? 그냥 너보고 좀 기다렸다가 누이들하고 저녁 먹고 가라는 거지. 또 재미있는 장난감도 줄 테니 가져가려무나."

두 사람이 얘기를 나누다 보니 곧 저녁시간이 되었다. 식탁을 펼치고 그릇과 잔을 차려 놓고 모녀와 자매들이 다들 저녁식사를 마쳤다. 보옥은 가사에게 인사하고 누이들과 함께 집으로 돌아와 가모와 왕부인께 인사드리고 각자 제 방으로 돌아가 휴식을 취했다.

한편 가운은 안으로 들어가 가련을 만나 무슨 일거리가 있는지 물었다. 가련이 말했다.

"지난번에 한 가지 일거리가 있었는데 하필이면 네 숙모가 몇 번이나 통사정을 하는 바람에 가근한테 주고 말았지 뭐냐. 하지만 곧 대관원 안 여러 군데에 화초와 나무를 심어야 한단다. 이 일거리가 떨어지면 그건 꼭 너한테 줄 생각이니 그리 알아라."

가운이 듣고서 한참 있다가 대답했다.

"그러시다면 기다려야죠. 아저씨도 공연히 먼저 아주머니께 제가 찾아와서 일거리 알아봤다는 말씀을 하진 마세요. 그때 가서 말씀드려도 괜찮을 테니까요."

"그런 걸 왜 말해. 내가 무슨 짬이 있다고 그런 쓸데없는 말이나 하겠니? 내일 새벽에도 흥읍興邑에 한 번 가야 하는데 꼭 당일에 돌아와야 하거든. 너는 그저 돌아가 기다리고 있기나 해. 모레 저녁 무렵이나 찾아와 봐라. 미리 와도 날 만나기는 어려울 거야."

가련은 말을 마치자 곧 옷 갈아입으러 안으로 들어가 버렸다.

가운은 영국부에서 나와 집으로 돌아오면서 곰곰이 생각하다가 마침내 한 가지 꾀를 생각해냈다. 그는 곧장 그의 외삼촌인 복세인卜世仁의 집으로 찾아갔다. 복세인은 원래 거리에서 향료가게를 운영하는데 가게에서 막 돌아오는 중이었다. 가운이 들어오자 덤덤하게 인사를 나누었다. 그리고 이렇게 일찍부터 무슨 일로 찾아왔느냐고 묻자 가운이 전후 사정을 얘기했다.

"외삼촌한테 한 가지 도움을 청할 일이 있어서요. 제가 일거리가 생겼는데요, 빙편〔冰片: 용뇌(龍腦)〕과 사향麝香을 좀 써야 할 데가 있어요. 좌우지간 외삼촌이 어떻게든지 넉 냥 치를 외상으로 좀 주셔야겠어요. 팔월이 되면 제값대로 꼭 갚을게요."

그 말에 복세인은 싸늘하게 웃으며 대답했다.

"제발 외상으로 빌린다는 말은 아예 꺼내지도 마라. 지난번 우리 가게 일꾼 녀석도 자기 친척을 위해 몇 냥 치를 외상으로 가져가더니 지금까지도 감감 무소식이다. 그래서 다들 함께 물어냈지. 그리고는 다시는 친척이고 뭐고 간에 외상 주는 일은 없도록 하자고 서약하지 않았겠니. 누군가 외상으로 가져가면 벌칙으로 스무 냥을 내어 한턱내기로 했단다. 더구나 지금 그 물건마저도 동이 났으니 네가 돈이 있더라도 살 수가 없단다. 다른 가게에서 융통해 와야 하는 형편이니 말이야. 그게 첫째고, 둘째는 내 아무리 생각해도 네가 무슨 제대로 된 일을 맡았을 성싶지가 않구나. 이번에도 그저 외상지고 가져가서 허튼 수작이나 부려 보려는 것이 아니냐. 외삼촌이 보기만 하면 야단친다고 생각할지 모르지만 넌 아직 어려서 세상살이 어려운 줄을 몰라. 어찌 되었든 제 손으로 돈 벌어 입을 거, 먹을 거를 장만하는 걸 내가 볼 수 있다면 얼마나 좋겠냐."

가운은 만면에 웃음을 띠고 공손하게 대답했다.

"삼촌께서 하시는 말씀이야 백번 옳은 말씀입죠. 저희 아버님이 돌아가신 이후로 저는 아직 나이 어리고 세상물정을 전혀 몰랐지요. 나중에 어머님 말씀을 들으니 모두 외삼촌께서 저희 집을 위해 신경 써주신 덕분에 장례식도 잘 치렀다고 하시더군요. 외삼촌도 아시겠지만 저희 집에 그때 밭 한 마지기와 집 두 채가 있었는데 그게 어디 제 손으로 날려보냈나요? 속담에 손재주 기막힌 며느리도 쌀 없이는 죽도 못 쑨다고 했잖아요. 저라고 무슨 용뻬는 재주가 있겠어요? 그래도 저나 되니까 이 정도지요. 다른 사람 같았으면 죽어라 얼굴에 철판 깔고 이틀 사흘이 멀다 하고 외삼촌 찾아와서 쌀 석 되, 콩 두 되 내놓으라고 매일같이 닦달해댈 텐데 그러면 외삼촌인들 무슨 수가 있겠어요?"

그 말에 복세인이 누그러져 달랬다.

"애야, 이 외삼촌이 가진 게 있으면 그렇게 하겠냐? 네가 장래계획을 세우지 못하고 사는 게 걱정일 뿐이다. 너도 그만 떨치고 일어나 큰 친척집이라도 찾아가란 말이다. 그 댁의 높으신 나리를 만나지 못하면 몸을 낮추고 자존심을 죽여 집사나 일꾼들한테라도 좀 알랑대고 일거리라도 얻어 보란 말이다. 며칠 전 성 밖에 나가는데 너희 셋째 집안의 넷째 도령인 가근을 만나지 않았겠니. 마침 기세 좋게 나귀 타고 다섯 대의 수레에 사오십 명의 도사와 스님을 싣고 가묘인 철함사로 가더구나. 그 사람이 재주가 없었으면 그런 일거리가 거기로 떨어졌겠니?"

가운은 그의 잔소리를 더 이상 참을 수 없어 벌떡 일어나 작별인사를 했다. 복세인은 그래도 인사치레를 했다.

"아니, 그만 가려고? 밥이나 먹고 가지 않고."

그 말이 채 끝나기도 전에 안쪽에서 그의 아내가 선수를 쳤다.

"당신도 정신이 나갔군요. 지금 쌀이 없어서 여기 국수 반 근을 사다 놓고 겨우 당신한테 드시게 할 참인데 공연히 배부른 척하시다니. 조카에게 남겨 주고 당신은 굶을 셈이세요?"

"반 근이라도 더 사오면 될 걸 뭘 그래?"

그 아내는 시녀를 불렀다.

"얘, 은저야! 건너편 왕씨 할멈네 집에 가서 돈 있거들랑 이삼십 문만 꿔 달라고 해라, 내일 갚겠다 그러고."

부부 두 사람의 오가는 말을 들은 가운은 바람같이 집을 빠져 나오며 몇 번이고 소리쳤다.

"됐어요, 됐어! 그만두시라고요."

울화를 가득 품은 가운은 복세인의 집을 나와 돌아오면서 괴로운 마음에 골똘하게 생각에 잠겨 걷다가 누군가와 정면으로 맞부딪쳤다. 깜짝 놀라 고개를 들어보니 술에 잔뜩 취한 한 사나이가 대뜸 소리를 질렀다.

"어떤 녀석이 눈깔이 삐어서 나를 감히 들이받는 거냐?"

가운이 그 기세에 놀라 얼른 몸을 빼서 도망치려 했더니 술 취한 사내는 대번에 가운의 뒷덜미를 잡아챘다. 다름 아닌 이웃집에 사는 예이倪二였다. 이 예이라는 사람은 원래 불한당 같은 무뢰한으로 고리대금을 전문으로 하면서 노름판에서 구전이나 뜯어먹고 싸움질이나 하는 주정뱅이였다. 지금도 돈 빌려간 사람을 찾아가 이자를 받고 술에 취해 돌아오는 중에 뜻밖에 가운과 부딪친 것이었다. 그러지 않아도 어디다 기운 쓸 데가 없던 참이라 잘되었다 싶어 주먹을 휘두르는데 다급한 목소리가 들렸다.

"아이구, 예이 아저씨가 아니세요? 제가 그만 아저씨를 들이받고 말았네요."

예이는 낯익은 목소리다 싶어서 게슴츠레하게 술 취한 눈을 뜨고 가만히 보니 다름 아닌 가운이었다. 그는 곧 휘두르려던 주먹을 거두고 비틀거리는 몸을 가누며 말했다.

"누군가 했더니 가운 도련님이셨군그래. 아이고, 미안하외다. 내가 죽일 놈일세. 그래 어딜 가시는 길이시우?"

"말도 마세요. 괜히 찾아갔다가 기분만 상했어요."

"괜찮아, 괜찮아. 뭐든 불만스러운 게 있으면 나한테 말해 보라고요. 내가 대신 풀어줄 테니. 우리 동네 골목마다 그 누구든 이 취금강〔醉金 剛: 주정뱅이 금강역사(金剛力士)〕예이한테 걸려들면 풍비박산이 나고 말 테 니까."

"아저씨, 제발 화내지 마세요. 내가 사정얘기를 다 할 테니."

가운은 방금 외삼촌 복세인을 찾아갔던 얘기를 예이한테 다 전했다. 예이는 듣고 나서 크게 노했다.

"만일 귀댁의 외삼촌만 아니었다면 내 정말 좋은 말이 나오지 않았을 거요. 정말 미치도록 화나게 하는 일이군. 좋수다. 거 도련님도 그리 걱정할 필요는 없어요. 나한테 마침 돈 몇 푼이 있으니 뭐든지 쓰시려 거든 가져다 쓰시우. 다만 한 가지는 분명히 합시다. 우리 두 사람이 그 래도 같은 골목에서 몇 년을 함께 지낸 마당이라 내가 돈놀이 하는 건 잘 알고 있을 거요. 헌데 나한테 한 번도 아쉬운 소리를 한 적이 없잖 수. 잘 모르기는 하지만, 내가 소문난 망나니라서 꺼려하신 건지, 도련 님이 지체 높은 양반이라 나를 무시해서 그런 건지, 이자가 비싸서 그 랬는지는 모르겠소. 만일 이자 때문이라면 이 돈에 대해선 전혀 이자를 받지 않겠소. 무슨 차용증 같은 것도 필요 없소. 하지만 당신네 지체 높 은 신분을 생각하여 꺼렸던 것이라면 난 돈을 빌려줄 수 없소."

예이는 과연 말대로 허리에 찬 요대에서 은전 한 꾸러미를 꺼내는 것 이었다. 가운이 가만히 생각해 봤다.

'예이란 작자는 평소에 비록 망나니 개차반으로 이름나 있지만 오히 려 사람은 부리기 나름이라고 가끔 제법 의협의 인물로 명성이 나기도 하였다. 지금 이 자리에서 만일 이 사람의 인정을 흔쾌히 받아들이지 않으면 오히려 이 사람을 성나게 할지도 모른다. 아무래도 이 사람이 주는 돈을 빌려 쓰고 나중에 두 배로 갚으면 되겠지.'

그리 생각하고 가운은 웃으면서 대꾸했다.

"예이 아저씨! 정말 소문대로 호탕하시군요. 제가 어찌 아저씨한테 부탁말씀 드릴 생각을 하지 않았겠어요. 하지만 아저씨 같은 분이야 평소 사귀는 사람들이 담이 크고 뭔가 일을 크게 벌이는 사람들이라 저희 같은 무능하고 아무것도 할 줄 모르는 사람은 아예 상대하지 않을 것 같았지요. 그러니 어렵사리 운을 뗀다고 해도 쉽사리 빌려주실 수 있으시겠어요? 오늘 마침 두터운 은정을 베푸시니 제가 어찌 감히 받지 않을 수가 있겠어요? 집에 돌아가 상례대로 차용증을 써오면 되겠지요."

"거 참 말씀 한 번 잘하시는구려. 하지만 내 귀엔 그런 말이 어울리지 아니 하오. 기왕에 '서로 사귄다'는 말을 했으니 어떻게 장부에 적고 이자를 물게 할 수 있겠소? 쓸데없는 소리 하지 말고 이거나 똑똑히 세어 보시오. 모두 열닷 냥 삼 전쯤 되는 돈이오. 어서 가져가 물건을 사시오. 굳이 무슨 차용증을 쓰려거든 일찌감치 돈이나 되돌려 주면 그만이오. 그 돈으로 다시 잘 나가는 사람들한테 돈놀이나 하게 말이오, 알겠소?"

예이의 말은 단호했다. 가운은 돈을 건네받으며 웃었다.

"정 그렇다면 그냥 감사히 받겠어요."

"그런 말 마시오. 날이 어두워졌으니 술이고 차고 대접할 수도 없겠구려. 난 또 저쪽에 일이 좀 있으니 어서 돌아가시오. 참! 그리고 가는 길에 우리 집에 들러서 난 오늘밤 집에 못 가니까 일찌감치 문 걸어 닫고 자라고 좀 전해 주시오. 급한 일이 있거들랑 우리 딸아이한테 아침 일찍 말장사하는 짜리몽땅 왕씨네 집으로 날 찾아오라 하면 될 게요."

예이는 다리를 절룩거리며 가 버렸다.

한편 가운은 우연찮게 예이를 만나는 바람에 일이 쉽게 해결되자 그것 참 희한한 일이라고 생각했다. 예이라는 사람이 괜찮은 작자라고 여기게 되었지만 그래도 혹시 그가 술김에 잠시 허세를 부리고 내일 가서 이자를 두 배로 달라고 하면 어쩌나 하는 걱정이 마음속을 떠나지 않았다. 그러다 문득 마음을 달리 먹고 편하게 생각하기로 했다.

'그래 까짓 것, 일만 잘되면 그까짓 돈 두 배로 달라면 못 줄까 보냐.'

그는 곧장 전당포로 달려가 빌린 은자를 달아보니 열 냥하고 삼전 사 푼 오리였다. 예이가 허풍떤 게 아닌 걸 알자 더욱 기뻤다. 돈을 챙겨 먼저 이웃인 예이의 집에 들러 그 처에게 말을 전해 주고 집으로 돌아왔다. 방에는 그의 어머니가 구들 위에 앉아 바느질하고 있었다.

"대체 하루 종일 어딜 갔다 오는 거냐?"

가운은 모친이 언짢아하실까 저어하여 외삼촌 복세인네 집에 갔었단 말은 쏙 빼고 그냥 영국부에 들어가 가련 아저씨를 기다렸다는 말로 얼버무리며 물었다.

"어머니, 저녁은 드셨어요?"

그의 모친은 벌써 식사를 했다며 대답했다.

"네 밥은 저기 남겨 놓았단다."

어린 시녀가 저녁밥을 차려 주었다.

가운은 다음날 아침 일찍 일어나 대문을 나섰다. 큰 향료가게로 가서 용뇌향과 사향을 사들고 영국부로 찾아가 가련이 외출했는지 알아보곤 뒤쪽으로 가서 가련의 집 앞에 이르렀다. 어린 하인 몇 명이 커다란 빗자루를 들고 마당을 쓸고 있었다. 주서댁이 대문 안쪽에서 나오며 큰소리로 하인들을 불러 세웠다.

"잠깐 마당 쓰는 일을 멈춰라. 아씨마님이 나오신다."

그때 가운이 선뜻 나서며 만면에 웃음을 띠고 주서댁에게 인사했다.

"안녕하세요? 아주머님께서 어딜 가시나 보죠?"

"노마님이 부르신대요. 보나마나 비단을 마름할 일이겠죠, 뭐."

그때 한 무리의 사람들이 희봉을 에워싸고 문을 나왔다. 가운은 희봉이 평소 늘 누군가 떠받들어 주고 떠벌리는 걸 좋아함을 잘 알고 있어 얼른 다가가 몸을 굽히고 두 팔을 늘어뜨리며 두 손을 가지런히 모으고 공손하게 인사를 올렸다.

"아주머니 안녕하셨어요?"

희봉은 눈길도 주지 않고 그대로 앞으로 걸어가면서 한마디 물었다.

"그래 모친께선 안녕하신가? 어째 한 번도 놀러 오시지 않으시는가?"

"늘상 아주머니 생각을 하시고 계시는구먼요. 그저 몸이 별로 안 좋아 뵈러 오고 싶어도 그러질 못하고 계시네요."

가운의 대답에 희봉이 웃으면서 노골적으로 빈정댔다.

"아이고머니나! 입에 침이나 바르고 거짓말을 하라고. 내가 먼저 얘기 안 했으면 네 모친이 날 생각한다는 말을 하기나 했겠어?"

가운이 함께 웃으며 더욱 넉살을 부렸다.

"그게 거짓말이면 제가 날벼락을 맞아도 쌉니다. 어찌 감히 어른 앞에서 거짓말을 하겠어요. 어젯밤에도 아주머니 말씀을 하셨다고요. 아주머니가 천성적으로 몸이 약하신데 하실 일은 너무 많아 오직 정신력으로 버티시며 꼼꼼하게 일을 꾸려 나가시지만 조금이라도 잘못되어 몸이 상하면 어찌하나 걱정했던 걸요."

희봉이 그 말을 듣고 만면에 웃음을 띠며 자신도 모르게 가던 걸음을 멈추고 돌아보며 물었다.

"무슨 일로 까닭 없이 너희 모자가 내 이야기를 했단 말이냐?"

"그야 까닭이 있습지요. 제가 아는 사람 중에 향 가게를 하는 돈푼깨나 있는 친구가 있었죠. 그러다 돈을 내고 통판(通判: 명청시기 정무를 처리했던 관리)자리 하나를 구하여 얼마 전에 운남성 어느 고을로 발령나 가솔을 이끌고 가게 되었지요. 그래서 향료가게도 여기선 더 운영할 수 없자, 남들한테 줄 만한 건 주고 값싸게 팔 건 팔았는데 얻기 어렵고 귀한 것들은 가까운 친구들한테 나눠줬어요. 저한테는 이 용뇌향과 사향을 보내왔지 뭐예요. 저는 모친과 상의했지요. 남한테 되팔아 볼까도 생각했는데 제 값을 받지도 못할 뿐더러 누가 그만한 돈을 내서 이런 물건을 사겠어요. 또 남한테 선물한다고 해도 이런 물건을 쓸 만한 사람이 어디 흔하던가요. 그래서 아주머님을 생각했죠. 지난해에도 아주머님이 큰돈을 들여서 이런 물건을 사들이는 걸 본 적이 있었거든요. 올해부터는 귀비마마께서 궁중에 계시니 더욱 그렇고 이번 단오절에도 이런 향료는 전보다 열 배는 더 쓰게 되겠지요. 그래서 생각해보니 아주머님께 선물하는 것이 가장 합당하겠더라고요. 이 귀한 물건이 제자리를 찾는 셈이기도 하고요."

가운은 그렇게 말하며 비단갑을 두 손으로 떠받쳐 올렸다.

희봉은 마침 이번 단오절의 예물준비를 위해 향료나 약재를 사야겠다고 생각하던 참이었는데 갑자기 가운이 나타나 이런 말을 하자 속으로 기뻐하며 흡족해했다. 희봉은 즉시 풍아豊兒에게 일렀다.

"운 도련님이 주시는 걸 집으로 보내 평아한테 챙겨 놓으라고 하여라."

그리고 다시 가운에게 따뜻한 목소리로 말했다.

"그래, 네가 이처럼 세상일을 잘 알고 있으니 아저씨가 늘 네가 말도 똑 부러지게 하고 속도 옹골차다고 하시는 말이 빈말이 아님을 알겠구나."

가운은 희봉의 말을 듣고 비로소 제 계획이 본궤도에 올랐음을 알고 한 걸음 앞으로 나서면서 일부러 물었다.

"아저씨가 제 말씀을 하셨단 말이에요?"

희봉은 곧 가운이 맡을 일거리에 대해 지난번 가련과 나눈 그 얘기를 꺼내려다 잠시 멈추고 속으로 생각했다.

'지금 그 얘기를 해주면 이 아이가 나를 뭐라고 보겠나. 귀한 물건 못 보아서 환장한 사람으로 알고 이따위 향이나 좀 얻어 보려고 적당히 일을 맡기는 거라고 생각하지나 않을까. 아무래도 그 일은 지금 미리 말

할 필요가 없겠어.'

희봉은 그렇게 생각하고 그에게 장차 화초와 나무 심는 일을 맡기게 될 거라는 말은 한마디도 꺼내지 않고 다만 몇 마디 다른 얘기를 나누다 곧 가모의 처소로 가버렸다. 가운도 직접 청탁의 말을 꺼내기가 거북하여 머뭇거리다가 그냥 돌아서고 말았다.

어저께 마침 보옥을 만났을 때 바깥 서재에 와서 기다리란 말을 들었으므로 가운은 밥을 먹고 나서 다시 영국부로 들어가 가모의 처소에서 가까운 기산재綺霰齋 서재로 보옥을 찾아갔다. 거기엔 배명焙茗[1]과 서약鋤藥 두 하인이 장기를 두다가 차車를 서로 빼앗기 위해 한창 입씨름중이었다. 또 인천引泉과 소화掃花, 도운挑雲, 반학伴鶴 등 너덧 명의 어린 하인들이 처마 끝의 참새를 잡는다면서 떠들썩하니 놀고 있었다. 가운은 들어서면서 한 발로 땅을 굴러 소리를 질렀다.

"이 원숭이 같은 놈들아. 장난질 좀 그만 쳐라. 내가 왔다."

시동들은 가운이 들어오자 다들 흩어졌다. 가운은 방 안에 들어가 의자에 앉으며 물었다.

"보옥 아저씨는 아직 안 내려오셨냐?"

"글쎄 오늘은 도통 안 오시네요. 뭐 하실 말씀 있으시면 제가 한 번 가서 알아볼까요?"

배명이 말을 마치고 곧 나갔다.

가운은 남아서 주변을 둘러보며 서화나 골동을 구경하였다. 한참 지나도 배명은 돌아오지 않았다. 다른 시동이 있나 보았지만 다들 놀러 나가고 없었다. 답답해하는 참에 문밖에서 아리따운 목소리가 들려 왔다.

"오빠!"

가운이 얼른 밖을 쳐다보니 열 예닐곱 되어 보이는 시녀였다. 제법

---

[1] 앞에 나온 명연(茗煙)과 동일인물.

깔끔하고 날씬하게 생긴 몸매였는데 가운을 보자 곧 달아나 버렸다. 마침 보옥을 찾으러 갔던 배명이 시녀를 보자 한마디 했다.

"그래, 마침 잘됐네. 어디서도 도련님을 찾을 수가 있어야지."

가운은 배명에게 어찌 되었느냐고 물었다.

"한참을 기다려도 도련님은 돌아오시질 않네요. 이 사람이 도련님 방에 있는 시녀예요. 우리 착한 아가씨, 돌아가거든 도련님한테 소식 좀 전해 줘요. 뒤 행랑채의 둘째 도련님이 오셨다고."

시녀는 그 말을 듣고 이 댁의 친척 도련님임을 알자 몸을 피하려고 하지는 않고 두 눈이 뚫어져라 가운을 쳐다보았다. 가운이 말했다.

"뒤 행랑채고 앞 행랑채고 간에 말할 것 없이 그저 운아芸兒라고만 하면 된다고."

한참 있다 시녀는 '흥' 하고 코웃음을 치더니 한마디 했다.

"내 말 잘 들으세요. 도련님께서는 우선 집에 돌아가시고 하실 말씀이 있으시면 내일 다시 오세요. 오늘 저녁에 틈이 나면 제가 도련님한테 말씀드릴 테니까요."

"그게 무슨 말이야?"

배명이 의아한 눈치를 보이자 시녀는 이렇게 대답했다.

"도련님은 오늘 낮잠을 주무시지 않았거든요. 자연히 저녁밥을 일찍 드시게 될 테고. 저녁에도 내려오시지 않으면 설마 이 도련님을 여기서 기다리시게 하다가 굶어 죽으라고 하는 건 아니겠죠? 차라리 집에 가셨다가 내일 오시는 게 바른 순서죠. 설사 조금 있다가 누군가 소식을 전한다고 해도 다 소용없는 짓이에요. 입으로만 알았다구 하고 그냥 넘겨 버리고 말 테니까요."

가운은 이 시녀의 말솜씨가 간단명료한 데다 똑 부러지게 야무진 데가 있어 그녀의 이름이 무엇이냐고 물어 보려고 했다. 하지만 보옥의 방에 있는 여자라고 하니 아무래도 거북하여 단지 이렇게 말하고 말았다.

"그 말이 맞을 거 같군. 내일 다시 오면 되지 뭐."

그리고 밖으로 나갔다. 배명이 뒤에서 소리쳤다.

"도련님 제가 대접할 테니 차 한 잔 드시고 가세요!"

"차는 됐네. 나도 할 일이 있어서 말이야."

가운이 입으로 그리 대답을 하면서 눈으로는 아직도 그곳에 서 있는 시녀에게 시선을 보냈다.


이튿날 다시 찾아온 가운은 대문 앞에서 녕국부 큰댁으로 인사차 가려던 희봉을 만났다. 희봉은 막 수레에 오르려다 가운이 다가오자 사람을 시켜 불러오게 했다. 차창을 사이에 두고 희봉은 웃으면서 말했다.

"운아, 너 아주 배짱 좋게도 내 앞에서 수완을 부리려고 하였더구나. 웬일로 나한테 무슨 선물을 다 주나 했더니 뭔가 부탁할 일이 있어서 그랬던 거였지? 어제 아저씨가 나한테 말씀하시던데, 네가 벌써 일자리 부탁을 하였다면서?"

"아저씨한테 일 부탁한 것은 아주머니 제발 꺼내지도 마세요. 전 어제 후회했다니까요. 이럴 줄 알았으면 일찌감치 아예 아주머니한테 부탁드렸어야 했던 걸요. 이번엔 벌써 끝난 일인가 했더니 웬걸요, 아저씨가 그렇게 능력이 없으실 줄이야 어찌 알았겠어요."

가운의 말을 듣고 희봉이 웃었다.

"어쩐지. 그쪽에 희망이 없으니까 어제는 날 찾아온 게로군그래."

"아주머니는 저의 작은 정성을 짓밟지 마세요. 전 결코 그런 뜻이 아니었어요. 만일 그런 생각이었다면 어제는 왜 아주머니한테 사정 말씀을 드리지 않았겠어요. 이제 다 아시게 되셨으니까 어찌 되었든 이젠 아주머니한테 매달리지 않을 수 없습니다. 제발 귀엽게 잘 좀 봐주세요."

희봉은 코웃음을 쳤다.

"그래, 너희가 일부러 먼 길을 빙빙 돌아서 가려던 것인데 낸들 뭐라고 할 수 있나 뭐. 일찌감치 나한테 한마디만 했으면 안 될 일이 뭐 있겠어. 큰일 하나를 이번에 놓치고 말았네. 대관원 정원에 화초 심는 일이 있어서 누구를 찾아야 하나 생각하다가 한 사람도 찾지 못했지. 네가 일찍 왔으면 일은 벌써 끝났을 거 아냐."

"그러시다면 아주머니 그 일을 저한테 맡겨 보시죠."

희봉은 짐짓 한참 동안 생각하는 듯하다가 딴전을 피웠다.

"이 일은 내 생각에 적절치 않고 기다렸다가 내년 정월에 등불과 촛불 등의 일거리가 내려올 테니 그때 일을 맡기면 되겠구먼그래."

"아이고, 우리 마음씨 좋으신 아주머니. 이번 일엔 제발 저를 기용하여 보시죠. 과연 일을 잘해내면 다음번에도 저를 써 주시고요."

가운이 통사정하자 희봉은 못 이기는 체 물러났다.

"떡 줄 사람 생각도 않는데 김칫국부터 잘도 마시네그래. 나중 일은 그만 얘기하고 이번에도 아저씨가 말씀하지 않으셨으면 네 일에 나는 손댈 생각이 없었어. 지금 그냥 점심이나 먹고 곧 돌아올 거니까 정오까지 와서 돈을 타 가도록 해. 모레부턴 나무 심는 일을 시작하라고."

말을 마치자 수레를 몰아 곧장 가 버렸다. 가운은 기쁨에 겨워하며 기산재로 보옥을 찾아왔으나 보옥은 이날 아침부터 북정왕부北靜王府에 가고 집에 없었다. 가운은 하릴없이 멍하니 앉아 정오가 될 때까지 기다리다가 희봉이 돌아왔다고 하여 수령증을 써 가지고 가서 패를 수령했다. 저택에서 나와 사람을 시켜 통보하게 했더니 채명彩明이 수령증을 받아 가지고 들어가 돈의 액수와 연월일을 확인하고 패와 함께 가운에게 돌려주었다. 가운이 받아 들고 보니 돈의 액수는 2백 냥이었다. 마음속에 기쁨을 감출 길이 없어 구르듯이 은고銀庫로 달려가 패를 제시하고 돈을 탔다. 집으로 돌아와 모친에게 말씀을 드리고 모자가 함께 기뻐한 건 물론이었다.

다음날 새벽 다섯 시, 가운은 우선 이웃의 예이를 찾아가서 전날에

빌린 돈을 액수대로 갚았다. 가운은 또 오십 냥의 돈을 별도로 챙겨서 서문 밖에서 화초를 가꾸는 방춘方椿을 찾아가 수목을 사들였다.

한편 보옥은 그날 가운에게 다음날 찾아와서 함께 얘기나 나누자고 하였지만 그 말은 까맣게 잊어버리고 말았다. 대갓집 귀공자의 입에서 나온 그런 말이 어떻게 가슴에 담겨져 있겠는가. 잊어버리는 건 어쩌면 당연한 일이었다. 그날 저녁 보옥은 북정왕부에서 돌아와 가모와 왕부인한테 인사를 올리고 이홍원으로 돌아와 옷을 갈아입으려던 참이었다. 이때 마침 습인은 설보차가 불러 매듭을 매러 갔고 추문秋紋과 벽흔碧痕은 물을 길러 나가고 단운檀雲은 그 어머니의 생일 때문에 불려 나가고 없었다. 사월은 또 집에서 요양중이었다. 비록 허드렛일을 하는 몇몇 시녀가 있었지만 자기들을 부를 리가 없다고 여겨 대부분 친구나 짝을 찾아 놀러 나가고 없었다. 그 순간 방에는 보옥 한 사람만 남게 되었다. 하필 보옥은 그때 차를 마시고 싶어 연거푸 서너 번이나 불렀지만 두세 명의 할멈만이 달려올 뿐이었다. 보옥은 그들을 보자 연신 손사래를 치면서 어서 나가라고 하며 질색했다.

보옥은 시녀들이 보이지 않자 손수 침상에서 내려와 찻잔을 주전자에 대고 차를 따르기 시작했다. 그때 등 뒤에서 소리가 났다.

"도련님! 뜨거운 찻물에 손 조심하세요. 제가 따라 드릴게요."

그리곤 얼른 달려들어 찻잔을 받아서 차를 따랐다. 보옥이 깜짝 놀라 물었다.

"넌 어디서 나타났냐? 갑자기 나타나서 나를 놀라게 하는구나."

시녀 아이는 차를 건네면서 대답했다.

"전 집 뒤편에 있었는데 안채 뒷문으로 들어왔어요. 제가 들어오는 발소리를 못 들으셨나요?"

보옥은 차를 마시며 시녀 아이를 훑어보았다. 그다지 남루하지 않은 옷을 걸치고 새까만 머리카락을 묶어 올렸는데 갸름한 얼굴에 몸매는 날씬하여 제법 깔끔하고 예뻐 보였다.

"너도 우리 집에 있는 아이냐?"

"네, 그럼요."

"우리 집에 있는 애를 어째 내가 모른단 말이냐?"

보옥의 물음에 시녀가 코웃음을 치며 답했다.

"모르는 사람이 어찌 저뿐인가요? 아주 많지요. 저는 한 번도 차를 따라 드리거나 물건을 옮겨 드리는 일은 하지 못했거든요. 어쨌든 도련님 눈앞의 일은 하나도 할 수가 없으니 어떻게 저를 알 수가 있겠어요?"

"그럼 어째서 눈앞의 일들을 하지 않았는데?"

"글쎄요. 그 질문엔 대답하기가 쉽지 않군요. 그보다 아뢸 말씀이 있는데요. 어저께 운아라고 하는 분이 도련님을 찾아왔어요. 아무래도 도련님이 시간이 없는 것 같아 배명이한테 일단 돌려보내고 오늘 찾아오라고 했지요. 근데 하필이면 오늘 아침엔 도련님이 또 북정왕부에 가셨잖아요."

막 그 말까지 했는데 추문과 벽흔이 히히덕거리며 들어오고 있었다. 두 사람은 같이 물통을 들고 한 손으로는 치마 끝단을 잡고 뒤뚱거리며 물을 튀기면서 들어섰다. 그러자 이편에 서 있던 시녀 아이가 얼른 달려가 맞으려고 했다. 추문과 벽흔은 서로 실랑이를 벌이며 다퉜다.

"네가 내 치마를 적셨잖아!"

"아니 네가 먼저 내 신발을 밟지 않았어?"

그때 누군가 달려 나와 물통을 받아 드는데 다름 아닌 소홍小紅이었다. 두 사람이 의아해하며 물을 내려놓고 얼른 방으로 들어가 둘러보니 다른 사람은 아무도 없고 보옥이 혼자 있을 뿐이었다. 아무래도 미심쩍고 찝찝하였지만 우선 목욕할 준비를 갖춰 놓고 보옥이 옷을 갈아입는 걸 기다렸다가 두 사람은 다른 방에 가서 소홍을 불러 따졌다.

"방금 방에서 무슨 말을 하고 있었어?"

"제가 언제 방 안에 있었나요? 그냥 내 손수건이 없어졌기에 뒤뜰로 손수건을 찾으러 갔다가 마침 도련님이 차를 마시겠다고 소리치시는데 언니들이 다들 나가고 없어서 제가 들어가 차를 따라 드렸던 거예요. 차를 따르고 나자 바로 언니들이 왔잖아요."

소홍의 말을 듣고 추문은 침을 탁 뱉으면서 욕부터 해댔다.

"이 뻔뻔스러운 년아! 너보고 물을 길어 오랬더니 무슨 일이 있다고 핑계 대며 우리한테 가라고 하더니 바로 그 틈을 노리고 있었단 말이지? 한 걸음 한 걸음 기어오르려고 하는구나. 우리가 너보다야 못하겠냐, 이년아! 너도 거울을 가지고 낯짝이나 비춰 보라고. 가까이 모시고 찻잔 올리고 물잔 바칠 주제가 되는가 말이야."

벽흔이 옆에서 또 거들었다.

"내일부턴 말이야. 사람들한테 다 말하자구. 찻잔 올리고 물잔 바치고 잔심부름 하는 건 이제 우리는 손 하나 까딱하지 않을 테니 몽땅 재한테 다 시키라고 그래."

추문이 다시 덧붙였다.

"그렇다면 우리는 그냥 다들 흩어져 버리고 저 애 하나만 이 집에 남아 있으라 하면 되겠군."

두 사람이 그렇게 주고받으며 한마디씩 늘어놓고 야단법석을 떠는데 할멈 하나가 들어와 희봉이 전하는 말을 일러줬다.

"내일 누군가 일꾼들을 데리고 들어와 정원에 나무를 심는다고 하니 너희는 특별히 조심하라고 하신다. 옷가지나 치마 나부랭이를 함부로 널어놓지 말고. 저 토산 위에 길게 장막을 쳐놓고 일한다니까 함부로 그곳에 돌아다니지도 말라고 말이야."

추문이 물었다.

"내일 나무 심는 일꾼을 데려와 공사 감독하는 사람이 누구라고 하였답니까?"

"거 뭐라더라, 뒤 행랑채에 사는 운가蕓哥라고 그러지 아마."

추문과 벽흔은 들어도 누군지 알 수 없는 사람이라 그냥 넘기고 다른 말을 물었지만 소홍만은 속으로 분명히 알 수 있었다. 어제 바깥 서재에서 만났던 바로 그 사람이었다.

이 소홍이라는 시녀는 성은 임林씨, 원래 이름은 홍옥紅玉이었는데 옥玉자가 임대옥이나 가보옥의 옥자를 범하게 되었으므로 옥자를 숨기고 그냥 소홍이라고 부르게 되었던 것이다. 원래 영국부에 대대로 내려오는 하인집안으로 그녀의 부모는 지금 각 지역의 저택과 전답을 관장하는 업무를 맡고 있었다. 소홍은 올해 나이 열여섯으로 하인들이 처음 대관원에 배치될 때 이홍원에 속하게 되었다. 그녀는 청정하고 우아하며 그윽한 이곳의 분위기를 마음에 들어했는데 후에 귀비의 명으로 각 처소를 나누어 거주하게 할 때 보옥이 이곳을 차지하게 되었던 것이다.

소홍은 비록 아직 세상사를 잘 모르는 시녀에 불과했지만 제법 깔끔한 용모와 반반한 얼굴을 갖고 있었다. 마음속으로는 은근히 위로 기어올라 언젠가는 보옥의 눈에 들어보려고 갖은 노력을 기울이며 기량을 드러내려고 했다. 하지만 보옥을 둘러싼 무리들이 얼마나 영악하고 영리한지 좀처럼 빈틈을 보여주지 않았다. 뜻밖에 오늘 잠시의 기회가 있었지만 곧 추문 등으로부터 악의에 가득 찬 방해를 받자 마음속의 은근한 기대는 거의 무너지고 말았다. 그렇게 답답한 마음을 풀지 못하고 있는데 홀연 할멈이 가운의 이름을 거론하자 그만 자신도 모르게 마음이 흔들리고 있음을 느꼈다. 그러나 어쩔 도리가 없어 그냥 방으로 돌아와 침상에 누워 이리저리 뒤척이며 생각만 굴리고 있었다.

뭔가 몽롱한 가운데 문득 창밖에서 나지막한 목소리로 자신을 부르는 소리가 들리는 듯 했다.

"소홍아, 너의 손수건을 내가 여기서 찾았다!"

그 소리에 얼른 일어나 밖으로 나와 보니 다름 아닌 바로 가운이었다. 소홍은 자신도 모르게 얼굴이 부끄러움에 달아오르며 물었다.

"도련님, 그거 어디서 찾으셨어요?"

"어서 이리와. 내가 알려줄게."

가운은 은근하게 말하면서 다가와 그녀를 잡아당겼다. 소홍은 너무나 당황하여 휙 달아나려고 했지만 그만 문지방에 걸려 넘어지고 말았다.

뒷일이 궁금하면 다음 회를 보시라.

魘魔法叔嫂逢五鬼
通靈玉蒙蔽遇雙真

# 제25회

## 마법 걸린 두 사람

마법으로 희봉과 보옥이 귀신들리고
통령보옥은 스님과 도사를 만났다네

魘魔法姊弟逢五鬼 紅樓夢通靈遇雙眞

이때 소홍小紅은 정신과 마음이 황홀하고 가슴속에는 흥분으로 가득
차 홀연 몽롱한 가운데 잠 속에 빠져들었던 것이다. 가운이 자신을 잡
아당기자 깜짝 놀라 도망치려다 문지방에 걸려 넘어지는 대목에서 그
만 꿈을 깨고 말았다. 일장춘몽이었다.

그뒤로 몸을 엎치락뒤치락 하며 밤새 잠을 이루지 못하고 다음날이
밝았다. 몇몇 시녀들이 그녀를 데리러 왔다. 함께 방을 쓸고 바닥을 닦
고 세숫물을 떠오는 일을 하자는 것이었다. 소홍은 세수도 않고 거울
앞에서 대충 머리를 빗어 묶고는 손을 씻고 허리춤에 땀수건 하나를 졸
라 맨 다음 방을 나와 집 안팎을 청소하러 나섰다.

한편 보옥은 어제 소홍을 본 뒤로 마음속에 가만히 그 모습을 담아두
었다. 만일 직접 그 아이를 지목하여 불러다 쓰면 첫째는 습인 등이 몹
시 언짢아할 테고, 둘째는 소홍의 행동거지가 어떠한지도 잘 모르는 터
였기 때문에 꺼리게 되었다. 그런 대로 잘한다면 괜찮겠지만 만일 잘못

한다면 그때 가서 물리기도 거북할 것이 분명하였다. 그리하여 마음속으로만 공연한 걱정을 하며 아침부터 세수도 안 하고 넋을 놓고 걸터앉아 있었다. 잠시 후 창가로 내려와 사창紗窓을 사이에 두고 창밖의 모습을 바라보았다. 시녀 몇 명이 마당을 쓸고 있는데 다들 연지를 바르고 분을 칠하고 머리에 꽃과 버들을 꽂아 예쁜 모습을 하고 있었지만 어제 만난 그 아이는 보이지 않았다. 보옥은 신발을 질질 끌면서 밖으로 나왔다. 그저 꽃구경하는 체하며 이리저리 눈을 돌려 그녀를 찾았다. 그러다 고개를 들어보니 저편 서남쪽 귀퉁이의 낭하 아래쪽 난간에 한 사람이 기대어 서 있는데 바로 그 아이 같았다. 헌데 하필이면 해당화 한 그루가 바로 가운데서 가리고 있어 자세히 보이지 않았다. 발걸음을 돌려 자세히 바라보니 바로 어제 만난 그 시녀아이가 거기서 넋을 놓고 서 있었다. 그곳으로 올라가 보려고 하였지만 어쩐지 거북하여 또 머뭇거리게 되었다.

그런 생각을 하고 있는데 벽흔이 달려와 어서 세수하라고 재촉하는 바람에 그냥 방으로 들어오고 말았다.

한편 소홍은 난간에 기대어 넋을 놓고 서 있다가 습인이 부르는 소리를 듣고 그곳으로 달려갔다.

"우리한테 있는 물뿌리개를 아직 쓸 수 없으니 대옥 아가씨네 집에 가서 그쪽 것을 좀 빌려와 써야겠다."

습인의 말을 들은 소홍은 곧 소상관 쪽으로 갔다. 취연교翠煙橋를 막 지나는데 산등성이 높은 곳이 모두 장막으로 가려져 있었다. 그제야 오늘 일꾼들이 와서 나무 심는다는 사실이 생각났다. 뒤를 바라보니 멀리 한 무리의 사람들이 땅을 파고 있었고 가운이 산자석山子石 위에 앉아 있는 것이 보였다. 소홍은 그곳에 건너가고 싶었지만 또 감히 엄두가 나지 않았다. 그저 답답한 마음으로 소상관에 가서 물뿌리개를 빌려다 주고 맥이 풀린 채 방으로 돌아와 누워버렸다. 사람들은 그녀가 몸이 좋지 않은 모양이라고 생각하곤 아무도 상관하지 않았다.

눈 깜짝할 새 하루가 갔다. 다음날은 왕자등王子騰 부인의 생신날이었다. 원래 그쪽에서 사람을 보내 가모와 왕부인 등을 청하려고 했지만 왕부인은 가모의 몸이 편치 않음을 보고 가지 않았다. 하지만 설부인은 희봉과 몇몇 자매들 그리고 보차와 보옥을 데리고 함께 생신축하연에 갔다가 저녁에야 돌아왔다.

마침 왕부인은 가환이 공부를 끝내고 돌아오자 그에게 《금강주金剛咒》[1]를 베껴 암송하라고 일렀다. 가환은 왕부인의 방 안 구들 위에 앉아 하인에게 불을 밝히라고 명하고 자신은 갖은 위세를 다 부리며 앉아서 경문을 베끼기 시작했다. 잠시 후 채운을 불러 차를 따라오라 하고 또 조금 있다가는 옥천아玉釧兒를 시켜 촛불 심지를 자르라고 하였다가, 또 금천아한테는 그림자진다고 어서 비켜서라고 잔소리를 해대곤 하였다. 시녀들은 평소 가환을 업신여기며 다들 싫어했으므로 들은 체도 하지 않았다. 오직 채하만은 그래도 그와 잘 어울려 차를 한 잔 따라 주었다. 왕부인이 다른 사람과 말하고 있는 사이 채하는 가환에게 살그머니 한마디 했다.

"도련님도 제 분수 좀 지키세요. 실속도 없이 공연히 남의 미움받을 일만 하고 그래요."

"나도 잘 알아. 너도 이젠 그만 날 어르고 달래라고. 요즘 들어 너도 보옥이한테만 알랑거리며 나한테는 대꾸도 안 하더구먼. 나도 다 알고 있단 말이야."

그 말에 채하는 아랫입술을 깨물며 가환의 머리통에 꿀밤을 먹였다.

"정말 양심도 없네. 멋모르는 개가 천하의 이름난 도사 여동빈〔呂洞

---

1 금강경(金剛經) 뒤에 있는 주문으로, 불가에서는 이 주문을 크게 외우면 화를 면하고 복을 구할 수 있다고 함.

賓: 전설상의 팔선(八仙) 가운데 하나)을 무는 격이지. 남의 속은 눈곱만치도
알아주지 않는군요."

두 사람이 말하는 사이 희봉이 생신잔치 집에서 돌아와 왕부인에게
인사드리고 앉았다. 왕부인은 오늘 누구누구가 손님으로 오셨더냐,
연극구경은 좋았더냐, 술자리 연회는 어땠느냐 등 이런저런 얘기를 물
었다.

몇 마디 나누고 있는 사이 보옥이 들어와 왕부인한테 인사 올렸다.
역시 몇 마디 당부의 말을 하고는 곧 사람을 시켜 이마에 맨 말액抹額을
벗기게 하고 저고리와 신발을 벗어 던진 다음 왕부인의 품속으로 파고
들었다. 왕부인은 두 손으로 보옥의 온몸과 얼굴을 어루만지며 귀여워
하였다. 보옥도 왕부인의 목덜미를 끌어당겨 귀속에 대고 뭐라고 온갖
사연을 다 고하고 있었다.

"애야, 너 또 술을 몇 잔 한 모양이구나, 얼굴이 달아오른 걸 보니.
그냥 문지르기만 하면 곧 술이 오를 테니 아무래도 가서 조용히 누워 있
는 게 낫겠다."

사람을 시켜 베개를 가져오라고 했다. 보옥은 왕부인 곁에 몸을 눕혔
다. 채하가 곁에서 가볍게 몸을 두드리며 안마했다. 보옥은 채하에게
농담을 걸었다. 채하는 그저 담담하게 받아넘기며 별로 대꾸하지 않고
서 두 눈은 가환을 바라보고 있었다. 보옥은 그녀의 손을 잡아당기며
자꾸 떼를 썼다.

"누나, 누나! 날 좀 봐봐!"

그러면서 그녀의 손을 잡아 당겼지만 채하는 손을 빼내며 응하려 하
지 않고 조용히 타일렀다.

"자꾸 그러면 소리지를 테야."

두 사람이 그렇게 실랑이하는 것을 가환은 다 듣고 있었다. 평소 보
옥을 미워하던 가환은 지금 그가 채하와 실랑이하는 걸 직접 목도하자

116

가슴속이 울컥 치밀어 오르는 것을 참을 수가 없었다. 그동안에는 비록 말로 드러내진 못하였지만 매번 속으로는 일을 꾸미려고 했는데 착수할 기회가 없었을 뿐이었다. 그런데 마침 지척간에 있는지라 펄펄 끓는 촛농으로 눈을 멀게 하리라 생각하였다. 그는 일부러 실수하는 척 촛대에 펄펄 끓는 촛농을 보옥의 얼굴 쪽으로 휙 밀어버렸다. 그 순간 보옥은 외마디 비명소리를 질렀다.

"앗, 뜨거워!"

온 방 안 사람들이 깜짝 놀라 급히 땅바닥에 넘어진 촛대를 세워 치우고 바깥에서 서너 개의 등잔을 들고 들어와 보옥의 얼굴 위에 비쳐보니 온통 촛농으로 범벅이 되어 있었다. 왕부인은 너무나 놀라고 화가 치밀어 우선 사람을 시켜 보옥의 얼굴을 닦아내는 한편 가환에게 욕을 퍼부었다. 희봉은 성큼성큼 달려와 구들 위로 올라 보옥을 일으키며 한마디 했다.

"셋째는 아직도 이렇게 데퉁맞은 수탉모양 물불을 못 가리네. 그래가지고 언제 지체 높은 도련님이 되겠냐고 내 늘 말했잖아. 조이랑도 그렇지, 하여간 너를 좀 잘 단속해야 하는데 말이야."

그 말이 왕부인을 자극한 모양이었다. 왕부인은 가환한테 하던 욕을 돌려 조이랑한테 들이댔다.

"이처럼 돼먹지 못한 시커먼 마음을 품어가지고 세상이치 모르는 천한 종자나 싸질러 놓고도 아무 상관도 않고 있다니. 벌써 몇 번이나 일을 저질러도 내가 참고 가만있었더니 이제는 아예 득의양양하여 점점 더 기가 올라 난리를 치는구나!"

조이랑은 평소 늘 질투의 마음을 품고 있으며 희봉과 보옥 두 사람에게 분을 삭이지 못했지만 감히 드러낼 기회가 없었다. 하지만 지금 또 가환이 사단을 일으켰으니 이처럼 지독한 욕을 얻어먹고도 분을 삼키며 참고 오히려 보옥한테 달려가 어루만지고 살펴봐야 했다. 보옥의 왼쪽 얼굴이 촛농에 데어 수포가 부어올랐지만 다행히도 눈은 건드리지 않았다. 왕부인은 볼수록 마음이 아프고 또 내일 아침 가모가 어찌 된 일이냐고 물으면 뭐라고 대답하나 하고 걱정이 되자 가라앉던 화가 다시 치밀어 조이랑을 한바탕 나무랐다. 그런 다음 보옥을 위로하고 독을 빼고 부종을 가라앉히는 약을 가져오라 하여 발라주었다. 보옥이 말했다.

"조금 아프긴 하지만 그런 대로 괜찮으니 걱정 마세요. 낼 아침 할머니가 물으시면 내가 잘못해서 데었다고 하면 되지요, 뭐."

희봉이 웃으면서 덧붙였다.

"자기가 잘못해서 데었다고 해도 왜 제대로 살피지 않고 데게 하였느냐고 사람들을 나무라실 테지. 어쨌든 한바탕 화를 내실 건 분명하니 내일 네가 어떻게 말하는가에 달렸어. 알아서 해 봐."

왕부인은 사람을 시켜 보옥을 집으로 잘 돌려보냈다. 습인이 맞아들이다가 보고는 깜짝 놀라 어쩔 줄을 몰라 했다.

대옥은 보옥이 하루 동안 외출하는 바람에 서로 얘기할 사람이 없자 하릴없이 앉아 답답한 하루를 보냈다. 저녁 무렵이 되자 두세 번이나 사람을 보내 돌아왔는지 물어보았다. 그러다 보옥이 이제야 돌아왔는데 그나마 얼굴을 데었다고 하자 놀란 대옥은 황급히 찾아왔다. 보옥은 마침 거울로 얼굴을 비쳐보고 있었다. 왼편 얼굴은 온통 널찍하게 약을 발라 놓은 상태였다. 대옥은 덴 자리가 너무 심하구나 생각하고 얼른 다가가서 어쩌다 데었는지 한 번 보자고 했다. 보옥은 대옥이 오자 얼굴을 가리고 손사래를 치면서 보여주기 싫으니 어서 나가라고 했다. 대옥이 자신도 자기가 이런 결벽이 있기에, 보옥이 마음속으로 자신이 싫어할까 봐 꺼린다는 걸 알고 있었다. 그리하여 웃으면서 다가섰다.

"어디 한 번 봐요, 어디를 데었는지. 감출 게 뭐 있다구."

가까이 다가와서 억지로 고개를 돌리더니 살펴보면서 물었다.

"얼마나 아파요?"

"생각만큼 아프지는 않아. 하루이틀 지나면 좋아지겠지 뭐."

대옥은 잠시 앉았다가 그냥 조용히 돌아갔다.

다음날 보옥은 가모에게 인사 올리면서 남들하고 상관없이 자기가 잘못해서 데었다고 변명했지만 가모는 어쨌든 시종들을 한바탕 나무랐다.

하루가 지나고 다음날 마침 보옥의 수양어미[2]로 되어 있는 마도파馬道婆[3]가 영국부로 찾아와 문안인사를 올렸다. 보옥을 보더니 깜짝 놀라면서 어떻게 된 일이냐고 까닭을 물었다. 촛불기름에 덴 것이라는 말을 듣고는 고개를 끄덕이며 한차례 긴 한숨을 쉬더니 보옥의 얼굴에 손가락으로 선을 긋고는 뭔가를 중얼중얼하고 외우더니 말했다.

"이젠 틀림없이 좋아질 것입니다. 이는 그저 일시적으로 지나가는 재난일 따름이지요."

그리고 이어서 다시 가모에게 은근한 말투로 알려준다.

"우리 보살 같은 노마님께서 이런 걸 어찌 아시겠어요? 경전 속의 불법이 정말로 무섭고 대단하다는걸요. 대체로 왕후장상의 대갓집 자제들이 일생 동안 잘 자라지 못하는 건요, 암암리에 수많은 잡귀들이 달라붙어 다니면서 틈만 나면 꼬집고 할퀴거나, 밥 먹을 때 밥그릇을 뒤집거나 걸어갈 때 밀어서 넘어뜨리기 때문이죠. 그래서 왕왕 대갓집 자제들이 잘 자라지 못한다고 하잖아요."

가모가 그 말을 듣고 깜짝 놀라 물었다.

"그러면 어떻게 해야 그 재앙을 물리칠 수 있는 거지?"

---

2 자제들을 자신의 이름 아래에 기탁하는(寄名) 의아들로 삼는 여도사(女道士). '기명(寄名)'은 신의 보호를 얻고 재난을 피하기 위해서 하는 것임.

3 도파란 비구니 절에서 잡일을 하는 여자.

"그야 쉬운 일이지요. 오로지 인과응보를 생각하고 선행을 많이 베풀면 되는 거지요. 경전에는 또 서방에 대광명보조보살大光明普照菩薩이란 부처님이 계신데 오로지 눈에 안 보이는 사악한 잡귀를 다스린다죠. 선남선녀가 경건한 마음으로 지성을 다해 공양을 올리면 자손의 영원한 강녕과 무사평안을 기약하고 사악한 귀신이 붙어 재난을 당하는 일은 없도록 할 수 있답니다."

마도파의 말에 가모는 더욱 진지하게 물었다.

"도대체 어떻게 그 보살님을 공양하면 된다는 겐가?"

"뭐 그리 어려운 건 아닙니다. 향촉을 공양하는 것 외에 하루에 몇 근 정도 향유를 더하고 큰 해등海燈에 불을 밝히면 됩니다. 이 해등이란 게 바로 보살님께서 현신하신 법상法像이시니 밤이고 낮이고 불을 꺼트려선 안 되는 것이지요."

"그래, 밤낮으로 하루에 도대체 얼마나 기름이 드는 겐가? 좀 자세히 일러주게나. 나도 보시하여 그 공덕 좀 쌓아야겠네그려."

가모의 말을 듣고 마도파는 더욱 신이 났다.

"그야 일정치는 않습니다. 시주님이나 보살님의 소원대로 하시면 되는 거지요. 우리 절에는요, 여러 곳의 왕비님의 명을 받잡아 공양을 올려드리는데 남안군왕南安郡王 왕부의 태비께서는 소원이 많고 원력도 크셔서 하루에 48근 기름을 쓰시고 등초 한 근을 쓰시거든요. 해등도 항아리보다 약간 작은 정도랍니다. 금전후錦田侯 댁의 고명誥命은 그보다 한 단계 낮지만 그래도 하루에 24근의 기름을 쓰고, 다른 여러 대갓집에서도 5근이나 3근, 1근짜리 등 일정치가 않답니다. 보통 넉넉지 않은 집안에서는 이만큼 낼 수가 없어 그저 반 근이나 넉 냥 정도를 내고 있지만 등을 다 달아드리고 있지요."

가모는 그 말에 고개를 끄덕이며 잠시 생각에 잠겼다. 마도파는 거기에 덧붙여 말했다.

"한 가지 중요한 점은, 부모나 어른들을 모실 때는 많이 보시해도 상관없지만 노마님이 손자인 보옥을 위해 쓸데없이 많이 보시하면 오히려 도련님이 이겨내기 어려워 안 좋을 수 있다는 거지요. 복을 깎아먹으면 안 되니까 그건 당치 않은 일이지요. 보시하시려면 많아야 일곱 근, 적게는 다섯 근이면 족하답니다."

"그렇다면 매일 다섯 근으로 정하고 매월 정해진 액수대로 받아가도록 하시게나."

마도파는 두 손을 합장하며 염불했다.

"나무아미타불, 자비로운 대보살님!"

가모는 다시 사람을 불러 분부를 내렸다.

"앞으로 보옥이 외출할 때는 언제나 돈 몇 꾸러미를 시동에게 들려 나가도록 하고 스님이나 도사를 만나면 늘 시주하라고 하여라."


말을 마치고 마도파는 잠시 더 앉았다가 각 처소에 들러 안부를 물으면서 영국부 안을 집집마다 한 번씩 돌아다녔다. 그러다 조이랑네 처소에 들르게 되었다. 두 사람은 수인사를 마치고 마주 앉았다. 조이랑은 차를 함께 마셨다. 마도파는 구들 위에 작게 잘린 비단조각이 수북이 쌓여있는 걸 보고 그녀가 신발을 깁고 있었음을 알았다.

"그러지 않아도 제가 신는 신발바닥이 다 해어졌지 뭐예요. 그저 아무거나 조각난 비단이 있으면 색깔은 상관 말고 신발바닥을 한 켤레 만들어 주실 수 있으시우?"

조이랑은 그 말에 한숨부터 내쉬었다.

"저 안을 한 번 보세요. 어느 하나 제대로 된 쪼가리가 있는지. 쓸 만한 거야 애당초 내 손에 들어올 수도 없겠지요. 좋거나 나쁘거나 다 여기 있으니까 개의치 않으신다면 맘대로 두어 조각 골라가세요."

마도파는 곧 두 조각을 골라 소매 속에 챙겨 넣었다. 조이랑이 물었다.

"지난번 제가 보낸 엽전 5백 전은 약왕藥王[4] 앞에 공양 올리려는 것이었는데 제대로 받으셨나요?"

"그럼요, 진즉에 받아서 마님 앞으로 공양해 드렸지요."

조이랑은 다시 한숨을 내쉬었다.

"나무아미타불! 제 손이 조금이라도 넉넉하면 늘상 공양을 올릴 텐데, 그저 마음만 있지 힘이 없는 걸 어떡해요."

"아무 걱정 마세요. 좀더 견디시다 앞으로 환이 도련님이 장성하여 무슨 벼슬이든 한자리 차고 앉으면 그때 가서 얼마든지 마음대로 공덕을 쌓을 수 있을 텐데요, 뭘."

조이랑은 그 소리를 듣고 대꾸했다.

"흥, 아예 말도 마세요. 지금 살아가는 꼴이란 참 한심도 하지요. 우리 두 모자가 저쪽 편 어느 누구한테 비길 수나 있겠어요. 보옥이를 살아있는 용처럼 떠받들어서 그런 건 아니에요. 그 애는 그래도 아직 어리고 생김새도 곱상하니까 어른들의 귀여움을 받는 거야 그렇다 칠 수도 있는 거죠. 저는 그저 모질게 주인노릇 하려는 그 새로 생긴 사람한테는 도통 참을 수가 없으니 어쩌죠."

조이랑은 말끝에 손가락 두 개를 펴 보이면서 누구를 지칭하는지 암시한다. 마도파도 금세 알아차렸다.

"가련 서방님 아씨마님을 말하는 거죠?"

조이랑이 깜짝 놀라 얼른 손을 흔들며 문 앞으로 달려가 밖에 누군가 엿들은 사람이 없는지 살펴보고 마도파에게 귓속말로 속삭였다.

"큰일이에요, 큰일! 이 주인이란 작자는 이 알량한 집구석의 재산을 몽땅 끌어다 제 친정으로 가져가고 있다니까요. 거짓말이면 나는 사람도 아니에요."

---

4 보살(菩薩) 이름. 전설에서는 약왕에게 빌면 병이 낫는다고 함.

마도파는 그녀가 이렇게까지 말하는 걸 듣고는 은근히 떠보느라고 이렇게 말했다.

"그야 마님이 말씀하실 필요도 없지요. 저라고 그런 걸 모를 리가 있나요. 그저 마님이니까 마음속에 두고 따지려들지 않고 제멋대로 내버려두는 것이지요. 하기야 차라리 그게 더 나을 거예요."

"아이고, 제멋대로 하라고 내버려두지 않으면, 그 누가 감히 그년을 어떻게 요절낼 수가 있겠어요?"

그러자 마도파는 코웃음을 치면서 잠시 있다가 한마디 던졌다.

"이건 제가 무슨 죄받을 일 시키는 것이 되겠지만, 마님도 정말 재주가 없으시네요. 뭐 남들 탓할 것도 없구먼요. 겉으로 어쩌지 못하면 암암리에 손을 써볼 수도 있는 거잖아요. 그래 이 지경이 되도록 참고 지내왔단 말이에요?"

조이랑은 문득 마도파의 말속에 뭔가 방도가 있는 듯이 느껴져 속으로 기뻐하면서 은근히 다가앉으며 물었다.

"어떻게 암암리에 손을 쓴다는 거지요? 제가 바로 그렇게 하고 싶은 심정이거든요. 아직 그렇게 뛰어난 수완을 가진 사람을 만나지 못했는데 그 방도를 가르쳐 주신다면 내가 꼭 후사하리다."

마도파는 조이랑이 걸려들었다고 생각하며 속으로는 쾌재를 부르면서도 일부러 시침을 뚝 떼고 발뺌했다.

"나무아미타불! 제발 그런 말씀은 묻지 마세요. 제가 어찌 그런 일을 할 수 있겠어요? 아아, 죄업이 크도다!"

"아니, 왜 그러세요? 도파께서는 어려운 사람 구제하고 위태로운 사람 보살펴주는 분이 아니시던가요. 설마 두 눈 멀쩡하게 뜨고 남들 손아귀에 죽어가는 우리 두 모자를 그냥 바라보고만 있을 작정이던가요? 설마 우리가 사례를 안 할까 봐 그러시는 거예요?"

마도파도 조이랑이 그렇게까지 나오자 슬슬 풀리면서 웃는 얼굴로 말을 이었다.

"사실 제가 마님네 모자가 남의 업신여김 받는 걸 보다 못해 그랬다고 하면 그래도 말이 되겠지만, 저한테 사례니 뭐니 하는 것 때문에 한다고 생각하면 마님은 절 아주 잘못 보신 거예요. 제가 만일 사례를 바라고 이런다면, 사실 마님이 뭘 가지고 제 마음을 움직일 수 있겠어요?"

조이랑은 그 말을 듣고 말이 한결 수월하게 나왔다.

"세사에 밝으신 양반이 어찌 그리 멍청한 소리를 하는 거예요? 만약 법술이 영험하여 저 두 사람을 해치울 수만 있다면 훗날 이 집 재산이야 말할 것도 없이 그냥 우리 환이한테 굴러 떨어지는 게 아니겠어요? 그때 가서는 뭔들 달라고 못하겠어요."

마도파는 고개를 숙이고 생각에 잠기더니 한참 만에 입을 열었다.

"그때 가서 일이 잘되더라도 아무런 증빙이 없으니 나를 상대나 하시겠어요?"

"그게 뭐가 어려워요? 지금 내 손안엔 별다른 것이 없기는 하지만 그래도 부스러기 돈푼이나 좀 남아있고 옷 몇 벌과 비녀도 있으니 우선 가져가세요. 나머지는 내가 빚졌다는 차용증을 써서 줄 테니까. 보증인도 필요하면 얼마든지 세우시라고요. 그때 가서 액수대로 갚아드릴 테니."

"정말 그렇게 하시겠어요?"

"이런 일에 어떻게 거짓이 있을 수 있어요?"

조이랑은 곧 심복 할멈을 불러 귀엣말로 뭐라고 몇 마디 일렀다. 할멈은 나가자 곧 돌아와 5백 냥짜리 차용증을 내밀었다. 조이랑은 그곳에 손도장을 찍은 다음 문갑 속에서 숨겨 두었던 비상금을 꺼내 함께 마도파에게 주었다.

"이걸 우선 가져가서 향초 공양비로 쓰시면 되시겠어요?"

마도파는 반짝반짝 빛나는 은전 한 무더기를 보고 또 차용증도 눈앞에 있는지라 그만 옳고 그른 것을 따지지 못하고 그냥 덥석 승낙하고 말왔다. 은전을 집어 들고 차용증도 챙겨 넣었다. 그리곤 자신의 허리춤을 한참 뒤져서 종이로 만든 푸른 얼굴에 흰 머리털의 귀신 인형 열 개와 종이 인형 두 개를 꺼내어 조이랑에게 건네면서 조용히 일렀다.

"그 두 사람 생년월일 팔자를 이 종이 인형 몸통에 적어 귀신 인형 다섯과 함께 각자의 침상 속에 몰래 쑤셔 넣기만 하면 됩니다. 내가 집에 돌아가서 법술을 부리기만 하면 자연히 효험이 있을 것입니다. 제발 조심하시고 절대로 겁내지는 마세요!"

마도파가 여기까지 말할 무렵 마침 왕부인 처소의 시녀가 찾아왔다.

"작은 마님, 큰 마님께서 기다리고 계세요."

그리하여 두 사람은 곧 헤어졌다.


한편 대옥은 보옥이 일전에 얼굴을 덴 것을 본 이후 다른 곳에 외출을 삼가고 늘 찾아와 함께 이야기를 나누곤 하였다. 이날은 밥을 먹고 난 후에 책을 두어 편 보다가 재미가 없어 자견, 설안과 함께 바느질을 해 보았지만 여전히 재미를 느끼지 못하였다. 답답한 마음에 방문에 기대어 한참 넋을 놓고 있다가 발길 닿는 대로 산책하였다. 계단 아래 자그마하게 솟아나는 죽순을 쪼그리고 앉아 보다가 대문을 나섰다. 정원으로 들어섰는데 사방에는 아무도 보이지 않고 꽃과 버드나무의 빛과 그림자가 흐드러지게 펼쳐진 가운데 새소리와 물소리만 들려왔다.

대옥의 발걸음은 어느새 이홍원으로 향하고 있었다. 시녀 몇 사람이 물을 길어다 회랑에 둘러앉아 화미조畵眉鳥가 목욕하는 것을 지켜보는 중이었다. 방 안에서는 웃음소리가 새어나왔다. 대옥이 방으로 들어서니 이궁재〔李宮裁: 이환〕, 희봉, 보차 등이 벌써 와 있었다. 다들 그녀가 오는 걸 보고는 한바탕 까르르 웃음을 터뜨렸다.

"여기 또 하나가 들어왔네요."

"오늘 이렇게 다들 빠짐없이 모이셨는데 도대체 누가 청첩장을 돌린 거지요?"

대옥의 말에 희봉이 대꾸했다.

"지난번에 시녀를 보내 찻잎 두 통을 보냈는데 아가씬 어딜 갔었지?"

"아, 제가 깜빡 잊었군요. 감사합니다."

"그래 마셔보니 어때, 마실 만하던가요?"

희봉의 말이 미처 끝나기도 전에 보옥이 끼어들었다.

"글쎄 대체로 괜찮다고 해야겠지만, 남들은 어떤지 모르겠는데 난 그저 별로였어."

"맛은 조금 연했지만, 색깔이 좀 좋지 않았어요."

보차의 말에 희봉이 대답했다.

"그건 섬라국[暹羅國: 지금의 태국 일대]에서 공물로 들어온 것이래. 나도 먹어보긴 했는데 맛은 별다르지 않았어. 내가 매일같이 마시는 것보다는 못한 것 같더라고."

대옥이 말했다.

"난 맛있게 잘 마셨어요. 여러분들 비위가 모두 어떻게 되신 거예요?"

"정말로 잘 마신다면 여기 내 것도 가져가 마셔."

보옥의 말에 희봉이 대꾸했다.

"정말 좋아한다면야 나한테 아직도 남아있다니까."

"정말이에요? 그러면 내 시녀를 보내서 받아오라 할게요."

"사람 보낼 필요 없이 내가 먼저 보내줄 테니까 그리 알아요. 내가 내일 한 가지 부탁할 일이 있어 사람을 보내야 하니."

그 말에 대옥이 웃으며 여러 사람을 돌아봤다.

"아이고, 다들 저 말 좀 들어보세요. 저 양반네 집 차 좀 얻어 마셨다고 곧바로 사람을 부려먹으려고 하는 것 좀 보시란 말이에요."

"내가 그래서 부탁한다고 하였잖아. 근데 뭐 차를 마시니 물을 마시니 하고 그런 쓸데없는 말을 하고 그래. 기왕에 아가씨가 우리 집 차를

마셨으니 어째 우리 집 며느리로 들어오시지 않으시는가요?"⁵

그 말에 다들 까르르 하고 웃음을 터뜨렸다. 대옥은 얼굴이 홍당무가 되어 한마디도 못하고 그만 고개를 돌리고 말았다.

이궁재가 보차에게 말했다.

"정말로 우리 집 둘째 아줌마의 익살은 아무도 따를 사람이 없어요."

"익살은 무슨 익살이에요? 그저 주책없이 나불거리는 망발일 뿐이지. 미워 죽겠어, 정말!"

대옥이 그렇게 대꾸하고 침을 뱉으며 입을 삐죽거렸다. 희봉이 가만있지 않았다.

"꿈도 꾸지 말라고. 우리 집 며느리가 되기만 한다면야 이 집에 뭐가 부족한 게 있겠어? 자, 한 번 보시라고. 인물이 못났나, 문벌이 낮나, 기반이 모자라나, 재물이 없나, 뭐 하나 남들보다 못한 데가 있어야지."

대옥이 참다못해 나가려고 하자 보차가 불러 세웠다.

"빈빈, 뭐가 급해서 그래. 빨리 앉아 봐. 그냥 가면 재미없잖아."

보차가 일어나 대옥을 잡아 세우려고 방문 앞에까지 갔다. 마침 조이랑과 주이랑周姨娘이 보옥을 문안하러 찾아왔다. 이궁재와 보차, 보옥 등은 그들 두 사람에게 자리를 내주며 앉으라고 권하였지만, 희봉과 대옥만큼은 여전히 웃고 떠들며 제대로 눈길 한 번 주지 않았다. 보차가 나서서 막 말을 하려는데 왕부인 처소의 시녀가 소식을 전했다.

"외숙모 마님이 오셨습니다. 아씨마님과 아가씨들은 나오시랍니다."

이궁재가 그 말을 듣고 희봉 등을 불러 나오게 했다. 조이랑과 주이랑도 얼른 보옥에게 작별인사를 하고 나왔다. 보옥이 말했다.

"나는 나갈 수 없어요. 어쨌든 외숙모님은 들어오시지 못하게 하세요."

---

5 여자가 남자 측의 청혼을 받아들이면 차를 마신다고 하는 속설이 있음.

그리고 다시 대옥에게 말했다.

"대옥 누이, 잠깐만! 가지 말고 잠깐 있어봐. 할 말이 좀 있어."

희봉이 그 말을 듣고 대옥을 돌아보면서 웃었다.

"어떤 사람이 아가씨하고 말하고 싶다잖아."

그러면서 대옥을 안쪽으로 밀어 넣고는 이환李紈과 함께 나왔다.

보옥은 대옥의 소매를 잡아끌면서 다만 빙글빙글 웃기만 하고 마음속의 하고 싶은 말을 아직 입으로 말하진 못하고 있었다. 대옥은 그만 얼굴이 빨개지며 손을 빼어내 달아나려고 안간힘을 썼다. 바로 그때 보옥이 갑자기 머리통을 쥐어짜며 외마디 비명을 질러댔다.

"아이고, 머리 아파!"

대옥은 그거 아주 쌤통이라는 듯 빈정댔다.

"벌 받은 거야! 나무아미타불!"

하지만 보옥은 장난이 아니었다. 몸을 한번 솟구치더니 땅에서 서너 자나 되는 높이로 펄쩍펄쩍 뛰면서 입으로 소리소리 질러대고 끝내는 헛소리까지 해대기 시작했다.

"나 죽는다, 나 죽어!"

대옥과 시녀들이 화들짝 놀라 달려들었지만 어쩔 수가 없었다. 급히 왕부인과 가모에게 전하고, 왕자등의 부인이 아직 함께 있었으므로 다 함께 달려왔다. 보옥은 칼이고 몽둥이고 아무거나 집어 들고 죽느니 사느니 하면서 천지가 뒤집힌 듯 미쳐서 날뛰었다. 가모와 왕부인이 그 광경을 보고는 너무나 놀란 나머지 부들부들 떨면서 보옥의 이름을 부르며 방성대곡을 했다.

"아이고 내 새끼야, 우리 보옥아!"

사람들은 더욱 놀라 곧바로 가사와 형부인, 가정, 가진과 가련, 가용, 가운, 가평 그리고 설부인과 설반, 주서댁 등 온 집안의 위아래, 안팎의 할멈들과 어멈들, 시녀들이 모두 이홍원으로 달려와 살펴보고 있었다.

순식간에 이홍원은 어지럽게 얽힌 난마처럼 엉망진창이 되었다. 도대체 이 난국을 어떻게 해결해야 할지 다들 우왕좌왕하는 가운데 이번에는 왕희봉이 손에 번쩍번쩍 빛나는 칼을 들고 마구 휘두르며 달려오고 있었다. 눈에 띄는 것이면 뭐든지 칼질하면서 닭이면 닭, 개면 개한테 마구 칼을 휘두르고 사람에게도 마구 찔러댈 것 같았다. 사람들이 놀라 어쩔 줄 몰라 하는 사이 그나마 주서댁이 힘깨나 쓰고 담이 큰 어멈들을 몇몇 데리고 에워싸고 달려들어 칼을 빼앗고 집으로 데려갔다. 평아平兒와 풍아는 희봉이 돌아버린 모습에 놀라 어쩔 줄을 몰라 하며 눈물바다가 되어 통곡할 뿐이었다. 가정은 갑자기 집안에서 이런 일이 일어나자 마음속으로 크게 놀라 당황하여 이쪽을 돌보고 저쪽을 살피면서도 미처 어떤 조치를 취해야 할지 난감해했다.

다른 사람의 당황한 모습은 그렇다 치고, 여기선 남보다 한층 더 정신없이 바쁜 설반을 보자. 그는 모친인 설부인이 사람들 틈에 끼어 밀리다가 쓰러지지 않을까 걱정하면서 또 아리따운 누이동생 설보차가 남의 눈에 띄지나 않을까 노심초사하였다. 더더욱 애첩으로 데리고 있는 향릉이 이 소란스런 통에 남의 손에 자칫 희롱이나 당하는 게 아닐까도 걱정이었다. 남의 여자라면 쉽사리 손에 넣는 남다른 수완을 지닌 가진을 비롯한 여러 사내들이 여기에 와 있음을 알기 때문이었다. 그래서 정신없이 눈알을 굴리면서도 자기는 임대옥의 아리따운 자태를 힐끗 보더니만 사지가 녹아내리듯 빠져드는 것이었다.

한편 사람들은 열이면 열 모두가 중구난방으로 갖가지 방도를 지껄였다. 어떤 이는 박수무당을 데려다 치성을 드려 악귀를 쫓아내야 한다고 하고 어떤 이는 무녀를 불러 굿거리를 해야 한다고 하고, 또 어떤 이는 옥황각玉皇閣의 도사 장진인張眞人을 추천하는 등 제각각 온갖 방안

을 다 말했다. 수많은 의원을 불러 오만가지 치료를 다 해보고 약을 써
봤지만 소용이 없었다. 점쟁이를 불러 기도하고 점을 치고 온갖 신령
다 불러보았지만 도통 조그마한 효험도 나타나지 않았다.

어느덧 날이 저물어 왕자등 부인이 돌아가고 다음날 왕자등도 찾아
와 문병하고 이어서 사후史侯댁의 도련님과 형부인의 친정 형제들, 각
친척 권속들이 줄을 이어 문병 왔다. 제각각 부적 삼아 쓰는 정화수를
보내오기도 하고 승려나 도사를 추천하기도 하였지만 역시 소용없는
짓이었다.

보옥과 희봉 두 사람의 증세가 더욱 위중해져 인사불성이 되어 혼수
상태로 침상에 누워있었다. 온몸은 불덩이처럼 펄펄 끓고 입으로는 무
언가 끊임없이 헛소리를 지껄여댔다. 밤이 되자 할멈과 어멈, 시녀들
은 감히 가까이 접근하려고 하지 않았다. 두 사람을 왕부인의 거처인
안방으로 옮겨다 놓고 가운의 책임 하에 하인들에게 윤번을 세워 감시
하도록 하였다. 가모와 왕부인, 형부인, 설부인 등도 가까이 지켜보며
한 치도 떨어지지 않고 에워싸고 훌쩍거리고 있었다.

이때 가사와 가정은 그러다가 노모의 몸이 상할까 걱정하여 밤낮으
로 불을 밝히고 전전긍긍했지만 다른 방도가 없었다. 가사는 각지로 고
승이나 도사를 찾아다녔고 가정은 그렇게 해도 도대체 아무런 효험이
나타나지 않자 가사의 헛된 노력을 막고 나섰다.

"형님, 아이들의 운수란 모두 천명으로 정해지는 것이지 인력으로는
어쩌지 못하는 것입니다. 저 둘의 병이 전혀 생각지도 않게 생기고 또
백 가지 약과 치료로도 효험이 없으니 하늘의 뜻이 아마 그러한 모양입
니다. 헛된 수고는 그만 하고 이제 저들이 그저 조용히 가도록 내버려
두는 게 낫겠습니다."

가사는 그 말에 아랑곳하지 않고 백방으로 뛰어다녔지만 여전히 아

무런 효험도 없었다. 그러다 사흘이란 시간이 훌쩍 지났다. 희봉과 보옥은 여전히 침상에 누워 이제는 발광할 기운조차 없이 늘어져 있었다. 온 집안사람들은 놀랍고 당황하여 더 이상 가망조차 없다고 여기고 두 사람이 운명한 다음에 입을 수의와 신발까지 준비하였다. 가모와 왕부인, 가련, 평아, 습인 등 몇 사람은 다른 사람보다 더욱 구슬피 울면서 밥 먹는 것도 잠자는 것도 잊고 함께 죽겠다고 난리치면서 통곡하였다. 하지만 조이랑과 가환만은 은근히 속으로 쾌재를 불렀다.

넷째 날 새벽이 되자 가모 등은 보옥을 둘러싸고 앉아 울고 있었다. 보옥이 갑자기 두 눈을 번쩍 뜨면서 말을 했다.

"이제부터 저는 이 집에서 나가렵니다. 어서 짐을 싸서 저를 내보내주세요."

그 말을 듣고 가모는 심장과 간장을 도려내는 듯이 가슴이 아팠다. 그때 마침 조이랑이 옆에서 쓸데없이 한마디를 거들었다.

"노마님께서도 너무 애통해하지 마세요. 도련님은 이제 가망이 없게 되었으니 수의를 입혀드리고 일찌감치 보내드리는 게 고통을 더는 길이겠네요. 공연히 붙잡고 있으면 마지막 숨을 거두지 못하여 저승에서도 편치 않을 것이 아니겠어요?"

그 말이 미처 끝나기도 전에 가모는 그녀의 얼굴에 똑바로 대고 침을 탁 뱉으면서 욕을 해댔다.

"이 썩어문드러질 혓바닥의 더러운 여편네야! 누가 너 같은 년더러 쓸데없는 말이나 지껄이라고 했더냐! 저 아이가 저승에 가서 편치 못할지 어떨지 네년이 어찌 안단 말이냐. 저 아이가 더 이상 가망 없는지는 또 네년이 어찌 안단 말이냐. 저 아이가 죽기를 바라는 모양이다만 그게 너한테 뭐가 좋을 게 있단 말이냐, 응? 공연한 꿈이랑 깨라! 저 아이가 만일 죽으면 내 너희들 목숨부터 앗아가고야 말 테니. 평소에 모두 너희가 뒷구멍에서 제 아비한테 쑥덕거려 저 아이한테 글을 쓰라, 책

읽으라 강요하여 간담을 서늘하게 했다는 걸 내 모를 줄 아느냐! 그래서 제 아비만 보면 고양이 앞에 생쥐처럼 오금을 못 펴게 하지 않았더냐. 그게 다 네년들이 충동질해서 그런 거였지. 이번에 이 아이를 죽게 만들려고 기를 쓰고 네년들 뜻대로 되기를 바라겠지만, 내 두고 봐라 어느 년을 그냥 둘 줄 알고!"

가모는 조이랑에게 한바탕 욕을 퍼부으며 대성통곡 했다. 옆에 있던 가정은 그 말을 듣고 점점 난감하여 조이랑을 호통 쳐서 내보내고 은근한 목소리로 노모의 분을 달랬다. 그때 밖에서 아뢰는 소리가 들려왔다.

"밖에 관목 두 개를 다 마련했사옵니다. 대감님께서는 와 보십시오."

가모가 그 말을 듣고 타는 불길에 기름을 퍼부은 듯 화가 치밀어 욕을 해댔다.

"어느 놈이 관을 만들었다는 거냐?"

그리곤 관 만든 놈을 끌어내다 당장에 때려죽이라고 소리 질렀다.


그렇게 온 집안이 정신없이 난리를 피우며 어떻게 해야 할지 모르고 우왕좌왕하는 중에 어디선가 은은한 목탁소리가 들리더니 이어서 염불하는 소리가 들려왔다.

"나무아미타불! 원한과 업보를 풀어주는 보살이여! 집안 식구중에 병이 든 사람, 가산을 탕진한 사람, 흉악한 재난을 만난 사람, 귀신에 들려 쫓기는 사람이 있으면 치유하고 고쳐드립니다요!"

가모과 왕부인이 그 염불소리를 듣고 가만있을 리 없었다. 급히 불러 청해오도록 하니 가정은 비록 마땅치 않았지만 노모님의 말씀을 거역할 수 없는 일이었다. 다만 이처럼 커다란 저택의 깊숙한 정원 안까지 어찌 그처럼 또렷또렷하게 염불소리가 들릴 수 있을까 속으로 희한하게 여기며 사람을 보내 불러오도록 하였다. 다들 쳐다보니 들어오는 사람은 둘이었는데 하나는 두창 앓는 화상이요, 하나는 절름발이 도사였다.

그 화상의 모습은 이러했다.

| | |
|---|---|
| 쓸개처럼 매달린 코 길게 늘어진 눈썹, | 鼻如懸膽兩眉長, |
| 샛별 같은 눈에 보배 같은 빛을 뿜고. | 目似明星蓄寶光. |
| 해진 장삼 짚신에 바람처럼 오가는 몸, | 破衲芒鞋無住跡, |
| 몸은 더럽고 머리는 부스럼 덩어리네. | 腌臢更有滿頭瘡. |

그 도사의 모습은 또 이러했다.

| | |
|---|---|
| 한 다리는 길고 한 다리는 짧아 뒤뚱뒤뚱, | 一足高來一足低, |
| 온 몸은 물에 흠뻑 젖고 진흙은 덕지덕지. | 渾身帶水又拖泥. |
| 만나 뵙고 어디 사는 뉘신가 하고 물어도, | 相逢若問家何處, |
| 봉래섬인가 약수의 서쪽인가 하시더이다. | 卻在蓬萊弱水西. |

가정은 공손히 물었다.

"두 분 도인께서는 어느 사묘寺廟에서 수행하시는지요?"

스님이 먼저 나서 웃으면서 대꾸했다.

"나리께서는 그저 다른 말씀은 마십시오. 귀댁에 병이 든 사람이 있다는 소리를 듣고 특별히 찾아온 것이니 어서 고치기나 합시다."

"네, 바로 맞혔습니다. 두 사람이 귀신에 들려 악귀에 쫓기고 있습니다. 두 분께서는 어떤 부적 같은 약수를 갖고 계시는지요?"

가정의 말에 도사가 웃으면서 대꾸했다.

"귀댁에 세상에 드문 진귀한 보물이 있으면서 어찌 우리한테 무슨 부적이 있느냐고 물으시는 게요?"

그 말을 듣고 가정이 속으로 짚이는 바가 있어 얼른 대답했다.

"제 아들놈이 태어날 때 작은 옥구슬 하나를 입에 물고 나오긴 했습니다. 그 위에 사악한 귀신을 물리친다고 쓰여 있긴 합니다만, 그게 영험이 있는지는 모르겠군요."

"나리께서 그 물건의 기막힌 효험을 어찌 아시겠습니까? 다만 지금은 그것이 성색聲色과 재물과 이로움에 미혹되어 영험을 잃어버렸을 따름이지요. 지금 그것을 한 번 가져와 보시오. 우리가 게송을 한 번 읊어주면 좋아질 수가 있을지도 모르겠소이다."

가정이 스님의 말씀을 듣고 보옥의 목덜미에서 통령옥을 꺼내어 두 사람에게 건네주었다. 스님이 넘겨받아 손바닥 위에 올려놓더니 길게 한 번 탄식했다.

"청경봉에서 헤어진 후에 어언간 13년의 세월이 흘러갔구나. 세상의 광음이 이처럼 쏜살같고 티끌세상 인연이 날로 가득하나 그 또한 순식간이로다. 애당초 그 순수했던 너의 모습이 다시금 그립구나!"

| | |
|---|---|
| 하늘에도 구애 없고 땅에도 자유로운 너, | 天不拘兮地不羈, |
| 마음속에 기쁨 슬픔 하나같이 없었던 너. | 心頭無喜亦無悲; |
| 단련을 받고 나서 영혼을 통하게 된 너, | 卻因鍛煉通靈後, |
| 인간 세상 찾아와서 시비곡절만 얻은 너. | 便向人間覓是非. |

"하지만 오늘의 너의 모습과 지난 궤적에 참으로 한숨이 절로 나는구나!"

| | |
|---|---|
| 분칠과 연지는 보배의 빛을 더럽히고, | 粉漬脂痕污寶光, |
| 화려한 저택에서 밤낮으로 고달픈 원앙. | 綺櫳晝夜困鴛鴦. |
| 달콤하게 꾸는 꿈 언젠가는 깨는 것을, | 沉酣一夢終須醒, |
| 전생업보 청산하고 깨끗하게 흩어지리! | 冤孽償清好散場! |

스님은 이처럼 읊고 나서 통령옥을 한 번 어루만지며 뭐라고 알아듣지 못하는 소리로 중얼거리고는 가정에게 다시 건네주며 말했다.

"이 옥이 다시 영험해졌으니 더 이상 더럽히고 부정 타게 해서는 안됩니다. 이 옥을 침실 대들보 위에 잘 안치시킨 다음 두 사람을 한 방에 눕히고 자신의 아내나 어머니를 제외하고는 일체 다른 여인을 들이지 못하게 해야 합니다. 33일이 지나면 몸이 안녕을 되찾고 병이 물러가게 되어 완전히 회복할 것이 틀림없습니다."

말을 마치자 스님과 도사는 곧바로 사라졌다. 가정이 뒤를 쫓아가 두 사람을 불러 차라도 마시며 사례하려 했지만 벌써 어디론가 사라지고 없었다. 가모도 곧 사람을 보내 찾게 했지만 어디서도 자취를 찾을 수 없었다. 어쩔 수 없이 그들이 말한 대로 두 사람을 왕부인의 처소 침실로 옮겨 눕히고 통령옥을 문 위에 걸어두고는 왕부인이 직접 지키면서 다른 사람은 일체 들어오지 못하게 했다.

그날 밤이 되자 두 사람은 점점 소생하기 시작하여 배가 고프다고 말했다. 가모와 왕부인은 보배를 다시 얻은 듯 기뻐하며 곧바로 쌀죽을 쑤어 두 사람에게 먹이고 나니 차츰 정신이 돌아오고 사악한 기운이 점점 물러갔다. 온 집안사람이 다들 가슴을 쓸어내리며 안도의 한숨을 쉬었다. 이궁재와 가씨 세 자매, 설보차와 임대옥, 평아와 습인 등은 밖에서 두 사람이 죽을 먹기 시작하고 정신이 돌아왔다는 소식을 전해 듣고 너무 기뻐하였다. 다른 사람도 그랬지만 그 중에서도 대옥은 너무나 반가운 마음에 자신도 모르게 한마디 내뱉었다.

"나무아미타불!"

보차는 곧 뒤를 돌아 대옥을 한참 보더니 '푸하하' 하고 웃음을 터뜨렸다. 다들 무슨 일인지 몰라 의아해했다. 석춘이 먼저 물었다.

"보차 언니, 가만있다가 공연히 웬 웃음이에요?"

보차는 그제야 자기가 웃음을 터뜨린 까닭을 설명했다.

"내가 웃은 건 말이야, 아미타불, 여래부처님께서 우리 사람보다 더 바쁘시게 되었기 때문이지. 불경 강의하셔야 하지 않나, 중생을 널리 구제해야 하지 않나 말이야. 이번에 보옥이하고 희봉 언니가 병이 나서 향 피우고 소원 빌었으니 복을 내리고 재난을 없애야 했잖아. 이제 겨우 나아가는데 말이야, 이번에는 또 우리 임대옥 아가씨의 인연까지 맡아서 해결해야 하니. 생각해 봐, 얼마나 바쁘시겠어. 정말 웃기지 않아?"

대옥은 그 자리에서 곧바로 얼굴이 벌겋게 달아오르며 입을 삐죽이고 냅다 대거릴 한다.

"정말 여기 모인 사람들은 하나같이 착한 사람이 없군요. 나중에 어떻게 죽을지 아무도 모를 거예요. 그저 좋은 사람 말은 배우지 않고 하나같이 저 희봉 언니처럼 남의 악담이나 하는 허튼 소리만 배우고 있으니 말이에요."

그녀는 말을 마치고 후다닥 주렴을 제쳐 열고 밖으로 나가버렸다.

그 이후가 궁금하면 다음 회를 보시라.

蜂腰橋設言傳心事
瀟湘館春困發幽情

## 제26회

# 속이 상한 임대옥

봉요교에서 가운은 속마음을 전하고
소상관에선 대옥이 그윽한 정 비치네

蜂腰橋設言傳心事 瀟湘館春困發幽情

 

그리하여 보옥은 33일이 지난 후에 다시 몸이 건강해졌으며 얼굴의
데었던 상처마저도 깔끔하게 다 나았다. 그리고 대관원으로 다시 돌아
와 살게 되었다.

한편 보옥이 병으로 누워있을 때 가운은 어린 하인들을 데리고 불침
번을 서면서 주야로 이곳을 지켰다. 소홍도 여러 시녀들과 함께 이곳에
서 보옥을 지키고 시중드는 일을 했으므로 피차간에 서로 만날 일이 많
게 되어 차츰 서로 낯이 익게 되었다. 소홍은 가운이 손에 들고 있는 손
수건이 지난번 자신이 잃어버린 것처럼 보였지만 한 번 물어보려고 해
도 용기를 내지 못했다. 뜻밖에 스님과 도사가 다녀간 뒤로 남자들이
지킬 필요가 없어지자 가운은 대관원에 나무를 심으러 가버렸으므로
그 일은 나중에 알아보기로 하였다. 하지만 마음속으로는 늘 생각하면
서 기회만 나면 물어보려고 했지만 남들이 공연한 오해를 할까 봐 망설
였다. 그렇게 머뭇거리고 있는데 갑자기 창밖에서 누군가 찾는 소리가

났다.

"언니 안에 있어요?"

소홍이 창문 틈으로 밖을 내다보니 다름 아닌 같은 이홍원에서 일하고 있는 어린 시녀 가혜佳蕙라는 아이였다.

"응, 나 안에 있어. 어서 들어와."

가혜는 곧바로 달려 들어와 침상에 걸터앉자마자 떠들어댔다.

"어쩜 좋아요, 전 너무 너무 재수가 좋은가 봐요! 방금 전 집에서 그릇을 씻고 있는데 보옥 도련님이 대옥 아가씨한테 찻잎을 갖다 드리라고 해서 차를 가지고 나갔죠. 헌데 마침 노마님께서 대옥 아가씨한테 돈을 보내오지 않았겠어요. 그쪽 시녀들한테 나눠주던 중이었대요. 내가 막 들어가니까 대옥 아가씨가 저한테 한 움큼 쥐어 주시더라고요. 글쎄 얼마인진 모르지만 언니가 내 대신 잘 보관해줘요."

그리고 손수건을 펼치니 동전이 짜르르 떨어졌다. 소홍이 하나하나 세어서 챙겨 넣었다. 가혜가 은근히 걱정하는 말투로 건넸다.

"언니, 요새 도대체 왜 그래? 마음에 병이 생긴 거야? 내 말대로 해봐요. 집에 가서 한 이틀 쉬면서 의원 양반 모셔다가 약도 두어 재 먹어보는 게 좋겠어."

"무슨 소리야? 멀쩡한데 집에는 가서 뭐 해?"

소홍의 대답에 가혜의 말이 이어졌다.

"아, 참 생각났어. 대옥 아가씨가 천생으로 약골이어서 늘상 약을 먹고 있잖아. 대옥 아가씨한테 달래서 먹어도 같은 것일 거야."

"이 바보야. 약도 함부로 먹는 것인 줄 아니?"

"어쨌든 장기적으로 봐서 그냥 넘겨서는 안 돼. 먹지도 않고 마시지도 않고 종당에는 어쩌려구 그러는 거야?"

소홍은 담담하다 못해 냉담하기까지 했다.

"뭐가 겁나. 죽기밖에 더하겠어? 차라리 일찌감치 죽어버리는 게 훨씬 낫지."

"멀쩡하게 가만있다가 무슨 소릴 그렇게 해?"

"니가 내 속마음을 어떻게 알겠어?"

소홍은 한숨을 길게 내뱉었다. 가혜는 무엇인가 알겠다는 듯이 고개를 끄덕이며 잠시 있다가 말을 이었다.

"그래요, 언니 탓할 것도 없지. 이런 곳에서 지키고 있는 일이 어디 쉬운 일인가. 어저께 노마님께서 보옥 도련님 병이 나 누워있던 지난 여러 날 동안 다들 뒷바라지하느라고 고생했다고 위로하시면서, 이제 보옥 도련님의 병이 나았으니 각처로 돌아가도록 하고 시중들었던 사람들에게 차등별로 상을 내리라고 하셨잖아요. 우리같이 어린것들이야 거기에 끼지도 못했지만 언니 같은 사람은 왜 거기에 포함되지 않았던 거예요? 저도 속으로 울분을 참을 수가 없었어요. 습인 언니야 설사 혼자 몽땅 상을 받는대도 아무도 불평할 사람이야 없겠지요. 사실 말이지 그 누가 습인 언니한테 비할 바가 있겠어요. 평소 만사에 정성을 다하고 조심스럽게 다루니까. 하기야 그만한 정성이 없으면 어찌 목숨 바쳐 일할 수나 있겠어요. 하지만 청문晴雯이나 기산綺霰 같은 사람도 상등에 뽑혀서 마님 같은 얼굴을 하고 다니면서 사람들이 떠받들어주는 걸 보니 어떻게 속에서 울화가 치밀지 않겠어요. 안 그래요, 언니?"

소홍은 그 말에도 차분하게 대답했다.

"그 사람들한테 화낼 건 또 뭐 있겠니? 속담에도 있잖니. '천 리 가는 잔칫상 차려도 끝나는 날은 있는 법'이라고. 누가 한평생을 모시고 있을 수 있겠어. 그저 사오 년이면 각자 제 갈 길로 흩어져 버리고 말겠지. 그때 가서 누가 누구를 모신다 만다 하겠느냐고."

그 말이 가혜의 마음 깊은 곳을 건드린 모양이다. 불현듯 두 눈에 핑그르 눈물이 고이면서 눈시울이 뜨거워졌지만 그렇다고 멀쩡하게 있다 말고 펑펑 울 수도 없는 노릇이라 곧 억지웃음을 띠면서 대답했다.

"언니 말이 맞아요. 그런데도 어제 보옥 도련님은 그러시던데요. 앞으로 방은 어떻게 정리정돈하고 입을 옷은 어떻게 만들라고, 한 백 년은 더 지낼 사람처럼 말하더라고요."

소홍은 그 말에 코웃음을 치면서 다음 말을 이어가려는데 짧은 갈래머리 땋은 어린 시녀가 들어왔다. 손에는 꽃모양 수본繡本과 종이 두 장이 들려 있었다.

"이 두 개의 꽃모양 수본을 언니더러 떠 달래요."

말을 마치자 소홍에게 내던지고는 부리나케 달아났다. 소홍은 그녀의 뒤에다 대고 소리쳤다.

"누가 시킨 거야? 어째 말도 다 안하고 도망치는 거냐? 누가 만두 쪄놓고 널 기다려서 식을까 봐 걱정이라도 되니?"

그 아이는 창밖에서 한마디 소리를 질렀다.

"기산 언니가 시킨 거라고요."

그리곤 다시 쿵쾅거리며 달아났다. 홧김에 소홍은 수본을 한쪽에 내던지고 연필을 찾으려 서랍을 열었지만 한참을 찾아봐도 다 닳은 몽당연필만 보일 뿐이었다.

"지난번에 새 연필 한 자루가 있었는데 어디다 놔 둔 거야? 왜 아무래도 생각이 안 나는 거지?"

한참 생각에 잠겼다가 비로소 생각이 난 듯 말했다.

"아참 그렇지, 지난밤에 앵아가 가져갔구나."

그녀는 웃으면서 가혜에게 부탁했다.

"네가 좀 가서 가져올래?"

"저는요, 습인 언니가 옷상자 옮기자고 저를 기다리고 있걸랑요. 언니가 직접 가세요."

가혜는 얼른 발뺌을 하고 물러섰다.

"뭐라고? 널 기다리고 있었는데 여태 나하고 앉아서 노닥거렸단 말이냐? 너한테 심부름시키지 않았으면 습인 언니도 안 기다린다 이거지? 못된 계집애 같으니라고."

하는 수 없이 소홍은 직접 이홍원을 나서서 보차의 거처로 향했다.

심방정沁芳亭가에 이르렀을 때 보옥의 유모인 이씨가 저쪽에서 오는 것이 보였다. 소홍이 멈춰서 인사했다.

"유모님, 노인네가 어딜 가셨다가 이 길로 오시는 길이에요?"

유모 이씨도 멈춰서 손바닥을 치며 잘 만났다는 듯이 호들갑을 떨었다.

"내 말 좀 들어봐라, 애. 우리 도련님이 이번에는 또 공연히 그 나무 심는 남자 있잖니, 운가雲哥인지 우가雨哥인지 하는 양반한테 빠져서 당장 가서 그 사람을 불러오라고 난리구나 글쎄. 나중에 윗분들이 아시게 되면 큰일 아니겠냐?"

"그렇다고 정말로 그 사람을 부르러 가시는 길이세요?"

"그렇잖으면 어떡해?"

"그가 옳고 그른 일을 아는 사람이라면 안 들어온다고 해야 옳겠죠."

"그 사람이 바보천치가 아닌데 왜 안 들어온다고 하겠어?"

"기왕에 들어온다면 유모님이 그 사람하고 함께 들어와야, 나중에 그 사람 혼자 들어와서 여기저기 사람들하고 부딪치면 안 좋지 않아요?"

"내가 무슨 시간이 남아돌아서 그 사람하고 함께 들어와? 그냥 가서 소식을 전하기만 하고, 나중에 어린 시녀나 할멈을 보내 데리고 들어오라고 하면 그만이야."

유모 이씨는 지팡이를 짚고 곧장 나가버렸다.

소홍은 그 말을 듣고 한참 넋을 놓고 서서 연필을 가지러 가고 있다는 사실도 까맣게 잊었다. 잠시 후에 어린 시녀 하나가 뛰어오다 소홍이 그곳에 서 있는 걸 보고 물었다.

"소홍 언니, 여기 서서 뭐 하고 계세요?"

소홍이 뒤돌아보니 추아墜兒였다.

"어디 가니?"

"저보고 가운 도련님을 모시고 들어오래요."

추아는 말을 마치고 곧장 뛰어 나갔다. 뒤에 남은 소홍이 봉요교蜂腰橋의 다리 앞에 이르렀을 때 건너편에서 추아가 가운을 인도하여 안으로 들어오고 있었다. 가운은 걸어오면서 얼핏 소홍을 곁눈질하여 보았다. 소홍은 모르는 체하며 추아와 이야기를 나누면서도 가운을 슬쩍 바라보았다. 두 사람의 눈동자가 마주치는 순간 소홍은 그만 얼굴이 빨개져서 얼른 형무원 쪽으로 달아나고 말았다.

가운은 추아를 따라 구불구불 길을 돌아 이홍원으로 왔다. 가운은 처음으로 이홍원 안의 모습을 보았다. 몇 개의 기암괴석이 여기저기 놓여 있고 멋지게 자란 파초가 심겨져 있으며 한켠에는 선학仙鶴 두 마리가 소나무 아래에서 부리로 제 깃털을 고르고 있었다. 미끄러지듯 흘러내린 회랑에는 각양각색의 조롱이 매달려 있고 온갖 기이한 새들이 그 속에서 지저귀고 있었다. 아기자기하게 만든 다섯 칸짜리 행랑채인 포하抱廈의 문짝에는 보기 드문 특이한 무늬로 조각하여 새겨 넣었고 위에 걸린 편액에는 '이홍쾌록怡紅快綠'의 네 글자가 선명하였다.

'아 그렇구나, 이홍원이란 말이 이 편액에서 나온 말이구나.'

가운이 그렇게 생각하는데 사창 안에서 보옥의 말소리가 들려왔다.

"어서 들어오지 않고 뭐 해! 그동안 두세 달이나 잊고 있었다니."

가운은 보옥의 목소리를 듣고 급히 들어가 방 안을 둘러보았다. 하지만 금빛과 푸른빛이 휘황찬란한 가운데 아름다운 무늬가 번쩍일 뿐 막상 보옥의 모습은 보이지 않았다. 왼편에 사람 키만한 커다란 거울이 세워져 있고 거울 뒤에서 키가 고만고만한 열대여섯 살짜리 시녀 두 사람이 튀어나왔다.

"도련님, 안쪽으로 들어와 앉으시랍니다."

가운은 감히 똑바로 쳐다보지도 못하고 그들 뒤를 따라 들어갔다. 푸른 명주를 바른 벽사주碧紗櫥 안으로 들어가니 조각한 틈새에 옻칠을 한 작은 침상이 놓여 있었다. 침상 위에는 붉은 천에 금색 꽃무늬를 넣은 휘장을 늘어뜨렸는데 보옥은 바로 그곳에 평상복 차림으로 슬리퍼를 신고 침상 한켠에 기대어 책을 손에 든 채 앉아 있었다. 가운이 들어오는 걸 보고 웃으며 말을 걸었다.

"지난번에 우리 한 번 만난 다음 내 서재로 찾아오라고 했는데 그 뒤로 뜻밖에도 숱한 일들이 생겨 자네를 잊고 말았네그려."

가운이 웃으면서 대답했다.

"그건 제가 복이 없어서 그렇죠. 그보다 아저씨 몸이 편찮으시게 되셔서 걱정이었는데 지금은 많이 회복되셨는지요?"

"거의 다 회복되었어. 듣자하니 자네도 며칠간 수고가 많았다면서."

"수고랄 게 뭐 있나요, 마땅히 그래야지요. 아저씨 몸이 평안해지면 그게 다 우리 집안의 경사일 따름이죠."

잠시 얘기를 나누는 중에 시녀가 차를 따라와 그에게 건네줬다. 가운은 입으로는 보옥과 말을 하면서도 눈으로는 그녀 모습을 흘깃 바라보았다. 가녀린 몸매에 갸름한 얼굴, 은홍색 저고리를 입고 푸른 주단의 조끼에 잔주름이 잡힌 하얀 능단치마를 입고 있는 그녀. 그 여자는 다름 아닌 습인이었다. 가운은 보옥이 병으로 누워 있던 여러 날 동안에 주변을 지키며 며칠간 함께 있었으므로 이홍원의 몇몇 이름 있는 사람의 절반쯤은 알게 되었다. 그는 또 습인이 보옥의 방에서 일하는 다른 시녀들과는 다른 특별한 인물임도 어느 정도는 눈치 채고 있었다. 지금 그녀가 차를 들고 와 건네주는데 보옥이 곁에 앉아 있었으므로 가운으로서는 자연히 벌떡 일어나 웃으면서 차를 받지 않을 수 없었다.

"뭐 저한테까지 차를 따라 주시고 그러세요? 제가 아저씨 찾아뵙는

것은 당연한 일이고 또 무슨 손님이랄 것도 없으니 그저 제가 따라 마시
도록 내버려 두세요."

"자네는 그냥 앉아 있기만 하면 돼. 시녀가 손님 접대하는 것이 그런
것이니까."

"그렇지만…. 아저씨 방에 있는 누나들한테 제가 어찌 멋대로 할 수
있겠습니까?"

가운이 그렇게 말하면서 차를 마셨다. 보옥은 그저 별다른 화제도 없
어 이 얘기 저 얘기 나누다가 누구네 집 연극이 좋은지, 누구네 집 화원
이 아름다운지를 말하고 또 누구네 시녀가 예쁘고 누구네 술자리가 풍
성하며 누구네 집에 기이한 물건과 남다른 보물이 있다고 말해주곤 하
였다.

가운은 보옥의 말에 적당히 맞장구를 치다가 보옥이 피곤한 빛을 보
이자 일어나 작별을 고하였다. 보옥도 말리지 않았다.

"나중에 시간이 나면 언제든지 놀러오게."

그리고는 시녀 추아를 시켜 다시 그를 전송하도록 했다.

가운이 이홍원을 나오니 사방에 아무도 없어 그저 천천히 걸으면서
추아와 이말 저말 나누게 되었다.

"몇 살이나 되었지? 이름은 뭐라고 하는데? 부모는 무슨 일을 하시
고? 보옥 아저씨 방에서 있게 된 지 몇 년이나 되었고, 한 달에 돈은 얼
마나 받고 있는데? 이홍원에는 여자애들이 몇이나 되지?"

추아는 묻는 대로 일일이 대답했다. 가운이 다시 물었다.

"아까 우리 들어올 때 너하고 얘기 나누던 사람이 소홍이라고 했던가?"

추아가 웃으면서 대답했다.

"그래요, 소홍이 맞아요. 근데 왜요?"

"방금 전에 너한테 무슨 손수건을 봤느냐고 묻던 거 같은데, 내가 마
침 손수건 하나를 주웠거든."

그제야 추아는 웃으면서 말했다.

"아 그래요? 소홍 언니도 나한테 몇 번이나 물었는데요, 자기 손수건을 못 봤느냐고. 제가 그런 거 상관할 틈이 어디 있겠어요? 오늘도 나한테 묻더라고요. 만일 내가 대신 찾아주면 사례하겠다나요. 방금 전에 형무원 문 앞에서 그 말 한 건 도련님도 들으셨을 거예요. 벌써 찾으셨다니까 그걸 저 주세요. 갖다 주면 무슨 사례를 하나 한 번 보죠."

사실은 지난달 가운이 들어와 나무를 심을 때 비단 손수건을 하나 주웠다. 대관원에 거처하는 사람이 잃은 것이라고 생각했지만 도대체 누구의 것인지 알 수 없어 함부로 경솔하게 할 수도 없는 일이었다. 오늘 소홍이 추아에게 묻는 말을 듣고 그게 바로 그녀의 손수건임을 알고 나니 기쁨을 감출 수가 없었다. 지금 추아가 그 문제를 스스로 먼저 물어오니 가운의 마음속에 한 가지 계책이 섰다. 그는 곧 소매 속에서 손수건을 꺼내 추아에게 건네주면서 당부의 말을 잊지 않았다.

"내 지금 너한테 주기는 한다만 네가 사례를 받으면 절대 나한테 속일 생각일랑 마라."

추아는 그러마고 단단히 약조를 한 다음 가운을 전송하고 돌아와 소홍을 찾았다.

한편 보옥은 가운을 내보낸 뒤에 몸이 찌뿌드드하고 피곤하여 침상에 드러누워 몽롱하게 잠으로 빠져들려는 참이었다. 그때 습인이 들어와 침상 곁에 앉아서 그를 밀치면서 한마디 했다.

"왜 또 잠이나 자려는 거예요? 답답하면 밖에 나가 바람이라도 좀 쐬고 오지 그래요?"

그 말에 보옥이 습인의 손을 잡아끌며 능청스럽게 한마디 했다.

"나가고 싶지만 그저 그대를 차마 두고 갈 수가 없네그려!"

"아, 어서 빨리 일어나요!"

습인이 재촉하며 보옥을 일으켜 세웠다. 보옥은 마지못해 일어났다.

"어딜 가라고 그래? 정말 답답하고 꿈적하기도 귀찮은데."

"어쨌든 나가기만 하면 된다고요. 그냥 이렇게 퍼져 있으면 몸은 더 늘어진다니까요."

보옥은 정신을 못 차리고 멍하니 있다가 어쩔 수 없이 습인의 말대로 밖으로 나왔다. 회랑에서 잠시 새장 속의 새를 희롱하다가 이홍원을 나와 심방계沁芳溪 물길을 따라 금붕어 헤엄치는 모습을 내려다보다가 잠깐 고개를 드니 건너편 산등성이에 두 마리 작은 꽃사슴이 쏜살같이 달려갔다. 웬일일까 하고 궁금해하는데 곧이어 가란이 작은 활을 가지고 뒤를 쫓아가다가 보옥을 보고 멈춰 섰다.

"삼촌, 집에 계셨네요. 전 외출하신 줄 알았는데."

"너 또 심한 장난을 하는구나. 하릴없이 그놈들한테 화살이나 쏴대면 어떡하느냐?"

"책읽기도 쉬고 있어서 심심한 마당에 말 타고 활쏘기나 연습하려는 거지요."

"그러다 꼬꾸라져 이빨이라도 부러져야 연습을 그만둘 요량이구나."

가란에게 한마디 하고 다시 발길을 돌려 천천히 길을 걷다가 어느 한 처소의 문 앞에 이르게 되었다. 그곳에는 봉황의 깃털 같은 무성한 댓잎이 용의 울음같이 서걱서걱 바람소리를 내고 있었다. 문설주 위를 쳐다보니 편액에는 '소상관' 세 글자가 적혀 있었다. 보옥은 발길 닿는 대로 성큼 들어섰다. 문 앞에는 상비죽湘妃竹의 대나무 발이 바닥까지 늘어뜨려 있었고 쥐 죽은 듯 조용하기만 했다. 창가에 이르니 그윽한 향내가 벽사창을 통해 은은하게 밖으로 새어나오고 있었다. 보옥은 얼굴을 벽사창에 가까이 대고 안을 들여다보았다. 안에서 가늘고 긴 탄식소리가 새어 나왔다.

날마다 사랑의 그리움에 두 눈 절로 감기네.[1]　　　每日家情思睡昏昏.

보옥은 불현듯 장난을 치고 싶어졌다. 안에서는 대옥이 침상에 누워 기지개를 켜고 있었다.

"무슨 까닭으로 날마다 사랑의 그리움에 두 눈 절로 감기시나이까?"

보옥은 창밖에서 웃으면서 한마디 하고는 안으로 들어갔다.

대옥은 속마음을 들킨 것 같아 금세 얼굴이 빨개져서 소매를 끌어올려 얼굴을 가리고 누운 채 잠이 든 척했다. 보옥이 다가가 그녀의 몸을 이편으로 막 돌려 눕혔는데 그때 대옥의 유모와 두 할멈이 뒤따라 들어와 훼방을 놓았다.

"아가씨가 방금 잠들었으니 조금 있다가 깨시면 들어오세요."

그 말에 대옥이 일어나 앉았다.

"누가 잠들었다고 그래?"

할멈들은 대옥이 일어나는 것을 보고 웃었다.

"저희는 아가씨가 잠든 줄 알았죠."

"아가씨가 일어나셨다. 들어와 시중 좀 들어드려라."

할멈들은 곧 자견에게 그렇게 이르고 나가버렸다. 대옥은 침상에 앉아 손을 들어 머리카락을 매만지고 웃으면서 보옥을 힐난했다.

"남 자는데 들어와서 뭐 해?"

보옥은 잠이 덜 깬 대옥의 흐린 눈빛과 향기로운 뺨이 발그레 홍조를 띠고 있는 모습을 보자 자신도 모르게 정신이 아찔해지며 마음이 흔들렸다. 보옥은 슬며시 의자에 비스듬히 앉아 실실 웃으며 되물었다.

"방금 뭐라 그랬어?"

"아무 말도 안 했어."

---

1 《서상기》에서의 앵앵의 노래로, 장생을 그리며 고민하는 심정을 묘사한 대목.

보옥이 웃으며 엄지에 중지를 대고 비틀어 딱 소리를 내며 한마디 했다.

"이거나 먹어라, 내가 다 들었구먼그래!"

그때 자견이 들어왔다. 보옥이 먼저 부탁했다.

"자견아, 너희 집 좋은 차를 한 잔 우려서 주려무나."

"우리 집에 무슨 차가 있다고 그래요? 좋은 건 습인이 와야 있겠지."

그때 대옥이 끼어들었다.

"넌 저 오빠 상대하지 말고 우선 나가 물이나 길어와라, 애."

"그래도 손님이니까 먼저 차를 따라 드리고 물 길어오려고 그러지요."

보옥이 고마워하면서 웃었다.

"아이고 착한 계집애 같으니라고. '그대의 다정한 아가씨와 원앙금침 함께 하면 어찌 침상에 비단금침만 펴게 하랴〔若共你多情小姐同鴛帳, 怎捨 得疊被鋪床〕.'²"

대옥이 그 말을 듣고 순식간에 얼굴을 찌푸렸다.

"오빠, 방금 뭐라고 그랬어?"

"내가 무슨 말을 했다고 그래?"

대옥은 그만 울음을 터뜨리며 곧 밖으로 뛰쳐나갈 태세였다.

"전엔 안 그러더니 요즘엔 새로 생긴 망발이야. 밖으로 나다니며 저 속한 말이나 듣고 나한테 말하질 않나, 몹쓸 책을 보고서 나를 놀리지 않나. 난 이제 남정네들 심심풀이나 되고 말았단 말이죠?"

보옥은 어쩔 줄 몰라 하며 놀라고 당황하여 얼른 달려들어 매달린다.

"누이야, 내가 잘못했어. 내가 죽일 놈이야. 일러바치지 마. 두 번 다 시 그러면 내 입안에 구창이 돋고 혓바닥이 다 썩어 문드러져도 좋아."

---

2 《서상기》에서의 장생의 노래로, 다정한 아가씨는 앵앵을 가리키고 비단 금침을 펴 는 것은 홍랑에게 시킨다는 말. 여기에서는 가보옥이 스스로를 장생에 비유하고 임대옥을 앵앵에, 자견을 홍랑에 비유한 것임.

그때 습인이 와서 보옥을 찾았다.

"어서 집에 가서 옷 갈아입으세요. 대감님께서 도련님을 찾으세요."

보옥은 그 자리에서 마치 벼락이라도 맞은 듯 온몸이 얼어붙어 다른 건 아무것도 돌볼 겨를 없이 부랴부랴 돌아와 옷을 갈아입고 대관원을 나왔다. 배명이 중문 앞에서 기다리고 있었다. 보옥이 물었다.

"왜 나를 부르셨는지 너는 알고 있겠지?"

"도련님, 어서 나오세요. 어쨌든 뵈러 가는 거니까 가보시면 자연히 아시겠지요."

배명은 다른 말은 않고 그저 어서 가기만을 재촉했다. 대청을 지나자 보옥이 조금은 의아한 생각이 났다. 그러자 담장 모퉁이에서 하하 하 웃는 소리가 한바탕 들려왔다. 돌아보니 설반이 손뼉을 치면서 웃고 있었다.

"그래, 맞아. 이모부가 부른다고 하지 않았으면 이렇게 빨리 튀어나올 까닭이 없겠지."

"도련님 제발 저를 탓하진 마세요."

배명이 웃으면서 바로 무릎을 꿇고 용서를 빌었다. 보옥은 한참 만에 정신을 차리고 비로소 사태의 진상을 알아냈다. 설반이 속임수를 써서 자신을 불러낸 것이었다. 설반은 곧 허리를 굽혀 읍을 하면서 사과하고 다시 배명을 위해 대신 용서를 빌었다.

"저 녀석한테 화내진 말게나. 내가 강제로 시킨 거니까."

보옥이도 어쩔 수 없어 그저 웃으면서도 한마디 따지고 넘어갔다.

"나를 속이는 건 좋은데, 왜 하필이면 우리 아버님의 이름을 팔고 그래? 내가 이모님한테 말씀드리고 한 번 따져볼 테야."

"알았어, 알았다구. 우린 좋은 형제간이잖아. 난 그저 자네를 빨리 불러낼 생각만 했지 그런 것을 미처 따지지 못했다구. 다음번에 자네가 나를 속여먹을 때 우리 아버지 이름을 팔면 되잖아, 그치?"

설반의 넉살좋은 대답에 보옥은 할 말을 잊고 말았다.

"아야야, 점점 더 못된 말만 하는구먼."

설반이 그 까닭을 밝혔다.

"내일 오월 초사흗날이 내 생일이잖아. 근데 골동상하는 정일흥程日興이란 자가 어디서 구했는지 복건성福建省에서 나온 연근과 커다란 수박, 팔뚝만한 철갑상어, 또 섬라국에서 공물로 들어왔다는 훈제 돼지고기를 구해서 선물로 보낸 거야. 이 네 가지가 어디 쉽게 구할 수나 있나? 생선과 돼지고기는 비싸고 구하기도 어려운 것이고 연근과 수박은 어떻게 심어 기른 것인지 굉장히 크고 우람하더라고. 그래서 우리 어머니한테 갔다 드리고 자네 집 할머니, 이모부, 이모님한테도 보내드렸지. 그리고도 남아서 나 혼자 먹을까 했는데 그러면 복을 깎일까 봐 이리저리 생각하다가 아무래도 나 말고는 자네가 먹을 만하기에 특별히 청한 거란 말일세. 노래 잘하는 기녀도 불렀으니 다함께 하루 놀면서 지내면 얼마나 좋겠는가?"

그들은 곧 설반의 서재로 갔다. 그곳에는 첨광詹光, 정일흥, 호사래胡斯來, 선빙인單聘仁 등과 노래하는 기녀도 와 있었다. 보옥이 들어오는 걸 보고 다들 인사를 나누고 자리를 잡아 앉았다. 차를 마시고 나자 설반은 곧 술상을 차리라고 명했다. 보옥은 수박과 연근이 신선하고 기이하여 웃으면서 물었다.

"내가 아직 생신선물을 마련하지 못했는데 먼저 실례하게 되었군요."

"그래, 누가 아니래. 내일 나한테 선물로 뭘 보낼 작정이신가?"

설반이 대놓고 넉살을 부리자 보옥이도 대답할 말이 궁해졌다.

"글쎄, 뭐 보낼 만한 게 있어야지. 돈이나 먹을 거나 입을 거나 모두 내 것이라고 할 것은 하나도 없고 오로지 내가 쓰고 그린 붓글씨 한 장이나 그림 한 장이 진짜 내 것이라고 할 수 있으니 말이야."

설반이 웃으면서 말을 덧붙였다.

"자네가 그림 얘기를 하니 말인데, 어저께 누구 집엔가 가서 춘궁도
〔春宮圖: 춘화(春畫)를 말함〕를 구경하였는데 정말 죽여주게 그렸더라고.
그림 위에는 글씨가 쓰여 있었는데 자세히 보지는 않았지만 끄트머리
에 찍힌 낙관을 보니 '경황庚黃'이 그린 것이더구먼. 정말 기막힌 그림이
었어."

보옥이 듣고 의아하게 생각했다.

'고금의 글씨나 그림을 많이 보아왔지만 경황이라는 사람을 본 적이
없는데.'

그러다 한참 생각하더니 곧 웃음을 터뜨리며 사람을 시켜 붓을 가져
오라 했다. 그리고 손바닥에 두 글자를 써넣으면서 설반에게 물었다.

"정말로 경황 두 글자가 맞단 말이야?"

"물론이지, 틀릴 까닭이 없다구."

보옥은 손바닥을 쫙 펴 보이면서, "바로 이 두 글자가 아니고? 사실
경황 두 글자와 별로 차이가 없기는 하지만" 하고 말했다. 다들 들여다
보니 당인唐寅 두 글자였다. 모두 고개를 끄덕였다.

"그래, 그러면 그렇지. 나리께서 눈이 어두워져 잠시 알아보질 못했
던 것이지요."

설반은 머쓱해졌지만 여전히 웃으면서 딴전을 피웠다.

"야야, 그걸 누가 알아, 그게 설탕 묻은 당은糖銀인지, 과일 같은 과
은果銀인지 도대체 알 게 뭐람!"

그때 시동이 와서 아뢰었다.

"풍 나리께서 오셨습니다."

보옥은 그가 곧 신무장군神武將軍 풍당馮唐의 아들인 풍자영馮紫英임
을 알았다. 풍자영이 벙글벙글 웃으면서 들어섰다. 다들 일어나 그에
게 자리를 양보하여 앉으라고 권하였다. 풍자영이 웃으며 인사했다.

"다들 안녕하시오? 외출하지 않고 다들 방 안에서 즐기고 계시는구

면."

보옥과 설반이 다 같이 인사를 올렸다.

"한동안 뵙지 못했습니다. 그래 춘부장 어르신께서도 강녕하신지요?"

"가친께서는 염려 덕분에 여전히 건강하십니다. 근래 모친께서 우연히 감기에 걸려 며칠간 안 좋으시기는 합니다만."

설반은 그의 얼굴에 푸른 멍이 있는 걸 보고 빙그레 웃으며 물었다.

"아니, 얼굴에 웬 멍입니까? 또 누구하고 주먹이라도 휘두른 것인가요? 흔적을 단단히 남기셨구려."

"저번에 구도위仇都尉의 아들을 한바탕 때려주어 다치게 한 뒤로는 다시 싸움은 안 하기로 맹세했네. 그러니 주먹을 휘두를 까닭이 있나. 얼굴에 이 멍은 지난번 사냥갔다가 철망산鐵網山에서 송골매 날개에 한차례 맞는 바람에 그렇게 된 것이지."

"그게 언제 일이요?"

보옥이 뭐가 궁금했는지 곧 물었다.

"응, 그게 삼월 스무여드레 날 갔다가 어저께야 돌아왔네."

"어쩐지. 지난번 초사흘인가 초나흘날 심세형沈世兄 댁 모임에 갔을 때도 노형이 안 보이시길래, 물어보려 했는데 깜빡 잊었구먼요. 혼자 가신게요? 춘부장께서도 함께 가신게요?"

보옥의 질문에 풍자영이 대답했다.

"아버님이 가셨으니까 나도 어쩔 수 없이 갔던 거지. 내가 뭐 할 일이 없어 이렇게 술 마시고 노래 부르는 즐거운 자리를 내버리고 그런 힘든 곳에 자진해서 갈 까닭이 있겠어? 하지만 이번에는 불행 중 또한 다행이야."

설반은 그가 차를 다 마신 걸 보고 말을 꺼냈다.

"자 이제 자리에 앉으셔서 천천히 술이나 마시며 이야기합시다."

그 말에 풍자영은 자리에서 일어서며 말했다.

"당연히 여러분과 함께 술 몇 잔을 함께 나누어야 마땅하겠지만, 오늘은 정말로 중요한 일이 있어서 지금 집에 돌아가 부친을 뵈어야 합니다. 술잔은 정말 받을 수가 없습니다."

설반과 보옥 등이 그 말에 그대로 물러날 사람들이 아니었다. 죽어라고 잡아끌어 앉히며 내보내지 않았다. 풍자영이 웃으면서 대꾸했다.

"이것 참 이상도 하구려. 우리 사이에 요 몇 년 동안 언제 한 번 이러했던 적이 있던가. 명을 받을 수가 없을진대 그래도 꼭 나보고 받으라면 큰 술잔으로 딱 두 잔만 받아먹고 일어나리다."

사람들도 더 이상은 어쩔 수가 없어 그렇게 하라 하고 설반이 술병을 잡고 보옥이 술잔을 잡아 큰 술잔 두 잔을 따라주었다. 풍자영은 제자리에 서서 그대로 단숨에 마셔버렸다. 보옥이 말했다.

"도대체 그 '불행 중 다행'이란 게 무슨 내막인지 그것만이라도 얘기해주고 가셔야지 그냥 가려고 하시면 어떡합니까?"

"오늘 기분 좋게 다 마시지 못했으니 내 이를 위해 다음에는 꼭 한턱 내겠네. 여러분을 다들 청하여 천천히 기분 좋게 한 번 마시게 해드릴 테니, 또 간청할 일도 있고."

풍자영은 두 손을 모아 읍하고는 나갔다. 설반이 뒤에 대고 소리쳤다.

"거 말씀하는 것마다 남의 속만 타게 하시는구려. 도대체 언제 우리를 청한다는 건지 좀 분명히 밝혀 봐요. 공연히 안달만 나게 하지 말고."

"길어야 열흘 이내고 짧으면 여드레 이내에 하겠소."

풍자영은 안에다 소리치고 말을 타고 휑하니 가버렸다. 사람들은 그를 전송하고 돌아와 앉아 더 마시고 떠들다가 흩어졌다.


보옥이 대관원에 돌아오니 습인은 그때까지 그가 가정에게 불려가서 무슨 사단이 난 줄 알고 쩔쩔매며 걱정을 태산같이 하며 기다리고 있었다. 그러다 보옥이 얼큰하게 술이 취하여 돌아온 걸 보고 그 까닭을 물

었다. 보옥이 사연을 일일이 밝혀주니 습인이 입을 삐죽 내밀고는 볼멘
소리를 그치지 않았다.

"남은 속이 시커멓게 타들어 가도록 걱정이 태산이었는데 자기는 탱
탱거리고 잘만 놀고 계셨군요. 그러면 사람이라도 보내서 알려줄 일이
지 참 너무 하시네."

"원래 나도 소식을 보내려고 생각했는데 그만 풍세형이 와서 떠들썩
하는 바람에 잊어버리고 말았어. 미안해."

그때 보차가 들어왔다.

"우리 집에 들어온 신선한 걸 먼저 잡수셨다면서?"

"누나네 집에 온 선물을 우리가 먼저 먹고 말았네요."

보차가 고개를 절레절레 흔들며 웃었다.

"어제 오빠가 특별히 우리를 초청해서 차려줬지만 내가 안 먹고 남겨
두었다가 남들이나 청해서 먹이라고 했거든. 나야 그런 거 먹을 운도
없고 복도 없다니까."

시녀가 차를 따라주자 마시고 몇 마디 한가로운 말을 나누었다.


한편 임대옥은 보옥이 불려간 뒤로 하루 종일 돌아오지 않자 마음속
에 걱정이 태산같이 쌓여 전전긍긍하였다. 저녁에 되어서야 보옥이 돌
아왔다는 소식을 전해 듣고 찾아가서 무슨 일이었나 물어보려고 했다.
천천히 걸어서 가다 보니 마침 보차가 보옥의 집으로 들어가는 것이 보
였다. 자신도 그 뒤를 따라가는데 심방교에 이르러 온갖 색깔의 예쁜
물새들이 연못에서 물살을 가르며 자맥질하고 노는 모습이 무엇으로도
형용할 수 없을 만큼 아름다웠다. 하나하나 어여쁜 무늬가 현란하고 참
으로 보기 좋아 한참이나 그곳에 서서 구경하다가 이홍원으로 찾아갔
다. 마침 대문이 잠겨있기에 대옥은 손으로 문을 두드렸다.

그런데 뜻밖에 그때 청문과 벽흔이 말다툼을 벌이다가 심사가 뒤틀

려 있는 중에 마침 보차가 찾아오자 은근히 보차에게 울화를 떠넘기며 투덜댔다.

"일이 있거나 없거나 걸핏하면 찾아오니 우리는 야삼경이 되어도 제대로 잠도 잘 수 없단 말이야!"

그런데 마침 그때 또 대문을 두드리는 소리가 들리니 청문은 더욱 화가 치밀어 다짜고짜 누구냐고 묻지도 않고 내뱉었다.

"다들 잠들었으니 내일 다시 와요!"

대옥은 평소 시녀들끼리 서로 농담도 잘하고 지낸다는 걸 아는지라 자신의 목소리를 잘 알아듣지 못하고 다른 집 시녀로 알고 문을 열어주지 않는다고 생각했다. 그래서 좀더 큰 소리로 말했다.

"나야, 나. 그래도 문을 안 열어 줘?"

하필이면 청문은 그 소리마저 제대로 알아듣지 못하고 오히려 성질을 돋우면서 제멋대로 내지르고 말았다.

"누군지 알게 뭐야. 우리 도련님이 누구든지 아무도 들여보내지 말라고 분부하셨다고!"

그 말에 대옥은 그만 문밖에서 온몸이 얼어붙은 듯이 놀라 아무 소리도 못 냈다. 더 큰 목소리를 내서 물어보려고 기운을 내 보았지만 또 한편으로 생각하니 자신의 신세가 처량하게만 느껴졌다.

'그래, 비록 외숙모 댁을 내 집처럼 생각하라고는 했지만 아무래도 난 이 집의 손님일 뿐이야. 이제 부모님도 다 돌아가시고 의지할 데라고는 아무데도 없이 지금 남의 집에 기대어 살고 있으니 내가 제멋대로 화내고 성질부리면 얼마나 멋쩍은 일이 되겠어.'

그렇게 생각하니 곧장 두 눈에서 눈물이 주르르 흘러내렸다. 그야말로 돌아갈 수도 없고 그냥 서 있을 수도 없는 진퇴양난의 순간이었다. 어쩌지 못하고 머뭇거리는 사이 마침 안에서 한바탕 웃음소리가 들리는데 가만히 듣고 보니 보옥과 보차 두 사람의 목소리가 분명했다. 대옥은 마음속에 더욱 화가 치밀고 서러운 생각이 북받쳐 올랐다. 이리저리 골똘하게 생각하다가 아침에 일어난 일이 다시 상기되었다.

'이는 필시 내가 보옥 오빠의 언행을 갔다 고해바치겠다고 하였기 때문일 거야. 하지만 내가 언제 일러바친 적이 있었나. 오빠도 알아보기나 하고 나한테 화내야 할 거 아냐. 이렇게까지 나를 들어오지 못하게 하고 나서 설마 내일부터 다신 보지도 않겠다는 건 아니겠지?'

대옥은 절세가인의 자태와 용모를 지니고 희대의 아름다움을 간직한 소녀이거늘 뜻밖에도 이러한 일로 눈물 쏟으며 울음을 터뜨리니 근처의 버들과 꽃송이 사이에 잠들어 있던 새들마저도 잠을 깼다. 까마귀는 차마 흐느끼는 울음소리를 들을 수 없어 푸드덕 멀리 날아갔다.

| | |
|---|---|
| 꽃송이 혼백도 무정하게 뚝뚝 떨어지고, | 花魂默默無情緒, |
| 새들의 꿈결도 어리석게 놀라 흩어지네. | 鳥夢痴痴何處驚. |

다시 시 한 수가 있어 다음과 같이 읊는다.

| | |
|---|---|
| 세상에 보기 드문 재모 갖춘 대옥아씨, | 顰兒才貌世應希, |
| 그윽한 향기 안고 규중 밖을 잠시 나와. | 獨抱幽芳出繡閨; |
| 흐느껴 오열하는 울음소리 이어지니, | 嗚咽一聲猶未了, |
| 꽃잎은 땅에 지고 자던 새는 날아가네. | 落花滿地鳥驚飛. |

대옥이 그렇게 이홍원 대문 밖에서 설움이 복받쳐 흐느껴 울고 있을 때 갑자기 '삐거덕' 소리가 나더니 대문이 열리고 누군가 밖으로 나오고 있었다. 과연 누가 나왔을까, 궁금하면 다음 회를 보시라.

滴翠亭寶釵戲彩蝶
埋香塚黛玉泣殘紅

# 나비 쫓는 설보차

적취정에서 보차는 나비를 희롱하고
매향총에서 대옥은 낙화에 눈물짓네
滴翠亭楊妃戲彩蝶 埋香塚飛燕泣殘紅

　대옥이 스스로 슬픔에 잠겨 흐느끼며 눈물지을 때 이홍원의 대문 열
리는 소리가 나더니 보차가 나오는 것이 보였다. 보옥과 습인 등이 함
께 나와 전송하는 모습도 보였다. 그 순간 보옥에게 다가가서 따져 묻
고 싶었지만 여러 사람 앞에서 보옥을 부끄럽게 하여 난처하게 만들고
싶지 않아 한켠으로 비켜서서 몸을 숨겼다. 보차가 지나가고 보옥이 집
으로 들어간 뒤에 문이 닫히자 비로소 조용히 대문을 바라보고 눈물을
흘렸지만 스스로 생각해도 참으로 한심한 짓이었다. 그리하여 돌아서
서 힘없이 집으로 돌아와 머리장식을 풀고 화장을 지웠다.

　자견과 설안 등은 평소 대옥의 성품을 잘 아는지라 무심히 보았다.
원래 대옥은 별일이 없어도 공연히 우울하게 앉아 있기도 하고 미간을
찡그리거나 긴 한숨을 내뱉곤 하여 까닭도 없이 눈물자국이 마를 날이
없었기 때문이다. 처음에는 그래도 살갑게 다가가 마음을 풀어주려고
애도 쓰고 부모님 생각이나 고향생각, 혹은 뭔가 섭섭한 일이라도 있는

가 싶어 좋은 말로 달래고 맺힌 속을 풀어주려고 했지만 한 달이 지나고 일 년이 지나도 여전히 그 모양이었으므로 그런 모습 바라보는 것이 습관이 되어 있었다. 그래서 이제는 다들 굳이 상대도 안 하려고 하였다. 그저 혼자 그러고 있다가 그만두겠지 하고 다들 제각기 잠이나 자러 가 버리곤 했다.

대옥은 혼자 침상난간에 기대어 두 손으로 양 무릎을 감싸 안고 두 눈에 눈물이 가득 고인 채로 마치 나무조각이나 진흙인형처럼 꼼짝도 않고 그렇게 몇 시간을 있다가 밤이 늦어서야 겨우 잠자리에 들었다.

다음 날은 사월 스무 엿새 날이었다. 이날 오후 두 시쯤인 미시未時가 바로 망종절芒種節의 제를 지내는 시간인데 옛날 풍습에서는 온갖 제물을 차려놓고 화신花神에게 제사지내도록 되어 있었다. 망종이 지나면 바야흐로 여름이 시작되는데 뭇 꽃들은 사라지고 화신은 물러가게 되어 있으니 화신을 송별하는 제사를 지내야 했다.

더욱이 규중에서는 이러한 풍속을 극히 중시하여 대관원 사람들도 일찍부터 일어나 꽃잎과 버들가지로 가마와 말을 엮고 비단과 면사로 접어서 깃발을 만들어 채색 실로 매어 나뭇가지와 꽃나무마다 이것들을 달아놓았다. 대관원 전체가 온통 수놓은 장식으로 휘날려 아름답게 빛났다. 대관원의 아리따운 소녀들도 너도나도 아름답게 화장하고 꾸며놓으니 복사꽃도 살구꽃도 부끄러워 몸을 숨기고 제비와 꾀꼬리도 질투할 만했다. 그 찬란하고 화려한 모습은 일순간에 다 그리기도 어려울 지경이었다.

이때 보차와 영춘, 탐춘, 석춘, 이환, 희봉 등과 교저巧姐, 대저大姐,[1] 향릉 및 여러 시녀들이 다 같이 대관원에 나와 즐겁게 놀고 있었는

---

[1] 희봉의 딸은 하나뿐이며 아명은 대저이고 후에 유노파에 의해 교저라는 이름을 얻음. 여기서는 두 이름이 나열되어 논리상 맞지 않지만 초기 판본의 연구를 위해 원전의 모습을 남겨두었음.

데 유독 대옥만은 보이지 않았다. 영춘이 이상하다 싶었는지 여러 사람에게 물었다.

"대옥이는 왜 안 보여? 게을러빠지긴. 아직도 잠에서 못 헤어나는 건 아니겠지?"

"기다려 봐요, 내가 가서 깨워 데려올 테니까."

보차가 먼저 나서서 혼자 소상관으로 찾아갔다. 가는 도중에 문관文官 등 열두 명의 창극단 여배우들을 만나 인사를 나누고 잠시 한담을 주고받았다. 그리고 돌아서서 손가락으로 가리키며, "사람들이 저쪽에 있으니까 너희도 저 사람들을 찾아가 봐. 나는 대옥 아가씨를 데리러 갈 테니까"라고 말하고 자신은 빙빙 돌아서 소상관으로 향했다.

막 대문 앞에 이를 즈음에 보옥이 안으로 들어가는 모습이 보였다. 보차는 걸음을 멈추고 고개를 숙여 생각에 잠겼다. 보옥과 대옥은 어려서부터 함께 자랐기 때문에 그들 남매 사이에는 서로 기휘하는 바가 없고 웃고 농담하는 데도 전혀 스스럼없는 사이였다. 하물며 대옥이는 평소 남들을 꺼려하고 피하는 데다가 속 좁은 성질을 잘 부리기도 하니 이 순간에 자기가 보옥과 함께 소상관으로 들어가면 첫째 보옥이 거북해할 것이고, 둘째 대옥이가 의심할지도 모르니 아예 안 들어가는 게 훨씬 낫겠다고 생각했다.

다른 자매들이 있는 곳으로 돌아가려는데 갑자기 부채만큼 커다란 옥색 나비 한 쌍이 바람을 타고 훨훨 날면서 눈앞에 나타나 날개를 펄럭이며 눈을 어지럽히고 있었다. 보차는 은근히 나비의 날갯짓에 맘을 빼앗겨 나비를 잡아 놀아볼 요량으로 소매에서 부채를 꺼내 뒤를 쫓기 시작했다. 하지만 나비는 홀연 위로 날아오르고 아래로 날면서 꽃나무와 버들 사이를 헤집고 오락가락 하면서 개울을 건너려고 하였다. 보차가 포기하려 하면 나비는 잠시 멈춰 앉아 보차를 유혹하는 듯했다. 그녀가 살금살금 발끝으로 소리 없이 다가가 손을 뻗어 잡으려고 하면 다시 호로록 날아오르곤 하였다. 보차는 결국 나비를 따라 연못 가운데 있는 적취정滴翠亭까지 이르게 되었다. 벌써 온몸에 땀이 배어나 촉촉이 젖었고 숨은 가늘게 헐떡이고 있었다.

보차도 더 이상 나비를 잡을 생각이 없어져 막 돌아서려는데 적취정 정자각 안에서 누군가 소곤대는 소리가 들려왔다. 원래 이 정자는 사면이 모두 곡교曲橋에 연결되어 연못 가운데에 세워진 것으로 사방의 창문은 종이로 발랐다. 보차는 정자 밖에서 사람소리가 들리는 걸 알고 발걸음을 멈추고 한 걸음 더 다가가 가만히 듣게 되었다.

"이 손수건 좀 봐요. 과연 언니가 잃어버렸던 그 손수건이 맞으면 언니가 가져가고 아니면 가운 도련님께 돌려드려야 해요."

또 다른 사람의 목소리가 들렸다.

"내 손수건이 맞다니까. 내가 너를 왜 속이겠어?"

"그럼 나한테 뭐로 사례할 거예요? 공짜로 찾겠다는 건 아니시겠죠?"

"그래, 걱정 마. 내가 사례한다고 했으니 절대 거짓말은 안 할 거야."

"내가 찾아다 줬으니 나한테 사례하는 거야 당연하겠지만, 이걸 주워 준 분한테는 뭐로 사례하실 거예요?"

"쓸데없는 소리하지 마! 그 양반이야 도련님인데 남의 물건을 주웠으면 당연히 돌려주는 것이지 내가 왜 그분한테 사례해야 한다는 거야?"

"언니가 그분한테 고마움을 표시하지 않으면 나는 또 뭐라고 그분한테 회답해야 한단 말이야? 게다가 그분은 여러 차례 나한테 신신당부했거든. 고마움을 표하지 않으면 절대로 돌려주지 말라고 말이에요."

그러자 한참 있다가 대답하는 소리가 또 들렸다.

"알았어, 그러면 이렇게 하자. 이걸 그분한테 전해 드려라. 그걸로 감사의 표시를 한다고. 너 남한테 말하면 안 돼! 여기서 맹세해!"

"내가 남한테 이 말을 하기만 하면 온몸이 만신창이 되어 제 명에 못 죽을 겁니다. 이러면 됐어요?"

그러자 또 이런 말이 들려왔다.

"아이쿠, 그러고 보니 우리 둘이 얘기에만 정신 팔려서 누군가 밖에서 엿듣고 있을지도 모른다는 것을 미처 생각하지 못했네. 아예 문을 활짝 열어버리는 게 낫겠다. 멀리서 누가 봐도 우리 둘이 그저 한담이나 나누는 줄로 알 테고 가까이 다가오면 우리도 알 수 있으니 말이야."

밖에서 그 말을 들은 보차는 화들짝 놀랐다.

'세상에는 예로부터 지금까지 저렇게 간교하고 못된 짓 하는 사람들 심보가 다들 한 가지인 모양이야. 저들이 문을 열어서 내가 여기 있는 것을 보면 몸 둘 바를 몰라 쩔쩔맬 것이 아니겠어. 가만히 말을 들어보니 방금 말한 아이가 보옥이 방에서 일하는 소홍이 목소리 같았는데 그 아이는 평소에 속이 대담하고 하는 짓거리가 남달리 고약한 자이지. 지금 내가 자기의 은밀한 약점을 엿들은 걸 알게 되면 마치 다급한 개가 담장을 뛰어넘듯 어느 순간 배신하고 무슨 사단을 일으킬지도 모를 일이야. 그러면 나 자신에게도 이로울 게 없을 테고. 지금 갑자기 어디로 숨을래야 숨을 수도 없으니 아무래도 '매미 허물 벗는 계책'[2]을 쓰지 않을 수가 없겠구나.'

보차가 그렇게 생각을 하는 중에 '덜컹' 하며 창문이 열리는 소리가 먼저 들렸다. 보차는 얼른 일부러 발을 탕 구르면서 안에다 대고 소리쳤다.

"빈빈! 여기 숨었지? 내가 모를 줄 알아?"

소리를 치며 안으로 뛰어 들어갔다. 정자 안에서 밖으로 창문을 열던 소홍과 추아는 보차가 소리를 치며 안으로 뛰어 들어오자 기절초풍하며 놀라 온몸이 굳어버리고 말았다. 보차는 두 사람에게 웃으면서 어서

---

2 원문은 금선탈각(金蟬脫殼)으로 매미가 유충에서 성충이 될 때 허물을 벗어야만 하는 것처럼 엄폐물을 만들어 암암리에 빠져나가는 것을 비유함.

사람을 내놓으라고 능청을 부렸다.

"너희 대옥 아가씨를 어디다 숨겼니? 어서 내놓지 못하겠어?"

추아가 얼른 나서 말했다.

"저희는 대옥 아가씨를 본 적도 없어요."

"내가 방금 저쪽 물가에서 바라보니 대옥이 이쪽에서 쪼그리고 앉아 물장난을 치던데 그래. 내가 살금살금 다가와 놀라게 해주려고 했는데 미처 닿기 전에 제가 먼저 나를 보고 동쪽으로 한 번 휙 돌아 사라지고 말았지 뭐야. 여기 숨지 않았으면 어디로 도망갔겠어?"

보차는 일부러 안으로 들어와 이곳저곳을 살펴보고는 몸을 되돌려 나가면서 입으로는 계속 중얼거렸다.

"틀림없이 저 산 위의 바위동굴 속으로 숨어든 모양이구나. 그러다 뱀한테 한 입 콱 물리지나 마라!"

그렇게 말하며 밖으로 나오면서 보차는 속으로 웃음을 참을 수 없었다. 위기는 그렇게 넘긴 셈이 되었지만 남은 두 사람이 그 말을 제대로 믿었을지 궁금하였다.

한편 소홍은 보차의 말을 진짜로 알아듣고 보차가 멀리 가버린 뒤에 추아를 붙잡고 걱정이 태산이었다.

"이거, 정말 큰일 났어! 대옥 아가씨가 이곳에 쪼그리고 앉아 있었다 잖아. 틀림없이 우리가 하는 말을 엿들었을 거야."

추아도 그 말에 한동안 할 말을 잊었다.

"이제 우린 어떡하면 좋지?"

소홍의 안달에 추아가 오히려 달렸다.

"들었으면 어때, 까짓 것! 누가 어쩌겠어요? 각자 제 일이나 신경 쓰는 거지."

그래도 소홍은 여전히 걱정이었다.

"보차 아가씨가 들었다고 하면 그래도 괜찮겠지만, 대옥 아가씨는 입이 매정하고 속마음도 너무 예민한지라 만일 우리의 비밀을 들었다가 소문이라도 내면 어떡하지?"

두 사람이 마주 보고 근심하는 차에 문관과 향릉, 사기司棋, 대서待書 등이 정자 위로 올라왔다. 두 사람은 자연히 하던 말을 멈추고 그들과 어울려 웃고 떠들었다.


그때 희봉이 산기슭에 서서 손을 흔들어 사람을 불렀다. 소홍은 재빨리 다른 사람을 두고 희봉 앞으로 달려가서 온 얼굴에 웃음을 가득 띠면서 물었다.

"아씨마님, 무슨 시키실 일이라도 있으신가요?"

희봉이 한참 위아래를 훑어보다가 차림새가 그런대로 깔끔하고 어여쁘게 생긴 데다 말하는 솜씨가 재미있어 웃으면서 말했다.

"응, 우리 집 시녀가 안 와서 그러는데 지금 심부름 좀 시키려고 그런단다. 네가 제대로 해낼 수 있을지, 말은 제대로 올바르게 전할 수 있을지 모르겠구나."

소홍이 얼른 웃으면서 대답했다.

"아씨마님께서 무슨 말씀이든 저한테 분부를 내리셔요. 만일 말씀을 온전하게 전하지 못하거나 마님의 일을 잘못되게 하면 얼마든지 마님 처분대로 벌을 달게 받겠어요."

"너는 어느 아가씨 집에서 일하는 애냐? 너를 심부름 보내고 나서 네 주인 아가씨가 찾으러 오면 말을 해줘야 하지 않겠니."

"저는 보옥 도련님 방에서 일하고 있어요."

"아, 그래? 보옥이 집에서 일한다고? 알았어. 좀 있다가 보옥이 찾으면 내가 대신 말해줄 테니까. 넌 우리 집에 가서 평아 언니한테 이렇게 말해라. 바깥 방 탁자 위에 여요〔汝窯: 하남성 여주의 도자기 굽는 가마〕에서 나온 큰 접시의 받침 밑에 은전 한 꾸러미를 넣어두었는데 그 160냥은 수놓는 장인에게 줄 품삯이니 장재張材댁이 가지러 오면 눈앞에서 직접 달아 보여주고 바로 가져가게 해라. 그리고 안방 침상 머리맡에 있는 작은 염낭 주머니는 내게 가져 오너라.”

소홍은 말을 듣고 달려 나갔다. 잠시 후 돌아와 보니 희봉은 이미 아까 있던 산기슭에 없고 다른 곳으로 간 뒤였다. 마침 사기가 기암괴석의 동굴에서 나오다 서서 치마끈을 매고 있는 걸 보고 쫓아가 물었다.

“언니, 둘째 아씨마님이 어디로 가셨는지 아세요?”

“몰라.”

소홍은 사방을 둘러보았다. 저편에서 탐춘과 보차 등이 물가에서 물고기가 헤엄치는 모습을 내려다보고 있었다. 소홍이 웃으면서 슬쩍 물었다.

“저, 아가씨들께서 혹시 둘째 아씨마님 어디로 가셨는지 아시는지요?”

“큰 아씨마님 댁으로 찾아가시던데.”

탐춘의 말을 듣고 소홍은 곧장 도향촌으로 달려갔다. 맞은편에서 청문 등의 한 무리 사람들이 다가오고 있었다.

청문이 소홍을 보자마자 호통부터 쳤다.

“너 혹시 미친 거 아냐? 이홍원의 꽃밭에는 물도 안 주고 새한테 먹이도 안 먹이고 차 화로에 불도 안 지피고 그저 밖으로만 죽어라 하고 쏘다니고 있구나, 응?”

소홍이 변명했다.

“어제 도련님께서 말씀하셨어요. 오늘은 물 뿌릴 필요가 없다고요. 하루건너 한 번씩 물을 주라고 하셨다고요. 내가 새 먹이 줄 때는 언니가 아직 잠들어 있었고요.”

“그럼 차 화로불은?”

옆에 있던 벽흔이 얼른 나서서 계속 다그쳤다.

"오늘은 제가 당번이 아니에요. 차가 있니 없니 저한테 묻지 마세요."

기산이 옆에서 거들었다.

"쟤 말하는 거 좀 봐. 너희 다른 말 할 필요도 없어. 오늘은 실컷 돌아다니라 그래."

"제가 그냥 쏘다니고 놀았는지 한 번 물어보세요. 둘째 아씨마님이 저한테 심부름시켜서 말씀 전하고 물건 챙겨서 돌아오는 거라고요."

그렇게 말하면서 소홍이 희봉의 염낭주머니를 들어 보여주니 그제야 다들 입을 다물고 길을 비켜 갈 길을 터 주었다.

청문이 코웃음을 치면서 빈정댔다.

"어쩐지 이상하더라니. 알고 보니 높은 데로 올라서려고 안간힘을 쓰는 거로구먼. 그러니 우리 같은 사람이 눈에 찰 까닭이 없겠지. 둘째 아씨마님이 네년한테 한두 마디 말을 건네주었는지는 모른다만 이름이나 성씨조차 알고 계신지는 모르겠네. 저렇게 흥이 나서 난리라니! 그렇게 한두 번 눈에 들어 무슨 소용이람. 정말 재주 있다면 지금부터 아예 이 대관원을 떠나 더 멀고 높은 데로 올라가야지 그나마 힘 좀 썼다고 할 만하겠지."

지나가던 소홍이 그 말을 들었지만 따지고 들 수도 없어서 꾹 참고 희봉을 찾아 이환의 집으로 들어갔다. 그곳에는 희봉이 이환과 이야기를 나누고 있었다. 소홍이 다가가 심부름한 내용을 보고했다.

"평아 언니가 말하던데요, 아씨마님 나가시자마자 곧 은전을 챙겨 드렸고 곧 장재댁이 찾으러 와서 직접 보는 데서 저울에 달아 보내주었대요."

그리고 가져온 염낭 주머니를 두 손으로 바치며 다음 말을 이었다.

"그리고 또 평아 언니가 저보고 마님께 아뢰라고 하는 일이 있는데요, 방금 왕아가 들어와 마님의 분부를 기다리며 어느 집으로 가야 좋을지 몰라 하고 있을 때 평아 언니가 아씨마님의 뜻대로 그 사람에게 말해서 내보냈다고 하였답니다."

희봉이 재미있어 하며 웃었다.

"그래 평아가 어떻게 내 뜻에 따라 그를 내보냈다고 그러던?"

"평아 언니가 이렇게 말했대요. '우리 아씨마님께서 이곳 마님이 안
녕하신가 안부를 물으셨어요. 우리 집 나리께서 집에 안 계셔서 비록
한 이틀 늦기는 하였지만 마님께서는 그저 마음 푹 놓고 계세요. 다섯
째 마님이 몸이 좋아지시면 우리 아씨마님께서 다섯째 마님을 만나서
함께 마님을 만나 뵈러 오신댔어요. 다섯째 마님이 지난번에 사람을 보
내 말하기를 외숙모 마님이 편지를 가져와 마님의 안부를 물으시고 이
곳 고모 마님한테 연년신험만전단延年神驗萬全丹 두 알을 구해달라고 하
셨어요. 만약 갖고 계시면 마님께서 사람을 보내셔서 우리 마님한테 보
내주시기만 하시면 된다고 하셨다고요. 내일 누가 가는 사람 있으면 가
는 김에 저쪽 외숙모 마님한테도 가져가게 하려고요'라고 말이지요."

소홍의 말이 다 끝나기 전에 이씨가 혀를 내두르며 탄복했다.

"아이고머니나, 난 애 말을 도통 알아들을 수가 없네그래. 무슨 마
님, 무슨 나리가 그렇게도 숱하게 쏟아지니 말이야."

희봉이 웃으면서 해명했다.

"모르는 것도 당연하지. 이 얘기에는 네댓 집의 사연이 얽혀있으니
까."

그리고 소홍을 향해 웃으면서 칭찬했다.

"그래 참 잘했다, 애. 너 정말 말 한 번 잘하는구나. 다른 사람들은
그저 우물쭈물 모기소리나 내는데 너는 아주 달라. 형님도 모르실 거
야. 요즘에 말이야, 내가 가까이 데리고 있는 애들과 할멈을 제외하면
도대체 다른 사람하고는 도통 얘기하고 싶지 않다니까요. 그냥 한마디
하면 될 말을 길게 늘여서 몇 단락을 만들지 않나, 공연히 어려운 문자
만 쓰려 하질 않나, 목청이나 돋우면서 이러쿵저러쿵 구시렁대는데 정

말 성질이 나서 미칠 지경이라고. 그런데 누가 그걸 알아줘? 원래는 우리 평아도 그렇게 말하길래 내가 물었지. 그래 꼭 콧소리로 모기소리마냥 말해야 미인이 된다던? 그렇게 몇 번이고 말했더니 겨우 좋아지더라고요."

이환이 웃으며 놀리는 말을 했다.

"모두 다 자네같이 엉덩이 뿔난 망나니처럼 되었으면 좋겠지?"

"이런 아이라면 좋지. 방금 두 차례 말했는데 한 말은 많지 않지만 그 말이 아주 딱 부러지는 게 너무나 간단명료하잖아요."

그리고 소홍에게 다시 말했다.

"너 말이야, 내일부터 우리 집에서 일하지 않겠니? 내가 너를 수양딸로 삼으려 하는데 어떠냐. 내가 손 좀 보면 넌 곧 출세할 거야."

소홍이 그 말에 피식 웃었다. 희봉이 의아하여 훈계했다.

"웃긴 왜 웃어? 설마 내가 너무 젊어서 너보다 겨우 몇 살 많은 주제에 무슨 엄마노릇이 가당키나 하냐 이 말이냐? 넌 아직 정신을 못 차렸구나, 제발 꿈 좀 깨라. 너 여기저기 한 번 물어봐라, 이 사람들 중에 너보다 훨씬 나이 많은 사람이 나한테 매달리며 엄마라고 부르고 싶어 해도 내가 받아주는지 말이야. 오늘은 특별히 너를 발탁한 거란 말이야."

그러자 소홍이 여전히 웃으면서 대꾸했다.

"저는 그런 뜻이 아니고요, 아씨마님께서 항렬을 잘못 셈하신 것 같아서 웃는 거예요. 우리 엄마가 바로 마님의 딸로 되어 있는데 이번엔 또 제가 수양딸이 되면 되겠어요?"

"누가 너의 엄마인데?"

옆에서 이환이 그것도 몰랐느냐는 듯 가르쳐줬다.

"그러면 여태 애를 몰랐단 말인가? 애가 바로 임지효의 딸이잖아."

희봉은 그 말을 듣고 참으로 이상도 하다 생각하면서 말했다.

"오, 그래? 그 집 딸이었어? 임지효네 두 부부야 송곳으로 찍소리 하나 나오지 않을 사람들이지. 내가 언제나 말하지만 그 사람들이야 천생으로 맺어진 한 쌍의 부부라고. 한 사람은 천생 귀머거리, 한 사람은 천생 벙어리가 분명한데 어떻게 그 사이에서 저렇게 말 잘하고 영리한 딸아이가 나올 수 있는가? 그래, 너 지금 몇 살이냐?"

"열일곱 살이에요."

다시 이름을 묻자 소홍이 이어서 대답했다.

"원래는 홍옥이라고 했는데 보옥 도련님의 이름과 겹친다고 하여 지금은 그냥 홍아紅兒라고만 불러요."

그 말을 듣고 희봉이 눈썹을 한 번 찡그리더니 한마디 평을 했다.

"정말 못 말리겠네. 다들 무슨 구슬을 얻은 양 그저 너도나도 구슬 옥자만 써대니 말이야. 그나저나 나를 따라오겠다 이거지. 전에도 쟤 엄마한테 말해 봤었지. '뇌대賴大댁이 일이 많아 이 집안사람이 누가 누구인지 알 수가 없으니 자네가 좋은 시녀 두엇을 골라 내가 좀 쓸 수 있게 도와주게'라고 말이야. 그랬더니 그 사람이 시원하게 대답만 하고는 결국 골라주지 않고 제 딸은 오히려 다른 곳에 보내버렸단 말이야. 나하고 함께 있으면 안 되기라도 하는 모양이지."

이환이 듣다못해 한마디 했다.

"자네도 참 쓸데없는 생각만 하네그려. 저 아이가 이곳에 들어온 게 먼저고, 자네가 말을 꺼낸 것이 나중 일인데 저 아이 엄만들 어쩌겠어!"

"그렇다면 내일이라도 당장 보옥이한테 말해서 이 아이를 계속 쓸 건지 내가 데려가도 되는지를 말하면 되겠군. 하지만 본인의 말도 들어봐야지, 안 그래?"

그리고 소홍을 바라보니 소홍이 선선히 대답했다.

"원하고 원치 않고를 감히 말씀드릴 수가 있나요. 다만 아씨마님을 따라가면 제가 많은 것을 배우게 될 것이고, 위 아래로 따라 다니면서 크고 작은 일에 대해 보고 듣는 게 많아지겠죠."

그 말을 마치자 곧 왕부인 처소의 시녀가 찾아와 희봉을 불렀다. 희봉은 이환의 집에서 나와 돌아가고 소홍은 이홍원으로 되돌아갔다.

한편 대옥은 지난밤을 불면으로 지새우고 다음날 느지막이 일어났다. 듣자하니 오늘 여러 자매들이 대관원 안에서 꽃을 전별하는 제사를 지낸다는데 자기는 남들한테 게으름뱅이라고 웃음거리가 될까 싶어 얼른 일어나 막 나서려 하였다. 그때 마침 보옥이 대문 안으로 들어서는 게 보였다. 보옥이 싱글벙글 웃으면서 아침인사를 했다.

"대옥아, 어제 정말 나를 일러바치러 갔어? 난 밤새 마음 졸이고 있었지 뭐야."

대옥은 그 말은 못들은 척하고 고개를 돌려 자견에게 큰소리로 말했다.

"방 안을 잘 치우고 창문 사창을 내린 뒤에 제비가 돌아왔나 보고 주렴을 내려서 돌사자 받침으로 잘 눌러 두어라. 향을 피우고 향로는 덮어두고, 알겠지?"

말을 마치고 곧 밖으로 휑하니 나가버렸다. 보옥은 대옥이 그렇게 쌀쌀맞게 하는 걸 보고 여전히 어제 한낮의 일 때문이라고 여기고만 있을 뿐, 어제 저녁 이홍원 대문 앞에서 일어난 사건에 대해서는 까맣게 몰랐다. 보옥은 은근한 몸짓으로 앞으로 나아가 두 손을 모으고 허리를 굽혀 읍하면서 용서를 빌었지만 대옥은 제대로 눈길 한 번 주지 않고 다른 자매들을 찾으러 나가버렸다. 뒤에 남은 보옥은 이상한 생각이 들어 혼자 까닭을 헤아려 보았지만 대옥의 반응이 아무래도 어제 두 사람 사이에 오고간 말 때문인 것 같지는 않았다.

'헌데 이상도 하지. 어젯밤에 나는 늦게서야 돌아왔고, 또 대옥 누이를 다시 만나지도 못했으니 성질 건드릴 일도 없었건만 도대체 무슨 사단이 생겼던 걸까?'

골똘하게 생각하며 그녀의 뒤를 천천히 따라 나갔다.

보차와 탐춘은 마침 선학이 춤추는 모습을 구경하고 있다가 대옥이 합류하자 함께 둘러서서 이야기를 나누었다. 보옥이 다가오자 탐춘이 인사를 건넸다.

"오빠, 몸은 좋아졌어? 사흘 내내 오빠를 못 보았네."

"너도 몸이 좋아졌니? 어저께도 큰 형수님한테 네 안부를 물었는데."

"오빠 잠깐 이리 와 봐요, 내가 잠시 할 말이 있어."

탐춘이 부르는 말에 보옥은 보차와 대옥을 뒤로 하고 그녀를 따라 한 석류나무 아래로 갔다. 탐춘이 말했다.

"요 며칠 사이에 아버님이 오빠를 찾으신 적이 있어?"

"아니, 부르신 적이 없는데. 왜?"

"어제 얼핏 들었는데 아버지가 오빠를 불러내신다고 하는 것 같았어."

"다른 사람이 잘못 들었겠지. 나를 부르신 적은 없었어."

그러자 탐춘이 웃으면서 슬쩍 다른 말로 돌렸다.

"오빠, 내가 동전을 한 열 몇 꾸러미 몰래 모아놨거든. 오빠가 갖고 있다가 다음에 바람 쐬러 외출하거든 좋은 글씨나 그림, 가볍고 정교한 장난감이나 노리개 같은 것을 좀 사다 줘."

"내가 요즘 성 안팎으로 크고 작은 사당마다 다 뒤지고 놀러 다니지만 뭐 그렇게 기막히게 정교하고 신기로운 물건들은 별로 없더라고. 그저 금붙이나 청동제품, 옥 조각, 도자기 혹은 어디 놓아둘 데도 마땅찮은 골동 나부랭이나 비단, 명주, 음식, 의복 같은 거뿐이었어."

"누가 그런 걸 찾는 댔어? 지난번 오빠가 사온 그 버드나무로 엮은 작은 바구니나 대나무 뿌리 통째로 만든 향합, 진흙으로 빚어 만든 풍로 그런 거면 좋지. 내가 좋아하는 것들은 글쎄 다른 사람들도 좋아하여 무슨 보배나 되는 양 모두 빼앗아 가버렸거든."

보옥이 그제야 웃으면서 대답했다.

"알았어, 그런 걸 원한다구? 그런 거야 몇 푼 되지도 않지. 엽전 반 꾸러미만 가져다 저 하인 놈들한테 맡기면 한 수레는 실어다 줄 걸 아마."

"어린 하인들이 알긴 뭘 알아? 오빠가 직접 골라야 돼. 소박하면서도 속되지 않고 단순하면서도 어설프지 않게 만든 것이라야지. 그런 거 많이 좀 구해주면, 내가 지난번처럼 신발 한 켤레 잘 만들어서 오빠 줄게. 지난번 것보다 더 멋지고 예쁘게 만들어서 말이야. 어때, 괜찮지 오빠?"

보옥이 그 말에 생각이 난 듯 지나간 얘기를 꺼냈다.

"네가 신발 얘기를 하니까 생각나는 게 있는데 한 번 들어 봐. 그때 그 신발을 신고 있는데 마침 아버님하고 딱 마주쳤지 뭐냐. 아버님은 언짢아하시면서 누가 만든 거냐고 물으시는 거야. 그렇다고 어떻게 '셋째 누이 탐춘이 만들었어요'라고 말할 수 있겠어. 그래서 지난번 내 생일 때 외숙모께서 만들어 보내주신 거라고 둘러댔지. 아버님은 외숙모가 보내오신 거라니까 뭐라고 안된 말을 하기 어려워서 한참 있으시더니 '공연한 품을 들여 그 귀한 능라비단으로 이따위를 만들었단 말인가'라고 하시더라고. 집에 돌아와 습인한테 말했더니 그건 그래도 괜찮은 편이라고 그러면서 작은 어머니가 아시고 나서 원망이 여간 아니셨다는 거야. '제 친동생은 다 떨어진 신발에 해진 양말을 신고 다녀도 누구 한 사람 봐주는 사람이 없는데 그런 걸 만들어 남한테 주었단 말이야' 하고 말이야."

탐춘은 그 말에 곧 안색이 변하며 정색하고 앙칼지게 말했다.

"그 말 도대체 제 정신으로 한 거야? 주책이 없어도 분수가 있어야지. 내가 신발이나 만들어야 되는 사람이라고 생각하는 모양이지. 환이한테는 달마다 받는 정해진 용돈이 없나, 딸려있는 사람이 없나? 똑같이 옷이면 옷, 신발이면 신발, 양말이면 양말이 다 있고, 방 안 가득히 시녀와 할멈이 멀쩡히 지키고 있는데 그런 원망을 도대체 누구한테 들으라고 해대느냔 말이야. 나도 잠시 한가한 시간이 있을 때 신발 한두 켤레 만들어서 내가 주고 싶은 사람한테 내 마음대로 주는 건데 누가 나를 감히 이래라저래라 뒤흔들려고 그래? 그래봤자 다 소용없는 짓이야."

보옥이 그 말에 고개를 끄덕이며 달랬다.

"넌 몰라. 그 양반 마음속에는 또 그런 생각이 있을 수도 있는 거지 뭐."

그 말에 탐춘은 더욱 불같이 열을 올리고 달려들었다.

"오빠도 어떻게 된 거 아냐? 왜 점점 헛소릴 하는 거야! 그래 우리 엄마가 그런 생각을 가진 건 사실이지만 그건 음험하고 비천한 심사일 뿐이야. 우리 엄마가 계속 그렇게 삐뚤어진 생각만 한다면 난 오히려 아버지하고 큰어머니만 생각할 거야. 다른 사람은 전혀 아는 체 않겠어. 형제자매 사이라고 하더라도 누구든 나한테 잘 대해주면 나도 잘하겠지만 삐딱하게 서자출신이니 뭐니 하는 헛소리하면 나도 모르는 체할 거야. 물론 이치대로라면 나도 우리 엄마를 나쁘게 말해서는 안 되겠지만 정말 소견머리가 없어도 너무 없단 말이야. 지난번에도 웃기는 일이 있었잖아. 바로 지난번에 내가 오빠한테 돈을 주어서 그 노리개 물건 사오라고 했던 일 말이야. 한 이틀쯤 지났나? 나를 보더니 대뜸 돈이 떨어졌다느니 살기가 어렵다느니 엉구렁을 쓰고 있잖아. 내가 처음엔 상대조차 안 했지. 나중에는 시녀들이 나간 뒤에 아예 노골적으로 원망을 퍼부으면서 내가 번 돈을 왜 오빠한테 주었느냐고, 어째서 환이한테는 쓰지 않느냐고 난리를 치는 거야. 내참, 그 말을 듣고 보니 우습기도 하고 기가 차서 그냥 뛰쳐나와 큰어머니 방으로 가버렸지."

두 사람이 그렇게 한참을 얘기하다 보니 시간이 꽤 흘렀던가 보다. 보차가 이쪽을 바라보고 웃으면서 소리쳤다.

"할 말 다 했으면 어서 와. 누가 오라비와 누이 아니랄까 봐, 남들 다 팽개치고 자기들 말만 하고 있어. 우리가 한마디도 엿들으면 안 되는 얘기인 모양이지."

탐춘과 보옥은 그제야 웃으며 돌아왔다.

보옥이 와서 보니 대옥은 가 버리고 없었다. 그녀가 어디론가 혼자 숨어버린 모양이라고 여기고 가만히 생각해보니 차라리 하루이틀 지나서 화가 풀렸을 때 찾아가는 게 나을 것 같았다. 그리곤 고개를 숙여 땅바닥에 떨어진 봉선화랑 석류꽃 등 각양각색의 꽃잎이 비단처럼 수북하게 쌓여있는 걸 보곤 탄식해 마지않았다.

'대옥이 속으로 얼마나 화가 났으면 이렇게 쌓여있는 꽃잎을 쓸어 담지도 않았을까. 내가 쓸어 담아 치운 뒤에 내일 한 번 따져 봐야지.'

그런 생각을 하는 중에 보차는 다른 사람을 따라 밖으로 나가면서 뒤에 남은 보옥을 불렀다. 그는 '나도 뒤따라갈게' 하고 소리치고는 두 사람이 멀리 가버린 뒤에 떨어진 꽃잎을 쓸어 담았다. 산을 넘고 물을 건너 나무 밑을 지나고 꽃나무 사이를 빠져나와 지난번 대옥과 함께 복사꽃을 땅에 묻던 바로 그곳까지 찾아왔다.

바로 그때의 꽃 무덤에 이르러 산등성이를 아직 돌아서지 않았는데 산 너머 저편에서 가느다랗게 흐느끼는 소리가 들려왔다. 한편으로 누군가를 탓하면서 너무나 서럽게 울고 있었다. 보옥은 의아한 생각이 들었다.

'어느 집 시녀가 또 무슨 서러운 일을 당했기에 이곳까지 몰래 와서 저토록 서럽게 울고 있는 걸까.'

발걸음을 멈추고 가만히 그녀가 흐느끼면서 읊조리는 노랫소리를 들어보았다. 노래는 이렇게 이어졌다.

| | |
|---|---|
| 꽃 지는 하늘 가득 꽃잎으로 휘날리니, | 花謝花飛花滿天, |
| 붉은 꽃 지는 향을 그 누가 슬퍼하랴? | 紅消香斷有誰憐? |
| 봄날의 정자에는 아지랑이 가물가물, | 游絲軟繫飄春榭, |
| 비단의 장막에는 버들 솜이 달라붙네. | 落絮輕沾撲繡簾. |

규중의 아가씨는 가는 봄을 슬퍼하며,　　　　　閨中女兒惜春暮,
사무치는 수심을 풀 길이 없네,　　　　　　　愁緒滿懷無釋處,
손에는 꽃괭이 들고 규방 문 나섰으나,　　　　手把花鋤出繡閨,
차마 꽃잎 밟지 못해 오락가락 하누나.　　　　忍踏落花來復去.

버드가지 느릅나무 향기를 자랑하며,　　　　柳絲楡莢自芳菲,
복사꽃 오얏꽃 흩날려도 상관 않네.　　　　　不管桃飄與李飛.
복사꽃 오얏꽃 새해되면 다시 피련만,　　　　桃李明年能再發,
오는 해 이 규중엔 그 누가 있을런가?　　　　明年閨中知有誰?

춘삼월에 꽃잎 물어 제 집의 둥지 트는,　　　三月香巢已壘成,
대들보의 제비들은 너무도 무정하네!　　　　梁間燕子太無情!
새봄 되어 꽃피면 다시 물어 오겠지만,　　　明年花發雖可啄,
사람 떠난 빈집에 둥지인들 남겠느냐.　　　　卻不道人去梁空巢也傾.

일 년이면 삼백하고 육십 일이 아니던가,　　一年三百六十日,
찬바람에 모진 서리 사정없이 몰아치면.　　風刀霜劍嚴相逼,
빛나는 좋은 시절 그 얼마나 오래가랴,　　　明媚鮮姸能幾時,
하루아침 흩어지면 다시 찾기 어렵나니.　　一朝飄泊難尋覓.

꽃피면 잘 보여도 지고나면 못 찾나니,　　　花開易見落難尋,
뜰 앞에서 서럽게 꽃을 묻는 여인이여,　　　階前悶殺葬花人,
외로이 혼자서 꽃괭이 들고 눈물지으니,　　獨倚花鋤淚暗洒,
빈 가지에 뿌린 눈물 피눈물이 그 아닌가.　洒上空枝見血痕.

소쩍새도 울음 그친 황혼 빛 저물녘에,　　　杜鵑無語正黃昏,
괭이 매고 돌아와서 문마다 닫아거네.　　　荷鋤歸去掩重門.
푸른 등불 비친 벽에 첫잠을 들려 해도,　　青燈照壁人初睡,
찬비 내려 창문 치니 이부자리 싸늘해라.　冷雨敲窗被未溫.

이 몸은 어이하여 그리 쉽게 상심하나,　　　怪奴底事倍傷神,

봄날이 정겨워도 또 한편은 야속하네.　　半爲憐春半惱春.
문득 오니 정겹지만 홀연 가니 서러워,　　憐春忽至惱忽去,
말없이 왔다가는 소리 없이 가버리네.　　至又無言去不聞.

지난밤 뜰 밖에서 슬픈 노래 들렸으니,　　昨宵庭外悲歌發,
꽃의 혼이 울었는가, 새의 넋이 울었는가?　　知是花魂與鳥魂?
꽃과 새의 영혼들은 잡아두기 어렵나니,　　花魂鳥魂總難留,
새는 말이 없고 꽃은 절로 부끄럽타네.　　鳥自無言花自羞.

원하건대 겨드랑에 두 날개 돋아나서,　　願奴脇下生雙翼,
꽃잎 따라 저 하늘에 끝까지 날고파라.　　隨花飛到天盡頭.
하늘가에 가서 본들 꽃 무덤이 어딨으랴?　　天盡頭, 何處有香丘?
차라리 비단 주머니 꽃잎 유골 담아내어,　　未若錦囊收艷骨,
한 줌 정토 꽃 무덤에 풍류자질 묻어 주리.　　一抔淨土掩風流.

깨끗이 태어나서 깨끗하게 가야할 몸,　　質本潔來還潔去,
더러운 시궁창에 어찌 그냥 버릴 수야.　　强於汚淖陷渠溝.
네가 지금 지고 나면 내가 묻어 주지만,　　爾今死去儂收葬,
내 몸이 죽고 나면 어느 날 묻힐 건가?　　未卜儂身何日喪?

꽃잎 묻는 나를 보고 남들은 비웃지만,　　儂今葬花人笑痴,
훗날 내가 죽고 나면 묻어줄 이 누구인가?　　他年葬儂知是誰?
봄날이 지나가고 꽃잎 점점 떨어지면,　　試看春殘花漸落,
그게 바로 홍안청춘 늙어가는 그때라네.　　便是紅顏老死時.

하루아침 봄은 지고 홍안청춘 늙어가면,　　一朝春盡紅顏老,
꽃잎지고 사람 가니 둘 다 서로 알길 없네!　　花落人亡兩不知!

보옥은 이 노랫소리를 듣다가 그만 넋을 잃고 말았다.
무슨 일인지 궁금하면 다음 회를 보시라.

蒋玉函情
贈茜香羅
薛寶釵羞
籠紅麝串

## 제28회

# 장옥함의 붉은 수건

장옥함은 정에 겨워 비단수건 건네주고
설보차는 수줍은 듯 사향염주 차고 있네

蔣玉菡情贈茜香羅  薛寶釵羞籠紅麝串


대옥은 지난밤 청문이 이홍원의 대문을 열어주지 않은 일로 보옥을
의심하던 차에 이튿날 낙화를 전별하는 망종절 행사 때문에 제대로 속
시원하게 화 한번 내지 못하고 속으로만 삭이고 있었다.  그리하여 가는
봄에 대해 무언가 애절한 생각이 넘쳐 떨어진 낙화를 모아 땅에 묻어주
다 보니 불현듯 자신의 신세가 처량해져 몇 번인가 흐느끼다가 그저 생
각나는 대로 몇 마디 노래를 흥얼거린 것이었다.

보옥은 산등성이 너머에서 그 노래를 듣다가 처음에는 그저 고개를
끄덕이고 감탄만 하고 있었는데, 뒤에 나오는 다음의 구절을 듣고는 속
에서 무언가 울컥 올라왔다.


꽃잎 묻는 나를 보고 남들은 비웃지만,          儂今葬花人笑痴,
훗날 내가 죽고 나면 물어줄 이 누구인가.       他年葬儂知是誰.

181

하루아침 봄은 지고 홍안청춘 늙어가면,　　　一朝春盡紅顔老,
꽃잎지고 사람 가니 둘 다 서로 알길 없네.　　花落人亡兩不知.

　듣기만 하여도 애절하기 그지없는 이 구절에 보옥은 그만 목을 놓아
통곡하며 땅바닥에 쓰러져 가슴에 안고 있던 꽃잎을 다 흩뿌리고 말았
다. 생각해보니 꽃잎 같고 달님 같은 대옥의 얼굴과 용모가 장차 어디
서도 찾을 수 없을 때가 되면 그 어찌 가슴이 찢어지고 애가 끊어질 듯
괴롭지 않겠는가. 대옥의 몸을 찾을 길이 없어지면 다른 사람은 또 어
떠하랴. 보차도 향릉도 습인도 다들 사라져 어디에서도 찾을 수 없는
날이 오고야 말 것이 아니겠는가. 결국 보차 등을 찾을 길이 없어지는
때면 나 자신은 또한 어디쯤에 가 있겠는가. 나 자신도 어디로 가서 헤
매고 있을지 모를 일이니, 그리하면 바로 이곳, 이 정원, 이 꽃들과 버
드나무는 또 누구의 것이 되어 있을지!
　그렇게 하나에서 둘, 둘에서 셋으로 점점 생각을 넓혀가다 보니 지금
이 순간 이 자리에 도대체 무슨 바보 같은 것이 되겠다고 하는 것인지
알 수 없으며 그저 점점 아득해지기만 하였다. 차라리 이 우주를 벗어
나고 인간세상을 떠나 이러한 비통한 세상으로부터 참으로 순수하게
해방되고만 싶었다.

꽃 그림자 가까이 전후좌우 비껴있고,　　　花影不離身左右,
새소리는 오로지 귓전에서 맴도누나.　　　鳥聲只在耳東西.

　이때 대옥은 홀로 앉아 슬픔에 겨워 흐느끼며 노래 부르고 있었는
데 홀연 산등성이 뒤에서 슬피 우는 소리가 들려오자 마음속으로 생각
했다.
　'이상도 하구나. 누구나 나를 보고 정에 겨워 힘들게 사는 바보 같
은 사람이라고 비웃곤 하였는데 세상에는 나 같은 바보가 또 있었나

보다.'

뒤를 돌아보니 다름 아닌 보옥이었다. 그를 보자 문득 참았던 화가 엉뚱하게 치밀어 올랐다.

"난 또 누구라고. 제 명에 못 죽을 사람 같으니…."

하지만 대옥은 그만 얼른 뒷말을 흐리고 입을 다물고 말았다. 자신도 모르게 장탄식을 내뱉고는 달아나고 말았다.

보옥은 한참 통곡하다가 고개를 들어보니 저편에 앉았던 대옥이 보이지 않자 그녀가 자신을 먼저 보고 어디론가 숨어버렸나 보다 생각했다. 스스로 멋쩍어하며 흙을 털고 일어나 산길을 따라 옛길로 내려와 이홍원으로 향했다. 헌데 바로 앞쪽에 대옥이 걸어가는 모습이 보여 급히 뒤를 따라가며 한마디 건넸다.

"잠깐만, 거기 좀 서 봐! 네가 나를 상대하지 않겠다는 건 알겠는데 내 말 딱 한 마디만 들어보고 나서 그 다음에 서로 갈라서자."

그 말을 들은 대옥은 멈춰 서지 않을 수 없었다. 말속에 뼈가 들어 있기 때문이었다.

"딱 한 마디라고 했으니, 한 번 말해 봐요."

"두 마디만 할게. 들을래, 안 들을래?"

보옥이 웃으면서 말했지만 대옥은 다시 돌아서서 그대로 앞을 향해 걸었다. 보옥이 뒤에서 탄식을 금치 못했다.

"지금 이럴 바엔 애당초에 왜 만났나?"

그 말을 듣자마자 대옥이 걸음을 멈추고 휙 돌아서서 대꾸했다.

"애당초에 뭐가 어쨌는데? 지금은 또 뭐가 어떻고?"

"애당초 누이가 왔을 때 내가 곁에서 함께 웃으며 놀았잖아. 내가 좋아하는 것이면 무엇이든 누이도 다 좋아했지. 내가 맛있게 먹는 것은 누이도 맛있게 먹어서 깔끔하게 챙겨놓았다가 누이가 먹도록 기다리곤 했어. 한 상에서 밥 먹고 한군데서 잠자질 않았어? 시녀들이 생각을 못해 누이를 화나게 할 것 같으면 내가 먼저 생각해서 미리 대비하곤 했었어. 나는 언제나 그렇게 생각했어. 자매들과 어려서부터 함께 자라면 친하게 지내든 가까이 지내든 언제나 화기애애하여 남들보다 늘 좋을 거라구 말이지. 그런데 이제 와보니 누이가 나이가 들어 마음도 커지니 나 같은 건 눈 안에 두지도 않을 줄이야 생각이나 했겠어. 오히려 멀고 먼 보차 누나나 희봉 누나를 마음속에 두고 나는 사흘이고 나흘이고 상대도 않고 내동댕이치고 있으니 말이야. 난 친형제도 친자매도 없는데…. 비록 두 사람이 있긴 하지만 누이도 알다시피 엄마가 다른 이복형제 이복자매잖아. 나도 누이랑 아무것도 다를 게 없다구. 그저 혼자일 뿐이야. 그래서 내 마음과 똑같을 거라고 생각했지. 그런데 다 쓸데없는 일이었어. 헛수고만 한 셈이지. 그 어디다 하소연 할 데도 없게 되었단 말이야."

보옥은 제 말에 마음이 격해져 어느새 눈물을 뚝뚝 떨어뜨렸다. 대옥은 귀로 그의 말을 듣고 눈으로 그의 모습을 보면서 마음으로는 어느새 독한 마음이 눈 녹듯 녹으면서 고개를 숙이고 말없이 서 있었다. 보옥이 그러는 대옥을 보고 한마디를 더 했다.

"그래, 나도 알아. 내가 요즘 잘못했다는 거. 하지만 아무리 잘못한다고 해도 누이 앞에서 잘못을 저지르지는 않아. 설사 한두 가지 잘못된 일이 있다 한들 누이가 그걸 지적하고 잘 인도하거나 경계한 다음 욕하거나 때리면 이렇게 맥이 빠지지는 않을 거야. 그런데 도대체 어쩌자고 아예 상대조차 않느냔 말이야. 내가 어떻게 하면 좋을지 도대체 감을 잡을 수 없으니, 혼백이 다 나간다 해도 나는 어찌해야 좋을지 알 수가 없으니 어찌하란 말이야. 그러다 죽으면 난 억울한 귀신이 될 테니 스님이고 도사가 아무리 나를 대신하여 불쌍한 인생 인도하려고 해도 구할 도리가 없을 거야. 오로지 누이가 그 까닭을 밝혀주어야 비로소 내가 새 삶을 받아 환생할 수 있게 될 거란 말이야. 알겠어?"

그 말을 듣고 대옥은 어젯밤의 서운했던 마음이 어느새 구만리 밖으로 달아나서 다짜고짜 다그쳐 물었다.

"그럼 왜 내가 갔을 때 대문을 열어주지 말라고 했어요?"

보옥이 어리둥절하면서 물었다.

"무슨 말이야? 내가 정말 그랬다면 당장 이 자리에서 죽어도 좋아!"

"아침부터 멀쩡한 사람이 죽느니 사느니 하고 쓸데없는 말을 하고 그래요? 그런 일이 있었으면 있었다고 하고 없었으면 없었다고 하면 그만이지, 공연히 맹세까지 할 건 뭐 있어요."

대옥의 말에 보옥이 다시 한 번 강조했다.

"정말로 나는 누이가 찾아온 걸 보지 못했어. 보차 누나가 잠시 왔다 갔을 뿐이야."

대옥은 잠시 생각에 잠기더니 웃으면서 말했다.

"그래요, 아마도 시녀들이 꿈쩍하기 싫으니까 그런 못된 짓거리를 했을 수도 있겠네요."

"틀림없이 그럴 거야. 내가 돌아가서 누군지 밝혀내곤 단단히 혼쭐을 내야 되겠어."

"그래요, 오빠네 집에 시녀들이 혼 좀 나긴 나야 해요. 하기야 내가 할 말은 아니지만. 이번에 나한테 그렇게 한 거야 그래도 별일 아니지만요. 누가 알아요? 앞으로 보차 아가씨인지 보배 아가씨인지 오셨을 때 그렇게 잘못 보이면 그건 참 큰일 아녜요?"

대옥은 말해놓고도 재미있는지 입을 가리고 웃었다. 보옥은 듣고 나서 거북한 심정이라서 입술을 깨물다가 역시 함께 웃고 말았다. 두 사람이 말하고 있는 중에 시녀가 찾아와 식사준비가 되었다고 하여 함께 밥을 먹으러 나왔다.

왕부인이 대옥을 보고는 안부를 물었다.

"우리 아가씨, 요즘 포태의鮑太醫의 약을 드시니 좀 어떠하신가?"

"네, 숙모님. 그저 그런 상태예요. 외할머님은 저보고 왕대부王大夫의 약을 먹는 게 좋겠다고 하시네요."

보옥이 옆에서 한마디 거들었다.

"어머님은 잘 모르실 거예요. 대옥 누이의 병은 속병이에요. 선천적으로 약질이라 걸핏하면 감기에도 잘 걸리고요. 약 두어 첩을 쓰면 감기야 나을 수 있지만 아무래도 속병에는 환약이 좋을 듯싶네요."

"지난번 의원 양반이 말한 그 환약의 이름이 뭐라 그러더냐? 내가 깜빡 잊어버렸네."

"제가 그 이름을 아는데요. 하지만 누이한테는 인삼영양환人參養榮丸을 복용하라고 했어요."

"그게 아니야."

"그럼 팔진익모환八珍益母丸이던가, 아니면 좌귀左歸인가, 우귀右歸인가, 그것도 아니라면 맥미지황환麥味地黃丸인지 모르겠네."

보옥이 아무것이나 주워섬겼지만 왕부인은 모두 부인했다.

"다 아니야. 내 기억에는 무슨 '금강' 두 글자가 들어간 것 같았는데…."

보옥이 두 손을 벌리면서 모르겠다는 듯이 웃으며 농담까지 했다.

"글쎄요, '금강환金剛丸'이란 약은 한 번도 들어본 적이 없는데요. '금강환'이 있으면 '보살산菩薩散'도 있게요."

사람들이 그 말에 까르르 웃었다. 보옥은 멋쩍은 듯이 입을 한 번 쓱 문지르고는 말했다.

"혹시 천왕보심단天王補心丹을 말씀하시는 거 아녜요?"

"그래 바로 그 이름이야. 이젠 나도 정신이 나간 모양이야."

"어머님이 정신없으신 게 아니고 모두가 다 저 '금강'이니 '보살'이니 하는 말에 홀려 어머님을 정신없으시게 만든 거 같네요."

"예끼 이 녀석아, 네놈이 이 어미 망신을 다 시키는구나. 아무래도 아버님한테 매를 덜 맞아서 그런가 보다."

"아버님은 요만한 일로는 매를 대지 않으시는데요."

"그나저나 약 이름이 그거라면 내일이라도 사람을 시켜 사다가 먹도록 해야겠구나."

"그런 게 다 소용없다니까요. 어머님이 제게 360냥 은자를 주셔서 누이한테 맞는 환약을 지어 먹이면 그 약을 다 먹기도 전에 확실히 낫게 할 수 있다니까요."

"또 허튼 소리! 도대체 무슨 약이기에 그렇게 비싸단 말이냐?"

"정말이에요. 저의 이 처방은 다른 것들하고는 다르다고요. 약 이름들도 다들 괴팍하여 일일이 다 말씀드릴 수도 없어요. 몇 가지만 예를 들어도 두태자하거〔頭胎紫河車: 첫 아이를 낳은 태반〕, 인형대엽삼〔人形帶葉蔘: 사람 모양의 잎 달린 인삼〕 등만도 360냥으로는 모자랄 거예요. 게다가 구대하수오〔龜大何首烏: 다년생 풀 하수오의 뿌리〕, 천년송근복령담〔千年松根茯苓膽: 복령〕 같은 것은 그 중에서도 그리 대단한 게 아니고요. 정말 수많은 약재 중에서 군왕에 해당하는 약을 말씀드리면 정말 놀라실 거예요. 지난번 설반 형님이 저한테 그걸 알려 달라고 이태 동안이나 졸라서 그 처방을 알려 주었더랬지요. 그걸 가지고 이삼 년이나 약재를 찾아다녀서 아마도 돈 천 냥 가까이나 써서 겨우 약을 지었다고 하더라고요. 어머님이 믿지 못하시겠으면 여기 보차 누나한테 한 번 물어보세요."

보차가 곁에서 그 말을 듣고 손을 들어 휘저으면서 보옥에게 말했다.

"아니 나는 몰라. 전혀 들어본 적이 없다구. 공연히 이모님이 나한테 물어보시게 그러지 좀 말아, 제발."

"그래도 보차가 착한 아이야. 거짓말도 않고 아주 솔직하게 바른 말을 하는구나."

보옥은 그 자리에 섰다가 보차가 그렇게 말하는 걸 듣고는 손바닥을 치면서 여전히 우겼다.

"내가 한 말이 진짜라니까요. 오히려 나를 거짓말쟁이로 몰아가시네."

말을 하면서 몸을 획 돌리니 대옥이 보차의 몸 뒤에서 입을 가리고 웃으며 손가락을 제 뺨에 대고 비틀면서 보옥을 놀려댔다. 이때 마침 희봉이 안쪽 방에서 식탁 놓는 일을 돌보다가 밖에서 나는 소리를 듣고 걸어 나오며 보옥을 거들고 나섰다.

"그건요, 보옥이가 거짓말하는 게 아니고 사실 그런 일이 있어요. 저번에 설반 오라버니가 나한테 찾아와서 진주를 구하더라고요. 왜 그러냐고 했더니 약을 짓고 있다고 하면서 차라리 안 짓고 말 것을 얼마나 많은 돈이 들어가는지 헤아릴 수도 없다고 투덜댔어요. 그래 도대체 무슨 약을 짓느냐고 했더니 보옥이 아우가 일러준 처방이라고 하면서 숱한 약재 이름을 거명하는데 내가 그걸 다 알아들을 수가 있어야지요. 그런데 그의 말이 그냥 진주라면 얼마든지 살 수 있지만 반드시 머리에 꽂았던 거라야 되므로 나를 찾아왔다는 거예요. '누이가 쓰다 남겨둔 것이 없으면 지금 꽂고 있는 것도 괜찮으니 그걸 빼주면 다음에 내가 좋은 것으로 구해 누이한테 꽂아주겠다'고 그러잖아요. 도리가 있어야지요. 내가 꽂고 있던 진주비녀 두 개를 빼 주었지요. 그리고 붉은 명주 석자쯤을 얻어가면서 진주를 곱게 갈아 그것으로 체를 친다는 것이었어요."

희봉이 나서서 그렇게 보옥의 말을 증명해주자 보옥은 '나무아미타불'을 연발했다.

"오오, 나의 태양이 이 방에 임하셨도다!"

보옥이 고마워하면서 왕부인에게 말했다.

"한 번 생각해 보세요, 어머니. 그건 만부득이 그렇게 한 것이고요. 정말 제대로 약을 지으려면 진주와 보석의 경우는 반드시 오래된 무덤

속에서 옛날 부귀영화를 누린 사람의 시신을 염할 때 장식하였던 그것을 꺼내 와야 진짜예요. 하지만 지금 그것 때문에 함부로 무덤을 파헤치고 도굴할 수도 없으니 그냥 산사람이 차고 있는 것을 써도 무방하다는 거지요."

왕부인이 혀를 찼다.

"나무아미타불! 그거야 정말 못할 짓이 아니더냐. 설사 무덤 속에 그런 게 들어 있다고 해도 사람이 죽은 지 수백 년이 되었는데 그걸 파헤쳐 훔쳐내서 약으로 쓴다는 건 아무래도 영험할 수가 없지 않겠니?"

보옥이 이번에는 대옥에게 동의를 구하듯이 한마디 했다.

"대옥 누이, 다 들었지? 설마 희봉 누나까지도 나를 따라 거짓말을 만들어 내지야 않았을 거 아냐?"

보옥은 대옥에게 말하면서도 눈은 힐끔힐끔 보차의 표정을 살폈다. 대옥이 왕부인을 잡아당기며 응원을 청했다.

"외숙모, 저 말 좀 들어보세요. 보차 언니가 자기 말을 편 들어주지 않으니까 저한테 어물쩍 둘러대고 있잖아요."

왕부인도 동조했다.

"보옥이는 너희 속여먹는 데 아주 이력이 났단다."

보옥이 가만있지 않았다.

"어머니는 그 까닭을 모르셔요. 보차 누나는 그저 한집안에 있을 때도 조용히 지냈으므로 설반 형님이 하시는 일을 잘 알 까닭이 없지요. 지금은 대관원 안에 들어와 살고 있는데 더욱 더 모를 일이 아니겠어요. 대옥 누이가 뒤쪽에 숨어서 손가락질하며 나를 놀려댔는데 내가 여전히 거짓말하고 있다고 여기는 모양이에요."

그때 가모의 방에 있는 시녀가 보옥과 대옥을 찾으러 와 밥을 먹으라고 전했다. 대옥은 보옥을 부르지도 않고 심부름 온 시녀를 붙잡고 얼른 나가려고 했다. 시녀가 보옥 도련님도 기다렸다가 함께 가자고 하였더니 대옥이 대신 대답했다.

"오빠는 오늘 저녁밥 안 먹는데. 우리끼리 가자구. 그럼 나 먼저 간
다."

그리고 훌쩍 가버렸다. 남은 보옥이 왕부인한테 말했다.

"오늘은 어머니하고 함께 식사할까 하는데요."

"관둬라. 난 오늘 소식[1] 하기로 했단다. 너는 그래도 따라가서 제대
로 먹어야지."

"저도 그럼 함께 소식하지요 뭐."

그리고 심부름 왔던 시녀한테 그냥 가라고 손짓했다. 보옥이 먼저 식
탁에 가 앉았다. 왕부인이 설보차 등에게 웃으면서 말했다.

"너희나 다들 편안히 제대로 식사를 해. 저 애는 상관 말고."

보차가 보옥을 달랬다.

"그러지 말고 함께 가서 제대로 식사 해. 먹든 안 먹든 대옥 누이하고
함께 가 봐야지. 대옥이도 혼자 가면 속이 얼마나 불편하겠어."

보옥이 대신 대답했다.

"상대도 하지 마. 좀 있으면 괜찮아질 테니까."


잠시 후 식사가 끝나자 보옥은 아무래도 할머니 쪽이 신경이 쓰였다.
대옥이 혼자 가서 밥 먹도록 내버려둔 점도 걸려서 서둘러 차를 달라하
여 입을 가셨다. 탐춘과 석춘이 빙글빙글 웃으면서 놀렸다.

"오빠! 오빠는 매일같이 뭐가 그렇게 바빠서 난리예요? 밥 먹고 차
마시는데도 왜 이렇게 서둘러대는지 정말 모르겠네."

보차가 옆에서 대신 대답했다.

---

[1] 소식(素食)이란 불교의 계율에 따라 고기나 생선을 갖추지 않고 채식 위주의 소박
한 음식을 먹는 것.

"몰라서 물어? 얼른 먹고 마시고 나서 대옥 아가씨한테 찾아가 보려고 그러지. 여기서 쓸데없이 귀찮게 우리한테 달라붙어 있으면 뭐 하려고."

보옥은 차를 마시고 곧 밖으로 나와 가모가 거처하는 서편 저택으로 왔다. 마침 희봉의 집 앞으로 지나는데 희봉이 문턱을 밟고 서서 머리에 꽂는 귀이개 뒤쪽으로 이를 쑤시면서 어린 하인 여남은 명이 화분을 옮기는 일을 지켜보는 중이었다. 보옥이 나타나자 얼른 웃으면서 안으로 청했다.

"보옥 동생, 마침 잘 왔네. 이리로 와서 내 대신 글자 몇 자 좀 써 줘."

보옥이 따라 방으로 들어가니 희봉이 사람을 시켜 지필묵紙筆墨을 가져오게 하고 보옥이한테 받아 적으라 했다.

"진홍색 주단 40필, 망사蟒蛇무늬 주단 40필, 상등품의 명주 색깔별로 각각 1백 필, 금 목걸이 4개."

"이게 뭐예요? 장부정리도 아니고 예물품목도 아니고 어떻게 쓰라는 건지?"

"그냥 받아 적어두기만 하면 돼. 어쨌든 내가 제대로 알아보기만 하면 되는 거지."

보옥은 시키는 대로 적었다. 희봉이 그걸 받아 거두면서 다시 한 가지 일을 부탁했다.

"부탁할 일이 한 가지 더 있는데 내 말을 들어줄 거야, 안 들어줄 거야? 이홍원에 소홍이란 아이가 있는데 내가 데려와 쓰려고 하거든. 다음에 내가 좋은 사람 골라서 넣어줄게. 그러면 되지?"

"우리 이홍원에 사람이 많으니, 좋아하는 사람 있으면 마음대로 불러다 시키면 될 일이지 굳이 나한테 물을 것도 없잖아요."

"그러면 사람을 시켜 그 아이를 이리로 데려오도록 할게."

"마음대로 하세요."

보옥이 시원스레 대답하고 곧 가려하자 희봉이 다시 불러 세웠다.

"잠깐만, 한마디 더 할 말이 있는데."

"할머니가 부르신다고요. 할 말 있으면 내가 돌아올 때 해요."

그리고 도망치듯 가모의 처소로 달려왔다. 다들 이미 식사를 끝낸 상태였다. 가모가 보옥이 온 것을 보고 물었다.

"너는 네 엄마하고 함께 뭐 맛있는 거라도 먹었느냐?"

"별로 맛있는 건 없었어요. 그저 밥 한 그릇 더 먹었지요. 참, 대옥이는 어딨어요?"

"방 안에 있단다."

보옥이 방으로 들어가니 땅바닥에선 시녀 하나가 다리미 불을 지피고 있고 구들 위에선 시녀 두 사람이 분필로 천에다 금을 긋고 있었다. 대옥이는 그 곁에서 허리를 굽히고 무언가를 열심히 자르고 있었다. 보옥이 들어가 웃으면서 간섭했다.

"어, 이거 뭐 하는 거야? 방금 밥 먹고 이렇게 고개를 처박고 일하면 조금 있다가 곧 머리가 아플 텐데."

대옥은 아랑곳하지 않고 제 할 일만 하자 시녀가 한마디 했다.

"저 비단자락 귀퉁이가 펴지지 않아서 다리미질을 하려는 거예요."

그 순간 대옥이 가위를 내동댕이치면서 아까 보옥이 했던 말을 흉내 내어 소리친다.

"상대도 하지 마. 좀 있으면 괜찮아질 테니까."

보옥이 듣고서 속으로 왜 그런가 오히려 의아해하였다.

그때 보차와 탐춘 등이 찾아와 가모에게 인사올리고 말을 나누었다. 보차는 곧 방으로 들어와 대옥을 찾았다.

"대옥아, 뭐 하고 있어?"

대옥이 마름질을 하는 걸 보고 웃으면서 덧붙였다.

"대옥이 재주가 점점 대단해지네. 옷감 마름질까지 할 줄 알다니."

"이거, 그저 남들 속여 보려고 할 줄 아는 척하는 거야."

"내 말 좀 들어봐, 웃기지 않아? 방금 전에 말하던 그 약 말이야, 내가 모르는 일이라고 말하는 바람에 보옥 동생이 속상했겠지?"

보차의 말에 대옥은 여전히 아까 써먹은 말을 다시 썼다.

"상대도 하지 마. 좀 있으면 괜찮아질 테니까."

보옥이 못들은 체하고 보차에게 말을 붙였다.

"할머니가 골패놀이 하시자던데, 같이 할 사람이 없다구. 보차 누나 나가서 같이 해 봐."

"내가 골패놀이 하러 왔나?"

보차는 보옥의 말에 고개를 갸우뚱하면서 한 번 웃어 보이고는 그냥 나가버렸다. 남은 대옥이 보옥에게 노골적으로 말했다.

"오빠나 가 봐. 여긴 호랑이가 있으니 오빠 잡아먹을지도 몰라, 어흥!"

대옥은 여전히 옷감을 마르면서 상대도 않는다. 보옥은 대옥이 토라져서 아무 상대도 해주지 않자 얼굴에 웃음을 가득 띠고 슬슬 달랬다.

"야, 대옥아 그거 나중에 해도 괜찮잖아, 함께 놀러 나가자."

보옥이 무슨 말로 달래도 대옥은 여전히 상대를 않는다. 보옥이 시녀들에게 물었다.

"이 옷감 누가 마름질하라고 했니?"

시녀들이 대답하기 전에 대옥이 먼저 말을 가로챘다.

"누가 나한테 시켰든 무슨 상관이야? 어쨌든 오빠하곤 아무 상관없는 일이라니까."

보옥이 뭔가 한마디 하려는 참인데 밖에서 누군가 보옥을 찾는다는 전갈을 보내왔다. 보옥이 서둘러 밖으로 나오는데 대옥이 보옥을 향해 뒤에서 소리쳤다.

"나무아미타불! 제발 그냥 가버려요. 되돌아오면 난 그냥 죽어버리고 말 거야."

보옥이 밖으로 나와 보니 배명焙茗이 서서 기다렸다.

"풍자영 나리께서 댁으로 초청하셨어요."

보옥은 어제의 일이 생각나서 곧 옷을 갈아입으러 서재로 갔다. 배명은 중문까지 들어와서 기다렸다. 한 노파가 나오기에 배명이 얼른 나서서 부탁의 말을 했다.

"보옥 도련님이 서재에서 외출복을 갈아입으시려고 기다리시고 계시니 할머니가 들어가서 전갈 좀 해줘요."

"예끼, 이 정신 나간 놈아. 도련님은 지금 대관원에서 기거하시고 시중드는 사람들이 다들 대관원 안에 있는데 넌 이놈아 이곳으로 달려와서 무슨 전갈을 하라는 거냐?"

그 말에 배명이 정신이 퍼뜩 들어서 계면쩍은 웃음을 날렸다.

"그래 맞아, 욕먹어도 싸다, 싸. 나도 정신이 나갔나 보다."

그리곤 곧장 동쪽 중문 앞으로 갔다. 문지기 하인이 좁은 골목에서 공을 차고 있다가 배명이 전하는 말을 듣고 안으로 달려갔다. 한참 만에 옷 보따리 하나를 안고 나왔다. 배명은 보옥에게 옷을 갈아입도록 했다. 타고 갈 말을 대령하도록 하고 배명과 서약, 쌍서雙瑞, 쌍수雙壽 등 넷만 데려가기로 했다.


풍자영의 저택 문 앞에 이르니 곧바로 안에 전갈하여 풍자영이 나와 영접했다. 설반은 일찌감치 그곳에 와서 기다린 지 오래되었고 집안의 창하는 가동歌童 여러 명과 연극에서 여자역인 소단小旦역할을 맡는 장옥함蔣玉菡, 금향원錦香院의 기녀인 운아雲兒가 와 있었다. 다들 서로 인사를 나눈 뒤에 차를 마셨다. 보옥이 찻잔을 받쳐 들고 인사했다.

"지난번 만났을 때 얘기하신 '불행 중 다행'이란 말씀에 대해 저는 밤낮으로 골똘히 생각하고 있었습니다. 그리하여 오늘 이처럼 한 번 부름을 받고 곧바로 달려온 것이랍니다. "

"당신네 이종 형제는 하나같이 생각도 그처럼 고지식하시군그래. 지난번 말은 그저 당신들 청하여 술이나 한잔 할까하는 생각이 있었지만 혹시 거절당할까 봐 일부러 꾸며서 한마디 한 것인데, 오늘 초청한다니까 정말로 곧이듣고 와주었네 그래. "

그 말에 다들 와르르 웃고 말았다. 이어서 술상이 차려지고 순차대로 자리를 잡았다. 풍자영은 처음에 창하는 가동들한테 술잔을 따르라고 하더니 나중에는 기녀인 운아에게 술을 권하도록 했다.

설반은 술이 석 잔 가량 들어가자 체면도 다 잊고 운아의 손을 덥석 잡고 웃으면서 졸랐다.

"너, 그 노래 한 자락 좀 해봐라. 숨겨 두었던 신곡을 한 번 들려주면 내가 술 한 통이라도 마실 테니. 어떠냐?"

운아도 어쩔 수 없었는지 비파를 잡고 노래를 시작했다.

| | |
|---|---|
| 정든 님 두 사람을 그 누구도 못 버리네, | 兩個冤家, 都難丢下, |
| 당신 오기 기다리며 저 사람도 걱정 되네. | 想着你來又記掛着他. |
| 두 사람의 멋진 용모 그리기도 어려워라. | 兩個人形容俊俏, 都難描畫. |
| 지난밤 도미꽃 시렁 아래 몰래 만나다가, | 想昨宵幽期私訂在荼蘼架, |
| 한 분과 사랑 중에 다른 한 분 찾아 왔네. | 一個偸情, 一個尋拿, |
| 세 사람이 같이 만나 삼자대면 해 보자니, | 拿住了三曹對案, |
| 나도 그만 할 말 없어 유구무언이었다네. | 我也無回話. |

운아가 노래를 마치고 설반한테 술 한 항아리 마시라 하자 설반이 은근히 발뺌을 했다.

"안 돼! 아직 한 항아리 값이 모자라니 한 곡조 더 불러라!"

그때 보옥이 안 되겠다 싶었는지 썩 나서며 새로운 제안을 했다.

"자자, 내 말 좀 들어봐요. 그렇게 함부로 마시다간 쉽게 곯아떨어지고 아무런 재미도 없을 듯하네요. 우선 내가 큰 술잔으로 한 잔을 할 테니 돌아가며 새로운 제목의 주령〔酒令: 술자리에서 흥을 돋우기 위해 하는 벌주놀이〕을 내어 부르지 못하면 벌주로 큰 술잔 열 잔을 마시게 하고 자리에서 쫓아내 남에게 술이나 따르게 하는 게 어떻겠습니까?"

풍자영과 장옥함이 좋겠다고 동의했다. 보옥이 우선 술잔을 집어 단숨에 다 들이켜고 제목을 냈다.

"자, 지금부터 슬플 비悲자, 근심 수愁자, 기쁠 희喜자, 즐거울 락樂자 등 네 글자를 말하는 것인데 반드시 여아女兒의 입장에서 말해야 합니다. 거기에 이 네 글자의 까닭을 주석으로 설명해야 합니다. 말을 다하면 문배門杯[2]를 마셔야 하는데, 술 마시기 전에 하는 주면酒面[3]으로는 새로운 유행곡조로 노래를 한가락 뽑아야 합니다. 그리고 술 마신 다음에 하는 주저酒底[4]로는 술자리에 있는 물건에서 착안하여 고시나 대련, 〈사서〉와 〈삼경〉에서 유래하는 사자성어 등을 말해야 합니다."

보옥의 말이 채 끝나기도 전에 설반이 얼른 일어나 막고 나섰다.

"난 안 하겠어! 나를 끼워 넣지 말라고. 이건 틀림없이 나를 조롱하려는 짓거리에 불과해!"

운아가 일어나 그를 잡아 앉혔다.

"뭐가 겁이 나요? 매일 술은 마시면서 설마 나보다 못한다고야 말하지 못하겠죠? 나도 차례가 돌아오면 말할 거예요. 맞으면 그만이고 틀려도 술 몇 잔 마시면 되는걸요. 취해서 죽을 리는 없어요. 만일 주령을 어지럽힐 작정이면 먼저 큰 술잔 열 잔을 마시고 나서 남한테 술이나 따라주는 일을 하는 게 어때요?"

---

2 자기 앞에 놓인 술잔으로, 벌주로 돌아가는 공배(公杯)와 상대되는 말.
3 령(令)대로 하기 전에 잔을 가득 채운 다음 마시기 직전 행하는 것.
4 술을 마신 다음 령대로 하는 것.

다들 기가 막힌 제안이라고 박수를 쳤다. 설반은 그 말에 대꾸를 못하고 그냥 주저앉았다. 우선 보옥이 일어나 먼저 말했다.

| | |
|---|---|
| 여자의 슬픔, | 女兒悲, |
| 젊은 청춘 다 보내며 독수공방 하는 때. | 青春已大守空閨. |
| 여자의 근심, | 女兒愁, |
| 높은 벼슬 따 보라고 남편 떠나보낼 때. | 悔敎夫婿覓封侯. |
| 여자의 기쁨, | 女兒喜, |
| 고운 얼굴 거울 비쳐 새벽 화장하는 때. | 對鏡晨妝顏色美. |
| 여자의 즐거움, | 女兒樂, |
| 봄날 그네 타고 엷은 치마 나부낄 때. | 鞦韆架上春衫薄. |

사람들이 듣고 나서 모두들 고개를 끄덕이며 "그래, 그래. 일리 있는 말씀이야" 했다. 하지만 설반만큼은 고개를 절레절레 흔들며 "안 돼, 벌주야 벌주" 하고 혼자 찬성하지 않았다.

"어찌하여 벌주를 마셔야 하는가?"

다들 이렇게 물으니 설반은 계속 억지를 부렸다.

"저 사람 말을 나는 도통 알아들을 수 없으니 어찌하여 벌주가 아니란 말이오?"

곁에 있던 운아가 모질게 한 번 꼬집으며 힐난을 했다.

"자기 자신 거나 잘 생각해둬요. 조금 있다 차례가 되어 제대로 말 못하면 그때야말로 벌주를 마셔야 된다니까요."

운아는 비파를 들어 보옥의 노래에 반주를 맞췄다.

| | |
|---|---|
| 끝없는 그리움의 눈물은 붉은 상사두 같고, | 滴不盡相思血淚拋紅豆, |
| 한량없는 봄버들과 봄꽃은 정자에 가득 하네. | 開不完春柳春花滿畫樓, |
| 창가에 비바람 치는 늦은 밤엔 잠 못 이루고, | 睡不穩紗窗風雨黃昏後, |
| 새 수심에 덧쌓이는 지난 수심 잊지 못하네. | 忘不了新愁與舊愁, |

옥 쌀밥에 금 반찬도 목에 걸려 못 넘기고,　　咽不下玉粒金醇噎滿喉,
마름꽃 거을 앞에 초췌한 모습 못 비추네.　　照不見菱花鏡裏形容瘦.
수심에 잠겨 찡그린 미간을 펴지 못하고,　　展不開的眉頭,
물시계 밤새 흘러도 새벽은 오지 않누나.　　捱不明的更漏.
아, 아! 근심과 시름은 이와 같을지니,　　呀! 恰便似
청산의 은은한 모습 가려지지 않듯이.　　遮不住的青山隱隱,
녹수의 유유한 흐름 끊어지지 않듯이.　　流不斷的綠水悠悠.

노래를 끝내자 다들 와 하고 함성을 지르며 잘했다고 칭찬을 아끼지 않았다. 헌데 유독 설반만은 박자가 안 맞는다니 뭐니 하면서 트집을 부렸다. 보옥은 제 술잔의 술을 다 마시고 나서 술상 위의 배 조각을 하나 들고 일어나 마지막으로 주저로서 고인의 사詞 한 구절을 읊었다.

배꽃에 빗방을 듣는데 문은 굳게 닫혔구나.[5]　　雨打梨花深閉門.

보옥의 주령이 끝나자 이번에는 풍자영의 차례가 되었다.

여자의 슬픔,　　女兒悲,
병든 남편 목숨이 경각이 달렸을 때.　　兒夫染病在垂危.
여자의 근심,　　女兒愁,
태풍이 불어 닥쳐 화장누각 넘어갈 때.　　大風吹倒梳妝樓.
여자의 기쁨,　　女兒喜,
초산에 턱하니 쌍등 아들 낳았을 때.　　頭胎養了雙生子.
여자의 즐거움,　　女兒樂,
남몰래 꽃밭에서 귀뚜라미 잡을 때.　　私向花園掏蟋蟀.

말을 마치고 술잔을 들어 노래를 불렀다.

---

5 송대 이중원(李重元)의 사 〈억왕손(憶王孫)〉에 나오는 구절.

그대는 내 맘에 드는 귀엽고 정다운 사람          你是個可人, 你是個多情,
그대는 또한 괴팍하고 다루기 힘든 도깨비          你是個刁鑽古怪鬼靈精,
그대가 신선이라도 알아내진 못할 거야.            你是個神仙也不靈.
그대는 내 말이라면 한마디도 믿지 않네,           我說的話兒你全不信,
그대는 나 몰래 은근히 물어보고 알아보소,         只叫你去背地裏細打聽,
그대는 내 얼마나 사랑하는지 알게 되리라!         才知道我疼你不疼!


노래를 끝내자 자리 앞에 놓인 술잔을 마시고 한마디 시구를 외웠다.


달빛 아래 주막에선 닭 울음소리 들려오네.[6]          雞聲茅店月.


풍자영의 주령도 끝났다. 이번에는 운아의 차례였다.


여자의 슬픔,                                        女兒悲,
평생을 걸고 의지할 사람 생각할 때.                 將來終身指靠誰?


운아의 그 한마디를 설반이 얼른 받아냈다.
"우리 아가씨, 여기 설 대감이 계신데, 그대는 무엇을 걱정하시는
가?"
"아 좀 가만히 있어, 방해 놓지 말고."
다들 한마디씩 설반에게 핀잔을 주고 나자 운아가 계속 읊었다.


여자의 근심,                                        女兒愁,
기생어멈 욕과 매질 쉴 날 없을 때.                  媽媽打罵何時休!


그 말에 설반이 다시 끼어들었다.

---

6 당대 온정균(溫庭筠)의 시 〈상산조행(商山早行)〉에 나오는 구절.

"지난번 네 기생어멈을 만나 이미 분부를 했네그려. 앞으로는 절대로 너를 때리지 말라고 그랬으니까 걱정 말라고."

여러 사람이 나서서 설반을 윽박질렀다.

"한 번만 더 나서는 자가 있으면 벌주 열 잔!"

설반은 얼른 자신의 뺨을 한 대 갈기면서 스스로 훈계했다.

"귀가 먹었냐? 앞으로 절대 말하면 안 돼!"

운아의 주령은 계속된다.

| | |
|---|---|
| 여자의 기쁨, | 女兒喜, |
| 그리웁던 낭군님이 돌아온다 하실 때. | 情郎不捨還家裏. |
| 여자의 즐거움, | 女兒樂, |
| 퉁소를 내려놓고 비파를 집어들 때. | 住了簫管弄弦索. |

운아는 겨우 말을 끝내고 노래를 불렀다.

| | |
|---|---|
| 삼월이라 삼짇날 두구꽃 피었는데, | 荳蔻開花三月三, |
| 벌 한 마리 꽃술 찾아 기어들었네. | 一個蟲兒往裏鑽. |
| 한참을 후벼 파도 들어가지 못하고, | 鑽了半日不得進去, |
| 꽃잎 위에 기어올라 그네만 타네. | 爬到花兒上打鞦韆. |
| 사랑하는 우리 님아, 우리 벌님아, | 肉兒小心肝, |
| 열어주지 않으면 어이 들어오려나? | 我不開了你怎麼鑽? |

노래를 끝내고 술잔의 술을 마시고 나서 마지막 한 구절을 읊었다.

| | |
|---|---|
| 복숭아꽃의 요염한 탐스러움이여.[7] | 桃之夭夭. |

---

7 《시경》의 〈도요(桃夭)〉에 나오는 구절.

다음은 마침내 설반의 차례가 되었다.

"내 차례란 말이지, 알았어. 여자의 슬픔이란…."

설반은 그 말을 꺼내놓고 나서 한참 동안 머뭇거리며 뒤를 잇지 못했다. 풍자영이 참지 못하고 웃으며 참견했다.

"그래 뭐가 슬프다는 건지 어서 말해 보게나."

설반은 순간 다급하여 눈알이 왕방울만 하게 커지며 한참 치뜨고 굴리더니 겨우 다시 목청을 가다듬었다.

"여자의 슬픔이란…."

그리고 여전히 두어 번 헛기침을 했다.

여자의 슬픔,                          女兒悲,
계집 하나 못 지키는 사내한테 시집갈 때.        嫁了個男人是烏龜.

사람들이 까르르 웃자 설반이 정색하고 되물었다.

"우습기는 뭐가 우스워. 내 말이 틀렸나 뭐. 멀쩡한 여자가 시집이라고 갔는데, 아 글쎄 그 사내놈이 제 계집하나 건사 못하는 못나디 못난 놈이라면 어떻게 상심하지 않겠어?"

사람들은 허리를 꺾으며 웃어댔다.

"맞아, 맞아. 어서 다음 말을 해 보라고."

설반은 다시 눈알을 뒹굴뒹굴 굴리다가 다음 말을 이어갔다.

"여자의 근심…."

그 말까지 하고는 다시 말을 잇지 못하자 사람들이 재촉했다.

"어떻게 근심스러운데?"

여자의 근심,                          女兒愁,
고운 단장 각시방에 말 원숭이 들어올 때.        繡房攛出個大馬猴.

사람들이 다시 푸하하 웃음을 터뜨리며 배를 움켜잡았다.

"벌주야, 벌주. 앞의 구절은 그래도 용서가 되지만 이건 말이 안 돼."

사람들이 달려들어 술을 따르려고 하는데 보옥이 나섰다.

"그래도 압운이 좋았어요."

"그것 봐. 주령을 이끌고 가는 영관令官이 괜찮다는데 다른 사람들이 무슨 난리야."

사람들이 그 말에 비로소 조용해졌다. 운아가 눈웃음을 지으면서 설반에게 제안했다.

"다음 구절은 점점 더 어렵겠지요? 제가 대신 말씀드릴까요?"

"쓸데없는 소리! 나는 좋은 구절 하나조차 못 짓는 줄로만 여기는 모양이지? 잘 들어보라고."

| | |
|---|---|
| 여자의 기쁨, | 女兒喜, |
| 화촉 밝힌 신혼 방에 늦은 아침 일어날 때. | 洞房花燭朝慵起. |

그 말에 다들 의아한 눈빛으로 한마디씩 했다.

"이 구절 하나는 아주 운치가 있는걸그래."

설반이 이어서 계속했다.

| | |
|---|---|
| 여자의 즐거움, | 女兒樂, |
| 좆 대가리 하나가 구멍 속을 파고들 때. | 一根毛毛往裏戳. |

사람들은 기겁을 하고 고개를 돌린 채 재촉했다.

"예끼 이 사람아, 갈수록 말도 안 돼! 어서 노래나 마저 하고 끝내라고."

| | |
|---|---|
| 모기 한 마리가 앵앵앵. | 一個蚊子哼哼哼. |

사람들은 갑자기 어처구니가 없어 멍하니 다들 바보가 된 듯이 물었다.

"도대체 그 노래가 무슨 곡조야?"

그러자 설반은 한술 더 떠서 이렇게 노래했다.

| | |
|---|---|
| 파리 두 마리가 윙윙윙. | 兩個蒼蠅嗡嗡嗡. |

사람들은 "됐어, 됐어, 이제 그만두라고" 하며 난리였다. 그래도 설반은 뻔뻔하게 우겼다.

"왜? 다들 내 노래가 듣기 싫어? 이건 새로 나온 따끈따끈한 신곡이야. '앵앵타령'이라고. 듣기 싫으면 말만 해. 주저로 부르는 시 구절은 내 특별히 면제해 드리지."

"그래, 그래. 면제다, 면제. 공연히 남의 시간만 낭비하지마."

설반의 차례를 끝내고 이번에는 장옥함이 일어섰다.

| | |
|---|---|
| 여자의 슬픔, | 女兒悲, |
| 떠나간 낭군님 다시 오지 않을 때. | 丈夫一去不回歸. |
| 여자의 근심, | 女兒愁, |
| 계화 기름 살 돈이 없을 때. | 無錢去打桂花油. |
| 여자의 기쁨, | 女兒喜, |
| 등잔 불꽃 앞에 님과 함께 마주할 때. | 燈花並頭結雙蕊. |
| 여자의 즐거움, | 女兒樂, |
| 부부가 수창하며 화목하게 즐길 때. | 夫唱婦隨眞和合. |

이어서 노래를 했다.

타고난 듯 아리따운 그대 그 모습, 천상에서 내려온 선녀처럼 고와라.
청춘의 나이요 젊고 좋은 시절이라, 난새와 봉황 같은 배필이 틀림없네.

아, 밤하늘 은하수 저리도 높은데, 들어봐 둥둥둥 망루의 북 치는 소리.
은촛대 소등하고 원앙금침 들라네.

장옥함은 노래를 마치고 술잔을 들고는 웃으면서 한마디 했다.
"사실 시 구절을 읊는 데는 내가 평소 취약한데 다행히 어저께 본 대
련 하나가 기억이 났습니다. 마침 이 자리에 그 물건이 있어 그걸 외워
보이겠습니다."
그는 술잔을 훌쩍 비우고 목서〔木樨: 계화(桂花) 라고도 함〕꽃 한 송이를
집어 들더니 시구를 읊었다.

꽃향기가 몰려오니 한낮이 따뜻함을 알겠노라.[8]　　　花氣襲人知晝暖.

장옥함의 주령이 끝나고 다들 가만히 있는데 설반이 또 들고 일어나
며 이의를 제기했다.
"안 돼, 안 돼. 벌주야, 벌주. 이 자리에 결코 보배〔寶貝〕가 없거늘 어
찌하여 그대는 보배를 노래하느뇨?"
장옥함이 그 말이 무슨 뜻인지 몰라 어리둥절하면서 물었다.
"내가 언제 보배를 노래했다고 그러십니까?"
"그래도 여전히 모른 척하려구? 다시 한 번 읊어보시오."
설반이 우기는 통에 장옥함이 다시 한 번 그 구절을 읊으니 곧 따지고
들었다.
"거 봐. 습인이 보배가 아니고 그 무엇이란 말이오. 다들 못 믿으시
겠다면 자 한 번 물어보시지" 하면서 보옥을 가리켰다. 보옥은 무안하
여 머쓱해하면서 설반을 핀잔했다.

---

8 육유(陸游)의 시 〈촌거서희(村居書喜)〉에 나오는 구절로, 보옥이 습인의 이름을
　지어줄 때도 인용되었던 구절. 습인과 장옥함의 인연과 연관되어 있음.

"설반 형님, 얼마나 벌주를 드시고 싶으쇼?"

"그래, 내가 벌주를 받아야지. 암 받아야 하고말고!"

설반은 술잔을 들더니 단숨에 들이켰다. 풍자영과 장옥함이 무슨 까닭인지 몰라 어리둥절한 표정으로 있으니 운아가 그 까닭을 일러줬다. 장옥함이 그 말을 듣고 나자 곧 자리에서 일어나 사죄하였다. 다들 옆에서 괜찮다고 말렸다.

"모르고 한 일은 죄가 아닐세."

잠시 후 보옥이 자리에서 일어나 화장실에 갈 때 장옥함이 뒤를 따라나왔다. 두 사람은 복도의 처마 밑에 이르러 섰다. 장옥함이 다시 한 번 깊이 사과했다. 보옥이 그를 바라보니 부드럽고 다정스러워 마음속에 은근한 정을 느끼면서 그의 손을 덥석 잡고 물었다.

"한가하면 우리 집에 한 번 놀러 와줘요. 헌데, 한 가지 물어볼 게 있어요. 귀 희반戱班에 기관琪官이라 불리는 사람이 있다던데 그가 어디에 있는지 아시나요? 지금 세상에선 그 이름이 널리 알려졌지만 나는 아직 인연이 없어 만나보지 못했답니다."

"그게 바로 저의 예명藝名이옵니다."

보옥이 그 말에 너무 반가워 펄쩍펄쩍 뛰면서 기뻐하였다.

"정말 반갑네요, 너무 반가워요. 과연 그 이름이 헛되이 전해지지 않았구먼. 오늘 첫 만남인데 이를 어떡한다?"

보옥이 잠시 생각에 잠기더니 소매에서 부채를 꺼내 부채손잡이 끝의 장식옥을 떼어내 기관에게 건네줬다.

"보잘 것 없지만 오늘 만남의 징표로 성의를 표하는 것이니 받아주오."

기관이 받아들고 웃으면서 답례인사를 했다.

"아무런 공도 없이 과분한 녹을 받으니 어찌 감당하겠습니까마는 좋습니다. 저에게도 기이하고 소중한 물건이 하나 있습니다. 오늘 아침 처음 허리에 차고 나온 것인데 새것이나 진배없답니다. 저의 따스한 마음을 대신하여 드리는 것이옵니다."

장옥함은 겉옷을 걷어 올리고 허리에 찼던 붉은색 땀수건을 풀어서 보옥에게 건네주었다.

"그 수건은 천향국茜香國의 여왕이 진상한 공물인데 여름에 매고 있으면 살갗에서 향기가 솟아나고 땀이 나지 않는다고 합니다. 어제 북정왕 전하께서 하사하신 것이온데 오늘 처음 매고 나왔습니다. 다른 분 같으면 결코 내드리지 않았을 것이옵니다. 도련님께서도 매고 계신 수건을 풀어 주시면 제가 매도록 하겠습니다."

보옥은 너무 기쁜 나머지 얼른 받아들고 자신이 매고 있던 송화가루 같은 노란색 땀수건을 풀어 기관에게 건네주었다. 두 사람이 각각 허리띠를 다시 맸을 때 뒤에서 큰소리가 들려왔다.

"내가 두 사람을 잡았다."

설반이 뛰어나오며 두 사람을 잡아끌었다.

"술을 마시다가 그만두고 두 사람이 술자리를 빠져나와 도대체 무엇을 하는 건가? 어서 꺼내 내게 보여 봐, 도대체 무엇인가."

"아무것도 없어요."

두 사람이 그렇게 말했지만 설반이 그냥 넘어갈 리가 없었다. 결국 풍자영이 나와 그를 말려서야 다들 술자리로 되돌아와서 저녁까지 마시다가 헤어졌다.


보옥이 대관원으로 돌아와 옷을 벗고 차를 마시는데 습인이 보니 부채의 손잡이 장식옥이 떨어지고 없었다.

"이게 어디로 갔어요?"

"말 타고 가다가 떨어뜨렸어."

습인은 더 이상 말을 안 했다. 밤에 잠자리에 들 때 보니 보옥의 허리에 핏빛으로 검붉은 땀수건이 매어져 있었다. 습인은 아무래도 수상하게 생각이 되어 따져 물었다.

"좋은 허리띠가 생겼으니 내 것은 이제 돌려 주셔야죠."

그 말을 듣고 나서 보옥은 비로소 그것이 원래 습인의 것이었음이 생각났다. 남의 것을 다른 사람에게 주어서는 안 되는데 하고 후회하였지만 입으로는 말하지 않았다.

"이걸 줄게."

습인이 그 말을 듣고 짐작 가는 바가 있어 고개를 끄덕이며 탄식했다.

"또 그런 짓을 했단 말이에요? 그래도 내 물건을 가져가서 그런 지저분한 사람한테 주어서는 안 되는 줄을 몰랐나요? 정말 괴롭히는 것 같지만 내 맘속으로도 어찌해야 할지 모르겠어요."

습인은 몇 마디 더 잔소리를 하려고 했지만 그의 술기운이 오를까 걱정하여 그냥 조용히 잠들게 하였다.

다음날 아침 날이 밝아 습인이 눈을 뜨니 보옥이 빙글빙글 웃으면서 한마디 건넸다.

"밤새 도둑놈이 들어도 모르게 잘도 자더구먼. 자기의 바지허리를 한번 보시지그래."

습인이 고개를 숙여 내려다보니 어제 보옥의 허리에 매여 있던 검붉은 수건이 어느 사이 자기 허리에 매여 있었다. 보옥이 밤사이에 바꿔 놓았던 것이다. 습인은 얼른 풀어내면서 투덜댔다.

"난 이런 것 안 좋아해요. 어서 가져가시라고요."

습인이 그렇게 뻣뻣하게 나오자 보옥이 은근하게 달래면서 채근했다. 습인도 어쩔 수 없이 그냥 허리에 매고 있다가 잠시 후 보옥이 나가자 결국은 풀어서 빈 상자 속에 넣어두고 자신은 다른 것으로 바꿔 맸다.

보옥은 더 이상 따지지 않고 어젯밤에 무슨 일이 있었는가 물었다.

습인이 보고했다.

"희봉 아씨마님이 사람을 보내서 소홍을 데려갔어요. 그 아이는 도련 님이 돌아오시길 기다렸다가 인사하고 가려 했지만 그게 무슨 중요한 일인가 싶어 제가 그냥 보내고 말았어요."

"잘했어. 나도 알고 있는 일이니 굳이 날 기다릴 필요가 뭐 있어."

"또 어제 귀비마마께서 하태감夏太監을 시켜 120냥을 보내어 청허관淸 虛觀에서 초하루부터 초사흘까지 사흘 동안 집안의 평안을 기원하는 재 를 올리고 연극공연과 공물을 바치라고 하였어요. 가진 나리께서 여러 사람을 데리고 향을 피우고 참배하라는 분부시래요. 또 단오절 예물도 보내 오셨고요."

어린 시녀를 시켜 어제 하사받은 것을 가져오라고 일렀다. 궁중 부채 두 자루와 붉은 사향염주 두 벌, 봉황 깃털무늬 비단 두 필, 부용무늬 방석 한 장 등이었다. 보옥은 너무 기뻐하며 '다른 사람들 것도 모두 이런 것'인지를 물었다.

"노마님 몫으로는 향기 나는 여의如意⁹와 마노 베개가 더 있고, 마님 과 대감님, 이모님 것으로는 여의가 하나씩 더 있으며 도련님 것과 보 차 아가씨 것이 같아요. 대옥 아가씨와 둘째 아가씨, 셋째 아가씨, 넷 째 아가씨 것은 부채와 염주뿐이고 다른 사람 것은 없어요. 큰 아씨마 님과 둘째 아씨마님께는 각각 명주 두 필과 비단 두 필, 향낭 두 개, 작 은 덩어리로 만든 환약 두 개씩을 보내 왔고요."

"어, 그건 왜 그렇지? 대옥이한테 온 것이 어째 나하고 달라? 보차 누 나한테 온 게 같다고 하니 혹시 잘못된 거 아니야?"

"어제 가져올 때 모두 하나하나씩 분명하게 이름이 쓰여 있었는데 어

---

9 법회나 설법 때 법사가 손에 드는 물건. 본래는 등 따위를 긁는 도구였으나 중국 이나 우리나라에서는 일반적으로 법구(法具)의 하나로 사용되었음.

떻게 잘못될 수가 있겠어요? 도련님 것은 노마님 방에 있었는데 제가 가서 가져왔어요. 노마님이 말씀하시기를 내일 새벽에 궁중에 들어가 사은인사를 올리라고 하셨어요."

"물론 한 번 갔다 오긴 해야겠지."

잠시 후 자초紫綃를 불렀다.

"이걸 대옥 아가씨한테 가져가서 어제 얻은 것인데 갖고 싶은 거 있으면 맘대로 가지라고 말씀드려라."

자초가 곧바로 돌아와서 보고했다.

"대옥 아가씨께서도 어제 얻으셨다고 도련님이 그냥 갖고 계시래요."

보옥이 하는 수 없이 사람을 시켜 챙겨두라고 일렀다. 가모의 처소로 인사를 드리러 가는데 대옥이 마주보고 다가왔다. 보옥이 얼른 다가가서 웃으며 물었다.

"내가 선물을 보내 뭐든지 고르라고 했는데 왜 안 골랐어?"

대옥은 어저께 보옥이한테 화를 내던 일은 까맣게 잊어버리고 또 오늘 일에 몰두해있는 중이었다.

"나한테야 어디 그런 거 받을 만한 복이나 있나요. 보차 아가씨처럼 무슨 금인지 옥인지 하는 게 있어야지요. 우리야 그저 풀이나 나무 같은 인간일 뿐이지!"

보옥은 대옥이 또 '금옥金玉'의 두 글자를 꺼내는 말을 듣자 곧 마음이 아프고 거북하게 생각하며 진정으로 말했다.

"다른 사람이 금이니 옥이니 꺼내는 건 몰라도 내 마음속에 정말 그런 생각이 있다면 하늘이 죽이고 땅이 벌할 거야. 죽어서도 만세가 지나도록 인간으로 다시는 태어나지 못할 거라고."

대옥은 보옥이 독한 말을 하는 것을 듣고 그의 마음속에 이미 거북해하는 생각이 들었음을 알고 얼른 웃으면서 달랬다.

"정말 썰렁하군요. 누가 그런 쓸데없는 맹세나 하랬어요? 금이고 옥이고 나랑 무슨 상관이에요?"

"내 마음속 생각을 누이한테 제대로 말할 수가 없는 것이 괴로울 뿐이야. 앞으로 알게 되겠지. 할머니와 아버님, 어머님 이 세 사람을 제외하면 내 마음속의 네 번째 사람은 바로 누이야. 다섯 번째 사람이 있다고 하면 난 다시 맹세할 수 있어."

"맹세 같은 거 할 필요 없어요. 오빠 마음속에 그 '누이'라는 게 있다는 건 나도 잘 알아요. 하지만 다른 곳에 가서 '누나'만 보면 이 '누이'를 곧 잊어버리고 마는 게 탈이지요."

"그건 네가 너무 예민하게 생각하는 거야. 다신 안 그럴게."

"어제 오빠가 약 처방 거짓말하는 걸 곧이곧대로 편들어 주지 않은 건 보차 언니인데 왜 나한테 따졌던 거야? 그게 만일 나였다면 아마 오빠 나를 가만두지 않으려고 했겠지."

그때 마침 설보차가 저편에서 오고 있었다. 두 사람은 바로 갈라졌다. 보차는 두 사람의 모습을 분명히 보았지만 못 본 체 고개를 숙이고 지나가 왕부인 거처로 가서 잠시 앉았다가 다시 가모의 거처로 갔다. 그 사이에 보옥이 그곳에 와 있었다. 보차는 전부터 모친이 왕부인에게 '금쇄는 스님이 주신 것인데 앞으로 옥을 가진 사람과 맺어져 혼인한다'는 말을 들은 적이 있었다. 그래서 일부러라도 보옥을 멀리하고자 했다. 어제도 원춘의 하사품을 보니 오로지 자신만 보옥과 같은 것이기에 속으로 점점 거북해지기 시작하였다. 하지만 보옥은 지금 임대옥에게 마음이 꼭 잡혀 있으면서 오로지 대옥만 생각하고 있으며 이 일에 대해서는 별로 개의치 않고 있어 참으로 다행으로 생각하고 있었다. 이때 보옥이 갑자기 웃으며 보차에게 물었다.

"보차 누나, 붉은 사향염주 한 번 보여줄 수 있어?"

마침 그때 보차는 왼편 손목에 염주를 차고 있었으므로 보옥이 요구하는 대로 빼내어 보여주지 않을 수가 없었다. 보차는 피부가 기름지고

포동포동하게 살이 쪄 있어서 염주가 제대로 빠져나오지 않았다. 보옥은 곁에서 보차의 눈같이 하얗고 매끄러운 팔뚝을 바라보다가 문득 흠모의 마음이 불현듯 일면서 기묘한 생각이 들었다.

'이처럼 탐스러운 팔뚝이 대옥이의 몸에 붙어 있으면 한번 쓰다듬어보고 싶어질 텐데 하필이면 저 사람의 몸에 붙어 있을까?'

그런 탐스러운 팔뚝 한 번 만져볼 복도 없는 모양이라고 탄식하고 있을 때 돌연 '금옥'의 일이 생각났다. 문득 보차의 모습을 바라보니 은쟁반 같은 얼굴에 물먹은 살구 같은 눈빛, 연지를 바르지 않아도 붉은 입술, 먹으로 그리지 않아도 푸르른 눈썹이 대옥과는 또 다른 풍만한 아름다움과 풍류 넘치는 기품을 풍기고 있었다. 보옥은 자신도 모르게 넋을 놓고 바라보고 있었다. 보차가 염주를 빼내어 그에게 건네주었지만 그는 받을 생각도 않고 서 있었다.

보옥이 넋을 놓고 자신을 바라보자 보차는 너무 무안하여 염주를 내던지고 나가려고 하였다. 바로 그때 대옥이 문지방을 넘어 들어서고 있었다. 입에는 손수건을 물고 빙긋이 웃고 있는 것이었다. 보차가 물었다.

"대옥이는 바람을 질색하면서 어쩐 일로 그 바람 센 문간에 있는 거지?"

"원래 집안에 있었는데 하늘에서 부르는 소리가 들려 뭔가 보려고 나와 봤지요. 알고 보니 바보 기러기가 거기 있었지 뭐야."

"바보 기러기가 있었다고? 나도 한 번 봐야지."

"내가 나오자마자 푸드덕 하고 날아가고 말았지요."

대옥은 보차를 향해 그렇게 말하면서 손수건을 멍하니 서 있던 보옥의 얼굴에 휙 내던졌다. 보옥은 아무 방비 없이 서 있다가 손수건을 눈에 정통으로 맞고 "아얏" 하고 소리를 질렀다.

왜 그랬는지 궁금하면 다음 회를 보시라.

享福人福深還福
樓福
多情女情重愈斟情

# 복을 비는 사태군

복이 많은 사람은 받을수록 복을 빌고
정에 빠진 사람은 깊을수록 정 바라네
享福人福深還禱福 痴情女情重愈斟情

보옥은 자신도 모르게 넋을 놓고 보차의 모습을 바라보다가 뜻밖에 대옥이 던진 손수건에 정통으로 눈을 맞고 깜짝 놀라 펄쩍 뛰면서 누구냐고 소리쳤다. 대옥은 머리를 흔들어대면서 깔깔대고 웃었다.

"어머 죄송! 제가 그만 실수를 했네요. 보차 언니가 바보 기러기를 구경하신다기에 내가 모시고 나가서 구경시켜 드리려다 그만 손을 놓치고 말았군요."

보옥은 눈을 비비면서 무언가 말을 하려고 했지만 막상 아무 말도 나오지 않았다.

그때 희봉이 왔다. 초하룻날 청허관에서 재 올리는 일을 얘기하다가 그날 보차와 보옥, 대옥 등과 함께 연극구경 가자고 말하였다.

보차가 웃으며 거절했다.

"됐어요, 됐어. 이렇게 더워 죽겠는데 연극은 무슨 연극이야. 난 안 가겠어요."

"거기는 시원하대. 양편에 누각이 있는데 우리가 간다고 하면 사람을 보내 그쪽의 도사들을 다 내보내고 누각을 깨끗이 청소하여 쓸데없는 잡인들은 일체 도관에 들어오지 못하게 하면 되니까. 벌써 마님한테도 말씀드렸는걸. 다들 안 가도 난 갈 테야. 요즘에 답답하고 진력나서 죽겠어. 집에서 연극할 때는 편안하게 앉아서 볼 수도 없잖아."

가모가 곁에서 웃으면서 참견했다.

"그러하다면 나도 함께 가고 싶구나, 얘."

"할머님이 가신다면야 더 이상 좋을 수가 없죠. 하지만 저는 편안히 앉아 구경만 하고 있을 수는 없어요."

"내일 말이야, 나는 정면 누각에서 볼 테니까, 너희는 양옆의 누각에서 구경하렴. 너도 굳이 내 곁에 서서 시중들 필요가 없어. 어때 내 말이?"

"그야말로 할머님이 저를 특별히 배려해 주시는 것이네요."

희봉이 웃으면서 대꾸하자 가모는 이번엔 보차에게 말했다.

"너도 가서 보렴. 네 모친도 가신다는데 한낮에 집안에만 있으면 낮 잠밖에 더 자겠어?"

보차는 어쩔 도리 없이 그러겠다고 대답했다.

가모는 다시 사람을 보내 설부인을 청해오고 왕부인한테도 말하여 이들 자매들을 데리고 함께 가자고 하였다. 하지만 왕부인은 몸이 좋지 않은 데다 또 원춘이 사람을 보내올 것 같아 그곳에는 못 간다고 이미 말을 한 상태였다. 지금 가모의 전하는 말을 듣고는 웃으면서 말했다.

"할머니가 이렇게 즐거워하시다니."

곧 사람을 대관원에 보내 전하도록 했다.

"놀러 갈 사람은 초하룻날 모두 노마님을 따라갔다 오너라."

그 말이 전해지자 다른 사람은 몰라도 시녀들은 오랫동안 대문 밖으로 나가보지 못했던지라 뛸 듯이 기뻐하면서 모두들 가보려고 했다. 주인 아가씨들이 잘 안 가려고 해도 시녀들이 백방으로 구슬리며 설득하여 함께 가도록 했다. 이환 등도 가겠다고 하니 가모가 더욱 기쁜 마음으로 일찌감치 사람을 보내 청소를 하고 잘 마련토록 하였다. 이는 더 말할 필요도 없는 일이다.

그러다 곧 초하룻날이 되었다. 영국부의 대문 앞에는 수레가 즐비하게 늘어서 대기하고 있었고 인마로 붐볐다. 집안의 집사들은 귀비마마의 분부를 받들었다. 더욱이 재를 올리는 큰 행사에 노마님께서 몸소 나서서 분향하신다는 말을 들은 데다가 단오 명절을 앞둔 오월의 초하룻날이라, 보통 날과는 달리 써야 할 물건을 빠짐없이 갖추어 놓고 대기중이었다.

잠시 후 가모 등이 정문을 나왔다. 가모는 팔인교 큰 가마를 타고 이환과 왕희봉, 설부인은 각각 사인교에 올라탔다. 보차와 대옥은 함께 푸른 덮개가 있는 주렴 달린 팔보八寶 수레를 타고 영춘과 탐춘, 석춘 세 사람은 함께 붉은 바퀴의 화개華蓋수레를 탔다.

가모의 시녀인 원앙鴛鴦과 앵무鸚鵡, 호박琥珀, 진주珍珠 그리고 대옥의 시녀인 자견, 설안, 춘섬春纖, 보차의 시녀인 앵아鶯兒, 문행文杏, 영춘의 시녀인 사기와 수귤繡橘, 탐춘의 시녀인 대서와 취묵翠墨, 석춘의 시녀인 입화入畫와 채병彩屏, 설부인의 시녀인 동희同喜와 동귀同貴, 그 밖에 향릉과 그녀의 시녀 진아臻兒, 이환의 시녀 소운素雲과 벽월碧月, 왕희봉의 시녀 평아와 풍아와 소홍, 왕부인의 시녀지만 희봉을 따르겠다고 나선 금천과 채운, 이어서 유모가 대저아를 안고 교저아를 데리고[1] 다들 각기 수레에 올랐다.

---

1 앞에서와 마찬가지로 대저와 교저를 함께 나열한 원전을 그대로 따랐음. 이 둘은 동일인물이나 초기 창작과정의 흔적이 남아있는 부분임.

그리고 두 명의 시녀와 함께 각 방의 할멈들과 유모 및 나들이에 따라다니는 어멈들까지 모두 나서니 거리는 이들의 수레로 가득 찼다.

가모 등은 가마를 타고 이미 멀찌감치 앞서 가고 있었지만 대문 앞에서는 아직도 가마에 오르느라 야단법석이었다. 어떤 자는 "너하고는 같이 안 탈래" 하고 앙탈부리고, 어떤 자는 "우리 아씨마님의 보따리를 누르지 좀 마" 하고 소리를 질러댔다. 저쪽 수레에선 "내 꽃을 누가 밟았어" 하고, 이쪽 수레에선 "내 부채를 누가 부러뜨렸어" 하며 정신없이 와글와글 시끌벅적했다. 주서댁은 이리저리 오고가면서 소리를 질렀다.

"아가씨들, 제발 좀 조용히 해요. 여긴 대문 밖의 길거리란 말이에요. 남들이 흉보면 어쩌려고 그래요!"

한 두어 번 그렇게 소리치니 겨우 조금 진정이 되었다. 먼저 떠난 행렬의 앞머리 집사들은 벌써 청허관에 당도하여 대문 앞 양쪽에 정렬해서 있었다. 보옥은 말을 타고 가모의 가마 앞에 서서 갔다. 길거리 사람들은 길 양쪽에 늘어서서 구경하였다.

청허관에 이르자 종소리와 북소리가 울리는 가운데 법의를 걸친 장법관張法官[2]이 향을 들고 여러 도사들을 거느린 채 영접을 나왔다. 가모의 가마가 산문[山門: 불교사원의 바깥 대문] 안에 이르렀다. 가모는 진흙으로 만들어 세운 수문대장守門大將과 천리안千里眼, 순풍이順風耳, 토지신土地神, 성황신城隍神 등의 성상을 보고 가마를 멈추라고 명하였다. 가진이 자제들을 거느리고 달려와 영접하였다.

희봉은 원앙 등이 뒤에 따라오고 있어 가모를 부축할 수 없음을 알고 자신이 먼저 가마에서 내려 부축해 드리려고 하였다. 그때 마침 열두세 살쯤 된 어린 도사가 등불도구를 담는 전통剪筒을 들고 평소대로 곳곳에 놓인 촛불심지를 자르고 몸을 피하기 위해 돌아서다 희봉의 가슴팍

---

2 법관은 지위가 높은 도사에 대한 존칭.

에 정통으로 부딪치고 말았다. 희봉은 곧바로 손을 들어 꼬마 도사의 뺨을 후려치니 아이는 그 자리에서 자빠져 나뒹굴었다.

"이 들소새끼 같은 놈아, 어딜 함부로 달려들어?"

어린 도사는 촛불심지 자르는 가위를 주워 담을 생각도 못하고 일어나기 바쁘게 내빼려고 하였다. 마침 보차가 당도하여 가마에서 내리고 여러 할멈과 어멈들이 물 한 방울 안 새도록 단단히 에워싸고 뒤를 따르고 있었다. 그때 어린 도사가 굴러 들어오자 다 같이 소리를 지르며 아우성이었다.

"잡아라, 잡아, 잡아! 때려라, 때려, 때려!"

가모가 그 소리에 돌아보면서 물었다.

"무슨 일이냐?"

가진이 얼른 나와 물으니 희봉이 다가가 가모를 부축하며 아뢰었다.

"촛불심지 자르는 어린 도사 아이가 미처 숨지를 못하고 우물쭈물하다가 우리 일행 사이로 파고들었지 뭐예요."

"그럼 어서 데리고 오너라. 공연히 겁주지 말고. 없는 집 아이들이란 대개 막 자란 법이니 이렇게 으리으리한 대갓집 행차를 보았을 리가 있겠니. 그런 아이가 겁을 먹었으면 불쌍히 봐줘야지, 그애 부모가 얼마나 가슴 아파 하겠니?"

가진에게 명하여 가서 데려오라고 했다. 가진이 아이를 데려왔다. 아이는 아직도 한 손에 촛불가위를 들고서 땅에 무릎을 꿇고 바들바들 떨고 있었다. 가진에게 아이를 일으키라고 하고 겁내지 말라고 타이르고는 나이를 물었다. 하지만 아이는 겁에 질려 아무 말도 하지 못했다.

"에그, 불쌍한 것."

가모는 혀를 끌끌 차더니 가진에게 다시 명했다.

"저 아이를 데려다가 돈을 좀 쥐어 주어 과자나 사먹도록 하게나. 공연히 아이를 못살게 굴지 말고."

가진이 아이를 데려간 뒤에 가모는 일동을 이끌고 청허관의 이곳저곳을 참배하면서 구경하였다.

가진은 계단 위에 서서 집사를 찾았다. 곧 임지효가 옷과 모자를 바로 단장하고 달려와 가진 앞에 대령하였다.

"이곳 경내가 넓다고는 하나 오늘같이 사람이 많이 올 줄은 생각지도 못했을 걸세. 자네가 부리는 사람은 자네가 거처하는 집으로 가 있게 하고 시킬 일이 없는 사람은 저쪽 집에 모여 있게 하게나. 시동들 몇을 골라 이층 문과 쪽문을 지키게 하여 필요한 일이 있을 때 즉각 전하도록 하고 오늘은 아가씨와 마님들이 모두 오셨으니 쓸데없는 외인은 일체 들어오지 못하도록 하여야 하네."

임지효는 말끝마다 "알겠습니다", "네, 네" 하고 연거푸 대답했다. 가진은 그럼 가보라고 하다가 물었다.

"어째 가용이는 안 보이는 거지?"

그 말이 끝나기도 전에 가용이 종루 안에서 뛰어나오는 것이 보였다.

"저 애 좀 봐라. 난 미처 더워할 겨를도 없을 만큼 정신없이 바쁜데 저놈이 먼저 시원한 곳에 바람이나 쐬러 올라가 있었구나!"

하인을 시켜 가용에게 침을 뱉으라고 했다. 하인은 평소 가진의 성품을 잘 아는지라 그 명을 어기지 못하고 곧 달려가 가용의 얼굴에 침을 뱉었다. 가진이 또 소리쳤다.

"그놈을 심문하여라."

"나리는 아직 더워할 겨를도 없는데 도련님이 어찌하여 먼저 바람 쐬러 올라갔어요?"

가용은 두 손을 늘어뜨리고 감히 한마디도 대꾸를 못하였다. 가운과 가평, 가근 등도 그 광경을 보고 겁을 집어먹고 얼어붙었다. 가황과 가편, 가경 등도 놀라서 슬금슬금 한 사람씩 담 밑으로 내려갔다. 가진이 가용에게 다시 호통을 쳤다.

"그냥 거기 서 있기만 할 작정이냐. 어서 말을 타고 집에 돌아가 네 모친에게 일러 노마님과 아가씨들이 모두 이곳으로 왔으니 집에서도 식구들을 다 데려와서 시중들라고 전하여라."

가용은 얼른 밖으로 달려 나와 말을 대령하라고 하면서 연신 투덜댔다.

"애초부터 무얼 어찌해야 할지 모르시다가 이번에 공연히 날 잡고 생트집을 잡으시네."

불평을 내뱉다가 죄 없는 하인에게 욕을 해댔다.

"넌 이놈아 손을 잡아 묶었느냐. 빨리 말을 대령하지 않고 뭐 해."

하인을 집으로 보낼까 하는 생각도 했지만 나중에 탄로가 날까 두려워 할 수 없이 직접 말을 타고 집으로 갔다.

한편 가진이 안으로 들어가려 할 때 장도사張道士가 곁에 다가서며 웃음을 머금고 말을 걸었다.

"사실 저의 신분이 남들과 달라 마땅히 안으로 가서 모셔야 하는데 날씨도 덥고 규중 아가씨들이 모두 나오셨으니 저로서는 감히 들어가기가 어렵군요. 나리께서 지침을 내려주시기 바랍니다. 노마님께서 혹시 묻기라도 하시면 바로 수행하여야 하기에 이곳에서 대령하는 중이옵니다."

가진은 장도사가 비록 예전에 영국부의 영국공을 대신하여 출가한 도사였으나, 일찍이 선제先帝폐하께서도 친히 '대환선인大幻仙人'이라 불러주셨고 지금도 '도록사道錄司'의 인印을 관장하는 장관으로 있으며 금상今上폐하께서도 '종료진인終了眞人'으로 봉하셨으므로, 지금 왕공王公과 귀족들이 모두 그를 '신선神仙'으로 부르고 있으니 함부로 대할 수 있는 인물이 아니라는 것을 잘 알고 있었다. 더구나 장도사는 평소에도 녕국부와 영국부에 빈번하게 출입하면서 부인들이나 소저들과도 자주 만났던 인물이라 지금 그처럼 격식을 차려 말을 하니 오히려 생경한 느낌이었다. 가진은 농담으로 그를 편하게 대해 주었다.

"다 같은 식구끼리 무슨 그런 말을 하시는 게요? 한 번 더 그렇게 말하면 내 그 수염을 몽땅 뽑아버리고 말겠소이다. 잔말 마시고 어서 따라 들어오기나 하세요."

장도사도 그 말에 그만 껄껄 웃으며 가진을 따라 안으로 들어갔다. 가진은 가모의 앞에 이르러 몸을 반쯤 굽혀 웃음을 머금고 말씀을 아뢰었다.

"여기 장도사님이 오셔서 인사를 드린답니다."

"어서 모시고 오게나."

가진이 그를 부축하여 안으로 데려왔다. 장도사는 먼저 사람 좋은 웃음을 터뜨리며 인사를 올렸다.

"무량수無量壽 부처님! 노조종老祖宗께옵서 그간 수복강녕壽福康寧하셨습니까? 여러 마님들과 아가씨들께서도 복 많이 받으시옵소서. 한동안 귀부를 찾아뵙고 안부 여쭙지 못하였는데 노마님의 혈색이 점점 더 좋아지시는 것 같군요."

"노신선老神仙께서도 안녕하신가요?"

"네, 노마님의 만복만수萬福萬壽 덕분에 빈도貧道도 강건하게 잘 지내옵니다. 다른 일은 차치하고 그저 도련님 걱정만 하고 있습니다. 그동안 평안하시지요? 지난번 사월 스무엿새 날 이곳에서 차천대왕遮天大王의 탄신일 잔치가 있었는데 오신 분도 많지 않았고 물건도 깔끔하여 도련님이 한 번 다녀가시도록 청하였는데 마침 댁에 안 계셨더군요."

"그래? 그때 집에 없었더냐?"

가모가 보옥을 불렀다. 보옥은 마침 화장실에 갔다가 막 돌아오면서 장도사에게 인사하는 중이었다.

"장도사 할아버님, 안녕하세요."

장도사는 보옥을 끌어당겨 품에 안으면서 가모를 향해 웃었다.

"아이고, 도련님이 점점 튼실해지고 있구먼요."

"그애는 말이야, 겉으론 멀쩡해 보여도 속으로는 아직 약하다우. 애 아범이 어쩌나 공부하라고 닦달하는지 애가 병이 날 지경이라니까."

"지난번 여러 곳에서 도련님이 쓰신 글씨와 지은 시를 보았는데 참말로 좋더군요. 대감님께서 도련님이 공부하기 싫어한다고 하신다는 게 이상한 일이군요. 제가 보니 그만하면 되었던데요."

곧이어 길게 탄식하고 눈물을 주르륵 흘리며 말을 이었다.

"저는요, 매번 도련님의 모습을 볼 때마다 생각하는 거지만, 어쩌면 그렇게 언변이며 행동거지가 예전의 영국공 어르신을 그대로 쏙 빼닮았는지 정말…."

가모도 그 말에 불현듯 눈물을 흘리며 목 메인 소리를 한다.

"그러게 말이오. 내 아들 손자 여럿을 길렀어도 제 할아버지 닮은 아이는 없었는데 저 보옥이만큼은 제 할아버지를 쏙 빼닮았어요."

장도사는 또 가진에게 말했다.

"예전에 국공 어르신의 모습을 나리 세대는 말할 것도 없고 아마도 큰 대감님이나 작은 대감님도 기억이 분명치는 않을 것입니다."

그리곤 껄껄 웃고는 다시 말을 이었다.

"지난번 어느 댁에서 한 아가씨를 보았는데 열다섯 살이라고 하더이다. 생김새도 아주 괜찮았지요. 내 생각에는 도련님도 이제는 혼사를 말할 때가 되지 않았나 싶습니다. 이 아가씨로 말할 것 같으면 총명하고 슬기로우며 집안도 튼튼하고 괜찮아서 서로 좋은 배필이 될 만하더이다. 노마님께서 어찌 생각하시는지 몰라 감히 제 마음대로 말을 건넬 수도 없었답니다. 노마님께서 말씀해 주시면 그 댁에 말을 건네 보도록 하겠습니다."

그 말에 가모가 받아 넘겼다.

"어느 스님 말씀이 이 아이는 너무 일찍 혼인을 시키면 안 될 명이라고 하였습니다. 좀더 크거든 말씀을 드리지요. 앞으로도 잘 알아보시고 그저 집안 살림은 상관 말고 사람이 좋은가, 짝이 될 만한가 봐서 괜찮다 싶으면 나에게 말씀하시오. 설사 집안이 좀 가난해도 돈 몇 푼 주면 되는 일인데 사람 잘나고 성격 좋은 거야 어디 얻기가 쉬운가요."

그때 희봉이 나서서 웃으면서 말했다.

"장도사님, 우리 딸아이의 기명부寄名符는 안 바꿔 주실 거예요? 지난번 도사님이 특별히 사람을 보내 저한테서 고운 노란 비단을 얻어 가셨잖아요. 참 비위도 좋으셔요. 그때 안 드릴까도 생각했지만 도사님이 너무 섭섭해하실까 봐 큰 맘 먹고 보내드렸죠. 호호호."

장도사는 껄껄 웃으며 대답했다.

"아이고, 나 좀 봐요. 내 눈이 노안이 되어서 이젠 눈앞에 아씨마님이 계신 걸 몰라 뵈었군요. 고맙다는 인사를 진작 올렸어야 했는데 못했습니다. 기명부는 벌써 다 만들어 놓았지요. 바로 며칠 전에 보내드리려고 했는데 귀비마마께서 좋은 일을 생각하시는 바람에 그만 깜빡 잊었지 뭡니까. 아직 불전에 있으니 지금 바로 가져오도록 하지요."

말을 마치고 곧장 대전大殿으로 달려가 잠시 후 찻잔받침 쟁반에 담아서 가져왔다. 검붉은 망사무늬 비단의 경전 싸는 보자기 위에 기명부가 올려져 있었다. 대저의 유모가 기명부를 받았다. 장도사가 대저를 안으려고 하는데 희봉이 웃으면서 먼저 말했다.

"그냥 손으로 꺼내 보세요. 쟁반에 바쳐올 건 뭐 있어요?"

"손은 더러운데 어떻게 그냥 가져올 수가 있겠습니까. 쟁반에 받쳐야 깨끗하지요."

"도사님이 쟁반을 가져오시기에 저는 깜짝 놀랐잖아요. 도사님이 기명부를 가져오신다고 하시고선 저희한테 시주부터 받으려고 하시는 줄 알았거든요."

사람들이 희봉의 말에 와하하 웃었다. 가진조차도 참지 못하고 웃음을 터뜨렸다.

가모가 손가락으로 가리키며 말했다.

"아이구, 저 원숭이마냥 뺀질거리는 거 좀 봐. 너는 나중에 혓바닥 도려내는 지옥에 떨어질 것이 겁나지도 않으냐?"

"그런 곳은 우리하곤 상관없어요. 안 그러면 왜 도사님이 늘 우리한테 음덕을 쌓아야 된다고 입이 닳도록 말씀하셨겠어요. 그렇잖으면 명이 짧아 일찍 죽게 된다고요."

장도사도 웃으면서 대답했다.

"제가 쟁반에 받쳐서 나온 건 또 다른 용도가 있답니다. 결코 시주 때문이 아니고 도련님 갖고 계신 통령옥을 받아다가 이곳에 담아 원로에 오신 도우道友들과 제자들에게 구경 한 번 시켜줄까 생각해서지요."

"기왕 그런 생각이라면 굳이 노인네가 힘들게 왔다 갔다 할 일이 뭐가 있겠어요. 보옥이를 직접 데려가서 보여드리면 되는걸. 지금 바로 보옥을 불러오면 일이 쉽지 않아요?"

가모의 말에 장도사는 그렇지 않다고 극구 사양했다.

"노마님께서 모르시는 게 있사옵니다. 저는 겉으로 여든 살이 넘은 노인이지만 노마님 덕분에 아직도 제법 건강하니 그건 염려하실 일이 없고요. 또 밖에는 사람이 많아 기운과 냄새가 탁하고 고약하여 이처럼 뜨거운 여름날 도련님이 견디기 힘드실 테니 만에 하나라도 나쁜 기운에 쐬게 되면 그야말로 큰일이 아니겠습니까?"

가모는 그 말에 수긍하고 곧 보옥의 목에 걸린 통령옥을 벗겨내어 쟁반에 올려놓았다. 장도사는 정성스럽게 조심조심 망사무늬 비단으로 통령옥을 싸서 두 손으로 받들어 갖고 나갔다.

가모는 일행들과 각처를 돌며 둘러보고 나서 누각으로 오르려 했다.

그때 가진이 아뢰었다.

"장도사님이 통령옥을 가지고 돌아왔습니다."

곧이어 장도사가 쟁반을 받쳐 들고 앞으로 다가와 웃으면서 말했다.

"여러 사람들이 저의 덕분으로 도련님의 통령옥을 보고 정말로 희한한 일이라고 다들 입을 모았습니다. 하지만 갑자기 경하드릴 만한 물건을 갖고 있지 못하여 제각각 갖고 있던 전도하는 법기〔法器: 도사들이 경을 읽을 때 사용하는 기구〕를 내놓아 답례로 올리고자 하오니, 도련님께는 그다지 진기한 물건이 되지 못하는 것들이지만 그저 작은 정성으로 아시고 장난감 삼아 갖고 노시든지 상으로 하사하시든지 하시기 바랍니다."

가모가 쟁반 안을 들여다보니 금황金璜과 옥결玉玦〔옥으로 만든 고리 모양의 장식품〕등이 들어 있고, 사사여의事事如意와 세세평안歲歲平安과 같은 패물도 있었다. 금과 옥으로 깎고 다듬어서 만든 각종 패물 등이 무려 사오십 가지나 들어 있었다.

"도사님도 너무하셨군요. 그 양반들이 다들 출가한 분들인데 어디서 이런 것들이 났겠어요? 아무래도 받을 수 없습니다."

"이것들은 저들의 작은 정성일 따름입니다. 저도 말릴 수가 없사옵니다. 노마님께서 이를 받아주시지 않는다면 저들 보잘 것 없는 도사들은 귀족 가문의 출신과 같지 않다고 업신여기시는 꼴이 되지 않겠사옵니까?"

가모도 하는 수 없이 그것을 받아 두도록 하였다. 보옥이 옆에 있다가 웃으며 끼어들었다.

---

3 황(璜)을 본떠서 만든 금장식. 황은 옥으로 만든 반쪽 벽(璧) 형상의 장식품으로, 벽이란 편평한 원형의 옥기로서 가운데 동그란 구멍이 있음.

4 모든 일이 마음먹은 대로 되라는 의미를 담아 금이나 옥으로 만든 허리에 차는 장식품.

5 늘 평안하라는 의미를 담아 금이나 옥으로 만든 허리에 차는 장식품.

"할머님, 장도사님이 굳이 그렇게 말씀하시니 더 이상 거절하실 수도 없고 저도 그것들이 소용없는 것이라 차라리 가난한 사람들에게 나눠 주는 것이 어떨까요?"

"그 말도 일리가 있구나."

가모는 그렇게 말했지만 장도사가 얼른 나서서 보옥의 말을 막았다.

"도련님, 선행하시는 건 좋은 일이지만, 이 물건들이 비록 진기한 것들은 아니라 해도 소중한 기물임은 분명합니다. 이것을 그저 거지들한테 나눠준다면 그들한테도 별로 도움이 안 되고 이 소중한 물건들을 너무 함부로 다루는 격이 됩니다. 가난한 사람들에게 희사하려면 돈푼이나 나눠주는 것이 낫지 않겠습니까?"

보옥이 하는 수 없이 그것을 받아두도록 하면서 저녁에 따로 돈으로 나누어주라고 말했다. 장도사는 그제야 물러갔다.


가모는 일행들과 더불어 정면의 누각 위로 올라가 자리를 잡아 앉았다. 희봉 등은 동편 누각에 자리 잡고 수많은 시녀들은 서쪽 누각으로 올라가고 순번을 돌아가며 다른 쪽 사람의 시중을 들었다. 이윽고 가진이 올라와서 보고했다.

"신전에서 연극 제목을 뽑아 보았는데요. 첫 번째가 《백사기白蛇記》로 나왔습니다."

"《백사기》는 어떤 이야기인데?"

"한나라 고조高祖가 백사를 베고 군사를 일으켰다는 이야기입니다. 둘째는 《만상홀滿床笏》[6]이옵니다."

"그게 두 번째로 나왔다고? 하는 수가 없지. 신불께서 그래야 하신다

---

6 청대의 전기로 당나라 곽자의(郭子儀)가 일곱 아들과 여덟의 사위에 둘러싸여 부귀영화와 장수를 누렸다는 이야기.

면 그럴 수밖에.”

가모는 이어서 셋째를 물었다. 가진이 대답했다.

“세 번째 연극은 《남가몽南柯夢》[7]입니다.”

가모는 아무 말도 하지 않았다. 가진은 물러 나와 밖으로 나가 신전에 올리는 신표[申表: 신에게 올리는 상주문]를 바치고 종이로 만든 엽전 주머니를 향 삼아 불사르고 연극을 시작하도록 했다.

보옥은 누각 위에 올라가 가모의 옆에 앉았다가 불현듯 생각이 나 어린 시녀에게 방금 장도사에게서 받은 하례품을 가져오라고 하였다. 그리고는 자기의 통령옥 목걸이에 걸어 손으로 이리저리 돌려보며 하나하나 골라 가모에게 보여주었다. 가모는 그 중에 비취색 깃털을 박아 만든 순금 기린麒麟이 있는 걸 보고 손을 뻗어 집어 들었다.

“이건 어디선가 본 듯한 것이구나. 누구네 집 아인가 똑같은 걸 가지고 있었던데.”

보차가 가모의 말에 얼른 대답했다.

“상운이가 하나 가지고 있어요. 이것보다는 좀 작지만.”

“응, 그래? 운아가 이런 걸 갖고 있단 말이지.”

가모의 말에 이어서 보옥이 끼어들었다.

“그래요? 그렇게 우리 집에 와서 함께 지냈어도 난 보지를 못했는데.”

“보차 언니는 세심하여 무엇이든 저렇게 잘 기억하고 있다고요.”

탐춘의 말에 대옥이 샐쭉하여 코웃음을 쳤다.

“글쎄요, 보차 언니는 다른 것에 대해선 잘 모르겠지만 사람 몸에 지니고 다니는 패물에 대해서만은 아주 세심하게 관심을 쏟죠.”

---

7 명대 탕현조(湯顯祖)의 전기로 순우분(淳于芬)이 꿈속에서 태수(太守)가 되어 명성을 날리다가 마침내 쫓겨나게 되는 이야기. 《홍루몽》의 작가는 《백사기》, 《만상홀》, 《남가몽》을 통해 가씨 집안의 흥망성쇠를 암시하고 있음.

그 말을 들은 보차는 얼른 고개를 돌려 못들은 척하고 말았다. 보옥은 사상운에게도 그런 물건이 있다는 말을 듣고 금기린을 얼른 집어 품안에 넣어 감추려고 하였다. 그러나 한편 상운에게도 있다는 말을 듣자마자 얼른 품에 감추는 것을 남들이 볼까 저어하여 차마 품속에는 못 집어넣고 손안에 가만히 쥐고서 눈을 돌려 남들의 눈치를 살폈다.

다른 사람은 아무도 신경 쓰지 않았지만 하필이면 대옥이 그를 빤히 쳐다보면서 고개를 끄덕이며 한숨을 내쉬는 것 같았다. 보옥은 그 순간을 들키자 너무나 무안하여 얼굴이 화끈거렸다. 다시 손에 들었던 금기린을 대옥에게 내밀며 멋쩍게 웃었다.

"이거 정말 재미있게 생겼지 않아? 내가 간직하다가 집에 가면 줄을 달아서 몸에 달고 다니도록 해줄게."

"난 그런 거 별로야."

"그래? 싫다면 내가 가지는 수밖에."

보옥은 다시 금기린을 품속에 넣으며 무언가 말을 하려는데 마침 가진의 부인과 가용의 처가 나란히 들어왔다. 인사를 올리니 가모가 가볍게 나무랐다.

"자네들은 뭐 하러 왔는가. 나는 그저 아무 할 일이 없어 바람 좀 쐬러 나온 것뿐인데."

그 말이 미처 끝나기도 전에 밖으로부터 전갈이 들어왔다.

"풍장군馮將軍 댁에서 사람을 보내왔습니다."

풍자영 집에서는 가부賈府가 오늘 도관에서 재를 올린다는 말을 전해 듣고 서둘러 돼지와 양을 잡고 향초와 차, 돈 등을 준비하여 예물로 보내온 것이었다. 희봉이 소식을 듣고 얼른 중앙 누각으로 달려와 손뼉을 치며 웃는 얼굴로 떠들었다.

"아이고머니나, 난 정말 이렇게까지 될 줄은 몰랐네요. 그저 마님들과 아가씨들이 한가롭게 바람 한 번 쐬자고 한 것인데 남들은 우리가 뭐 대단한 재라도 올리는 걸로 알고 예물을 다 보내오고 그러네요. 이건 순전히 노마님께서 자초한 일이랍니다. 그러면 만부득이 답례품도 준비해야 할 것 아니겠어요?"

풍씨댁의 집사어멈이 아직 돌아가기도 전에 이번에는 조시랑趙侍郞 댁에서 보낸 예물이 도착하였다. 그 뒤로 줄줄이 예물이 이어졌다. 다들 가부에서 재를 올리는데 노마님을 비롯하여 여자들이 모두 도관에 행차하였다는 말을 전해 듣고 멀고 가까운 친지들이나 오랜 세교世交가 있는 세가世家에서 예물을 보내온 것이다. 가모는 비로소 후회하기 시작하였다.

"그렇다고 우리가 무슨 정식으로 대단한 재를 올리는 것도 아니고 그저 한가하게 바람이나 쐬려고 나온 것인데 뜻밖에도 이런 예물을 보내올 것은 생각도 못했구나. 공연히 사람들만 귀찮게 만들었네그래."

그리곤 연극구경을 마치고 오후가 되자 곧 돌아왔다. 다음 날에는 꿈쩍하기가 싫어 더 이상 안 가려고 했다. 희봉이 가모를 달랬다.

"담장 하나를 쌓아도 토지신한테 제사를 지내야 하는 건 매일반이라고 소문이 다 났는데 오늘은 맘 놓고 가서 즐겁게 놀다 오시지 그러세요?"

하지만 가모는 여러 가지 이유에서 오늘은 가고 싶지 않았다. 장도사가 보옥의 혼삿말을 꺼낸 이후에 보옥이 하루 종일 불편한 심사를 감추지 않았기 때문이었다. 또 보옥은 집에 돌아와서는 화까지 내며 장도사가 도대체 뭐길래 남의 혼삿말을 꺼내느냐며 성질을 부리면서 다시는 장도사를 만나지 않겠다고 말끝마다 투덜거렸다. 게다가 대옥이 집으로 돌아와 더위를 먹어 자리에 누웠다는 점도 마음에 걸렸다. 그 두 가지 이유로 가모는 절대 안 간다고 마음을 굳혔다. 희봉은 어쩔 도리 없어 자기만 몇 사람을 데리고 가서 놀다가 돌아왔다. 그 얘기는 그만 하겠다.

한편 보옥은 대옥이 병이 나자 마음이 놓이지 않아 밥도 제대로 먹지 않고 수시로 건너와서 문안을 했다. 대옥은 보옥이 또 어떻게 될까봐 한마디 했다.

"오빠, 오늘 연극구경이나 가지 집에 남아서 뭐하려고 그래요?"

보옥은 어제 장도사가 중매의 말을 꺼내서 마음이 불편한 상태인데 지금 대옥이 그런 말을 하는 걸 들으니 속으로 정말 섭섭한 마음이 들었다.

'남들이야 내 마음을 몰라준다 해도 그만이지만 어떻게 대옥 누이마저 내 마음을 모르고 이토록 나를 조롱하고 있을까.'

그래서 마음은 어제보다 백배나 더 괴로워졌다. 다른 사람 앞이었다면 결코 마음속에 불같은 화를 내지도 않았을 것이지만 대옥이 그런 말을 하니 전날 남들이 그런 말 하는 것과는 비할 수도 없을 만큼 다르게 느껴졌다. 절로 안색이 변하고 고개를 떨구면서 소리를 질렀다.

"그래, 정말로 너를 잘못 알았나 봐. 그만둬, 다 끝내자구!"

대옥은 그 말에 코웃음을 치면서 맞받아쳤다.

"물론 오빠가 나를 잘못 알았다는 걸 나도 잘 알지요. 그 누구처럼 뭐가 있어 짝이 맞는 상대가 되겠어요?"

보옥이 고개를 번쩍 들고 대옥의 얼굴 앞에 들이대더니 소리쳤다.

"너 그 말 내가 천벌을 받아 죽으라고 저주하는 소리가 분명하지?"

대옥은 순간적으로 그 말을 어떻게 해석해야 할지 몰라 어리둥절하여 잠시 머뭇거렸다.

"어저께는 그 때문에 몇 번이나 맹세까지 했는데 오늘 결국 나한테 또 맹세를 하라고 하는구나. 그래 내가 천벌을 받아 죽는다면 너한테는 무슨 좋을 일이 있겠어?"

그러자 비로소 대옥은 엊그제 말이 생각나 오늘 자신이 말을 잘못했음을 깨달았다. 속으로 당황하면서 또 부끄러움에 파르르 떨면서 말했다.

"내가 정말로 오빠를 저주하였다면 나야말로 천벌을 받을 거야. 내가 왜 그러겠어? 나도 잘 알아, 장도사가 어제 혼인 말을 꺼냈을 때 오빠는 그 좋은 인연이 막힐까 봐 조마조마하여 속으로 화를 냈던 거 아냐? 그리고 나한테 와서 지금 성질만 부리고 있는 거잖아."

보옥은 원래 어려서부터 남에게 마음을 푹 쏟아 붓는 병적인 성품을 갖고 있었는데 대옥과는 어린 시절을 함께 귓불을 비비고 얼굴을 만지며 격의 없이 자란 사이였으므로 자연히 마음을 서로 주고받는 사이가 되었다. 이제 보옥은 약간이나마 세상사에 눈을 뜨고 또 보아서는 안 되는 비밀스런 책이나 전기 등을 읽은 바 있으므로 멀고 가까운 친지나 인척집안의 여러 규수들을 다 올려놓고 비교해 보아도 모두가 임대옥에 미치는 사람이 없음을 알고 일찌감치 마음을 정했다. 단지 말로 드러내지만 않고 있었을 따름이었다. 그래서 매번 기쁠 때나 노할 때나 온갖 방도를 써서 은연중에 떠보려고 하였던 것이다.

대옥도 하필이면 그 성품이 보옥과 다를 바 없어 매번 본마음을 감추고 거짓된 표정으로 은근히 떠보려고만 하였다. 상대가 진정한 생각과 마음을 감추려고만 들고 거짓으로만 드러내려고 하니 이쪽에서도 자연히 참된 속마음을 감추게 마련이며 거짓 생각으로 대하게만 되었다. 이처럼 서로가 거짓으로만 드러내다 보면 결국은 상대의 참된 마음을 읽게 되기는 하지만 그 사이에 자질구레한 말다툼이 수없이 생기지 않을 수가 없는 것이다.

그러한 순간에 보옥이 속으로 생각하는 마음은 이러하였다.

'다른 사람들이 내 마음을 몰라주는 것은 그렇다 치더라도 설마 대옥이 너마저 너를 참으로 생각하는 내 마음을 몰라줄 수 있단 말이냐. 네가 어떻게 나 때문에 괴로워하기는커녕 오히려 나를 궁지로 몰아넣고 말로써 희롱할 수가 있단 말이냐. 그동안 내가 너를 한시라도 잊지 않고 있던 것이 다 헛된 일이었구나. 그게 다 대옥이 네 마음속에 전혀 나를 생각지 않고 있었단 말이 아니더냐.'

마음속의 이러한 생각을 다만 입으로 드러내지 않을 뿐이었다.

한편 대옥의 마음속에서도 이렇게 생각하고 있었다.

'그래, 오빠의 마음속에는 내가 없는 게 분명해. 비록 금과 옥이 짝이 된다는 말이 있다고 해도 오빠가 어떻게 그런 황당한 말을 믿고 나를 업신여길 수가 있단 말이야. 내가 설사 금옥이니 뭐니 얘기를 꺼내더라도 오빠는 그저 아무렇지도 않은 듯이 들은 척 만 척하면 그게 바로 나를 중히 여기는 것인데 오빠는 전혀 그럴 생각이 없는 것이 분명해. 내가 그저 금옥의 일을 단 한차례 꺼내기만 해도 오빠는 왜 그렇게 화내며 흥분하는 거지. 그게 다 오빠의 마음속에는 언제나 금과 옥을 생각하고 있다는 것이 아니고 뭐야. 내가 그 말만 꺼내면 오빠는 내가 너무 예민하다고 걱정하면서 일부러 흥분하고 나를 달래려고 한단 말이야.'

이렇게 살펴보면 사실 두 사람의 속마음은 똑같은 것이었다. 단지 쓸데없이 한 가닥 더 빗나가는 바람에 오히려 두 개의 다른 마음처럼 되어 버린 것이다.

그 순간 보옥은 또 이렇게 생각을 했다.

'난 어떻게 되어도 상관없어. 그저 네 마음에 들기만 하다면 내가 바로 이 순간 너 때문에 죽는다 해도 얼마든지 원하는 일이야. 그걸 알아주든 몰라주든 그만이야. 그저 내 마음에 따른 것이니까. 그렇게만 되면 네가 나와 멀지 않고 가깝다는 것을 알게 될 거야.'

이 순간 대옥은 또 이렇게 생각을 했다.

'오빠는 그저 오빠 일이나 신경 쓰면 그만이야. 오빠가 좋아지면 나도 자연 좋아질 거니까. 그런데 왜 굳이 나 때문에 스스로도 돌보지 않는 거야. 오빠가 스스로 돌보지 않으면 나도 나를 돌보지 못한다는 걸 왜 모르는 걸까. 그것만 보아도 오빠는 나를 가깝게 오지 못하게 하고 일부러 멀리 있게 하려는 것이 틀림없는 거라고.'

이렇게 살펴보면 두 사람은 다 같이 내심 서로 가까이 하려는 마음이 있음에도 불구하고 오히려 서로 소원한 상태를 만들고 말았다. 이러한 말은 모두 그 두 사람이 평소 깊숙이 담아놓고 있는 속마음일 뿐이라 일일이 다 살펴서 서술하기는 어려운 일이다. 지금은 그저 그들의 겉에 나타난 모습만을 그려갈 뿐이다.

보옥은 대옥의 입에서 '좋은 인연'이라고 말한 것을 듣고는 자신의 뜻과 거스르는 것이라 속이 뒤집히고 입이 마르며 기가 막혀 아무 말도 할 수가 없었다. 끓어오르는 화를 참을 길이 없자 목에 걸고 있던 통령보옥을 잡아 떼어내 있는 힘껏 땅바닥에 내동댕이치면서 소리쳤다.

"이따위가 도대체 무슨 개뼈다귀야. 내가 박살내고 말 테야!"

하지만 그 옥이 얼마나 단단한지 한 번 내려쳤는데도 흠조차 생기지 않았다. 보옥은 내동댕이쳐도 부서지지 않자 이번에는 뭔가로 내려쳐 박살내려고 물건을 찾았다. 대옥은 이런 모습을 보고 벌써 온 얼굴이 눈물바다가 되어 있었다.

"공연히 그게 무슨 짓이야. 말 못하는 물건은 왜 박살내려고 그래? 깨부술 게 있으면 차라리 나를 죽이라고요!"

두 사람이 이렇게 난리를 치는 동안 자견과 설안이 달려와 좋은 말로 달래며 말렸다. 그러다 보옥이 통령보옥을 박살내려고 하는 걸 보고 급히 달려들어 빼앗으려고 했지만, 빼앗지 못하고 오히려 더 심하게 다투는 지경에 이르자 안 되겠다 싶어서 부랴부랴 습인에게 연락했다. 습인이 달려와 마침내 옥을 빼앗아 간수했다.

보옥이 싸늘하게 굳은 얼굴로 대들었다.

"내가 내 물건을 박살내겠다는데 너희가 무슨 상관이냐?"

습인이 바라보니 보옥의 얼굴은 샛노랗게 변하고 눈초리는 치켜 뜬 모습이었다. 종래에 한 번도 이처럼 심하게 화낸 적이 없었다. 습인은 얼른 그의 손을 잡고 웃으면서 말했다.

"누이하고 말다툼을 하더라도 이걸 깨부술 필요까지 없잖아요. 그러다 깨지기라도 한다면 대옥 아가씨가 체면상 어찌 견딜 수가 있겠어요?"

대옥은 울다 말고 습인의 그 말이 마음속에 와 닿았다. 보옥이 습인보다도 생각이 모자란다고 여겨져 더욱 서글피 목을 놓아 울었다. 마음속으로 그처럼 괴로워하니 방금 더위 먹어서 약으로 먹은 향유香薷약물을 제대로 삭이지 못하고 모두 토해버렸다. 자견이 급히 달려들어 손수건으로 받쳤지만 일시에 한 입 가득씩 계속 토해내는 바람에 손수건이 다 젖어버렸다. 설안이 얼른 달려들어 등을 두드려주었다.

"화를 내더라도 아가씨는 자신의 몸을 좀 보중하셔야지요. 방금 약을 자셨는데 이번에 보옥 도련님하고 말다툼하시다가 또 토해 버렸잖아요. 그러다 병이라도 도지면 도련님이 어찌 견딜 수가 있겠어요?"

보옥은 자견의 그 말이 마음속에 와 닿았다. 대옥이 자견보다 생각이 모자란다고 여겨졌다. 대옥은 열이 올라 얼굴은 붉게 상기되고 머리는 터질 듯한 상태로 눈물을 줄줄 흘리며 흐느끼고 있었다. 얼굴에는 눈물과 땀이 범벅으로 흘러내려 몸을 지탱하기도 어려웠다. 보옥은 그 모습을 보고 방금 전에 공연히 시비를 가리느라 다툼한 것이 다시금 후회되었다. 그처럼 괴로워하는 대옥을 대신할 수도 없었다. 그런 생각이 미치자 자신도 모르게 눈물이 주르륵 흘러내렸다. 습인은 두 사람이 양쪽에서 모두 눈물을 흘리는데 보옥을 감싸고 있자니 마음이 아팠다. 손을 잡으니 얼음장처럼 차가웠다. 보옥에게 울지 말라고 달래려니 보옥이 마음속에 무슨 억울하고 섭섭한 일이 있는지를 알 수 없고 또 대옥에게 야박하게 하는 것처럼 보일지도 모를 일이어서 차라리 가만히 내버려두고 다 같이 우는 게 낫겠다는 생각이 들어 자신도 눈물을 흘리고 말았다. 자견은 대옥이 토한 약을 닦아내고 대옥에게 가볍게 부채질하다가

세 사람이 아무 말도 하지 않고 각자 흐느끼며 우는 모습을 보고 자신도 문득 마음이 아파 손수건을 들어 눈물을 훔치게 되었다. 그리하여 네 사람이 말없이 마주보고 눈물을 흘리게 되었다.

잠시 후 습인이 억지로 웃음을 띠면서 보옥에게 권하였다.

"도련님이 다른 것은 몰라도 이 통령보옥에 매달린 술을 봐서라도 대옥 아가씨와 다투어선 안 되지요."

그 말을 듣고 대옥은 제 병은 아랑곳하지 않고 벌떡 일어나 달려들어 휙 빼앗아가더니 순식간에 가위를 집어 들어 자르기 시작했다. 그 순간 습인과 자견이 달려들어 다시 빼앗으려 했으나 벌써 반 가닥은 잘린 뒤였다. 대옥이 소리쳤다.

"나도 쓸데없이 이런 걸 선물했던 것이고 오빠도 이런 거쯤이야 소중하게 여기지도 않아. 누군가 새로 해줄 사람이 있을 테니 뭐가 걱정이야."

"공연히 왜들 그러세요. 내가 쓸데없는 말을 한 꼴이 되었잖아요."

습인의 말에도 아랑곳하지 않고 보옥이 대옥에게 내뱉었다.

"그래, 맘대로 잘라 버려. 어찌 되었든 난 그거 다신 차지 않을 테니까 상관없다구."

안에서는 그렇게 계속 소란이 이어지고 있었다. 한편 밖에 있던 할멈들은 대옥이 대성통곡하고 보옥이 통령옥을 깨부수겠다고 난리치자 소동이 어느 지경에까지 이를지 알 수 없어 행여나 자신들에게 책임이 전가되지 않을까 걱정되어 우르르 달려가 가모와 왕부인 처소에 알렸다. 자신들에게는 책임이 없다고 발뺌하려는 생각에서였다.

가모와 왕부인은 할멈들이 허겁지겁 달려와 방금 전의 일을 곧이곧대로 고해바치자 무슨 천지개벽의 사단이 일어난 것처럼 다 같이 대관원에 들어와 그들 남매를 찾아왔다. 습인은 당황하여 왜 노마님과 마님에게 알려 일을 크게 벌였느냐고 자견을 원망했고 자견은 자견대로 습인이 가서 일러바친 것이라고 여기고 습인을 원망했다. 가모와 왕부인이 들어서자 보옥이도 입을 다물고 대옥이도 입을 다물었다. 따져 물었지만 다들 아무 일도 아니라고만 대답할 뿐이었다. 화살은 습인과 자견에게로 향하였다. '왜 너희가 조심하여 잘 모시지 못하고 이런 소동을 일으키게 하였느냐'는 것이었다. 두 사람에게 한바탕 야단치고 설교했지만 둘은 말없이 듣기만 했다. 가모가 보옥을 데리고 나간 뒤에야 평정을 되찾게 되었다.

하루가 지나 초사흘이 되었다. 그날은 설반의 생일날이었다. 집에다 술상을 차리고 가설 연극무대를 마련하곤 가씨집 사람들을 청하였다. 보옥은 대옥과 다투고 나서 두 사람이 서로 만나지 못하자 마음속으로 후회하면서 넋을 놓고 지내고 있었다. 연극구경도 흥이 나지 않았으므로 병을 핑계로 가지 않았다. 대옥은 며칠 전 외출할 때 더위를 먹기는 했어도 뭐 대단한 병을 얻은 것은 아니었는데 보옥이 안 간다고 하자 속으로 생각했다.

'오빠는 술 마시고 연극구경하길 좋아하는 사람인데 오늘 안 간다고 하니 아무래도 어제 화가 아직 안 풀린 모양이다. 아니면 내가 안 간다고 하니 오빠도 갈 마음이 없어진 것이겠지. 헌데 어제는 정말 그 통령옥의 술을 절대로 자르지 말아야 하는 것이었는데 아무리 생각해도 그건 내가 잘못한 거야. 오빠가 다시는 옥을 목에 차려고 안 할 테니 내가 다시 만들어 주어야만 목에 걸겠지.'

대옥은 후회스럽기가 이만저만이 아니었다.

가모는 보옥과 대옥이 어제 그렇게 다투었으니 오늘 설씨 댁에 가서 연극구경이나 하다보면 서로 만나 좋아지려니 생각했는데 뜻밖에 둘 다 안 간다는 말을 듣고 속으로 은근히 화가 치밀어 원망의 말을 내뱉었다.

"이 원수 같은 늙은이가 어느 전생에 업보를 받아서 하필이면 저렇게 세상물정 모르는 새끼 원수들을 만났을꼬. 그저 하루라도 나를 맘 졸이게 하지 않는 날이 없으니. 속담에도 '전생 원수 아니면 이승에서 만나지도 않는다'더니 언젠가 내가 눈을 감고 숨을 멈추면 너희 둘이 아무리 난리소동을 피운다고 해도 내 눈으로 안 보면 맘도 편하겠지만 당장 끓어오르는 화를 참을 수가 없구나."

자신도 원망스러워 눈물을 주르륵 흘렸다. 그 말이 각각 보옥과 대옥의 귀에 전해졌다. 두 사람은 원래 '전생 원수 아니면 이승에서 만나지도 않는다'는 속담은 들어본 적이 없었지만 마치 참선하듯 고개를 숙이고 가만히 그 말의 깊은 맛을 되씹어보고는 자신도 모르게 눈시울을 적시며 눈물을 흘렸다. 비록 두 사람이 서로 얼굴을 맞댄 것은 아니지만 한 사람은 소상관에서 바람을 마주하며 눈물을 뿌리고 있고, 한 사람은 이홍원에서 달빛을 바라보며 긴 한숨을 쉬고 있으니 사람은 서로 다른 곳에 있더라도 그 마음은 똑같이 한곳에서 나온 것이 분명하지 않을 수 없다!

습인이 보옥을 달래면서 말했다.

"천만 번 잘못해도 모두 도련님의 잘못이에요. 전에는 집안의 하인녀석들이 자기 누이들과 말다툼하거나 젊은 부부의 언쟁이 있을 때도 도련님 귀에 들어가기만 하면 언제나 남자 하인들을 야단치면서 여자들의 마음을 그렇게도 못 헤아리느냐고 혼내셨잖아요. 이번에는 도련님이 그렇게 하신 거예요. 내일은 오월 초닷새, 단오 명절날인데 두 사람이 이렇게 원수처럼 외면하면 노마님은 점점 더 역정을 내실 것이고 결국은 다들 좌불안석이 되어 분위기를 망치게 되지 않겠어요? 냉정하게 마음을 가라앉히고 먼저 사과하시면 두 분이 평소처럼 좋은 사이가 되어 이쪽도 좋게 되고 저쪽도 기분이 좋아질 것이에요."

보옥이 그 말을 듣고 과연 습인의 뜻에 따를 것인지, 궁금하면 다음 회를 보시라.

寶釵借扇
機帶雙敲
椿齡畫薔
痴及局外

# 님을 그리는 영관

보차는 부채 빌려 두 사람을 조롱하고
영관은 넋을 잃고 이름 쓰며 임 그리네

寶釵借扇機帶雙敲 齡官劃薔痴及局外

대옥은 보옥과 말다툼을 하고 나서 자신도 후회했지만 먼저 찾아가 말할 수 없어 밤낮으로 우울하고 답답하며 무엇인가 잃은 듯 멍하니 지내고 있었다. 자견이 그녀의 속마음을 알아차리고 은근히 달랬다.

"엊그제 일을 따져보자면 솔직히 아가씨가 너무 조급하게 굴었던 게 사실이에요. 남들이 모른다 해도 우리가 도련님의 성질을 모른다고 할 수는 없잖아요. 그 통령보옥 때문에 소동을 피운 것이 어디 한두 번이던가요."

대옥이 '흥' 하고 코 방귀를 뀌면서 대들었다.

"알고 보니 넌 저쪽 편에서 보낸 사람이었구나. 내가 어떻게 조급하게 굴었단 말이야?"

"그럼 멀쩡한 통령보옥 술은 왜 잘랐어요? 도련님 잘못이 3할이라면 아가씨 잘못이 7할이 아니고 뭐예요? 제가 보기에 평소 도련님은 아가씨한테 성심성의껏 극진하게 잘하려고 애쓰는데 아가씨가 공연히 속

좁은 생각으로 도련님을 나무라기 때문에 그렇게 된 거잖아요."

대옥이 막 대꾸하려는데 밖에서 부르는 소리가 들렸다. 자견이 가만히 듣더니 웃으면서 반가워했다.

"어머, 보옥 도련님이세요. 틀림없이 사과하러 오신 걸 거예요."

"문 열어주지 마!"

대옥이 앙칼지게 소리치자 자견이 대옥을 책망했다.

"아가씨가 또 잘못하시는 거예요. 이처럼 더운 날씨에 어떻게 도련님을 밖에다 세워놓고 땡볕을 쬐게 하실 수 있어요."

말을 마치기 전에 벌써 달려 나가 문을 열어보니 과연 보옥이었다. 어서 들어오라고 안내하면서 웃음을 띠고 말을 건넸다.

"저희는 도련님이 다시는 우리 집에 안 오실 줄 알았는데 또 오셨네요."

보옥이도 웃으면서 대꾸했다.

"너희가 공연히 사소한 일을 크게 부풀려 만들어서 그런 거지, 멀쩡하게 내가 왜 안 온단 말이야? 내가 설사 죽는다 해도 혼백이 하루에도 백 번씩은 찾아올 거야. 아가씨는 좀 좋아지셨어?"

"몸의 병은 많이 나았는데요, 아직 마음속에 화가 덜 풀렸어요."

"왜 화를 내는지는 내가 잘 알지."

보옥이 말을 이으면서 안으로 들어가니 대옥은 여전히 침상에 앉아 눈물을 흘리며 흐느끼고 있었다.

사실 그때까지 대옥은 울지 않았지만 보옥이 오는 소리를 듣고 자신도 모르게 마음이 울컥하면서 눈물이 주르륵 흘러내렸던 것이다. 보옥이 웃으면서 침상 가까이 다가가면서 말을 걸었다.

"대옥아, 몸은 좀 나아졌어?"

대옥은 눈물을 닦을 뿐 대답은 하지 않았다. 보옥은 침상 가에 가까이 앉으면서 다시 말을 이었다.

"나도 누이가 정말로 나한테 화를 낸 것이 아니라는 건 알고 있어. 내가 오지 않고 누군가를 대신 보낸다면 마치 우리가 또 말다툼이라도 벌인 것으로 보이지 않겠어? 누군가가 나서서 우리를 달랜다면 그때는 얼마나 어색하고 쑥스럽겠어? 그러니 차라리 지금 나를 때리든지 욕하든지 하고 싶은 대로 맘대로 해. 제발 나를 상대하지 않는 것만은 그만두고 말이야."

그러면서 수만 번이나 '대옥아, 누이야' 하고 불러댔다. 대옥의 마음속에서는 원래 보옥이 들어와도 절대로 상대하지 않겠다고 굳게 마음먹었지만 지금 보옥의 말에서 '남들이 알면 우리가 또 말다툼이라도 한 줄로 알지 않겠느냐'는 한마디가 다른 사람과는 비할 수 없이 친근하게 느껴져 눈물을 그치면서 말을 받았다.

"오빠가 날 달래려고 할 필요도 없어요. 앞으로 나도 감히 오빠를 가까이 하지 않을 테니까 그저 내가 가버린 것으로 생각하고 계세요."

"가긴 어딜 간다고 그래?"

"나는 집으로 돌아갈 거예요."

"그럼 나도 따라가지 뭐."

"난 그럼 죽어버릴 거예요."

"네가 죽으면 나는 중이 되고 말 테야."

대옥은 그 말을 들은 순간 고개를 떨구며 물었다.

"정말 죽으려는 모양이죠? 쓸데없는 말은 왜 하세요? 이 집안에 친누나, 친누이가 얼마나 많은데 나중에 그들이 죽을 때마다 오빠는 매번 중이 되어 출가하겠다는 거예요? 내일 그 말을 여러 사람들한테 물어보고 따져야겠네요."

보옥은 스스로 자기 말이 잘못한 것임을 알고 후회했다. 얼굴이 금방 벌겋게 달아올라 고개를 숙이고 아무 말도 못하고 있었다. 하지만 방에는 그들 두 사람 이외에 아무도 없었기에 천만다행이었다.

약이 오른 대옥은 눈을 동그랗게 뜨고 한참이나 그를 빤히 쳐다봤다. 화를 참으며 한마디도 못하고 있다가 보옥의 얼굴이 붉으락푸르락 하며 쩔쩔매는 꼴을 보고 이를 악물었다. 손가락에 힘을 주어 보옥의 이마를 한 번 찔러주고는 '흥' 하고 코웃음 치며 한마디 내뱉었다.

"정말 못 말려, 오빠는….

대옥은 그 한마디를 하고는 그만 한숨을 몰아쉬며 손수건을 들어 눈물을 닦아냈다. 보옥의 마음속에도 하고 싶은 말이 한없이 많았지만 말실수한 것을 후회하는 중인 데다가 대옥이 자신의 이마를 찌르자 뭔가 말을 하려다가 그만두고는 스스로 탄식하면서 속으로 복받쳐 오르는 무언가에 그만 눈물을 주르륵 흘리고 말았다. 손수건으로 닦으려고 찾았으나 마침 잊고 가져오지 않은 걸 알고 옷소매를 들어 닦으려고 하였다.

대옥도 울고 있었지만 그 순간 보옥을 바라보니 그가 막 연꽃무늬 명주적삼의 소매를 끌어당겨 눈물을 닦으려는 중이었다. 대옥은 한편으로 자신의 눈물을 닦으면서 또 베갯머리에 걸쳐놓았던 명주손수건을 집어 보옥의 품을 향해 휙 던져주었다. 그리곤 한마디 말도 없이 여전히 얼굴을 가리고 눈물을 훔치고 있었다. 보옥은 대옥이 던져준 손수건으로 눈물을 닦고 다시 그녀 가까이 다가앉으며 대옥의 손을 잡아당겼다.

"내 오장육부가 다 녹아내리는데 너는 그저 울기만 하고 있을 거야? 어서 일어나 할머니한테 가보자구."

대옥은 손을 뿌리치면서 짐짓 앙칼지게 대꾸했다.

"누가 오빠랑 손잡고 간대요? 하루하루 나이도 들어가는데 아직도 체면도 모르고 염치없는 짓을 하려는 거예요? 그런 법도도 모른단 말이야?"

그 말이 채 끝나기도 전에 누군가 소리치며 안으로 들어섰다.

"좋았어!"

아무런 방비도 없이 앉아 있던 보옥과 대옥 두 사람은 너무나 놀라서 펄쩍 뛰었다. 희봉이 뛰어 들어오면서 웃음을 띠고 말했다.

"이런 것도 모르시고 노마님께서는 그저 천지가 떠나가라고 원망만 하시고 계시더라니. 나보고 가서 너희가 화해했나 알아보라고 하시잖아. 사흘도 못 넘기니 가볼 필요도 없다고 했더니 노마님께서는 게을러서 움직이지 않으려 한다고 야단치시지 않았겠어. 내 말이 딱 맞잖아. 너희 두 사람이 무슨 말다툼을 할 일이 있겠어? 사흘 좋아졌다 이틀 틀어졌다 하는 것을. 나이를 먹을수록 점점 애들이 되어 가는 것 같아. 지금은 손잡고 울고 있는 주제에 어제는 어쩌다 그렇게 오안계〔烏眼鷄: 눈알이 검은 닭으로 싸움을 잘함〕처럼 죽어라고 싸웠다는 거야? 어서 일어나서 나를 따라 할머니 앞에 가서 노인네 마음 놓게 해드리지 않고 뭐 하는 거야, 응?"

희봉이 대옥을 잡아당겨 어서 가자고 했다. 대옥이 시녀들을 찾았으나 하나도 보이지 않았다.

"그애들은 불러서 뭐 해? 내가 잘 모시고 갈 텐데."

보옥이 뒤에서 그들을 따라 대관원을 나섰다.

가모의 앞에 이르니 희봉이 먼저 웃음을 띠고 말했다.

"제가 말했잖아요. 이 애들은 남들이 공연히 신경 쓸 필요가 없이 그저 자신들이 알아서 좋아진다니까요. 할머님께서 믿지 못하시고 기어코 저를 보내서 화해시키라고 하셨잖아요. 제가 가기도 전에 벌써 서로 미안하다고 사과하고 있더라니까요. 마주 보고 웃으며 하소연을 하는 품이 마치 '누런 매가 새매 다리 잡아챈 양' 둘이 서로 고리로 단단히 엮은 것처럼 붙어 있는데 누가 끼어들어 화해시키겠어요."

그 말에 온 방의 사람들이 와르르 웃음을 터뜨렸다.

그 자리에는 보차도 와서 앉아 있었다. 대옥은 한마디 말도 없이 가모의 옆자리에 붙어서 앉았다. 보옥이도 별로 할 말이 없어 머쓱하게 있다가 보차에게 말을 걸었다.

"설반 형님 생신날 하필 몸이 불편하여 따로 예물도 못 보내고 얼굴도 못 내밀었네. 형님은 내가 병이 난 걸 모를 테니 나중에 화라도 내시면 누나가 잘 좀 얘기해 줘."

"별 걱정을 다 하시네. 동생이 간다고 해도 말릴 판이었어. 더구나 몸이 안 좋았잖아. 형제지간에 날마다 붙어 있으면서 그런 생각을 하면 오히려 어색하지 않아?"

보차의 말에 보옥이도 웃었다.

"누나가 내 입장을 이해해 주기만 하면 그만이지 뭐. 근데 누난 왜 연극 보러 안 갔어?"

"난 더운 건 질색이야. 두 막을 보고 나니 너무 덥잖아. 손님도 안 가고 있기에 난 몸이 안 좋다는 핑계로 나오고 말았어."

보옥은 그 말이 마치 자기에게 하는 말로 여겨져 머쓱해지자 계면쩍은 웃음을 띠고 한마디를 덧붙였다.

"사람들이 왜 누나를 양귀비에 비유하나 했더니 몸이 뚱뚱하면 더위를 겁내는구나."

보차가 화를 벌컥 내며 뭐라고 한마디 대꾸하려고 했지만 막상 뭐라고 해야 할지를 몰라 잠시 생각하다가 그만 얼굴이 발갛게 달아올랐다. 그녀는 코웃음을 치며 정면으로 받아쳤다.

"그래, 내가 양귀비를 닮았다고 쳐. 하지만 안타깝게도 양국충楊國忠 같은 좋은 오라버니가 없으니 어쩌겠어."

두 사람이 그렇게 아슬아슬한 희롱을 하는 중에 갑자기 곁에 있던 어린 시녀 전아靛兒가 자신의 부채가 눈에 띄지 않자 보차에게 웃으며 달라고 매달렸다.

"틀림없이 아가씨가 제 부채를 감추신 거죠. 제발 돌려주세요."

"너야말로 조심해! 내가 언제 너하고 장난이나 하더냐. 너하고 평소에 시시덕거리고 농지거리하던 다른 사람들에게나 물어보라고."

전아는 그 말에 놀라 얼른 자리를 피하고 말았다. 보옥은 방금 자기가 말을 실수했다는 것을 깨달았다. 더구나 많은 사람들 앞에서 무안을 당한 것이어서 아까 대옥 앞에서보다 더욱 거북스런 느낌이었다. 얼른 다른 사람한테 말을 걸었다.

대옥은 보옥이 보차를 조롱하고 나서자 속으로 자신만만하여 그 참에 한마디 보태어 웃음거리로 만들려고 생각했는데 뜻밖에 전아가 부채를 찾는다고 나섰다가 보차한테 야단맞자 얼른 다른 말로 돌렸다.

"보차 언니, 언니가 본 연극 두 막은 무슨 내용이야?"

보차는 방금 대옥이 득의양양한 표정을 지은 것은 분명 보옥이 자신을 조롱한 말이 그녀가 원하던 바였기 때문이라고 생각하고 있었는데 지금 갑작스럽게 질문을 받은 것이다.

"응, 내가 본 것은 이규李逵가 송강宋江한테 달려들어 싸웠다가 나중에 사과하는 대목이었어."

"누나는 고금에 모르는 게 없이 뭐든지 다 잘 알면서 어떻게 그 희곡의 제목도 모르고 설명으로 하고 있어? 그건 바로 〈부형청죄負荊請罪〉[1]라는 거잖아."

보옥이 잘난 척하고 나서자 보차가 웃으며 대꾸했다.

"그 희곡을 〈부형청죄〉라고 하는구먼그래! 그래, 고금에 박식하신 두 양반께서는 〈부형청죄〉를 알고 계시지만 나야말로 뭘 가지고 〈부형청죄〉라고 하는지 알 수가 없네요."

---

[1] '가시나무를 등에 지고 사죄하며 처벌을 바라다'라는 뜻으로, 원대 강진지(康進之)의 잡극 《이규부형(李逵負荊)》을 가리킴.

그 말이 끝나기도 전에 보옥과 대옥은 동시에 마음에 짚이는 바가 있어 그 말끝에 얼굴이 붉게 달아올랐다. 희봉은 그런 일에 대해 잘 알지는 못하였지만 세 사람의 오가는 말투 속에서 그 속내를 알아채고 껄껄 웃으면서 시침을 떼고 옆 사람에게 묻는 척했다.

"이 더운 여름날 누가 생강을 먹고 있는 거야?"

사람들이 무슨 말인지 알아채지 못하고 곧이곧대로 대답했다.

"아무도 생강 먹는 사람이 없는데요."

희봉은 일부러 뺨을 어루만지며 이상하다는 듯이 내뱉었다.

"아무도 생강을 안 먹었다는데 어째 이리도 매운 맛이 진동할꼬?"

보옥과 대옥은 그 말을 듣고 더욱 어색하고 거북한 표정을 지었다. 보차가 무슨 말인가 덧붙이려고 하다가 보옥이 부끄러움에 난감해하는 모습을 보고 더 이상 말하기가 미안하여 그저 한 번 웃고는 입을 다물고 말았다. 다른 사람들은 이 네 사람의 대화가 무슨 뜻인지도 알지 못하고 그저 흘려보내고 말았다.

잠시 후 보차와 희봉이 나간 뒤 대옥이 보옥에게 웃으면서 말을 걸었다.

"오빠도 오늘 나보다 더한 사람을 시험해 보았네. 어디 다들 나처럼 아둔하고 말주변이 없이 남 말하는 대로 끌려가는 줄만 아는가 보지."

보옥은 방금 보차가 예민하게 받아들여 면박을 당하여 멋쩍게 되었는데 이번에는 대옥이 그렇게 물으니 기분이 더욱 잡쳐 대꾸해주려다가 또 대옥이 오해할까 봐 꾹 참고서 맥없이 고개를 떨군 채 밖으로 빠져나왔다.

그런데 이때는 한창 더운 여름철이라 아침을 마친 뒤에 각 주인 아가씨와 시녀들은 모두 몸이 늘어져 어디엔가 박혀 움직이지 않고 있었다. 보옥이 뒷짐을 지고 이곳저곳을 기웃거려 보았지만 아무 소리도 안 들

246

리고 쥐 죽은 듯 조용하기만 했다. 가모의 거처를 나와 서쪽을 향해 통로가 뚫린 건물인 천당을 지나니 곧 희봉의 저택이었다. 그 집 앞에 이르니 대문이 닫혀 있었다.

보옥은 희봉이 더운 여름에는 한낮에 한 시간가량 휴식을 취하는 습관을 아는지라 들어가면 불편할 것으로 생각하고 쪽문을 통해 왕부인의 거처로 들어갔다. 시녀 몇 사람이 손에 바느질감을 든 채 꾸벅꾸벅 졸고 있었다. 왕부인은 안쪽에서 시원한 등나무 침상에 누워 낮잠을 즐기고 있었고 금천아가 그 곁에서 왕부인의 다리를 주무르고 있는데 역시 졸린 눈을 벌써 가물가물 내려 감고 있었다. 보옥이 살금살금 다가가 귓불에 매달린 귀고리를 한 번 잡아 당겼다. 금천아가 눈을 번쩍 뜨고 보니 보옥이었다. 보옥이 가만히 속삭였다.

"그렇게도 졸리냐?"

금천아는 입을 가리고 웃으며 손짓으로 어서 나가라는 시늉을 하고는 다시 눈을 감았다. 보옥이 그녀의 모습을 바라보자 이상스레 사랑스런 느낌이 솟아났다. 가만히 왕부인의 눈 감은 모습을 살펴보고 나서 곧 허리춤에 달았던 염낭 주머니 속에서 향설윤진단香雪潤津丹을 꺼내 금천아의 입 속에 하나를 쏙 집어넣어 주었다. 금천아는 눈도 뜨지 않고 그냥 입속에 받아서 빨아먹었다. 보옥이 곁에 와서 손을 잡아당기며 가만히 속삭였다.

"내일 어머님한테 말해서 너를 달라고 그럴까? 그래서 우리 함께 있지 않을래?"

금천아는 아무 대답이 없다. 그러자 보옥이 한 술 더 떴다.

"그럼 어머님이 일어나시면 바로 달라고 그럴까?"

금천아가 감았던 눈을 번쩍 뜨며 보옥을 떠밀어내면서 웃었다.

"뭐가 그리 성급해요, '금비녀 우물에 빠져도 그게 어딜 가나 매양 주인 것이지'란 말도 있잖아요, 무슨 뜻인지 모르세요? 그보다도 제가 좋은 소식을 하나 알려 드릴까요? 지금 동쪽 작은 정원에 가서 가환 도련님하고 채운이가 뭐 하는지 붙잡아 보세요."

"거긴 내가 왜 가. 난 너하고만 같이 있을 테야."

바로 그때 왕부인이 몸을 벌떡 일으키더니 금천아의 따귀를 사정없이 후려갈겼다.

"이 못된 년, 멀쩡한 도련님을 너 같은 년이 다 망쳐 놓는구나."

보옥은 왕부인이 일어나자 바람처럼 빠져나와 줄행랑을 치고 말았다.

남은 금천아는 한쪽 뺨이 화끈하게 달아올랐지만 아무 말도 못하고 있었다. 밖에 있던 시녀들은 왕부인이 잠을 깬 줄 알고 곧 들어왔다. 왕부인은 옥천아玉釧兒를 불렀다.

"어서 가서 네 엄마보고 들어와 네 언니 데려가라고 해라!"

그 말을 들은 금천아는 즉시 무릎을 꿇고 엎드려 울면서 사정했다.

"잘못했어요. 다시는 안 그러겠습니다. 어떤 처벌도 달게 받겠어요. 제발 내쫓지만 않으신다면 하늘 같은 은혜로 알겠습니다. 마님을 모신지 십 년이나 되었는데 지금 제가 쫓겨나면 어떻게 사람들을 대할 면목이 있겠어요?"

왕부인은 원래 너그럽고 후덕한 인물이라 한 번도 시녀들에게 매를 댄 적이 없었다. 지금 갑자기 금천아가 그처럼 후안무치한 행실을 보이니 평생 가장 증오하던 태도에 분노가 치밀어 때리고 욕설을 퍼붓고서도 분이 풀리지 않았다. 금천아가 엎드려 울며 애걸복걸 통사정하였지만 결국은 금천아의 모친 백씨 할멈을 불러 데려나가도록 했다. 마침내 금천아는 치욕과 수모를 참고 밖으로 끌려 나갔다.

한편 보옥은 왕부인이 잠을 깨자 멋쩍어서 얼른 대관원으로 들어오고 말았다. 이때 작열하는 태양은 아직 하늘에 걸려있고 나무그늘에 매미소리만 귓전에 가득 울리고 있을 뿐 사람소리는 어디서도 들리지 않왔다. 장미꽃 시렁 아래에 이르렀을 때 홀연 어디선가 흐느끼는 소리가 났다. 보옥은 마음속에 이상도 하다고 여기고 발을 멈춰 가만히 들어보았다. 과연 시렁 저편에 누군가 있는 모양이었다. 오월의 초순이라 장미는 한창 꽃망울을 터뜨리고 무성하게 피어 있었으므로 보옥은 가만히 넝쿨 사이로 난 틈으로 건너보았다. 거기엔 한 여자가 꽃 아래 쭈그리고 앉아 머리에 꽂는 비녀로 땅바닥을 헤치며 가만히 눈물을 흘리고 있었다. 어느 집의 시녀인 모양이었다.

'여기에도 바보 같은 여자가 하나 더 있네. 대옥이처럼 꽃잎이나 모아다 묻으려고 하는 모양이구나.'

보옥은 마음속으로 그렇게 생각하고 다시 잠시 한숨을 쉬었다.

'정말로 꽃잎을 묻고 있었다면 이야말로 '동시효빈東施效顰'[2]이 분명하구나. 신선하고 특별하기는커녕 오히려 염증이 나겠지.'

그래서 그 여자를 불러 한마디 해주려고 했다.

'공연히 대옥 아가씨 하는 모양을 따라할 필요는 없어!'

아직 말을 내뱉지 않고 다시 가만히 보니 그 여자의 얼굴이 좀 낯설어 보였다. 어느 집의 시녀는 아니고 연극공연을 하는 열두 명의 배우 중 한 사람인 듯싶었지만 그게 생단정축生旦淨丑[3]의 어느 역할을 맡는 배우인지는 알 수 없었다.

'하마터면 잘못 말할 뻔했네. 다행히 이번에는 말실수를 안 했군. 앞서 두 번이나 실수하여 대옥이도 화내고 보차 누나도 찜찜하게 만들었는데 이번에 또 다른 사람까지 화를 내게 하면 절대 안 되겠지.'

---

2 서시(西施)라는 미인이 병이 있어서 늘 찡그리고 다니자 같은 마을의 동시(東施)가 흉내 냈으나 추악해 보일 뿐이었다는 이야기. 자신의 능력도 헤아리지 못하고 모방하다가 그 효과가 반대로 나타나는 것을 비유함.
3 중국 전통극의 배역으로 생(生)은 남자 주인공, 단(旦)은 여자역, 정(淨)은 악역, 축(丑)은 광대역임.

그런 생각을 하면서도 이 여자가 도대체 누구인지 알 수 없는 것이 한스러웠다. 한참 정신을 가다듬고 그 여자를 바라보았다. 눈썹은 찌푸린 듯 봄날의 먼 산 같고, 눈동자도 찡그린 듯 가을의 물결과 같은 것이 헬쑥한 얼굴에 가는 허리, 한들한들 가냘픈 모습이 마치 임대옥의 자태를 지닌 듯하였다. 보옥은 그냥 두고 떠나갈 수가 없어 넋을 놓고 그녀를 바라볼 뿐이었다.

가만히 보니 그녀는 비록 금비녀로 땅을 긋고 있었지만 땅을 파고 꽃잎을 묻는 것이 아니라 땅바닥 위에 무언가 글자를 쓰고 있었다. 보옥은 비녀의 끝이 오르내리는 획에 눈을 맞추어 세로 긋고 가로 지르고 점을 찍고 꺾어 올리는 획을 따라가면서 세어보니 모두 열여덟 획이었다. 가만히 자신의 손바닥에 손가락으로 그녀가 그렸던 글씨를 써보며 무슨 글자인가 알아보니 그것은 장미꽃 장薔자였다.

보옥은 가만히 생각해 보았다.

'아마 이 여자도 시를 짓고 작사를 해보려는 모양이군. 지금 이 꽃을 보고 뭔가 느낀 바 있어 두어 구절을 지었고 그걸 잊을까 봐 땅바닥에 적어두며 퇴고하려는 것인지도 모르겠구나. 다음에는 무슨 글자를 쓰는가 한 번 보자.'

보옥이 다시 정신을 가다듬고 바라보는데 그녀는 여전히 그곳에서 땅바닥에 똑같은 '장' 자만 쓰고 있었다. 글씨를 쓰는 사람은 벌써부터 그 일에만 몰두하여 한 글자를 쓰고 나면 다시 한 글자를 쓰고 수도 없이 여러 번 그 '장' 자만 그려내고 있었다. 그걸 바라보는 사람도 어느새 넋을 놓고 몰두하여 두 눈동자는 오로지 비녀 끝이 움직이는 대로 따라가고 있었다. 생각은 꼬리를 물고 일어났다.

'이 여자는 아무래도 뭔가 말 못할 깊은 속사정이 있는 모양이구나. 밖으로 저런 모습을 드러낼 지경이면 속으로는 얼마나 괴로웠을까. 보아하니 몸은 저리도 연약한데 마음속의 모진 괴로움을 어찌 담아둘 수

있을까. 차라리 내가 대신 그 고통을 당했으면 좋으련만.'

복중의 더운 날씨는 종잡을 수가 없는지라 조각구름이 순식간에 비를 몰고 와서 홀연 일진광풍이 불었다. 곧 후드득 굵은 빗방울 소리가 들리더니 한줄기 소나기를 흩뿌렸다. 보옥은 여자의 머리 위로 빗방울이 떨어지며 얇은 겉옷이 금방 젖기 시작하자 참다못해 소리를 질렀다.

"이제 그만 쓰고 일어나! 소나기가 내리잖아. 몸이 다 젖겠어."

그녀는 그 말에 깜짝 놀라 벌떡 일어나 고개를 들어보니 장미꽃 넝쿨 너머로 한 사람이 비를 맞고 서 있었다. 보옥의 얼굴은 깔끔하고 준수하여 예쁜 여자로 보기가 십상이었는데 무성한 꽃잎 사이로 얼굴만 절반가량 보이며 위아래 옷이 다 꽃가지로 가려져서 그녀는 보옥을 어느 집의 시녀쯤으로 생각하고 이렇게 대답했다.

"언니, 알려줘서 고마워요. 그런데 언니는 왜 거기 서서 비 맞고 있어요?"

그 말이 오히려 넋을 잃고 바라보던 보옥의 정신을 퍼뜩 들게 하였다. "아이쿠, 이게 뭐야!" 순간적으로 온몸에 차가운 느낌이 몰아쳤다. 벌써 비에 흠뻑 젖어 있었던 것이다. 보옥은 큰일났다 싶어서 정신을 차리고 한달음에 이홍원으로 돌아왔지만 맘속으로는 그 여자가 제대로 비를 피했는지 여전히 걱정이 되었다.

사실 이때는 이튿날이 단오절이었기 때문에 문관을 비롯한 열두 명의 연극배우는 잠시 공연연습을 쉬고 대관원에 들어와 각처를 돌아다니며 놀고 있었다. 소생小生을 맡은 보관寶官과 정단正旦을 맡은 옥관玉官 등 두 여자아이는 이홍원에서 습인과 함께 즐거운 한때를 보내다가 소나기에 오도 가도 못하고 갇혀 있었다. 그들은 도랑물을 막아서 정원 안에 물을 가두고 녹색머리 오리와 꽃무늬 물새, 채색무늬 원앙 등을 각각 잡아서 날개를 묶어 정원에 풀어놓고 즐기고 있었다. 이때 이홍원의 대문은 잠가 놓았고 습인은 모두 안쪽 낭하에서 떠들며 놀고 있었다.

집으로 달려간 보옥은 문이 잠겨있자 손으로 두드렸다. 하지만 안에서는 다들 웃고 떠들며 노는 데 정신이 팔려 아무도 듣지 못했다. 한참 동안 부르고 문을 흔들며 두드리자 비로소 알아들었지만 이 시간에 보옥이 돌아오리라고는 생각지도 못했다. 습인이 웃으며 밖에다 대고 말했다.

"누가 이 시간에 문을 두드려? 아무도 문 열어줄 사람이 없구먼."

"나야, 나."

보옥의 목소리를 못 알아듣고 사월이 다른 말을 했다.

"보차 아가씨 목소리 같아."

청문이 덧붙였다.

"쓸데없는 소리! 보차 아가씨가 이런 시간에 왜 여길 오겠어."

습인이 나갔다.

"내가 한 번 문틈으로 엿보고 열 만하면 열고 열어서 안 되면 그냥 밖에서 비나 맞으라고 하지 뭐."

습인이 유랑游廊을 따라 문 앞에 이르러 밖을 내다보니 보옥이 거기에 물에 빠진 생쥐처럼 흠뻑 젖은 채 서서 비를 맞고 있는 것이 아닌가. 습인은 당황하기도 했지만 한편으론 우습기도 하여 얼른 문을 열어주며 허리를 꺾고 박수치며 깔깔댔다.

"이런 빗속에 어떻게 그냥 달려온 거예요? 도련님이 돌아올 줄은 생각지도 못했네."

보옥은 심사가 온통 뒤틀려있던 참이라 누구든 문만 열면 그대로 발로 차버리겠다고 벼르고 있었다. 문이 열리자 상대가 누군지 자세히 보지도 않고 그저 일하는 낮은 시녀로만 여기고 발을 들어 가슴의 늑골 언저리를 냅다 걷어차 버렸다. 습인은 "아이쿠" 하며 소리를 내질렀다.

"이 못된 년들아, 내가 평소 잘해주니 득의양양하여 겁나는 게 없나 보지? 이제는 나를 조롱하기까지 하는구나."

그렇게 말을 하며 고개를 숙여 다시 보니 바로 습인이었다. 그제야 잘못 발길질을 한 것을 알고 얼른 웃으면서 다가갔다.

"아이쿠야, 어떻게 네가 나왔어? 도대체 어딜 채인 거야?"

습인은 지금까지 단 한 번도 큰소리를 들어본 적이 없었는데 지금 보옥이 화를 내며 여러 사람 앞에서 발로 걷어차니 너무나 부끄럽고 화가 났다. 또 아파서 그야말로 몸을 어디에 두어야 할지 몰라 죽을 지경이었다. 뭐라고 대꾸하고 싶었지만 가만히 생각하니 보옥도 일부러 그런 것은 아닌 것 같아 겨우 참으면서 말했다.

"괜찮아요. 어서 옷이나 갈아입으러 들어가세요."

보옥은 방으로 들어와 옷을 벗으면서 멋쩍게 웃었다.

"내가 이렇게 나이가 들도록 한 번도 화를 내고 사람을 때린 적이 없는데 오늘 하필이면 습인이 당하게 될 줄이야 생각지도 못했네."

습인은 통증을 참고 옷을 갈아입히며 억지웃음을 웃었다.

"내가 첫 번째 사람이라는 거죠. 그래요, 무슨 일이든 크든 작든 좋은 일이든 궂은일이든 당연히 저로부터 시작해야지요. 하지만 날 때렸다고는 말하지 말아요. 버릇되면 나중에는 손만 들면 남을 때리게 될지도 모르니까."

"방금 전에 내가 일부러 그런 것은 절대 아니었어."

"누가 도련님이 일부러 그랬다고 했어요? 평소 대문을 여닫는 일은 모두 밖에서 일하는 어린 계집애들 몫이잖아요. 그애들은 하도 까불고 꾀만 부리는 데 이력이 나서 누구든지 한 번쯤 혼쭐을 내야겠다고 생각하고 있던 참이지요. 그애들은 도대체 무서워할 줄을 모르니 도련님이 발길질이라도 하여 혼내주어야 하겠지요. 방금 전에는 내가 장난으로 문을 열지 말라고 했던 거예요."

그 사이에 비가 그치자 보관과 옥관도 가버렸다. 습인은 갈빗대 아래가 점점 아파 와서 견딜 수 없게 되었다. 저녁밥도 제대로 먹지 못하고 밤이 되어 목욕할 때 보니 늑골 아래 사발만 한 멍이 시퍼렇게 들어 있었다. 자신도 너무 놀랐지만 그렇다고 누구한테 떠벌릴 상황도 아니었다. 그러다 자리에 누워 잠이 들었으나 꿈에서도 아파서 절로 "아야야" 하고 소리를 질러대곤 했다.

보옥은 비록 일부러 그런 것은 아니라고 말했지만 습인이 밥도 제대로 못 먹고 힘이 없으며 잠도 제대로 못 자고 밤중에도 신음하는 소리를 듣고는 너무 세게 찬 모양이라고 생각했다. 가만히 등불을 들고 습인의 침상을 찾았다. 그때 습인은 기침을 두어 번 하더니 왈칵 담을 쏟아내고 "아야야" 소리를 치다가 눈을 번쩍 떴는데, 보옥이 바로 앞에 서 있자 깜짝 놀라서 물었다.

"뭐하는 거예요?"

"꿈속에서도 신음을 하기에 너무 세게 차인 모양인 것 같아서 와 봤어."

"지금 머리도 어지럽고 목에서도 비릿하고 들큼한 냄새가 나요. 여기 한 번 비춰보세요."

습인의 말에 보옥이 등불을 가까이 대고 보았더니 바닥에 붉은 선혈이 보였다. 보옥이 크게 당황하여 놀라면서, "큰일났다!"고 소리쳤다. 습인도 그걸 보고 간담이 서늘해졌다.

뒷일을 알고 싶으면 다음 회를 보시라.

撕扇子作千金一笑
因麒麐伏白首雙星

# 청문의 웃음소리

부채를 찢어내는 천금 같은 웃음소리
기린에 숨겨있는 운명 어린 백수쌍성
撕扇子作千金一笑 因麒麟伏白首雙星

습인은 자신이 바닥에 토해 놓은 선혈을 보고 섬뜩하여 절로 간담이
서늘해졌다. 그리고 전에 누군가 하던 말이 생각났다.

'젊어서 피를 토하면 오래 살기가 어렵거니와 설사 생명을 부지해도
끝내는 폐인이 된다.'

그 말이 생각나자 영화를 누려보고 부귀를 성취하려던 평소의 마음
이 문득 사라지며 썰렁한 마음에 눈에서는 어느덧 구슬 같은 눈물이 주
르륵 흘러내렸다. 보옥은 습인이 우는 것을 보고 자신도 마음이 아파
와서 가만히 물었다.

"가슴의 통증이 좀 어때?"

"멀쩡해요. 괜찮아졌어요."

습인은 억지로 웃으면서 대답했다. 보옥은 지금 당장이라도 사람을
보내 황주黃酒를 데우도록 하고 산양혈로 만든 여동환黎洞丸을 가져오라
고 할 참이었다. 하지만 습인은 보옥의 손을 잡고 웃으면서 말렸다.

"지금 이 시간에 그런 쓸데없는 소동을 피우면 여러 사람을 깨워야 되는데, 그러면 다들 나를 경망스럽다고 원망할 게 틀림없어요. 아무것도 모르고 있다가 괜히 소란 피우는 바람에 다들 알게 될 테니, 그러면 나한테나 도련님한테 좋을 리가 없잖아요. 차라리 내일 하인 녀석을 시켜 왕태의王太醫한테 약을 지어오라 하여 먹는 게 낫겠어요. 그러면 쥐도 새도 모르게 넘어갈 게 아니겠어요?"

보옥도 그 말이 일리 있다고 여겨 그만두었다. 그리곤 탁자 위에 차를 따라서 습인의 입을 씻어내게 하였다. 습인은 보옥의 마음이 아직도 안정되지 않을 것을 알고 곁에서 시중들지 말라고 말하였지만, 우선은 그가 말을 듣지 않을 것이며 또 누군가 다른 사람을 깨워서 시중들게 하느니 차라리 그대로 두는 게 낫겠다고 생각했다. 습인은 침상에서 보옥의 시중을 받으며 누워있었다.

오경이 되자 보옥은 제대로 세수할 겨를도 없이 서둘러 옷을 걸쳐 입고 왕제인王濟仁을 불러오도록 하여 직접 자세하게 물었다. 왕제인은 다친 까닭을 물어본 뒤에 그저 일시적인 타박상에 불과하므로 환약의 이름을 알려주고 어떻게 복용하는지, 약을 어떻게 붙이는지를 일일이 말해주었다. 보옥이 다 기록하였다가 대관원으로 돌아와 처방대로 치료를 하였다.

한편 이날은 단오절이었으므로 사람들은 창포나 쑥과 같은 향초를 문 위에 꽂고 비단으로 만든 호랑이 인형을 아이들 팔뚝에 매달아 주었다. 점심 무렵에 왕부인이 술자리를 마련하여 설씨네 모녀를 청하여 단오명절을 함께 지내도록 하였다. 보옥은 보차가 자신을 보아도 무덤덤하게 별다른 말도 나누지 않는 것이 어저께의 일 때문인 것으로 알았다. 왕부인은 보옥이 시무룩하게 맥이 빠져있자 어제 금천아의 일 때문에 그런 것이라고 여기고 그 얘기를 다시 꺼내기도 뭣하여 점점 더 상대하지 않았다.

대옥은 보옥이 시무룩하여 힘없이 있는 걸 보고 그가 어제 보차에게 잘못하여 그런 것이라고 생각하고 마음이 편치 않았다. 희봉은 엊저녁에 왕부인이 보옥과 금천아의 일을 말해주었으므로 왕부인의 불편한 심기를 잘 알고 있었다. 그러니 이 자리에서 감히 나서서 웃고 떠들 마음이 나지 않아 그저 무덤덤하게 왕부인의 기색을 살필 뿐이었다. 영춘 자매들은 여러 사람들이 다들 재미없게 덤덤하게 앉아있기만 하자 자기들도 재미없게 있었다. 그래서 다들 잠시 앉았다가 모두 헤어지고 말았다.

대옥은 천성이 남들하고 모이는 걸 싫어하고 혼자 있는 걸 좋아했다. 사실 그녀의 생각에도 일리는 있다.

'사람이란 모이면 머지않아 헤어져야 하는 법, 모였을 때 즐거우면 헤어질 때는 쓸쓸하지 않겠는가? 쓸쓸하면 마음이 상하게 마련이니 차라리 모이지 않는 것이 나을 것이다. 예를 들어 저 꽃들처럼 필 때는 사람들이 좋아하고 아껴주지만 질 때는 쓸쓸함만 더하고 있으니 아예 피지 않는 것만 같지 못할 것이다.'

그리하여 사람들이 즐거워할 때 그녀는 오히려 슬퍼했다.

보옥의 성품은 오직 모이는 것만을 원하며 헤어져 슬프게 되는 것을 두려워했다. 저 꽃들도 항상 피어 있기만을 바라며 떨어져 재미없어짐을 두려워했다. 잔치자리가 끝나고 꽃이 떨어지게 되면 비록 만감이 교차하며 슬픔이 솟아나지만 어찌하는 수가 없는 것이다.

그러므로 오늘의 잔치가 다들 흥이 나지 않고 헤어진 것에 대해 대옥은 아무렇지도 않게 생각했지만 보옥의 마음은 영 찜찜하고 언짢았다. 자기의 방으로 돌아와서도 긴 한숨을 그치지 않았다. 그때 하필 청문이 와서 옷을 갈아입히려다가 실수하여 보옥의 부채를 떨어뜨려 부챗살이 부러지고 말았다. 보옥이 보고 탄식을 금치 못했다.

"아이고, 저 멍청이 좀 봐라. 앞으로 어떻게 살아가려고? 언젠가 시집가서 집안을 꾸려갈 때도 그렇게 덤벙대기만 할 거야?"

청문이 코웃음을 쳤다.

"도련님! 요즘엔 참 화를 많이 내시는군요. 사람 얼굴보고 제멋대로 행동하시나 보죠. 어제는 습인을 발로 차더니 오늘은 저의 잘못을 탓하시는군요. 발로 차든 주먹으로 때리든 도련님 맘대로 하세요. 부챗살 부러뜨리는 일쯤이야 늘상 있는 사소한 일인데 뭘 그래요? 전에는 그렇게 좋은 유리 항아리며 마노 사발도 얼마나 많이 깨뜨렸던가요. 그래도 크게 화내신 적이 없었잖아요. 그런데 부채 하나 때문에 도대체 왜 그러시는 거예요? 우리가 미우면 그냥 내보내고 다른 사람 골라 쓰면 되는 일이지. 차라리 서로 안 보면 오죽 좋아요?"

보옥은 그 말을 듣고 온몸을 바르르 떨면서 차디찬 한마디를 내뱉었다.

"그래, 서두를 거 없어. 언젠가는 다들 뿔뿔이 헤어질 날이 오고야 말 테니까."

습인이 한쪽에서 그 말을 듣고 있다가 급히 달려와 보옥을 달랬다.

"가만히 계시다가 또 왜 그래요? 내가 잠시만 없어도 금방 일이 터진다고 했더니."

청문이 그 말에 코웃음을 쳤다.

"언니가 그렇게 말을 잘하면 왜 진작 달려와 도련님 화를 얼른 잠재우지 않았어요? 전부터 언니 혼자서만 도련님을 모셨으니까 우린 아예 모셔 본 적도 없었지요. 그렇게 잘 모시는 사람도 어제는 가슴팍을 걷어채이기까지 하였는데 우리처럼 모실 줄 모르는 사람은 나중에 또 무슨 화를 당할지 모르겠군요, 흥!"

습인은 불현듯 화가 치밀어 오르고 또 부끄러워 몸 둘 바를 모르며 몇 마디 대꾸를 하려다 보옥의 얼굴이 새파랗게 질려있는 걸 보고 자신은 성질을 꾹 눌러 죽이고 청문을 밖으로 밀쳐냈다.

"청문아, 제발 이제 그만 하고 나가 놀아라. 그래 우리가 잘못했다, 잘못했어!"

청문은 말속에 '우리가 잘못했다'고 한 말을 듣고 '우리'라는 말이 습인과 보옥을 지칭하는 것이 분명하므로 은근히 질투가 나고 부아가 솟아 코웃음을 몇 번 치면서 말꼬리를 잡았다.

"글쎄 '우리'라고 하는 게 누구하고 누구를 말하는지 난 모르겠네. 제발 부끄러운 줄이나 알고 헛소리하지 말아요. 자기들이 몰래 못된 짓거리하는 걸 내가 모를 줄 알아요? 어디서 '우리'니 뭐니 떠드는 거예요. 솔직히 아직 '아씨'가 되기엔 한참 멀었고 그저 나처럼 말단 시녀에 불과하면서 '우리'라고 하다니요?"

습인은 부끄러움에 얼굴이 벌겋게 달아올랐다가 새파랗게 질려버렸다. 가만히 생각하니 자기가 말을 실수한 것이었다.

보옥이 참다못해 소리를 내질렀다.

"너희가 그렇게 분통을 참지 못하는 모양인데, 내일이라도 습인을 승격시켜 주면 되잖아?"

습인이 얼른 보옥의 손을 잡아끌며 말렸다.

"저애가 철이 없어 그러는데 뭘 그깟 일을 곧이곧대로 따지고 그러세요? 평소에는 잘도 참았으면서. 그보다 큰일이 전에는 얼마나 많았어요. 근데 이번엔 왜 그리 화를 내세요?"

청문이 또 가만히 있지 않고 코웃음으로 받았다.

"그래 난 원래부터 철없는 바보였죠. 어떻게 나 같은 사람하고 말할 계제나 되시나요?"

습인이 냉정을 되찾고 타일렀다.

"도대체 이 아가씨가 지금 나하고 말싸움하자는 것이야, 도련님하고 다투자는 것이야? 나한테 불만이 있으면 그냥 나하고만 말하자구. 도

런님 앞에서 공연히 다툴 건 없잖아. 도련님한테 불만이 있다고 세상
사람들한테 다 알리려는 듯이 소란을 피울 건 또 뭐야. 나는 그저 문제
를 해결하려고 말리는 것이었을 뿐이야. 그런데 이 아가씨는 나를 잡고
화풀이하면서도 또 나한테 불만이 있는 것 같지는 않고 도련님한테 불
만을 품은 것 같지도 않으면서 이곳저곳을 다 찔러대고 있으니 도대체
어쩌자는 것이지? 난 그만 말할 테니 네 맘대로 지껄여 봐."

습인은 말을 마치고 밖으로 횡허케 나가버렸다.

보옥이 목소리를 낮춰 차갑게 청문에게 말했다.

"너도 공연히 화만 낼 필요 없어. 내 이제 너의 속마음을 알아냈으니
어머님한테 말씀드릴게. 너도 이제 나이가 들 만큼 들었으니 밖으로 내
보내 주는 게 좋겠지?"

청문은 그 말에 설움이 복받쳐 올라 눈물을 머금었다.

"내가 왜 나가요? 나를 미워한다고 온갖 방도를 써서 나를 내보내려
해도 그건 안 될 걸요!"

"네가 이렇게까지 소란피우는 것을 본 적이 없어. 이건 네가 나가려고
용을 쓰는 것이 틀림없어. 차라리 어머님한테 말씀드려 내보내는 게 좋
겠어."

보옥은 말을 마치자 벌떡 일어나 나가려고 했다. 그 말을 들은 습인
이 나가다 말고 얼른 돌아서서 가로막으며 물었다.

"어딜 가시려고요?"

"어머님한테 말씀드릴 거야."

"정말 한심하군요. 그걸 참말이라고 가서 말씀드린단 말이에요? 도
련님도 참 부끄럽지도 않은 모양이죠? 청문이 정말로 나가려 한다 해도
우선 먼저 화를 가라앉히고 아무 일도 없을 때 마님한테 말씀드려도 늦
지 않을 거예요. 지금 부랴부랴 무슨 대단한 일처럼 난리피우면 마님이
오히려 의심하시기 십상이지요."

"아냐. 어머님이 무슨 의심을 하시겠어? 난 그저 청문이가 난리피우면서 나가겠다고 한다고 설명만 드릴 건데."

보옥의 말을 듣고 청문이 울음범벅이 된 얼굴로 대꾸했다.

"내가 언제 난리치며 나가겠다고 했어요? 공연히 화내시면서 나를 협박하는군요. 그래요. 맘대로 가서 말씀드리세요. 난 머리를 들이받고 죽는 한이 있어도 이 집 문턱을 나가진 않을 테니까요."

"그것 참 이상도 하군. 이번엔 또 안 나간다면서 난리는 왜 치는 거야? 난 이런 말다툼이 이젠 정말 짜증나 못 견디겠어. 차라리 그냥 다 나가버리는 게 시원할 거야."

보옥은 반드시 가서 아뢰겠다고 고집을 부렸다. 습인은 그냥 막을 수 없음을 깨닫고 바닥에 무릎을 꿇었다. 벽흔과 추문, 사월 등 여러 시녀들은 안에서 소란이 일자 쥐 죽은 듯이 밖에서 듣고 있다가 습인이 무릎을 꿇고 통사정하자 우르르 다 같이 달려 들어와 모두 무릎을 꿇었다. 보옥은 얼른 습인을 잡아 일으키면서 길게 한 번 한숨을 쉬고 침상에 걸터앉아 다들 일어나라고 이르고는 습인에게 말했다.

"그래 내가 어떻게 했으면 좋겠어? 내 속마음이 다 부서진대도 아무도 모를 거야."

그리곤 눈물을 주르륵 흘렸다. 습인도 보옥이 눈물을 흘리는 걸 보고 자신도 함께 통곡하고 말았다.

옆에서 울고 있던 청문은 무슨 말인가 하려다가 마침 대옥이 들어오자 그만 나가 버렸다. 방에 들어선 대옥이 말을 걸었다.

"명절 끝에 멀쩡하게 울긴 왜 울어요? 맛있는 찹쌀 종자粽子를 서로 먹겠다고 싸운 건 아니겠죠?"

보옥과 습인은 계면쩍게 피식 웃었다.

"오빠가 나한테 말 안 하면 습인 언니한테 물어보면 알겠군요."

대옥은 습인의 어깨를 탁탁 치면서 말을 이었다.

"올케 언니, 제발 말 좀 해줘요. 틀림없이 두 분이 말다툼이라도 하신 거죠? 나한테 말만 하면 중간에서 잘 화해시켜 드릴게요."

습인이 대옥을 밀어 제치며 나무랐다.

"아가씨! 지금 무슨 말을 하시는 거예요? 우린 그저 시녀일 따름이에요. 제발 쓸데없는 말씀일랑 하지 마세요."

"언니는 자신이 시녀라고 말하더라도 내 마음속에는 언제나 올케 언니로 생각하고 있죠."

대옥의 말을 보옥이 받아 나섰다.

"왜 공연히 습인한테 욕먹게 할 말을 끌어다 붙이는 거지? 그런 거 때문에 사람들은 쓸데없는 말을 하곤 하는데 대옥 누이마저 그런 말을 하면 견뎌낼 재간이 있겠어?"

"대옥 아가씨, 아가씨는 제 마음의 고통을 모르세요. 차라리 단숨에 목숨이 끊어져 죽었으면 좋겠어요."

습인의 말에 대옥도 웃으면서 대꾸했다.

"습인 언니가 죽으면 다른 사람은 몰라도 내가 먼저 울다가 죽어버리고 말 거야."

그러자 보옥이 얼른 뒤를 이어 말했다.

"네가 죽으면 난 중이 되고 말 테야."

습인이 웃으면서 핀잔을 줬다.

"제발 좀 점잖게 있으세요. 왜 공연히 그런 말을 내뱉는 거예요."

대옥이 두 손가락을 펴서 입을 가리며 웃었다.

"벌써 두 명의 스님이 나오셨군요. 앞으로 오빠가 중이 되겠다고 하는 게 몇 번이나 될지 꼭 세어봐야지."

보옥은 지난번 두 사람 사이에 오간 말을 가리키는 걸 깨닫고 자신도 웃고 말았다.

잠시 후 대옥이 돌아가고 또 누군가 찾아와서 '설반 나리께서 찾으신다'는 전갈을 보냈다. 보옥은 가지 않을 수가 없었다. 술자리를 준비한 것인데 이번에는 사양할 수 없어서 자리가 파할 때까지 있었다.

저녁때 돌아올 무렵에는 약간의 술기운이 있었다. 비틀비틀 걸어서 이홍원으로 돌아오는데 정원 안에는 누군가 일찍부터 시원한 등나무 침상과 베개를 펼쳐놓고 침상 위에서 잠들어 있었다. 보옥은 습인이겠거니 생각하고 침상 가에 걸터앉으면서 잠자는 사람을 밀어보았다.

"아픈 데는 좀 나았어?"

잠자던 사람이 일어나 앉으며 말했다.

"왜 공연히 또 건드리는 거예요?"

보옥이 다시 보니 습인이 아니고 바로 청문이었다. 보옥은 청문을 잡아 당겨 옆에 앉히고는 웃으며 말했다.

"네 성질도 점점 버릇없어지는구나. 아침부터 부챗살을 부러뜨렸다고 그저 한두 마디 했는데 그렇게 난리법석을 떨었던 거 아냐. 그러면 나한테나 달려들 일이지, 습인은 호의에서 말리려 한 것인데 왜 또 시비를 걸고 달려들어? 너도 생각 좀 해봐. 꼭 그랬어야 했어?"

그 말에 대답은 없이 청문은 딴전을 피웠다.

"더워 죽겠는데 왜 자꾸 끌어당기고 달라붙는 거예요? 남들이 보면 뭐라고 그러겠어요? 나 같은 사람이야 도련님 옆에 앉을 자격이나 있나요?"

보옥이 웃으며 되물었다.

"그래? 자격도 없다면서 왜 여기서 자고 있는 거야?"

청문은 할 말이 없자 피시식 웃고 말았다.

"도련님이 안 오시면 괜찮은데 도련님이 오시면 자격이 없어지는 거지 뭐. 어서 일어나요, 난 목욕이나 하러 가야겠어요. 습인하고 사월인 벌써 다 했으니까 불러다 드릴게요."

"나도 방금 술 좀 마셔서 지금 다시 좀 씻고 싶은데 너도 안 씻었다니까 물을 길어다 우리 함께 목욕하지 않을래?"

청문은 손을 들어 흔들며 웃음을 참지 못했다.

"아이고, 됐어요! 제가 어찌 감히 도련님 상대를 할 수 있나요. 아직도 기억하지만 벽흔이가 도련님 목욕시켜 드릴 때는 족히 두세 시간은 걸리더라고요. 도대체 뭘 했는지 모르겠더라고요. 우리가 들어가 볼 수도 없고요. 목욕이 끝나고 들어가 보았더니 땅바닥엔 물이 침상 다리까지 흥건히 고였고 자리도 물에 푹 젖어 있던데요. 도대체 어떻게 목욕했는지 몰라 며칠간이나 웃었다고요. 저는 그런 시중들 시간이 없는데다 저랑 목욕할 생각일랑 아예 마세요. 오늘은 좀 선선하니까 아까 씻었다면 다시 목욕할 필요는 없을 거고요. 물 한 대야를 떠올 테니 얼굴 씻고 머리나 감도록 하세요. 조금 전에 원앙이 맛있는 과일을 보내왔는데 모두 수정 항아리에 시원하게 재워 놓았어요. 그거나 가져오라고 해서 드세요."

"그럼 너도 목욕하지 말고 손이나 씻은 다음에 과일이나 갖다 먹자."

"저같이 덜렁대는 사람은 부채나 떨어뜨려 부러뜨리곤 하는데, 과일을 어떻게 날라다 먹겠어요? 그러다 쟁반이라도 깨면 더 큰 일이 아니에요?"

청문이 자꾸 김 빼는 소리를 하자 보옥이 선선하게 대답했다.

"네가 깨고 싶으면 맘대로 깨. 그런 물건이야 본래 사람이 쓰라고 있는 것이니, 네가 하고 싶은 대로 해봐. 부채만 해도 그래. 원래는 부치는 것이지만 네가 만일 그걸 찢으며 즐긴다면 그것도 못할 것이 없잖아. 다만 화내면서 홧김에 분풀이를 하면 안 되지. 또 술잔 쟁반도 원래는 물건을 담는 그릇이지만 만일 그 소리를 즐겨 듣는다면 일부러 갖다 부숴도 안 될 것은 없지. 역시 다만 그것으로 화풀이해선 곤란하겠지만 말이야. 그렇게 하는 것만이 사물에게 진정한 사랑을 베푸는 일이 되는 거야."

청문이 그 말에 얼른 기회를 탔다.

"그렇다면 도련님 그 부채를 한번 줘 보세요. 내가 찢어보게요. 난 부채 찢는 소리가 가장 듣기 좋아요."

보옥이 웃으면서 부채를 건네줬다. 청문은 과연 그것을 받아 절반으로 쫙 찢고 다시 쫙쫙 여러 번 찢는 소리를 냈다. 보옥이 옆에서 웃으면서 거들었다.

"그 소리가 참으로 듣기 좋구나. 소리 내어 더 찢어봐!"

그때 마침 사월이 들어오다 그 광경을 보고 한마디 했다.

"못된 짓은 이제 그만 해."

보옥이 얼른 달려들어 사월이의 부채를 빼앗아 청문에게 건네줬다. 청문이 그것을 받아 소리 나게 쫙쫙 찢어버렸다. 두 사람은 즐거워하며 앙천대소를 했고, 사월이는 볼멘소리를 하였다.

"그러고 보니 내 물건 가지고 자기들 멋대로 기분 내고 있었잖아?"

보옥이 한 술 더 떴다.

"가서 부채상자를 열고 맘대로 골라 와. 뭐가 귀하다고 그래."

"차라리 부채상자를 통째로 가져다 청문이한테 주어 실컷 찢어보라고 그러지 그래요?"

"그럼 네가 가서 가져와."

사월이는 거절했다.

"저는 그런 죄받을 짓은 못해요. 쟤도 팔이 부러진 게 아닌 바에야 자기가 직접 가져오라고 하지 그래요."

청문이 침상에 기대어 웃으면서 대꾸했다.

"나도 이젠 싫증이 났네요. 내일 또 찢도록 하지 뭐."

"옛사람이 말하길 '천금을 주고도 미인의 웃음을 한 번 사기 어렵다'고 했는데 부채 몇 자루가 무슨 대수랴!"

그러고 나서 바로 습인을 나오라고 불렀다. 습인이 옷을 갈아입고 나왔다. 어린 시녀 가혜가 나와 부서진 부채를 주워 담았다. 다들 시원한 바람을 쐬며 저녁시간을 보냈다.

다음날 낮에 왕부인과 설보차, 임대옥 및 여러 자매들이 가모의 방에 모여 둘러앉아 있을 때 밖에서 아뢰는 소리가 들려왔다.

"사상운 아가씨가 오셨습니다."

사상운이 여러 시녀와 어멈들을 데리고 집안으로 들어섰다. 보차와 대옥이 황급히 일어나 계단 아래까지 나가 맞이했다. 젊은 자매들끼리 한 달여를 만나지 못하다가 상봉을 하니 그 친밀한 얘깃거리야 말할 필요도 없었다. 잠시 후 방으로 들어와 서로간에 안부 인사를 나누고 나자 가모가 말했다.

"날씨가 더우니 겉옷을 벗으려무나."

사상운은 얼른 옷을 벗었다. 보고 있던 왕부인이 웃으면서 물었다.

"그런 옷을 다 뭐하려고 입었니, 그런 건 본 적이 없구나."

"그게 다 둘째 언니〔왕희봉을 가리킴〕가 입으라고 해서 그런 거예요. 누가 원해서 이런 걸 다 입은 줄 아세요?"

상운의 말을 받아 보차가 곁에서 지난 일을 상기시켰다.

"이모님은 몰라서 그러세요. 상운이는 특히 남의 옷 입기를 좋아한다니까요. 지난해 삼사 월이었을 거예요, 아마. 그때 상운이가 여기 와서 묵고 있었는데 보옥 동생의 도포를 입고 신발도 신고 이마에 묶는 머리띠 말액抹額까지도 맸다니까요. 얼핏 보면 보옥 동생하고 똑같았어요. 그저 귀고리 두 개가 더 달려있을 뿐이었죠. 그때 그런 복장으로 의자 뒤에 서 있으니 할머니도 깜빡 속아서 그만 '보옥아, 이리 오렴. 거기 서 있다가 괜히 위에 달아놓은 등불 술을 건드려서 눈에 먼지 들어갈라'라고 말하셨지요. 그래도 빙그레 웃기만 하면서 꼼짝 않고 서 있으니 다들 참지 못하고 배꼽을 잡고 웃었더랬지요. 노마님도 나중에 따라 웃으시면서 '그렇게 남자처럼 차려 입으니까 참으로 멋진걸!' 하고 말하셨는걸요."

이번에는 대옥이 말을 이었다.

"그 뿐이 아니에요. 재작년 정월인가에 상운이를 데려왔는데 한 이틀도 안 묵어서 눈이 내렸잖아요. 할머니와 외숙모는 아마도 그날 막 사당의 영정을 배알하고 돌아온 길이었을 거예요. 할머니가 새빨간 성성이털로 만든 새 망토를 막 벗어놓으셨는데 잠깐 눈 돌린 사이에 상운이가 입고 나가버렸죠. 망토가 너무 크고 기니까 땀수건으로 허리를 질끈 잡아매고는 시녀들하고 후원에서 눈사람을 만든다고 뛰어나갔는데 순간 그만 눈에 미끄러져 도랑 속으로 처박히는 바람에 온몸이 진흙 덩어리가 되고 말았지요."

사람들이 그때 일을 생각하면서 다들 까르르 웃음을 터뜨렸다.

이번에는 보차가 또 유모인 주周노파를 보고 웃으면서 말했다.

"유모님! 아가씨가 아직도 그렇게 장난을 심하게 치나요?"

주노파도 따라 웃었다. 영춘이 역시 웃으면서 덧붙였다.

"장난치는 것도 좋지만 난 상운이가 말을 너무 많이 하는 게 질색이야. 글쎄 잠자다가도 뭐라고 중얼중얼 잠꼬대를 하는데, 웃다가 떠들다 하면서 도대체 무슨 말인지 알아들을 수도 없는 말들을 한단 말이야."

왕부인이 나서서 진정을 시켰다.

"이제는 좀 나아졌겠지. 며칠 전에 아마 시댁 될 집안의 누군가 찾아와서 만나보고 가는 것 같던데. 아직도 그러기야 하겠어."

그 말끝에 가모가 물었다.

"오늘 여기서 묵을 거냐?"

주노파가 곁에서 웃으며 대신 말했다.

"노마님은 우리 아가씨가 옷가지도 모두 챙겨 갖고 온 걸 보시지 못하셨나 봐요. 며칠은 묵으려는 거 아니겠어요?"

상운이 생각난 듯이 물었다.

"보옥 오빠는 집에 없나요?"

"넌 아직도 다른 생각은 없고 오로지 보옥이 생각뿐이구나. 두 사람이 모두 천진난만하게 놀기만 좋아하니까. 아직도 그 버릇은 고치지 않은 게 분명해."

보차의 말에 이어 가모가 한마디 주의를 줬다.

"너희도 이제 나이가 들어가니 어릴 적 이름을 마구 부르지 마라."

그때 마침 보옥이 들어왔다.

"상운이 왔어? 지난번에는 사람을 보내 청했는데 왜 안 왔어?"

"방금 할머니가 바로 그 말씀을 하고 계셨건만, 너야말로 들어오자마자 이름을 마구 불러대는구나."

왕부인이 딱하다는 듯이 덧붙였다. 대옥이 말했다.

"오빠가 좋은 물건을 하나 구해서 네가 올 때를 기다리고 있었단다."

"뭔데? 좋은 거라는 게."

상운이 궁금하여 다그쳐 묻자 보옥이 발뺌을 했다.

"넌 또 저애의 말을 믿니? 며칠 안 보았더니 키가 훨씬 더 컸네."

"습인 언니도 잘 있어요?"

"고맙다, 신경 써 줘서."

"내가 뭐 하나 좋은 거 줄 게 있어서 가지고 왔거든요."

상운이는 손수건 하나를 꺼냈다. 접어서 묶은 것이었다.

"그게 뭐가 좋은 건데? 그것보다는 지난번처럼 붉은색 무늬 돌 반지를 두 개 갖다 주는 게 더 좋았을 텐데."

보옥의 말에 상운이 손수건을 풀어헤치며 웃었다.

"자, 이게 뭐게?"

다들 들여다보니 과연 지난번 보내온 그 붉은색 무늬반지가 네 개 들어 있었다. 대옥이 웃으면서 말했다.

"자, 여러분! 상운이가 하는 짓 좀 한 번 보세요. 지난번처럼 사람을 시켜 보내면 직접 가져오는 것보다 얼마나 일을 줄이는 게 되겠어요? 모처럼 자기가 직접 가져왔다 하기에 뭔가 대단한 것인 모양이라고 생각했더니 겨우 그거야. 정말 바보 같기는."

상운이 오히려 웃으면서 대꾸했다.

"언니야말로 바보 같네그래. 내가 그럴 만한 이치를 말해줄 테니 한 번 들어보고 누가 정말 바보인지 맞혀 봐요. 시녀들한테 보내는 것은 내가 먼저 심부름꾼한테 일일이 말해줘야 해요. 이건 누구네 집 어느 시녀의 것이고 저건 또 누구네 집 어느 시녀 것이라고 해야지요. 심부름꾼이 좀 똑똑하면 다행이지만 만일 멍청하기라도 하면 수많은 시녀들의 이름을 일일이 다 외우지도 못하고 헛소리를 해대거나 아가씨들한테 보내는 물건하고 섞어버려 정신없게 만들기도 하지요. 만일 평소에 잘 아는 어멈을 시켜 보내기라도 하면 괜찮지만 지난번엔 하필이면 사내 녀석을 보냈으니 어떻게 시녀들의 이름을 말하겠어요? 어쨌든 내가 손수 가져와서 나눠주면 분명하잖아요."

그러면서 상운은 손수건에서 네 개의 반지를 꺼내 나누어 주었다.

"이건 습인 언니한테 주고, 이건 원앙 언니한테, 이건 금천아 언니, 그리고 이건 평아 언니한테 주는 거예요. 이 네 개를 하인들한테 시키면 그렇게 분명히 외우겠어?"

다들 웃으면서 칭찬했다.

"그래, 과연 똑 부러지게 분명하구나."

"아직도 그렇게 말을 잘하네. 절대 남한테는 지지 않지."

보옥이 덧붙인 말에 대옥이 코웃음 치고는 벌떡 일어나서 중얼거리며 나가버렸다.

"상운이가 말을 잘하는 게 아니라 금기린이 말을 잘하는 거겠지."

다행히 다른 사람들은 제대로 듣지 못했지만 보차만은 알아듣고 입을 가리며 웃었다. 말뜻을 알아들은 보옥은 스스로 말을 잘못한 것을 후회하다가 홀연 보차의 은근한 웃음을 보고는 자신도 머쓱하여 함께 빙긋이 웃고 말았다. 보차는 보옥이 따라 웃는 걸 보고 얼른 일어나서 대옥을 찾아 얘기나 나누려고 밖으로 나갔다.

가모가 상운에게 한마디 했다.

"차 마시고 잠시 쉬었다가 네 올케들이나 찾아 인사하렴. 대관원도 시원하니 언니들하고 바람이라도 좀 쐬고 말이야."

상운은 가락지 세 개를 보자기에 싸 넣고는 잠시 쉬었다가 희봉을 만나보려고 나섰다. 유모와 시녀들이 뒤를 따라 나섰다. 상운은 희봉의 처소에 이르러 얘기를 나누다가 나와서 대관원으로 향했다. 대관원에서 먼저 이환의 처소를 찾아가 잠시 앉았다가 나와서 이홍원으로 습인을 찾아가려는데 문득 걸음을 멈추고 뒤를 따르는 유모와 시녀들에게 말했다.

"이제 그만 따라다녀도 돼. 각자 친구들이나 만나러 가고 취루 한 사람만 남아서 시중들면 그만이야."

그 말에 사람들은 각자 제가 아는 사람들을 찾아 나섰고 상운과 취루 두 사람만 남게 되었다. 취루가 궁금한 듯 물었다.

"여기 연꽃은 왜 아직 안 피었죠?"

"때가 안 되어서 그런 거야."

"여기도 우리집 연못처럼 꽃술 안에서 꽃이 피는 루자화樓子花가 있을까요?"

"이 사람들 건 우리 것만 못해."

"저쪽에 석류나무가 있네요, 네댓 가지가 연이어 붙어서 정말로 누각 위에 누각을 지은 것처럼 되었어요. 정말 저렇게 자란 건 흔치 않은데 말이에요."

"꽃이나 풀도 사람처럼 기맥이 충실해야 잘 자라는 거야."

상운의 말에 취루가 고개를 갸우뚱하면서 엉뚱한 말을 했다.

"저는 그 말 못 믿겠어요. 만약 사람하고 똑같다면 사람 머리 위에 또 머리통이 생겨난 사람을 왜 나는 못 보았던 거죠?"

상운은 그만 웃음을 터뜨렸다.

"항상 너한테 엉뚱한 말 좀 하지 말라고 했는데도 굳이 말하는구나. 그런 엉뚱한 소리에 어떻게 대답해야 좋지? 천지간의 만물에는 음陰과 양陽의 두 기운이 모두 주어져서 바르거나 사악하게, 혹은 기이하고 괴팍하게 천변만화를 일으키는데 모두가 음양의 순리와 역행에 의해 만들어지는 거야. 그래서 수많은 삶이 만들어지는데 사람들이 익숙하게 보지 못한 것에 대해 기이하다 하지만 사실 궁극적으로는 다 같은 이치일 뿐이야."

"그렇다면 고금을 통하여 천지가 개벽된 이래로 모두가 바로 음양이란 말씀이군요?"

"이 바보 같은 것아. 점점 더 헛소리만 해대는구나. 뭐가 모두 음양이란 거야? 그래 음양이라고 생겨먹은 어떤 놈이라도 있다는 거냐? 음과 양은 각각 하나의 글자일 뿐이야. 양이 다하면 음이 되고 음이 다하면 양이 된다는 거지, 음이 다한 다음에 또 다른 양이 생겨나거나 양이 다한 다음에 또 음이 생겨난다는 것이 아니란 말이야."

상운이의 설명에 취루는 더욱 정신이 없는 모양이다.

"정말 미치겠네요, 무슨 말씀을 하시는지. 도대체 뭐가 음양이란 말입니까, 형태도 그림자도 없는 것이. 아가씨, 딱 한 가지만 물어볼게요. 그놈의 음양이란 것이 도대체 어떻게 생겼나요?"

"음양이 무슨 모양이 있을 수 있겠어? 그저 하나의 기운일 뿐인데. 어떤 기물에 넣어야 비로소 형태를 이루는 거지. 예를 들면 하늘은 양이고 땅은 음이야. 물은 음이고 불은 양이고, 해는 양이고 달은 음이라고 하는 거나 마찬가지야."

취루가 웃으면서 깨달은 체했다.

"그래요, 이제야 확실히 알겠어요. 사람들이 해를 보고 늘 '태양'이라고 부르고 점쟁이들이 달을 보고 '태음성太陰星'이라고 하더니만 그게 바로 이런 이치였군요."

상운도 환하게 웃었다.

"아이고머니나! 마침내 깨달았구먼그래."

"그렇게 큰 것에 음양이 있다는 건 그렇다 치더라도 설마 모기나 벼룩, 또는 꽃이나 풀, 기와조각, 벽돌 같은 것에도 음양이 있다는 말인가요?"

"그럼, 음양이 없는 것이 어디 있겠니? 예를 들면 이 나뭇잎 하나에도 음양으로 나눌 수가 있는데. 햇볕 있는 하늘을 향한 것이 양이고, 아래로 응달을 향한 것이 바로 음이지."

취루는 상운의 말에 고개를 끄덕였다.

"그렇군요. 이제는 분명히 알겠어요. 하지만 우리 손에 잡고 있는 부채는 어디가 양이고 어디가 음이죠?"

"여기 앞쪽이 양이고 반대쪽이 음이지."

취루는 다시 고개를 끄덕이며 웃었다. 그리고 몇 가지 더 예를 들어 물어보려다 별다른 생각이 나지 않자 가만히 있다가 문득 상운이 허리에 차고 있던 금기린을 발견하곤 물었다.

"아가씨, 이것에도 설마 음양이 있는 걸까요?"

"모든 들짐승과 날짐승은 수놈을 양이라고 하고 암놈을 음이라고 하는 것이야. 암컷과 수컷으로 구분되어 있는데 어째 없다고 하느냐?"

"그럼 이놈은 수놈인가요, 암놈인가요?"

"그건 나도 모르겠네."

"그건 그렇다고 쳐요. 물건마다 모두 음양이 있는데 우리 사람은 음

274

양이 왜 없는 거죠?"

그 말에 상운이 취루를 야단쳤다.

"아이고, 이 천박한 것아! 잘 걸어가기나 하렴. 고작 묻는다는 게 그런 거냐?"

취루가 여전히 웃으면서 대들었다.

"그게 뭐 그리 어렵다고 안 가르쳐주나요? 나도 알았다고요. 공연히 골탕 먹이려고 하지 마세요."

"알긴 뭘 알았다구 그래, 응?"

"아가씨는 양이고 저는 음이라는 거죠."

상운은 그 말이 너무나 우스워 손으로 입을 가리며 까르르 웃어댔다.

"제 말이 맞죠? 그렇게 웃으시는 걸 보니 틀림없어요."

"그래 맞다, 맞아!"

상운은 여전히 웃음을 참지 못하고 억지 대답을 했다. 그러나 취루는 아주 진지했다.

"사람들 규범에 주인은 양이고 노비는 음이라고 하잖아요. 제가 그런 이치도 모를 줄 아세요?"

"그래, 그래. 넌 아주 잘 알고 있구나."

두 사람은 그렇게 주거니 받거니 말을 이어가면서 걸어가다가 장미꽃 시렁 아래에 이르렀다. 상운이 문득 무언가를 발견했다.

"얘, 저것 좀 봐, 누가 떨어뜨린 머리장식이야? 금빛이 찬란한 게 저기 있네."

취루가 급히 다가가 주워 손에 넣고 빙긋이 웃었다.

"드디어 음양이 나뉠 수 있게 되었네요."

그리곤 우선 사상운의 금기린을 잡아당겨 맞춰 보았다. 상운이 주운 물건을 보여 달라고 하였지만 취루는 손안에 꼭 쥐고 내보이지 않았다.

"이거야말로 보배 중에 보배인걸요. 아가씨는 보실 수 없는 거예요.

이게 도대체 어디서 나타난 걸까? 정말 이상도 하네! 누가 이런 걸 갖고 있다는 말을 들은 적이 없었는데."

"어디 좀 보자, 뭘 갖고 그러니?"

취루가 손을 쫙 펴면서 내보였다.

"자, 보세요."

그것은 무늬가 휘황한 금기린이었다. 자기 것보다 좀 크고 문채가 있었다. 상운은 그걸 손바닥에 받아들고 말없이 묵묵히 넋을 잃고 서 있었다. 그때 홀연 보옥이 나타났다. 상운을 보고 웃으면서 물었다.

"햇볕이 따가운데 두 사람이 도대체 거기서 뭐 하는 거야? 습인을 만나겠다면서 왜 안 찾아가고 있지?"

상운은 얼른 금기린을 뒤로 감추면서 대답했다.

"지금 찾아가는 중이에요. 같이 갈래요?"

셋은 함께 이홍원으로 들어섰다. 습인은 섬돌 아래 난간에 서서 바람을 쐬다가 상운이 들어오자 얼른 맞이하였다. 두 사람은 손을 잡고 웃으면서 지난번 헤어진 뒤로 어떻게 지냈느냐고 서로 인사를 나누며 안으로 들어가 자리를 잡았다. 보옥이 말했다.

"일찍 좀 오지 그랬어? 내가 좋은 걸 하나 구해놨거든. 그래서 기다리고 있었지."

보옥은 몸을 더듬어 무언가를 찾으려고 했지만 한참 동안 더듬거리다가 소리를 지르며 습인에게 물었다.

"아이고, 큰일났네. 혹시 습인이 어디다 잘 두었어?"

"뭘 말이에요?"

"아, 지난번에 얻은 그 기린 말이야."

"도련님이 매일 차고 다니더니만 왜 나한테 묻죠?"

그 말에 보옥이 손바닥을 내려치면서 벌떡 일어섰다.

"그럼 잃어버린 게 틀림없어! 이거 참 어디 가서 찾는다지."

상운이 그 말을 듣고 방금 그게 보옥이 잃어버린 것임을 눈치 챘다.

"오빠가 언제부터 기린을 갖고 있었단 말이야?"

"응, 지난번 어렵사리 하나 구해놨지. 근데 그걸 언제 떨어뜨렸지. 나도 참 정신이 없네."

"그저 갖고 노는 장난감이구만, 그래도 저렇게 난리시네그려."

상운이 웃으면서 손을 쫙 펴보였다.

"자, 한 번 보세요. 이것이 바로 그게 맞나요?"

보옥이 그걸 보고 너무 기뻐하며 한마디 하였다.

무슨 말을 했는지 궁금하면 다음 회를 보시라.

訴肺腑迷心活寶玉
含恥辱情烈死金釧

# 우물에 뛰어든 금천아

속마음을 드러내다 보옥이 미혹되고
부끄러움 못 이겨 금천아가 자결하네

訴肺腑心迷活寶玉 含恥辱情烈死金釧

보옥은 잃어버린 기린을 보자 너무 기뻐하며 손을 뻗어 건네받았다.

"그래도 상운이가 주웠으니 천만다행이야. 어디서 찾은 거야?"

"그나마 이걸 잃었으니 다행이지, 나중에 관인〔官印: 관리를 임명할 때 수여하는 인장〕이라도 잃어버리는 날엔 어쩌려고 그래요. 정말 큰일이 아니겠어요?"

"그까짓 관인쯤이야 잃어버린다 한들 별거 아니지만 이걸 잃었으면 난 죽어 마땅하지."

습인이 차를 가져와 상운에게 따라 주었다.

"상운 아가씨, 지난번에 들으니 좋은 일이 있으셨다면서요?"

상운은 곧 얼굴이 빨개지면서 말없이 차만 마시고 대답을 안 했다.

"웬일이세요? 이번엔 부끄럼을 다 타시고. 10년 전쯤의 일을 아직도 기억하시죠? 저희가 노마님 처소의 서편 행랑에 살고 있을 때 아가씨가 저한테 하셨던 말씀 말이에요. 그때는 전혀 부끄러워하시지 않았는데,

지금은 어쩐 일로 부끄러움을 다 타세요?"

상운이 웃으면서 대꾸했다.

"그때 얘길 왜 또 하는 거야. 그땐 우리 사이가 아주 좋았잖아. 나중
에 우리 어머님이 돌아가시는 바람에 내가 집으로 돌아가 지내야 했고,
그러다 어찌어찌 하여 습인이 보옥 오빠 시중을 들게 되었지. 이제 돌
아와 보니 벌써 나를 대하는 게 달라졌더라고."

습인도 웃으면서 이어갔다.

"그때 얘길 또 하시네요. 그때는 언니, 언니 하면서 나한테 머리를
빗겨 달라 얼굴을 씻겨 달라 매달리고 또 이거 해 달라 저거 해 달라 온
통 난리를 쳤잖아요. 그런데 이젠 나이가 들었다고 제법 아가씨 행세하
며 거드름을 피우더라고요. 그렇게 주인 노릇을 하기 시작하는데 내가
어떻게 전처럼 함부로 편하게 대할 수 있겠어요?"

상운이 그 말에 펄쩍 뛰었다.

"아이고머니나! 억울해라, 억울해. 내가 만일 정말 그랬다면 이 자
리서 당장 죽어도 좋아. 자, 보라고. 이렇게 더운 날씨에도 내가 이 집
에 오면 꼭 여길 찾아와 습인 언니를 만나려고 하잖아. 못 믿겠으면 우
리 취루한테 물어 봐. 집에서도 어느 한순간 습인 언니 말을 하지 않은
때가 있었는가 말이야."

상운이 흥분하여 열을 올리자 당황한 습인과 보옥이 함께 얼른 말을
끊고 달랬다.

"그냥 농담이었는데 뭐 그렇게 정색하고 열을 내세요?"

"그리 말하면 남의 말 막는 거라고 하진 않고 오히려 나더러 열만 낸
다고 하네요."

상운은 입으로는 투덜대면서도 손수건을 펴서 가락지를 꺼내 습인에
게 건넸다.

습인은 고마워하면서 웃음을 띠고 말했다.

"지난번 언니들한테 주었던 것 중에서 난 벌써 하나를 얻었지요. 지금 아가씨가 직접 가져다주는 걸 받으니 나를 잊지 않은 걸 분명히 알 수 있어요. 그거 하나만으로도 아가씨의 사람됨은 시험을 거친 것이 죠. 가락지 하나가 얼마나 가겠냐만 아가씨의 진심을 엿볼 수는 있는 거죠."

상운은 의아한 표정으로 물었다.

"누가 주었는데?"

"보차 아가씨가 주었지요."

"난 또…. 대옥 언니가 주었나 했더니 보차 언니가 주었단 말이지. 내가 집에서 날마다 생각해 봤는데 우리 언니들 중에서 보차 언니만 한 사람이 없는 것 같아. 아깝게도 한 어머니 뱃속에서 나오지 않은 게 한이지만 말이지. 그런 친언니가 한 사람만 있으면 설사 부모님이 돌아가셨다 해도 별로 아쉬운 게 없을 텐데."

상운은 말하다 말고 가슴이 뭉클하여 눈시울이 벌겋게 변했다. 보옥이 얼른 나섰다.

"그래 그래, 됐어! 그런 말 이제 그만 하자구."

상운이 지지 않고 말을 이었다.

"그런 말하는 게 어때서? 내가 오빠의 은근한 걱정을 모를 줄 알아? 그러다 오빠의 그 대옥 누이께서 들으실까 걱정이 되어 내가 보차 언니를 칭찬한다고 탓하면서 화를 내려는 거지? 그것 때문이 아니란 말이야, 그럼?"

습인이 피식 웃음을 날리면서 곁에서 한마디 거들었다.

"상운 아가씨는 이제 나이도 차 가는데 점점 바른 소리만 내질러 남의 염장을 지르는군요."

보옥이도 웃으면서 대꾸했다.

"내가 언제나 하는 말이지만, 너희 몇 사람은 정말 함께 말 나누기가 어렵다고 하였더니 과연 빈말이 아니었네그래."

"오빠! 공연히 오빠까지 나서서 내 속을 뒤집어 놓을 건 뭐야? 우리 앞에서나 말을 하지 만약 대옥 아가씨라도 나타나면 어쩔지 모르겠네."

상운의 말을 가로막으며 습인이 나섰다.

"자, 이제 농담일랑 그만 하고, 아가씨한테 한 가지 부탁이 있는데요."

"그게 뭔데?"

"신발 한 켤레를 만들어 무늬 박힌 천을 대고 꿰매야 하는데 요 며칠 사이 몸이 불편하여 만들지 못하고 있어요. 아가씨가 틈이 나면 대신 좀 만들어 줄래요?"

"그것 참 이상도 하시네. 이 집안에 솜씨 좋은 사람이 많고도 많을 텐데, 왜 나를 시킨단 말이야? 습인의 일거리를 누구한테 시킨들 어느 누가 거절할 수 있을까 봐."

상운이 웃으며 거절하는 말을 듣고 습인이 해명했다.

"아가씨도 왜 그렇게 딴 소릴 하세요? 설마 모르시는 건 아닐 테죠? 우리 이곳의 침선은 다른 일손한테 시키는 법이 없잖아요."

그제야 상운은 그 신발이 곧 보옥의 비단신을 말하는 것임을 알아챘다.

"그렇다면 내가 대신 해드릴 수밖에 없겠는걸. 하지만 이번 한 번만이야. 습인 것이라니까 내가 해주는 거지, 다른 사람 것은 절대 못해."

"왜 또 그러세요? 내가 감히 어떻게 아가씨한테 신발 만들어 달라고 부탁하겠어요? 솔직히 말하면 내 것이 아니에요. 누구 것이든 상관 말고 그저 내 사정이나 받아주시면 그 뿐이라고요."

"사실 습인의 신발을 나한테 한두 번 부탁했었나 뭐. 하지만 지금 내가 안 하겠다고 하는 까닭을 잘 알지 않아?"

"전 모르겠는데요."

습인의 시침 떼는 말을 듣고 상운은 쌀쌀하게 웃으면서 대꾸했다.

"지난번 듣자 하니 내가 만든 부채 주머니를 갖고 나가 남의 것과 비교하고는 또 화가 나서 가위질 했다던데. 내 벌써부터 듣고 있었는데 날 속이려고 그래? 이번에 또 나더러 만들어달라니 내가 이 집의 시녀라도 되었단 말이야?"

곁에서 듣던 보옥이 얼른 웃음을 띠며 나섰다.

"지난번 그 일은 첨부터 네가 만든 것인 줄 몰랐었어."

"그건 정말이에요. 도련님은 아가씨가 그걸 만든 줄은 정말 몰랐어요. 제가 속였거든요. 새로 들어온 여자애가 기묘한 꽃을 수놓는다 하니 한 번 불러서 부채 주머니를 만들게 했다고 말씀드렸거든요. 그랬더니 그대로 믿고 가지고 나가서 여기저기 보여주면서 자랑하시더라고요. 그러다 무슨 일인지 대옥 아가씨하고 말다툼을 벌이다가 그만 두 동강을 내고 말았죠. 집에 와선 다시 하나 더 만들어달라고 조르기에 제가 비로소 상운 아가씨가 만들었단 말을 드렸더니 크게 후회하시더라고요."

습인의 해명에도 상운은 더욱 막무가내였다.

"거참 점점 이상한 소리만 하시네. 대옥 아가씨가 까닭 없이 성낼 일도 없었겠지만 기왕에 그걸 싹둑 잘라 버렸다니 그걸 자른 사람한테 시키면 되겠구먼그래."

"대옥 아가씬 안돼요. 이것만은 눈감아 주셔야 돼요. 노마님도 대옥 아가씨가 피곤하지 않도록 하라고 걱정하시고 의원도 요양해야 한다고 했으니 누가 대옥 아가씨한테 일을 시키겠어요. 지난 일 년 동안 겨우 향주머니 하나를 만들었고 올해도 반년이나 바늘 코 한 번 들지 않았는 걸요."

그때 마침 밖에서 전갈이 왔다.

"흥륭가興隆街의 나리께서 오셨습니다. 대감마님께서 도련님 나오셔서 인사드리라고 하시는데요."

그 말에 보옥은 가우촌賈雨村이 찾아왔음을 알고 마음이 언짢아졌다. 습인이 급히 옷을 가지러 나가자 보옥은 신발을 신으면서 불편한 심기를 드러냈다.

"아버님이 접대하셨으면 되었을 텐데 군이 매번 나를 불러내는 까닭이 뭐야."

사상운이 부채를 흔들며 부치다가 그 말을 듣고 웃으며 대꾸했다.

"그거야 오빠가 손님접대를 잘하니까 대감께서 부르시는 거지요."

"아니야. 아버님이 날 찾으시는 게 아니라 그 사람이 먼저 나를 만나보자고 불러내는 거라니까."

"주인이 점잖게 접대하면 손님이 끊어질 날이 없다잖아요. 오빠가 그 사람한테 뭔가 도움되는 게 있으니까 오빠만 찾는 게 아니겠어요?"

"관둬라, 관둬. 내가 어디 우아하고 점잖다고 그래. 속되고도 속된 사람일 뿐인데. 나야말로 정말로 그런 사람과 왕래하고 싶지 않다니까."

"아직도 그 성질은 버리지 못하셨군요. 이제 나이도 들었는데 글공부하여 과거시험 치르고 진사 급제할 생각도 안 하잖아요. 마땅히 고관대작을 자주 만나고 벼슬길이나 경국치세에 관한 학문과 담론을 나눠야 하지 않겠어요. 장차 교제하고 처세하는 방법도 배우고 좋은 친구도 사귈 수 있는 거 아닌가요. 오빠처럼 일 년 내내 우리 같은 여자애들하고만 뒹굴고 있는 사람은 못 봤다니까요."

"아가씨, 제발 부탁이오니 다른 방으로 가 주세요. 우리 방이 아가씨의 그 경국치세의 더럽고 냄새나는 학문으로 오염될까 걱정이 되나이다."

그때 마침 돌아온 습인이 얼른 끼어들었다.

"상운 아가씨, 그런 말씀 마세요. 지난번에 보차 아가씨도 그렇게 말씀한 적이 있는데 도련님은 그저 남의 체면 따위는 전혀 아랑곳도 하지 않고 헛기침 한 번 하더니 곧바로 벌떡 일어나 나가버렸다고요. 보차 아가씨는 아직 말도 채 끝나기도 전에 도련님이 그렇게 휑하니 나가버리자 너무나 부끄럽고 화가 치밀어 얼굴이 온통 빨갛게 달아올랐죠. 말을 계속할 수도 없고 멈출 수도 없게 만들었던 거죠. 그나마 보차 아가씨였으니 망정이지 저쪽 대옥 아가씨였으면 어쩔 뻔했어요? 아마도 울고불고 큰 난리가 났겠죠. 말을 꺼내고 보니 정말 보차 아가씨는 사람들의 존경을 받을 만해요. 그저 빙긋이 한 번 웃고는 일어나 나가셨거든요. 저로서는 아무래도 걱정되었죠. 틀림없이 나중에라도 화내실 만했는데 글쎄 그 후로도 여전히 아무 일 없다는 듯이 대하시더라고요. 정말 속이 깊으시고 마음이 너그러운 분이죠. 그런데 오히려 그 때문에 도련님하고 서먹서먹해진 거 같아요. 대옥 아가씨 같았으면 아마 화를 내면서 다시 상대조차 안 하려고 했을걸. 숱하게 찾아가 잘못을 빌어야 겨우 풀어졌겠죠."

보옥이 듣다듣다 결국 나서서 한마디 했다.

"대옥이는 한 번도 그런 쓸데없는 소리를 한 적이 없었어. 만일 대옥이도 그런 더러운 말을 한다면 내 일찌감치 갈라서 돌아서고 말았겠지."

습인과 상운이 동시에 고개를 끄덕이며 웃었다.

"알고 보니 그런 말이 더러운 것이었단 말이죠!"


이때 대옥은 상운이 이홍원에 와 있는 줄 알고 있었다. 보옥이도 밖에서 급히 돌아와 틀림없이 금기린에 대한 얘기를 하려는 줄로 생각했다. 그래 마음속으로 가늠해 보니 요즘 들어 보옥이 밖에서 이상한 소설책이나 야사野史 등을 빌려다 보곤 했다는 점이 생각났다. 그 속에는 대부분 재자가인才子佳人의 이야기를 하면서 뭔가 특이한 물건을 주고받으며 서로 맺어지게 꾸미곤 했는데 원앙이라든가 봉황 혹은 옥가락지나 금패물 아니면 비단 손수건이나 명주 허리띠 같은 것이 나오곤 했다. 또 그런 작은 물건 때문에 인연이 맺어져 결국 종신대사를 치르는 경우가 종종 있었다.

지금 보옥에게도 금기린이 생겼으니 마침 자신과 약간의 괴리가 생긴 틈에 상운과 뭔가 따로 남다른 풍류염사風流艶事가 생기지나 않을까 하는 생각에 살그머니 찾아가 두 사람의 동정을 살펴보려고 하였다.

헌데 뜻밖에도 막 방문 밖에 이르렀을 때 안에서 사상운의 경국치세에 관한 말이 들렸는데 곧이어 보옥이 '대옥이는 한 번도 그런 쓸데없는 소리를 한 적이 없었어. 만일 대옥이도 그런 더러운 말을 한다면 내 일찌감치 갈라서 돌아서고 말았겠지' 하는 말을 듣게 되었다. 대옥은 그 순간 온몸이 얼어붙으면서 한편으론 기쁘고 놀랍고 한편으로 슬프면서 한스러운 마음이 들어 그야말로 복잡다단한 속마음이 교차하였다.

기쁜 마음이 든 것은 자신의 안목이 틀림없어 평소 그를 자신만이 아는 지기知己라고 생각했는데 과연 지기임이 증명되었기 때문이요, 놀라운 마음이 든 것은 남들 앞에서 사사로운 마음을 드러내 자신을 칭송하여 거리낌 없이 친밀함을 보여주었다는 점이다.

또 한스러운 마음이 생긴 까닭은 그쪽에서 기왕 자신을 지기로 삼고 있다면 자연히 이쪽에서도 그쪽의 지기가 되는 것인데 기왕 우리가 서로 지기가 되었다면 어찌하여 금이니 옥이니 하는 논쟁이 생겨난 것인지 그게 한스러웠고, 또 금옥의 인연이란 말이 있다고 한다면 그게 바로 그대와 내가 갖고 있어야 하거늘 어찌하여 또 달리 보차라는 사람을 만들어냈단 말인가 하는 점 때문이었다.

그리고 슬픈 마음이 생긴 까닭은 부모님이 일찍 돌아가셔서 마음과 뼈에 깊이 새겨둘 말이 있다고 해도 아무도 대신 주장해 줄 사람이 없다는 점 때문이었다. 하물며 근래에 점점 정신이 아득해지며 병도 점차 깊어져 의원도 말하기를 기혈이 약하고 허하니 결핵이나 악성빈혈 같은 병이 될까 걱정된다고 말하지 않았던가. 그대가 설사 나의 지기라고 하더라도 내가 박명薄命하면 이를 어찌 한단 말인가.

대옥은 그러한 생각이 돌연 한꺼번에 복받쳐 오르면서 그만 눈물을 주르륵 흘리고 말았다. 그 순간 방 안으로 들어가 만나본들 피차 거북할 것만 같아 얼른 눈물을 닦아내고 집으로 돌아가고 말았다.


한편 보옥은 서둘러 옷을 갈아입고 밖으로 나왔다. 그런데 대옥이 앞에서 천천히 걸어가는 것이 보였다. 눈물을 훔치는 듯하기에 얼른 달려가 웃으면서 말을 걸었다.

"대옥아, 어딜 가는 거야? 왜 또 울었어? 응? 누가 또 너한테 잘못한 거야, 도대체."

대옥은 억지웃음을 띠며 겨우 대답했다.

"멀쩡한 사람한테 왜 그래요? 내가 언제 울었다고."

"이것 좀 봐. 아직도 눈가에 눈물 자국이 마르지 않았구먼. 그래도 거짓말을 하려고 해?"

보옥은 손을 들어 대신 눈물을 닦아주려고 가까이 다가갔다. 대옥은 얼른 뒤로 몇 걸음 물러섰다.

"왜 그래요? 또 혼나고 싶어요? 걸핏하면 자꾸 건드리고 그래요?"

"말하다 보니 나도 모르게 절로 손이 나갔던 거야. 죽을지 살지는 생각도 못하고."

"오빠가 죽는 거야 별거 아니지만 글쎄 무슨 금이니 기린이니 하는 걸 남겨 두고 떠나야 한다면 그건 어쩌죠?"

그 한마디에 보옥은 금세 발끈해서 급히 다가와 따져 물었다.

"너 아직도 그따위 말을 계속할 거야? 도대체 나를 저주하자는 거야, 화나게 하자는 거야?"

대옥은 그 말을 듣고 며칠 전 일이 생각나서 이번에도 말을 잘못하였구나 하고 은근히 후회했다. 그래서 얼른 안색을 바꿔 웃음을 띠며 달랬다.

"화내지 말아요. 내가 잘못 말한 거니까. 그런 말이 뭐 대단하다고 금세 열을 내고 얼굴에 진땀까지 흘리고 그래요?"

그렇게 말하며 자신도 모르게 다가가 보옥의 얼굴에 흐르는 땀을 닦아주었다. 보옥은 한참 흘겨보다가 비로소 한마디 내뱉었다.

"그래, 넌 아무 걱정하지 마!"

대옥은 그만 넋이 나간 듯 한참 있다가 비로소 한마디 했다.

"내가 뭐 마음 놓지 않는 게 있다고. 난 그 말이 무슨 말인지 모르겠네. 어떻게 마음 놓고 안 놓은 건지 말해 봐요."

보옥은 한숨부터 내쉬었다.

"누이가 정말 그 말뜻을 모른단 말이야? 내가 평소 누이한테 마음 쓴 것이 모두 헛된 일이었단 말이지? 누이의 마음을 내가 잘못 알고 있었기에 그렇게 매일 매일 화만 냈단 말이지, 응?"

"난 정말 뭐를 마음 놓고 안 놓고 하는 말인지 모르겠네요."

보옥이 고개를 끄덕이며 다시 한 번 길게 한숨을 쉬었다.

"대옥아! 날 속이려고 하지는 마. 정말 그 말뜻을 모르겠다면 내가 평소 누이한테 마음 쓴 것이 다 헛된 일이었고 누이가 평소 나한테 마음 쓴 것마저도 다 부질없는 것이란 말이 되는 거지. 누이는 언제나 그 마음을 놓지 못하여 결국 병마저 생긴 것이니 마음을 좀더 너그럽게 먹었더라면 그 병도 훨씬 나아졌을 것인데 말이야."

대옥은 그 말을 듣자 마치 마른하늘에 벼락이라도 맞은 것처럼 온몸이 굳어졌다. 가만히 생각해보면 그의 말은 곧바로 자신의 폐부 깊숙한 곳에서 꺼낸 것처럼 그렇게 마음에 다가왔다. 이때 보옥의 마음속에서도 수만 마디 하고픈 말이 가슴 가득 들어 있었지만 무슨 말부터 어떻게 꺼내야 할지를 몰라 그저 넋이 나간 채 멍하니 대옥을 쳐다볼 뿐이었다.

두 사람은 그렇게 한동안 말없이 마주보며 넋을 잃고 서 있다가 마침내 대옥이 먼저 기침을 하고 두 눈에서 눈물을 주르륵 흘리고는 가려고 하였다. 보옥이 급히 앞으로 다가가 대옥을 잡았다.

"대옥아! 잠깐만 서 있어 봐. 이 한마디만 듣고 가."

대옥은 눈물을 훔치며 손으로 뿌리쳤다.

"무슨 할 말이 있어요? 오빠의 말뜻은 벌써부터 다 알아요."

그리곤 고개도 돌려보지 않고 곧장 가 버렸다.

보옥은 여전히 넋이 나간 사람처럼 멍하니 서 있었다. 사실 보옥이 집을 나설 때 너무 서두르는 바람에 부채를 놓고 나왔는데 습인이 그걸 알고 보옥이 더울까 봐 서둘러 부채를 가지고 뒤를 쫓아와 건네주려고 하였다. 마침 보옥이 대옥과 함께 있다가 잠시 후 대옥이 먼저 가고 그가 혼자 남아 꼼짝 않고 서 있기에 다가와서 말을 붙이게 되었다.

"왜 부채를 안 가지고 갔어요? 마침 내가 쫓아왔으니 다행이에요. 자, 가져가세요."

보옥은 한참이나 넋 나간 사람처럼 서 있다가 습인이 그에게 말을 붙이자 그녀가 누군지도 살피지 않고 곧바로 잡아 끌어안고는 속마음을 털어놓았다.

"사랑하는 우리 누이야! 내 가슴속 깊은 곳의 마음은 여태 한 번도 밝힌 적이 없었는데 오늘 비로소 대담하게 고백하고 말았으니 이젠 정말 죽어도 여한이 없을 것 같아! 나도 누이 때문에 온몸에 병이 들어 있는데 누구한테도 말할 수 없어서 그저 숨길 뿐이야. 누이의 병이 나으면 자연히 내 병도 나아질 거야. 잠을 자나 꿈을 꾸나 누이를 잊을 수가 없어!"

습인은 갑자기 보옥에게 안겨 이런 말을 듣고 나니 그야말로 혼비백산할 노릇이었다.

"나무아미타불! 아이고 이를 어째요!"

습인은 소리를 지르면서 보옥을 밀쳐냈다.

"그게 무슨 말씀이세요! 뭐에 홀리신 건 아니신가요? 어서 빨리 안 가시고 뭐 하세요?"

보옥은 그제야 정신이 들면서 습인이 부채를 갖고 뒤쫓아 온 것을 알았다. 부끄러움에 금세 만면이 붉어지자 얼른 부채를 빼앗아 멀찌감치 달아나고 말았다.

습인은 보옥이 가 버리자 그 자리에 남아 가만히 생각에 잠겼다. 방금 보옥이 내뱉은 말은 틀림없이 대옥에게 하려는 말이 분명하였다. 그리 보면 장차 두 사람 사이에 무슨 일인가 일어날 것이 틀림없었다. 놀랍고도 두려운 일이 아닐 수 없었다. 그런 생각을 하다 보니 저도 모르게 눈물이 흘렀다. 마음속으로 과연 어떻게 해야 두 사람 사이에 일어날 남녀관계의 화를 미연에 방지할 수 있을까 생각에 잠겼다. 그렇게 골똘히 생각에 잠겨 있는데 갑자기 보차가 왔다.

"이렇게 한여름 불볕 속에 무슨 일로 넋을 놓고 거기에 서 있는 거야?"

"네, 저기 참새 두 마리가 싸우고 있는 게 재미있기에 잠시 정신없이 보고 있었어요."

"보옥 동생은 이 시간에 옷을 차려입고 어딜 그렇게 바쁘게 나가는 거야? 지나가는 걸 보고 불러 세워 물어보려고 했는데 요즘 말하는 게 영조리에 닿지 않고 분수가 없는 것 같아서 그냥 지나가게 내버려두었지."

"대감마님께서 부르셨어요."

"아이고머니나! 이렇게 더운 날씨에 뭐 하시려고 부르시고 난리야? 뭔가 화내실 일이 생각나서 부르신 건 아니실까? 한바탕 야단치시려고."

보차가 걱정하자 그제야 습인이 좀더 자세히 밝혔다.

"그게 아니고요. 손님이 오셔서 만나보고 싶어 하시는가 봐요."

"그 손님이란 양반도 참 멋쩍으시네. 이렇게 무더운 날 시원한 제 집에서 가만히 있지 못하고 무얼 하러 이런 곳에 쫓아다니시는지 참."

"아가씨야말로 제대로 말씀하시네요."

"그건 그렇고. 지금 상운이가 너희 집에 와서 뭐 하는 거야?"

"방금 얘기를 잠시 나눴을 뿐인데요. 참, 지난번 제가 붙였던 그 비단신발 있잖아요. 다음에 상운 아가씨가 마무리 수를 놓아주시기로 했어요."

그 말에 보차는 두어 번 주변을 둘러보고 아무도 왕래하는 사람이 없는 걸 확인하자 습인에게 조용히 일러주었다.

"습인이 넌 사리가 분명한 사람인데 어찌하여 이런 때는 남의 사정을 조금도 알아주지 못하는 거지? 내가 요즘 상운이의 안색이나 눈치로 알아보기도 했고 또 풍문으로 전하는 이런저런 말도 들었지만 상운이네 집안 사정상 제 마음대로는 전혀 할 수 없는 모양이야. 비용이 많이 든다고 염려하여 침선하는 사람을 따로 두지도 못하고 웬만한 물건들은 집안사람들이 직접 만드나 봐. 이곳에 올 때마다 몇 번이나 남들이 없는 자리에서 은연중 자기가 집에서 아주 힘들게 지낸다고 한탄하곤 했는데 왜 그랬겠어. 그래서 내가 몇 마디 더 가정형편을 물으면 그애는 그만 눈시울을 붉히면서 입으로는 어물어물 제대로 대답하지 못했지. 어려서부터 부모님을 여의고 어렵게 지내온 형편이 상상이 되는 것 같아. 그애를 볼 때마다 자꾸 마음이 쓰리단 말이야."

습인은 보차의 말을 듣자 그제야 손뼉을 치면서 뭔가 생각난 듯했다.

"맞아요, 맞아! 지난달에도 제가 상운 아가씨에게 나비매듭 열 개를 부탁했더니 며칠이나 지나 사람을 시켜 보내오면서 '예쁘게 만들지 못한 매듭이니 적당히 다른 곳에 쓰도록 하고 가지런하고 깔끔한 건 다음에 그곳에 머물면서 만들어 줄게'라고 말하더라고요. 지금 아가씨 말씀을 듣고 보니 저희가 부탁한 걸 거절하진 못하고 집에서 한밤중에 만들어낸 모양이네요. 정말 그런 줄도 모르고 제가 너무나 둔감했군요.

앞으론 어려운 부탁을 하지 말아야겠어요. "

"지난번에도 상운이 내게 말한 적이 있는데 집안일을 하는데도 늘 한 밤중까지 해야 한다는 거야. 만일 남의 일거리를 조금만이라도 도와주려면 그 집안의 할멈이나 마님들이 언짢아하며 불평한다는 거야. "

"그런데도 하필이면 우리 집 저 쇠심줄 같은 고집쟁이 도련님은 크든 작든 바느질일이라면 절대로 집안의 침모를 쓰지 못하게 하고 우리한테만 맡기려 하니 혼자서 다 맡아 할 수도 없고 야단이에요. "

"그런 말을 상대하고 있단 말이야? 그냥 남들한테 시키고 나서 습인이 만든 것이라고 하면 되잖아. "

"안돼요. 그냥 속아 넘어갈 줄 아세요? 도련님은 꼭 알아본다니까요. 그냥 힘들더라도 제가 직접 천천히 하는 수밖에 없지요. "

"그럼 습인 혼자서 너무 힘들어하지 말고 내가 좀 거들어주면 어때?"

"정말이세요? 그러시기만 하다면 그야 저한테는 더할 수 없는 복이죠. 저녁에 일감을 직접 가져다 드릴게요. "

그 말이 미처 끝나기도 전에 한 노파가 헐레벌떡 달려와서 소리쳤다.

"이걸 도대체 어디서부터 말해야 하나. 멀쩡하던 금천아가 갑자기 우물에 빠져 죽어버렸으니 말이야!"

습인이 깜짝 놀라 펄쩍 뛰면서 다시 물었다.

"무슨 금천아요?"

"뭐 금천아가 둘이라도 된단 말이야? 마님 방의 시녀로 있던 금천아지. 지난번에 무슨 연고인지 밖으로 쫓겨나갔었잖아. 집에 가서는 하늘이 무너져라 울고불고 난리를 쳤는데 아무도 상대조차 안 했었대. 그런데 사람이 없어져 사방으로 찾으러 다녔는데 방금 전에 물 긷던 사람이 동남쪽 담장 아래 우물에서 시신을 발견하곤 끌어 올려보니 바로 금천아였다는 거야. 그 집안에서는 어떻게든 살려내려고 소란을 피웠지만 무슨 소용이 있겠어."

보차가 듣고 나서 한마디 했다.

"거 참 이상한 아이네."

습인은 그 말에 고개를 끄덕이며 한숨을 내쉴 뿐이었다. 평소 동기같이 지내던 정을 생각하니 눈물이 저절로 흘러내렸다. 보차는 바삐 왕부인의 거처로 위로의 말을 전하러 달려가고 습인도 거처로 돌아갔다.

한편 보차가 왕부인의 거처에 이르니 쥐죽은 듯 조용한 가운데 왕부인 혼자서 방 안에 앉아 눈물짓고 있었다. 보차는 곧바로 그 말을 꺼내기가 어려워 다만 조용히 그 곁에 앉았다.

"너는 어디서 오는 거냐?"

"대관원에 갔다가 돌아오는 길이에요."

"그럼 보옥이는 만나 보았느냐?"

"방금 보기는 했는데 옷을 차려입고 밖으로 나가고 있었어요. 어디 가는지는 몰라도."

왕부인은 고개를 끄덕이고 여전히 훌쩍이면서 물었다.

"너도 방금 일어난 괴이한 일을 들어서 알고 있겠지? 글쎄 금천아가 돌연 우물에 빠져 죽었다는구나!"

보차는 그 말을 듣고 냉정하게 말했다.

"멀쩡하게 있다가 까닭 없이 왜 우물에 뛰어들었을까요. 그애도 참 이상하군요."

"사실은 지난번에 그 아이가 실수로 내 물건을 깨뜨려서 내가 화난 김에 몇 차례 때리고는 제 집으로 쫓아 버렸거든. 난 그저 한 이틀간 내버려두었다가 다시 불러들이려고 했는데 그 아이가 그처럼 독하게 우물 속으로 제 몸을 던질 줄은 몰랐지. 이게 다 내가 죄업을 지은 게 아니고 뭐겠니."

보차는 한숨을 쉬면서 왕부인을 달랬다.

"이모님은 자비롭고 착한 분이셔서 그렇게만 생각하시는 거예요. 제가 보기에는 그 아이가 화가 나서 우물에 빠진 게 아니라 아마도 집으로 돌아가는 길에 우물가에서 잠시 놀다가 실수로 발을 헛디뎌 빠진 것일 거예요. 그 아인 이런 곳에서 구속되어 지내다 이번에 밖으로 나가게 되었으니 자연히 여러 곳을 나돌아 다니고 싶었겠지요. 그처럼 모질고 독한 맘을 먹을 까닭이 있겠어요? 설사 그렇게 독한 성질을 부렸다 해도 그건 어리석은 바보일 뿐이니 애석해하실 필요는 없으세요."

"말은 그렇게 할 수 있겠지만 아무래도 나는 마음이 편치가 않구나."

"이모님도 너무 이 일에 심려를 기울이실 필요가 없으시고요, 다만 돈이나 몇 냥 보내 주셔서 한때 같이 지내셨던 주종간의 정리를 다하시면 되시는 거예요."

"방금 전에 그애 엄마한테 오십 냥의 은자를 보냈단다. 원래 너희 자매들의 새 옷을 두어 벌 가져다 그 아이 수의로 쓰게 하려고 했는데 희봉한테 물어보니 새로 만든 옷은 하나도 없고 다만 대옥이 생일을 위해 만들어 놓은 옷 두 벌만 있다고 하더구나. 내 생각에 대옥이는 평소 마음 씀씀이가 조심스러운 아이인 데다 그애 자신이 숱한 고난을 겪은 사람이고 기왕에 생일맞이로 준비했던 옷을 남의 수의로 내주면 그 또한 불길한 일이 아니겠니. 그래서 재봉사에게 두 벌을 지으라고 일렀단다. 다른 시녀 같으면 그저 은자 몇 냥을 던져 주면 그만이겠지만 금천아만큼은 비록 시녀이지만 평소 나를 따라다니며 친딸만큼이나 살갑게 지냈잖니."

왕부인은 그렇게 말하면서 저도 모르게 눈물을 흘렸다. 보차가 얼른 말을 이었다.

"이모님, 재봉사한테 옷을 만들게 하실 필요가 어디 있으세요. 제가 지난번에 지은 옷이 두 벌 있는데 그걸 가져다 쓰시면 수고를 덜 수 있잖아요. 더구나 그애가 살았을 때 제 헌옷을 입어 본 적도 있었으니까요. 옷 치수도 맞을 거예요."

"그렇기는 하지만 설마 너는 그걸 불길하게 여기지 않는단 말이냐?"

"이모님 아무 걱정 마세요. 저는 그런 걸 따져 본 적이 없는걸요."

보차가 일어나자 왕부인은 두 사람을 딸려 보냈다.

잠시 후 보차가 옷을 챙겨서 돌아오자 보옥이 왕부인의 곁에 앉아 눈물을 흘리고 있었다. 왕부인이 무엇인가 보옥에게 타이르고 보차가 들어오자 입을 다물고 말하지 않았다. 보차는 그 광경과 안색을 살피고 대강은 짐작이 갔다. 곧 가져온 옷을 건네주고 돌아갔다. 왕부인은 금천아의 모친을 불러 가져가도록 했다.

이야기는 다음 회에 이어진다.

手足眈眈
小動唇舌
不肯種種
大種承笡

# 제33회

# 모질게 매맞는 가보옥

못된 동생 기회 보아 작은 입을 놀리고
못난 자식 허물 많아 모진 매를 맞았네

手足耽耽小動脣舌　不肖種種大承答撻

　　왕부인은 금천아金釧兒의 모친을 불러 비녀와 가락지 등을 직접 하사
하고 여러 명의 스님을 불러 천도재薦度齋[1]를 올리도록 분부하였다. 금
천아의 모친은 머리를 조아려 감사를 표하고 나갔다.

　　이때 보옥은 옷을 차려입고 나가서 가우촌賈雨村을 만나고 돌아와 비
로소 금천아가 부끄러움을 이기지 못하고 스스로 자진自盡하였다는 소
식을 들었다. 가슴속에서는 오장이 터지는 듯 괴로운 마음이었지만 왕
부인에게 불려와 야단맞는 중에도 뭐라고 아뢸 말씀이 없었다. 마침 보
차가 들어오는 바람에 풀려나 밖으로 나올 수 있었다. 하지만 넋이 나
간 듯 어디로 향해야 할지를 몰라 뒷짐을 지고 고개를 숙이고 한숨을 쉬
면서 천천히 발길 닿는 대로 걷다가 대청까지 이르게 되었다.

　　병풍 문을 돌아서자마자 뜻밖에도 앞에서 오던 사람과 정면으로 부

---

1 천도재란 죽은 이의 영혼을 극락으로 보내기 위해 치르는 재를 말함.

딪치고 말았다. 돌연 귀가 번쩍 뜨이도록 벽력같은 소리가 들렸다.

"꼼짝 말고 거기 서라!"

깜짝 놀란 보옥이 쳐다보니 바로 부친 가정이었다. 보옥은 얼른 숨을 죽이며 두 팔을 드리우고 한편으로 물러나 서 있었다.

"까닭 없이 고개를 떨구고 어깨를 늘어뜨리고 무엇을 그리 상심하고 있느냐? 방금 전에 가우촌 선생이 오셔서 너를 보자고 하셨는데 불러도 한참 만에야 겨우 나오고 또 나와서도 기운차게 시원시원한 말씀을 올리지도 못하고 맥 빠진 꼴만 하고 있었지 않았더냐. 네 얼굴에는 온통 근심 걱정의 기색이 가득하더니만 이번에는 또 한숨만 내리 쉬고 있는데 네 녀석이 도대체 무엇이 부족하고 무엇이 자유롭지 못하단 말이냐? 까닭 없이 그러하다면 그 또한 무슨 연고란 말이냐?"

보옥은 평소에 영리하고 입담이 좋았지만 이때는 마음이 온통 금천아의 일 때문에 상심하여 있던 터라 다만 얼른 죽어 함께 금천아를 따라가지 못한 것만이 한스러운 지경이었다. 지금 부친이 하는 말이 도대체 귀에 제대로 들어오지 않고 다만 넋을 잃은 듯 멍하니 서 있기만 하였다.

가정은 보옥이 이처럼 당황하면서 응대하는 것이 평소와 전혀 다른 것을 보고 본래 화를 낼 생각이 없다가 점점 치밀어 오르는 화를 누를 길이 없었다. 막 야단치려는 순간 갑자기 하인이 전갈을 전했다.

"충순왕부忠順王府에서 사람을 보내 대감마님을 뵙고자 하나이다."

가정이 듣고 나서 약간은 이상한 느낌이 들었다.

'평소에 충순왕부와는 자주 왕래가 없었는데 어인 일로 오늘 사람을 보냈을까?'

"어서 안으로 모시어라."

서둘러 나가 보니 다름 아닌 충순왕부의 총집사인 장사관[長史官: 왕부의 일 전체를 관장하는 관리]이었다. 가정은 얼른 대청으로 모셔 차를 올리게 하였다.

아직 수인사도 제대로 하기 전인데 장사관이 먼저 말을 꺼냈다.

"제가 이처럼 방문한 것은 결코 함부로 귀댁을 찾은 것이 아니라 저희 왕야王爺의 명을 받잡고 한 가지 일에 대하여 부탁드리고자 해서입니다. 저희 왕야의 체면을 보시어 대인大人께서 직접 나서주시기를 감히 간청하는 바이옵니다. 그리하면 왕야께서는 물론이옵고 저로서도 감격해 마지않겠나이다."

가정은 그 말을 듣고 무슨 영문인지 알아챌 수가 없어 다만 웃음을 머금고 일어나 공손하게 되물었다.

"대인께서 기왕에 왕명을 받잡고 찾아주셨는데 무슨 하교가 있으신지 모르겠습니다. 대인께서 좀더 분명히 밝혀 주시면 저로서는 힘껏 왕명을 따라 처리하도록 하겠나이다."

장사관은 곧 코웃음을 치면서 쌀쌀하게 말했다.

"뭐 군이 처리랄 것도 없이 다만 대인께서 한마디만 해주시면 되는 일이옵니다. 우리 왕부에서 소단小旦역할을 하는 기관이란 자가 있는데 그동안 왕부에서 잘 지내고 있었습니다만 요즘 한 닷새가량 보이질 않습니다. 여러 곳을 찾아보았으나 도통 향방을 알 수 없는 상태입니다. 그래서 각처를 다니며 알아본 결과 이 성 안의 열 명 중 여덟 사람 정도는 그가 최근에 옥을 물고 태어나신 귀댁의 공자와 가깝게 지내고 있다는 말들을 하였습니다. 저희가 그 말을 듣고 귀댁은 다른 집과는 달라서 함부로 찾아와 사람을 내놓으라고 할 수도 없는 상황이라 하는 수 없이 왕야에게 아뢰어 하교를 받았습니다. 왕야께서도 '다른 배우 같으면 백 명이라도 상관없지만 이 기관만은 기민하고 조심스러우며 성실하니 내 마음에 쏙 드는 인물이라 이 사람을 찾지 않을 수 없다'고 하셨습니다. 해서 귀공자께서 기관을 돌려 보내주시면 우선 왕야의 근심을 덜 수 있을 뿐만 아니라 저희들도 수고를 면할 수 있으니 꼭 부탁하는 바입니다."

말을 마치고 장사관은 얼른 일어나 허리를 굽혀 한 차례 국궁鞠躬을
했다. 가정은 그 말을 듣고 놀랍고 화가 치밀어 올라 당장 보옥을 데려
오라고 일렀다. 보옥이 또 무슨 까닭인지 몰라 서둘러 달려오니 다짜고
짜 부친이 호통부터 쳤다.

"이 죽어 마땅한 녀석아! 네놈이 집안에서 공부를 게을리 하는 것은
그렇다 치더라도 어찌하여 또 이처럼 무법천지 같은 해악을 저질렀단
말이냐? 저 기관이란 자는 충순왕부 왕야를 모시는 사람이고 너는 일개
초개草芥 같은 놈인데 까닭 없이 그를 유인하여 끌어내 지금 그 화가 나
에게까지 미치게 한단 말이냐?"

보옥은 깜짝 놀라 얼른 답변을 올렸다.

"실로 그 일은 제가 모르는 일이옵니다. 도대체 기관이란 무엇을 말
하는지도 모르고 더욱이 유인이란 말씀은 어찌 가당키나 하시옵니까?"

보옥은 말끝에 울음을 터뜨렸다. 가정이 아직 입을 떼기도 전에 장사
관이 먼저 쌀쌀하게 웃으며 직접 보옥에게 말했다.

"공자께서도 굳이 숨기려고 하실 필요가 없습니다. 집안에 숨겼거나
어디 있는지 행방을 알면 일찌감치 토로하세요. 우리도 수고를 좀 덜
수 있도록 말입니다. 그리하면 공자의 공덕도 적지 않을 것입니다."

보옥은 여전히 모르는 일이라고 잡아뗐다.

"아마 와전되었을지도 모르는 일이 아니에요?"

장사관은 더욱 코웃음을 쳤다.

"지금 증거가 있는데도 여전히 잡아뗴실 생각이신가요? 굳이 대인 앞
에서 밝혀 낸 다음에야 말씀하시게 되면 공자께서 큰 손해가 아니신지
요? 진정 이 사람을 모른다고 하신다면 그 붉은 허리 수건을 어떻게 해
서 지금 공자의 허리에 차고 있으신지요?"

보옥은 그 말을 듣자 혼백이 날아갈 듯 정신이 아득하여 눈을 커다랗

게 뜨고 입을 벌리고 넋 나간 사람처럼 되고 말았다. 그리고 가만히 생각해 보았다.

'이걸 저자가 어떻게 알았을까? 저자가 이런 비밀스런 일까지 알고 있다면 아마도 다른 일까지 숨기기가 어렵게 되었다. 아무래도 그를 돌려보내는 수밖에는 없겠다. 그러다 다른 일까지 다 밝혀낼지도 모르는 일이 아닌가.'

"대인께서 그 사람에 대해 그처럼 세세하게 알고 계시면서 어찌 그가 밖에 방을 사들여 살고 있다는 큰일은 오히려 모르고 계신단 말씀이십니까? 듣자 하니 그는 지금 동쪽 교외의 성 밖 이십 리되는 무슨 자단보 紫檀堡인가 하는 마을에 전답과 가옥을 사서 살고 있다고 합니다. 아마도 지금 그곳에 있지 않을까 싶습니다."

장사관이 듣고 나서 곧 웃으며 말했다.

"그러하다면 틀림없이 그곳에 있겠군요. 내 한 번 찾아가 보겠습니다. 그곳에 있으면 그만이지만 만일 없으면 다시 찾아와 여쭤보겠습니다."

그리곤 서둘러 나가 버렸다.

가정은 그 순간 벌써 화가 머리끝까지 치밀어 올라 눈을 부릅뜨고 입은 일그러져 있었다. 가정은 장사관을 전송하는 한편 보옥을 돌아보면서 으름장을 놓았다.

"꼼짝 말고 여기 있어라. 내 돌아와서 단단히 한 번 따져 봐야겠다."

가정이 장사관을 전송하고 막 돌아서는데 갑자기 가환이 시동 몇 사람을 데리고 어지럽게 달려가는 것이 눈에 띄었다. 가정이 하인들에게 호통을 쳤다.

"저 녀석을 잡아서 혼쭐을 내라."

가환은 부친과 맞닥뜨리자 놀라 몸을 움츠리고 고개를 떨구며 멈췄다.

"왜 공연히 달음박질하는 거냐? 너를 데리고 있는 사람들은 다들 어딜 가 버리고 네놈을 야생마처럼 내버려두었단 말이냐?"

그리고 서당에 데리고 가라고 명을 내렸다. 가환은 부친이 단단히 화가 나 있자 이 기회에 얼른 다른 말을 꺼냈다.

"방금 전에는 뛰지 않고 있었는데요, 저쪽 우물을 지나는데 그 속에 시녀 하나가 빠져 죽어 있었어요. 제가 보니까 머리통이 이만큼이나 부풀었고 몸도 이렇게 뚱뚱해졌더라고요. 물속에 둥둥 떠 있는 게 정말 무서웠어요. 그래서 막 뛰어왔던 거예요."

가정은 그 말을 듣고 놀라면서 이상하다고 생각했다.

'멀쩡하게 아무 까닭도 없이 누가 우물에 뛰어들었단 말인가. 우리 집안에선 종래 이런 일이 일어난 적이 없었고 조상 대대로 모두 관대하게 아랫사람을 대하지 않았는가. 아마도 근래 들어 내가 집안일에 소홀하여 집사들이 대신 권세를 휘두르다 보니 이처럼 포악하고 생명을 경시하는 화근이 생겨난 모양이다. 남들이 알면 조상님 앞에 무슨 낯으로 서겠는가.'

그리곤 곧 가련과 뇌대, 내흥來興 등을 대령시키라고 명하였다. 하인들이 곧 부르러 나가려고 할 때 가환이 급히 앞으로 나아가 가정의 옷자락을 잡고 무릎 앞에 꿇어앉으며 아뢰었다.

"아버님, 너무 노여워하지 마세요. 이 일은 마님의 방에 있는 사람들을 제외하면 아무도 모르옵니다. 저의 어머님이 하시는 말씀을 들으니…."

여기까지 말하다 말고 가환은 주변을 한 번 둘러보았다. 가정은 그 뜻을 알아차리고 시동들에게 눈짓을 보냈다. 그들이 얼른 양쪽으로 물러나자 가환이 천천히 말했다.

"어머님이 저한테 말씀하시기를 보옥 형님이 지난번에 마님 방에서 마님의 시녀인 금천아를 강간하려다 미수에 그쳐 한바탕 때리는 바람에 금천아가 억울함을 이기지 못하고 화가 치밀어 우물에 몸을 던져 죽었다는 거랍니다."

그 말이 채 끝나기도 전에 가정은 이미 머리끝까지 화가 치밀어 올라 얼굴이 백짓장처럼 하얘지며 소리를 고래고래 질렀다.

"어서 당장 보옥이 놈을 잡아오너라!"

가정은 곧장 안채 서재로 들어가면서 다시 호통을 쳤다.

"오늘 나를 말리는 사람이 있으면 내 이 사모관대와 가산을 송두리째 건네주어 보옥이와 함께 살라고 하겠다. 나는 죄인이 되고 말 테니까. 차라리 이 몇 가닥 머리카락을 깎아 버리고 산으로 올라가 깨끗한 여생을 보내고 말겠다. 그게 위로는 조상들을 욕되게 하고 아래로 불효막심한 자식을 낳은 죄를 면할 수 있는 길이 될 것이다."

여러 문객들이 가정의 이러한 모습을 보고 그것이 또 보옥이 때문에 일어난 줄을 알고 모두 혀를 내두르며 물러났다. 가정은 숨을 몰아쉬며 의자에 곧추 앉아 만면에 눈물 흔적을 남긴 채 소리를 질러댔다.

"보옥이를 잡아오너라! 몽둥이도 대령하렷다! 밧줄을 가져다 그놈을 묶어라! 모든 문을 닫아걸어라! 누구든 안채에 소식을 전하는 놈이 있으면 즉시 때려죽이겠다!"

하인들은 서슬 퍼런 위엄에 놀라 즉시 보옥을 잡으러 갔다.

이때 보옥은 가정이 나가면서 꼼짝 말고 있으라고 한 말을 듣고 이미 장차 큰 화가 닥치게 되었음을 알았지만 가환이 수많은 말을 덧붙이게 될 줄이야 전혀 알지 못했다. 대청에서 나가지 못하고 안절부절 하며 어찌하면 소식을 안채에 알릴 수 있을까 걱정하는데 하필이면 아무도 나타나 주지를 않았다. 배명이 놈까지도 어디 갔는지 없었다. 누군가를 간절히 기다리는데 마침 한 노파가 나타났다. 보옥은 긴 가뭄에 단비를 만난 듯 반갑게 달려가 할멈을 붙잡고 말했다.

"어서 안에 들어가 말 좀 해줘요. 대감마님이 나를 때리려고 해요, 어서 가 봐요, 가 봐! 큰일이야 큰일!"

우선은 너무나 다급한 나머지 보옥이 정확하게 표현하지 못한 점도 있었지만 하필이면 이 할멈은 약간 귀머거리였다. 제대로 말을 알아듣지 못하고 겨우 알아들었다는 말이 큰일났다는 말인데, 이걸 또 우물에 빠진 사람 때문이라고 생각하고는 웃으면서 엉뚱한 소리만 해댔다.

"그애가 우물에 빠지건 말건 상관 마세요. 도련님이 뭘 겁내세요?"

할머니는 큰일 났으니 중요하다고 한 '요긴要緊'[2]이란 말을 우물에 몸을 던진다는 '도정跳井'[3]으로 알아들었던 것이다.

보옥은 그 할멈이 귀머거리임을 알고 몸이 달아 다시 소리쳤다.

"어서 가서 내가 부리는 하인을 오라고 해!"

"뭐가 그리 대단한 일이라고 그래요? 결국 뒷일은 이미 다 처리되었데요. 마님이 옷도 내려 주시고 은자도 주셨다는데 뭐가 걱정이겠어요?"

보옥은 다급하여 발을 동동 굴렀지만 소용이 없었다. 그때 가정의 하인들이 달려와 보옥을 끌고 나갔다. 가정은 그를 보자마자 얼굴이 붉으락푸르락 변하며 밖에서 배우들과 놀아나며 사사로이 물건을 주고받았다거나 안으로는 공부를 게을리 하고 모친의 시녀를 욕보이려고 했다는 등의 말을 일일이 들어가며 야단칠 새도 없이 다짜고짜 호령을 내렸다.

"당장 저놈 입에 재갈을 물리고 죽도록 매를 쳐라!"

하인들이 감히 명을 어길 수가 없어 보옥을 긴 의자에 엎드려 놓고 큰 곤장을 들어 십여 대 내리쳤다. 가정은 하인들이 살살 친다고 생각하고 곤장 든 하인을 발로 걷어차고 직접 곤장을 들어 이를 악물고 죽어라 하고 삼사십 대를 내려쳤다. 여러 문객들이 좌우에서 보다가 아무래도 일을 낼 것 같아 급히 달려들어 곤장을 빼앗고 은근한 말로 달랬다. 가정은 전혀 들으려고 하지 않고 독한 말을 내뱉었다.

---

2 중국 음으로 '야오진'.
3 중국 음으로 티아오징, 약간 귀머거리라서 '진'과 '징'의 발음이 비슷한 것만으로 잘못 알아들은 것임.

"당신네들도 한 번 이놈한테 물어 보시오. 이놈이 한 짓이 용서받을 일인가 아닌가. 이것이 다 평소에 당신들이 이놈을 너무 치켜세우고 방종하여 이리된 것이란 말이오. 이 지경에서도 나를 말린다면 나중에 임금을 시해하고 부모를 죽일지도 모르는데 그래도 말리겠소?"

사람들은 그 말이 워낙 위중하여 듣기 거북한 데다 화가 극도로 치솟아 있음을 알고 잠시 뒤로 물러났다. 하는 수 없이 안으로 사람을 보내 소식을 알렸다. 왕부인은 먼저 가모에게 전할 수가 없어 자신이 우선 옷을 입고 달려 나와서, 남들이야 있건 없건 상관 않고 허겁지겁 서재로 들어갔다. 문객들과 하인들이 미처 피할 새도 없었다. 왕부인이 방으로 들어서자 가정은 타는 불에 기름을 부은 듯 더욱 난리를 치며 더 모질게 곤장을 내려쳤다. 보옥을 잡고 있던 하인이 손을 놓고 물러났지만 보옥은 이미 움직일 수 없을 지경에 이르렀다. 가정이 더 내려치려 하자 왕부인이 곤장을 끌어안고 매달렸다.

"말리지 마오! 오늘 내가 분통터져 죽는 꼴을 볼 작정이오?"

가정의 말에 왕부인이 울면서 매달렸다.

"보옥이 비록 매 맞을 일을 했다고는 하지만 대감께서도 자중하셔야지요. 더구나 이렇게 뜨거운 여름날 노마님께서도 몸이 좋지 않으신데 어찌하시려고 그러세요? 보옥이를 때려죽이는 일이야 별거 아니라고 해도 만일 노마님께 문제가 생기시면 그야말로 일이 커지지 않겠습니까?"

가정은 싸늘하게 코웃음을 쳤다.

"그런 말 마시오. 내가 이런 불효막심한 놈을 낳아 기른 것만도 벌써 불효를 저지른 격이거늘 이놈을 한 번 훈계하려는데 다들 감싸고 나서니 차라리 오늘 이놈을 아주 죽여서 장차 후환을 없애는 것이 깨끗할 것이오!"

그리곤 목을 졸라 죽일 테니 밧줄을 가져오라고 호통 쳤다. 왕부인은 울면서 매달렸다.

"대감께서 아들을 훈계하시려는 일이야 마땅한 일이오나 우리 부부의 정분을 한 번만이라도 생각해 주셔야지요. 이제 저도 쉰이 넘은 나이에 자식이라고는 이 못난 아들 하나뿐이 아닙니까. 그런데도 기필코 이애를 훈계하시려면 저도 감히 더 이상은 말리지 않겠습니다. 오늘 굳이 이애를 죽이려고 하시는 뜻은 분명 저와도 의를 끊자는 의미일 것입니다. 기왕 저애를 죽이시려면 어서 밧줄을 가져와 저부터 목 졸라 죽이시고 나서 저애를 죽이시지요. 그리되면 우리 모자도 원한 없이 저승으로 가서 함께 의지하고 지낼 수 있지 않겠습니까?"

왕부인은 마침내 보옥의 몸 위에 엎어져서 통곡하기 시작했다.

가정은 왕부인의 말을 듣고 절로 장탄식을 하며 의자에 털썩 주저앉아 자신도 어느새 비 오듯 눈물을 흘리고 있었다. 왕부인이 보옥을 끌어안아 일으켜 보니 얼굴이 백짓장처럼 핏기가 없고 가늘게 겨우 숨만 쉬고 있었다. 그리고 아랫도리에 입고 있던 푸른 비단 바지는 모두 피에 엉겨 붙어 있었다. 허리춤에 감은 수건을 풀고 벗겨보니 엉덩이에서 허벅지까지 시퍼렇게 멍이 들고 붉은 피로 엉겨 붙은 곳이 온통 터지고 갈라져 어느 한 군데 성한 곳이 없었다. 왕부인은 그만 대성통곡하기 시작했다.

"아이고, 이 박명한 내 아들아!"

왕부인은 '박명한 아들'이란 말 속에서 또 죽은 맏아들 가주가 생각나 이번에는 가주의 이름을 연거푸 부르며 넋두리하였다.

"이 불쌍하고 복도 없는 내 아들아, 네가 살아 있기만 하면 다른 아들 백 명이 죽는다 해도 내 상관하지 않았을 텐데. 아이고 이놈아!"

이때 안채에서는 왕부인이 나왔다는 소식이 전해져 이환과 왕희봉, 영춘 자매들이 모두 나와 지켜보고 있었다. 왕부인이 울면서 가주의 이름을 들먹이자 다른 사람은 그렇다 치고 홀로 남은 미망인인 이환이 마침내 참지 못하고 대성통곡하기 시작했다. 이들의 통곡소리를 듣자 가정도 굵은 눈물방울을 뚝뚝 떨어뜨리며 함께 울었다.

이런 사태를 수습하지 못하고 다들 어쩔 줄 몰라 하는데 돌연 시녀가 소리쳐 알렸다.

"노마님께서 납시었습니다!"

그 말이 미처 끝나기도 전에 창밖에서 벌써 노기등등한 목소리가 전해져 왔다.

"아예 나부터 때려죽이고 나서 그 아일 때려 죽여라, 이놈아!"

가정은 모친이 친히 오신 것을 보고 황급한 데다 또 마음이 아파 얼른 나가서 맞아들였다. 가모는 시녀에게 의지하여 숨을 헐떡이며 달려왔다. 가정은 앞으로 나아가 몸을 굽혀 인사 올리며 공손히 아뢰었다.

"이 더운 날씨에 노모님께서 어인 일로 역정을 내시며 몸소 나오시는지요? 하실 말씀이 있으시면 저를 불러 분부하시면 되시지 않습니까?"

가모는 걸음을 멈추고 숨을 한차례 몰아쉬면서 목소리를 가다듬어 호통 쳤다.

"자네 말 한 번 잘했네! 내가 분부를 내릴 말이 있지만 안타깝게도 한평생 좋은 아들 하나 길러 내지 못했으니 내 누구한테 분부를 내린단 말인가."

가정은 모친의 말씀이 평소와 달리 심상치 않게 나오자 얼른 무릎을 꿇고 엎드려 눈물을 머금고 아뢰었다.

"제가 아들을 훈계하려는 것도 모두 조상을 빛내고 가문을 잇고자 함이옵니다. 모친께서 그리 말씀하시면 아들 된 저로서 어찌 감당하겠사옵니까?"

가모는 그 말끝에 침을 뱉으면서 쌀쌀하게 대꾸했다.

"내가 한마디만 했는데도 자네가 감당할 수 없다면, 그렇게 죽어라 하고 내리치는 독한 매질을 보옥이 어떻게 감당한다는 말인가? 아들 훈계하는 것을 조상을 빛내는 일이라고 하는데 당초 부친이 어떻게 너를 훈계하였는지 생각해 보았느냐?"

그 말을 하면서 이번에는 가모도 절로 눈물이 흘러내렸다.

가정은 여전히 웃음을 띠면서 가모를 달랬다.

"노모께서는 상심하지 마십시오. 모두가 제가 일시 불끈하여 생긴 일이옵니다. 앞으로 다시는 이런 일이 없을 것입니다."

"자네도 더 이상 나한테 성질부리고 화낼 필요가 없을 것이네. 자네 아들이니 내가 때리라 말라 하고 상관할 바는 아니지 않나. 자네는 우리 조손祖孫이 이곳에 함께 있는 것이 싫증난 모양인 것 같으니, 차라리 우리가 일찌감치 이곳을 떠나는 게 서로에게 좋을 것 같네."

그리곤 곧 사람을 시켜 가마와 말을 대령하도록 명하였다.

"나하고 자네 식구하고 보옥이는 즉시 남경으로 갈 테니 그리 알게나!"

하인들은 건성으로 대답하며 시늉하는 척하였다.

가모는 왕부인에게도 한마디 건넸다.

"에미야! 너도 그렇게 애통할 필요가 없어. 지금은 보옥이가 아직 나이 어리니까 자네가 눈에 넣어도 아프지 않겠지만 그놈도 장성하여 어른이 되고 벼슬하여 높은 자리에라도 앉게 되면 제 어미 생각일랑 아예 하지 않을게다. 지금부터 차라리 총애하는 마음을 버리면 장차 화내는 일도 적어질 것이 아니겠느냐."

"모친께서 그리 말씀하시면 저는 설 자리가 없어지옵니다."

가정이 머리를 조아리고 눈물을 흘리며 말했지만 가모는 더욱 쌀쌀하게 말했다.

"자네가 나한테 설 자리를 주지 않으면서 오히려 내가 그렇게 한단 말인가? 우리가 다들 돌아가면 자네 속이 시원하겠지. 자네가 매를 드는 것에 누가 간섭이나 하겠는가."

그리곤 다시 명을 내려 어서 짐을 꾸리고 수레와 말을 대령하라고 재촉하였다. 가정은 애걸복걸 사정하며 죄를 빌었다.

가모는 보옥이 걱정이 되어 서둘러 방 안으로 들어와 보았다. 오늘 맞은 것은 지난날과는 비교도 안될 만큼 매서운 것이었다. 마음이 아프고 또 화가 치밀어 올라 보옥을 끌어안고 통곡을 그치지 않았다. 왕부인과 희봉 등이 달려들어 한참을 달래고 나서야 겨우 그치게 되었다. 시녀와 어멈들이 모두 달려와 보옥을 부축하여 데리고 나가려고 했다.

"이 바보들아. 눈이 있으면 똑바로 뜨고 좀 보란 말이야. 이렇게 심하게 맞았는데 어떻게 부축하여 걸을 수가 있겠어? 들어가 등나무 긴 의자를 들고 나오란 말이다."

희봉이 야단치는 소리를 듣고 여러 사람이 들어가 등나무 의자를 들고 나와 보옥을 의자에 눕혀서 가모와 왕부인의 뒤를 따라 가모의 방으로 옮겨다 놓았다.

그때 가정은 가모의 화가 아직 덜 식은 것을 보고 마음대로 돌아설 수가 없어서 함께 뒤를 따라 들어왔다. 보옥을 자세히 들여다보니 과연 너무 심하게 때린 것이 완연하였다. 왕부인은 곁에서 여전히 "우리 아들", "내 새끼" 하면서 울고불고 정신이 없었다.

"네가 형을 대신하여 일찍 죽고 네 형이 남았더라면 네 아버님이 화를 내시지도 않았을 테고 나도 이렇게 반평생 애를 끓이지는 않았을 텐데. 이번에 만일 네가 어떻게라도 되어 날 버리고 간다면 나는 도대체 누굴 의지하고 살아가란 말이더냐!"

왕부인은 한참 넋두리 하다가 다시 울면서 "변변치 못한 자식"이니 뭐니 하고 하소연하였다. 가정이 옆에서 가만히 듣자니 절로 마음이 의기소침해지고 스스로 너무 혹독하게 매를 댔다 싶어 후회하는 마음이 일었다. 가정은 우선 가모를 위로하였다. 그러나 가모는 여전히 눈물을 머금고 말했다.

"아직도 나가지 않고 여기서 뭐하는 게야? 설마 아직도 화가 덜 풀려서 눈앞에서 저애가 죽어가는 걸 보고야 말겠다는 거냐?"

그 말에 가정은 얼른 밖으로 나오고 말았다.

이때 벌써 설부인은 보차, 향릉, 습인, 상운 등과 함께 이곳에 와 있었다. 습인은 마음속으로 너무나 슬프고 억울하였지만 감히 다 드러낼 수가 없었다. 보옥이 여러 사람들에게 둘러싸여 물 먹이는 이는 물을 먹여 주고 부채질하는 이는 부채질하는 걸 바라보니 자신은 그 가운데에 끼어들 틈이 없었다. 습인은 견디다 못해 그만 휑하니 밖으로 나와 중문 앞에 이르러 배명을 불러오도록 하였다.

"방금 전까지 멀쩡했는데 어째서 갑자기 그토록 모진 매를 대기 시작하셨느냐? 넌 또 서둘러 달려와 알려주지 않고 무얼 했느냐?"

배명은 얼른 대답했다.

"하필이면 제가 잠시 옆에 없을 때 일어난 일입니다요. 매를 맞으시는 도중에 제가 전해 들었는데 어찌 된 영문인지 급히 알아보았더니 기관과 금천아 누나의 일 때문이라고 하더군요."

"대감마님이 그 일을 어떻게 아시게 되었다더냐?"

"모르긴 해도 기관의 일은 아마 설반 나리가 평소에 질투하다가 화풀이할 데가 없으니까 밖에서 누구한텐가 충동질하여 대감마님 앞에서 불을 지르도록 한 것이라 하고요, 금천아의 일은 셋째 도련님이 말한 거라고 합니다. 나도 대감마님 따라다니는 하인들한테서 들은 말입니다만."

습인이 듣고 나서 그 두 가지 일이 다 그럴 법하다고 마음속으로 생각하게 되었다. 다시 안으로 돌아오니 모두들 보옥에게 응급치료를 끝내고 말끔히 정리하고 있었다. 가모가 잘 옮겨 제 방으로 보내주라고 하자 여럿이 달려들어 보옥을 이홍원의 자기 방 침대에 데려다 눕혀 주었다. 한참 법석거리던 사람들이 다 빠져나가고 나서 습인이 들어와 제대로 정성껏 간호를 시작하였다.

뒷일이 궁금하면 다음 회를 보시라.

情中情因情感妹妹
錯裡錯以錯勸哥哥

# 문병하는 임대옥

사랑으로 사랑 느껴 누이가 감동하고
잘못을 잘못 알고 제 오빠 나무라네

情中情因情感妹妹 錯裏錯以錯勸哥哥

습인은 가모와 왕부인이 간 뒤에 보옥이 누운 침상 곁으로 다가와 앉아 눈물을 머금고 물었다.

"무슨 일로 이렇게까지 모진 매를 버신 거예요?"

"그저 그런 일들 때문이었는데, 그걸 지금 물어 뭐하겠어. 다만 아랫도리가 아파서 견딜 수가 없어. 한 번 봐 줘, 어디가 얼마나 다쳤는지."

습인은 가만히 손을 밀어 넣어 속옷을 벗겨 내리기 시작했다. 보옥은 조금만 움직여도 곧 "아야야!" 하고 입을 악물고 소리를 질러 댔다. 습인은 얼른 손을 멈추었다가 다시 찬찬히 손을 대어 서너 차례나 계속하여 겨우 옷을 벗겨 내릴 수 있었다.

습인이 보니 허벅지의 절반 이상은 시퍼런 멍이 들어 있었고 네 손가락 넓이의 곤장 자국이 부풀어 올라 있었다. 습인은 이를 악물고 신음소리를 냈다.

"어머나! 어쩌면 이렇게 모질게 매를 칠 수 있었을까? 도련님이 그저 제 말만 잘 들으셨더라도 이런 지경에 이르지는 않았을 텐데. 다행히 뼈에는 손상이 없어 괜찮겠지만 잘못하여 병신이라도 되었다면 정말 어떻게 하실 뻔했어요?"

마침 그때 시녀들이 밖에서 소리를 질러 알렸다.

"보차 아가씨가 오셨습니다."

습인은 미처 속옷을 입힐 시간이 안 됨을 알고 곧 침상용 비단 겹이불로 얼른 보옥을 덮어주었다.

곧이어 보차가 손에 환약을 들고 들어왔다. 습인에게 건네주면서 사용방법을 일러줬다.

"저녁에 이 약을 술에 개어 상처에 붙여 주면 어혈의 독기가 가시는데 좋다니까 해 봐."

그리곤 다시 물었다.

"지금 좀 나아졌나?"

보옥이 고맙다고 인사하고 앉으라고 권하였다.

보차는 그가 눈을 뜨고 얘기를 나눌 수 있어서 아까보다는 좋아졌다고 생각하여 적이 안심이 되었다. 고개를 끄덕이고 한숨을 내쉬면서 한마디 타이르는 소리를 했다.

"일찌감치 남의 말 한마디를 제대로 들었으면 이렇게 되지는 않았잖아. 노마님이나 마님이 가슴 아파하신 것은 말할 것도 없고 우리가 보더라도 가슴이 너무나 아파."

여기까지 얘기하다가 그녀는 갑자기 말을 멈추고 스스로 너무 성급하게 말한 것에 후회하며 저도 모르게 얼굴이 빨갛게 달아올라 고개를 떨구었다. 보옥은 그녀가 이처럼 친절하고 달콤하게 얘기를 하기에 깊은 뜻이 있다 싶었는데 갑자기 뒷말을 머뭇거리며 말을 멈추고 얼굴을 붉히며 고개를 숙인 채 제 옷고름만 만지작거리는 모습을 보고 이루 형용할 수 없을 만큼 속에 기쁜 마음이 일어났다. 아픈 통증도 저 멀리 구천으로 날아가고 마음으로는 온갖 생각을 다 하게 되었다.

'나는 단지 몇 차례 매를 맞았을 뿐인데 이들 한 사람 한 사람은 모두 이처럼 가련히 여기고 슬퍼하는 자태를 드러내는구나. 그야말로 참으로 재미있고 볼만하며 가상하고 소중한 일이 아닐 수 없다. 그러니 만일 내가 어느 순간에 비명횡사라도 한다면 저들은 얼마나 더 슬퍼하며 괴로워하겠는가. 그리하여 내가 설사 어느 순간에 죽는다고 해도 저들의 한 가닥 동정을 얻게 된다면 내 일생의 사업이 모두다 물거품이 되어 흘러간다고 해도 하나도 아까워할 까닭이 없을 것이다. 죽어서도 편안하게 자연스런 마음을 얻지 못한다면 그 또한 어리석은 혼령이 아닌가?'

그런 생각을 하는 사이에 보차가 습인에게 묻는 소리를 들었다.

"무슨 일로 그처럼 화를 내시며 모진 매를 때렸다고 하던가?"

습인은 배명에게서 들은 얘기를 그대로 전해 주었다. 보옥 자신도 가환이 한 말에 대해서는 전혀 모르고 있다가 습인이 하는 말을 듣고 비로소 알게 되었다. 이번엔 설반의 얘기까지 나오자 보차가 마음을 쓰게 될까 걱정이 되어서 급히 습인의 말을 막고 나섰다.

"설반 형님은 원래 그런 분이 아니셔. 그렇게 근거 없이 아무렇게나 추측하지 마."

보차는 보옥의 말을 듣고 자신이 이상하게 생각할까 봐 보옥이 얼른 습인의 말을 가로막은 것임을 알게 되었다. 그리고 곰곰이 생각해 봤다.

'지금 저런 상태에서도 자신의 통증은 아랑곳하지 않고 이렇게 세심한 마음을 써서 남의 기분을 상하게 하지 않게 하려고 애를 쓰다니 우리한테 얼마나 깊은 생각을 기울이고 있는가를 알 수 있는 일이다. 기왕에 그처럼 세심한 마음을 기울이는 사람이 어찌하여 밖의 큰일에 대해서는 그토록 무심하단 말인가. 그렇게만 하면 대감마님도 좋아하실 테고 이처럼 큰 욕을 당하지도 않았을 텐데. 기왕에 내가 마음 쓰는 것이 걱정되어 습인의 말을 가로막았지만 그렇다고 내가 우리 오라버니가 평소 제멋대로 방종하여 전혀 가리는 것이 없이 날뛰는 성격을 모르는 바도 아니지. 전에 진종秦鐘 때문에 서당에서 한바탕 소동을 피운 것도 다 아는 일이고 이번 일이 지난 일에 비해 더할 나위 없이 엄청나다는 사실도 분명한 일이다.'

그렇게 생각을 하고 웃으면서 대꾸했다.

"그나저나 누굴 원망하고 말고 할 게 어디 있겠어. 내 생각에는 어쨌든 보옥 동생이 평소에 제대로 올바르게 처신하지 못해서 그런 거였지. 그런 사람들하고 왕래하곤 했으니 대감마님이 화를 내신 게 아니던가. 우리 오라버니가 말을 제대로 조심하지 않아서 보옥 동생 이름을 거론하였을지는 몰라도 그렇다고 일부러 누군가를 충동질하지는 않았을 거야. 이런 작은 일에는 별로 따지거나 조심하는 사람이 아니니까 말이야. 습인 아가씨는 어려서부터 보옥 도련님처럼 세심하고 주의하는 사람만 보아왔으니 언제 우리 오라버니처럼 하늘도 땅도 겁내지 않고 그저 생각나는 대로 내뱉는 그런 사람을 본 적이나 있었겠어?"

습인은 설반의 얘기를 꺼내자마자 보옥이 가로막는 바람에 곧 자신이 경솔했음을 일찌감치 깨달았다. 그리하여 보차가 멋쩍어할까 걱정하고 있었는데 이렇게 말을 해주니 더욱 부끄러운 마음에 할 말을 잊고 말았다. 보옥은 보차의 말을 듣고 절반은 정당한 말이고 절반은 자신의 의심을 없애주는 말이었으니 속 시원한 느낌이 들었다. 무슨 말인가 막 하려고 하는데 보차가 일어나며 가려고 인사하였다.

"내일 다시 와서 볼 테니 요양이나 잘해요. 방금 내가 가져온 약은 습인한테 주었으니까 저녁에 붙이고 자면 좋아질 거야."

그녀가 문을 나설 때 습인이 따라나서 문밖까지 배웅하였다.

"아가씨 특별히 신경 써 주셔서 고맙습니다. 다음에 도련님이 다 나으면 직접 찾아가 감사드리라고 할게요."

보차가 웃으면서 대꾸했다.

"감사할 게 뭐가 있어. 그저 도련님더러 정양이나 잘하라고 하고 쓸데없는 생각일랑 이젠 좀 접으라고 해요. 노마님과 마님, 여러 사람들 놀라게 하지 말고. 그러다 행여 이모부님 귀에 소문이라도 들어가는 날에는 더 큰 일이 아닌가. 비록 지난번에는 어쩌지 못했지만 앞으로 대질심문이라도 한다면 장차 화를 더 크게 당할 것이 분명하니."

습인은 보차를 보내고 집안으로 들어오면서 마음속으로 보차에게 정말로 감격하였다. 들어와 보니 보옥이 잠이 든 듯 조용히 누워 있기에 일단 밖으로 나와 머리 빗고 화장하였다. 보옥은 가만히 침상에 누워 있자니 엉덩이가 아파 왔다. 침으로 찌르고 칼로 도려내는 듯하면서 불로 지지는 듯 열이 나서 조금만 움직여도 "아야야!" 하고 비명소리가 터져 나왔다. 어느덧 저녁 무렵이 되었고 습인이 나가고 두세 명의 시녀가 시중을 들고 있었지만 더 이상 심부름시킬 일이 없는지라 다들 내보냈다.

"너희도 나가 씻고 정리하도록 해라. 내가 부르면 그때 다시 들어와."

보옥은 스르르 잠으로 빠져드는가 싶더니 장옥함이 걸어 들어와 충순왕부에 잡혀간 일을 하소연하고 또 잠시 후에는 금천아가 울면서 자신이 우물에 투신한 일을 하소연하였다. 보옥은 비몽사몽간에 일어나는 일이라 개의치 않았는데 홀연 무언가 그를 밀치는 듯한 흐릿하고 몽롱한 느낌 속에서 누군가 슬프게 흐느끼는 소리가 들려 왔다. 보옥은 꿈에서 깨어나 눈을 떠보니 다름 아닌 대옥이 침상 곁에 앉아서 눈물을 흘리고 있었다.

보옥은 살펴보려고 몸을 일으키려다 아랫도리가 못 견디게 아파 견디기 힘들었으므로, 그만 자기도 모르게 "아야야!" 소리를 지르고 다시 꼬꾸라지며 한숨을 쉬었다.

"왜 또 달려왔어? 해가 졌다고는 하지만 아직도 땅바닥이 후끈거리게 달아서 열기가 식지 않았는데 두 번씩이나 오가다가 더위라도 먹으면 어쩌려고 그래? 내가 매를 맞기는 했지만 그렇게 아픈 건 아니야. 나 이렇게 하고 있는 거 그냥 일부러 남들 눈을 속여 밖으로 새나가 아버님 귀에 들어가게 하려는 거지 실제로는 별로 아프지 않아. 공연히 너무 걱정하지 마."

그 순간 대옥은 비록 목을 놓아 통곡하는 건 아니더라도 소리를 삼키며 훌쩍거리는 오열은 점점 더 심해지고 있었다. 보옥의 말을 듣고 마음속으로는 수만 가지 하고픈 말이 있었지만 한마디도 입으로 토해 내지 못하고 그냥 한참 동안 훌쩍거리다가 겨우 꺼낸다는 말이 고작 이러했다.

"이제부턴 그런 버릇 다 고치겠네요."

보옥은 길게 한 번 장탄식하고 나서 이렇게 대답했다.

"걱정하지 마, 이제 그런 말일랑은 하지 말고. 그런 이들을 위해서는 난 죽어도 좋아."

그 한마디가 미처 끝나기도 전에 밖에서 외치는 목소리가 들려왔다.

"둘째 아씨가 들어오십니다."

대옥은 곧 희봉이 오는 것을 알아차리고 얼른 일어섰다.

"그럼 난 뒷마당 쪽으로 나갈게요. 나중에 다시 올게요."

보옥이 얼른 손을 잡아 세웠다.

"그것 참 이상하네. 갑자기 뭘 겁내는 거야?"

대옥은 다급하여 발을 구르며 조용히 속삭였다.

"내 이 눈을 좀 봐요. 또 나를 놀리지 않겠어요."

보옥이 얼른 손을 놓아주자 대옥은 성큼성큼 침상을 돌아 뒷마당 쪽으로 나갔다. 그 순간 앞문으로는 희봉이 들어왔다.

"좀 나아졌나? 뭐든 먹고 싶은 게 있으면 말해. 사람을 보내서 가져오도록 할 테니."

잠시 후에 설부인이 찾아오고 또 가모도 사람을 보내 차도가 있는가를 물었다.

날이 어두워지자 보옥은 저녁으로 국을 몇 숟가락 뜨고는 스르르 잠이 들었다. 잠시 후에 주서周瑞댁, 오신등吳新登댁, 정호시鄭好時댁 등 늘 왕래하는 나이 든 어멈들이 보옥이 매를 맞았다는 말을 전해 듣고 찾아왔다. 습인은 얼른 이들을 안으로 맞이하면서 살짝 전했다.

"아주머님들께서 한발 늦으셨군요. 도련님은 방금 잠이 드셨어요."

습인은 그들을 안으로 들게 해서 차를 대접했다. 그들은 잠시 조용히 앉았다가 습인에게 당부했다.

"그럼 도련님이 깨어나시면 우리가 왔다 갔다고 전해줘요."

습인이 그들을 배웅하고 막 돌아서는데 왕부인이 보낸 할멈이 들어왔다. 그리고 이렇게 말하는 것이었다.

"마님께서 도련님 시중드는 사람 하나를 부르시는데요."

습인은 잠시 생각에 잠겼다가 곧 청문과 사월, 단운, 추문 등에게 가만히 일렀다.

"마님이 우리 중에 누군가를 부르셔서 가 봐야겠어. 너희는 방 안에서 가만히 기다리고 있어. 내가 갔다 올게."

습인은 할멈과 함께 대관원을 나서서 본채 안방으로 왔다.

왕부인은 시원한 등나무 평상에 앉아 파초 부채를 흔들면서 습인이 들어오자 물었다.

"누굴 불러도 상관없는데 네가 오면 누가 보옥의 시중을 든단 말이냐?"

습인이 얼른 웃음을 띠며 대답했다.

"도련님은 방금 잠이 들었어요. 또 시녀 네댓 명이 곁에서 잘 시중들고 있으니 마님께서는 염려 놓으시기 바랍니다. 마님께서 무엇인가 분부 말씀이 있으신 듯한데 저 아이들이 왔다가 잘 알아듣지 못하고 일을 그르칠까 하여 제가 온 거예요."

"뭐 특별히 할 말이 있다는 것도 아니다. 지금 그애 통증이 좀 어떤지 궁금해서 그냥 물어 보려는 것뿐이었지."

"보차 아가씨가 보내온 약을 도련님께 붙여 드렸더니 많이 나아지셨나 봐요. 앞서는 제대로 눕지도 못할 만큼 아파했는데 지금은 편안하게 깊이 잠든 걸 보니 많이 좋아진 모양이에요."

"그래 뭘 먹기는 했느냐?"

"노마님께서 보내 주신 뜨거운 국물을 두어 숟갈 뜨더니 갈증이 난다고 하면서 매실탕을 먹고 싶다고 하잖아요. 하지만 제 소견으로는 매실탕이 열기를 거두어들이는 성질이 있는 것인데요, 방금 매를 맞은 데다 소리조차 지르지 못하게 하였으니 자연히 열독과 열혈이 그대로 몸 안으로 들어가 남아 있을 것으로 생각되었어요. 혹시 그걸 잡수셨다가 갑자기 심장을 자극이라도 하여 더 큰 병이라도 나면 어쩌나 걱정되어 제가 한참 동안이나 말려서 드시지 못하게 하였지요. 그것보다는 설탕에 절인 장미꽃 즙을 드렸습니다. 반 공기쯤 드시곤 떫다느니 달지 않다느니 투덜대면서 물리더라고요."

"아이고 애야, 왜 진작 내게 찾아와서 얘기하지 않았니? 저번에 누군가 향로香露 몇 병을 보내 왔었는데 그러지 않아도 보옥이한테 얼마쯤 주려고 했지만 그애가 그걸 별 소용없다면서 그냥 낭비해 버릴까봐 안 주었단다. 그애가 장미즙이 떫다고 싫어한다면 내가 이걸 두어 병 줄 테니 한 번 써 봐라. 물 공기에 한 숟가락 정도만 넣어도 향기가 기막히단다."

그리곤 곧 채운을 불러 말했다.

"저번에 들어온 향로 몇 병을 가져오너라."

"그냥 두 병만 가져오면 돼요. 너무 많아도 쓸데없이 낭비만 하게 될 테니까요. 쓰다 모자라면 다시 와서 가져가면 되지요."

채운이 한참 만에 향로 두 병을 가져와 습인에게 건네주었다. 습인이 받아 보니 작은 유리병 두 개였다. 각각 세 치가량 되는 크기에 위에는 나사형으로 된 은 뚜껑이 있고 노란 종이 위에 '목서청로木樨淸露'와 '장미청로玫瑰淸露'라고 쓰여 있었다. 습인이 웃으면서 말했다.

"아이고 이렇게 귀한 걸 어떻게 해요! 이렇게 작은 병에 얼마나 들었다고요."

"그건 궁중 진상품이란다. 거기 노란 딱지에 쓰여 있는 걸 못 보았느냐? 받아서 잘 간수했다가 아껴서 쓰도록 하렴, 함부로 버리지 말고."

습인이 막 나오려는데 왕부인이 무슨 일인지 다시 불러 세웠다.

"잠깐만 거기 서 보렴. 내가 한마디 물어보고 싶은 말이 있는데…."

습인이 나가다 말고 돌아서 왕부인 앞으로 다가오자 마침 방 안에 아무도 없는 걸 보고 왕부인이 조용히 물었다.

"내가 얼핏 듣기에 보옥이 오늘 매를 맞게 된 것이 환이 녀석이 대감께 뭐라고 아뢰었기 때문이라던데 그런 소릴 너도 들어보았느냐? 만일 들었다면 내게 한 번 자세히 고해 보아라. 나도 네가 말했다는 걸 남에게 말하진 않을 테니까."

"전 그런 말씀을 듣지 못했는데요. 도련님이 창극배우를 숨겨 주었다가 그쪽에서 찾으러 오는 바람에 그 일로 매를 맞게 되었다는 말씀은 들었습니다만."

습인의 대답에 왕부인은 고개를 흔들면서 말을 이었다.

"그것 때문이기도 하지만 다른 까닭도 있다는 게야."

"다른 까닭에 대해선 진정 아는 바가 없사옵니다. 오늘 마님 앞에서 감히 어려운 말씀 한 가지를 말씀 올리고자 하옵니다마는, 사실을 말씀 드리자면…."

말을 시작한 습인이 얼른 입을 다물고 말을 중도에 멈췄다.

"걱정 말고 다 말해 보아라, 뭐든지 다."

습인은 얼굴에 웃음을 띠고 먼저 왕부인의 눈치부터 살폈다.

"마님께서 제 말씀을 듣고 역정을 안 내신다면 제가 감히 말씀을 올리겠습니다."

"내가 무슨 화낼 일이 있겠느냐. 아무 걱정 말고 뭐든 말해 보아라."

그제야 습인은 천천히 말문을 열었다.

"사실대로 말씀드리면 우리 도련님이 마땅히 대감마님께 야단을 좀 맞아야 정신을 차리실 것입니다. 대감마님께서 더 이상 상관하지 않으시면 앞으로 어떤 더한 일이 일어날지도 차마 예측하기 어렵사옵니다."

왕부인은 그 말 한마디에 그만 두 손을 모아 '나무아미타불'을 연발하면서 자기도 모르게 습인한테 다가가며 말을 쏟아냈다.

"아이고 애야. 너야말로 똑바로 보았구나 그래. 그 말이 내 속마음하고 하나도 다를 바가 없어. 내가 언제 한시라도 아들 단속하는 일을 잊어 본 적이 있겠니? 예전에 보옥이 형인 주珠가 아직 살아 있을 때 내가 어떻게 길렀는 줄이나 아니. 지금에 와서 내가 아들 단속하는 걸 잊어버릴 까닭이야 있겠니. 다만 한 가지 까닭이야 없는 것도 아니야. 지금 와서 생각하면 내 나이 벌써 쉰 살이 다 되는데 이제 보옥이 하나만 남은 셈이 아니더냐. 그애가 약골로 태어난 데다 할머니가 끔찍이도 생각하고 계시니 너무 엄하게 다루었다가 행여 어떻게라도 되는 날에는 할머니까지 화를 내시다가 잘못 되실지도 모르잖니. 그리되면 온 집안 아래 윗사람이 모두 불편하게 되어 끝내는 다들 잘못되지 않겠어. 그래서 그 아이를 다소 풀어주었던 게 아니더냐. 내 늘 입에 달고 다니며 달래도 보고 설교도 하고 화를 내보기도 하였지만 그때뿐이고 그 순간만 지나면 여전히 소용이 없으니 어쨌든 단단히 욕을 보고 나서야 고쳐질 모양이구나. 하지만 매를 맞아 몸이라도 상하게 되면 나는 장차 누굴 의지하고 살아야 한단 말이냐."

왕부인은 제 말에 감정이 복받쳐 올라 눈물을 왈칵 쏟아냈다.

습인은 왕부인이 이처럼 상심해 있자 자신도 마음이 아파 함께 눈물을 흘렸다.

"도련님은 마님께서 손수 기르셨으니 어찌 마음이 아프지 않겠어요. 저희 시중드는 하인으로서는 조용히 일이 끝나고 평안해지기만을 바라며 그걸 큰 행운으로 생각하지만 이제 이렇게 된 이상 평안히 지내기를 기대하기 어렵게 되었어요. 어느 한때인들 도련님 행실이나 언동에 대해 충고하지 않은 적이 있나요. 하지만 아무리 달래고 권해도 깨닫지 못하시니 어찌하겠어요. 하기야 모든 게 다 저희가 제대로 모시지 못한 잘못이 크지요. 오늘 마님께서 기왕에 말씀을 꺼내시니 제가 그동안 마음에 걸렸던 것 한 가지를 말씀드리고자 합니다. 매번 말씀을 올려서 마님의 하명을 받들고자 하였지만 그러다가 만에 하나라도 마님께서 저를 의심하시게 되면 제가 말씀드린 것도 물거품이 되고 저 자신조차 몸 둘 곳이 없게 될 것 같아 입을 다물고 있었던 것입니다."

습인의 말속에 뭔가 긴한 구석이 있다고 여긴 왕부인은 얼른 달래면서 물었다.

"애야, 네가 무엇인가 할 말이 있다면 기탄없이 말해 보아라. 요사이 사람들이 너를 칭찬하는 말들이 많기에 난 그저 네가 보옥이 시중을 잘 들고 또 여러 사람들 앞에서 화기애애하기 때문에 그러는 거라고만 생각하고 있었지. 여러 가지 점에서 잘하기 때문에 너를 다른 어멈들과 똑같이 대해주던 거란다. 그런데 네가 방금 한 말 속에는 그야말로 보다 중요한 대국적인 관점을 담고 있구나. 내가 평소에 생각하던 것과도 전혀 다르지가 않아. 네가 무슨 생각을 하고 있는지 서슴지 말고 한 번 말해 보렴. 다만 남들이 모르게만 하면 되는 거지."

"저도 뭐 별다른 생각을 하고 있는 건 아니고요, 그저 마님의 생각을 여쭤 보려는 것뿐입니다. 앞으로 무슨 방법을 써서 보옥 도련님을 대관원에서 내보내 지내게 할 수 있을까 하고요."

습인의 말에 왕부인은 깜짝 놀랐다. 얼른 습인의 손을 잡아끌고 다그쳐 물었다.

"보옥이가 설마 누구하고 무슨 짓이라도 하고 있는 건 아니겠지?"

"마님, 그런 생각일랑 마세요. 제 말씀은 그런 뜻이 아니에요. 이건 그저 제 좁은 소견인데요, 이제 도련님도 장성하였고 아가씨들도 다들 어른이 돼 가고 있잖아요. 대옥 아가씨나 보차 아가씨는 고종과 이종으로 비록 도련님과는 누이와 누나가 되는 남매간들이라지만 그래도 엄연히 남녀의 구분이 있는데 밤낮으로 늘 함께 기거한다는 것은 아무래도 불편한 점이 있거든요. 자연히 걱정되는 바가 없지 않고 바깥사람들 눈에 뜨이기라도 하면 말들이 많아질 것 같고요.

원래 한집안 일이라는 것이 '아무 일 없더라도 늘 일이 생긴 듯 생각하라'는 속담처럼 각별히 조심해야 하는 거 아니겠어요. 세상에는 밑도 끝도 없는 일들이 얼마나 많이 생기는데요. 그 대부분은 다 무심한 가운데서 생겨나는 것인데 말하기 좋아하는 사람들이 보면 다들 입방아를 찧게 되고 나쁜 말이 도는 거예요. 이를 사전에 제대로 예방하지 못하면 결국 문제가 되고 말 거예요.

도련님의 평소 성격이야 마님께서 더 잘 아시잖아요. 오로지 저희들 같은 여자아이들과 놀기만 좋아하시니 다잡아서 방비를 않다가 조금이라도 빗나가는 일이 있게 되면 그 진위 여부를 떠나 말이 많아질 거예요. 온갖 종류의 사람들 사이에서 말이 많아질 것이고, 더구나 세상에는 아무것도 가리지 않고 제멋대로 떠들어대는 소인배들이 우글거리잖아요. 그자들은 제 마음에 들면 보살님보다도 좋다고 떠받들다가도 제 마음에 조금이라도 어긋나면 짐승보다도 못하다며 제멋대로 깎아내리는 게 다반사죠.

도련님에 대해 행여 누군가가 좋은 쪽으로 얘기를 하면 아무 일 없이 잘 지나가겠지요. 하지만 만에 하나 누군가 나쁜 말을 한마디라도 내뱉으면 저희야 그 죄업이 만겁에 달한대도 별일이 아니겠지만 훗날 도련님의 한평생 명성과 품행에까지 끝없이 영향을 끼치지 않겠습니까? 또 마님께서도 대감마님을 뵈올 낯이 없어질 것이 아니겠습니까?

옛말에도 '군자는 언제나 미연에 방지하는 법'이라고 했으니 이번 기회에 방비를 하는 것이 옳을 줄로 생각됩니다. 마님께서는 일이 많으셔서 잠시 생각이 미치지 못하실 수도 있으셨겠지요. 저희도 생각을 못했으면 그만이지만 기왕 생각난 마당이라 이를 마님께 말씀드립니다. 그러지 않으면 오히려 그 죄가 더욱 커짐을 아는 바라 요즘 들어 이 일을 밤낮으로 가슴에 두고 고심하고 있었습니다. 그렇다고 아무한테나 발설할 수도 없는 일이오라 밤새 타오르는 등잔불만이 제 마음을 알고 있었을 뿐이옵니다."

왕부인은 그 말을 듣고 마치 마른하늘에 벼락을 맞은 듯 놀라움을 감출 수 없었다. 그건 바로 금천아 사건과도 직결되는 문제였다. 마음속으로 습인이 더욱 미쁘게 생각되어 웃으면서 말을 받았다.

"애야. 네 마음속에 그런 생각이 들어 있었구나. 정말 그처럼 용의주도한 생각을 하였다니 대견스럽다. 난들 그런 생각을 하지 않은 적이 있었겠느냐. 요즘 몇 가지 일로 인해 잠시 잊고 있었을 따름이다. 지금 네가 기왕에 말을 꺼내어 다시 한 번 일깨워 주었다. 더구나 우리 모자의 앞날의 명성과 체면까지 생각해주니 참으로 고맙구나. 네가 이렇게 착한 아인 줄은 몰랐구나. 그래 이제 알겠다. 이제 그만 돌아가거라. 내가 알아서 어찌 해보마. 다만 한 가지 당부의 말이 있다. 네가 기왕에 그런 말을 꺼냈으니, 이제 나는 그애를 너한테 아예 맡기는 걸로 여기겠다. 어찌 되었든 늘 신경을 써서 보옥이와 내가 다 같이 온전하게 한평생을 지낼 수 있도록 해주려무나. 그럼 너를 저버리지는 않을 테니까."

습인은 연거푸 "예, 예, 알겠습니다"라고 대답하곤 물러 나왔다.

돌아오니 보옥은 마침 잠이 깨어 있었다. 습인이 왕부인이 준 향로 얘기를 하자 보옥은 기뻐하며 얼른 만들어서 맛보게 해달라고 졸랐다. 과연 그 향과 맛이 대단히 뛰어났다. 보옥은 곧 속으로 대옥이 생각이 간절하여 사람을 보내 심부름을 시키려고 하였지만 습인이 뭐라고 할까 걱정이 되었다. 그래서 한 가지 꾀를 생각해 냈다. 먼저 습인을 보차에게 보내서 책을 빌려 오도록 하였다.

습인이 나가자 보옥은 곧 청문을 불렀다.

"너 지금 곧 대옥 아가씨한테 가서 아가씨가 뭐 하고 있나 알아보고 오너라. 내가 어떠냐고 묻거든 나아졌다고만 말하면 돼."

"아무 까닭 없이 뭐 하러 가보라는 거예요? 뭐라도 한마디 전할 말이 있어야 하는 거 아니에요?"

"별로 할 말은 없어."

"그렇잖으면 뭘 보내시든가, 가져 오라든가 해야지요. 그렇지 않고 그냥 아무 일도 없이 삐죽 가면 내가 얼마나 머쓱하겠어요?"

청문이 그렇게 말을 하자 보옥이 잠시 생각하더니 손을 뻗어 손수건 두 장을 꺼내 청문한테 쥐어 줬다.

"그래, 좋아. 이걸 전해 준다고 말해."

"그것도 이상하긴 마찬가지네요. 아가씨가 쓰던 손수건을 달라고 하신대요? 아가씨가 또 화를 내시면서 자기를 놀렸다고 하면 어쩌게요."

"걱정 마. 갖다 드리면 대옥이도 자연 알 거야."

청문이 그제야 대꾸를 그치고 손수건을 가지고 소상관으로 찾아갔다. 마침 춘섬이 난간에서 손수건을 말리다가 청문이 오자 손사래를 쳤다.

"잠들었어요."

청문이 들어가 보니 온 방 안이 깜깜한데 등불도 켜 놓지 않고 있었다.

대옥이 침상에 누워 있다가 낌새를 알아채고 누가 왔느냐고 물었다.

"도련님이 아가씨한테 손수건을 보내드리라고 해서 왔어요."

그 말에 대옥이 의아한 생각이 일었다.

'뭐하려고 손수건을 보냈다는 것일까'

"이 손수건은 누가 보낸 건데? 틀림없이 상등품일 텐데 그냥 두었다가 다른 사람한테 선물로 주라고 하지. 난 지금 그런 거 필요 없다고 그래."

"새것이 아니고요, 집에서 쓰던 거예요."

대옥은 더더욱 이상하다는 생각이 들어 곰곰이 그 연유를 따져 보다가 잠시 후 마침내 화들짝 깨달았다. 그래서 곧 청문에게 말했다.

"응, 알았으니까 거기에 두고 가 봐."

청문은 대옥의 말을 듣고 손수건을 두고 나왔다. 하지만 아무리 머리를 굴려 생각해 봐도 뭐가 어떻게 된 일인지 알 수가 없었다.

대옥은 보옥이 손수건을 보낸 숨은 뜻을 깨닫고 자신도 모르게 마음이 들뜨며 가슴이 울렁거림을 참을 수가 없었다.

'정말 보옥 오빠의 마음 씀씀이는 나의 괴로운 심정을 진정으로 알아주는구나. 정말 기쁘기가 한량이 없어. 하지만 나의 이 괴로운 심정을 장차 어이할지 생각하기만 해도 슬픈 마음을 막을 길이 없구나. 갑자기 멀쩡하게 쓰던 손수건 두 장을 보낸 것은 내 깊은 마음을 헤아렸기 때문이야. 그걸 헤아리지 못하고 이 손수건만 본다면 그 얼마나 우스운 꼴이랴. 또 가만히 남의 손을 빌려 이처럼 은밀하게 전하는 걸 생각해보면 두려운 마음이 일기도 하는구나. 그동안 내가 매번 울고불고 눈물 짜던 일을 생각하면 참으로 멋쩍고 스스로 부끄럽기도 하다.'

대옥은 그렇게 이 생각 저 생각에 잠기다 보니 금세 마음이 달아올랐다. 대옥은 불현듯 애틋한 사랑의 마음이 솟아올라 시녀에게 등불을 켜게 하고 남들이 의심하거나 말거나 상관하지 않고 책상에 앉아

먹을 갈아 붓에 듬뿍 묻혀 두 장의 낡은 손수건에 시구를 써내려가기 시작했다.

### 첫째

| | |
|---|---|
| 눈엔 눈물 고이고 고인 눈물 흘러내리니, | 眼空蓄淚淚空垂, |
| 남몰래 뿌리는 눈물 누구 위해서랍니까? | 暗洒閑拋卻爲誰? |
| 하이얀 손수건 애써 보낸 고운님의 뜻에, | 尺幅鮫綃勞解贈, |
| 어이하여 이를 두고 슬픈 마음 없겠습니까! | 叫人焉得不傷悲! |

### 둘째

| | |
|---|---|
| 또르르 흐르는 구슬 같은 눈물방울, | 拋珠滾玉只偸潸, |
| 진종일 맘 비우고 하릴없이 지내면서, | 鎭日無心鎭日閑; |
| 소매 끝 베갯머리 지지 않는 눈물자국. | 枕上袖邊難拂拭, |
| 점점이 얼룩진 그 모습으로 남기렵니다. | 任他點點與斑斑. |

### 셋째

| | |
|---|---|
| 색실을 가져다 흐르는 눈물 꿰기 어렵고, | 彩線難收面上珠, |
| 소상강의 옛날 자취 오래전에 있었으니. | 湘江舊跡已模糊; |
| 창문 앞의 대나무는 천 그루나 되지마는, | 窗前亦有千竿竹, |
| 눈물자국 향기 흔적 배었는가 모르겠네요? | 不識香痕漬也無? |

대옥은 이처럼 세 수를 쓰고 나서 계속 시를 써내려가고자 하였으나 홀연 온몸이 불같이 달아오르고 얼굴이 화끈거렸다. 거울 앞에 다가가 얼굴을 한 번 비춰 보니 두 뺨이 발갛게 물들어 붉은 복사꽃보다도 더욱 아름다운 모습이었다. 이게 혹시 무슨 병의 조짐이나 아닐까 하면서 침상에 올라 누워 손수건을 가져다 보며 생각에 빠져들었다.

한편 습인은 심부름으로 보차를 찾아갔지만 마침 그녀는 모친을 뵈러 나가서 대관원 안에 없었다. 습인은 빈손으로 돌아올 수밖에 없었다. 이경〔二更: 밤 10시〕 무렵이 되어서야 보차가 돌아왔다. 사실 보차는 평소 설반의 성질을 잘 아는지라 마음속으로 벌써부터 설반이 사주하여 보옥을 일러바치도록 하였을 것이라고 짐작하고 있었다.

습인의 입에서 그 일이 발설되었으니 더욱 믿을 수밖에 없게 되었다. 습인은 배명에게 들었다고 하였지만 사실 배명은 제멋대로 짐작한 것일 뿐 무슨 근거가 있었던 것은 아니었다. 설반이 평소에 그럴 만한 소지가 많고 명성이 좋지 않았기 때문이었다. 하지만 사실 이번만큼은 설반이 한 일이 아니었다. 설반은 공연히 남들 입에 오르내리게 되어 억울하게 죄를 뒤집어쓴 격이 되었으니 그야말로 입이 있어도 변명하기 어렵게 되고 말았다.

이날 설반이 밖에서 술 한 잔을 거나하게 들고 들어와 모친한테 인사하고 나니 곁에 보차가 와 있었다. 몇 마디 인사를 나누고는 지나는 말로 한마디 물었다.

"듣자 하니 보옥 아우가 큰 욕을 봤다는데 왜 그랬다더냐?"

설부인은 마침 그 문제로 마음이 언짢던 중이라 설반의 말을 듣자 이를 악물고 소리를 질렀다.

"천하에 못된 놈 같으니라구! 제가 그래 놓고서 무슨 낯짝으로 되레 묻는단 말이냐?"

설반이 어리둥절하여 멍하니 바라보면서 물었다.

"내가 뭘 어쨌다고 그러세요?"

"어디서 모르는 척하려구! 사람들마다 모두 네 녀석이 일러바친 거라고 알고 있는데 여전히 아니라고 발뺌할 셈이냐?"

"아니 그럼, 내가 사람을 죽였다고 웬 놈들이 다 말하고 다니면 그대로 믿으시겠다는 거예요?"

"네 누이도 네 녀석이 한 짓인 줄을 다 알고 있는데, 보차가 일부러 너한테 죄를 뒤집어씌우려고 그랬겠니?"

보차가 얼른 나서면서 말렸다.

"어머님이나 오라버니나 이제 그만 소리 지르세요. 그냥 조용히 말씀해도 시시비비는 가릴 수 있잖아요."

그리고 이어서 설반을 향해 조용하지만 단호한 어투로 말했다.

"오라버니가 말을 했건 안 했건 그건 중요하지 않아요. 아무튼 이미 지나간 일이니 굳이 따져서 작은 일을 큰 일로 만들 필요야 없겠지요. 하지만 한 가지, 이제 앞으로는 밖에서 요란하고 떠들썩한 일에는 좀 덜 끼어들고 남의 일에도 상관하지 마세요. 날마다 다 같이 엉겨 붙어 놀아나다가 무슨 일이라도 나면 어떡해요. 오라버니는 조심성이 없는 사람이라 다행히 아무 일도 없으면 그만이지만 무슨 사단이라도 일어나면 설사 오라버니가 하지 않은 일이라 하더라도 사람들은 모두 오라버니가 했을 거라고 의심하고 단정한단 말이에요. 다른 사람 말할 것도 없어요. 저도 먼저 그렇게 생각하니까요."

설반은 본래 성격이 직설적이고 곧은 소리를 잘하는 사람이라 평생 이처럼 두서가 없이 미적지근한 일에는 질색이었다. 더구나 보차가 자신더러 나돌아 다니며 말썽부리지 말라고 충고하는 데다 모친은 아예 단정적으로 자신이 입을 잘못 놀렸다고 하면서 보옥이 매 맞은 일이 자신 때문이라고 하자 불같이 화를 내며 펄쩍 뛰었다. 절대로 그런 일이 없다고 맹세하며 항변하더니 사람들에게 마구 욕을 퍼붓기 시작했다.

"어떤 놈이 나를 뒤에서 모함한 거야. 내 그놈의 자식을 잡아내서 이빨을 왕창 부러뜨리고야 말겠어. 틀림없이 보옥이 매 맞은 일 때문인 모양인데, 누군가 희생양으로 쓸 사람이 없으니까 나를 내세웠을 게 뻔해. 그리고 보옥이 제까짓 게 뭐 천왕이라도 된단 말이야? 제 아버지가 매를 좀 댔기로서니 온 집안이 며칠씩이나 난리법석을 떨고 참 가관도 아니야. 전에도 언젠가 보옥이 녀석이 뭔가 잘못하여 이모부가 매를 몇

대 때린 적이 있었는데 나중에 노마님이 어떻게 알아냈는지 가진 형님 때문에 그리되었다고 하면서 애매하게 가진 형님을 불러다 혼쭐낸 적도 있었다니까. 흥, 이번에는 나를 끌어들인 셈이군그래. 좋다구, 기왕에 끌려 들어간 이상 나도 겁날 것이 없다니까. 차라리 안에 들어가 보옥을 때려죽이고 나도 죽으면 되는 거 아냐? 다들 깨끗이 죽어버리고 말자구."

설반은 소리소리 지르면서 대문의 빗장을 빼서 잡아들고 밖으로 뛰쳐나가려고 했다. 깜짝 놀란 설부인이 얼른 달려들어 설반을 잡았다.

"아이고, 이 죽어 마땅한 죄 많은 놈아! 네놈이 누굴 때리러 간다는 게냐. 차라리 날 먼저 쳐라 이놈아."

설반은 두 눈을 왕방울만 하게 뜨고는 여전히 소리를 쳤다.

"어머니, 도대체 저한테 왜 이러십니까? 그럼 나는 보옥이 살아 있는 그날까지 구설수를 면할 수가 없단 말입니까. 차라리 다 같이 죽어 버리는 게 깨끗하다는 겁니다."

보차가 얼른 나서서 달렸다.

"오라버니가 좀 참아요. 어머니가 저렇게 애가 타서 그러시는데 잘 달래 드릴 생각은 않고 도리어 이렇게 난리치면 어떡하란 말이에요. 설사 어머니가 아니래도 누군가 옆의 사람이 충고하면 그건 다 오라버니 잘되라고 그러는 건데 오라버닌 제 성질만 끝없이 부리면 어떡해요?"

"오라, 이번에도 네가 또 그 말을 하는구나. 그래 모두 네 입에서 말이 나온 것이 분명하겠지!"

"오빠는 날 원망할 줄만 알고 자신이 앞뒤 가리지도 못하고 멋대로 한 행동은 어째 생각하지 않는 거예요?"

"그래? 넌 내가 앞뒤도 못 가린다고 원망한다만 너 자신은 어째 보옥이가 밖에서 온갖 말썽을 자초하고 있는 것에 대해선 일체 원망하지 않는단 말이냐? 다른 건 말할 것 없어. 지난번에 기관의 일만 갖고 말해

도 그렇지. 그 기관이란 놈은 우리가 열 번이나 넘게 만났지만 난 그놈
하고 한마디도 친숙한 말을 건넨 적이 없었단 말이야. 헌데 지난번 보
옥이가 만나자마자 통성명도 제대로 하지 않고서 곧바로 허리 수건을
그놈한테 풀어 주었단 말이다. 이런 일도 내가 말했다고는 하지 못하
겠지."

설부인과 보차는 깜짝 놀라 다급하게 물었다.

"왜 또 그런 말을 꺼내는 거냐? 그 일 때문에 매를 맞은 거라는데, 아
무래도 네 녀석이 일러바친 게 분명한 모양이구나."

설반이 펄쩍 뛰었다.

"정말 생사람 잡네그래. 좋아, 나한테 그렇게 뒤집어씌운대도 나는
괜찮아. 하지만 보옥이 하나 때문에 그렇게 천지가 뒤집히도록 난리치
는 건 정말 견딜 수가 없단 말이야."

"누가 난리친다고 그래요? 오빠가 먼저 칼을 빼고 몽둥이 휘두르며
소란피우고선 남들보고 난리친다고 그러네요."

설반은 보차의 말이 구절마다 일리가 있어 제 모친의 말보다도 더 대
꾸하기가 어렵게 되자 안 되겠다 싶었는지 머리를 굴렸다. 좀더 지독한
말로 짓눌러 다시는 자신의 말을 막지 못하게 할 심산이었다. 하기야
이때 설반은 화가 머리끝까지 솟구쳐 올랐을 때라 이것저것 경중을 따
질 겨를도 없었다.

"아이고, 우리 누이님, 제발 나하고 말싸움 하실 생각일랑 마시지그
래. 내가 네 속마음을 모를 줄 아느냐고. 전에 어머니가 한 말씀을 내가
아직도 생생히 기억하고 있지. 네가 금목걸이를 가지고 있으니 옥을 갖
고 있는 사람과 만나 짝으로 맺어질 것이라고 말이야. 너, 지금 그것 때
문에 신경 쓰는 거지? 보옥이 놈한테 그까짓 통령옥인가 뭔가 하는 게
있으니 자연히 그놈을 편들고 있는 게 아니냔 말이야!"

말이 채 끝나기도 전에 보차는 치가 떨리고 분하여 설부인을 끌어당

기며 울음을 터뜨리고 말았다.

"어머니, 오빠가 하는 말 좀 들어보세요. 도대체 어째서 저런 말을 하는지 모르겠어요!"

설반은 보차가 울음을 터뜨리자 자기가 좀 너무했다는 생각이 났는지 그냥 자기 방으로 들어가 버리고 말았다.

설부인은 자신도 덜덜 떨렸으나 한편으로 보차를 달래면서 말했다.

"너도 평소에 저 못된 놈이 말도 안 되게 떠드는 걸 잘 알지 않으냐. 내일 불러서 너한테 사과하라고 하마."

보차는 억울하고 분한 생각에 곧 어떻게 해보려고 했지만 또 모친이 불안해하고 있는 까닭에 걱정이 되어 눈물을 머금은 채 모친에게 인사하고 제 처소로 돌아와서 밤새도록 혼자 흐느껴 울었다.


다음날 아침 보차는 대충 아무렇게나 차려입고 모친에게 인사하러 나섰다. 그런데 그때 하필이면 꽃그늘 아래 서 있던 대옥과 마주치고 말았다. 대옥이 어딜 가느냐고 물었다.

"집에 좀 가는 길이야."

보차는 건성으로 대답하고 묵묵히 걸어갔다. 오늘따라 기운이 하나도 없는 데다 눈가에는 눈물자국이 남아 있는지라 평소와 크게 달라 보였다. 대옥은 보차의 등 뒤에 대고 웃음 섞인 목소리로 소리쳤다.

"언니도 제 몸을 좀 생각해야죠. 눈물을 두 항아리나 흘린다고 해도 매 맞은 상처가 나을 수 있겠어요?"

대옥의 빈정대는 말에 보차의 대답이 어떠할지 궁금하면 다음 회를 보시라.

白釵眷釀白
玉親蓮羹美
花結鸞黃
絡梅巧金葉

# 시중드는 옥천아

백옥천은 연잎 탕국 맛을 보고
황금앵은 매화 매듭 지어 주네

白玉釧親嘗蓮葉羹　黃金鶯巧結梅花絡

　　보차는 분명히 대옥이 자신의 등 뒤에서 은근히 비꼬는 소리를 들었
지만 모친과 오라버니 생각에 뒤도 돌아보지 않고 곧장 집으로 달려갔
다. 뒤에 남은 대옥은 여전히 꽃그늘 아래 서 있다가 멀리 이홍원 쪽을
바라보니 이궁재와 영춘, 탐춘, 석춘 등이 들어갔다가 무리지어 나와
흩어지는 모습이 보였다. 다만 희봉이 오는 것은 보이지 않기에 속으로
생각해 보았다.

　'어째서 그 사람이 보옥이를 보러 오지 않았을까? 아마도 무슨 일이
있는 모양이다. 그 사람이라면 기필코 찾아와서 생색을 내고 너스레를
떨면서 노마님이나 마님 앞에서 잘 보이려 할 게 분명할 텐데 여태까지
안 오고 있는 걸 보면 무슨 까닭이 있는 게 분명해.'

　그렇게 여러 가지 생각을 하며 다시 고개를 바라보니 한 무리의 사람
들이 울긋불긋 꽃무더기가 움직이듯 이홍원으로 향하는 것이 보였다.
가만히 눈여겨 바라보니 가모가 희봉의 부축을 받으며 앞장 서 걸어가고 뒤에는 형부인과 왕부인 그리고 뒤를 이어 주이랑과 여러 시녀, 어멈들이 우르르 안으로 들어가고 있었다.

대옥은 그 모습을 보자 홀연 고개를 끄덕이며 부모가 있는 사람의 행복한 처지가 부러워 찡하니 가슴이 저리고 두 줄기 눈물이 벌써 얼굴을 타고 흘러내렸다. 잠시 후 보차와 설부인 등도 안으로 들어가는 것이 보였다. 그때 갑자기 자견이 뒤에서 다가와 말을 걸었다.

"아가씨, 약 드실 시간이에요. 데운 물이 다 식겠어요."

"나더러 어쩌라고 자꾸 재촉하기만 하는 게냐? 내가 먹든 안 먹든 너하고 무슨 상관이야!"

대옥이 그렇게 쏘아붙이자 자견이 웃으면서 대꾸했다.

"기침이 조금 나았다고 또 약을 안 드시려고 해요? 지금 오월 달이라 날씨가 덥지만 아직도 조심해야 해요. 일찍 일어나서 이런 습한 곳에 한참을 서 있었으니 이젠 돌아가 좀 쉬셔야지요."

그 말을 듣고 보니 대옥은 비로소 몸이 어딘가 쑤시고 떨려오는 것 같았다. 한참 멍하니 있다가 천천히 자견의 부축을 받으며 소상관으로 돌아 들어왔다.

집안에 들어서니 마당에는 온통 대나무 그림자로 들쭉날쭉 얼룩져 있고 푸른 이끼가 짙게 깔려 있었다. 문득 《서상기》에서 읽었던 대목이 또 생각났다.

| 그윽하고 한적한 곳 누가 발길 닿으랴, | 幽僻處可有人行, |
| 푸른 이끼 덮인 땅엔 하얀 이슬 차갑네. | 點蒼苔白露泠泠. |

대옥은 속으로 가만히 속삭였다.

'쌍문雙文¹ 이여, 쌍문이여, 그대는 참으로 박명한 사람! 그대 비록 박명해도 홀어머니, 어린 동생 있거늘. 지금 나 임대옥은 홀어미나 어린 동생마저 없어라. 옛사람이 미인박명〔美人薄命: 미인은 불행하거나 병약하여 요절하는 일이 많음〕이라 했는데, 나는 미인도 아니거니와 박명하기는 어이하여 쌍문보다도 더 하단 말인가.'

그런 생각에 잠기며 걸어 들어가는데 골마루의 앵무새가 임대옥이 들어오는 걸 보고 놀라 푸드덕 날아오르며 펄쩍 뛰었다. 대옥이 놀라 한마디 야단을 쳤다.

"아이고 깜짝이야! 죽일 녀석 같으니. 또 내 머리 위로 먼지를 날렸어?"

앵무새는 여전히 그네 위에 날아올라 앉아서 큰소리로 외쳤다.

"설안아, 어서 발을 걷어 올려라, 아가씨가 오셨다!"

대옥이 발걸음을 멈추고 손으로 나무그네를 두드리며 앵무새에게 물었다.

"먹이와 물은 제대로 먹었니?"

앵무새는 신기하게도 임대옥이 평소 하던 대로 장탄식을 하고 이어서 시를 읊었다.

| | |
|---|---|
| 꽃잎 묻는 나를 보고 남들은 비웃지만, | 儂今葬花人笑痴, |
| 훗날 내가 죽고 나면 묻어줄 이 누구인가? | 他年葬儂知是誰? |
| 봄날이 지나가고 꽃잎 점점 떨어지면, | 試看春盡花漸落, |
| 그게 바로 홍안 청춘 늙어 가는 그때라네. | 便是紅顔老死時. |
| 하루아침 봄은 지고 홍안 청춘 늙어 가면, | 一朝春盡紅顔老, |
| 꽃잎 지고 사람 가니 둘 다 서로 알길 없네! | 花落人亡兩不知! |

대옥과 자견은 앵무새가 흉내 내는 소리를 듣고 깔깔거리고 웃었다.

---

1 《서상기》여주인공 최앵앵을 말함, 이름에 앵(鶯) 자가 겹쳐 있어서 그렇게 부르기도 함.

"이건 모두 아가씨가 평소에 늘 읊으시던 구절이에요. 저 녀석이 신통하게 다 외우고 있었네요."

대옥은 자견에게 앵무새 나무그네를 벗겨 둥근 창문밖에 걸어 두라고 이르고 자신은 방 안으로 들어와 둥근 창문 안쪽에 앉았다. 약을 먹고 나서 밖을 보니 창밖의 대나무 그림자가 사창으로 비쳐 방 안이 푸른 그늘에 잠긴 듯하고 책상과 돗자리도 한결 시원한 듯하였다. 대옥은 무료함을 이기지 못하여 창문을 가운데 두고 앵무새와 장난하며 평소 자주 읊조리던 시사詩詞를 가르쳐 외우게 하였다.


한편 설보차가 집으로 돌아오니 모친이 혼자 머리를 빗고 있다가 그녀가 오는 걸 보고 말했다.

"아침부터 뭐 하러 또 달려왔느냐?"

"어머니 몸이 어떠신가 해서요. 어제 제가 돌아간 뒤에 오라버니가 다시 와서 소란을 피우기라도 했나요?"

그리곤 모친의 곁에 앉아 불현듯 눈물을 흘리기 시작했다. 설부인은 보차가 울자 자신도 참지 못하고 곧 목을 놓아 울다가 멈추고 다시 보차를 달랬다.

"얘야, 내가 저 녀석을 야단칠 테니까 너무 섭섭해하지 마라. 너마저 무슨 일이 생기면 나는 누굴 믿고 살란 말이냐?"

설반이 밖에서 듣고 있다 얼른 안으로 달려 들어와 보차 앞에서 왼쪽으로 한번 허리 굽혀 읍을 하고 오른쪽으로 허리 굽혀 또 읍을 했다.

"착한 누이야. 한 번만 용서해 줘. 어젠 술 마시고 늦게 돌아오다가 길에서 또 손님을 만나는 바람에 집에 왔을 때까지 술이 덜 깼지 뭐냐. 뭐라고 헛소리를 떠들었는지 생각이 전혀 안 나. 그러니 네가 화를 낼 만도 했을 거야."

보차는 얼굴을 파묻고 울고 있다가 그 말을 듣고 자신도 모르게 웃음이 터져 고개를 들고 설반을 향해 한마디 쏘아붙였다.

"그렇게 남들 흉내 내는 싱거운 소릴랑 하지 말아요. 오라버니가 속 마음으로는 우리 모녀를 미워하여 어떻게 해서든지 우리를 멀리하려는 거지 뭐예요. 그럼 속이 시원할 테니까."

설반이 황급히 웃음으로 받으며 사정했다.

"보차야, 그게 무슨 소리야? 그렇게 말하면 내가 발붙일 자리조차 없 게 되지 않겠니? 누이는 일찍이 한 번도 그런 이상한 말을 한 적이 없었 는데 대체 어찌 된 일이야?"

설부인이 곁에서 얼른 말을 받았다.

"넌 보차가 한 말이 야속하다고 그러는 모양이다만, 엊저녁에 네가 한 그 말은 마땅한 말이라고 생각하느냐? 너야말로 정말 정신이 어찌 된 모양이구나."

"어머니, 이제 화내실 필요 없어요. 누이도 짜증낼 필요가 없고. 제 가 앞으로는 절대 그런 친구들과 어울려 술 먹고 돌아다니지 않을게요. 그럼 되겠지요?"

"정말 이제는 뉘우친다는 말씀인가요?"

"네가 진정 그리 마음을 먹었다면 정말로 용이 알을 다 낳겠구나."

설부인이 그렇게 반신반의하자 설반이 정색을 하며 모녀 앞에서 맹 세했다.

"정말이라고. 앞으로 내가 다시 그 패거리들하고 같이 노닥거리는 걸 누이가 들으면 나를 마음껏 욕하고 짐승 같은 놈이라거나 사람도 아니 라고 불러도 좋아. 어머니! 저 하나 때문에 모녀가 이렇게 날마다 가슴 을 졸여서야 되겠어요? 어머니가 저 때문에 화내시는 건 그렇다 치더라 도 앞으로 누이가 나 때문에 애태우면 내가 사람이 아니지요. 지금 아 버님도 돌아가시고 안 계신데 어머니께 효도도 못하고 누이를 아끼지 도 않고, 오히려 어머님 속을 썩이고 누이를 괴롭혔으니 정말 하찮은 짐승만도 못한 인간이 아니고 뭐겠어요."

설반은 스스로 감정이 복받쳐 눈물을 주르르 흘렸다. 설부인도 설반의 말을 듣자 가슴이 쓰려 함께 눈물을 흘렸다. 보차가 그래도 냉정을 찾고 억지웃음을 지으며 가볍게 나무랐다.

"오빠는 실컷 소란을 다 피우고 나서 왜 또 어머니마저 우시게 만드는 거예요?"

설반이 얼른 눈물을 거두며 웃었다.

"내가 언제 어머니를 우시게 만들었다고 그래? 알았어, 알았다구. 그런 얘기 이제는 그만 하자고. 향릉이 불러서 차나 따르라고 해야겠네."

"난 차 안 마셔요. 어머니가 손이나 씻고 나시면 우린 또 저쪽에 가 봐야 해요."

"보차야, 네 목걸이나 좀 줘 봐. 닦아서 윤을 내 줄게."

"이렇게 노랗게 빛나는데 윤을 내긴 뭘 내요?"

"보차도 이젠 새 옷을 좀 해 입어야 하지 않겠니? 어떤 게 좋을지 한번 말하렴."

"저 많은 옷들을 다 입어 보지도 못하고 있는데 새로 만들어 뭐 해요?"

이때 설부인이 옷을 갈아입고 나와 보차를 끌고 밖으로 나오자 설반도 가 버렸다.


설부인과 보차는 대관원에 보옥을 보러 들어왔다. 이홍원에 이르니 대청마루 안팎으로 골마루에 수많은 시녀와 할멈들이 시립하고 있었으므로, 가모 일행이 이곳에 와 있음을 알 수 있었다. 설씨 모녀가 안으로 들어가자 우선 인사들을 나누고 침상에 누워 있는 보옥에게로 다가갔다. 설부인이 물었다.

"좀 어떠하냐?"

보옥이 서둘러 몸을 일으켰다.

"많이 나아졌어요. 이모님과 누나한테 걱정을 끼쳐서 죄송할 따름이에요."

설부인은 얼른 부축하여 눕히고는 다시 물었다.

"뭐든 먹고 싶은 게 있으면 나한테 말하렴."

"예. 생각나는 게 있으면 언제든 이모님한테 가지러 보내겠어요."

곁에서 왕부인도 또 물었다.

"네가 뭐든 먹고 싶은 게 있으면 말하렴. 그래야 나중에 너한테 보내주시지 않겠니."

"아니에요. 지금은 별로 먹고 싶은 생각이 없어요. 저번에 연잎과 연밥을 넣어 끓인 국이 맛있었는데…."

희봉이 옆에서 얼른 웃으면서 끼어들었다.

"저 말 좀 들어봐요. 그건 맛은 별로지만 만들기는 참으로 이 갈리게 힘든 건데 하필이면 그걸 먹고 싶단 말이지?"

가모가 사람들한테 얼른 만들어 오라고 성화를 했다. 희봉이 여전히 웃으면서 대꾸했다.

"할머님은 너무 성미가 급하셔! 잠깐만 제가 그 틀을 누구한테 맡겼는지 생각 좀 해보고요."

그리고 곧 할멈한테 분부하여 주방에 가서 가지고 오라고 하였다. 할멈은 한참 만에 빈손으로 돌아와서 아뢰었다.

"주방에서 말하기를 국 끓일 때 쓰는 틀은 모두 올려 보냈답니다."

희봉이 잠시 생각하다가 중얼거렸다.

"누군가에게 맡겨 두었는데…. 아마도 차 끓이는 방에 보낸 모양이군."

곧 사람을 차방茶房으로 보냈지만 역시 받아 둔 일이 없다고 했다. 결국에는 금붙이 그릇을 넣어 두는 방에서 그걸 찾아내 보내왔다.

설부인이 받아서 가만히 보니 조그마한 문갑 안에 은으로 만든 틀 네 개가 들어 있었다. 길이는 모두 한 자가량, 폭은 한 치쯤 되는데 곁에는 콩알 크기의 국화 무늬나 매화 무늬 혹은 연밥 무늬를 새겨 넣었고 어떤 것은 마름을 새긴 것도 있었다. 모두 서른이나 마흔 가지의 문양이 아주 정교하게 새겨져 있었다.

설부인이 가모와 왕부인에게 물었다.

"이런 댁에는 정말 기가 막힌 것이 다 있군요. 국 한 그릇 끓이는 데도 이런 틀을 써서 모양을 내다니. 설명해 주지 않았다면 이런 걸 보아도 무엇에 쓰는 물건인지 알지 못했을 겁니다."

말이 미처 끝나기도 전에 희봉이 얼른 끼어들었다.

"고모님이 그걸 어떻게 아시겠어요? 이건 지난해 귀비께서 오셨을 때 접대하기 위해서 저 사람들이 고안해 낸 것이에요. 무슨 가루를 써서 눌렀는지 모르지만 이 틀로 만들면 신선한 연잎 향내가 났던 거예요. 하지만 다 국물 맛이었지 별 맛은 아니었어요. 어느 집에서 이런 걸로 해먹겠어요? 그때도 시험 삼아 만들어 올리느라고 한 번 해 먹었는데 오늘 도련님이 어째 그게 다 생각났는지 모르겠네요."

희봉은 틀을 받아 어멈한테 건네주며 주방에 분부하여 닭 몇 마리에다 다른 것을 더 넣어 즉시 열 그릇쯤 끓여 올리라고 말했다.

"그렇게 많이 해서 뭐 하려고?"

왕부인의 물음에 희봉이 웃으며 대답했다.

"그야 까닭이 있지요. 이런 음식은 보통 때는 자주 해먹기 어려운 것인데 지금 보옥 도련님이 마침 말을 꺼낸 것이라 하게 되었단 말이죠. 하지만 보옥 도련님 한 사람에게만 먹일 수 있나요? 여기 할머님과 고모님, 마님이 다 계신데 한 그릇씩 안 드리면 그것도 예의가 아니죠. 차라리 이참에 좀더 끓여서 다들 한 그릇씩 자시면 얼마나 좋아요. 그 덕분에 저도 덩달아 맛 좀 보고 좋은 일도 하고요."

가모가 듣고 웃으면서 손가락질을 했다.

"그러면 그렇지, 요 뺀질이 원숭이 같으니! 어쩐지 이상하다 했다. 그래 남의 돈 갖고 제 생색이나 내겠다 이거지."

다들 까르르 웃음을 터뜨렸다. 희봉이 말을 덧붙였다.

"그건 문제가 없어요. 그 정도 소소한 거야 제가 한턱낼 수도 있지요."

그러면서 희봉은 곧 곁에 있던 어멈한테 분부했다.

"주방에 일러 좋은 걸 많이 보태서 잘 만들라고 해. 돈은 내 장부에서 타 가라고 하고."

곁에 있던 보차가 웃으면서 한마디 덧붙였다.

"제가 여기 온 지 벌써 여러 해가 되는데 그동안 가만히 살펴보면 희봉 언니가 아무리 말재주가 뛰어나도 노마님을 따라잡지는 못하는 것 같다니까요."

가모가 기분이 좋아져서 대답했다.

"이렇게 늙어 버렸는데 무슨 재간이 있다고 그래. 옛날 내가 희봉이만 한 나이였을 때는 그래도 한 자락 날렸더랬지. 희봉이가 우리만은 못해도 굉장한걸. 네 이모한테 비하면 뛰어나고말고. 네 이모야 참 불쌍도 하지, 말도 별로 없어 그냥 나무토막 같다니까. 시부모 앞에서 잘 난 소리 한 번 하는 법이 없었거든. 희봉이는 저렇게 말재주가 뛰어나니 어떻게 귀염받지 않을 수가 있겠니."

보옥이 듣고는 얼른 한마디 덧붙였다.

"그러시다면 말수가 적은 사람은 귀여움도 못 받는다는 말씀이군요."

"말수가 적은 사람은 또 그런대로 좋은 점이 있는 게지. 말이 많은 사람도 미운 데가 있어서 차라리 말을 안 하는 게 좋을 때가 있거든."

보옥이 맞장구를 쳤다.

"그렇고말고요. 우리 큰 형수님은 말수가 별로 없으시잖아요. 하지만 할머니는 희봉 형수님과 똑같이 대해 주시지 않나요. 만일 말 잘하는 사람만 귀여워해 준다면 아마 우리 집 여자들 중에서 희봉 형수님과 대옥 누이만이 사랑받을 수 있게 되겠죠."

"사실 우리 집안의 여식 중에서 고르라면 말이다, 여기 사돈댁이 있어서 일부러 하는 말이 아니다만, 이건 참말이지 우리 집 네 아가씨를 비롯해서 누구 하나 여기 보차를 따를 수 있는 사람은 없는 것 같구나."

설부인은 가모의 말을 듣고 얼른 웃으면서 겸손해했다.

"노마님, 지나친 칭찬이십니다."

그러자 왕부인이 나섰다.

"어머님은 늘 뒤에서 보차가 참 좋은 아이라고 말씀하셨어. 그것만은 사실이야."

보옥은 할머니가 대옥을 칭찬해 주기를 은근히 바라면서 이름을 거론한 것이었는데 오히려 보차를 칭찬하게 되자 속으로 거북해졌다. 생각 밖으로 이야기가 전개되자 보차를 건너다보았다. 보차는 벌써부터 고개를 돌려 못 들은 체하며 습인과 말을 건네고 있었다.

그때 시녀가 식사준비가 되었다고 전해 왔다. 가모가 비로소 일어나며 보옥에게 몸조리를 잘하라고 이르고 또 시녀들에게 당부의 말도 잊지 않았다. 가모는 희봉의 부축을 받으며 설부인 일행과 함께 방을 나갔다. 국이 다 되었느냐고 묻고 설부인에게도 일렀다.

"무엇이든 잡숫고 싶은 게 있으면 언제든 내게 말씀하시우. 희봉이를 시켜 만들어 달라고 할 힘은 아직 있으니까."

"노마님도 희봉이를 골탕 먹일 때가 있으시군요. 희봉이가 항상 무언가 만들어서 갖다 바쳐도, 정작 얼마 잡수시지도 못하시면서."

희봉이 끼어들어 대꾸한다.

"아이고, 이모님은 잘 모르시면서 그런 말씀 마세요. 우리 할머님은 사람 고기는 시큼하다고 싫어하시니 망정이지 그렇지 않고 좋아하셨더라면 진작 절 잡아 잡수셨을걸요."

그 말이 끝나기도 전에 가모와 일동이 까르르 웃음을 터뜨렸다.

방 안에서 그 말을 들은 보옥이도 웃음을 참지 못했다. 습인이 웃으면서 말했다.

"정말이지 희봉 아씨의 말재간 하나는 죽여줘요."

보옥은 손을 뻗어 습인을 잡아끌어다 곁에 앉도록 하며 은근히 말했다.

"그렇게 종일 서 있느라고 피곤하지?"

"아참 깜빡 잊은 게 있었네. 보차 아가씨가 오신 김에 앵아를 보내 달라고 말하세요. 여기서 색실 망사를 몇 개 만들어 달라고 하게 말이에요."

"어, 그래. 그거 참 생각 잘했네."

그리고 얼른 밖에다 대고 소리쳤다.

"보차 누나! 밥 먹고 나서 앵아를 좀 보내줄 수 있어? 색실 망사를 몇 개 만들게 하려고 하는데 시간 좀 내줄 수 있을까?"

"왜 시간이 없겠어? 곧 보내줄 테니 걱정 마."

보차의 대답을 가모 등은 무슨 소리인지 제대로 알아듣지 못하고 모두 걸음을 멈추고 보차한테 물었다. 보차가 경위를 찬찬히 설명을 하자 다들 고개를 끄덕였다. 가모가 이어서 한마디 덧붙였다.

"애야. 그 아이를 보내서 보옥이한테 색실 망사 몇 개를 잘 좀 만들어 주게 하려무나. 네가 시킬 사람이 부족하면 나한테는 한가롭게 노는 아이들이 숱하니까 언제든 좋아하는 아이를 마음대로 불러다 시켜도 좋아."

설부인과 보차가 동시에 다 같이 겸양의 말을 올렸다.

"앵아를 언제든 데려다 시키면 돼요. 뭘 더 시킬 일이 있겠어요. 그 애도 날마다 할 일이 없어 장난이나 치고 있는걸요."

일행이 이야기를 나누면서 앞으로 나아가는데 갑자기 상운과 평아, 향릉이 함께 있는 모습이 보였다. 그들은 태호석太湖石 근처에서 봉숭

아꽃을 따며 놀다가 일행을 보고는 얼른 일어나 맞이하러 다가왔다.

잠시 후 대관원을 빠져나오자 왕부인은 가모가 피곤하여 힘들어할까 걱정이 되어 안채로 들어가 쉬시라고 권하였다. 가모 자신도 몸이 노곤하다 싶은지 곧 고개를 끄덕이며 그러겠노라고 하였다. 왕부인은 시녀를 보내 얼른 보료를 깔고 자리를 마련하도록 하였다. 이때 조이랑은 병을 핑계대고 나오지 않았고 주이랑과 여러 할멈, 시녀들만 있었는데 다들 서둘러 달려들어 주렴을 걷고 등받이를 세우며 보료를 까는 등 부산을 떨었다.

가모는 희봉의 부축을 받으며 안으로 들어와 설부인과 주객의 위치에 마주 앉았다. 설보차와 사상운은 그 아래편에 앉았고 왕부인은 친히 찻잔을 받쳐 들고 가모에게 올렸다. 이궁재는 설부인에게 찻잔을 올렸다. 가모가 미안한 마음에 한마디 했다.

"저 손자며느리들에게 시중들라 하고 보옥 에미도 그쪽 자리에 앉는 게 좋겠다. 다들 함께 얘기나 나누게."

왕부인은 비로소 작은 걸상에 걸터앉으며 희봉에게 분부했다.

"할머니 식사는 이곳에 차리도록 하고 반찬도 좀더 올리도록 해라."

희봉이 나가 가모의 처소에 알리도록 하니 밖에 있던 할멈들이 급히 전하러 가고 시녀들이 서둘러 이쪽으로 달려왔다. 왕부인은 또 아가씨들한테도 전하라고 일렀다. 한참 만에 탐춘과 석춘 두 사람만이 이곳으로 왔다. 영춘은 몸이 불편하다고 밥을 안 먹는다 하였고 임대옥은 평소에 열 차례 끼니 중에서 다섯 차례만 겨우 수저를 드는 사람이라 아무도 이상히 여기지 않았다.

잠시 후 식사가 도착하자 여러 사람들이 식탁을 차렸다. 희봉은 바닥에 선 채 수건으로 상아 젓가락을 싸다가 웃으면서 말했다.

"할머님하고 고모님은 서로 양보하시지 마시고 제 말씀대로만 하시면 되는 거예요."

"그럼 우리 저 아이 말대로 그리 합시다."

가모가 설부인에게 먼저 제안하자 설부인도 웃으며 응했다. 희봉은 젓가락 네 쌍을 놓았다. 위쪽의 두 쌍은 가모와 설부인의 것이고 양편의 두 쌍은 설보차와 사상운의 것이었다. 왕부인과 이환 등은 선 채 밥상 차리는 모습을 바라보고 있었다. 희봉은 먼저 깨끗한 그릇을 가져오라고 하여 보옥을 위해 반찬을 골라 담았다.

잠시 후 연잎 탕이 들어왔다. 가모가 먼저 살펴보았다. 왕부인은 고개를 돌려 옥천아에게 눈짓했다. 보옥에게 가져가라는 뜻이었다.

"저애 혼자서는 가져가지 못해요."

희봉이 말했다. 마침 앵아와 희아喜兒도 왔다. 보차는 그들이 벌써 밥을 먹고 온 것을 알고 있었기에 앵아에게 말했다.

"보옥 도련님이 너희한테 색실 망사를 만들어 달라고 하신다는구나. 둘이 함께 가보려무나."

앵아가 옥천아를 따라 함께 방을 나왔다.

"거리도 멀고 또 이렇게 더운 날씨에 어떻게 그걸 들고 간단 말이야."

앵아는 옥천아가 걱정이 되어 말했다.

"걱정 마. 다 어떻게 하는 수가 있지."

옥천아는 곧 할멈을 한 사람 불러 탕과 밥을 찬합에 담아 들고 따라오라고 하고 두 사람은 빈손으로 덜렁덜렁 걸어갔다. 곧장 이홍원 문 앞에 이르자 옥천아가 찬합을 받아 들고 앵아와 함께 보옥의 방으로 들어갔다.

마침 습인과 사월, 추문 등 세 사람이 보옥과 함께 웃으며 애기를 나누고 있다가, 그들이 들어오자 얼른 일어서 웃으며 맞았다.

"너희 두 사람은 어쩌면 이렇게도 공교롭게 시간을 맞춰 함께 올 수 있단 말이냐."

그러면서 그들은 얼른 찬합을 받아 들었다. 옥천아는 등받이 없는 작은 의자에 앉았다. 하지만 앵아는 감히 앉지 못하고 그냥 서 있었다. 습인이 얼른 발판을 들어다 주었지만 앵아는 여전히 앉지 않았다. 보옥은 앵아가 온 것을 보고 기뻐하였지만 옥천아를 보고는 그녀의 언니인 금천아가 생각나서 갑자기 가슴이 쓰리고 부끄러운 마음에 앵아를 제쳐 두고 옥천아에게 말을 걸었다. 습인은 보옥이 앵아를 상대하지 않자 앵아가 머쓱해할까 걱정하였다. 자리에 앉으려고도 하지 않아 아예 앵아를 데리고 나와 옆방으로 데려가 차를 마시며 얘기를 나눴다.

한편 남아 있던 사월이는 밥그릇과 수저를 준비하여 밥상을 차렸는데 보옥은 먹으려고는 하지 않고 옥천아에게 묻기만 계속했다.

"어머니는 건강하시냐?"

옥천아는 화난 얼굴을 하면서 보옥을 똑바로 쳐다보려고도 하지 않았다. 한참 만에야 "네" 하고 겨우 한마디 할 뿐이었다. 보옥은 머쓱한 마음이 들었지만 잠시 후에 여전히 웃음을 머금고 다시 물었다.

"이런 걸 누가 나한테 보내신 거야?"

"마님이나 아씨가 아니면 누구겠어요?"

옥천아가 여전히 꽁한 마음을 풀지 않고 뻑뻑하게 나오자 보옥은 그녀가 아직도 금천아의 일로 그러는 줄로 짐작하고 더욱 은근한 태도로 마음을 돌려보려고 애를 썼다. 하지만 주변에 사람들이 많아 노골적으로 드러내기 거북하자 온갖 수를 써서 사람들을 내보내고 웃음을 잃지 않으며 이런 저런 말들을 물었다.

옥천아는 비록 마음이 언짢았으나 보옥이 제멋대로 성질을 부리고 독한 소리를 해대며 사람의 마음을 상하게 하는 양을 두고 보려고 그냥 내버려두고 있었다. 하지만 보옥이 은근한 태도로 따뜻하게 대해 주자 미안한 생각이 들며 얼굴에 비로소 기쁜 표정을 조금씩 나타내기 시작했다. 보옥도 그제야 활짝 웃으며 옥천아한테 매달리듯 사정했다.

"우리 착한 누나, 저기 탕 그릇을 가져다 내게 맛 좀 보게 해주겠어?"

"난 아직 남한테 뭘 먹여 본 적이 없는걸요. 다른 사람이 들어오면 먹여 달라 해보세요."

"누가 너한테 먹여달라고 그랬어? 내가 움직일 수 없으니까 탕 그릇을 건네 달라는 거지. 그래야 얼른 돌아갈 수 있을 거 아냐. 그래야 너도 가서 밥을 먹을 수 있을 테고. 내가 시간을 끌면 공연히 너만 배곯게 되는 거란 말이야. 네가 꼼짝하기 귀찮아하면 아무리 아프더라도 내가 일어나서 가져올 수밖에."

보옥이 억지로 일어나 침상을 내려오려고 끙끙대다가 결국은 참지 못하고 "아야야!" 하고 소리를 질렀다. 옥천아는 보옥이 그렇게까지 하자 더 이상 참지 못하고 일어섰다.

"그냥 누워 있어요. 그것도 다 전생에서 지은 업보를 이승에서 앙갚음 받는 거라고요. 내 차마 그냥 보고만 있을 수가 없군요."

옥천아는 말을 하면서 피식 웃고는 탕 그릇을 두 손으로 받쳐 왔다.

보옥이 슬쩍 한마디 건넸다.

"착한 누나야, 화내고 싶으면 내 앞에서만 화내도록 해. 제발 할머님이나 어머님 앞에서는 부드럽고 화기애애하게 해야 돼. 공연히 지금처럼 그랬다가는 또 욕을 먹을지도 모르니까 말이야."

"자, 어서 먹기나 해요. 나한테는 그런 달콤한 말씀이 다 소용이 없다고요. 그런 말을 내가 믿을 거 같아요?"

억지로 두어 모금을 마시게 하니 보옥이 일부러 슬쩍 타박했다.

"맛이 없어, 난 안 먹어!"

"아이구야. 이렇게 좋은 것도 맛이 없다 하니 무엇이 맛있다는 거예요?"

"아무 맛도 없다니까. 못 믿겠으면 한 번 먹어 보면 알 거 아냐?"

옥천아가 그 말에 넘어가서 정말로 한 모금 맛을 보았다. 그제야 보옥이 웃음을 터뜨렸다.

"이제야 제 맛이 나는구먼."

옥천아는 비로소 보옥의 의도를 알아챘다. 자기한테 한 모금 먹어 보게 하려고 일부러 그렇게 딴청을 부렸던 것이다.

"방금 전까지 맛이 없다고 해 놓고 지금 와서 맛이 있다고 하면 누가 드릴 줄 알아요?"

보옥은 빙글빙글 웃으면서 아까는 잘못했으니 제발 먹여달라고 떼를 쓰고 옥천아는 일부러 버티며 다른 사람을 불러서 먹여주겠다고 했다. 다른 시녀가 막 들어오는데 밖에서 누군가 전갈을 보냈다.

"부傅 나리 댁에서 보내온 할멈 둘이 도련님께 문안을 드리겠답니다."

통판通判으로 있는 부시傅試댁에서 할멈을 보내온 것임을 알고 들어오라고 하였다. 그는 본래 가정의 문하생이었는데 오랫동안 가씨네 명성과 권세의 덕을 보고 있었고 가정도 다른 문하생과는 달리 그를 각별하게 대해 주었으므로 그 집안에서는 늘 사람을 보내 왕래하고 있었다.

보옥은 평소 멍청하기 그지없는 할멈이나 하인들을 제일 싫어했는데 오늘 어찌하여 그 두 할멈을 맞아들이라고 했던 것일까? 그 속내를 들여다보면 다 까닭이 있다. 보옥은 일찍이 부시에게 부추방傅秋芳이라는 누이가 규중의 처녀로 있다는 말을 들었는데 부시의 말에 따르면 재주와 용모를 함께 갖춘 출중한 아가씨라는 것이었다. 비록 직접 만나본 것은 아니었지만 그 말만으로도 보옥은 멀리서나마 그리움과 애틋한 마음이 일어 정성과 공경의 뜻을 다하고자 하였다. 그런데 지금 만약 그 집에서 보낸 할멈을 들여보내지 않으면 마치 부추방 아가씨를 박대하는 것 같았기에 그들을 들어오라고 하였던 것이다.

부시는 본래 졸지에 출세한 인물인데 누이동생인 부추방의 자색이 뛰어나고 총명함이 남다르자 그녀를 이용하여 한밑천 잡으려고 하였다. 이 때문에 부귀를 누리는 명문 귀족들과 인연을 맺으려고 애를 쓰면서 쉽사리 남에게 허락하지 않는 바람에 지금까지 시간만 끌고 있었다. 올해 부추방은 벌써 스물세 살이 되었는데도 아직 정혼한 곳이 없었다. 하지만 명문 귀족들 쪽에서는 그들이 지체가 낮고 기반이 허약한 것을 문제삼아 배필로 삼으려고 하지 않았다. 부시가 가씨집과 친밀하게 지내는 것도 마음속에 뭔가 바라는 바가 있어서였다. 오늘 할멈 둘을 보내기는 했지만 하필이면 무식하기 짝이 없는 사람들이었기에 보옥이 만나보겠다고 하여 안으로 들어왔지만 그저 안부인사 한마디만 할 줄 알 뿐 더 이상은 아무 말도 못하였다.

옥천아는 낯선 사람이 들어오자 보옥과 벌이던 실랑이를 멈추고 국그릇을 두 손에 받쳐 들고 옆에서 오고가는 말을 들을 뿐이었다. 보옥도 할멈과 얘기를 나누면서 밥을 먹으며 손을 뻗어 국을 달라고 하였다. 두 사람 모두 눈길이 남에게 가 있으면서 아무 생각 없이 돌연 손을 내밀었다가 그만 국그릇을 건드려 뒤집어 쏟고 말았다. 뜨거운 탕은 보옥의 손으로 쏟아졌다. 옥천아는 다행히 데지 않았지만 깜짝 놀라 펄쩍 뛰었다.

"이를 어쩌면 좋아요!"

놀란 시녀들이 달려들어 그릇을 받아들었다. 보옥은 자신이 손을 데었음에도 그것을 느끼지 못하고 오히려 상대인 옥천아를 걱정했다.

"어디 데었어? 아파 안 아파?"

옥천아와 다른 사람들은 모두 웃음을 터뜨렸다.

"도련님이 데었는데 되레 나한테만 물으시는 거예요?"

그 말을 듣고서야 보옥은 자신이 데었음을 깨달았다. 시녀들이 달려들어 수습하였다. 보옥도 더 이상 밥 먹기를 중단하고 손을 씻고 차를 마시며 두 할멈들과 얘기를 나누었다. 할멈들이 떠난다고 하자 청문이 다리 근처까지 바래다주고 돌아왔다.

두 할멈은 곁에 아무도 없자 함께 걸어가면서 얘기를 나눴다.

"다들 이 댁의 보옥 도령이 겉모습은 그럴싸해도 속은 흐리멍덩하다고들 그러더니 과연 바보스러운 데가 있군그래. 자기 손을 데었는데도 남한테 아프니 안 아프니 하고 물으니 말이야. 정말 바보 아냐?"

한 사람이 그렇게 말하자 다른 하나도 웃으면서 맞장구를 쳤다.

"내가 전에도 한 번 와 봤는데 듣자 하니 수많은 사람이 원망하고 있더라고. 정말로 바보 같은 데가 있는 건 확실한 모양이야. 물에 빠진 암탉처럼 자신이 소낙비에 흠뻑 젖어서는 정작 남한테 '비 쏟아지는데 어서 피하라'고 했다지 않아 글쎄. 정말 웃기지? 곁에 사람만 없으면 혼자 울었다 웃었다 한대. 또 제비를 만나면 제비하고 말하고 물고기를 만나면 물고기하고 말하며 별이나 달을 보면 하릴없이 그저 깊은 한숨을 쉬거나 알 수 없는 말을 뭐라고 주절댄다고 하더라니까. 줏대는 하나도 없이 어린 시녀에게 핀잔 받고도 화내지 않는대. 물건을 아낄 때는 실오라기 하나도 중히 여기다가 막갈 때는 천만금이 가는 것이라도 상관하지 않는다고 하니 정말 이상한 사람이 아니고 뭐야?"

두 사람은 대관원을 빠져나가 사람들과 헤어져 돌아갔다.


한편 습인은 사람들이 나간 뒤에 앵아를 데리고 들어와 보옥에게 무슨 망사주머니를 만들 것인가를 물었다. 보옥이 앵아에게 웃으면서 말했다.

"그랬구나. 우리끼리 말하는 데 정신이 팔려 네가 와 있는 줄을 깜박했네. 너를 굳이 오라고 한 건 다름이 아니라 나를 대신하여 망사주머니를 몇 개 좀 만들어 달라는 것 때문이야."

"무얼 담을 주머니인데요?"

"뭘 담든지 상관 말고 그냥 몇 가지 모양을 만들어 줘."

그 말에 앵아가 박수치며 깔깔 웃었다.

"그렇다면 정말 큰일이군요. 만일 그러시면 십 년이 걸려도 다 만들지 못할걸요."

"우리 착한 누나야. 지금 할 일도 별로 없잖아. 날 위해서 제발 좀 만들어 줘."

습인이 끼어들어 좋은 말로 달랬다.

"어떻게 한꺼번에 다 만들 수가 있겠어. 그러니 지금은 당장 요긴한 거만 두어 개 만들어주면 될 것 같아."

"당장 필요한 게 무엇인가요? 보나마나 부채니 향주머니 장식 혹은 땀수건 등이겠죠."

"땀수건이 좋겠어."

"그 수건은 무슨 색깔인데요?"

"새빨간 진홍색이야."

"진홍색이면 확실히 검은 망사주머니가 보기 좋아요. 아니면 푸른 석청색石靑色도 진홍색과 잘 어울리고요."

"노란 송화색松花色은 어떤 색깔과 어울릴까?"

"그건 연분홍의 도홍색桃紅色과 어울리죠."

보옥이 빙긋이 웃으면서 덧붙였다.

"그렇게 하면 요염하겠군그래. 우아하고 담백한 가운데 교태와 요염이 섞인 것이면 좋겠는데."

"담록색과 황록색을 저는 제일 좋아해요."

"그래 좋아. 도홍색으로 하나 만들어주고 또 담록색으로 하나 더 만들어 줘."

앵아가 또 물었다.

"무늬는 무엇으로 하지요?"

"어떤 무늬들이 있는데?"

"아주 많지요. 직선형의 일주향一炷香, 계단 모양의 조천등朝天凳, 마름모꼴의 상안象眼塊, 모서리가 겹쳐진 두 개의 마름모꼴의 방승方勝, 연결고리 모양의 연환連環, 그리고 매화꽃 모양梅花, 버들잎 모양柳葉

등의 무늬도 있지요."

"지난번 탐춘 아가씨한테 만들어준 무늬는 뭐야?"

"그건 매화꽃술로 파고드는 찬심매화攢心梅花라는 무늬였어요."

"그럼 그게 좋겠네."

습인에게 망사 주머니를 짤 실을 가져오게 하였는데 마침 밖에서 할멈이 소리쳤다.

"아가씨들 식사준비가 다 되었답니다."

"그럼 어서 가서 밥 먹고 얼른 다시 와."

"손님이 여기 있는데 우리가 어떻게 가요?"

습인의 말을 듣자 앵아가 실을 고르다 말고 웃었다.

"그 말은 또 어디서부터 나온 건지 모르겠네. 그러지 말고 어서 밥이나 먹고 돌아와요."

그 말에 어린 시녀 두 명만 남겨 심부름하도록 하고 습인 등은 밥을 먹으러 나갔다.

보옥은 앵아가 망사주머니를 짜는 모습을 바라보면서 한가롭게 얘기를 나눴다.

"너 열 몇 살이나 되었지?"

"열여섯이에요."

앵아는 손으로 망사를 짜면서 대답했다.

"본래 성씨는 무엇인데?

"황가예요."

"그것 참 성씨와 이름이 잘 어울리는구먼. 정말로 노란 꾀꼬리가 틀림없어."

"내 이름은 본래 두 글자였어요. 금앵金鶯이라고요. 그런데 아가씨가 부르기 불편하다고 그냥 한 글자로 앵아라고 한 것인데 이젠 다들 그렇게 알고 있어요."

"보차 아가씨도 너를 특별히 귀여워하실 거야. 나중에 보차 아가씨가 시집가면 너도 자연히 따라가게 되겠지."

보옥의 말에 앵아는 입을 가리고 웃는다. 보옥도 웃었다.

"내 습인하고 얘기가 나올 때마다 앞으로 너희 두 주종主從을 받아들여 행복을 누리게 될 복 받은 사람이 누가 될까 궁금해하곤 했지."

"도련님도 잘 모르고 계시는 거예요. 우리 아가씨는 세상 사람들이 갖지 않은 좋은 점을 몇 가지나 갖고 있지요. 용모가 뛰어난 것은 오히려 그 다음이라고요."

보옥은 안 그래도 앵아의 깜찍하고 사랑스러운 모습과 애교스런 말씨, 웃음이 마음에 쏙 들어 어쩔 줄을 모르고 있던 터였는데 더구나 보차의 얘기를 끄집어내자 더욱 호기심이 발동했다.

"그래 어떤 점이 좋은데? 제발 세세하게 말해 봐."

"이건 도련님한테만 비밀로 말씀드리는 거니까 절대로 아가씨한테 말하면 안돼요."

"그야 물론이지, 어서 말해 봐."

앵아가 막 말하려는데 밖으로부터 누군가 들어오면서 한마디 건넸다.

"어찌하여 이렇게 방 안이 조용한 거지?"

두 사람이 깜짝 놀라 고개를 들어보니 다름 아닌 보차가 들어오고 있었다. 보옥이 앉으라고 권하자 보차는 자리를 잡고 앉아 앵아에게 물었다.

"무엇을 만드는데?"

그러면서 앵아의 손을 쳐다보니 물건은 절반쯤 만들어진 상태였다.

"그냥 그렇게 만들면 무슨 재미가 있어? 구슬을 넣어서 만들면 더 좋을 텐데."

보옥이 화들짝 놀라 손뼉을 치면서 소리쳤다.

"그래 맞아, 누나 말이 딱이야. 내가 깜빡했네그래. 하지만 무슨 색깔로 해야 어울릴까?"

"아무거나 잡된 색깔을 쓰면 절대로 안 돼. 진홍색은 너무 세고 누런 색은 너무 드러나지 않고 검은색은 너무 어둡고. 생각 좀 해봐야겠네. 금색 실을 가져다 검은 구슬 실에 어울리게 한 올 한 올 섞어서 망사주머니를 만들면 그게 멋지게 보이겠는걸."

보옥은 너무나 기뻐하면서 금색 실을 가져오라고 하면서 습인을 찾았다. 이때 마침 습인은 요리 두 접시를 들고 들어오면서 보옥에게 말했다.

"오늘은 참 이상하네요. 방금 전에 마님께서 저한테 따로 요리를 두 접시 보내셨어요."

"그거야 틀림없이 오늘 만든 요리가 너무 많으니까 너희한테 보내서 다들 먹으라고 그런 게 아닐까?"

"아니에요. 아예 제 이름을 지명해서 보내셨다니까요. 저보고 고맙다고 인사하러도 오지 말라고 분부하셨다네요. 이거 정말 이상한 일이죠?"

곁에 있던 보차가 웃으면서 거들었다.

"너한테 보낸 거니까 네가 먹으면 되지 뭘 그래. 그게 이상할 게 뭐가 있다구."

"전에는 이런 일이 없었거든요. 제가 오히려 송구스럽잖아요."

보차가 입을 가리고 웃으며 다시 한마디 보탰다.

"그런 정도로 송구스럽다고? 앞으로 그것보다 더 송구스러워할 일이 생길 텐데, 뭘."

습인은 보차의 말 속에 뭔가 뼈가 들었다고 생각했다. 보차는 평소 가볍게 입을 열어 사람을 놀리는 사람이 아니기 때문이다. 그러고 나서 다시 엊그제 왕부인이 한 말씀이 생각났다. 그래서 더 이상은 말하지 않고 요리를 보옥에게 보여준 뒤에 자신은 손을 씻고 금실을 가져오겠다고 하고는 곧 나가버렸다.

습인이 밥을 먹은 뒤 손을 씻고 들어와 금실을 앵아에게 주어 망사주
머니를 만들도록 하였는데 그 사이에 보차는 이미 설반의 부름을 받고
나간 뒤였다.

보옥은 여전히 앵아가 주머니를 만드는 모습을 바라보고 있었는데
홀연 형부인이 시녀 두 사람을 시켜 과일 두 가지를 보내왔다. 그리고
보옥에게 움직일 수는 있는지 묻고 만일 움직일 수 있다면 다음날 찾아
와 산책이나 하라고 이르면서 형부인이 대단히 걱정하고 있다고 전했
다. 보옥이 얼른 공손하게 대답을 전하도록 하였다.

"만약 걸을 수 있게 되면 반드시 큰어머님을 찾아뵙고 안부를 여쭙겠
습니다. 통증은 전보다 나아졌으니 염려하지 않으셔도 됩니다."

심부름 온 두 시녀를 잠시 앉으라고 하고, 추문을 불러 방금 가져온
과일 절반을 나누어 대옥 아가씨에게 전해주라고 일렀다. 추문이 막 나
가려는데 밖에서 대옥의 목소리가 들려왔다. 보옥이 급히 소리쳤다.

"어서 안으로 모셔 들어오도록 해라."

대옥이 무슨 일로 왔는지 궁금하면 다음 회를 보시라.

繡鴛鴦夢靈蕤
識分定情悟梨香院

# 잠꼬대 들은 보차

강운헌에서 수놓다 잠꼬대를 엿듣고
이향원에서 운명 알고 사랑을 깨닫네

繡鴛鴦夢兆絳芸軒 識分定情悟梨香院

    가모는 왕부인의 거처에서 돌아와 보옥이 하루하루 나아지는 것을 보고 마음으로 더할 수 없이 기뻐하였다. 하지만 앞으로 가정이 또 보옥을 불러 야단칠까 걱정되어 가정의 하인 우두머리를 불러서 단단하게 당부의 말을 하였다.

    "앞으로 만일 손님 접대라든지 무슨 일이 있어서 나리가 보옥을 찾으시거든 너는 그저 공연히 그 말을 전하려고 하지 말고 곧바로 내 말이라고 하고는 나리께 아뢰어라. 첫째는 착실하게 몇 달 동안을 요양해야 걸을 수 있다고 하고, 둘째는 보옥의 별자리 운수가 불길하여 별에 치성을 드려야 하므로 외인을 만날 수 없다고 하여라. 그리고 팔월이 지나야 중문을 나설 수 있다고 아뢰어라."

    하인 우두머리는 명을 받고 돌아갔다. 가모는 또 유모 이씨와 습인 등을 불러들여 방금 그 말을 보옥에게 전하도록 하여 보옥이 마음을 놓도록 하였다. 보옥은 원래부터 사대부나 다른 남자들을 접대하고 대담하는 것을 싫어하였고 특히 높은 관을 쓰고 관복을 입고 축하인사를 드리거나 문상하러 오가는 일을 혐오하고 있었다. 그런데 가모로부터 그 이야기를 전해 듣자 더욱 득의만만하여 한 술 더 떠 친척이나 친구들과 왕래를 두절하는 것은 물론 집안에서 아침저녁으로 문안인사를 다니는 일마저 제멋대로 하고 말았다.

그리고 오로지 날마다 대관원 안에서만 돌아다니거나 뒹굴면서 겨우 매일 아침 일찍 가모와 왕부인의 거처를 다녀올 뿐이었다. 하는 일이란 오로지 여러 시녀들을 위해 애를 쓰며 하인 같은 노릇을 하는 것뿐이었다. 그렇게 세월은 잘도 흘러갔다. 간혹 설보차 등이 기회를 엿보아 은근히 충고하기도 했지만 되레 화를 내며 투덜대기만 하였다.

"예쁘고 깔끔하게 생긴 아가씨들이 공연히 이름과 명예를 사려는 기풍이나 배우고 나라 도적이나 국록만 타 먹는 소인배들의 부류에 빠져들었단 말인가. 이야말로 옛사람들이 쓸데없는 일을 만들어 언론을 세우고 수사를 펼쳐 훗날 수염 달린 혼탁한 인물, 즉 우리 남자들을 오도한 것이란 말이지. 내가 남자로 태어난 것도 불행한 일이거니와 또한 규중의 처녀들도 이런 기풍에 오염되고 말았으니 그야말로 천지간에 신령스럽고 뛰어난 자로 만들어진 여자아이가 참으로 하늘의 덕을 저버리는 일이 아니겠어. 그러므로 이 화는 모두 옛사람에게로 미치는 것이니 사서四書를 제외하고 다른 책은 모두 불살라야 하는 거야."

사람들은 그가 이렇게 미친 사람처럼 황당무계한 소리를 하자 더 이상은 아무도 그에게 올바른 소리로 깨우쳐 주려고 하지 않았다. 다만 대옥만은 어려서부터 한 번도 그에게 입신양명의 길에 대해 말하지 않았으므로 보옥은 오직 대옥을 깊이 존경하고 있었다.

이제 왕희봉의 이야기를 잠시 하기로 한다. 요즘 들어 왕희봉은 금천 아가 죽은 뒤로 몇몇 하인들이 자주 찾아와 무언가를 갖다 바치기도 하고 시시때때로 문안인사를 오는 등 떠받드는 일이 늘어났다. 도대체 이게 어이된 일인지 왕희봉 자신도 이해할 수 없는 일이었다. 이날도 누군가 찾아와 선물을 전해 주고 갔기에 저녁 무렵에 곁에 아무도 없자 은근히 평아에게 슬쩍 물어 보았다.

"이 사람들이 그동안 나하고는 별다른 거래가 없었는데 도대체 왜 이렇게 나하고 가까워지려고 애쓰는 거지?"

평아가 냉랭하게 웃으면서 대답했다.

"아씨는 그런 것도 생각을 못하세요? 내가 보기에는요, 저 사람들 딸들이 틀림없이 마님 거처에서 일하는 시녀로 있을 거예요. 지금 마님 거처에는 큰 시녀가 네 명이 있는데 한 달에 월급으로 한 냥의 은자를 받고 있지요. 나머지는 모두 한 달에 몇백 전에 불과하고요. 지금 금천아가 죽었으니까 틀림없이 저 사람들이 그 한 냥짜리 시녀자리를 노리는 것이라고 할 수 있죠."

"아하, 그랬구나! 네가 비로소 날 깨우쳐 주는구나. 내가 보니 이 사람들도 참 제 분수를 모르는 것 같구나. 돈도 벌 만큼 벌었고 힘든 일은 손대기도 싫어해서 딸자식 낳아 남의 시녀로 넣었으면 될 일이지 또 큰 시녀까지 되게 하려고 노리다니 참으로 너무하구나. 저 사람들 돈을 아무리 쉽게 벌었다 해도 나한테까지 이렇게 쓸 수는 없을 텐데 말이야. 그것도 자기들이 제 발로 찾아와서 무언가를 갖다 주니 나야 주는 대로 받을 뿐이지. 어쨌든 나도 나대로 생각이 있다구."

왕희봉은 그렇게 마음을 굳혀 먹고 시간을 끌다가 그 사람들이 보낼 만큼 다 보냈다 싶을 때 비로소 틈을 내서 왕부인한테 말을 꺼냈다.

이날 오후 설부인 모녀와 대옥 등은 왕부인의 방에 모여 다들 함께 뭔가를 먹고 있었다. 왕희봉은 잠시 틈을 보아 왕부인에게 말을 꺼냈다.

"옥천아 언니가 죽은 뒤로 마님 거처에 시녀 하나가 모자라게 되었는데 마님께서 누구 마음에 드는 시녀가 있으시면 분부만 내려주세요. 다음 달부터는 월전을 내주게 하지요."

왕부인이 잠시 생각하더니 자신의 뜻을 밝혔다.

"내 생각에는 말이다. 무슨 전례에 따라 반드시 넷이고 다섯이고 써야 할 필요가 있겠니? 그냥 심부름시키기에 족하기만 하면 되는 게지. 그러니 그 하나 자리는 면해도 될 것 같아."

"사실 말씀은 지당하십니다만, 그건 원래 예전부터의 관례였어요. 다른 사람들 방에는 두 명씩이나 쓰는데도 있는데 마님이 전례를 안 따를 수 있나요. 또 돈 한 냥을 아껴 봐야 별것도 아니고요."

왕부인이 그 말을 듣고 또 가만히 생각하더니 이렇게 말했다.

"그럼, 그 월급을 그대로 받아 가져오렴. 사람은 따로 보탤 필요가 없고 그 한 냥은 금천아의 동생인 옥천아에게 주자꾸나. 저애 언니가 나를 시중들다 그렇게 좋지 않게 끝맺고 자기 동생을 남겨 나를 시중들게 하고 있으니 동생이 두 몫을 받는다 해도 크게 잘못된 거야 없지 않겠니."

왕희봉은 그렇게 하겠노라고 대답하고 옥천아를 찾아 웃으며 말했다.

"잘 됐구나. 축하한다, 축하해."

옥천아가 다가와서 고개를 조아리고 인사하였다. 왕부인이 다시 희봉에게 물었다.

"참, 그러지 않아도 물어보려고 했는데, 지금 조이랑趙姨娘과 주이랑이 한 달에 얼마나 받고 있지?"

"그건 정해진 규정이 있어 각각 두 냥씩입니다. 하지만 조이랑은 환이를 데리고 있는 몫으로 두 냥을 보태어 넉 냥이고 별도로 동전 네 관貫¹을 더 주고 있습니다."

"그래 돈을 제대로 다 지급했느냐?"

---

¹ 이전에 엽전 천 개를 꿴 꾸러미를 관이라 했음.

희봉은 왕부인의 물음에 뭔가 이상함을 느껴 얼른 대답했다.

"어떻게 제대로 내드리지 않을 수가 있겠어요!"

"지난번 얼핏 들었는데 누군가가 원망하면서 동전 한 관이 덜 나왔다고 투덜대던데 그건 무슨 까닭이냐?"

희봉이 웃으면서 길게 해명을 했다.

"작은 마님들의 시녀들은 원래 매달 동전 한 관씩으로 되었는데 지난해부터 바깥에서 의논한 끝에 작은 마님이 데리고 있는 시녀들은 월급을 절반으로 줄여 각자 오백 문씩 주기로 하고 한 사람당 시녀 두 사람씩이므로 한 관이 줄어들었다고 말하는 것입니다. 그러니 저를 원망할 건 없어요. 저야 기분 좋도록 넉넉하게 주는 게 좋지만 바깥쪽에서 그렇게 깎았으니 제가 덧보탤 수는 없잖아요. 저야 그저 심부름이나 하는 것이고 돈이 어떻게 들어왔다가 나가는지 제 마음대로 할 수도 없는 일이거든요. 제가 오히려 두어 번이나 한두 푼이라도 덧보태자고 말했지만 저쪽에서 회계 보는 사람들은 기왕 정했으니 그냥 그대로 하자고 우기더라고요. 저로서도 더 이상은 말하기가 곤란했어요. 지금 제 손에서는 매달 날짜도 틀림없이 돈을 내보내는데 전에 바깥사람들이 일을 볼 때는 어느 달이나 단 한 번이고 제대로 돈이 나온 적이 없이 늘 밀리곤 했다니까요."

왕부인은 조용히 듣기만 하고 아무 말이 없다가 한참 만에 입을 열었다.

"할머님 방에 있는 애들 중에서 한 냥 받는 사람이 몇이나 되느냐?"

"여덟 명이에요. 지금은 일곱만 있고요. 나머지 하나는 바로 습인이었거든요."

"그렇구나. 보옥이도 한 냥 받는 시녀는 없는 셈이었어. 습인도 원래 할머님 방에 속한 아이였으니."

"습인은 원래 할머님 방에 딸린 아이였는데 보옥 도련님한테 보내 쓰도록 한 것이니까 이 한 냥도 할머님 방의 시녀 몫으로 타는 것이지요. 지금 습인을 보옥의 방에 딸린 사람으로 치면 이 한 냥을 줄여야 하는데 그건 안 될 말이에요. 만일 할머님 방에 한 사람을 더 붙인다면 그때는 습인이 몫을 줄여도 되겠지요. 그애 몫을 줄이지 않는다면 환이 도련님 방에 한 사람을 더 붙여야 공평할 것이고요. 청문이나 사월이 같은 시녀 일곱 명은 매달 동전 한 관씩이고 가혜 같은 아래 시녀 여덟은 매달 동전 오백 문씩이라는 것도 본래 할머님이 정하신 것이니 그 누가 뭐라고 하겠어요."

곁에 있던 설부인이 빙긋이 웃으며 참견했다.

"그저 희봉의 말을 듣고 있자면 호두 실은 마차가 넘어진 듯하다니까. 또르르 굴러가는 말솜씨가 어찌나 분명하고 이치가 정연한지 말이야."

"고모! 그럼 내가 뭐가 잘못된 말씀이라도 했다는 건가요?"

"잘못 말하긴 뭘 잘못했다고 그래. 좀 천천히 말하면 힘도 덜 들게 아닌가 하고 말이야."

희봉은 설부인의 말에 비로소 웃으려다가 얼른 꾹 눌러 참으면서 왕부인의 지시를 귀담아 들으려는 진지한 모습을 보였다. 왕부인은 한참 동안 생각에 잠기더니 이윽고 입을 열었다.

"내일 똘똘하고 당찬 애를 하나 골라서 할머님께 보내 심부름을 시키도록 하는 게 좋겠어. 습인의 자리를 메우고 나서 습인의 몫은 줄일 수 있게 되지 않겠어. 그리고 내 앞으로 나오는 매달 은자 스무 냥 중에서 은자 두 냥과 동전 한 관을 습인에게 주도록 해. 앞으로 매사에 조이랑과 주이랑에게 대하는 것과 같이 습인 몫도 챙겨 두도록 해. 다만 습인의 이 몫만큼은 나한테 배당되는 것에서 나누도록 해. 그러면 회계담당하고는 상관할 필요가 없게 되겠지."

희봉은 하나하나 대답하고 나서 웃으며 설부인을 슬쩍 건드렸다.

"고모님도 들으셨죠? 제가 평소 말하는 게 어떠한지를 이젠 잘 아시겠지요? 과연 제 말씀대로 되었잖아요?"

설부인이 말했다.

"진작부터 그랬어야지. 겉모습이야 물론 말할 필요도 없지만 그애의 반듯한 행동거지에서나 남들과의 화기애애한 관계 속에서 올곧은 심지는 정말 남다르다니까 글쎄."

왕부인은 급기야 눈물까지 글썽이며 덧붙였다.

"자네들이 습인이란 애가 어떤 애인지 어떻게 알겠어. 보옥이한테 비하면 열 배는 낫고말고. 보옥이는 정말 복을 타고난 거야. 그 아이한테서 한평생 오래오래 시중을 받을 수만 있다면 말이야."

"그러시다면 아예 머리 얹어서 정식으로 보옥이 방에 넣는 것이 좋지 않겠어요?"

희봉의 당돌한 제안에 왕부인이 고개를 저었다.

"그건 안 될 말이야. 우선은 아직 어리고 무엇보다 대감께서 허락하시지 않을 것이야. 또 보옥이가 습인을 아직은 시녀로 보니까 설사 방종하는 일이 있더라도 그 아이의 충고를 듣기도 하는데 만일 제 식구라고 한다면 습인이 충고할 만한 것도 제대로 못할 수도 있을 거야. 우선은 그렇게 지내도록 하고 한 이삼 년쯤 지나서 보도록 하지 뭐."

한참 얘기를 나누다가 다른 말씀이 더 이상 없자 희봉은 밖으로 나왔다. 처마 밑에 이르니 집사의 아내들이 모여 무엇인가 보고를 하려고 기다리고 있었다.

"아씨 마님 오늘은 어쩐 일이세요, 이처럼 더운 날씨에 더위라도 잡수시면 어쩌려고 그렇게 오래 걸리셨어요?"

희봉은 소매를 몇 겹이나 걷어붙이더니 쪽문의 문지방에 올라섰다.

"아! 여기 지나가는 바람이 참 시원한걸. 바람 좀 쐬고 들어가야겠어."

그리고 이어서 여러 사람들한테 코웃음을 치면서 냉랭하게 말했다.

"방금 뭐라고 그랬어? 내가 아뢰는 시간이 길었다고 그랬어? 마님이 이백 년 전의 일까지 생각해내서 나를 다그치시는데 내가 대답하지 않을 수가 있겠어?"

희봉은 다시 쌀쌀맞게 내뱉었다.

"난 이제부터 더 독하게 굴 거야. 불만이 있으면 마님한테 가서 말해 보라고. 나도 겁나는 건 없어. 어리석음에 눈이 멀고 혓바닥이 다 문드러져 제 명에 죽지도 못할 천박한 것들 같으니라고. 바보 같은 꿈은 꾸지도 말라니까. 언젠가는 단숨에 월급을 몽땅 깎아버리는 날이 올 거다. 지금 시녀의 월급을 조금 깎았다고 우릴 원망하나본데 자기들 원래 지체를 조금이라도 생각해 보면 시녀를 두셋이나 거느리고 살게 되어 있냐 말이야."

희봉은 입으로 연신 욕을 퍼부으면서 이번에는 가모를 찾아갔다.


한편 왕부인 방에서는 다들 수박을 먹고 나서 잠시 환담을 더 나누다가 각자 흩어졌다. 보차와 대옥도 대관원으로 돌아왔다. 보차는 대옥한테 우향사耦香榭에나 함께 가서 거닐어 보지 않겠느냐고 했지만 대옥은 곧 목욕하러 가야 한다고 했다. 둘은 그대로 헤어졌다. 보차는 하는 수 없이 혼자 걷다가 지나는 김에 이홍원에 들렀다. 보옥과 잠시 얘기나 나누며 한낮의 졸음이나 쫓아볼 심산이었다.

뜻밖에도 이홍원 안은 쥐죽은 듯 조용했다. 두 마리 선학仙鶴조차도 파초 그늘에 서서 졸고 있었다. 보차는 골마루를 따라 방으로 들어갔다. 바깥 방 침상 위에는 시녀 서너 명이 이리저리 아무렇게나 누워 낮잠에 빠져 있었다. 장식을 한 칸막이를 돌아 보옥의 방으로 들어서니 보옥도 침상 위에서 잠들어 있는데 습인이 혼자 곁에서 바느질하고 있었다. 그 곁에는 순록의 꼬리털에 흰 무소뿔로 손잡이를 만든 먼지떨이가 놓여 있었다. 보차가 다가가며 살며시 웃었다.

"거 참 너무 소심하시군그래. 이 방 안에 무슨 파리나 모기가 있다고 먼지떨이를 두고 있는 거야."

습인은 아무 생각 없이 앉아 있다가 느닷없이 뒤에서 소리가 나 고개를 들어보니 보차가 들어와 서 있었다. 습인은 얼른 바느질감을 놓고 일어나서 조용히 웃으며 말했다.

"아이고 깜짝이야. 아가씨 오셨어요? 전 까맣게 모르고 있었네요. 아가씬 잘 모르시고 하시는 말씀이에요. 파리나 모기가 없기는 하지만 뭔가 작은 날파리 같은 놈이 망사 창문의 구멍 사이로 기어들어 온다고요. 눈에도 안 보이는데 사람이 잠만 들면 달려들어 물어요. 꼭 개미같이 말이에요."

"그도 그럴싸하군그래. 이 집의 뒤쪽에 물이 흐르고 또 향기로운 꽃들이 많은 데다 이 방은 향기가 진동하니 그런 하루살이 벌레들도 꽃술 속에서 자란 놈들이라 향내만 나면 달려들게 마련이지."

습인의 손에 들려 있는 바느질감을 보니 하얀 백릉 비단에다 붉은색으로 속을 댄 배두렁이를 만들고 있는 중이었다. 그 위에 원앙이 연꽃에 입질하는 모습을 수놓고 있었는데 붉은 연꽃에 푸르른 연잎, 오색영롱한 원앙의 모습이 아름다웠다.

"아이고, 정말 예쁘게 수를 놓고 있네그래. 이걸 도대체 누구한테 주려고 이처럼 정성을 바쳐 공을 들이고 있는 걸까."

보차의 물음에 습인은 말없이 입을 삐죽 내밀었다.

"아니 저렇게 커서도 이런 배두렁이를 차겠다고 그런단 말이야?"

"원래 안 차려고 해요. 그래서 더욱 좋게 만들려고 하는 거죠. 너무 좋아서 안 차고는 못 배기게 하려고요. 요즘같이 더운 날씨에 잠잘 때 전혀 신경도 안 쓰기에 잘 달래서 이걸 배에 차게 하려는 거예요. 그러면 잠결에 제멋대로 이불을 차 내던져도 배탈 날까 걱정할 거 없잖아요. 아가씬 지금 이게 힘들여 만든다고 하시지만 지금 차고 있는 것에 비하면 아무것도 아니에요."

"정말 꼼꼼하기가 그지없군그래."

"오늘은 너무 열심히 했나 봐요. 고개를 숙이고 오래 있었더니 목이 다 뻐근하네요. 아가씨, 여기 잠깐만 앉아 있어 주세요. 제가 잠깐 밖에 다녀올게요."

습인이 나가고 나자 보차는 바느질감을 물끄러미 바라보다가 문득 방금 습인이 앉았던 자리에 걸터앉았다. 자수 솜씨가 볼수록 마음에 들어 자신도 모르게 손에 잡아들고 대신 자수를 놓기 시작했다.

이때 뜻밖에도 대옥은 상운을 만나 습인에게 축하해 주려고 함께 이홍원으로 들어왔다. 집안은 쥐죽은 듯 조용했다. 상운은 먼저 곁방으로 들어가 습인을 찾았다. 대옥은 창밖에서 망사 창문 사이로 안을 들여다보았다. 그런데 그곳에는 보옥이 은홍색 적삼을 입고 멋대로 침상 위에서 잠이 들어있고, 보차가 그 곁에서 바느질감을 들고 자수를 놓고 있는 모습이 눈에 들어왔다. 곁에는 파리 쫓는 먼지떨이도 놓여 있었다.

대옥은 그 모습을 보자 얼른 몸을 숨기고 손으로 입을 가린 채 웃음을 참으며 손짓하여 상운을 불렀다. 상운은 대옥의 이상한 몸짓을 보고 무슨 놀라운 일이라도 일어났는가 싶어 얼른 달려와 들여다보았다. 막 웃음이 터지려는데 홀연 평소에 보차가 자신에게 잘 대해 주었다는 생각이 나서 급히 입을 틀어막고 말았다. 대옥은 남에게 지지 않으려는 성질이라 나중에라도 놀림감으로 삼을 게 분명하였으므로 얼른 그녀를 잡아당기며 말했다.

"자, 어서 저쪽으로 가 보자구. 지금 생각났는데 습인이 낮에는 연못가에 가서 빨래하겠다고 말한 것 같았어. 틀림없이 거기 갔을 거야. 우리 그곳으로 찾아가 보는 게 좋겠어."

대옥은 상운의 속내를 알아차리고 속으로 코웃음을 쳤지만 모르는 척하며 그냥 따라나왔다.

한편 보차는 바느질감을 들고 겨우 두세 개의 꽃잎을 수놓자 갑자기 보옥이 꿈속에서 누군가를 욕하며 잠꼬대하는 소리가 났다.

"중이나 도사 같은 놈들의 말을 누가 믿을 수 있어? 무슨 금과 옥의 인연이라고 떠드는 거야. 난 오히려 목석의 인연을 말하겠어!"

보차는 그 말 한마디에 깜짝 놀라 가슴이 철렁 내려앉았다. 때마침 습인이 돌아왔다.

"아직도 안 깨어났어요?"

보차가 고개를 가로 저으니 습인이 다시 입을 열었다.

"방금 전에 대옥 아가씨와 상운 아가씨를 만났는데 이곳으로 오지 않았나요?"

"아니, 안 왔었는데. 뭐라고 말하지 않았어?"

"늘 하는 말이 다 농담이지요, 뭐 정색을 하고 할 말이 있었겠어요."

"아니야. 그 말은 농담이 아니라고. 조금 전에 내가 말해 주려고 했는데 네가 급히 나가는 바람에 말하지 못했던 거야."

그 말이 채 마치기도 전에 왕희봉이 보낸 심부름꾼이 습인을 찾아와 그녀를 호출했다.

"그것 봐, 바로 그 얘기를 하려는 거라고."

습인은 두 시녀를 불러 보차와 함께 이홍원을 나와 희봉의 저택으로 갔다. 과연 그 말을 전해 주면서 또 왕부인을 찾아뵙고 인사드리라고 했다. 그리고 가모한테는 갈 필요가 없다고 덧붙였다. 습인은 뭔가 석연치 않았지만 왕부인한테만 가서 뵙고 급히 돌아왔다. 보옥은 잠에서 깨어 일어나 있었다. 무슨 일이냐고 묻기에 습인은 대충 얼버무리며 대답했다.

밤이 되어 조용해지자 습인은 가만히 전후 사정을 이야기해 주었다. 보옥은 뛸 듯이 기뻐하며 말했다.

"그러기에 내가 말했었지. 이제 네가 집으로 가나 못 가나 한 번 보자 구. 언젠가 너네 집에 갔을 때 돌아와서는 너희 오빠가 돈을 물어내고 너를 데려갈 거라고 하면서 또 이곳에 뿌리를 내리고 살 수가 없는데 끝 내는 뭐가 되겠느냐며 그렇게도 무정하고 섭섭한 말로 나를 겁주었잖 아. 앞으로는 그 누구도 감히 너를 불러가진 못할 거야."

습인은 그 말에 그냥 코웃음을 치면서 말했다.

"그렇게 말하지 말아요. 이제부터 나는 마님의 사람이 되었으니까 내 가 떠나면 도련님한테 말할 필요가 없어졌어요, 오직 마님한테만 말씀 드리고 나가면 될 테니까요."

"그래 설사 나 같은 놈이 나쁘다고 쳐도 네가 어머님한테만 알리고 나 가 버렸다는 걸 알면 사람들이 다 내 잘못이라고 말할걸. 그러면 네가 나가도 맘이 편치 않을 거야."

"내가 무슨 맘 편치 않을 일이 있겠어요. 설마 강도가 된다고 해도 그 뒤를 졸졸 따라야 한다는 건가요. 아니면 죽음이 있을 뿐이죠. 사람이 살아야 백 년을 못 넘기고 어차피 한 번은 죽게 마련인데 이 목숨 한 번 끊어지면 듣지도 보지도 못하는 게 아니던가요."

보옥은 습인의 말이 심상치 않은 방향으로 흐르자 얼른 그녀의 입을 막았다.

"됐어, 됐어. 그런 말일랑 더 이상 하지 말자."

습인은 평소 보옥의 성격이 괴팍함을 잘 알고 있었다. 좋은 말로 띄 워 주는 말을 들으면 그것이 다 허망하고 부질없다고 싫어하고 이처럼 거짓 없는 진실을 있는 그대로 말해 주면 또 슬픔에 빠져 고개를 떨어뜨 리는 사람이었다. 습인은 자신이 공연한 말로 보옥의 심사를 건드렸다 고 짐짓 후회하면서 얼른 웃음을 띠고 좋은 말로 달래며 보옥이 평소에 좋아하는 말들을 골라 물었다. 우선 봄의 바람과 가을의 달과 같은 풍 류의 이야기나 혹은 지분이나 연지 같은 맵시나 아름다움에 대하여 말하였다. 그러다가 끝내는 여자가 되면 얼마나 좋은가를 얘기하다가 그만 여자의 죽음에 대한 말을 내뱉게 되었다. 습인은 스스로 놀라며 얼른 말을 멈추었다.

보옥은 대화가 한창 무르익는 판인데 갑자기 습인이 입을 다물자 웃으며 물었다.

"이 세상에 어디 죽지 않는 사람이 있겠어. 다만 죽을 때 곱게 죽기를 바랄 뿐이지. 수염 난 사내들 생각이란 것이 문신은 직간直諫하다가 죽고 무신은 전장에서 죽어야 한다는 것이지. 이 두 가지 죽음만이 사내 대장부로서 명예와 절장을 위해 죽는 것이라고 말하지만 사실 그런 일이라면 안 죽는 게 훨씬 낫지. 어리석고 어두운 임금이 있으니 간언하는 신하가 있는 것이고 이름 하나 남기려고 앞뒤 사정 안 살피고 달려들다 죽음을 당하고 말지. 그러면 남아 있는 임금은 어떻게 되어도 좋다는 말이 아니던가. 또 기필코 칼 든 병사가 있어서 전쟁을 벌이는 것인데 무조건 달려들어 오로지 공명만을 위하여 죽음에 이른다면 나라는 어떻게 되어도 좋다는 말이 아니던가. 그러니 이러한 죽음은 모두 올바른 죽음이라고 할 수가 없는 것이야."

"충신과 명장은 어쩔 수 없는 경우에 비로소 죽음에 이르는 것이 아니던가요."

"무장들이란 그저 혈기만 왕성하여 헛된 만용을 부릴 뿐이며 지략과 모략이 모자라 자신의 무능으로 인하여 목숨을 버리는 것이야. 그런 것도 부득이하여 어쩔 수 없이 죽었다고 할 수 있단 말인가. 문신들은 무신들과 비할 수도 없을 지경이지. 그냥 책 속의 구절 두어 마디를 마음속에 외워 두었다가 조정에서 조그마한 흠집이라도 생기면 제멋대로 떠들고 아무렇게나 충고하면서 오로지 자신의 충성과 장렬한 이름을 남기려고만 한단 말이야. 그러다 더러운 기운이 한 번 솟구치면 즉시 죽음을 불사하곤 하니 그래 그런 것도 어쩔 수 없이 부득이하게 일어난 것이라고 할 수 있단 말인가. 그 뿐만 아니야. 조정이란 하늘의 명을 받아 만들어진 것인데 그들은 성스럽지도 못하고 어질지도 못하니 천지 신명이 그들에게 천하의 중대한 임무를 맡길 까닭이 결코 없을 것이 아닌가. 그러므로 그들의 죽음은 오직 자신들의 이름을 남기기 위한 것일 뿐 대의명분이란 아예 없는 것이라고.

예를 들어서 내가 지금 이 순간 하늘의 조화에 힘입어 바로 죽게 된다면, 너희가 곁에서 지켜보는 가운데 죽게 되겠지. 너희가 나의 죽음을 슬퍼하며 흘리는 눈물은 냇물이 되었다가 커다란 강물이 되어 나의 시신을 둥둥 띄워 보내겠지. 내가 고요하고 청정하며 그윽한 궁벽진 곳으로 흘러보내진 다음 바람따라 변하여 다시는 사람으로 태어나지 않는다면 그야말로 제때에 죽음을 맞이한 셈이 아니겠어."

습인은 갑자기 보옥이 이처럼 미친 소리 같은 황당한 논리를 펴자 얼른 피곤하다고 핑계대고 더 이상 상대조차 해주지 않았다. 보옥은 눈을 감자 곧 잠에 빠져들어 이튿날 아침에야 눈을 떴다.


어느 날인가, 보옥은 이곳저곳 돌아다니는 것도 다 싫증이 나고 놀기도 지겨워져 문득 《모란정牧丹亭》 희곡이 생각났다. 두어 번 보았지만 마음에 썩 들지는 않았다. 보옥은 이향원에 있는 열두 명의 여자 창극단 중에서 소단小旦 배역을 맡은 영관齡官이 노래를 가장 잘한다는 소릴 들은 적이 있기에 일부러 찾으러 나섰다. 이향원에 들어서니 보관과 옥관이 있다가 싱글벙글 웃음을 띠고 반갑게 맞으면서 앉으라고 권하였다.

"영관은 혼자서 어디 있는 게냐?"

보옥의 물음에 다들 대답했다.

"자기 방 안에 처박혀 있어요."

보옥이 그녀의 방으로 찾아가니 영관은 혼자 베개를 베고 누워 있었다. 하지만 보옥이 들어오는 걸 보고도 눈 하나 깜짝 않고 그대로 있었다. 보옥은 평소에 다른 여자애들과도 장난치며 제멋대로 어울렸던지라 영관을 다른 여자애들과 마찬가지일 것이라고만 생각했다. 가까이 다가가 그녀의 곁에 눌러 앉으며 웃음을 띠고 《모란정》에 나오는 "요청사裊晴絲" 한 대목을 불러줄 수 있겠느냐고 물었다. 하지만 뜻밖에도 영관은 보옥이 곁에 앉는 걸 보자 얼른 일어나 몸을 피하며 정색을 하고 거절했다.

"목소리가 쉬어서 안 돼요. 지난번 궁중에서 귀비마마께서 불러들이실 때도 저는 노래를 안 불렀던걸요."

보옥은 그녀가 일어나 바로 앉아 있는 걸 다시 한 번 자세히 들여다보니 다름 아니라 지난번에 장미꽃 아래서 바닥에 '장薔'을 쓰던 바로 그 아이였다. 하지만 지금 이렇게 면전에서 거절당하고 보니 한 번도 남에게서 싫어하는 기색을 받아본 적이 없는 보옥으로서는 참으로 난감하여 얼굴이 벌겋게 달아오르며 슬그머니 밖으로 나오는 수밖에 없었다.

보관 등이 어찌된 일인지 몰라 까닭을 물으니 보옥이 있는 그대로 대답하고 그냥 나와 버렸다. 보관이 뒤에서 한마디 했다.

"잠깐만 기다려 보세요. 가장賈薔 도련님이 오셔서 불러보라고 하면 그애가 틀림없이 부를 거니까요."

보옥이 그게 무슨 소린가 이상히 여겨 뒤를 돌아보며 물었다.

"그래? 가장은 어딜 갔는데?"

"방금 나갔어요. 틀림없이 영관이 뭔가를 사 달랬을 거예요. 도련님이 그걸 구하러 나갔겠죠."

듣고 보니 점점 호기심이 일어났다. 잠시 기다리자니 과연 가장이 새 장 하나를 들고 돌아왔다. 새장 안에는 조그만 무대가 하나 달려 있는데 새 한 마리가 앉아 있었다. 가장은 신바람이 나서 영관을 찾으러 안으로 들어가려다 보옥이 와 있는 걸 보고 걸음을 멈췄다.

"그게 무슨 새야? 깃발을 입에 물고 무대를 들락날락할 줄 아는 거냐?"

"예. 이건 옥정금두玉頂金豆라는 새예요."

"얼마 주고 산 건데?"

"한 냥 팔 푼을 주었어요."

가장은 보옥에게 앉아 있으라고 권하고 영관의 방으로 들어갔다.

보옥은 영관의 노래를 들어보려는 마음은 멀찌감치 달아나고 가장과 영관이 어찌 되어 가는가에 깊은 관심이 쏠렸다.

가장은 새장을 들고 들어가 웃으면서 영관을 달랬다.

"자, 어서 일어나 이것 좀 봐. 재밌잖아."

영관이 몸을 일으키며 무엇이냐고 물었다.

"응, 새를 한 마리를 샀어. 매일같이 답답하게 지내지 말고 이놈을 데리고 놀아봐. 내가 한 번 보여줄까."

가장은 좁쌀모이를 꺼내 주면서 새를 놀렸다. 새는 새장 안에 걸린 조그마한 무대 위를 어지럽게 들락날락거리며 귀신 얼굴이 그려진 깃대를 입에 물었다. 함께 보던 여자애들이 다 같이 즐거워했다.

"야, 정말 재미있다."

그런데 영관만은 코웃음을 치며 화를 내고 드러누워 버렸다. 가장은 그래도 여전히 웃음을 잃지 않고 영관에게 다가가 어떠냐고 채근하였다.

"당신네 집안에서 멀쩡한 사람을 데려와 이런 감옥 같은 우리 속에 가두어 두고 무슨 창극이니 뭐니 배우도록 하고 있으면서 그것도 모자라 이번에는 새장에 갇힌 새 한 마리를 사 와서 굳이 그따위 놀음을 시킬 게 뭐예요. 틀림없이 그놈을 데려다 우리가 이렇게 사는 모습을 보이며 놀려 주려는 심보가 아니면 도대체 뭐란 말이에요? 그러고도 나한테 좋으냐 어떠냐 하고 따져 묻는 건 또 무슨 심보예요, 네?"

가장은 그 말에 놀라 어쩔 줄 몰라 하며 연신 목숨을 걸고 맹세했다.

"오늘 내가 어디서 그런 생각이 나 돈을 한두 냥씩이나 들여 저런 걸

374

사 왔겠어. 그냥 심심풀이나 하라고 생각했던 것인데 그런 생각은 미처 하지도 못했지. 그래, 알았어. 이놈을 그냥 방생해버리면 되지 뭐. 너한테서 제발 병마도 사라지라는 뜻에서라도."

그리곤 과연 새장의 문을 열고 새를 날려 보내고 새장도 단숨에 밟아서 부서뜨려 버렸다.

영관이 또 한마디 했다.

"그 조그만 새가 비록 사람과는 다르다 할지라도 그놈도 제 둥지에는 어미 새가 있을 것인데 그놈을 잡아와서 그런 놀이나 하도록 하는 것이 차마 못할 일이에요. 지금 나는 기침을 하다가 두 번이나 각혈하여, 마님이 의원을 불러다 보게 했는데 그런 일은 세세하게 물어보지도 않고 그런 걸 사와서 사람을 놀리다니. 나 같은 년은 돌봐 주는 이 하나 없고 살펴주는 사람조차 없는데 이제는 병까지 들었으니…."

영관은 넋두리를 하다가 울음을 스스로 터뜨렸다. 가장이 얼른 부드럽게 달랬다.

"어제 저녁에 의원한테 물어보았어. 큰 탈은 없을 거랬어. 우선 한약 두 첩 정도 먹어보고 내일모레 다시 와서 보겠다고 그랬어. 그런데 오늘 또 각혈할 줄은 몰랐지. 지금 당장 의원을 부르러 갈게."

가장이 정말로 의원을 부르러 나가려고 하자 영관이 소리쳐 불렀다.

"그만둬요. 지금 이렇게 무더운 한낮에 화를 내며 의원을 부르러 가면 설사 데려온대도 난 안 볼 거예요."

가장은 그 말에 멈춰서고 말았다.

보옥은 두 사람의 이러한 실랑이를 전부 지켜보면서 자신도 모르게 넋을 잃고 말았다. 비로소 지난번에 장미 '장'자를 쓰던 깊은 의미를 알 수 있게 된 것이다. 하지만 그 자리에서 마냥 있을 수도 없어 슬그머니 빠져나오고 말았다. 가장은 지금 온통 영관에게 정신이 빼앗겨 있는 지경이라 보옥이 나간다는 데도 미처 전송하지 못하고 다른 여자애들이 나와 대신 전송했다.

보옥은 마음속으로 방금 전의 상황을 다시 한 번 되씹으면서 넋을 잃은 듯 이홍원으로 돌아왔다. 마침 대옥과 습인이 얘기를 나누고 있었다. 보옥은 들어오자마자 습인을 향해 장탄식을 내뱉었다.

"어젯밤에는 분명히 내가 말을 잘못하였어. 아버님이 늘 나를 보고 '대롱으로 하늘을 보고 바가지로 바닷물을 헤아리는 격'이라고 야단치시더니 그게 바로 맞는 말이야. 어젯밤에 내 죽으면 너희 눈물로 장사지내 달라고 한 말은 크게 잘못된 것이었다구. 나 같은 놈이 모든 사람의 눈물을 독차지할 수는 없어. 앞으로 각자 자기가 사랑하는 사람의 눈물로 장사지낼 수밖에는 없을 거야."

습인은 어젯밤에 한 말이 그냥 지나가는 농담으로만 여기고 있어서 이미 다 잊어버리고 말았는데 지금 보옥이 다시 그 얘기를 꺼내자 웃으며 대꾸했다.

"도련님! 정말로 머리가 어떻게 된 게 아니세요?"

보옥은 묵묵히 아무 대꾸도 하지 않았다. 그로부터 그는 다만 속으로 사람에게는 사랑과 인연이 각각 정해진 바가 있다고 깊이 깨달으면서 매번 슬픈 생각에 잠기곤 하였다.

'언젠가 내가 죽고 나면 눈물을 흩뿌리며 장사지내 줄 사람은 과연 누구일까?'

이러한 생각은 모두 보옥의 마음속에서 깊이 고뇌하던 일이라 여기서 작자가 멋대로 꾸며서 말할 수는 없는 일이므로 그만 멈추도록 하겠다.


한편 대옥은 현장에서 보옥의 그러한 모습을 보면서 이번에는 또 어디에서 무슨 충격을 받아 저렇게 마魔가 끼이게 된 것인지 몰라 궁금했지만 그렇다고 곧바로 물어볼 수는 없었다. 그래서 다른 말로 말문을 열었다.

"방금 숙모님이 내일이 보차 언니 어머님 생신이라시며 오빠가 외출할 건지 안 할 건지 물어보랬는데 숙모님한테 사람을 보내 알려드려요."

"지난번에는 큰아버님 생신 때도 난 가지 않았어. 이번에 내가 갔다가 다른 사람이라도 마주치면 뭐라고 말들 하지 않겠어? 난 모두 안 가기로 하겠어. 이렇게 무더운 날에 옷을 차려 입는다는 것도 거북하고 설사 내가 안 간대도 이모님은 화내지 않으실 거야."

습인이 펄쩍뛰며 끼어들었다.

"그게 무슨 말씀이세요? 이모님하고 큰아버님하고는 다르죠. 바로 이웃에 살고 계시고 또 명색이 친척인데 도련님이 안 가시면 이모님이 섭섭해하지 않으시겠어요? 무더운 날씨가 겁이 나면 아침 일찍 건너가서 인사나 드리고 차 한 잔 마시고 곧장 돌아오면 인사치레도 되고 남 보기에도 좋지 않겠어요?"

보옥이 미처 대답을 못하고 머뭇거리는데 대옥이 먼저 웃음을 띠며 말했다.

"누가 곁에 앉아 모기를 쫓아 준 덕을 생각해서라도 아무래도 한 번 다녀오는 게 좋겠네요. 호호호."

보옥은 무슨 소리인지 영문을 몰라 다시 물었다.

"무슨 소리야? 모기를 쫓아주었다니?"

습인이 나서서 해명했다. 어저께 보옥이 낮잠 들었을 때 옆에 시중드는 사람이 없어 마침 찾아온 보차 아가씨에게 잠시 앉아 있도록 했다는 말을 전했다.

"저런, 저런. 그래서는 안 되는데. 내가 어떻게 잠이 그렇게도 깊이 들었을까? 보차 누나를 욕되게 하였구먼. 그럼 내일 꼭 가 봐야겠는걸."

그때 마침 상운이 옷을 반듯하게 차려입고 찾아와서 자기 집에서 사람을 보내 부르러 왔다고 전했다. 보옥과 대옥은 그 말을 듣고 얼른 일어나 우선 앉으라고 권하였다. 하지만 상운은 앉으려고 하지 않았다. 보옥과 대옥은 하는 수 없이 상운을 문 밖까지 바래다주었다. 상운은 눈 가에 눈물을 글썽거리며 못내 아쉬워했지만 집에서 보내온 하인이 바로 곁에 있는지라 또한 마음 놓고 속마음을 내비치지도 못했다. 잠시 후 보 차도 소식을 듣고 달려와서 두 손을 부여잡고 차마 떨어지지 못했다.

하지만 보차가 그래도 생각이 깊었다. 그 집에서 온 하인이 돌아가 그녀의 숙모한테 이르기라도 한다면 나중에 도리어 천대라도 받게 될 까 걱정이 되어 상운의 등을 떠밀며 어서 떠나라고 재촉하였다. 다들 중문까지 전송하고 돌아서는데 보옥이는 큰 대문 밖까지 나가려고 하 였다. 상운이 한사코 말리며 그만두라고 일렀다. 상운은 문득 돌아서 보옥에게 다시 오더니 가만히 속삭였다.

"할머니가 미처 나를 생각해 내지 못하더라도 오빠가 자주 내 말을 해 서 사람을 보내 데리러 오도록 해줘요."

보옥이 그러겠노라고 연거푸 굳은 약속을 했다. 그녀가 수레에 오르 자 비로소 다들 안으로 돌아왔다. 뒷일이 궁금하면 다음 회를 보시라.

秋爽齋偶結海棠社 蘅蕪院夜擬菊花題

# 해당화 시사 모임

추상재에서 우연히 해당사 시모임 열고
형무원에서 한밤에 국화시 제목 정하네
秋爽齋偶結海棠社 蘅蕪苑夜擬菊花題

이 해 가정은 다시 지방의 장학관인 학정學政으로 임명되어 팔월 스무날 집을 떠나 임지로 부임하게 되었다. 그날 아침 가정은 조상의 사당에 참배하고 모친인 가모에게 인사올리고 집을 나서는데 보옥을 비롯하여 여러 자제들이 모두 나와 먼 길 떠날 때 늘 배웅하는 곳인 쇄루정〔灑淚亭: 눈물을 뿌리는 정자〕까지 배웅하였다.

가정이 집을 나선 다음 일어난 밖에서의 여러 가지 일은 일일이 기록할 수가 없으니 생략하고 여기서는 집에 남은 보옥의 이야기를 시작하도록 하겠다. 보옥은 대관원에서 매일같이 거리낄 것 없이 제멋대로 방종한 생활을 하며 금쪽같은 시간을 허송세월하고 있었다.

이날도 무료하게 지내고 있는데 탐춘의 시녀인 취묵이 찾아왔다. 손에는 화전지가 들려 있었다. 보옥이 깜빡 잊었다는 듯이 얼른 말을 꺼냈다.

"그래 내가 깜빡했네그래. 셋째 누이가 좀 나아졌나 병문안 가려고 했는데 네가 먼저 찾아왔구나."

"아가씨는 많이 좋아졌어요. 오늘도 약을 드시지 않았는걸요. 그저 한기가 잠시 들었을 뿐이에요."

취묵의 말을 들으며 보옥이 화전지를 받아서 펼쳐 보니 편지 내용은 이러했다.

탐춘이 삼가 글월을 올립니다.

보옥 오라버니 보옵소서. 며칠 전 밤에 하늘이 맑아 달빛이 씻은 듯 고왔습니다. 이처럼 맑은 경치는 실로 보기 드문 일이라 차마 그냥 누워 있을 수 없어 자정을 넘긴 시간이었지만 오동나무 아래 난간 위를 거닐다가 찬바람과 이슬을 맞아 병이 들고 말았습니다. 어저께는 오라버니께서 몸소 문병을 다녀가신 뒤로 시녀를 시켜 신선한 여지荔枝와 안진경[顔眞卿: 당 현종 때의 서예대가]의 글씨까지 보내주셨습니다. 저의 병이 낫기를 간절히 원하시고 친절하게 은혜를 베풀어 주신 것에 참으로 감복할 따름입니다.

오늘 책상에 기대어 마음을 가다듬고 있을 때 지난날 사람들이 한 일에 대해 생각이 미쳤습니다. 고인들은 명리를 따지고 공명을 따야 하는 자리에 처해 있으면서도 자그마한 땅이라도 산수山水 좋은 곳을 마련하여 원근의 벗들을 불러 수레바퀴 부속을 우물 속에 던지고 끌채를 잡아당겨서라도 돌아가기를 만류하고 함께 어울렸습니다. 그리하여 두세 명의 동지들이 함께 그 속에서 결사하여 혹은 사단詞壇을 세우고 혹은 시사詩社를 일으켰으니 그것이 설사 일시적 흥취로 만들어진 것이라고 해도 마침내 천고의 미담으로 남게 되지 않았습니까. 제가 비록 재주 없고 불민하오나 지금 천석泉石의 사이에 거처를 두고 있고 또 설보차와 임대옥 이 두 분의 재주를 사모해 오던 터이옵니다.

지금 우리 대관원 안에는 바람 부는 시원한 정원과 달빛 고운 아름다운 정자가 있음에도 불구하고 연회를 열어 시인들을 모이게 하지는 못하고 있습니다. 술집 깃발 날리는 행화촌과 복사 꽃잎 흐르는 도화원에서 혹은 술잔을 주고받으며 한 번 취해 볼 수도 있지 않겠습니까. 여산廬山의 백련사白蓮社¹ 시모임의 뒤

_____

1 동진의 명승 혜원(慧遠)이 여산(廬山) 동림사(東林寺)에서 거처하면서 결성했던

어난 재주꾼이라고 그 누가 수염 난 남자들만 참여케 하고 오로지 회계會稽의 동산東山에서 열리는 모임²에만 우리 분바르고 연지 찍은 여자들을 허락한다고 하는 것입니까. 만일 오라버니께서 옛사람이 눈 오는 날 흥에 겨워 배를 저어 친구를 찾아가듯 기쁜 마음으로 왕림해 주신다면 저는 꽃길을 깨끗이 쓸고 학수고대하며 기다리겠나이다.

이에 삼가 글월 올립니다.

보옥이 편지를 읽고 난 후에 너무나 기뻐 손뼉 치며 좋아했다.

"역시 셋째 누이는 고상하고 우아하단 말이야. 내 지금 당장 달려가서 상의해 봐야겠어."

보옥은 그 자리를 박차고 나왔다. 심부름 왔던 취묵이 그 뒤를 따랐다. 막 심방정에 이르렀을 때 대관원 뒷문을 지키는 할멈이 손에 편지 한 통을 들고 달려오다가 보옥을 만나자 웃으면서 한마디 건넸다.

"가운 도련님이 인사를 여쭈신다고 하십니다. 지금 뒷문에서 기다리고 계셔요. 저한테 이걸 전해달라고 하시면서요."

보옥이 봉한 부분을 뜯어보니 편지는 이러했다.

불초소자 운이 삼가 올립니다.

부친대인께 만복이 깃드시고 평안하시길 기원하옵니다. 소자는 천은을 입어 슬하의 자식으로 허락받은 이후로 밤낮으로 오로지 정성을 다하여 효도할 생각만 하였사오나 적절한 기회가 없었사옵니다. 지난번 화초 구매의 일은 부친대인의 특별한 은총 덕분으로 수많은 화초장수와 수많은 이름난 화원을 알게 되었습니다. 그러던 중에 세상에서 쉽사리 얻기 어려운 흰색 해당화 한 가지가 있음을 알고 온갖 방법을 강구하여 화분 두 개를 구할 수 있게 되었습니다. 부친대인께

---

시인들의 모임. 절 내에 흰 연꽃이 많아서 백련사(白蓮社)라고 하였음.

2 동산에 은거하던 동진 때 사안(謝安)이 조카와 조카딸들을 불러 모았을 때 마침 눈이 내리자 조카딸 사도온(謝道韞)이 뛰어난 시구를 지어 남자들을 무색하게 했다는 이야기가 전함.

서 소자를 친자식같이 여겨 주신다면 받으셔서 가까이 놓아두고 늘 감상하여 주시기 바라옵니다. 날씨가 찌는 듯이 무더운 여름이라 대관원 안의 아가씨들이 불편하게 여길 것 같아 감히 직접 찾아뵙지는 못하옵고 글월을 올려 문안을 대신하옵니다. 내내 평안하옵소서.

불초소자 가운이 엎드려 씁니다.

가운의 편지를 읽고 난 보옥은 빙그레 웃으면서 물었다.

"혼자 왔어, 아니면 다른 사람과 함께 왔어?"

"다른 사람은 없고 화분 두 개가 있습니다."

"그러면 할멈이 나가서 말을 전해 줘요. 가져온 화분은 고맙게 잘 받겠으며 모처럼 나를 생각해 주어서 고마워한다더라고. 그리고 화분은 내방으로 옮겨 놓으면 되고. 알았지요?"

말을 마치고 보옥은 취묵과 함께 추상재로 갔다. 설보차와 임대옥 그리고 영춘 등이 모두 그곳에 모여 있었다.

보옥이 들어오는 걸 보고 다들 웃으면서 반겼다.

"또 한 사람이 들어오는군요."

"제가 그래도 그다지 속물은 아닌 것 같군요. 문득 생각나서 청첩장 몇 장을 써서 시험 삼아 한 번 돌려본 것인데 뜻밖에도 이처럼 모두 다 모이시는군요."

탐춘의 말에 보옥이 말했다.

"사실 너무 늦었다구. 진작부터 시 모임을 만들었어야 하는 건데 말야."

"시 모임을 만들려면 당신들끼리나 하세요. 제발 전 넣지 마시라고요. 전 엄두를 낼 수가 없군요."

대옥이 오히려 꽁무니를 빼자 영춘이 반발했다.

"거기서 엄두가 안 난다면 누가 감히 엄두가 나겠어?"

보옥이 말을 이었다.

"이런 일은 올바르고 소중한 일이니까 서로 미루기만 할 게 아니라 다들 힘을 합쳐서 무엇이든 의견이 있으면 거리낌 없이 내놓아서 다함께 의논하는 게 좋겠어. 보차 누나도 자기 생각을 한 번 밝혀 보고 대옥이도 말 좀 해봐."

"왜 그렇게 서두르는 거야. 아직 다 모이지도 않았는데."

보차의 말이 미처 끝나기도 전에 이환이 도착하여 웃음을 띠고 방 안에 들어섰다.

"아이구 고상하기도 하셔라. 시 모임을 만든다고 하니 아무래도 그 회장감으로는 내가 자천自薦이라도 해야겠는걸. 지난봄에 나도 이런 계획을 생각하긴 했는데 가만히 생각해 보니 내 자신이 시를 지을 줄 모르는 주제에 엉터리로 만들어 무엇 하나 하곤 그만 잊어버리고 더 이상은 말을 꺼내지 않았어요. 이번에 셋째 동생이 나서서 만든다고 하니 내가 미력이나마 도와서 한 번 해보도록 하지요."

"정녕 시모임을 만든다고 하면 우리 모두가 진짜 시인이 되는 것이니 우선 언니, 동생이니 시동생, 형수님이니 하는 호칭부터 없애야 비로소 속되지 않을 것 같아요."

대옥이 이번에는 아주 현실적인 문제를 제안했다. 이환이 곧바로 맞장구를 쳤다.

"그거 아주 좋은 의견이야. 다들 멋진 아호를 지어서 서로 부르면 고상하겠군요. 그럼 나는 먼저 '도향노농稻香老農'이라고 하겠어요, 남들이 차지하지 못하도록."

탐춘이 웃으면서 말을 이었다.

"그럼 저는 '추상거사秋爽居士'가 되는 거네요."

"거사니 주인이니 하는 말은 마땅치가 않아. 쓸데없이 덧붙이는 말이 될 뿐이지. 여기에는 오동나무와 파초가 가득 찼으니까 오동이나 파초 같은 글자를 넣어 지으면 좋겠어."

보옥의 말에 탐춘이 웃으며 말을 바꿨다.

"알았다! 내가 가장 좋아하는 것이 파초이니까 '초하객蕉下客'으로 하는 게 좋겠어요."

다들 고상한 별미가 있어 좋다고 찬성했다. 갑자기 대옥이 엉뚱한 소리를 했다.

"어서 저 녀석을 끌고 나가 포를 떠 가지고 와요, 술안주로는 안성맞춤이에요."

사람들이 이해 못하고 어안이 벙벙해 있으니 대옥이 스스로 해설했다.

"옛날 말에 '초엽복록蕉葉覆鹿'이라고 파초 잎으로 사슴을 가린다고 했는데 저 사람이 지금 자칭 '초하객'이라 했으니 어찌 한 마리 사슴이 아니겠어요? 어서 데리고 나가 사슴 포를 떠오라니까요."

그 말에 사람들이 까르르 웃음을 터뜨렸다.

"언니는 제발 그렇게 교묘한 말장난으로 사람을 욕보이지 말아요. 나도 언니를 위해 좋은 별호 하나를 생각해 두었지요."

탐춘은 다시 여러 사람을 향해 내력을 설명했다.

"옛날 순임금의 두 왕후인 아황娥皇과 여영女英이 대나무에 눈물을 뿌리는 바람에 얼룩 대나무가 되었다잖아요. 지금 이런 대나무를 상비죽湘妃竹이라고 하거든요. 대옥 언니가 사는 집의 이름이 소상관이고 또 대옥 언니는 늘상 잘 울잖아요. 앞으로 형부 될 사람을 그리워하며 울게 되면 그 집의 대나무들이 다 얼룩 대나무로 변하고 말 거예요. 그러니 앞으론 대옥 언니를 '소상비자瀟湘妃子'라고 하는 게 어떻겠어요?"

사람들은 그 말에 일리가 있다고 여기고 박수치며 좋아했다. 대옥만은 고개를 떨구고 아무 말이 없었다.

이환이 얼른 말을 이었다.

"보차 동생을 위해선 내가 일찌감치 생각해 둔 게 있지. 단 세 글자야."

석춘과 영춘이 무엇이냐고 다그쳐 묻자 이환이 그럴싸하게 목소리를 흉내 냈다.

"나는 이분을 '형무군蘅蕪君'에 봉하겠노라! 그대들의 의향은 어떠하시오."

"그 봉호가 아주 좋습니다."

탐춘이 찬동하자 보옥이 얼른 나섰다.

"나는 어떡해요? 제발 내 별호도 하나 생각해 주세요."

보차가 선뜻 나선다.

"보옥 아우님의 별호는 벌써부터 있었잖아요. 하는 일 없이 바쁘기만 하다는 '무사망無事忙' 세 글자가 그대로 딱이지요."

이환이 말했다.

"보옥 도련님은 아무래도 옛날 별호였던 '강동화주絳洞花主'가 더 나을 것 같은데."

"어릴 적에 했던 말을 다시 꺼낼 건 뭐 있어요?"

보옥이 멋쩍어하자 탐춘이 무마했다.

"오빠의 별호는 너무도 많잖아요. 새로 지을 까닭이 어디 있어요. 우리가 부르고 싶은 대로 부를 테니 오빠는 그냥 대답만 하면 돼요."

보차가 그래도 말을 덧붙였다.

"아무래도 내가 별호를 하나 선사해야겠어요. 가장 속된 별호 하나가 있는데 그대로 보옥 아우님한테 가장 어울리는 말이지요. 세상에 가장 얻기 어려운 것은 부귀요, 한가로움이니 이 두 가지를 한꺼번에 얻는다는 것은 그야말로 하늘에 별따기죠. 그런데 지금 아우님이 그 두 가지를 겸하고 있으니 마땅히 '부귀한인富貴閑人'이라고 부르는 게 좋겠어요."

보옥이 웃으면서 손을 내젓는다.

"안돼요, 그건 너무 분에 넘치는걸요. 아무래도 그냥 부르고 싶은 대로 부르는 게 훨씬 낫겠어요."

대옥이 얼른 나서서 말했다.

"그렇게 아무렇게나 부르면 어떡하겠어요? 오빠는 이홍원에 살고 있으니 차라리 '이홍공자怡紅公子'라고 하는 게 낫지 않겠어요?"

다른 사람들도 다들 그게 좋겠다고 했다.[3]

이환이 다른 두 사람을 보고 물었다.

"둘째 아가씨와 넷째 아가씨는 무슨 호를 정했어요?"

"우리는 시도 잘 못 짓는데 쓸데없이 호나 지어서 뭐하게요?"

영춘의 말을 듣고 탐춘이 끼어들었다.

"그렇기는 하지만 그래도 지어 두는 게 좋겠어."

보차가 대신 지어줬다.

"영춘 아가씨는 자릉주에 살고 있으니 '릉주菱洲'라고 지으면 되고, 넷째 아가씨는 우향사에 살고 있으니 '우사藕榭'라고 부르면 되지 뭘 그래요."

이환이 말했다.

"그럼 그렇게 하기로 해요. 자, 내가 나이가 가장 많으니 다들 내 생각을 따라야 해요. 여러분들의 의견에 가능하면 어긋나지 않게 하지요. 우리 일곱 사람이 시 모임을 열기는 하지만 사실 나와 둘째 아가씨, 넷째 아가씨는 시를 지을 줄을 모르니까 우리 세 사람은 일단 빼고 그 대신 각자 한 가지씩 일을 분담하도록 하면 될 거예요."

"방금 각자의 아호까지 지었는데 그렇게 부르면 어떻게 해요? 차라리 없는 것만 못하네요. 앞으로 잘못 부르면 벌칙을 주기로 해야겠어요."

탐춘이 항의하였으나 이환의 말은 계속되었다.

"시 모임을 다 정한 다음에 벌칙약속을 정하면 되겠지요. 우선 내가

---

3 임대옥이 언급한 '이홍공자'의 명명 구절은 초기 원본에는 없고 후기 판본에서 보충된 것이지만 뒤의 내용 전개상 일리가 있어 이곳에 보충하여 넣었음.

사는 곳이 가장 넓으니 그곳에서 시 모임 활동을 하기로 하지요. 내가 시를 짓지는 못하지만 시인들께서 속된 객이라고 내치지 않으시고 나를 주인 역할로 인정해 주신다면 나도 한 번 우아한 분위기에 빠져 고상한 사람이 되겠지요. 만약 나를 모임의 회장으로 추대한다면 나 한 사람으로는 부족할 것이므로 필시 두 명의 부회장을 모셔야 할 터인데 바로 룽주와 우사 두 분을 모셔 한 분은 시제詩題와 시운詩韻을 내고 한 분은 필사하고 감독하는 일을 맡으시면 되겠습니다. 그렇다고 우리 세 사람이 전혀 시를 안 짓는다는 건 아니고 만약 쉬운 제목이나 각운이 나오면 우리도 한 수씩 지어낼 수 있는 거고요. 하지만 네 분 시인께서는 반드시 제한된 조건에 맞춰 시를 지어야 해요. 만약 그렇게 하시겠다면 모임은 결성된 것이고 내 말을 따르지 않겠다면 저는 감히 재주 높은 분들과 함께할 수가 없게 되는 거죠."

영춘과 석춘은 본래부터 시사를 잘 짓지 못하는 데다 설보차나 임대옥이 함께 있어 선뜻 나설 수 없었는데 이환이 이처럼 통쾌하게 말하자 함께 찬동했다. 탐춘 등도 그러한 속내를 잘 알고 있는 터라 두 사람이 기뻐하면서 찬동하자 억지로 어찌 할 수 없음을 알고 이내 그렇게 하기로 했다. 탐춘이 투덜대며 한마디 던졌다.

"굳이 그렇다면 따르기는 하겠지만, 가만히 생각해보니 내가 참 우습네요. 공연히 내가 이런 생각을 해내서 결국은 당신네 세 사람한테 날 감독해달라고 부탁한 격이 되었으니까."

"그럼 우리 다 같이 도향촌으로 갑시다."

보옥이 재촉하자 이환이 핀잔을 줬다.

"역시 도련님 마음이 가장 급하다니까. 오늘은 그냥 상의만 하고 나중에 내가 초청할 때까지 좀 기다려요."

"그래도 며칠에 한 번씩 만날 것인지는 정하는 게 좋겠어요."

보차의 말에 탐춘이 대답했다.

"많이 만나기만 한다고 무슨 재미가 있어요, 한 달에 두세 차례면 좋을 것 같군요."

보차도 고개를 끄덕이며 찬동했다.

"한 달에 두 번이면 족할 거예요. 날짜를 미리 정하고 비가 오나 바람이 부나 상관없이 만나는 거예요. 이날을 제외하고 혹은 누군가 흥이나서 한 번 더 만나자고 하면 그 집으로 모일 수도 있고요, 아니면 덩달아 따라온다고 해도 괜찮고요. 그리하면 얼마나 자유분방하고 재미있겠어요."

"그 생각이 아주 좋군요."

다들 찬성했다. 곧 탐춘이 나서서 말을 꺼냈다.

"다만 한 가지, 이 모임은 원래 내가 발기한 것이니까 내가 먼저 주인 노릇을 한 번 해 봐야겠어요. 그래야 직성이 풀릴 것 같네요."

"그러면 내일이라도 여기서 먼저 시 모임을 열면 되잖아요."

이환의 말에 탐춘은 단호한 뜻을 보였다.

"내일보다 오늘 당장 이 자리에서 열면 더욱 좋겠지요. 우선 제목을 내주시면 자연히 릉주가 압운을 낼 거고 우사가 감독하게 될 테니까요."

영춘이 조용히 끼어들었다.

"제 생각에는요, 굳이 한 사람이 제목을 내고 압운을 정하는 것보다는 제비뽑기로 하면 공평하지 않겠어요?"

이환이 제목을 말했다.

"방금 이곳에 올 때 보니까 사람들이 흰색 해당화 화분을 들고 들어오던데 아주 멋지더라고요. 어때요, 그걸 제목으로 지어보지 않겠어요?"

"미처 보지도 못했는데 먼저 시부터 지어보라고요?"

영춘의 말에 보차가 대꾸했다.

"흰색 해당화면 그 뿐이지, 굳이 보고 나서 지어야 한다는 법이 있나. 옛날 사람들이 시를 지을 때도 흥을 덧붙이고 자신의 느낌을 썼을 뿐이야. 만일 반드시 먼저 보고 나서 시를 지어야 했다면 오늘날 이런 명시들이 남아 있을 수가 없었겠지."

"그러면 이제 제가 압운을 내겠어요."

영춘은 책상 쪽으로 걸어가 시집 한 권을 꺼내어 아무렇게나 펼쳐 들었다. 마침 칠언율시가 한 수 나왔다. 영춘은 그것을 일동에게 돌려보도록 했다. 다들 칠언율시를 지어야 하는 것이었다. 영춘은 시집을 덮고 어린 시녀에게 말했다.

"네가 아무 글자나 한 글자만 말해 봐."

문설주에 기대 서 있던 시녀는 다른 생각이 없었던지라 '문'이라고 한마디 했다.

"그래요, '문門'자를 압운으로 삼는 거예요. '문'자는 상평성上平聲의 십삼원十三元입니다. 첫 구절의 압운은 필히 '문'자라야 합니다."

영춘은 그렇게 선언하고 다시 운패를 넣어둔 함을 가져오라고 하여 십삼원의 서랍을 열었다. 시녀에게 시켜 그 안에서 아무렇게나 네 개의 패를 꺼내라고 일렀다. 각각 분盆, 혼魂, 흔痕, 혼昏자가 나왔다.

보옥이 투덜댔다.

"여기서 분盆자와 문門자는 함께 어울려서 짓기가 아주 어려운데."

탐춘의 시녀인 대서가 네 사람 분의 종이와 붓을 마련하여 오자 다들 조용히 깊은 사색에 잠기기 시작했다. 하지만 대옥만은 오동나무를 어루만지거나 가을 풍경을 내다보기도 하고 혹은 시녀들과 웃고 떠들기도 하는 등 별로 긴장하지 않았다. 영춘은 시녀에게 시켜서 '몽첨향夢甛香' 한 가닥에 불을 붙이게 하였다. 이 몽첨향은 길이가 세 치가량 되고 굵기는 등불심지 정도로 가늘어서 쉽게 타 들어가는 향이었다. 이것이 다 탈 때까지 시간을 제한하여 시가 만들어지지 않으면 벌칙을 받게 되는 것이다.

잠시 후 탐춘이 먼저 완성이 되어 붓을 들어 쓴 다음, 다시 고친 뒤에 영춘에게 제출하였다. 그리곤 보차에게 물었다.

"형무군은 다 되셨습니까?"

"되기는 다 됐지만 별로 좋지가 않아서."

보옥이 손을 뒷짐 지고 회랑을 서성거리고 있다가 대옥에게 물었다.

"자 들어봐, 저 사람들은 벌써 다 되었다잖아."

"내 걱정은 말아요."

보옥은 또 보차가 써내는 것을 보고 조급해했다.

"큰일 났네. 향은 한 치밖에 안 남았는데, 난 겨우 네 구절 썼을 뿐이야."

그리고 다시 대옥에게 재촉했다.

"향은 다 타들어 가는데 거기 축축한 땅에 쭈그리고 앉아 있기만 하면 뭐 해?"

하지만 대옥은 아무런 대꾸도 하지 않았다.

"그럼 난 모르겠어. 마음대로 해 봐, 어쨌든 나도 써내기나 해야지."

보옥은 하는 수 없다는 듯이 책상 앞에 앉아 쓰기 시작했다. 이때 이환이 말했다.

"자 그럼 시를 보기로 합시다. 다른 사람 시를 다 볼 때까지 제출하지 않으면 벌칙을 내리게 됩니다."

"도향노농께서는 시를 잘 짓지는 못해도 보시기는 잘하시고 또 아주 공평무사하시니 직접 열람하시고 우열을 평가해주신다면 우리는 그대로 따르겠습니다."

보옥의 말에 여러 사람이 다 같이 찬동했다.

"그야 물론이지요."

그리하여 우선 탐춘의 원고를 시작으로 보기 시작했다.

흰색 해당화　　　　　　　　　　　　詠白海棠
가탐춘　　　　　　　　　　　　　　　賈探春
저녁 햇살은 겹문 사이 가을 풀을 비추고,　　斜陽寒草帶重門,
비 내린 뒤 화분 위엔 푸른 이끼 가득하네.　　苔翠盈鋪雨後盆.
옥같이 정결한 성품 비할 바가 다시없고,　　　玉是精神難比潔,
눈처럼 하이얀 살결은 남의 애를 끊나니.　　　雪爲肌骨易銷魂.
꽃다운 마음은 힘없이 피어난 한 점 교태요,　芳心一點嬌無力.
가녀린 모습은 달빛에 비쳐오는 저 그림자.　　倩影三更月有痕.
백의선녀 날개 달고 날 수 있다 말을 마소,　　莫謂縞仙能羽化,
다정한 이 나와 더불어 황혼을 노래하나니.　　多情伴我詠黃昏.


다음의 보차의 시였다.


설보차　　　　　　　　　　　　　　　薛寶釵
소중한 너의 자태 아껴 한낮에도 문을 닫고,　珍重芳姿晝掩門,
정한수 길어다 이끼 낀 화분에 물을 주네.　　自攜手甕灌苔盆.
깊은 가을 뜨락에 선 연지 씻은 네 모습,　　　胭脂洗出秋階影,
이슬 내린 섬돌 위에 얼음 같은 영혼이여.　　冰雪招來露砌魂.
담담하기 그지없어 꽃은 더욱 요염하고,　　　淡極始知花更艶,
근심어린 그 마음에 눈물 자국 어리는 듯.　　愁多焉得玉無痕.
가을의 신 백제님께 정결로서 답하노니,　　　欲償白帝憑淸潔,
말없이 고이 서서 저무는 해를 보내노라.　　不語婷婷日又昏.


"과연 형무군다운 시로구먼."
이환이 평을 하면서 이어 보옥의 시를 봤다.


가보옥　　　　　　　　　　　　　　　賈寶玉
가을꽃 맑은 모습 담담히 중문에 비추이고,　秋容淺淺映重門,
층층이 솟아오른 눈꽃송이 화분에 가득하네.　七節攢成雪滿盆.

| 목욕 끝낸 양귀비인가 얼음 같은 몸매에, | 出浴太眞冰作影, |
| 가슴 껴안은 서시인가 백옥 같은 혼백이여. | 捧心西子玉爲魂. |
| 새벽바람도 온갖 근심 가시지 못하고, | 曉風不散愁千點, |
| 지난밤 찬비 한줄기 눈물만 덧보태네. | 宿雨還添淚一痕. |
| 홀로 그림난간에 기대어 생각만 골똘한데, | 獨倚畫欄如有意, |
| 맑은 다듬이 먼 피리소리 황혼을 보내누나. | 清砧怨笛送黃昏. |

사람들이 다 같이 시를 살펴보았다. 보옥은 탐춘의 것이 좋다고 하였지만 이환은 보차의 시가 품격이 있다고 추어올렸다. 그리곤 대옥에게 빨리 시를 내라고 재촉하였다.

"다들 시를 내셨단 말이죠."

대옥은 그렇게 한마디 하곤 그 자리에서 곧 붓을 들어 단숨에 휘갈겨 써내려 갔다. 써낸 시를 이환 등이 살펴보았다.

| 임대옥 | 林黛玉 |
| 절반 걷힌 상비주 대발에 절반은 닫힌 대문, | 半卷湘簾半掩門, |
| 얼음처럼 정결한 흙에 옥을 깎은 듯한 화분. | 碾冰爲土玉爲盆. |

여기까지 읽어 나가는데 보옥이 먼저 환호 갈채를 했다.

"야, 어디서 이런 생각을 해냈을까, 기가 막힌다!"

| 배꽃에서 훔쳐온 듯 하얗고 하얀 모습, | 偷來梨蕊三分白, |
| 매화에서 빌려온 듯 한줄기 맑은 영혼. | 借得梅花一縷魂. |

사람들이 연신 감탄했다.

"과연 보통 사람들하곤 품격이 전혀 다르군."

월궁선녀 지어내던 하얀 비단옷이런가,　　　　月窟仙人縫縞袂,
규중처녀 눈물 닦은 가을밤의 수건인가.　　　秋閨怨女拭啼痕.
부끄러워 말 못하니 누굴 향해 속삭이랴,　　　嬌羞黙黙同誰訴,
찬바람 속 난간에서 밤은 깊어만 가누나.　　　倦倚西風夜已昏.


사람들이 보고 나서 모두들 이 시가 최상이라고 한마디씩 했다. 이환이 품평을 했다.

"만일 독특한 풍류로써 논한다면 자연히 이 시가 으뜸이 될 것이요, 만일 웅혼한 함축으로 말한다면 형무군의 시에 양보해야 할 것이야."

"그러한 평이 일리가 있어요. 소상비자가 두 번째예요."

탐춘의 말에 이환이 이어서 보옥에게 물었다.

"이홍공자는 자연히 꼴찌가 되는데 인정하는 겁니까?"

"내가 지은 시는 원래 시원찮았어요. 아주 공정한 평가로 인정합니다."

보옥이 얼른 인정하면서 다시 한마디 덧붙였다.

"하지만 형무군과 소상비자의 두 시는 아무래도 재평가를 하셔야 할 것 같은데요."

"평가는 내가 하는 것이고 다른 사람들은 상관할 수 없습니다. 다시 군말을 하면 벌칙이 따를 뿐입니다."

이환이 단호하게 답변하자 보옥은 다만 들을 수밖에 없었다. 이환이 이어서 선언했다.

"앞으로 본인은 매월 초이튿날과 열엿새 날을 정하여 두 번 시모임을 열기로 하겠습니다. 시제와 압운은 모두 저를 따르기 바랍니다. 만일 그 사이라도 흥이 도도하게 일면 언제든지 날을 따로 정하여 추가로 열 수 있습니다. 설사 한 달 내내 매일같이 모임을 한다고 해도 난 상관하지 않겠어요. 다만 초이튿날과 열엿새 날만은 기필코 내가 사는 도향촌으로 와야 합니다."

"그래도 어쨌든 시 모임의 이름은 정해야 되지 않을까요?"

보옥의 말에 탐춘이 의견을 냈다.

"너무 속된 이름이 되어도 안 좋을 거고 너무 기발하고 괴팍하여도 안 좋을 것입니다. 하지만 방금 마침 해당화 시로 시작했으니 아예 해당화 시모임〔海棠詩社〕이라고 하면 어떨까요. 약간 통속적이기는 하지만 사실 있는 그대로 반영하는 것이니 거리낄 것이 없을 것 같은데요."

그 말에 다들 함께 동의하고 나서 잠시 술과 다과를 든 다음 흩어졌다. 일부는 가모와 왕부인의 거처로 갔지만 더 이상 별말은 없었다.


한편 습인은 보옥이 탐춘의 편지를 보고 서둘러 취묵과 함께 나간 것을 보고 무슨 일인가 궁금하게 여기고 있었는데 잠시 후 후문을 지키는 할멈이 흰색 해당화 화분 둘을 보내왔다. 어디서 갖고 오느냐고 물었더니 할멈은 길목에서 보옥과 만났던 일을 전해주었다. 습인은 화분을 받아 잘 정돈하도록 하고 은자 여섯 돈과 삼백 전을 따로 싸서 두 할멈에게 주었다.

"이 돈은 화분을 들고 온 시동들에게 주고, 그리고 이건 할머니 두 분이 술이나 사서 드세요."

할멈은 벌떡 일어나며 희색이 만면하여 눈웃음을 지으며 거듭거듭 감사하지만 차마 받을 수 없다고 사양하였으나, 습인이 억지로 안겨주며 돌려받지 않자 못 이기는 척 받아서 넣었다. 습인이 한마디를 더 했다.

"후문 밖에서 당직하는 시동들이 더 있지요?"

"날마다 네 명씩 당직을 서고 있어요. 심부름할 일을 대기하는 것이지요. 아가씨께서 무슨 분부말씀이 있으시면 저희가 시키겠어요."

"나한테 무슨 시킬 일이 있겠어요? 지금 우리 보옥 도련님이 사람을 보내 상운 아가씨께 물건을 보내려고 하는데 마침 할머니들이 오셨으니 가는 김에 후문 지키는 시동에게 수레를 한 대 빌려 오도록 하고, 돌아오면 여기에 와서 돈을 가져가세요. 공연히 그 녀석들이 함부로 회계방으로 찾아가 시끄럽게 하지 말도록 하고요, 알았어요?"

할멈들은 대답하고 돌아갔다.

습인은 방 안으로 돌아와 상운에게 보낼 물건을 담으려고 접시를 꺼내려고 하였다. 헌데 접시를 넣어 두는 선반이 비어 있었다. 고개를 돌려보니 청문과 추문, 사월이 함께 바느질을 하고 있었다. 습인이 물었다.

"여기 있던 줄무늬 마노瑪瑙접시가 어디 갔어?"

그 말에 다들 서로의 얼굴만 쳐다보다 얼른 생각이 나지 않는 모습을 했다. 한참 만에 청문이 웃으며 말했다.

"셋째 아가씨네 방에 여지荔枝를 담아 보냈는데 아직 안 돌려줬나 봐."

"집에서 늘 쓰는 그릇도 많은데 굳이 그 접시에 담아서 보냈단 말이야?"

"나도 그렇게 얘기를 했지, 하지만 도련님은 그 접시에 담아야 신선한 여지가 잘 어울릴 거라고 하더라고. 내가 가져갔는데 탐춘 아가씨가 보시곤 멋지다고 하면서 접시째 그곳에 두라고 하여 못 가지고 왔던 거야. 저기 좀 봐, 저기 맨 위에 있던 연주병聯珠瓶도 아직 안 돌아왔잖아."

습인의 물음에 청문이 해명하였다. 이때 곁에 있던 추문이 웃으면서 긴말을 꺼냈다.

"병 얘기가 나왔으니 우스운 얘기가 생각났네. 우리 보옥 도련님이 한 번 효심이 동하면 말로 다 못할 지경이라니까. 언젠가 정원에 계화 꽃이 피었을 때 두 가지를 꺾어서 원래는 그냥 우리 방에 꽂아두려는 것이었는데 갑자기 어르신들 생각이 났던 모양이야. 이것이 우리 정원에서 가장 먼저 핀 꽃이라는 생각에 자신이 먼저 감상해서는 안 되겠다고 여긴 거지. 특별히 연주병 한 쌍을 내려다가 손수 물을 담고 꽂아서 직접 노마님께 갖다드리고 나머지 한 병은 마님께 드렸다니까.

도련님의 효성이 동하는 바람에 따라간 사람도 복을 받았다구. 글쎄 그날은 내가 들고 따라갔는데 노마님께서 너무나 기뻐하시며 뭐든지 해줄 기세셨다구. '그래도 우리 보옥이가 효성스럽기는 그만이야. 꽃 한 가지를 보고도 우리를 생각해주니 말이야. 그런데도 남들은 내가 너무 귀여워만 한다고 원망들을 하잖아' 하셨어. 다들 알다시피 노마님께서는 평소에 우리들하고는 별로 얘기를 나누지 않으시고 심지어 별로 눈에 들기도 어렵지 않아? 헌데 그날은 특별히 아랫사람을 시켜 돈까지 몇백 전인가 주시면서 '귀엽게 생겼는데 몸이 허약한 것 같구나' 하고 관심을 보여주셨다니까. 이거야 생각지도 못하던 복이지 뭐야. 돈 몇백 문 받은 거야 별게 아니지만 그렇게 만난 일은 정말 쉬운 일이 아니란 말이야.

이어서 마님한테도 갔는데 마침 희봉 아씨와 조이랑, 주이랑 등과 함께 장롱을 열어 예전 젊은 시절에 입었던 옷을 찾고 계시더라고, 누구한테 주려고 하셨는지는 몰라도. 우리가 들어가는 걸 보시더니 옷 찾는 일도 멈추시고 반갑게 꽃을 받아보셨어. 옆에서는 희봉 아씨가 나서서 보옥이 얼마나 효성이 지극한지, 세상사에 얼마나 잘 처신하는지 입에 침이 마르도록 있는 얘기 없는 얘기 다 끄집어내어 한바탕 칭찬을 하였단 말이야. 사람들 앞에서 마님이 한껏 빛이 나고 또 남들의 험담도 일거에 막아내는 격이라 마님은 너무 기뻐하면서 그 자리에서 옷을 두 벌이나 나한테 선물하시더라고. 옷이야 별게 아니고 해마다 얻을 수는 있지만 이처럼 영광스러울 수는 없었어."

청문이 빙그레 웃으면서 빈정댔다.

"세상물정 같은 건 조금도 모르는 년 같으니라고. 남들한테 좋은 것 다 주고 남는 찌꺼기를 주면서 겨우 생색이나 낸 거란 말이야."

"글쎄, 그거야 남은 찌꺼기를 주었든 말든 마님이 베풀어주신 은혜는 분명한 거 아냐?"

추문의 반박에 청문이 뭔가 속사정을 아는 듯이 더욱 빈정댔다.

"만약 나라면 싫다고 하였을 거야. 그냥 남한테 주고 남은 것을 나한테 주었다면 그것도 좋아. 하지만 똑같이 한집안에 있는 사람인데 누구는 뭐 누구보다 지체가 훨씬 높다는 거야 뭐야? 좋은 것은 다 그 사람한테 주고 남은 찌꺼기만 나한테 주다니, 차라리 안 받고 마님한테 달려들면 들었지 그냥 그렇게 무시당하는 것은 참을 수가 없어."

추문은 그제야 눈을 동그랗게 뜨고 되물었다.

"우리 집안의 누구한테 주었다는 거야? 며칠 전에 내가 병이 나서 집에 나갔다 왔었기에 누구한테 무엇을 주었는지 알 수가 없지. 나한테도 좀 알려줘 봐."

"내가 말해 주면 네가 받은 걸 마님한테 되돌려 드릴 테냐?"

"웃기고 있네. 그냥 들어보고 알았으면 됐지 내놓기는 왜 내놓아. 설사 이 집안의 강아지한테 주고 남은 거라고 해도 마님의 은전으로 받은 것이면 되지 다른 걸 상관할 건 뭐가 있어."

추문의 대답에 사람들이 와르르 웃으며 말했다.

"욕 한 번 기가 막히네. 바로 저기 서양의 꽃무늬〔花點子〕얼룩 강아지 발발이한테 주었다지, 아마?"

습인도 따라 웃었지만 기분은 언짢았다.

"이 못된 것들, 주둥이만 살아 가지고 틈만 나면 나를 웃음거리로 만들어 놀린단 말이냐. 너희 누구 하나 제 명대로 사나 보자."

추문이 비로소 깨닫고 용서를 빌었다.

"그럼 바로 언니가 받았다는 거야? 난 정말 몰랐어요. 진심으로 사과할게요."

"제발 수다 그만 떨고, 누가 접시를 가지러 갈 것인지나 어서 말해."

사월이 나섰다.

"그 병도 틈나면 꼭 가져와야겠지요. 노마님 방의 것은 그래도 괜찮겠지만 마님의 방에는 드나드는 사람이 많고 이게 또 손을 타는 물건이잖아요. 다른 사람은 몰라도 조이랑 같은 사람은 이 방의 물건이라고 생각하면 시커먼 마음을 먹고 어떻게든 부숴버릴 수도 있을 거예요. 마님은 이런 걸 잘 간수하지 못하시니까 얼른 회수하는 것이 좋겠어요."

청문이 그 말을 듣고 바느질감을 내려놓고 일어섰다.

"그 말이 맞는 거 같아. 내가 가서 가져와야지."

"아무래도 내가 가서 가져오는 게 낫겠어. 청문이는 접시나 되찾아와."

추문의 말에 청문이 대꾸했다.

"이번에는 내가 기필코 한 번 가볼 테야. 기막히게 좋은 거를 하나씩 다들 얻었는데 나라고 가보지 말란 법이 있어?"

사월이 옆에서 한마디 했다.

"추문이년도 어쩌다 한 번 옷을 얻은 것이지 이번에 청문이가 간다고 해도 마님이 또 장롱의 옷을 찾고 있을 까닭이 있겠어?"

청문이 코웃음을 쳤다.

"글쎄, 옷을 얻지 못해도 혹시 누가 알아? 마님이 나더러 열심히 일했으니 마님의 한 달 월급에서 두 냥을 떼어내서 나한테 선뜻 주실지."

청문은 여전히 웃으면서 한마디 내뱉고는 밖으로 내달았다.

"다들 내 앞에서 은근슬쩍 잔꾀나 부리지 말란 말이야. 내가 뭐 하나 모르는 게 있을까 봐."

추문도 함께 나와서 탐춘 거처로 가서 접시를 찾아 돌아왔다.

한편 습인은 보낼 물건을 챙겨 이곳의 송노파를 불러 일렀다.

"어서 외출할 준비를 하세요. 지금 할머니를 보내 사상운 아가씨한테 물건을 보내려고 하니까요."

습인이 작은 대나무 가지로 엮은 함을 두 개 가지고 나와 보여줬다.

하나를 열어 보니 안에는 신선한 홍릉[紅菱: 보라색 마름]과 계두[雞頭: 가
시연밥]가 담겨있고, 다른 함에는 쟁반 가득 계화사탕과 찐 밤떡이 들어
있었다.

"이건 모두 올해 우리 대관원에서 열린 과일인데 보옥 도련님이 상운
아가씨에게 맛 좀 보시라고 보내는 거예요. 또 며칠 전에 아가씨가 마
노접시가 좋아 보인다고 말하셨으니 접시도 남겨서 아가씨가 감상하시
라고 하고요. 이 비단보자기에 싼 건 아가씨가 지난번에 나한테 만들어
달라고 한 건데 내 솜씨가 거칠어 조잡하더라도 쓸모는 있다고 전하세
요. 저희 대신 안부를 전하고 또 도련님 대신 안부를 전하면 되어요."

"도련님이 또 무슨 하실 말씀이 있으신지, 가서 물어보았으면 싶네
요. 제가 갔다가 돌아온 뒤에 잊은 게 있었다고 말씀 마시고."

습인이 추문에게 물었다.

"방금 셋째 아가씨집에 계시더냐?"

추문이 심부름 가기가 귀찮으니까 적당히 대답했다.

"거기 모여서 시모임을 만든다고 상의하고 있었어요. 시를 짓고 있었
으니 다른 말은 없을 거예요. 걱정 말고 그냥 다녀오세요."

송노파는 물건을 등에 지고 머리에도 이었다. 습인이 당부했다.

"뒷문으로 나가면 시동들이 수레를 대기시키고 기다릴 거예요."

송노파가 나간 후에 보옥이 돌아왔다. 우선 서둘러 해당화 화분을 살
펴보았다. 방 안에 들어와 습인한테 시모임을 열게 된 사정을 말했다.
습인도 송노파를 사상운에게 보내 물건을 보냈다는 소식을 알려주었
다. 보옥이 두 손을 마주치며 소리를 질렀다.

"아차, 내가 깜빡했네. 아무래도 마음속에 뭔가 걸렸는데 생각이 나
지 않더라고. 지금 네가 얘기해 줘서 생각났어. 당장 상운이를 청하러
보내야겠어. 이 시모임에 상운이가 빠지면 사실 무슨 재미가 있겠어."

습인은 좀 진정하라고 달랬다.

"뭐가 그리 급하다고 당장 서두르세요? 그저 즐기고 놀아보자는 모임인데. 또 상운 아가씨는 우리처럼 자유롭게 오갈 수 있는 처지도 아니고 집안에서 거취를 마음대로 정할 수도 없는 분이잖아요. 오라고 말했다가 오고 싶어도 맘대로 되지 않으면 어쩌게요. 행여 못 오게 되면 공연히 불편하고 기분만 언짢게 만드는 일이 아니겠어요?"

"괜찮아. 당장 할머니한테 졸라서 사람을 보내 데려오라고 하면 된다구."

그때 송노파가 돌아와서 잘 다녀왔노라고 인사하고 습인에게 고마운 마음을 전했다. 이어서 사상운의 말을 전했다.

"도련님 뭐하시냐고 물으시기에 아가씨들하고 함께 무슨 시모임인가를 만드신다고 전해 드렸더니 상운 아가씨는 자기들끼리 시를 지으면서 어떻게 나한테 알려주지도 않았냐며 아주 심하게 화를 내셨어요."

보옥이 듣자마자 그 자리에서 일어나 가모에게로 갔다. 당장이라도 사람을 보내 상운을 데려오라고 떼를 썼다.

"오늘은 이미 날이 저물었으니 어쩔 수가 없단다. 내일 아침 일찍 보내도록 하자."

보옥은 답답한 마음을 안고 돌아오는 수밖에 없었다.


보옥은 이튿날 새벽같이 또 가모에게로 달려가서 어서 사람을 보내라고 재촉하였다. 오후가 되어서야 상운이 비로소 왔다. 보옥은 그제야 마음을 놓았다. 만나서 그간의 전말을 모두 말해주고는 그에게 어제지은 시를 보여주려고 했다. 그러나 이환 등이 말렸다.

"잠깐, 아직은 시를 보여주지 말아요. 먼저 압운자를 말해 주도록 해요. 늦게 왔으니까 먼저 벌칙으로 시를 지어야 하거든요. 시를 잘 지었으면 모임에 가입시키고 시원찮으면 우선 한턱내도록 한 다음에 논의할 겁니다."

"정말 너무하시네요. 나를 잊고 초청도 안하고선 이제 늦게 왔다는 구실로 나한테 벌칙을 내리려고 하다니 말이야. 어서 압운자나 가져와요. 제가 비록 잘 짓지는 못해도 억지로 면피는 할 만하니까. 시 모임에 들어갈 수만 있다면 바닥을 쓸든 향불을 피우든 뭐든지 다 하겠어요."

상운의 말에 다들 재미있어 하면서 즐거워했다. 어제는 어떻게 저런 사람을 깜빡 잊을 수가 있었느냐고 원망했다. 곧 압운자를 알려주었다. 상운은 흥이 오르던 참이라 글자를 고치고 다듬을 생각은 않고 사람들과 떠드는 데만 열중이었다. 하지만 벌써 마음속으로는 시를 다 만들어 두었다가 곧 아무렇게나 자필로 적어 제출하며 웃었다.

"저는 압운을 따라 두 수를 지었어요. 좋은지 어떤지는 잘 모르겠지만 여하튼 하라는 대로 명을 따랐을 뿐입니다."

"우리가 지은 네 수도 이미 기발한 생각을 다 했다고 생각하여 더 이상 지어낼 게 없다고 했는데 지금 두 수를 한꺼번에 지었다고 하니 어디서 별다른 생각이 떠오르기나 하겠어? 틀림없이 우리 것하고 중복이 되겠지."

여럿이 함께 시를 살펴보았다.


사상운
〈첫째〉

| 신선께서 어저께 도성의 문에 내려와, | 神仙昨日降都門, |
| 남전의 고운 옥을 화분 위에 심으셨나. | 種得藍田玉一盆. |
| 서릿발 상아 아씨 추운 곳만 좋아하여, | 自是霜娥偏愛冷, |
| 영혼 떠난 천녀 같다지만 상관을 않네. | 非關倩女亦離魂. |
| 가을 구름 어디에서 백설을 가져왔나, | 秋陰捧出何方雪, |
| 지난밤에 내린 비는 흔적을 남겼구나. | 雨漬添來隔宿痕. |
| 흥에 겨운 시인은 읊고 또 읊었지만, | 卻喜詩人吟不倦, |
| 아침저녁 행한 마음 정녕 어이하리오. | 豈令寂寞度朝昏. |

〈둘째〉

| 섬돌에는 형지 자라고 문 위에는 벽라, | 蘅芷階通蘿薜門, |
| 담가에 심어도 화분에 담아도 좋은 꽃. | 也宜墻角也宜盆. |
| 꽃은 너무 정갈하여 짝을 찾기 어렵고, | 花因喜潔難尋偶, |
| 사람이 가을타니 넋을 놓고 슬퍼하네. | 人爲悲秋易斷魂. |
| 말라버린 촛농인가 바람 속에 눈물인가, | 玉燭滴乾風裏淚, |
| 주렴 밖 달빛 아래 이지러진 그대 모습. | 晶簾隔破月中痕. |
| 그윽하고 깊은 정을 항아에게 속삭일까, | 幽情欲向嫦娥訴, |
| 어이하랴 텅 빈 낭하엔 어둠만 짙어가니. | 無奈虛廊夜色昏. |

다들 한 구절 볼 때마다 감탄을 아끼지 않았다.

"이것이야말로 진정 해당화를 노래한 시로구나. 해당화 시모임을 만들기 참 잘했네."

"내일은 내가 벌칙으로 시모임의 주인이 되어서 한 번 초청하려고 하는데 어떻습니까?"

사상운의 제안에 다들 좋다고 했다.

"그러면 더욱 좋지요."

그리고 어제 지은 시를 가지고 상운의 평론을 들은 다음 헤어졌다.

저녁에 설보차는 상운을 형무원으로 데려가 쉬도록 했다. 상운이 등불 아래서 내일의 일을 상의하며 어떻게 준비하고 무슨 제목을 낼 것인지 생각을 말했다. 보차는 한동안 상운의 말을 듣다가 아무래도 마땅치 않다고 하면서 자신의 의견을 내놓았다.

"모임을 열면 손님접대를 해야 하는데 비록 재미있게 놀자고 하는 일이지만 전후 사정을 살펴보지 않을 수는 없잖아. 자기쪽에서도 편리해야 하겠지만 남한테 원망 듣는 일도 없어야 할 거야. 그래야 다들 즐겁고 마음 편하게 즐길 수 있을 테니 말이야. 상운네 집에서는 상운이가 마음대로 할 수도 없는 형편이니 한 달에 동전 몇 관을 쓸 수 있겠어? 그냥 용돈으로도 모자라는 형편이잖아. 이번에 이처럼 별로 요긴하지도 않은 일에 돈을 썼다는 말을 너희 숙모가 들으면 원망이 더욱 심할 게 분명하잖아. 더구나 지금 몽땅 내다 쓴다고 해도 이번 손님접대에 모자라는 판인데 그렇다고 이런 일 때문에 집을 다시 갔다 올 수도 없지. 아니면 이쪽에서 누구한테 손을 벌려 빌려달라고 할 수 있겠어."

그 말 한마디에 상운은 정신이 퍼뜩 들면서 마음에 주저함이 일었다. 그러자 보차가 이어서 해결방도를 차근차근 말해줬다.

"그래서 말인데, 내가 한 번 생각해 봤거든. 우리 전당포에서 일하는 사람 하나가 자기네 장원에서 나는 맛있는 꽃게가 있다고 지난번에 몇 근을 보내온 적이 있어. 지금 이곳에 있는 사람들은 노마님을 비롯해서 대관원 안에 있는 사람 거의가 꽃게를 너무나 좋아하거든. 지난번 이모님이 노마님을 모시고 대관원에서 계화꽃을 감상하며 꽃게잔치를 한 번 열어야겠다고 말씀하신 적도 있었지만 그때는 다른 일 때문에 성사되지 못했지. 이번에 상운이는 시모임 얘기는 다 빼고 그냥 다들 초청하여 접대한다고 하고 나중에 다른 사람들이 흩어지고 나면 우리 몇 사람이 남아 얼마든지 시를 지을 수 있지 않겠어? 우리 오라버니한테 말해서 살찌고 큰놈으로 꽃게 몇 광주리를 달라고 하고 우리 가게에서 좋은 술 몇 동이와 다과 몇 상만 차려 내놓으면 일도 간단하고 한바탕 즐겁게 놀 수 있잖아."

사상운이 듣고 나서 마음속으로 크게 감복하였다. 설보차의 생각이 정말 주도면밀하다는 생각에 놀라워하며 극찬했다.

"나는 그저 진실한 마음으로 상운이를 위해서 한 말일 뿐이야. 제발 쓸데없는 생각일랑 하지 마. 내가 업신여긴다고 생각하면 우리 두 사람은 그동안 다 헛지낸 거야. 달리 생각하지 않는다면 내가 그대로 시킬게."

상운이 웃으면서 말했다.

"언니는 참, 그런 말을 하면 오히려 나를 달리 생각하고 대하는 것 같아. 아무리 어둡기로서니 그런 것도 모르면 사람이라고 할 수 있어? 언니를 친언니같이 생각하지 않는다면 지난번에 우리 집안의 구구절절한 속사정도 얘기하진 않았을 거야."

보차는 할멈 하나를 불러 분부했다.

"나가서 설반 서방님한테 지난번 크기만 한 꽃게를 몇 광주리 보내달라고 전해줘요. 내일 식후에 노마님과 이모님 등 여러분을 초청하여 계화꽃을 감상하려고 하니 서방님이 제발 잊지 않도록 당부하고, 벌써 사람을 청해 놓은 상태라고 꼭 말해요."

할멈은 나가서 그대로 설명하였다.

한편 보차는 상운과 시제에 관하여 논의하였다.

"시 제목도 너무 새롭고 기발하면 안 돼. 옛사람의 시에서 괴팍하고 기기묘묘한 제목이나 어려운 압운을 쓴 것들을 보았잖아. 너무 기발한 제목을 쓰거나 어려운 운을 쓰면 좋은 시를 얻기가 어렵고 끝내는 대가의 시가 되지 못하는 거야. 시는 물론 너무 속된 말을 써서는 안 되지만 아주 생경한 글자를 쓰는 것도 배제해야 하거든. 가장 중요한 것은 시적 이미지가 참신하면 자연히 사용하는 어휘도 속되지 않게 될 수 있지. 하지만 사실 이런 것도 문제가 되지는 않아. 우리에겐 실 잣고 길쌈하는 일이 그야말로 제 본분이니까. 잠시라도 한가한 틈이 나거든 우리에게 유익한 책을 몇 편이라도 읽어 두는 게 올바른 태도가 아니겠어."

상운은 웃으면서 물었다.

"내가 속으로 생각해 봤는데 어제는 해당화시를 지었으니까 이번에는 국화시를 지으면 어떨까하는데, 괜찮아요?"

"국화라면 지금 시절과 잘 어울리겠지. 다만 옛사람의 시가 너무 많기는 하지만."

"그것도 생각해 봤어요, 너무 상투적인 것에 빠질까 봐 걱정이긴 한데."

보차가 잠시 생각에 잠기더니 이윽고 새로운 제안을 했다.

"이렇게 하면 될 것 같아. 지금 국화를 대상으로 삼고 사람을 주체로 삼는 거야. 몇 개의 제목을 잡아보는데 두 글자로 하면서 하나는 '허虛'자로 쓰고 하나는 '실實'자로 쓰는데, '실'자는 국화 '국菊'자를 쓰면 되는 거지. '허'자는 늘 통용되는 글자를 쓰는 게 좋겠지. 그러면 국화를 노래하면서 사연을 읊을 수도 있을 테니까. 옛 사람이 안 해본 일이니 상투적인 틀에 빠지지도 않는 거고, 경치와 사물을 함께 읊으니 신선하고 자유롭기도 하단 말이야."

"그거 참 좋겠는데. 그럼 어떤 '허'자를 써야 좋을까. 한 글자만 먼저 얘기해 봐, 언니."

"그럼 〈국몽菊夢〉이면 좋겠네."

"과연 멋있네. 나도 하나 만들어 봤어. 〈국영菊影〉도 될 수 있을까?"

"그것도 좋지. 전에 누군가 지은 적이 있지만 만약 제목이 많아진다면 그것도 끼워 넣을 수 있을 거야. 난 또 하나 생각났어."

"어서 말해 봐."

"자 〈문국問菊〉은 어때?"

상운은 책상을 치며 기가 막히다고 놀라면서 자신도 제목을 냈다.

"나도 있어. 〈방국訪菊〉은 또 어때요?"

보차도 재미있다고 맞장구치면서 계속 말했다.

"어쨌든 제목 열 개를 만들어내어 적어보자구."

두 사람은 먹을 갈아 붓을 적셔서 상운이 적고 보차가 읊었다. 곧 열 개의 제목이 만들어져 상운이 한 번 훑어보고는 한마디 했다.

"열 개 가지고는 안 되겠어. 한 폭을 이루려면 차라리 열두 개라야 완전하겠는걸. 남들이 만든 서화첩의 쪽수처럼 해야지."

보차가 두 개를 더 생각하여 모두 열두 개를 채웠다.

"이제 이렇게 만들어졌으니 차라리 이들의 순서를 정해 놓는 게 좋겠어."

"그럼 멋지겠다. 완연히 한 권의 국화보菊花譜를 만드는 격이 되었구나."

"첫째는 〈억국憶菊〉을 놓고, 기억하지 못하면 찾아가니까 둘째는 〈방국訪菊〉으로 하고, 찾아가서 얻어 심으니 셋째는 〈종국種菊〉으로 하면 되겠지. 심어서 꽃이 만개하면 이를 마주 대하고 감상하는 것이니까 넷째는 〈대국對菊〉으로 하고, 마주하다 흥이 남으면 꺾어다 병에 넣고 즐기니 다섯째는 〈공국供菊〉으로 하면 되고, 병에 꽂아 올려놓고 읊어보지 않으면 국화가 무색해지니 여섯째는 〈영국詠菊〉이라 하는 게 좋겠지. 노래에 실리면 필묵에 싣지 않을 수 없으니 이를 그려서 일곱째는 〈화국畵菊〉으로 하고, 국화를 위해 이처럼 수고하면서 국화의 아름다움이 어디에 있는지를 알 수 없으니 여덟째는 〈문국問菊〉으로 하며, 국화가 능히 말을 할 줄 안다면 사람을 미칠 듯이 기쁘게 하리니 아홉째는 〈잠국簪菊〉으로 해야겠지. 그러면 모든 사연이 다 끝난 것 같지만 국화에는 아직도 노래할 것이 남아 있으니 열 번째와 열한 번째를 〈국영菊影〉, 〈국몽菊夢〉으로 삼고, 마지막에는 〈잔국殘菊〉으로 하여 앞서의 성대함을 그리며 전체를 마무리하면 되겠지. 그러면 가을 한철의 멋들어진 풍경과 기묘한 일들은 다 이 속에 들어간다고 할 수 있을 거야."

상운이 보차의 말대로 제목을 적어서 다시 한 번 살펴보면서 물었다.

"압운은 무엇으로 할 거야?"

"난 평생 압운을 제한하는 것을 가장 싫어했어. 분명히 좋은 시임에도 불구하고 운으로 속박을 가할 필요가 뭐 있겠어? 우리 여기서는 그런 소인배 같은 짓거리를 과감하게 떨쳐버리고 제목만 내고 압운은 제

한하지 말자구. 원래 우리가 하고자 하는 뜻도 누구든지 좋은 시상, 멋진 시구를 얻으면 다함께 즐겨보자는 데 있는 것이지 결코 누군가를 힘들게 하자는 것은 아니잖아."

"그 말이 정녕 딱 맞는 말이야. 그렇게 하면 각자의 시가 한걸음 향상될 거야. 하지만 우린 다섯 사람뿐인데 제목은 열두 개이니 모두가 열두 수씩을 지으란 거야?"

"그래도 사람을 너무 괴롭히는 거지. 이 제목을 잘 적어 두었다가 내일 아침 벽에 붙여두고 모두 칠언율시로 짓도록 하면 될 거야. 다들 보고 나서 누구든 짓고 싶은 제목대로 지으면 되는 거지. 능력이 있으면 열두 수를 다 지어도 좋고 안 되는 사람은 한 수만 지어도 되는 거지 뭐. 재주 있고 솜씨 빠른 사람을 뽑아 장원으로 삼으면 돼. 만약 열두 수가 다 되면 더 이상 뒤따라서 짓지 못하도록 하고 벌칙을 준다고 하면 될 거야."

"그럼 그렇게 하지 뭐."

두 사람은 의논을 끝내고 비로소 불을 끄고 침상에 누웠다.

궁금하면 다음 회를 보시라.

林瀟湘魁奪
菊花詩
薛蘅蕪諷和
螃蟹詠

# 국화시 뽑힌 대옥

임대옥은 국화시에 장원으로 뽑히고
설보차는 꽃게시로 세상을 풍자하네
林瀟湘魁奪菊花詩 薛蘅蕪諷和螃蟹詠

보차와 상운은 함께 논의를 끝낸 뒤에 잠자리에 들었다. 밤사이에는
별일이 없었고 다음날 곧 가모 등을 청하여 계화꽃 구경을 오시도록 하
였다. 가모 등이 말했다.

"그애가 흥이 나서 우리를 청하는데 아무래도 그 멋진 흥을 깨서는 안
되겠지."

정오가 되어 과연 가모는 왕부인과 희봉, 그리고 설부인 등을 청하여
함께 대관원으로 들어왔다. 가모가 말했다.

"어느 곳이 좋을까?"

"어머님이 좋아하시는 곳으로 자리를 잡으시면 그 자리에서 열지요."

왕부인의 말에 희봉이 제안했다.

"우향사에 이미 자리를 마련하였습니다. 그쪽의 산 아래 계화나무 두
그루에 꽃이 활짝 피어서 아주 보기 좋고요. 물도 맑고 청결한데 냇물
위에 만들어진 넓은 정자가 시원하고 탁 트여 물을 바라보면 눈도 시원

해질 거예요."

"그 말이 참으로 옳구나."

가모는 사람들을 이끌고 우향사로 향했다. 이 우향사는 본래 연못 위
에 지은 정자로서 사방이 트여 있고 좌우로 구부러진 난간이 통하게 되
어 있었다. 또한 물 위를 지나 양쪽 언덕으로 걸쳐 있으며 뒤쪽으로는
연못 위에 꺾어지게 만든 대나무 곡교曲橋와도 은연중에 연결되고 있었
다. 사람들이 대나무 다리 위를 오르는데 희봉이 얼른 달려와 가모를
부축했다.

"할머니, 마음 놓고 성큼성큼 걸어가셔도 상관없어요. 이 대나무 다
리는 원래가 삐걱삐걱 소리가 나도록 되어 있는 거예요."

곧 우향사에 들어가니 난간 밖으로 따로 두 장의 대나무 교자상이 놓
였는데 한쪽에는 술잔과 수저 등의 주기酒器가 놓여 있고 다른 한쪽에
는 찻잔과 주전자 씻는 솔 등 각양각색의 다기茶器가 차려져 있었다. 저
편에선 시녀 서너 명이 풍로에 부채질하며 차를 달이고 있었고 이쪽에
선 시녀 몇 명이 술을 데우고 있었다. 가모가 즐거워하면서 물었다.

"이곳에서 차를 끓일 생각은 참 잘한 것 같아. 장소도 그만이겠다,
다기도 모두 깨끗하고 말이야."

"이건 말이에요, 보차 언니가 제 대신 준비해 준 거예요."

상운의 말에 가모가 덧붙였다.

"내가 늘 말하지 않더냐. 그 아이는 아주 세심하고 어떤 일에나 생각
이 빈틈없다니까."

가모는 또 기둥 위에 붙여진 검은 칠한 나무판에 자개로 상감을 하여
만든 대련을 보고는 읽어보도록 했다. 상운이 읽어 내려갔다.

부용꽃 그림자 부수며 노 저어 돌아오고, 芙蓉影破歸蘭槳,
마름꽃 향기는 대나무 다리 아래 흐르네. 菱藕香深寫竹橋.

가모가 그 말을 듣고 또 고개를 들어 편액을 바라보더니 설부인을 뒤돌아보면서 말하였다.

"내가 어렸을 적에 우리 집에도 이런 정자가 하나 있었다우. 이름을 '침하각枕霞閣'이라고 했는데, 그때 내 나이는 지금 저 아이들 정도였지요. 자매들과 날마다 뛰어놀고 다녔는데 어느 날인가 글쎄 발을 헛디뎌서 떨어지는 바람에 하마터면 물에 빠져 죽을 뻔하였다오. 겨우 살아나기는 했지만 나무말뚝에 부딪쳐 머리가 깨졌지요. 지금도 귀 뒤편에 손톱크기만큼 움푹 들어간 곳이 그때 상처라오. 사람들은 모두 내가 물에 빠지고 찬 기운이 들어서 오래 살지 못한다고 말했지만 결국 이렇게 지금까지 살고 있지요."

희봉이 남들보다 먼저 나서서 웃으면서 말을 이었다.

"그때 정말 살아남지 못하셨으면 오늘같이 크나큰 복은 그 누가 누리시게요? 할머님은 어려서부터 참 복을 많이 타고나신 분이에요. 저승사자가 만들어준 그 상처구멍에 수복을 가득 담아두시게 한 것이죠. 수성壽星노인께서도 원래는 움푹 들어간 구멍이 있었는데 만수만복을 담다가 넘쳐서 그만 불룩 튀어나왔다고 그러잖아요?"

희봉의 말에 가모와 모든 사람들이 다 같이 허리를 꺾고 웃었다.

"요 뺀질이 원숭이 같으니, 이젠 버릇이 되어서 나를 아주 놀림감으로 삼는구나."

"조금 있다가 꽃게 드셔야 하는데 속에 냉기가 찰까 봐 할머니 맘을 풀어드리려고 한 것이에요. 즐거우시면 몇 개 더 드셔도 괜찮으실 거예요."

"이제부턴 밤낮으로 내 곁에 두어서 날 웃기도록 해야겠어."

왕부인이 끼어들었다.

"어머님이 너무 저애를 끼고 좋아하시니까 버릇이 나빠져서 저렇게 되었는데 아예 데리고 계시겠다면 무례하기 한량없어지겠네요."

"난 저 아이가 저러는 게 좋아. 그렇다고 세상의 위아래를 모르는 애도 아니고. 가족끼리는 이렇게들 즐겁게 지내야 하는 거야. 어쨌든 크게 체통이나 어긋나지 않으면 돼. 공연히 귀신 섬기듯 늘 딱딱하게 지내서 뭐하겠니?"

모두들 다 같이 정자 안으로 들어가니 차를 올리고 희봉은 서둘러 식탁을 펴고 잔과 수저를 놓았다. 위쪽 식탁에는 가모와 설부인, 보차, 대옥, 보옥이 앉았고 동쪽의 식탁에는 사상운과 왕부인, 영춘, 탐춘, 석춘이 앉았다. 서쪽의 문가에 놓인 식탁에는 이환과 왕희봉의 자리를 마련해 두었다. 두 사람은 감히 앉지 못하고 가모와 왕부인이 있는 식탁에 와서 시중을 들고 있었다. 희봉이 분부를 내렸다.

"꽃게는 한꺼번에 너무 많이 내오지 말고 찜통 안에 넣어두고 열 마리 정도씩 가져오너라."

물을 가져오라 하여 손을 씻고 가모의 옆에 서서 꽃게의 껍질을 벗겨서 우선 설부인한테 준다.

"아니다. 난 내 손으로 벗겨 먹는 게 더 맛있어."

희봉은 가모에게 드리고 또 보옥에게도 주었다.

"술을 따끈하게 데워오너라."

어린 시녀들에게 국화잎과 계화꽃 술을 넣고 찐 녹두가루를 가져오라고 일렀다. 그것으로 손을 닦을 요량이었다.

사상운도 함께 앉아 한 마리를 먹고 자리를 내려와 여러 사람들에게 많이 드시라고 권했다. 또 밖으로 나와서 사람을 시켜 두 접시를 가득 담아 조이랑과 주이랑에게도 보내도록 했다. 희봉이 오더니 한마디 하였다.

"상운 아가씨는 이런 시중을 자주 해보지 않아서 모를 테니까 어서 가 앉아서 먹기나 해. 내가 대신 살펴보고 다들 흩어지면 그때 또 먹을 테니까 걱정 말고."

상운이 고집을 피우며 낭하에 식탁 두 개를 더 펴도록 하여 원앙과 호박, 채하, 채운, 평아 등을 앉도록 했다. 원앙이 희봉한테 웃으며 말했다.

"아씨가 여기서 시중을 들더라도 우리는 그냥 먹기만 할 거예요."

"걱정 말고 먹기나 하라니까, 모두 나한테 맡기고."

희봉의 말에 상운도 제자리로 들어가 앉았다. 희봉과 이환도 저편에 가서 자리를 지키다가 잠시 후 희봉이 다시 나와 시중을 들다가 낭하로 나왔다. 원앙이 한참 즐겁게 먹고 있다가 희봉이 나온 것을 보고는 벌떡 일어났다.

"아씨는 왜 또 나오신 거예요? 우리도 즐겁게 먹도록 놔주시지 않고."

"원앙이 요년, 갈수록 막돼먹어 가는구나. 내가 심부름꾼으로 시중을 들었으면 고맙다고는 못할망정 원망을 해? 어서 나한테 술 한 잔을 따라서 바치지 않고 뭐하느냐?"

원앙이 술을 따라서 잔을 희봉의 입술에 갖다 대니 희봉이 목을 쭉 빼고 받아 마셨다. 호박과 채하 두 사람이 또 한 잔을 따라 올리니 희봉이 또 받아 마셨다. 평아가 꽃게의 노란 장을 꺼내서 건네주니 "생강하고 식초를 좀더 넣어" 하면서 받아먹었다.

"자 모두들 앉아서 많이들 먹으라고, 나는 간다."

원앙이 웃으며 말했다.

"아이참, 염치도 없으시네. 우리 먹을 걸 다 드시고 가시면서."

"원앙아, 너 조심해야 할 걸! 우리집 서방님이 널 맘에 두고 계신다 며 할머니한테 말씀드려서 너를 우리집 첩으로 맞으려고 한다던데."

"흥, 그게 아씨 입에서 내뱉을 말이던가요? 제가 비린내 묻은 이 손으로 아씨 얼굴 한 번 문질러 드려야 속이 시원하겠네요."

원앙이 벌떡 일어나 두 손을 들고 달려드니 희봉이 짐짓 사과했다.

"알았습니다. 원앙 아가씨, 이번 한 번만 용서해 주세요."

곁에 있던 호박이 거들었다.

"원앙이가 아씨댁으로 들어가면 저기 있는 평아가 용서하겠어요? 자, 저기 좀 보세요. 꽃게는 두 마리도 채 못 먹었는데 식초는 벌써 한 접시나 먹어 치웠잖아요? 원래 저이가 그렇게 식초¹를 즐기는 사람이 아니었는데 말이에요."

평아는 마침 두 손으로 꽃게의 배를 갈라 노란 장을 잔뜩 묻히는 중이었는데 이처럼 자신을 놀리는 말을 듣고 곧장 일어나서 호박의 얼굴에 문지르려고 달려들었다. 호박은 그 순간 옆으로 살짝 몸을 피하였다. 평아는 달려들던 힘을 멈추지 못하고 허공을 치면서 곧장 앞으로 내달았는데, 그리고 공교롭게도 그만 희봉의 얼굴에 두 손을 문지르고 말았다.

희봉은 원앙과 농담을 주고받던 참이라 깜짝 놀라 펄쩍 뛰면서 소리를 질렀다. 사람들은 와하하 하고 웃음을 터뜨렸다. 희봉도 웃음을 참지 못하면서 한바탕 욕을 해댔다.

"이년 좀 봐, 술을 처먹더니 눈깔이 빠졌더냐. 지 에미 얼굴에 이런 걸 묻히다니."

평아도 놀라서 얼른 달려가 닦아주고는 물을 받으러 나갔다. 원앙이 덧붙였다.

"나무아미타불! 이런 걸 인과응보라고 하는 것입니다요."

가모가 저편에서 듣고 무슨 일이냐고 연거푸 물었다.

"무슨 일이 그렇게 재미있느냐. 우리한테도 알려서 함께 웃자꾸나."

원앙 등이 큰 소리로 아뢰었다.

"둘째 아씨가 우리 꽃게를 빼앗아 드시는 바람에 평아가 화가 나서 주인님 얼굴에 꽃게 장을 발라버렸대요. 지금 주종간에 어울려 대판 싸움

---

1 식초라는 의미의 초(醋)에는 질투라는 또 다른 의미도 있음.

416

판이 벌어진 걸요."

가모와 왕부인이 그 말에 함께 웃었다.

"너희도 그 사람 좀 불쌍히 여겨줘라. 게 다리나 배꼽 따위를 좀 줘서 먹게 해 주렴."

가모의 농담을 듣고 원앙이 한술 더 떴다.

"둘째 아씨님, 이 상에 게 다리는 가득하니 와서 전부라도 잡수세요."

희봉은 얼굴을 씻고 다시 돌아와 한참 동안 가모의 시중을 더 들었다. 대옥만은 많이 먹지 못하고 집게발 속의 살을 조금 먹고는 물러 나왔다. 가모도 이제 먹을 만큼 먹었으므로 물러나서 다들 흩어져 손을 씻고 꽃구경할 사람은 꽃구경하고 물고기 구경할 사람은 물고기를 구경하는 등 각각 한동안 놀다가 흩어졌다. 왕부인이 가모에게 말했다.

"이곳 바람이 찹니다. 방금 꽃게도 드셨으니 아무래도 방으로 돌아가셔서 쉬시는 것이 좋을 듯싶습니다. 재미있으시면 내일 또 오셔서 노시면 되지 않겠어요."

"그러자꾸나. 다들 흥에 겨운데 내가 들어가면 흥이 가실까 봐 그랬지. 그렇다면 우린 들어가자꾸나."

그러면서 가모는 고개를 돌려 상운에게 당부했다.

"보옥 오빠나 대옥 언니가 너무 많이 먹지 않도록 해라."

그리고 또 상운과 보차에게 다시 한 번 말했다.

"너희 둘도 너무 많이 먹지 마라. 그게 맛은 있어도 그다지 좋은 건 아니란다. 과식하면 배가 아파."

두 사람이 대답하고는 대관원 밖까지 배웅하고 돌아와서 나머지 자리를 정리하고 다시 식탁을 차리려고 하자 보옥이 나섰다.

"새로 식탁을 차릴 필요는 없어. 우리 이제 시를 짓자구. 저 둥근 식탁을 가운데 놓고 술과 안주를 간단히 놓고서 특별히 자리를 정하지 말고 먹고 싶은 대로 먹으면서 흩어져 앉으면 다들 편하잖아."

"그래, 그게 좋겠어."

보차가 동의했지만 상운은 하나를 더 마련토록 했다.

뜨거운 꽃게를 골라오게 하여 습인과 자견, 사기, 대서, 입화, 앵아, 취묵 등을 불러 한자리에 앉도록 하였다. 또 산기슭의 계화나무 아래 두 개의 꽃무늬 양탄자를 길게 깔고 시중들던 할멈과 어린 시녀들도 모두 앉도록 하여 마음대로 먹고 마시도록 하고 시킬 일이 있으면 오라고 일렀다.

사상운은 그제야 비로소 시제를 꺼내 벽에다 바늘로 꽂아 놓았다. 사람들이 보고 나서 모두 한마디씩 했다.

"새롭고 기이하기는 하지만 정말 제대로 써내기는 어렵겠는걸."

상운이 또 나서서 압운을 정하지 않은 까닭을 밝히자 보옥이 적극 동의했다.

"그게 바로 옳다구. 나도 압운을 제한하는 것에 아주 불만이었어."

대옥은 술도 별로 마시지 않았고 꽃게도 얼마 먹지 않았기 때문에 수놓은 방석을 가져오라고 하여 난간에 앉아 낚시를 드리우고 물고기를 낚고 있었다. 보차는 손에 계화꽃 한 가지를 꺾어 놀다가 창문틀에 엎드려 꽃술을 하나씩 따서 물위에 던져 물고기가 달려들어 입질하는 걸 즐겨 보고 있었다.

상운은 잠시 넋을 잃고 바라보다가 습인 등에게 많이 먹으라고 하고 산기슭의 여러 사람들에게도 양껏 먹고 마시라고 권했다. 탐춘과 이환, 석춘은 버드나무 그늘에서 갈매기와 백로 등의 물새를 구경하고 영춘은 혼자 꽃그늘 아래서 바늘로 말리화꽃을 꿰고 있었다. 보옥은 잠시 대옥이 낚시하는 것을 보다가 보차의 옆에 가서 몇 마디 하다가 또 습인 등과 함께 꽃게를 먹고 그들과 함께 술도 두어 잔 마시기도 했다. 습인은 게살을 빼내어 먹여주었다.

대옥은 낚싯대를 드리운 채 남겨두고 자리로 돌아와 검은 칠에 매화 무늬를 새긴 은주전자를 들고 수석으로 만든 해당화빛 파초잎 모양의 술잔을 집어 들었다. 시녀가 얼른 달려가 대신 따라주려고 하니 대옥이 고개를 저었다.

"그냥 가서 먹기나 해. 내가 직접 따라 마셔야 멋이 있는 거야."

스스로 반 잔을 따라보니 황주였다.

"꽃게살을 먹었더니 뱃속이 조금 쓰려서 따끈한 소주나 한 잔 하려고 했는데."

대옥의 말에 보옥이 얼른 대답했다.

"소주도 있어."

그리곤 얼른 합환화〔合歡花: 자귀꽃〕로 담근 술을 한 주전자 데워오라고 했다. 대옥이도 한 모금을 마시고 잔을 내려놓았다.

보차도 건너와서 한 잔을 가져다 한 모금 마시고는 붓에 먹을 묻혀 벽에 걸린 제목에서 '억국'에다 표시하고 그 아래에 '형蘅'자를 썼다. 보옥이 얼른 말했다.

"난 벌써 두 번째 제목으로 네 구절을 생각해 냈으니까 그건 내가 짓도록 양보해 줘."

"겨우 한 수를 지어 놓고 뭘 그렇게 서둘러대."

대옥은 아무 말이 없다가 붓을 받아들더니 여덟 번째인 '문국'에 표시하고 또 열한 번째인 '국몽'에 표시하곤 아래에 '소瀟'자를 써넣었다. 보옥도 붓을 들어 둘째인 '방국'에 표시하고 '강絳'자를 붙여 넣었다. 탐춘이 오더니 살펴보고 말했다.

"아무도 '잠국'에는 표시를 안했네. 그럼 내가 이 '잠국'을 지어야지."

그리곤 보옥을 가리키며 말했다.

"지금 선언하건대 절대로 규중閨中에 관한 글자는 쓰면 안 되기로 한 거예요. 이거 명심하라고요."

곧 상운이 와서 네 번째와 다섯 번째인 '대국'과 '공국'에 동시에 표시하고 그 아래다 '상湘'자를 적어 넣었다. 탐춘이 있다가 한마디 한다.

"상운 언니도 별호를 하나 만들어야지."

"우리 집에는 지금 무슨 정자니 전각이니 하는 게 없고 나도 그런 데 살고 있지 않으니 어떻게 해. 다른 데서 빌려오는 것도 재미없고 말이야."

"방금 노마님한테 들으니 너희 집에도 예전에는 '침하각'이란 정자각이 있었다고 하셨으니 상운네 것이 아니었겠어? 지금 비록 없어졌더라도 상운인 그 옛 주인이 분명하니 그 이름을 쓰면 되는 거야."

보차의 말에 다들 일리가 있다고 했다. 보옥이 미처 상운이 건드리기 전에 얼른 '상'자를 지우고 '하霞'자로 써넣었다.

한참이 지나 열두 편의 시가 모두 지어져 영춘에게 제출되었기에, 따로 새하얀 시전지詩箋紙를 가져다 모두 베껴내고 지은이의 별호를 아래에 적어 넣었다. 이환 등이 하나씩 읽어보았다.

국화를 그리며 - 형무군

서풍을 바라보며 깊은 시름 젖을 적에,
붉은 여뀌 하얀 억새 애끓는 이 순간.
텅 빈 울안 텃밭엔 지난가을 흔적 없고,
조각달 맑은 서리 꿈에라도 보이려나.
그리운 마음 저 멀리 기러기를 따르고,
외로운 넋은 늦은 밤 다듬이소리만 듣네.
국화로 병든 이 몸 그 누가 헤아리나,
행여나 중양절 다시 만날 기약 있으리.

憶菊 - 蘅蕪君

悵望西風抱悶思,
蓼紅葦白斷腸時.
空籬舊圃秋無跡,
瘦月淸霜夢有知.
念念心隨歸雁遠,
寥寥坐聽晩砧癡.
誰憐爲我黃花病,
慰語重陽會有期.

국화를 찾아서 – 이홍공자

서리 내린 가을날 틈을 내어 노닐 때,
술잔과 약사발은 잠시 두고 나오리라.
서리 내린 달빛 아래 누가 심어 두었나,
문간 밖 울타리에 가을 소식 전해 오네.
나막신 끌면서 일부러 멀리 찾아오니,
차가운 가을날 정겹게 시를 읊는구나.
노란색 국화가 정녕 시인을 알아준다면,
막대 짚고 나선 이 아침 헛되지 않으리.

국화를 심으며 – 이홍공자

꽃밭에서 괭이 들고 손수 옮겨온 이래,
울타리 옆 정원 앞에 일부러 심었노라.
간밤에 비를 맞아 살아날 줄 몰랐더니,
오늘 아침 서리 맞은 국화 송이 피웠네.
가을 노래 읊은 시가 천 수가 되어도,
국화 향에 취하여 술 한잔을 올리네.
샘물 주고 북돋아 열심히 가꾼 뜻은,
전원의 오솔길이 속세와는 다름이라.

국화를 마주하며 – 침하구우

먼 밭에서 옮겨오니 황금 같은 국화꽃,
한 떨기는 담담하고 한 떨기는 짙은 꽃.
성긴 울타리 맨머리로 앉아도 보고,
맑은 향기에 끌어안아 읊어도 보네.
세상에는 너처럼 도도한 꽃 다시없나니,
애로라지 나만이 그대를 꼭 알아주리라.

訪菊 – 怡紅公子

閑趁霜晴試一游,
酒杯藥盞莫淹留.
霜前月下誰家種,
檻外籬邊何處秋.
蠟屐遠來情得得,
冷吟不盡興悠悠.
黃花若解憐詩客,
休負今朝拄杖頭.

種菊 – 怡紅公子

攜鋤秋圃自移來,
籬畔庭前故故栽.
昨夜不期經雨活,
今朝猶喜帶霜開.
冷吟秋色詩千首,
醉酎寒香酒一杯.
泉溉泥封勤護惜,
好知井徑絕塵埃.

對菊 – 枕霞舊友

別圃移來貴比金,
一叢淺淡一叢深.
蕭疏籬畔科頭坐,
清冷香中抱膝吟.
數去更無君傲世,
看來惟有我知音.

흘러가는 가을날을 저버리지 마시고,　　　　　秋光荏苒休辜負,
마주앉아 사랑하며 촌음인들 아껴라.　　　　　相對原宜惜寸陰.


국화를 바치며 – 침하구우　　　　　　　　　供菊 – 枕霞舊友


금을 타고 술 따르며 그대를 벗 삼으니,　　　　彈琴酌酒喜堪儔,
책상 위의 그 자태는 그윽함 자랑하네.　　　　幾案婷婷點綴幽.
자리 너머 전해오는 오솔길의 향내음,　　　　隔座香分三徑露,
책장 덮고 마주선 국화꽃을 바라보네.　　　　抛書人對一枝秋.
서리 내린 가을날 휘장 안엔 꿈이 한창,　　　　霜清紙帳來新夢,
노을 비낀 텃밭에서 놀던 일이 그리워라.　　　　圃冷斜陽憶舊游.
세상에 오만한 그 기개는 같을지니,　　　　　傲世也因同氣味,
춘풍에 복사꽃 부러울 게 없을지라.　　　　　春風桃李未淹留.


국화를 읊으며 – 소상비자　　　　　　　　　詠菊 – 瀟湘妃子


아침저녁 스며드는 떨칠 수 없는 시흥,　　　　無賴詩魔昏曉侵,
울타리에 맴돌고 돌에 기대 흥얼대니.　　　　繞籬欹石自沉音.
붓끝에서 맺혀져 서리 기운 그려내고,　　　　毫端蘊秀臨霜寫,
입가에 향기 물고 달을 보고 읊조리네.　　　　口齒噙香對月吟.
스스로 애처로운 하소연을 적어 내니,　　　　滿紙自憐題素怨,
그 누가 한 가닥 가을 수심 풀어줄까.　　　　片言誰解訴秋心.
옛날에 도연명이 한 번 높게 읊은 후에,　　　　一從陶令平章後,
천고의 높은 풍격 오늘까지 전해 오네.　　　　千古高風說到今.


국화를 그리며 – 형무군　　　　　　　　　畫菊 – 蘅蕪君


시를 쓰던 붓으로 미친 듯 그려내니,　　　　詩餘戲筆不知狂,
국화 그림에 어찌 구상이 필요하랴.　　　　豈是丹青費較量.
잎사귀는 수천 개 먹물 방울 뿌리고,　　　　聚葉潑成千點墨,

송이송이 꽃마다 서리 맞은 흔적이네.				攢花染出幾痕霜.
짙고 열은 고운 필치 바람 앞의 그림자,				淡濃神會風前影,
산뜻한 국화 모습 팔 아래서 나는 향내.				跳脫秋生腕底香.
누가 울타리에서만 국화를 딴다 하리오,				莫認東籬閑采撷,
병풍 위의 국화꽃도 중양절엔 위안되리.				粘屏聊以慰重陽.

국화에 물어보며 – 소상비자				問菊 – 瀟湘妃子

가을이 어떻더냐 아는 이가 하나 없어,				欲訊秋情衆莫知,
가만히 뒷짐 지고 동쪽 울타리 찾았네.				喃喃負手叩東籬.
고고하고 높은 지조 누구랑 숨어 살랴,				孤標傲世偕誰隱,
다 같은 꽃이라도 너만 홀로 늦게 피나?				一樣花開爲底遲?
쓸쓸해라 텃밭의 이슬과 뜨락의 찬 서리,				圃露庭霜何寂寞,
그리워라 기러기는 날고 귀뚜라미 운다.				鴻歸蛩病可相思?
온 세상에 말벗 없다 공연히 말도 마라,				休言擧世無談者,
마음을 헤아리면 잠시인들 그 어떠하랴.				解語何妨片語時.

국화를 머리에 꽂으며 – 초하객				簪菊 – 蕉下客

병에 꽂고 뜰에 심고 바쁜 나날들,				瓶供籬栽日日忙,
머리 꽂고 거울 보면 중양절 풍습.				折來休認鏡中妝.
장안의 공자들은 꽃을 좋아하였고,				長安公子因花癖,
팽택령 도연명은 술을 즐겨하였네.				彭澤先生是酒狂.
귀밑머리 꽂은 국화 찬이슬 물어 있고,				短鬢冷沾三徑露,
갈건 위 꽂은 국화 서리 향기 그윽하네.				葛巾香染九秋霜.
국화 꽃은 높은 지조 속세 눈엔 안 비치니,				高情不入時人眼,
보통 사람 길가에서 손뼉 치며 비웃노라.				拍手憑他笑路旁.

국화의 그림자 - 침하구우

가을의 그림자는 겹겹이 첩첩이 익어 가는데,
국화의 그림자는 햇볕 따라 이리저리 옮기네.
창문을 건너 비치는 등불 먼 듯 가까운 듯,
울타리 너머 스미는 달빛 영롱하기도 하여라.
차가운 향기를 머무는 곳 혼백도 남으리니,
서릿발 자국은 꽃의 영혼 꿈은 오직 헛된 것.
소중한 국화 향기 짓밟지 말지어니,
누구든 취한 눈에 몽롱하게 바라보리.

국화의 허망한 꿈 - 소상비자

울타리 곁에서 달콤하고 청아한 꿈에 드니,
아스라이 구름과 동무하고 달님과 함께 하네.
신선이 된다 한들 장주의 나비꿈 부러우랴,
예전 일이 그리워 도연명의 맹세를 찾으랴.
기러기를 따라 잠에서 멀리멀리 날다가,
귀뚜라미 울음에 화들짝 단꿈을 깨었다네.
깨어날 때 아련한 심정 누구에게 원망하랴,
마른 풀에 차디찬 연기 회포는 한이 없네.

국화의 지는 꽃잎 - 초하객

이슬 맺고 된서리 내리면 스러지는 꽃,
국화꽃 잔치 끝나자 눈 오는 계절이라.
꽃술에 향 남아도 황금 꽃잎 시드나니,
가지엔 잎이 지고 푸른빛은 사라지네.
기우는 달빛 아래 귀뚜라미 슬피 울고,
구름 덮인 하늘가에 기러기떼 날아가네.

菊影 - 枕霞舊友

秋光疊疊復重重,
潛度偸移三徑中.
窗隔疏燈描遠近,
籬篩破月鎖玲瓏.
寒芳留照魂應駐,
霜印傳神夢也空.
珍重暗香休踏碎,
憑誰醉眼認朦朧.

菊夢 - 瀟湘妃子

籬畔秋酣一覺淸,
和雲伴月不分明.
登仙非慕莊生蝶,
憶舊還尋陶令盟.
睡去依依隨雁斷,
驚回故故惱蛩鳴.
醒時幽怨同誰訴,
衰草寒煙無限情.

殘菊 - 蕉下客

露凝霜重漸傾欹,
宴賞才過小雪時.
蒂有餘香金淡泊,
枝無全葉翠離披.
半床落月蛩聲病,
萬里寒雲雁陣遲.

내년 가을바람 다시 볼 날 있으려니,                  明歲秋風知再會,
잠시 손을 놓고 헤어져서 그리워 말자.                暫時分手莫相思.


여러 사람들이 함께 한 수 한 수 읽어가면서 찬탄을 금치 못하고 서로를 칭찬했다. 이환이 웃으며 전체적인 품평을 했다.

"내가 공평하게 품평할 테니 잘들 들어봐요. 전체적으로 보면 각자의 작품에 다들 놀라운 구절이 들어 있기는 하지만 굳이 순서를 매기자면 다음과 같아요. 우선 '영국'이 첫째요, '문국'이 둘째이며, '몽국'이 셋째입니다. 제목도 신선한 데다 시도 새롭고 담은 의미가 뛰어난 점에서 소상비자가 으뜸이라고 생각됩니다. 다음으로는 '잠국'과 '대국', '공국', '화국', '억국' 등의 순서입니다."

보옥이 너무 기뻐하면서 박수를 쳤다.

"정말로 공평한 평가이십니다."

대옥이 조금은 뺐다.

"제가 지은 시도 별로예요. 아무래도 조금 섬세한 기교에 빠진 감이 없지 않아서요."

이환이 해설을 붙였다.

"그 기교가 아주 좋았어요. 억지로 덧붙이지도 않았고 생소하지도 않았어요."

대옥이 자신의 평을 내놓았다.

"제가 보기에 가장 좋은 구절은 침하구우의 '노을 비낀 텃밭에서 놀던 일이 그리워라'라는 것이에요. 여기에는 그림 그릴 때 밑바탕에 분을 칠한 듯한 느낌이 있어요. '책장 덮고 마주선 국화꽃을 바라보네'구절에서 벌써 기가 막히게 펼쳐 놓았어요. 거기서 '국화를 바치며〔供菊〕'의 전체를 다 말해버린 거예요. 그래서 다시 돌아와 꽃을 꺾어 병에 꽂기 전의 일을 회상하도록 하였으니 의미심장하지요."

"그건 나도 그렇게 생각해요. 소상비자의 '입가에 향기 물고'라는 구절만 해도 그에 충분히 대적할 만하지요."

이환의 말에 탐춘이 나섰다.

"그래도 침착한 면에서는 형무군의 '가을 흔적 없고'나 '꿈에라도 보이려나'의 구절은 추억하는 의미로서 아주 잘 표현된 것이잖아요."

설보차도 한마디 했다.

"초하객의 '귀밑머리 꽂은 국화 찬이슬 묻어 있고'와 '갈건 위 꽂은 국화 향기 그윽하네'의 구절도 '국화를 머리에 꽂으며〔簪菊〕'의 형상을 빈틈없이 보여주었어요."

이번에는 사상운이 말했다.

"소상비자의 '국화에 물어보며〔問菊〕'에서 '누구랑 숨어 사랴'라거나 '너만 홀로 늦게 피나'라고 묻는데 국화로서도 대답이 궁했을 거예요."

이환이 또 웃으며 말했다.

"침하구우도 '맨머리로 앉아도 보고'라든가 '끌어안아 읊어도 보네'라는 구절도 국화를 잠시도 떠나지 못하는 심정을 읊었으니 국화가 안다면 오히려 귀찮아했을 걸요."

그러자 다들 웃음을 터뜨렸다. 이번에는 보옥이 나섰다.

"나는 낙제했지만 그래도 '누가 심어 두었나'와 '가을소식 전해오네' 혹은 '나막신 끌면서 멀리 찾아오니'와 '차가운 가을날 시를 읊는구나'와 같은 구절이 어찌 찾아가는 것〔訪〕이 아닐 것이며, '간밤에 비'와 '오늘아침 서리'와 같은 구절이 어찌 심는 것〔種〕이 아니겠습니까. 하지만 물론 안타깝게도 '입가에 향기 물고 달을 보고 읊조리네'라든가, '맑은 향기에 끌어안아 읊어도 보네' 혹은 '귀밑머리'나 '갈건', '황금 꽃잎 시드나니', '푸른빛은 사라지네', '가을 흔적 없고', '꿈에라도 보이려나' 등과 같은 구절에는 대적이 안 되겠지만요."

그리고 또 말이 덜 끝났다는 듯 한마디를 덧붙였다.

"다음에 틈이 나면 내 혼자서 열두 수를 다 지어볼 거예요."

"그래, 이홍공자의 것도 잘했어요. 다만 다른 시들보다는 새롭고 우아한 맛이 조금 못하다는 것뿐이지요."

여러 사람이 한 번씩 평을 한 다음에 다시 꽃게를 뜨겁게 데워오라고 하여 큰 원탁에 둘러앉아 한바탕 함께 먹었다. 보옥이 웃으면서 제안했다.

"오늘 꽃게를 먹고 계화꽃을 감상하였으니 그에 대한 시를 짓지 않을 수가 있겠어요? 난 이미 한 수 마련했는데 누가 또 함께 지어 보겠어요?"

보옥이 얼른 손을 씻고 붓을 들어 써내려가자, 다들 함께 살펴보았다.

| | |
|---|---|
| 꽃게를 얻었으니 서늘한 계화 그늘 더욱 좋아라. | 持螯更喜桂陰涼, |
| 초치고 생강 발라 흥이 나서 미친 듯이. | 潑醋擂薑興欲狂. |
| 탐욕스런 왕손에겐 마땅히 술 있으니, | 饕餮王孫應有酒, |
| 옆으로 걷는 공자는 창자가 아예 없네. | 橫行公子卻無腸. |
| 배꼽 속엔 냉기 채워 조심해야 하느니, | 臍間積冷饞忘忌. |
| 비린 손 씻어내도 게의 향은 여전하네. | 指上沾腥洗尚香. |
| 세상사람 뱃속에 채워지는 너를 보고, | 原爲世人美口腹, |
| 소동파도 한평생 번거롭다 웃었다네. | 坡仙曾笑一生忙. |

대옥이 웃으면서 먼저 평을 했다.

"이 정도의 시라면 나는 한 백수라도 지을 수가 있겠네."

"아니 방금 재주를 다 부려서 힘이 빠진 주제에 못한다고는 않고 오히려 남을 헐뜯어?"

대옥은 보옥의 말을 들은 척도 않고 가만히 사색에 잠겼다가 이내 붓을 들어 일필휘지하니 곧 시 한 수가 지어졌다.

철갑과 긴 창은 죽어서도 놓지를 않네,　鐵甲長戈死未忘,
쟁반에 올라 색깔 좋으니 맛이나 보자.　堆盤色相喜先嘗,
집게발 속 연한 게살 가득가득 들었네,　螯封嫩玉雙雙滿,
게딱지 속 노란 장은 덩이마다 향기로워.　殼凸紅脂塊塊香.
고기 맛도 좋거니와 다리도 여덟 개라,　多肉更憐卿八足,
흥을 도와 누군가 술 천 잔을 권하려나.　助情誰勸我千觴.
가을이라 좋은 시절 이 명품을 만났구나,　對斯佳品酬佳節,
계화나무 바람 불고 국화꽃엔 서리 앉네.　桂拂淸風菊帶霜.

보옥이 다 보고 나서 갈채를 보냈다. 하지만 대옥은 오히려 종이를 쪽쪽 찢어서 태워버리라고 시녀에게 주었다.

"내 시가 오빠 시만 못해서 안 되겠어. 태워버려야 해. 오빠 시가 훨씬 낫다고. 방금 전 국화시보다도 더 나은 것 같아. 남겨 두었다가 사람들한테 보여줘."

보차가 이어서 말했다.

"나도 억지로 한 수 지어보았는데 아주 좋지는 않지만 그래도 써내서 다 같이 한 번 읽어보도록 할게요."

보차가 써낸 꽃게시는 이러했다.

계수나무 오동나무 그늘에서 술잔 드니,　桂靄桐陰坐擧殤,
장안 사람 침 흘리며 중양절을 기다리네.　長安涎口盼重陽.
눈앞에 길 막혀서 씨줄 날줄 알길 없고,　眼前道路無經緯,
게딱지 뱃속에는 검고 누런 장만 있네.　皮裡春秋空黑黃.

여기까지 읽었을 때 사람들은 저도 몰래 다들 감탄의 탄성이 터져 나왔다. 보옥이 참지 못하고 먼저 소리쳤다.

"정말 멋지고 통쾌하구먼, 내 시도 태워 버려야겠어."

이어서 다음 구절은 이러했다.

술로는 비린내 못 막으니 국화탕이 좋고,　　　酒未敵腥還用菊,
배꼽의 냉기 없애려면 생강이 가장 낫다.　　　性防積冷定須薑.
이제 가마솥 떨어지니 어찌할 수 있으랴,　　　于今落釜成何益,
달뜬 물가엔 벼와 수수 향기만 그윽하네.　　　月浦空餘禾黍香.

　사람들이 다 보고 나서 이것이야말로 꽃게를 먹는 것을 노래한 절창
이라며 이렇게 작은 제목에 큰 내용을 담아야 비로소 진정한 재능이 있
다고 할 수 있다고들 했다. 다만 세상 사람을 너무 독하게 욕했다는 점
이 걸린다고 덧붙였다.
　그때 평아가 대관원으로 다시 들어왔다. 무슨 일인지 궁금하면 다음
회를 보시라.

村老々是信口胡
河情哥偏尋
根底究

# 제39회

## 유노파의 이야기

유노파는 제멋대로 이야기를 꾸며내고
가보옥은 궁금하여 끈질기게 캐어묻네

村姥姥是信口開合 情哥哥偏尋根究底

사람들은 평아가 나타나자 다 같이 물었다.

"너희 아씨는 무엇을 하고 계시더냐, 왜 오시지 않는 거야?"

"아씨께선 무슨 틈이 있어서 놀러 오실 수 있겠어요. 아까 잘 잡숫지 못했다고 하면서 또 올 수도 없으니까 혹시 좀 남아 있는 게 있나 하고 저를 보내신 거예요. 몇 마리라도 집에 가져가서 잡수시겠다고요."

평아의 말에 상운이 얼른 대답했다.

"있어요, 있어. 아직 많다구."

얼른 사람을 시켜 아주 큰 놈으로 열 마리를 챙겨 주었다. 평아가 곁에서 한마디 했다.

"알이 밴 놈으로 골라서 좀더 줘요."

사람들이 평아를 잡아 앉히려고 하였으나 그녀는 극구 사양하면서 가려고 했다.

이환이 그녀를 잡고 웃으면서 말했다.

"자네를 꼭 좀 앉혀야겠어."

평아를 잡아다 옆에 앉히고 술 한 잔을 따라 그의 입에 갖다 댔다. 평아는 얼른 한 잔을 마신 다음 바로 달아나려 했으나 이환은 계속 잡아두려고 하였다.

"절대로 그냥 보내지는 않겠어. 희봉이 말만 듣고 내 말은 안 들으려고 하는군!"

그러면서 곁에 있던 할멈한테 심부름을 시켰다.

"이 꽃게 바구니를 먼저 갖다 아씨께 드리고 평아는 내가 붙잡아두었다고 말해."

할멈이 곧 다녀와서 아뢰었다.

"둘째 아씨마님 말씀이 이곳에 계신 아씨와 아가씨들께선 자기가 너무 먹으려 한다고 비웃지 말아달라고 하셨고요. 또 이 바구니에는 방금전 외숙모님께서 보내온 마름 가루떡과 닭기름에 튀긴 과자가 있는데 여러분들께서 드시라고 하셨어요."

그리고 또 평아에게도 전하는 말을 했다.

"아씨께서 심부름보낸 사람이 달라붙어서 오지도 않으니 술이나 적당히 마시라고 말씀하셨고요."

"좀 많이 마시면 어쩌시려고요?"

평아는 배짱이 두둑해져 보란 듯이 술잔을 기울이고 꽃게 다리를 뜯어먹었다.

이환이 평아를 끌어안아 당기며 웃었다.

"아깝게도 이 잘난 얼굴에 고운 자태가 그저 그런 운명을 타고 나서 남의 방에서 시종 노릇이나 하다니…. 모르는 사람은 누구든지 자네를 아씨나 마님으로 보지 않겠어?"

평아는 보차, 상운과 더불어 먹고 마시고 떠들다가 뒤를 돌아보며 웃음을 참지 못했다.

"아씨, 제발 그만 좀 놓아주세요. 허리가 간지러워 죽겠어요."

"그런데 이 딱딱한 건 또 뭐야?"

"열쇠예요."

"무슨 열쇠? 아주 중요한 보물덩어리가 있어서 남들이 훔쳐갈까 봐 몸에 지니고 다니는 거야? 내가 늘 남들한테 우스개로 하는 말이지만 불경 구하러 가던 당나라 삼장법사三藏法師에게는 백마가 있어 태우고 갔고, 천하를 얻은 유지원劉知遠[1]에게는 오이 정령이 있어 갑옷과 투구를 보내주었다고 하는데, 희봉은 바로 네가 있어서 견디는 것이니 너야 말로 네 아씨한테는 만능열쇠가 아니더냐? 너한테 또 무슨 열쇠가 소용 있느냔 말이야."

"아씨께서 술을 자시더니 저를 웃음거리로 삼으시네요."

보차도 한마디 했다.

"그 말은 정말 틀림없어. 우리가 별일 없을 때는 가끔 사람을 품평하기도 하는데 평아 같은 몇몇 사람은 백에 하나쯤 있을까 말까 한 사람이라고 하지. 또 제각각 독특한 장점도 갖고 있고 말이야."

"크고 작고 간에 세상에 이치라는 게 있게 마련이지. 예를 들면 할머님 방에서는 원앙이 없으면 어찌 되겠어. 어머님을 비롯해서 어느 누구 하나도 할머님의 말에 대들 수는 없지만 원앙이만은 감히 대들 수가 있거든. 그런데 이상한 것은 할머님이 원앙이 말만큼은 꼭 들어주신다는 거야. 할머님이 쓰고 입는 모자고 옷이고 간에 다른 사람은 다 몰라도 원앙이만은 다 알고 있지. 그애가 아니면 남한테 속아서 사기를 당할지도 모를 거야. 그애는 공평하기도 하지만 또 마음씨도 고와서 남의 말을 좋게 전해주고 절대로 위세를 부리는 법이 없다니까."

이환의 말에 석춘이 웃으면서 한마디를 덧붙였다.

---

1 오대(五代) 시기 후한의 건립자로 후한고조(後漢高祖).

"할머님께서 어제도 말씀하셨는데요, 원앙이 우리보다도 훨씬 낫다고 하셨어요."

"원앙이야 원래 사람이 좋은 거고, 우리야 어디 비할 수나 있나요?"

평아의 말에 이번에는 보옥이 다른 사람을 언급했다.

"어머님 방에서 일하는 채하도 아주 착실한 사람이야."

탐춘이 동의하고 나섰다.

"그래요, 누가 아니래. 아주 착실하고 또 머리도 똑똑하다고요. 어머님이야 워낙 부처님 같으시니까 집안일을 일일이 마음 쓰지 못하시는데 그애가 일일이 마음에 새겨두었다가 매사에 먼저 귀띔해서 어머님이 처리하시게 하죠. 아버님이 외출하시는 일까지도 채하가 일일이 다 알고 있다고요. 어머님이 잠시 잊으시면 얼른 곁에서 말씀드리곤 하죠."

이환은 화제를 보옥의 사람으로 돌렸다.

"그건 그렇고, 우리 이홍공자 댁에 습인이 없었다면 어떻게 되었을까요. 한 번 상상이나 해보세요. 그리고 또 희봉을 초패왕〔楚覇王: 항우(項羽)〕이라고 한다면, 그래서 두 손으로 천근 나가는 무쇠 가마솥을 번쩍 들어올릴 수 있다고 한다면 그건 다 이 평아가 있어 주도면밀하게 도와주기 때문이 아니겠어요?"

평아가 웃으며 말했다.

"원래 처음에는 시녀가 저까지 넷이었어요. 나중에 죽기도 하고 나가기도 하여 저 혼자 외롭게 남게 되었죠."

"그래 넌 복받은 거야. 희봉도 사실 운이 좋은 것이고. 예전에 우리 난蘭이 아버지가 살아있을 때도 내 방에 두 명이 있었지. 다들 알다시피 내가 어디 사람을 못살게 구는 사람이야? 그런데도 그 두 사람은 날마다 못마땅하게 여기고 불편하게 생각하기에 우리 난이 아버지가 돌아가시자마자 하루라도 젊을 때 가라고 내보내고 말았어. 만일 하나라도 날 지키고 남았더라면 나한테도 날개가 있는 셈이 되는데 말이야."

이환은 여기까지 말하다 말고 눈물을 주르륵 흘렸다.

"이제 그만 상심하세요. 자, 우리도 그만 다들 흩어집시다."

여러 사람들은 각각 손을 씻고 가모와 왕부인한테 문안을 드리러 갔다.

할멈과 시녀들은 정자를 깨끗이 정리하고 그릇을 거두어 설거지를 하였다. 습인은 평아와 함께 돌아와 방 안에 앉으라고 하고 차나 마시 자고 권했으나 평아는 사양했다.

"차는 안 마시겠어. 다음에 마시지 뭐."

평아가 일어나 곧 가려고 하자 습인이 불러 세워서 다시 물었다.

"이달 월급을 노마님과 마님 방에서도 아직 내주지 않는 이유가 뭐 야?"

평아가 습인 가까이 다가와서는 옆에 아무도 없는 걸 보고 비로소 가 만히 속삭였다.

"더 이상은 묻지 마. 어차피 며칠 지나면 지급할 텐데 뭐."

"그건 왜 그런 거야? 뭐가 겁이 나서 그래?"

그제야 평아는 아주 가만가만히 몰래 알려준다.

"우리 아씨께선 벌써 지급받았지만 남한테 잠시 꾸어주었는데 이자 가 들어오면 다함께 지급하게 될 거야. 이건 너한테만 말하는 거니까 절대로 남한테는 말하면 안 돼."

"설마 아씨가 용돈이 궁해서 그러시기야 하겠어? 욕심이 과해서 그런 거지. 왜 그런 일로 마음을 졸이고 그러시나 몰라."

"누가 아니래. 벌써 몇 년째 이렇게 돈을 굴려서 몇백 냥쯤 만들어 냈 어. 자기의 월급도 쓰지 않고 열 냥이나 여덟 냥 같은 작은 돈도 일수놀 이를 주었다가 이자를 받는다구. 그래서 모은 비밀 돈이 일 년이면 근 천 냥에 이른다니까."

습인이 노골적으로 말했다.

"우리한테 주어야 할 월급을 가지고 당신네 주인과 종이 이잣돈을 놓고 우리를 멍청하게 기다리게 하는군그래."

"너도 양심 없는 소리 그만 해. 설마 쓸 용돈이 모자라겠어?"

"나야 적지도 않고 또 그다지 써야 할 곳도 없지만, 다만 우리 도련님을 위해 준비하여 두려는 것뿐이지."

습인의 말에 평아가 선심을 쓰는 척했다.

"만일 급하게 돈이 필요하면 나한테 얼마큼은 있으니까 먼저 갖다 쓰도록 해. 나중에 네 월급에서 공제하면 되잖아."

"지금은 필요 없어. 다만 갑자기 쓸 데가 생기면 모자라지 않을까 해서 그러지. 그러면 사람을 보낼 테니 잘 부탁해."

평아가 대관원을 나서 집에 돌아오니 왕희봉은 집에 없었다. 그런데 홀연 지난번에 돈을 구하러 찾아왔던 유노파와 손자인 판아板兒가 다시 찾아와서 방 안에 앉아 있었다. 곁에는 장재댁과 주서댁이 함께 앉아 있었고 서너 명의 시녀들이 바닥에 부대 주머니에서 쏟아 놓은 대추와 호박 등의 야채를 꺼내어 살펴보고 있었다.

평아가 나타나자 모두 얼른 일어났다. 유노파는 지난번에 왔을 때 평아의 신분을 익히 알아두었던 까닭에 구들에서 뛰어 내려오며 반갑게 인사했다.

"아가씨 안녕하셨어요? 그동안 다들 무고하셨지요? 저희집 식구들도 모두 아가씨께 안부 전해달라고 했습니다요. 사실은 일찌감치 찾아와 고모 아씨한테 문안인사를 올려야 했었는데요, 시골집 농사일이 워낙 바쁜 터라 짬을 내지 못했구먼요. 다행히도 올해는 식량을 두 섬이나 더 소득을 올리게 되었고요, 과실과 소채도 풍성하여 시장에 내다팔 생각을 안 하고 그 중 제일 좋은 놈으로 골라서 여기에 약간 가지고 왔구먼요. 고모 아씨님께서 맛이나 좀 보시라고요. 아가씨들이야 날마다 잡수시는 게 산해진미니까 물리셨을 거예요. 이런 촌에서 나는 푸성귀를 좀 잡숴보시는 것도 별미랍니다. 저희 정성이라 생각하시고 드셔보셔요."

"그렇게까지 생각해 주시니 정말 고맙네요."

평아는 유노파를 어서 앉으라고 권하고 자신도 앉으면서 옆에 서 있던 장재댁과 주서댁에게도 함께 앉으라고 말했다. 그리고 어린 시녀한테 차를 대접하라고 일렀다.

주서댁과 장재댁이 웃음 섞인 목소리로 말했다.

"평아 아가씨, 오늘은 어쩐 일로 얼굴에 화색이 돌고 눈가도 불그레하시네요."

"누가 아니래요. 전 원래 못 마시는데 큰아씨하고 여러 아가씨들이 억지로 끌어다가 마시게 해서 할 수 없이 두어 잔을 마시게 되었지 뭐예요. 그래서 얼굴이 이렇게 빨개졌어요."

장재댁이 웃으며 농을 걸었다.

"저는 마시고 싶어도 누가 술 권하는 사람도 없다니까요. 나중에 누가 또 평아 아씨를 청하면 저도 함께 데려가 주세요."

사람들이 따라 웃었다. 주서댁이 이어서 말했다.

"아침에 일어나서 그 꽃게들을 봤는데 한 근에 두세 마리밖에 못 달겠던데요. 이렇게 커다란 대 광주리에 가득 찼으니 아마도 칠팔십 근은 넉넉할 거예요. 하지만 만일 윗분들과 아랫사람까지 다 모였으면 그것도 모자랐을 거예요."

"넉넉할 리가 있나요. 겨우 윗분들이나 두어 마리씩 먹어 보았지요. 나머지들은 먹어본 사람도 있지만 아예 만져 보지도 못한 사람도 있어요."

평아의 말에 유노파가 놀라서 한마디 끼어들었다.

"그만한 꽃게라면 올해는 한 근에 닷 푼씩 나갈 거구먼요. 열 근이면 오전이고 오오는 이십오구 삼오는 십오. 거기다 술과 안주까지 합치면 모두 한 스무 냥 가량이 되겠는데요. 아이고머니, 나무아미타불! 그런 돈이면 우리 시골집 농사꾼은 일 년간 살아갈 수 있는 돈이 되겠네요."

평아가 생각난 듯이 물었다.

"아참, 아씨는 만나보신 거죠?"

"예, 만나 뵈었지요. 우리더러 기다리라고 하셨어요."

유노파는 창밖을 내다보며 시간을 가늠하고는 말했다.

"벌써 날이 어두워졌구먼요. 이젠 가봐야겠어요. 성문이 닫히면 꼼짝없이 굶게 생겼으니까요."

"그 말이 맞네요. 그럼 내가 얼른 나가 알아보고 올게요."

주서댁이 곧장 나가더니 한참 만에 돌아와서 싱글벙글 웃으면서 유노파에게 말했다.

"할머니, 오늘 할머니 복이 터졌어요. 두 분하고 인연을 맺게 되었으니 말이에요."

평아가 그게 무슨 소리인가 하고 물으니 주서댁이 설명했다.

"둘째 아씨는 지금 노마님 방에 가 계시더라고요. 제가 조용히 둘째 아씨한테 '유노파가 돌아간다고 한답니다. 너무 늦어 성문이 닫힐까 걱정이 되나 봐요' 했더니 아씨께서는 '그렇게 멀리서 그 무거운 걸 들고 어렵사리 왔는데 너무 늦었으면 하루 쉬었다가 내일 가시라고 해'라고 하시더라고요. 이것은 둘째 아씨와 인연을 맺은 셈이 되는 거고요. 그때 마침 그 말을 노마님이 들으시고 유노파가 누구냐고 하시기에 아씨가 설명해 드렸지요. 노마님은 '난 그렇지 않아도 예전 일을 잘 아는 늙은이하고 여러 가지 말 좀 해보고 싶었는데 잘 됐으니 한 번 만나보게 데려와 봐'라고 하셨으니 이야말로 생각지도 못했던 인연이 아닌가요?"

주서댁은 당장 유노파를 끌며 어서 노마님께 가자고 난리였다.

"나 같은 이런 꼴로 어떻게 만나 뵐 수가 있겠어요. 아주머니, 제발 부탁이니 내가 벌써 가버렸다고 말씀드리세요."

유노파가 겁을 내며 애원하자 평아가 나섰다.

"할머니 괜찮아요. 어서 일어나 함께 가세요. 아무 상관없어요. 우리 노마님은 원래부터 노인들을 잘 이해하시고 없는 분들을 동정하시는 분이세요. 오만하고 위선적인 다른 사람들과는 전혀 다른 분이시죠. 할머니가 아무래도 겁이 나시는 것 같으니 제가 주씨 아줌마와 함께 할머니를 모시고 갈게요."

평아가 주서댁과 유노파를 인도하여 가모의 처소로 왔다.

중문 밖을 지키는 시동들이 평아를 보고 모두 일어났다. 그 중에 두 사람이 달려와서 "아씨" 하고 평아를 불렀다.

"또 무슨 일인데?"

"이번에도 시간이 꽤 늦었잖아요. 우리 어머니가 병이 났는데 제가 가서 의원을 모셔 와야 하거든요. 아씨, 제발 한나절만 휴가를 내 주세요, 네?"

평아가 대꾸했다.

"너희 잘들 하는구나. 모두들 서로 짜고서 하루에 한 사람씩 휴가를 내자는 속셈인 거지. 또 아씨마님한테도 아예 말씀 안 드리고 그냥 나한테만 매달리는구나. 지난번에 주아住兒가 휴가 간 뒤에 나리께서 하필이면 그애를 찾으셨잖아. 결국 불러오지 못해서 내가 대신 통사정을 하고 말았지. 그런데 오늘은 또 네가 가려고 한다 이거야?"

곁에서 주서댁이 거들었다.

"저애 엄마가 병이 난 건 사실이에요. 아가씨, 그냥 내보내 줘요."

"내일 아침에 일찍 돌아와. 내가 직접 불러서 일을 시킬 테니 실컷 늦잠이나 자다가 해가 궁둥이에 뜨도록 누웠다가 오기만 해봐! 이번에 나가면서 왕아旺兒한테 전하도록 해라. 아씨마님의 말씀이라고 전하고 남은 이자는 어찌 되었느냐고 하면서 내일까지 내지 않으면 아예 갚을 생각 말라고 전해라. 차라리 그냥 줘서 쓰게 하신댔다고 그래."

시동은 너무나 기뻐하며 나갔다.

평아 등이 가모의 방에 이르니 그때 대관원의 자매들이 모두 가모의 앞에 둘러앉아 담소를 나누고 있었다. 유노파가 그 방을 들어가니 온 방 안은 진주와 비취로 에워싼 듯, 꽃가지를 펼쳐 놓은 듯 화려하여 눈이 휘둥그레져 누가 누구인지 알 수가 없었다. 다만 평상 위에 한 노파가 길게 비스듬히 기대고 앉아 있는 모습이 눈에 들어왔다. 그의 뒤에 서는 고운 비단으로 몸을 감싼 아리따운 시녀 하나가 다리를 토닥토닥 두드리고 있었고 왕희봉이 일어나서 웃으면서 재미있는 얘길 하고 있었다. 유노파는 그가 바로 가모임을 알아차리고 얼른 만면에 웃음을 띠며 다가가 몇 번이고 연신 절을 하며 인사를 올렸다.

"노마님께 문안인사 올립니다요."

가모도 몸을 일으켜 인사를 하고는 주서댁에게 의자를 가져오라고 하여 거기에 유노파를 앉도록 하였다. 함께 따라온 손자인 판아는 여전히 사람을 겁내어 제대로 인사도 못했다.

가모가 물었다.

"사돈댁은 올해 연세가 얼마나 되시우?"

유노파는 얼른 몸을 일으키며 대답했다.

"올해 일흔다섯 살이 되었어요."

"나이가 그리 많은데도 여전히 저렇게 정정하니 대단하시네. 나보다도 몇 해나 더 먹었는데도 말이야. 내가 그 나이가 되면 어떻게 움직일 수 있을지 모르겠구먼."

"저희들 같은 사람이야 원래 천생으로 고생하라는 몸이고요, 노마님 같으신 분이야 복을 누리시게 마련이지요. 만일 저희 같은 사람이 이렇게 복을 누리게 되면 저 시골집 농사일은 누가 하게 되나요."

"그래 눈이나 치아는 모두 괜찮은 거요?"

"모두 괜찮아요. 올해 들어서 왼쪽 어금니가 조금 흔들리기 시작했구먼요."

"난 벌써 늙어서 다 소용없게 되었다우. 눈도 침침하고 귀도 어둡고 기억력도 없어졌어요. 할머니 같은 예전 친척들도 이젠 알아보지도 못하게 되었고요. 친척분들이 오신다 해도 남들한테 실례가 될까 봐 잘 안 만나게 된다오. 그냥 씹을 수 있는 것으로 몇 숟가락 떠먹고 잠이나 자는 게 일이고 가끔 심심하면 여기 손녀 손자들과 한바탕 웃고 떠들곤 하는 게 전부랍니다."

가모의 말에 유노파가 웃으면서 맞장구를 쳤다.

"아이구, 그게 바로 노마님의 복이시지요. 우리 같은 사람이야 그렇게 한 번 살아볼래도 그럴 수가 없는걸요."

"복은 무슨 복입니까. 이젠 그저 늙은 폐물이 다 되었는걸요."

가모의 말에 사람들이 다들 웃었다.

"방금 희봉이한테 들으니 할머니가 시골집의 싱싱한 야채를 많이 가져왔다면서요? 그렇잖아도 금방 밭에서 따낸 채소가 먹고 싶던 참이었지요. 밖에서 사오는 건 밭에서 금방 따낸 것만큼 어디 제 맛이 나나요?"

"네, 그게 바로 시골의 맛이지만 그냥 신선하다는 것일 뿐이지요. 저희야 생선이나 고기를 먹고 싶어도 먹을 수가 없는걸요."

"오늘 이렇게 친척으로 서로 알게 된 이상 빈손으로 돌아가려 하지 말고 우리 집에 묵는 것을 꺼리지 않는다면 하루이틀이라도 놀다가 가시도록 하세요. 우리집에 새로 만든 정원이 있는데 정원 안에는 과일나무도 있어요. 내일 한 번 맛도 보시고 집에 갈 적에 가져가시면 모처럼 친척으로 온 보람이 있지 않겠어요?"

왕희봉은 가모가 유노파를 만나 기분이 좋아진 걸 보고 얼른 나서서 묵고 가라고 만류했다.

"그렇게 하세요. 우리집이 할머니네 장원보다야 크지 못하겠지만 그래도 빈방이 두어 칸 있으니 한 이틀 묵으며 할머니네 시골마을의 재미있는 얘깃거리를 우리 노마님한테 들려주세요."

"희봉아, 할머니를 놀리면 어떡해. 시골양반은 그냥 곧이들으실 테니 네가 농으로 하는 말을 어떻게 당해 내겠어?"

가모는 곧 사람을 시켜 과자를 집어다 판아에게 주도록 했다. 판아는 많은 사람들 앞이라 감히 손을 못 대고 머뭇거리기만 했다. 가모는 또 돈을 주면서 시동들에게 밖으로 데려가 함께 뛰어놀도록 했다.

유노파는 차를 마시고 나서 시골에서 보고들은 재미있는 얘기들을 가모에게 들려주었다. 가모는 점점 재미가 나서 흥미 있게 듣고 있었다. 그때 희봉이 유노파에게 저녁상을 준비하여 대접하라고 아랫사람에게 명했다. 가모는 자신의 반찬을 몇 가지를 골라 유노파의 밥상으로 보내 맛을 보라고 했다.

왕희봉은 가모가 유노파를 맘에 들어하자 저녁상을 물리고 나서 얼른 다시 가모의 방으로 유노파를 보냈다. 원앙이 먼저 일하는 할멈을 시켜 유노파를 목욕시키고 또 두어 가지 평상복을 골라 갈아입도록 했다. 유노파는 여태껏 살아오면서 이렇게 격식을 차려 본 일이 없었다. 그저 하라는 대로 옷을 갈아입고 가모가 앉은 자리 맞은편에 자리를 잡고 재미난 얘깃거리를 찾아 들려주었다. 그때 보옥과 다른 자매들도 모두 이곳에 모여 있었다. 이들이 언제 이런 시골얘기를 들어본 적이 있었겠는가. 맹인 이야기꾼들이 하는 옛날 얘기보다도 더 재미있는 것 같았다.

유노파는 비록 시골 할머니라고는 하지만 원래 식견이 상당히 넓은 데다 나이도 들어 세상사 몸소 겪어 본 일도 아주 많았다. 우선 가모가 흥이 나서 즐거워하고 또 이런 대갓집의 도련님과 아가씨들이 귀를 기울여 듣고 있으니 설사 없던 얘깃거리라도 억지로 꾸며서 그럴듯하게 말을 해야 할 판이었다. 유노파는 이야기를 시작했다.

"우리 시골사람들은 농사짓고 채소심고, 일 년 내내 매일같이 비가 오나 바람 부나 어디 멀쩡히 앉아서 쉴 틈이나 제대로 있겠어요? 그냥 날마다 밭머리의 논두렁 밭두렁에서 아무렇게나 쉬는 거지요. 그러다 보니 별의별 괴이하고 요상한 일들도 다 보게 되지요. 바로 지난해 겨울이었어요. 몇날 며칠이고 계속 내린 눈이 서너 자나 되도록 깊이 쌓였는데 바로 그날 아침에 저는 일찍감치 일어났었지요. 아직 방 안에 있었는데 밖의 나뭇간에서 부스럭대는 소리가 나는 게 아니겠어요. 그래서 이는 틀림없이 누군가 땔나무를 훔쳐가는 소리라고 생각했지요. 가만히 일어나 창문 밖으로 내다보니 글쎄 우리마을 사람이 아니더란 말이에요."

가모가 흥미를 감추지 못하며 얘기에 빠져들었다.

"틀림없이 길 가던 사람이 날씨가 추우니까 땔나무를 보고 뽑아다 불을 피우려는 모양이었구려. 그런 일이야 있게 마련이지."

"그런데 길 가던 손님도 아니었어요. 그래서 참으로 이상도 하구나 했던 거지요. 노마님께서는 그게 누구였을 거라고 생각하세요? 바로 열일고여덟은 되었을까 말까하는 아주 이쁘게 생긴 처녀아이였어요. 기름 바른 듯 윤이 나는 삼단 같은 머리카락을 늘어뜨리고 붉은 저고리에 하얀색 비단치마를 입고 있었다고요."

여기까지 말을 하고 있을 때 바깥에서 시끄러운 소리가 들려오며 누군가 이렇게 말했다.

"괜찮아, 상관없어. 노마님께서 놀라시지 않게 조용히 좀 해."

가모 등이 놀라 무슨 일이냐고 물었다. 시녀가 바깥사정을 아뢰었다.

"남쪽 행랑채의 마구간에서 불이 났었어요. 하지만 괜찮아요. 벌써 다 껐대요."

가모는 담이 작은지라 그 말을 듣고서 가만있지 않고 벌떡 일어나 남의 부축을 받으며 골마루로 나와 밖을 내다보았다. 동남쪽에 불빛이 아직도 환히 비치고 있었다. 가모는 놀라서 속으로 염불을 하며 사람을 시켜 화신火神에게 달려가 향을 피우고 축원을 드리라고 명했다. 왕부인 등이 달려와서 안부를 물으며 보고했다.

"이제 불은 다 꺼졌으니 어머님은 방으로 들어가세요."

가모는 불씨가 완전히 꺼진 다음에야 여러 사람을 데리고 방으로 다시 들어왔다.

보옥이 여전히 궁금한지 유노파에게 물었다.

"그 여자애는 무엇 때문에 그처럼 눈이 많이 내린 날 땔나무를 빼내고 있었대요? 그러다 추위에 몸이 얼어 병이라도 나면 어쩌지요?"

가모는 여전히 불이 난 일에 대해 마음이 쓰이는 모양이었다.

"방금 땔나무 얘기를 하는 바람에 불이 난 모양인데 넌 아직도 그걸 묻느냐. 이제 그 얘기는 그만 하고 다른 얘길 듣자."

보옥은 속으로 그 얘기를 더 듣고 싶었지만 어쩔 수가 없었다.

유노파는 얼른 다른 얘기 하나를 생각해 냈다.

"우리마을 동쪽에 있는 동네에 올해 나이 아흔이 되는 할머니 한 분이 살고 있지요. 그 노인네는 날마다 소식素食하고 염불 외며 진실하게 살았는데 아마도 관세음보살이 감동을 하셨는지 어느 날 꿈에 현몽을 하셨더랍니다. '그대가 이처럼 경건하고 독실한 믿음을 갖고 있으니 본래는 후손이 끊어질 명을 타고났지만 옥황상제님께 상주하여 특별히 그대에게 손자 하나를 점지해 주겠노라'라고 말했대요. 사실 이 노인네는 외아들 하나가 있었고 그 밑에서 역시 아들 하나가 있었는데 글쎄 열일고여덟 살에 어쩐 일인지 그만 죽어버렸답니다. 그러니 얼마나 애통했겠어요. 후에 과연 새로 손자 하나를 얻어서 지금 열서너 살가량 되었는데 어찌나 이쁘게 생겼는지 얼굴은 하얀 눈덩이 같고 남달리 총명하고 똑똑하기가 그지없다고 하더라고요. 그러니 부처님이나 신령님이 계신 건 분명한 거지요."

유노파가 제멋대로 꾸며댄 말은 공교롭게도 왕부인의 마음에 그대로 와 닿는 사연이 되어 왕부인조차도 얘기에 정신이 팔려 있었다.

보옥은 여전히 땔나무 빼내던 처녀 이야기에 마음이 쏠려 다른 얘기에 흥미가 없이 골똘히 생각에 잠겨 있었다. 그때 탐춘이 보옥에게 물었다.

"오빠, 지난번에는 상운이가 우리를 시모임에 초청했으니까 이번에는 우리가 주관하여 초청해야 하지 않겠어요? 할머님도 모시고 국화구경을 하시도록 하면 어떨까?"

"응, 할머니가 먼저 상운이한테 답례로 청하시겠다고 하셨으니 우리는 옆에서 거들기나 하고 우선 할머니가 초청하는 회식을 얻어먹은 다음에 우리가 주최해도 늦지 않을 거야."

"앞으로 점점 더 추워지는데 할머님도 그렇게 흥이 나셔서 오실까?"

"할머니는 비가 와도 좋아하시고 눈이 와도 좋아하시니 차라리 첫눈이 내리는 날 할머니를 모시고 눈 구경을 하시게 하면 어떨까. 우리도 눈 오는 날 시를 지으면 얼마나 운치가 있겠어."

보옥의 말에 옆에 있던 임대옥이 웃으며 한마디 덧붙였다.

"눈 오는 날에 시를 읊는다고? 내 생각에는 말이에요, 땔나무를 한 묶음 마련해 놓고 눈 쌓인 날 땔나무를 빼내는 게 훨씬 더 재미있겠는데."

그 말에 보차 등이 모두 까르르 웃어젖혔다. 보옥은 대옥을 그냥 흘겨보기만 하고 아무 대꾸도 하지 않았다.

잠시 후 다들 흩어진 다음에 보옥은 끝내 유노파를 잡아끌며 그 여자아이가 도대체 누구인지를 캐물었다. 유노파는 만부득이 또 얘기를 꾸며가며 이야기를 계속했다.

"사실 그 여자아이는 말이에요, 에… 그러니까… 우리 동네 북쪽 밭

둔덕 위에 작은 사당이 세워져 있는데, 거기에 모시던 상은 산신령이나 부처님이 아니고 바로 그 처녀상이었어요. 예전에 어떤 나리가 있었는데….”

유노파는 그 사람의 성씨와 이름이 무엇이었더라 하고 생각에 잠기는 시늉을 하였다.

“성씨고 이름이고 생각할 필요 없고 그냥 그 까닭만 얘기해 보세요.”

“이 나리에겐 아들이 없었고 따님 한 분만이 있었더래요. 이름은 명옥茗玉이라고 했다는데 이 아가씨는 어려서부터 글자를 익혀서 나리께서 아주 보배처럼 여기고 있었더래요. 그런데 글쎄 이 명옥 아가씨가 열일곱 살이 되었을 때 그만 병에 걸려 죽어버리고 말았다잖아요.”

보옥이 그 말을 듣고 그만 발을 동동 구르며 탄식했다. 그리곤 또 그다음에 어찌 되었느냐고 물었다.

“나리와 마님이 너무나 생각이 간절한 끝에 결국은 그 사당을 짓고 명옥 아가씨의 상을 만들어 놓고 향을 사르며 모신 거래요. 지금은 세월이 너무 오래되어 그 사람들도 다 죽고 사당도 기울어졌는데 그 여자의 상이 그만 요정이 되었다는 거죠.”

보옥이 얼른 말을 받았다.

“아니야. 요정이 된 것이 아니라, 그런 사람은 본래 죽어도 죽지 않는 게 규칙이라구.”

“나무아미타불! 아, 그렇구면요. 도련님이 말씀하지 않으셨으면 우리는 그냥 요정이 된 줄만으로 알고 있을 건데…. 그 아가씨가 늘 사람으로 변해서 마을에 나타나거나 길 위를 걸어다니기도 하였는데요, 방금 말씀드린 땔나무 빼내던 사람도 바로 그 아가씨였다는 거죠. 우리 마을 사람들은 아무래도 안 되겠다고 하면서 그 소상을 깨부수고 사당을 헐어 버리자고 논의하기도 했지요.”

보옥이 깜짝 놀란다.

"절대로 안돼요. 사당을 헐어버리면 그 죄가 작지 않아요."

"다행히 도련님이 가르쳐 주셨으니 제가 내일 가거든 그 사람들한테 꼭 알려 줄게요."

"우리 할머님이나 어머님은 모두 착하고 선량하신 분이시거든요. 온 집안의 높고 낮은 사람들이 모두 적선하고 희사하는 걸 좋아하시고 특히 사당을 수리하는 걸 좋아하세요. 제가요, 내일 기부금 납부명단을 하나 만들어서 보시를 좀 받아둘게요. 할머니가 책임지고 그걸 가지고 돈을 써서 사당을 수리하시고 진흙상도 새로 만들어 주세요. 매달 분향할 돈을 드릴 테니까 향을 사르면 얼마나 좋겠어요."

"그렇게만 될 수 있다면 이 늙은이도 그 요정 아가씨 덕분에 돈을 몇 푼 쓸 수 있게 된다는 말씀이구먼요."

보옥은 여태까지 그걸 진짜 이야기로 믿고 사당이 있는 곳이 어디냐, 그 마을의 이름은 무엇이냐, 오고가는 데 얼마나 걸리고 세워진 방향은 어느 쪽이냐는 둥 꼬치꼬치 따져 물었다. 유노파는 그저 대충 적당히 얼버무리고 말았다.

보옥은 철석같이 사실로 믿고 방으로 돌아온 뒤에 밤새도록 셈을 해보고는 다음날 아침 일찍 명연에게 돈 수백 문을 주면서 유노파가 말한 방향과 땅 이름을 근거로 먼저 찾아가 보라고 하였다. 우선 확실하게 찾고 나면 돌아온 뒤에 다시 어떡할 것인지를 정하려고 한 것이었다. 명연이 떠난 뒤로 보옥은 아무리 기다려도 명연이 돌아오지 않자 뜨거운 가마솥에 빠진 개미처럼 안절부절 못하면서 좌불안석이 되어 쩔쩔 맸다.

겨우 해가 질 무렵이 되자 명연이 득의만만하여 싱글거리며 돌아왔다.

"그래 그런 사당이 있더냐?"

"도련님이 도대체 제대로 듣지 않으시고선 저한테 찾아보라 하시니,

그 땅이름이고 방향이고 모두 도련님 말씀하고는 달랐다고요. 하루 종일 찾아다니다가 동북쪽 밭둔덕 위에서 다 쓰러져가는 사당 하나를 찾아내기는 했습죠."

명연의 말에 보옥이 기뻐하는 기색을 감추지 못하고 얼른 물었다.

"유노파가 나이가 많이 먹은 사람이니 잠시 잘못 기억할 수도 있는 거지. 그래 거기서 본 것이나 어서 말해 봐!"

"그 사당은 말이에요, 문이 남쪽으로 나 있었고요, 아주 형편없이 여기저기 무너져 내렸더라고요. 저는 찾아가는 데 힘을 다 빼서 그걸 보자마자 아이고, 여기 있었구나 하고 반가워하며 뛰어 들어갔지요. 그런데 진흙으로 만든 상을 보자마자 정말 살아있는 것 같아 너무나 놀라서 그냥 밖으로 뛰쳐나오고 말았어요."

보옥이 기뻐서 웃으며 말했다.

"물론 그 아가씨의 상은 사람처럼 변할 수도 있으니 자연히 살아있는 듯한 기운이 나오겠지."

명연은 손바닥을 치면서 크게 소리쳤다.

"도련님! 아가씨는 무슨 아가씨예요? 그건요, 얼굴 시퍼렇고 머리카락 시뻘겋게 만든 온역병瘟疫病의 신상神像이더라고요."

보옥이 그 말에 침을 튀기며 욕을 해댔다.

"아이고, 이 아무짝에도 쓸모없는 인간 같으니라고! 그래 이런 작은 일 하나도 제대로 해내지 못한단 말이냐."

"도련님은 도대체 무슨 엉뚱한 책을 보신 거예요? 아니면 어떤 말도 안 되는 엉터리 얘기를 들으셨는지 모르지만 그걸 진짜로 믿으시고 저한테 알아내라고 하시고선 되레 저보고 쓸모없다고 하시는 거예요?"

명연이 화를 내며 투덜대자 보옥이 그제야 조금 달랜다.

"그래, 알았으니까 화내지 마. 나중에 짬이 나면 다시 찾아봐. 만일 남들이 우릴 속여먹은 거라면 아예 처음부터 없던 일이겠지만 진짜 있는 일이라면 너도 은연중에 음덕을 쌓는 게 아니겠니. 그리되면 기필코 너한테도 큰 상이 돌아갈 거야."

그때 중문 밖에서 전갈이 들어왔다.

"노마님 방에서 아가씨들이 도련님을 찾으러 중문 앞에 서서 기다리고 계세요."

무슨 일인가 궁금하면 다음 회를 보시라.

史太君兩宴大觀園
金鴛鴦三宣牙牌令

# 대관원의 주령놀이

사태군은 대관원에서 잔치 두 번 열었고
김원앙은 술자리에서 주령 세 번 내렸네
史太君兩宴大觀園 金鴛鴦三宣牙牌令

보옥이 전갈을 받고 부랴부랴 안으로 들어가니 시녀가 호박琥珀 병풍 앞에 서 있다 말을 건넸다.

"어서 들어가 보세요. 모두들 도련님을 기다리고 계세요."

보옥이 큰방으로 들어가니 가모와 왕부인 그리고 여러 자매들이 사상운에게 답례하는 잔치를 어떻게 마련하는가를 의논하고 있었다.

"저한테 한 가지 방안이 있어요. 다른 특별한 손님이 있는 것도 아니니 먹는 음식도 몇 가지로 정하지 말고 누구든 평소에 즐기는 것이 있으면 그걸로 몇 가지만 마련하면 될 거예요. 또 특별히 큰 식탁을 벌여 놓지 말고 사람마다 앞에 높은 소반 하나씩 마련하여 각자가 먹고 싶은 음식을 한두 가지씩만 담고 따로 여러 과자가 골고루 담긴 도시락과 자기가 따라 마실 술 주전자를 놓으면 아주 운치가 있을 것 같아요."

보옥의 말에 가모가 그게 좋겠다고 찬동하고 곧 주방에 명을 내렸다.

"내일 우리가 즐겨 먹는 몇 가지 요리를 만들어서 사람 숫자대로 도시락에 담아 내오너라. 아침식사도 정원에서 먹기로 하자."

그렇게 논의하는 동안 어느새 저녁 무렵이 되었다. 그날 밤은 밤새 아무 일 없었다.

다음날 일찍 일어나니 반갑게도 날씨가 쾌청하고 유난히 맑았다. 이환이 이른 새벽에 먼저 일어나 보니 할멈과 시녀들이 마당의 낙엽을 쓸거나 탁자와 의자를 걸레로 닦고 찻잔, 술잔 등을 준비하고 있었다. 그때 왕희봉의 시녀인 풍아가 유노파와 판아를 데리고 들어왔다.

"큰아씨 마님, 아주 바쁘시네요."

"내가 말했잖아요, 할머니는 어제 못 돌아 가신다구. 끝까지 가신다고 우기시더니."

유노파가 벙글벙글 웃으면서 대답했다.

"노마님께서 저를 잡아두시면서 하루 즐겁게 놀다 가라 하시니 어떡하겠어요?"

풍아는 크고 작은 열쇠 꾸러미 몇 개를 꺼내 건네주며 말했다.

"우리 아씨께서 말씀하시기를 바깥쪽의 높은 소반은 아마 모자랄 듯하니 창고 안에 챙겨 두었던 것을 꺼내 하루 쓰는 게 좋지 않겠느냐고 하셨어요. 아씨께서 마땅히 몸소 오셔야 하지만 지금 마님하고 말씀 나누고 있어서 못 오시니 큰아씨 마님께서 사람을 데려가 옮겨오시라고 하셨어요."

이환은 소운에게 열쇠 꾸러미를 받으라고 하고 할멈을 시켜 중문에서 있는 시동 몇 사람을 불러오라고 일렀다. 이환은 대관루大觀樓 아래에 서서 다락 위를 쳐다보며 사람을 시켜 철금각綴錦閣을 열어보라고 하고 소반을 하나씩 꺼내도록 하였다. 시동과 할멈, 시녀들이 다함께 나서서 스무 개가 넘는 소반을 옮겨 내왔다.

"잘 좀 다뤄. 어디 도깨비라도 쫓아오는 것처럼 그렇게 서둘지 좀 말고. 상 모서리를 부딪치지 않게 조심해야지."

그리곤 고개를 돌려 유노파에게 말했다.

"할머니! 한 번 올라가서 구경해 보실래요?"

그 말에 유노파는 기다렸다는 듯이 "예" 하고 대답하곤 판아를 잡아 끌고 얼른 사다리를 타고 누각 위로 올라갔다. 안으로 들어가니 온통 병풍이며 탁자와 의자, 크고 작은 화등과 같은 것이 빼곡하게 쌓여 있었다. 그게 다 무엇들인지 일일이 알 수는 없었지만 오색찬란하여 눈이 현란할 정도로 아름다웠고 기기묘묘하게 생긴 것들이었다. 그냥 절로 탄복하여 염불소리가 몇 차례나 거푸 나왔다. 유노파가 내려오자 문을 걸어 잠그고 나머지 일꾼들도 함께 내려왔다.

"노마님께서 기분이 좋으시면 혹시 배를 타자고 하실지도 모르니 차라리 노와 삿대와 차양용 장막도 함께 갖고 내려와 준비해 두는 게 좋겠어."

이환의 말에 사람들이 다시 올라가 문을 열고 필요한 것들을 모두 가져 내려왔다. 또 시동에게 시켜 뱃사공 어멈들에게 나루에 있는 놀이배 두 척을 몰아다 대 놓으라고 일렀다.

한창 분주하게 준비하는데 가모가 여러 사람을 대동하고 들어왔다. 이환이 서둘러 나가 맞이하며 말했다.

"할머님께서 오늘 기분이 좋으시니까 이렇게 일찍 나오셨네요. 아직 머리 빗고 계실 거라고 생각하고 이제 막 국화꽃을 꺾어 보내드리려던 참이었어요."

이환의 시녀인 벽월이 벌써부터 각양각색의 국화꽃을 가득 담은 큰 연잎 모양의 비취 쟁반을 들고 서 있었다. 가모는 그 중에서 붉은 꽃 한 송이를 집어 자신의 귀밑머리에 꽂으며 유노파를 뒤돌아보고 웃었다.

"자, 여기 와서 꽃을 한 번 머리에 꽂아 보시우."

그 말이 끝나기 무섭게 왕희봉이 유노파를 끌어당겨 온다.

"제가 치장해 드릴까요?"

그러면서 희봉은 쟁반 위에 놓인 꽃들을 이리저리 제멋대로 유노파의 머리에 가득 꽂아 주었다. 가모와 여러 사람들이 웃음을 터뜨렸다. 유노파도 덩달아 웃으며 즐거워했다.

"아이구, 이거 내 머리가 오늘은 무슨 복을 타고났는지."

"어서 머리에 꽂힌 꽃들을 뽑아서 저 사람 얼굴에 대고 내던지세요. 할멈을 무슨 늙은 요정같이 치장해놓고 말았잖아요."

사람들이 은근히 유노파를 부추겼지만 그녀는 오히려 더 즐거워했다.

"내 비록 지금은 이렇게 늙었지만 젊었을 때는 그래도 한껏 멋을 부렸다고요. 꽃도 좋아하고 분도 바르고 그랬지요. 오늘 이렇게 늙은 멋을 좀 부려 보는 것도 좋구먼요."

사람들이 웃고 떠드는 사이에 심방정의 정자 위에 이르렀다. 시녀들이 커다란 비단방석을 가져와 난간의 긴 의자에 깔았다. 가모가 난간 기둥에 기대앉으며 유노파도 곁에 앉으라고 하였다.

"우리 정원이 어때요?"

유노파는 감탄을 연발하면서 대답했다.

"우리 시골사람들은 매년 세밑에 성안에 와서 판화그림 같은 걸 사다가 붙이는데, 한가하면 모여서 그림을 보다가 어떻게 하면 저런 그림 속으로 한 번 놀러갈 수 있을까 말들을 했거든요. 그런데 그때 속으로 저런 그림도 다 거짓으로 만든 것이지 어디 정말로 저렇게 아름다운 곳이 진짜 있겠느냐고 생각했지요. 오늘 이댁 정원에 들어와 살펴보니 그야말로 그런 그림보다도 열 배는 더 멋지네요. 어떡하면 이런 정원을 그림으로 그려 달래서 한 장 가져볼 수 있을까요? 우리동네 사람들한테 보여주면 아마 죽어도 좋다고 할 거예요."

가모가 듣고 석춘을 가리키며 유노파에게 말했다.

"저기 우리 막내 손녀딸이 그림을 잘 그린다우. 내일 그림 한 장 그려

달라고 하면 어떻겠수?"

유노파가 기뻐하며 얼른 석춘한테 달려가더니 옷자락을 붙잡고 호들갑을 떤다.

"아이고, 아가씨! 아직 나이도 어리시고 또 이렇게 아리따운 얼굴에 그런 재주까지 가지셨다니 정말로 선녀님이 내려오신 건 아니신가요?"

가모는 잠시 쉬었다가 다시 유노파에게 이곳저곳을 구경시켜주기 위해 일어섰다. 먼저 소상관으로 들어갔다. 문을 들어서자 푸른 대나무 숲 사이로 난 작은 길이 보였다. 땅위에는 이끼가 가득 나 있고 그 사이로 자갈을 촘촘히 깐 돌길이 구불구불 이어졌다.

유노파는 가모와 다른 이들을 돌길 위로 걷게 하고 자신은 옆에서 땅바닥으로 조심조심 걸어갔다. 호박이 그녀에게 다가가 부축하려 했다.

"판아 할머니, 윗길로 올라오세요. 그러다 이끼에 미끄러진다고요."

"상관없어요. 우리 같은 사람은 이런 데를 늘 걸어 다녔으니까 아가씨들이나 잘 가세요. 수놓은 비단신발이 더럽혀지지 않도록 말이에요."

그러면서 유노파는 고개를 들고 남들과 얘기하는 데 정신이 팔려서 조심하지 않는 바람에 결국은 꽈당 하고 넘어지고 말았다. 사람들이 손뼉 치며 깔깔거리고 웃어댔다. 가모도 따라 웃으며 시녀들을 야단쳤다.

"이 못된 년들아, 어서 붙잡아 일으키지 않고 서서 웃기만 하느냐?"

하지만 그 사이에 유노파가 일어서며 스스로 계면쩍게 웃었다.

"방금 제 입으로 말하는 바람에 천벌을 받아 제 아가리 때린 격이 되었네요."

"그래 허리를 다치진 않았수?"

가모는 시녀들에게 좀 두드려 드리라고 했다.

"제가 어떻게 그렇게 뼈가 무를 리가 있나요. 어느 날이고 한두 번씩 안 넘어지는 날이 없는데 그럴 때마다 두드려야 한다면 큰일이게요."

자견이 일찌감치 나와서 검은 반점이 있는 상비죽湘妃竹으로 만든 대발을 걷어 올리고 맞이했다. 가모 등이 들어가서 자리에 앉았다. 대옥이 직접 작은 받침에 뚜껑 있는 찻종에 차 한 잔을 따라 가모에게 먼저 바쳤다. 왕부인이 곁에서 덧붙였다.

"우린 차를 안 마실 테니까 따르지 않아도 된단다."

대옥은 그 말을 듣고 시녀에게 창문가에 놓여 있는 의자를 가져오라 하여 왕부인이 앉도록 하였다. 유노파는 창가에 놓인 책상 위에 붓과 벼루가 놓이고 서가에 수많은 책이 차곡차곡 가득 쌓여있는 걸 보고는 제멋대로 말했다.

"이곳은 틀림없이 어느 도련님의 서재가 분명하군요."

가모가 대옥을 가리키며 말했다.

"여긴 바로 저 우리 외손녀의 방이라오."

유노파는 가만히 정신을 가다듬고 대옥을 유심히 살펴보더니 감탄을 했다.

"이곳이 어떻게 아가씨의 규방이라고 생각할 수 있겠어요. 아주 높으신 학자님의 서재보다도 더 낫구먼 그래요."

가모가 문득 생각난 듯 물었다.

"그런데 보옥인 왜 안 보이느냐?"

"연못의 놀잇배에 가 있습니다."

곁에서 얼른 시녀들이 대답했다.

"그래? 누가 놀잇배까지 준비해 두었어?"

이환이 선뜻 나서며 대답했다.

"방금 누각 위 창고에서 소반을 꺼낼 적에 혹시 할머님이 흥이 나서서 타고 싶어하실까 하여 준비하도록 했습니다."

가모가 뭐라고 막 말을 하려는데 누군가 아뢰었다.

"설부인 마님께서 오셨습니다."

가모 등이 일어나 맞으니 설부인이 안으로 들어와 다들 함께 자리에 앉았다.

"오늘 노마님께서 기분이 좋으시군요. 이렇게 이른 시간에 벌써 와 계시다니요."

설부인의 말을 받아서 가모가 웃으며 한마디 했다.

"내가 방금 늦게 오는 사람한테 벌칙을 주어야 한다고 했는데 뜻밖에 사돈 마님께서 걸려들게 되었군요."

한동안 웃고 떠들다가 문득 가모가 창문에 바른 얇은 망사의 빛깔이 바랜 걸 보고 왕부인한테 말했다.

"저 망사는 처음 붙였을 때는 참 보기 좋더니 좀 지나니 색깔이 바래서 새파랗지 못하네. 이 집 정원에는 복숭아나 살구나무가 없고 대나무는 늘 푸른색이기만 한데 여기에 초록색 사창이 있으면 어울리지를 못해. 내 기억에는 우리집에 지난번에 네댓 가지 색깔의 창문에 붙이는 망사가 있었는데 말이야. 나중에 저 사창을 바꿔 주는 게 좋겠어."

희봉이 얼른 대답했다.

"어제 창고방을 열어 보았더니 큰 상자 속에 은빛 섞인 분홍색의 선익사蟬翼紗가 몇 필은 되더라고요. 여러 가지 꽃가지 무늬도 있고요, 구름과 만복卍福 글자의 무늬도 있고, 꽃밭에 숱한 나비가 팔랑이는 무늬도 있어요. 색깔도 산뜻하고 망사도 아주 가벼워 여태 못 보던 것이에요. 두 필쯤 잘라다 면사 이불 두 채를 만들면 아주 좋겠더라고요."

가모가 웃으면서 말을 막았다.

"에그, 사람들이 다들 너를 보고 겪지 않은 일이 없고 보지 않은 것이 없다고 하더니만 그런 망사 하나도 제대로 모른단 말이더냐. 그러고도 아는 체하며 무슨 말을 하겠다는 거야?"

설부인 등이 모두 나서서 웃으며 물었다.

"저애가 아무리 겪어보고 구경해 보았더라도 감히 노마님한테야 비할 수 있겠어요. 이번 기회에 좀 자세히 가르쳐 주시지 그러세요. 저희도 함께 좀 들어보게요."

희봉도 달려들어 떼를 쓴다.

"할머님, 어서 가르쳐 주세요."

가모는 설부인 등을 향해 말했다.

"그 망사는 여러분 나이보다도 더 오래된 것이야. 그러니 저애가 선익사로 알고 있는 것도 탓할 수는 없겠지. 원래 아주 비슷하니까. 모르는 사람은 다들 선익사로 알거든. 정식 이름은 '연연라軟煙羅'라고 부르는 거야."

"그 이름도 참 듣기 좋네요. 하지만 제가 이 나이 되도록 사紗라든가 라羅라든가 하는 것을 수백 가지 보아왔지만 그런 이름은 사실 처음이에요."

희봉의 말에 가모가 다시 말을 받았다.

"네가 살았으면 몇 살이나 살았다고 겨우 별거 아닌 것들 몇 가지를 보고 나서 아는 척하는 게냐. 그 '연연라'는 오직 네 가지의 색깔을 갖고 있어. 하나는 비 내린 뒤의 맑은 하늘 같은 푸른색, 하나는 가을 향기같이 은은한 노란색, 하나는 솔잎 같은 초록색, 그리고 은빛 섞인 분홍색 등이야. 그걸 가지고 휘장을 만들거나 창문틀에 바르면 멀리서 바라볼 때 마치 연기나 안개처럼 은은하게 비쳐 보이므로 '연연라'라고 한다는 게야. 그 중에서 은빛 섞인 분홍색은 또 노을 그림자 비친다는 뜻으로 '하영사霞影紗'라고도 부른단다. 지금 궁중에서 쓰는 최상품 사紗도 이것만큼 부드럽고 두껍고 가볍고 촘촘하지는 못하지."

설부인이 나섰다.

"희봉이 못 보았을 것은 말할 것도 없고 저희까지도 들어보지 못하던 것인데요."

희봉은 곧 사람을 보내 한 필을 가져오라고 하였다.

"그래, 바로 이거 아니냐. 전에는 그저 창문에나 발랐던 것인데 나중에 우리는 이것으로 휘장도 한 번 만들어 보았더니 아주 좋았어. 나중에 몇 필 찾아내서 은빛 섞인 분홍색으로 대옥이 창문에 발라 주어라."

희봉이 대답했다. 다른 사람들도 다들 함께 보면서 찬탄해 마지않았다. 유노파도 눈을 떼지 못하며 탄복하며 말을 했다.

"저희는 이런 귀한 것으로 옷을 만들어 입을래도 못하는데 이걸 창문에다 바른다니 좀 아깝지 않나요?"

가모가 대답했다.

"사실 옷을 만들면 별로 예쁘지 않아요."

희봉이 얼른 자신이 입고 있던 붉은 비단 저고리의 옷깃을 당겨 보여 주면서 가모와 설부인에게 말했다.

"이 저고리를 좀 봐 주세요."

가모와 설부인이 함께 말했다.

"그것도 아주 좋은 거야. 그건 지금 궁중에서 만든 것인데 이것보다는 못하지."

"이렇게 얇은 것이 어떻게 궁중에서 만든 것이라는 거죠. 일반 관청에서 쓰는 것보다도 못한 것 같아요."

희봉의 말에 가모가 다시 명했다.

"한 번 더 찾아보렴. 파란색도 있을 거야. 있으면 다 갖고 나와 봐. 여기 유씨 사돈께도 두필가량 드리고. 휘장 하나를 만들어 내가 걸어야겠다. 남은 것은 속감을 대어 조끼라도 만들어 시녀들에게 나눠주어 입게 하는 게 좋겠어. 공연히 내버려두면 곰팡이나 피겠지."

희봉이 대답하고 사람을 보냈다.

"자, 이 방은 너무 좁으니 이제 다른 곳을 좀 돌아다녀 보자."

가모가 일어서며 웃으니 유노파가 감탄을 그치지 못하고 말했다.

"사람들이 대갓집에서는 큰방에서 산다고 하는 말을 들었는데 어제 보니까 노마님의 안방에는 정말로 큰 장롱이며 탁자와 침상이 굉장하더라고요. 큰 장롱은 우리 같은 사람이 사는 방 한 칸보다 더 크더라니까요. 하기야 그러니 뒷마당에 사다리가 있었지요. 지붕에 올라가 햇볕에 말릴 일도 없을 텐데 사다리는 왜 있을까 하고 생각했는데 나중에 생각해보니까 장롱 위에 올라가 물건을 넣고 꺼내는 데 필요할 것 같더라구요. 사다리 없이 그 큰 장롱의 위쪽에는 어떻게 물건을 넣을 수가 있겠어요. 그런데 지금 이 작은 방을 보니 또 큰방보다도 더 가지런하게 정돈되어 있고 온 방 안에 예쁜 물건들이 가득하니 그 이름은 알 수가 없지만 자꾸 볼수록 이 방을 떠나고 싶지가 않구먼요."

"여기보다 좋은 곳이 얼마든지 있어요. 내가 일일이 다 구경시켜 드릴게요."

희봉의 말을 들으며 다 함께 소상관을 나왔다.

멀리 연못 가운데서 몇 사람이 벌써 배를 젓고 있는 모습이 보였다. 가모가 재촉했다.

"저기 배가 준비된 모양이구나, 우리 함께 가서 배를 타보자꾸나."

여러 사람들은 자릉주紫菱洲와 요서蓼漵 쪽으로 걸어갔다. 아직 연못 가에 이르지 않았을 때 할멈 몇 사람이 손에 금박을 상감한 찬합을 하나씩 들고 걸어왔다. 희봉은 왕부인한테 아침식사를 어디에다 차릴 것인지를 물었다. 왕부인이 "할머님한테 여쭤 보고 말씀하시는 곳으로 차려라"고 말하니, 곁에서 그 말을 들은 가모가 대답했다.

"네 셋째 동생인 탐춘네 방에다 차리면 되겠구나. 너는 사람들을 데리고 먼저 가거라. 우리는 여기서 배를 타고 건너가마."

희봉은 곧 탐춘과 이환, 원앙, 호박 등과 함께 밥을 들고온 사람들을 데리고 가까운 샛길을 찾아 추상재로 가서 효취당曉翠堂에 식탁을 차렸다. 원앙이 은근히 제안했다.

"저희가 날마다 하는 말이지만 바깥에서 나리들이 술 마시고 밥 먹을 때면 항상 꼭두각시 같은 사람이 하나씩 있어서 웃음거리로 삼는다고 하잖아요. 저희도 오늘 여자 꼭두각시를 한 사람 구한 셈이잖아요."

이환은 본래 인정이 많은 사람이라 그 말이 무슨 뜻인지를 알아채지 못하고 있었지만 희봉은 곧 그 말이 유노파를 빗대어 한 말임을 알았다.

"그럼, 우리 오늘은 그 할멈을 웃음거리로 삼아 재미있게 놀아볼까."

두 사람이 그렇게 함께 모의를 하자 이환이 눈치를 채고 좋은 말로 나무랐다.

"정말 좋은 일이라고는 한 가지도 하지 않고, 애들도 아닌 사람들이 그렇게 장난기를 부리려면 어떡해. 나중에 할머님이 화내실지도 모르니 조심하라고."

원앙이 대꾸했다.

"큰아씨 마님과는 상관없는 일이니 걱정 마세요. 다 제가 있잖아요."

그때 가모 등이 도착했다. 각자 편하게 자리를 정하여 앉았다. 우선 시녀들이 두 개의 쟁반에 차를 날라왔다. 모두 마시고 나서 희봉은 흑단목에 세 군데 은박테를 두른 젓가락을 서양에서 수입한 냅킨에 곱게 싸서 들고 와 앉을 자리를 가늠하여 일일이 차려 놓았다.

"저쪽의 작은 탁자를 하나 더 갖고 와서 유씨 사돈을 여기 앉으시도록 해라."

가모의 말에 여럿이 얼른 탁자를 옮겨왔다. 희봉은 원앙에게 먼저 눈짓을 보냈다. 원앙은 유노파를 슬쩍 밖으로 불러내 아무도 몰래 당부의 말을 건넸다.

"이건 우리집의 규칙이에요. 만일 잘못하면 우리한테 웃음거리가 된다고요."

준비가 끝나자 모두들 자리에 앉았다.

설부인은 이미 아침을 들고 왔으므로 식사는 안하고 한켠에 앉아 차만 마셨다. 가모는 보옥과 상운, 대옥, 보차와 더불어 한탁자에 앉았고 왕부인은 영춘 자매 셋을 데리고 한탁자에 앉았으며 유노파는 가모의 옆에 따로 작은 탁자를 놓고 앉았다.

가모가 평소 식사할 때는 어린 시녀들이 옆에서 시중을 들면서 가래 침 그릇이며 먼지떨이, 수건 등을 들고 서 있게 마련이며 원앙 같은 큰 시녀는 그런 일은 벌써 면한 상태였다. 하지만 오늘 원앙이 특별히 먼 지떨이를 받아들고 서 있자 다른 시녀들도 그녀가 유노파를 놀려주려 고 그런다는 걸 미리 알고 자리를 비켜 양보하였다. 원앙은 시중을 들 면서 유노파에게 다시 한 번 낮은 소리로 상기시켰다.

"절대 잊지 말아요!"

"아가씨, 걱정일랑 마세요."

유노파가 자리에 앉아 젓가락을 들려고 하니 무거워 제대로 들 수도 없었다. 왕희봉과 원앙은 처음부터 모의하여 금으로 상감하고 사각형 으로 만들어진 상아 젓가락을 유노파 앞에만 놓기로 한 것이었다. 유노 파는 그걸 보고 큰소리로 말했다.

"이 댁의 쇠스랑은 우리집 쇠삽보다도 훨씬 무겁네요. 어디 이겨낼 수가 있어야지요."

사람들이 듣자마자 까르르 웃음을 터뜨렸다.

잠시 후 한 어멈이 찬합을 하나 들고 들어와 섰다. 시녀가 다가가 찬 합의 뚜껑을 열었다. 안에는 요리 두 가지가 들어 있었다. 이환은 한 그 릇을 가모의 앞에 갖다 놓았다. 희봉은 하필 비둘기 알이 들어 있는 사 발을 들어서 유노파의 식탁에 올려놓았다. 가모가 유노파를 향해 "자, 그럼 드십시다" 하고 한마디 했다. 유노파는 그 즉시 자리에서 벌떡 일 어나 큰소리로 소리를 질렀다.

"유씨네 노파, 유씨네 노파, 황소만큼 많이도 먹는 대식가라네! 늙 은 암퇘지 한 마리라도 고개 한 번 안 쳐들고 먹어 치운다네!"

그러고 나서 자신은 양쪽 볼을 불룩 내밀고 입을 꼭 다물고 말없이 멀뚱멀뚱 서 있었다.

처음에 사람들은 어찌 된 영문인지 몰라 눈을 동그랗게 뜨고 바라보고 있다가 잠시 후 그 말을 알아듣고 자리에 모여 있던 위아래, 어른 아이 할 것 없이 모두 와하하 하고 웃음을 터뜨렸다.

상운은 웃음을 참을 수 없어 입안에 든 밥알을 분수처럼 뿜어냈고, 대옥은 웃다가 사래가 들려 밥상에 엎드려 아이고 소리를 질렀다. 보옥은 온몸으로 웃다가 일찌감치 가모의 품안으로 뛰어들었고, 가모는 박장대소하다가 달려든 보옥을 끌어안고 "아이고 내 새끼야" 하고 등을 두드렸다. 왕부인은 웃음을 터뜨리며 문제를 일으킨 희봉을 손으로 가리키면서도 말을 내뱉지 못하였고 설부인도 웃음을 참지 못해 마시던 입안의 차를 곁에 있던 탐춘의 치마에 뿜어냈다. 탐춘은 들고 있던 밥사발을 통째로 영춘의 몸에 엎어 씌웠으며, 석춘은 너무 웃다가 창자가 꼬이자 자리에서 일어나 자기 배를 좀 문질러 달라고 유모의 손을 잡아당기고 있었다.

주위에 있던 시녀들도 다 같이 허리를 꺾고 배꼽이 빠져라 요절복통을 하였다. 개중에는 한쪽으로 비켜나서 배를 끌어안고 쭈그리고 앉아 웃는 시녀도 있었고, 터져 나오는 웃음을 겨우 참고 다른 아가씨의 젖은 옷을 갈아입히는 시녀도 있었다. 하지만 희봉과 원앙이 두 사람만은 시침을 뚝 떼고 일부러 무표정하게 여전히 유노파 시중을 들고 있었다.

유노파는 젓가락을 겨우 들기는 했으나 마음대로 손 안에서 다룰 수가 없자 또 한마디를 했다.

"이 댁에서는 닭이란 놈까지도 잘나고 멋져서 그놈이 낳은 달걀도 요렇게 깜찍하고 기막히게 이쁜 모양이네요. 그 중 한 놈을 슬쩍하여 쑤셔 넣어 가고 싶구먼요."

사람들은 겨우 웃음을 멈추고 정신을 차리려던 참이었는데 또 이 말을 듣고 다시 웃음을 터뜨렸다. 가모는 눈물이 쏙 빠지게 웃음이 나와 호박에게 등을 두드리라 하고 있었다.

"틀림없이 저 희봉이년이 뒤에서 사주하여 장난질을 친 걸 거야. 이 젠 저년의 말을 듣지 마시우."

유노파가 달걀이 이쁘고 멋지다고 칭찬하면서 그 중 하나를 갖고 싶다고 하자 희봉이 웃으며 슬쩍 한마디를 했다.

"그거 한 개에 은자 한 냥씩이에요. 어서 맛이나 보시라고요. 식으면 맛이 없어지니까."

유노파는 젓가락을 밀어 알을 잡아 보려고 애를 썼지만 그게 잡힐 리가 없었다. 그릇 속에서 뱅글뱅글 돌기만 할 뿐 하나도 잡히지가 않았다. 그러다 겨우 젓가락 두 개 사이에 얹어 간신히 끌어올리며 목을 빼내 엎드려 입으로 가져가려는 순간 미끈하고 땅바닥으로 굴러 떨어졌다. 유노파는 얼른 젓가락을 놓고 몸을 구부려 집으려고 했지만 곁에서 있던 시녀가 얼른 집어 감추고 말았다. 유노파는 길게 탄식했다.

"이를 어째, 은자 한 냥짜리가 소리 소문도 없이 사라져 버렸구먼요."

사람들은 이미 밥 먹을 생각도 다 잊어버리고 모두 유노파를 바라보고 웃기만 했다.

가모가 입을 열었다.

"희봉아, 어째서 저렇게 큰 젓가락이 나온 것이냐. 손님을 청한 것도 아니고 잔치 상을 차린 것도 아닌데 틀림없이 희봉이가 시킨 짓이 분명하구나. 어서 바꿔 드리지 못하겠어!"

원래 시녀들이 준비한 것은 이 상아 젓가락이 아니었다. 이는 왕희봉과 원앙이 가져온 것이었다. 가모의 명을 듣고 그들은 상아 젓가락을 얼른 치우고 흑단목에 은테를 두른 젓가락으로 바꿔 놔주었다. 유노파는 새 젓가락을 살펴보더니 또 한마디를 했다.

"금젓가락을 가져가니 은젓가락이 나오네요. 그래도 우리 시골에서 쓰던 나무젓가락만큼 손에 익지를 못하구먼요."

"요리 속에 독이 있을 때 이 은젓가락을 넣으면 바로 시험할 수 있는 거예요."

희봉의 말에 유노파가 대꾸했다.

"이런 요리 속에 독이 있다구요? 그럼 우리 시골집 먹을 것들은 몽땅 비상(砒霜: 독성이 강한 한약재)이게요? 독을 먹고 죽을 때 죽더라도 이런 요리 한 번 실컷 먹어나 보고 죽을래요."

가모는 유노파가 이렇게 재미있고 또 맛있게 잘 먹는 걸 보고 자기 앞에 놓인 반찬도 들어다주며 먹으라고 하였다. 또 할멈 하나를 불러 여러 맛있는 요리를 집어다 판아의 밥그릇에 놓아주라고 일렀다.

이윽고 식사가 끝나고 가모 등은 탐춘의 침실에 들어가 한담을 나누었다. 한편 식사하던 효취당에서는 식탁의 남은 음식을 치우고 따로 식탁 하나를 마련하여 요리를 차렸다. 유노파는 이환과 희봉이 서로 마주 앉아 식사하는 것을 보고 말했다.

"다른 것은 다 그렇다고 치더라도, 이 댁의 이런 관습은 정말로 제가 가장 탄복할 모습이에요. '예의범절은 모두 대갓집에서 나온다'는 말이 그르지 않음을 알았어요."

희봉이 방금 전의 일을 사과했다.

"할머니 너무 언짢게 생각마세요. 조금 전에는 그냥 다 같이 웃자고 한 일일 뿐이에요."

그 말이 끝나기 무섭게 원앙도 다가와서 웃으며 말했다.

"할머니 화내지 않으실 거죠. 정식으로 사과드릴게요."

유노파도 웃으면서 말한다.

"아가씨, 원 별 말씀을 다 하시네요. 우리 모두 노마님의 기분을 풀어드리려고 한 일인데 화는 무슨 화를 내겠어요. 아가씨가 처음 당부할 때 벌써 알아차렸다고요. 다들 즐겁게 웃어보자고 하는 일인데요. 제가 화를 낼 것 같았으면 아예 말을 하지도 않았겠지요."

원앙이 뒤를 돌아보며 시녀들한테 소리쳤다.

"어서 이 할머니한테 차를 따라 드리지 않고 뭣하느냐."

"방금 저기 아줌마가 차를 따라 줘서 벌써 마셨는걸요. 아가씨도 밥을 자셔야지요."

유노파의 말에 희봉이 원앙의 옷을 당겼다.

"자, 너도 여기 앉아 함께 먹고 치우자. 괜히 조금 있다가 다시 법석을 떨지 말고."

원앙이 앉자 할멈들이 밥그릇과 수저를 갖다 주어 세 사람이 함께 식사를 마쳤다.

유노파가 웃으면서 말했다.

"제가 보니까, 세 분이 드셨는데 겨우 요만큼 잡수시고 다 잡수셨다고 하니 정말 배가 고프지 않으시단 말인가요. 그래서 가냘프기가 바람이 불면 넘어진다고들 말하는가 봐요."

그 말에는 대꾸하지 않고 원앙은 일하는 할멈들에게 일렀다.

"오늘 남은 음식이 적지 않을 텐데 다 치웠나요?"

"아직 치우지 않았어요. 여기 기다렸다가 저 사람들한테 주어서 먹게 하려고요."

"저 사람들도 이걸 다 먹지는 못해요. 두어 그릇을 담아서 둘째 아씨 댁의 평아한테 보내도록 해요."

원앙의 말을 곁에서 희봉이 듣고 말렸다.

"그애는 아침 먹었어. 보낼 필요가 없다구."

"평아가 안 먹으면 아씨네집 고양이한테라도 먹이면 되죠."

할멈들은 그 말에 몇 가지 반찬을 찬합에 담아 희봉의 집으로 보냈다.

"소운은 어디로 갔어요?"

"그애들은 다들 여기서 같이 먹었는데 왜 찾아?"

이환의 대답에 원앙이 안심했다.

"그럼 됐어요."

"습인이 여기에 없었으니 사람을 시켜 그애한테 몇 가지 싸서 보내렴."

희봉의 말에 원앙은 곧 사람을 시켜 두어 가지 보내도록 하고 다시 할멈한테 물었다.

"조금 있다가 술 마실 때 잡수실 찬합은 다 준비되었나요?"

"좀더 있어야 될 거예요."

"빨리 하라고 하세요."

희봉 등은 탐춘의 방으로 들어왔다. 할머니와 손녀들이 다 같이 어울려 웃고 떠들고 있었다.


탐춘은 평소 기분 좋게 떠들썩한 분위기와 터놓고 지내는 것을 좋아하여 이 세 칸짜리 집을 방마다 나누어 가로막지 않고 가운데다 화리목花梨木 받침의 대리석 탁자를 놓고 있었다. 탁자 위에는 유명한 서예가의 서첩과 수십 개 벼루와 각종 필통을 가득 쌓아 놓았는데 필통 속에는 온갖 붓이 빽빽하게 숲 속의 나무처럼 꽂혀 있었다. 또 한쪽 편에는 말〔斗〕만 한 크기의 여요 화병 항아리 속에 수정 공처럼 둥근 국화꽃이 가득 꽂혀 있었다. 서쪽 벽에는 송나라 양양襄陽 출신의 이름난 화가 미불米芾이 그린 '연우도煙雨圖'가 걸려 있고 좌우에는 당나라 명필 안진경顔眞卿이 쓴 대련이 걸려 있었다.


연기 끼고 노을 지는 산골에서 풍취는 한가롭고,    煙霞閑骨格,
돌 틈 사이 흐르는 샘물처럼 평생이 자유롭구나.    泉石野生涯.


또 다른 탁자 위에는 커다란 세 발 달린 옛 솥이 얹혀 있고, 그 왼편 자단목 시렁 위에는 대관요大觀窯에서 난 큰 쟁반에 빛나는 노란색의 깜찍한 불수감佛手柑 수십 개가 놓여 있었다. 또 오른편의 칠을 한 서양식 시렁에는 가자미처럼 생긴 백옥 경磬[1]이 놓였는데 그것을 두드리는 작은 망치도 옆에 걸려 있었다.

판아는 한참 동안 같이 있다 보니 조금은 익숙해지고 담이 커져서 선뜻 나서 망치를 들고 경을 치려고 하였다. 시녀들이 서둘러 달려들어 막았다. 그러다 이번에는 또 불수감을 먹겠다고 떼를 썼다. 탐춘이 그중에서 하나를 골라 건네주었다.

"자, 가지고 놀아라. 이건 못 먹는 거란다."

동편에는 여름용 침상이 놓여 있었고, 화려한 그 전통침대 위에는 꽃과 풀벌레를 수놓은 푸른빛 휘장이 드리워져 있었다. 판아는 그쪽으로 달려가서 보고는 "이건 베짱이고, 이건 메뚜기야" 하고 아는 체를 했다. 유노파는 참다못해 잡아다가 따귀를 한 대 때렸다.

"이 못난 자식 같으니라고. 조용히 하지 못하고 왜 시끄럽게 난리를 치는 거냐! 널 데리고 이런 델 온 것만으로도 언감생심이야, 이눔아!"

얻어맞은 판아가 우왕 하고 울음을 터뜨리자 여러 사람이 달려들어 달래서 겨우 그쳤다. 가모는 사창 너머로 후원 쪽을 한참 바라보다가 혼잣말을 하였다.

"저 뒤편 행랑채 처마 아래의 오동나무도 많이 자랐구나. 아직 가늘기는 하지만."

그때 홀연 바람에 실려 은은하게 음악소리가 들려왔다. 가모가 물었다.

"누구네 집에서 혼례식이라도 하는 거냐? 여기는 바깥 길목하고 아주 가깝지 않니."

왕부인 등이 웃으며 아뢰었다.

---

[1] 틀에 옥돌을 달아 뿔 망치로 쳐 소리를 내는 악기.

"그래도 바깥 길의 소리가 들려올 리가 있나요. 저 소리는 우리집에 있는 열두 명의 창극배우가 연습하며 연주하는 소리예요."

"그래? 연습중이라면 들어와서 한 번 해보라고 하지 그러냐. 그애들한테 여기 구경도 시켜줄 겸, 우리도 함께 즐길 수 있잖니."

가모의 말을 들은 희봉이 얼른 사람을 보내 그들을 불러들이도록 하고 또 한편으로는 탁자를 나열하고 붉은 양탄자를 깔도록 하였다.

"우향사의 연못 위 정자각에 배치하도록 하려무나. 물소리와 함께 들으면 더욱 멋지겠다. 그리고 우리는 철금각 아래서 술 한 잔을 하며 들어보자. 거기는 넓고 시원한데다 또 가까이 들을 수 있을 테니까."

사람들이 다 같이 그곳이 좋겠다고 동의했다. 가모가 설부인한테 웃으며 말했다.

"자, 그럼 우리는 그만 갑시다. 저 처녀애들은 제 방을 더럽힐까 봐 남들이 와서 앉아 있는 걸 싫어한다오. 우리도 그런 눈치를 모르는 바가 아니지요. 이제 나가 정식으로 배를 타고 술잔이나 기울입시다."

다들 일어서 나가려니까 탐춘이 웃으며 말렸다.

"무슨 말씀이세요. 할머님과 이모님, 잠깐 더 계시면 안 되시나요."

"우리 셋째 손녀가 그래도 제일 착하다니까. 저 두 명의 옥아玉兒가 아주 골칫덩이니까 이따 우리 술 취하면 저애들 방에 가서 난리를 쳐보자고."

그 말에 여러 사람들이 따라 웃었다. 밖으로 나와 얼마 걷자 곧 행엽저荇葉渚에 다다랐다. 소주에서 데려온 뱃사공 아줌마가 일찌감치 해당화 나무로 만든 배 두 척을 저어 와 대기시켜 놓고 있었다. 여럿이 가모를 부축하여 왕부인과 설부인, 유노파 그리고 원앙, 옥천아 등과 한쪽 배에 올랐다. 뒤따르던 이환이 얼른 함께 탔다. 희봉도 곧 뒤를 따라서 배에 올라 뱃머리에 서서 배를 저으려고 하였다. 가모가 선창 안에서 소리쳤다.

"희봉아, 그만둬라. 이건 장난이 아니야. 이곳이 강물은 아니지만 그래도 아주 깊단다. 빨리 안으로 들어오지 못해!"

"뭐가 겁나시나요? 할머님은 그냥 마음 푹 놓으세요."

왕희봉은 겁도 없이 상앗대를 한 번 밀어 배를 띄웠다. 연못의 중앙으로 들어가니 배는 작고 사람은 많이 타서 희봉은 곧 어지러움을 느꼈다. 얼른 상앗대를 뱃사공 아줌마한테 넘겨주고 주저앉았다. 다른 배에는 영춘 자매와 보옥 등이 함께 타고 뒤를 따랐다. 나머지 일꾼 할멈들과 시녀들은 모두 물가를 따라 천천히 이동하였다.

보옥이 투덜대며 말했다.

"저런 시든 연잎들은 정말 보기 싫어 죽겠는데 왜 뽑아서 없애 버리지 않는 거지?"

"요즘 들어 언제 대관원에 들어와 거닐 한가한 시간이 있었나. 날마다 노는 데 바빠서 사람을 시켜 치울 여가나 있었어야지."

보차의 말을 받아서 대옥이 한마디 했다.

"나는요, 이상은(李商隱: 당대 시인) 시를 제일 싫어하지만 그래도 이 한 구절만은 좋아한다구요."

마른 연잎 남겨 두어 빗소리를 들어보네.　　　留得殘荷聽雨聲.

"그런데 그나마 안 남겨 두시려는 거군요."

보옥이 얼른 말을 바꿔 대꾸하였다.

"그거 정말 멋진 시 구절이네. 그럼 앞으로는 더 이상 마른 연잎 뽑아 내란 소리 안 할게."

다 같이 말하는 가운데 화서花漵의 등라나루에 당도했다. 차가운 가을공기가 뼛속에 스미는 듯하면서, 양쪽 기슭의 마른 풀과 시든 마름이 가을 풍치를 더했다.

가모는 언덕 위의 맑고 널찍한 대청을 건너보면서 물었다.

"여기가 보차 사는 곳이 맞지?"

사람들이 대답하자 보차가 얼른 앞장서 배를 언덕에 대도록 명하였다. 모두 내려서 구불구불 이어진 돌계단을 따라 형무원으로 들어갔다. 안에서는 기이한 향내가 흘러나와 코를 찔렀다. 기묘한 풀과 신선나라의 덩굴 같은 것이 추워질수록 더욱 푸르러지며 산호구슬 같은 작은 열매를 주렁주렁 탐스럽게 맺고 있었다. 방 안으로 들어가니 눈덩이 속의 동굴에 들어온 것처럼 장식품이고 골동품이고 하나도 놓여 있지 않았다. 책상 위에는 다만 정주요定州窯의 수수한 화병 하나에 국화 몇 송이가 꽂혀 있고 책 두어 권과 찻잔 세트가 놓여 있을 따름이었다. 침상에도 청사 휘장이 드리워져 있고 이부자리도 검소하기가 그지없었다.

가모가 가볍게 한숨을 쉬면서 한마디 내뱉었다.

"이 아이가 너무 고지식하구나. 갖다 놓을 게 없으면 네 이모한테 좀 달라고 하면 될 것을. 나도 상관을 않고 미처 생각을 못했구나. 너희 물건이야 자연히 집에서 가져오지 않았을 것이니까."

그리곤 곧 원앙에게 명하여 골동이라도 몇 가지 가져오라고 이르고 다시 희봉에게 짐짓 야단을 쳤다.

"네 동생한테 어찌하여 예쁜 장식품 몇 개라도 주지 않았느냐? 속 좁은 사람처럼 그게 아까워서 그랬어?"

왕부인과 왕희봉이 함께 해명했다.

"저애가 싫다고 하는 걸 어떡해요. 우리가 보내온 것도 쟤가 모두 돌려보낸 걸요."

설부인도 웃으면서 덧붙였다.

"저애는요, 집에서도 그런 걸 별로 갖고 놀지 않습니다."

가모가 고개를 절레절레 저으면서 딱하다는 듯이 말했다.

"그러면 절대 안 돼. 비록 간소한 것을 좋아한다고 하더라도 혹시 친척이라도 와 보면 그게 무슨 꼴이겠어. 또 꽃같이 젊은 아가씨의 방이 이렇게 아무것도 없이 깔끔하다는 건 피해야 하는 일이야. 안 그러면 우리 같은 늙은이야 아예 마구간에라도 들어가야 할 것 아니겠냐. 연극이나 소설에 나오는 소저들의 규방을 보면 얼마나 예쁘게 꾸미더냐. 저 애들이 비록 그들만큼은 못 된다 해도 너무 격이 지면 안 되겠지. 원래부터 있는 물건을 안 갖다 놓을 까닭이 있어? 만일 깔끔하고 소박한 것을 좋아한다면 좀 적게 차려놓으면 되겠지. 예전에는 내가 방 장식에는 일등이었단다. 지금은 늙어서 그럴 마음도 없어졌지만. 그래도 저애들은 치장하는 걸 배워야겠어. 물론 너무 속되게 차리면 안 되겠지. 좋은 물건을 잘못 놓으면 망치는 수가 있거든. 내가 보기에 저애들도 그다지 속되지는 않을 것 같으니까 안심이야. 지금 내가 한 번 이 방을 치장해 줄까? 아주 대범하면서도 간결하게 해줄게. 내가 몰래 갖고 있던 좋은 물건 두 가지가 있는데 아직까지 보옥이한테도 보여주지 않은 거란 말이야. 괜히 그애한테 보여주었다간 그냥 없어지고 말 테니까."

가모는 원앙을 불러 직접 분부했다.

"너 말이야, 그 옥돌로 만든 분재와 탁자 위에 놓는 작은 비단 병풍, 그리고 검은색 연기가 서린 듯한 동석凍石의 솥을 가져오너라. 이 세 가지 물건을 이 탁자 위에 차려 놓으면 아마 충분할 거야. 그리고 또 수묵화를 그린 하얀 비단휘장도 가져와서 저 휘장과 바꿔 놓도록 해라."

원앙이 또 웃으면서 덧붙였다.

"그 물건들은 모두 동쪽 누각 위에 있는데 어느 상자 속에 들었는지 천천히 찾아봐야 할 것 같아요. 내일 찾아봐서 가져오면 되겠지요."

"내일이고 모레고 괜찮으니 잊지만 마라."

가모는 잠시 더 앉아 있다 나와서 곧장 철금각 아래로 갔다. 문관 등이 찾아와 문안인사를 하면서 어떤 연극을 보시겠냐고 물었다.

"그냥 상관 말고 너희가 새로 익히고 있는 것으로 몇 곡을 골라 연습

472

해 보렴."

문관 등은 대답을 듣고 우향사로 물러갔다.

한편 왕희봉은 벌써 사람들을 데리고 와서 가지런하게 정리하고 있었다. 위쪽에는 폭넓은 등받이 의자 두 개를 좌우로 나눠 놓았고 그 위에는 비단보료와 연꽃문양의 대자리를 깔았으며, 상 앞에는 조각하고 옻칠한 탁자를 각각 두 개씩 놓았다. 꽃무늬 모양은 각각 해당화, 매화, 연꽃잎, 해바라기의 문양이었고 어떤 것은 네모나고 어떤 것은 둥글고 제각각의 모양이었다.

한 탁자 위에는 향로와 향합 등 분향도구 일습과 찬합이 올려져 있고, 다른 탁자는 일단 비워 두어 마음대로 즐기는 음식을 날라다 먹도록 하였다. 위쪽의 폭넓은 등받이 의자 두 개와 네 개의 탁자에는 가모와 설부인이 앉고 아래쪽의 의자 하나와 두 개의 탁자에는 왕부인이 앉도록 안배하였다. 나머지 사람들은 의자 하나에 탁자 하나씩 주었다. 동쪽에는 유노파가 앉았고 그 다음이 바로 왕부인이었다. 서쪽으로는 상운이 앉고 그 다음에 보차, 대옥, 영춘, 탐춘, 석춘이 차례대로 앉았다. 보옥은 끄트머리를 차지했다. 이환과 왕희봉의 식탁은 삼층 난간의 안쪽이자 이층 벽사주碧紗櫥의 바깥쪽에 놓이게 되었다. 찬합의 모양은 탁자의 모양에 따라 각각 달랐다. 그리고 사람마다 검은색 서양식 은주전자와 갖은 무늬를 새겨넣은 법랑 술잔을 하나씩 놓았다.

여러 사람이 좌정하자 가모가 먼저 웃으면서 말을 꺼냈다.

"자, 먼저 술을 두어 잔 마시고 나서, 오늘은 주령놀이를 하면 재미있지 않겠어?"

설부인 등이 웃으면서 그 말에 대꾸했다.

"노마님이야 좋은 주령이 많이 있으실 테니까 그러시겠지만, 우리는 어떻게 할 수 있겠어요? 우릴 술에 취하게 만드실 생각이시라면 차라리 처음부터 술 두어 잔을 더 마시면 그만이잖아요."

"사돈께선 오늘따라 왜 그렇게 겸손한 말씀을 하시는 겁니까? 내가 늙었다고 이젠 싫어하시는 모양이지요."

가모의 말에 설부인이 웃으면서 말했다.

"겸손이 아니고요, 제대로 주령을 할 줄 몰라서 웃음거리가 될까 봐 그러는 거죠."

왕부인이 얼른 나서며 거들었다.

"설사 주령을 못해서 술 한 잔을 더 마시게 된다 한들, 취하면 가서 잠이나 자면 되는 거지, 누가 우릴 비웃겠어."

설부인도 그제야 고개를 끄덕였다.

"그럼 주령의 명을 따르도록 하지요. 어쨌든 노마님이 한 잔 드시고 시작하셔야 합니다."

"그야 물론이지요."

가모는 곧 한 잔을 쭉 들이켰다.

왕희봉이 얼른 가운데로 나서서 한마디 했다.

"주령을 하신다면 아무래도 원앙이를 불러 시키는 게 좋지 않겠어요?"

사람들은 가모가 주령을 할 때는 늘 원앙이 제시했음을 알고 있었으므로 희봉의 말을 듣고 곧 다 같이 "옳습니다" 하고 말했다. 희봉이 원앙을 끌어냈다.

"주령을 내는 사람이 서 있어서는 안 되겠지."

왕부인이 한마디 하곤 뒤를 돌아보고 어린 시녀에게 일렀다.

"의자를 하나 가져다 저 두 아씨 자리에 놓아 드려라."

원앙은 처음엔 사양하다가 결국 의자를 당겨 감사인사를 하고는 앉았다. 술도 한 잔 마시고 단호하게 말했다.

"주령이란 군령보다 엄한 것이오니 존비와 귀천을 따지지 않는 법이며 오직 저의 말씀을 따르셔야 합니다. 제 말을 어기면 벌을 받습니다."

왕부인 등이 다 같이 웃으며 대답했다.

"그렇게 할 테니 어서 말을 해."

원앙이 아직 말을 시작하지 않았는데 유노파가 자리를 박차고 일어나며 손을 내저었다.

"이렇게 사람을 놀리실 생각을 마세요. 난 집에 갈래요."

"그건 안 될 말씀이지."

다들 웃으며 합창하듯 말하니 원앙이 어린 시녀들에게 명령을 내렸다.

"어서 잡아다 자리에 앉혀라!"

시녀들도 웃으면서 결국 잡아 끌어와서 자리에 앉히고 말았다. 유노파는 계속 엄살을 부렸다.

"날 좀 살려 주세요!"

"자꾸 떠들면 벌칙으로 술 한 주전자예요!"

원앙이 단호하게 선언하자 유노파도 할 수 없이 입을 다물고 말았다. 마침내 원앙의 주령이 시작되었다.

"먼저 골패 세 장을 한 벌로 하여 말씀드리겠습니다. 처음 노마님을 시작으로 순서대로 유씨 할머니까지 여섯 분의 것입니다. 예를 들면 제가 골패 한 벌을 뽑아 말씀드리는데 이 석 장의 골패를 따로 갈라서 처음에 첫 장을 말씀드리고, 두 번째에 둘째 장, 세 번째에 셋째 장을 순서대로 말씀드릴 겁니다. 말씀을 다 드리면 합쳐서 한 벌의 이름이 되도록 하는 겁니다. 시가 되었든 노래가 되었든 성어나 속담이 되었든 거기에 알맞은 구절을 만드시는데 운을 꼭 맞춰야 합니다. 틀리면 벌주 한 잔입니다."

"그래, 그런 주령이 좋다. 어서 말해 봐라."

여럿이 재촉하자 원앙이 주령을 냈다.

"골패 한 벌이 있는데 원편은 천天자입니다."

가모가 얼른 받았다.

"두상유청천頭上有靑天, 머리 위엔 푸른 하늘이 있고요."

"좋습니다."

다들 칭찬을 했고, 원앙의 주령은 이어졌다.

"가운데에는 오五와 육六입니다."

"육교매화향철골六橋梅花香徹骨, 육교의 매화향기 뼈에 스미며…"

"남은 한 장은 육六과 요〔么: 요는 一과 같이 쓰임〕입니다."

"일륜홍일출운소一輪紅日出雲霄, 둥근 해 하나가 구름 위로 솟아오르네."

"이를 합치면 봉두귀蓬頭鬼, 즉 봉두난발 도깨비올시다."

"저귀포주종규퇴這鬼抱住鍾馗腿, 이 도깨비 종규鍾馗²의 뒷다리를 끌어안았네."

가모의 주령이 끝나자 모두 웃으며 "기가 막힙니다" 하고 칭송했다. 가모가 술 한 잔을 마시자, 원앙의 주령이 계속됐다.

"또 한 벌이 있는데요, 왼편은 대장오大長五입니다."

설부인이 얼른 받아 시구를 외웠다.

"매화타타풍전무梅花朵朵風前舞, 매화꽃 송이마다 바람 앞에 춤추고요."

"또 오른편은 대오장大五長입니다."

"시월매화령상향十月梅花嶺上香, 시월달 매화는 산봉우리서 향기롭고요."

"가운데는 이오二五의 잡칠雜七입니다."

"직녀우랑회칠석織女牛郎會七夕, 직녀와 견우는 칠석 밤에 만난다네요."

"합치면 이랑유오악二郎遊五岳으로 이랑³이 오악의 산을 유람하는 패

---

2 사악한 귀신을 쫓아내는 신.
3 이랑(二郎)은 신화전설상의 인물로 관구이랑(灌口二郎)이라고도 함. 《서유기》와 《봉신연의》 등에도 보임.

입니다."

"세인불급신선락世人不及神仙樂, 세상사람 신선의 즐거움에 미치지 못하나니."

설부인은 대답을 다 마치고 술까지 마셨다. 다들 칭송해 마지않았다.

원앙은 다음번 주령을 시작했다.

"또 한 벌의 골패가 있는데, 왼편은 장요長幺, 두 점짜리 밝은 것입니다."

사상운이 받아 대답했다.

"쌍현일월조건곤雙懸日月照乾坤, 해와 달은 높이 걸려 천지를 비추고."

"오른편도 장요長幺, 두 점짜리 밝은 것입니다."

"한화낙지청무성閑花落地聽無聲, 지는 꽃은 소리도 없이 떨어지고요."

"가운데는 요사幺四이군요."

"일변홍행의운재日邊紅杏倚雲栽, 햇빛 가 붉은 살구 구름 속에 심네요."

"합치면 앵도구숙櫻桃九熟, 앵두 아홉 개 잘도 익었네가 되는데요."

"어원각피조함출御園卻被鳥衘出, 궁중 어원의 붉은 앵두는 새가 물고 나오네요."

상운도 주령을 마치고는 술을 한 잔 마셨다.

원앙이 설보차를 향하여 주령을 시작했다.

"또 한 벌의 골패가 있는데요, 왼쪽은 장삼長三입니다."

"쌍쌍연자어량간雙雙燕子語梁間, 쌍쌍이 나는 제비 대들보에서 지지배배."

"오른쪽은 삼장三長이고요."

"수행견풍취대장水荇牽風翠帶長, 마름 풀 부는 바람에 펼쳐지는 푸르름."

"중앙은 삼륙三六에 아홉 점입니다."

"삼산반락청천외三山半落青天外, 삼산은 절반쯤 푸른 하늘 밖에 우뚝

솟았네."

"합치면 철쇄련고주鐵鎖練孤舟, 쇠사슬에 매인 외딴 배가 됩니다."

"처처풍파처처수處處風波處處愁, 곳곳마다 비바람이니 곳곳마다 근심 걱정."

보차도 주령이 끝나자 술을 마셨다.

이번에는 대옥의 차례가 되었다. 원앙이 주령을 시작했다.

"또 한 벌의 골패가 있습니다. 왼쪽은 천天패입니다."

"양신미경나하천良辰美景奈何天, 멋진 순간 좋은 경치 이 순간을 어이 하리."

그 순간 보차가 듣고 의아한 눈빛으로 대옥을 돌아보았다.[4] 하지만 대옥은 벌칙을 받을까 겁이 나서 다른 건 생각할 겨를도 없이 그냥 지나 치고 말았다. 원앙의 주령이 계속되었다.

"중간에는 금병錦屛, '비단병풍 색깔이 곱기도 하네'입니다."

"사창야몰유홍낭보紗窗也沒有紅娘報, 사창 밖에선 홍낭의 보고도 없 구나."

"남은 것은 이륙二六, 여덟 점입니다."

"쌍첨옥좌인조의雙瞻玉座引朝儀, 멀리 옥좌를 바라보고 조회에 나열하 여 이끄노라."

"합치면 남자籃子, '바구니에 꽃을 담기 좋아라'군요."

"선장향도작약화仙杖香挑芍藥花, 신선 지팡이에 작약꽃을 매달고 나니 향기롭구나."

대옥은 주령을 마치고 술을 한 모금 마셨다.

원앙은 이번에 영춘에 대해 주령을 내렸다.

---

4 이는 탕현조의 희곡《모란정》에 나오는 구절인데, 당시의 양가집 규수들은 이러한 희곡이나 소설을 읽지 않았으므로 보차가 놀란 것임.

"왼쪽은 사오四五, 꽃 아홉 점입니다."

"도화대우농桃花帶雨濃, 복사꽃이 비 맞으니 향기 더욱 짙어지네."

사람들이 우르르 달려들었다.

"벌칙이야, 벌칙! 운이 틀렸어, 뜻도 맞지 않고."

영춘은 웃으며 얼른 술 한 잔을 마셨다. 사실 희봉과 원앙은 모두 유노파의 우스개를 듣고 싶어했기 때문에 일부러 틀리게 말하라고 해놓고 벌주를 먹게 한 것이었다. 왕부인의 순서가 되었지만 원앙이 대신 한마디 외워 주었고 바로 이어서 유노파의 차례가 되었다.

"우리 시골사람들도 여가가 있으면 늘상 둘러앉아 이런 걸 하곤 하지요. 하지만 이렇게 듣기 좋지는 않아요. 할 수 없이 저도 한마디 해야겠구먼요."

다들 웃으면서 말했다.

"쉬워요. 하고 싶은 대로 말하세요, 아무 상관없으니."

원앙이 주령을 내렸다.

"왼쪽은 사사四四이니 인人자 패입니다."

유노파는 듣고 한참 동안 생각에 잠기더니 마침내 입을 열었다.

"그건 바로 우리 농사꾼을 말하지요."

사람들이 모두 집이 떠나가라 웃어젖혔다. 가모도 웃으며 격려했다.

"잘했어요. 바로 그렇게 말하는 거요."

유노파도 웃으며 대꾸했다.

"우리 시골사람은 그냥 있는 그대로를 말할 뿐이지요. 여러분 웃지 마세요."

원앙이 계속했다.

"중간은 삼사三四, 초록에 붉은색이 섞였네요."

"큰 산불에 송충이가 다 타 죽었대요."

모두 웃으면서 거들었다.

"네, 맞았어요. 그런 식으로 본 모습을 말하면 되는 거예요."

"오른쪽은 요사么四, 정말 보기가 좋죠."

"무 하나에 마늘 한 통."

사람들이 또 웃었다.

"세 가지 패를 합치면 꽃 한 가지예요."

유노파는 두 손으로 흉내를 내면서 말했다.

"꽃이 떨어지고 나서 커다란 호박이 달렸습니다요."

사람들이 큰소리로 웃음을 터뜨렸다. 그때 밖에서 시끄럽게 떠드는 소리가 들려왔다.

(제 3권 〈정월 대보름의 잔치〉로 계속)

# 등장인물

　　가교저(賈巧姐)　　가련과 왕희봉의 딸로 금릉십이차 중 한 명이다. 처음에는 대저大姐로 불리다가 유노파가 교저라는 이름을 지어준 후로 교저로 불린다. 가부賈府가 몰락한 뒤, 가운, 가환 등이 몰래 팔아버리려고 하나 유노파의 도움으로 위기를 벗어난다.[6]

　　가련(賈璉)　　가사의 장남이고 왕희봉의 남편이다. 임기응변에 능한 편이지만 재주나 영리함이 왕희봉보다 훨씬 못하다. 글공부는 멀리하면서 여인들과 어울려 다니는 데만 관심을 가지며, 왕희봉 몰래 우이저를 첩으로 들였다가 들통 나 곤욕을 치르기도 한다. 희봉이 죽자 시녀였던 평아를 아내로 맞이한다.[2]

　　가모(賈母)　　가씨 집안의 최고 어른으로 가대선의 부인이다. 금릉의 귀족 사후가史侯家의 딸로 사태군史太君이라 부르기도 한다. 가보옥의 조모이고 임대옥의 외조모이다. 적손자인 가보옥을 끔찍이 총애하고 귀하게 여긴다. 가부가 번성하던 시기의 부와 영예의 향유자이다.[2]

　　가보옥(賈寶玉)　　입에 옥을 물고 태어나 이름을 보옥이라고 한다. 영국부의 적손으로 가정과 왕부인 사이에서 난 아들이다. 임대옥과는 고종사촌지간이고 설보차와는 이종사촌지간이다. 귀족가문의 자제이지만 자유분방하고 전통적인 예교에 반하는 행동을 일삼는다. 괴팍한 성격과

---

* 〔〕안의 숫자는 해당 인물이 처음 나오는 회를 뜻한다.

독특한 정신세계를 지닌 인물이기도 하다. 목석전맹木石前盟의 임대옥과 결혼하기를 원하지만 가모와 왕희봉의 계략으로 설보차와 결혼하게 된다. 인생무상을 느낀 가보옥은 과거장에서 사라지고 훗날 나루터에서 가정을 만나지만 목례만 남긴 채 스님과 도사와 함께 눈 덮인 광야로 사라진다.[2]

가석춘(賈惜春)　가경의 딸이고 가진의 누이로 금릉십이차 중 한 명이다. 가보옥과는 사촌지간이고 가부賈府의 네 자매 중 가장 어리다. 회화繪畵에 소질이 뛰어나다. 평소 수월암水月庵의 어린 비구니 지능과 자주 어울렸는데 훗날 가부가 몰락한 뒤 비구니가 된다.[2]

가영춘(賈迎春)　가사의 딸이고 가련의 이복누이로 금릉십이차 중 한 명이다. 성격이 유약하고 순종적이며 모든 일에 대해 묵묵히 방관자적인 태도를 취하는 인물이다. 포악하고 탐욕스러운 손소조에게 시집 가 온갖 핍박을 당하다가 결국 1년 만에 죽는다.[2]

가운(賈芸)　가부賈府 일가의 인물로 가보옥에게는 조카가 된다. 가보옥보다 서너 살 많지만 가보옥의 양아들이 되기를 원하며, 영리하고 잔꾀가 많다. 왕희봉의 비위를 맞추어 대관원에서 화초와 나무 심는 일을 맡는다. 후에 교저를 몰래 변방으로 팔아버리려는 계략을 세우기도 한다.[13]

가원춘(賈元春)　가정의 장녀로 여사女史가 되어 입궁하였다가 현덕비賢德妃로 책봉된다. 금릉십이차 중 한 명이다. 가원춘이 귀비貴妃가 되면서 가부의 영화로움은 극에 달한다. 하지만 병으로 요절하게 되고 원춘의 죽음과 함께 가부 역시 몰락의 길을 걷게 된다.[2]

가장(賈薔)　녕국부의 후손으로 소주蘇州에서 어린 배우들을 사와서 가부賈府 내 연극단을 맡아 관리한다. 배우 영관과 마음을 주고받는 사이이다.[9]

가정(賈政)　가대선과 가모의 차남으로 영국부의 모든 일들은 가정을 중심으로 이루어진다. 가보옥의 부친으로 아들에게 매우 엄격한 아버지이다. 전통적 유교의 가치관을 대표하는 인물로 자유분방하고 격식에 얽매이는 것을 싫어하는 가보옥에 대해 늘 불만을 느낀다.[2]

가탐춘(賈探春)　가정의 차녀로 금릉십이차 중 한 명이다. 생모는 조이랑이다. 적극적이고 활달한 성격에 가씨 자매 중 재능이 가장 비범하지만 서출이라는 지위와 몰락해 가는 집안 때문에 재능과 포부를 제대로 펼치지 못한다. 청명절清明節에 바닷가 멀리 시집가 쓸쓸하게 살아간다.[2]

가환(賈環)　가정의 첩인 조이랑의 아들로 탐춘의 친동생이자 가보옥의 이복형제이다. 교활하고 잔인한 성품으로 보옥을 미워해 얼굴에 화상을 입히고 금천의 자살을 보옥 탓이라고 모함한다. 후에 가운과 함께 교저를 몰래 변방으로 팔아넘기려는 계략을 꾸민다.[2]

금천(金釧)　왕부인의 시녀이며 옥천의 언니이다. 왕부인이 낮잠을 자는 동안 가보옥과 농담을 주고받다가 왕부인에게 들킨다. 왕부인이 뺨을 때리고 내쫓자 금천은 부끄러움과 굴욕을 참지 못하고 우물에 몸을 던져 자살한다.[7]

명연(茗煙)　가보옥의 시동으로 항상 가보옥의 곁에서 보필한다. 가보옥이 배명焙茗이라는 이름을 지어줘서 제24회~제34회에서는 배명으로 불리다가 제39회 이후부터는 다시 명연으로 불린다.[9]

묘옥(妙玉)　농취암櫳翠庵에 거주하는 비구니로 금릉십이차 중 한 명이다. 귀족가문 출신이어서 성격이 고상하면서도 괴팍한 면이 있다. 세속과 잘 어울리지 않았으나 가보옥에게는 은근한 정을 느낀다. 후에 가부에 침입한 도적떼에게 겁탈당하고 어디론가 끌려가 사라지는 불행한 운명을 맞는다.[17]

사상운(史湘雲)  가모의 질녀로 금릉십이차 중 한 명이다. 임대옥과 마찬가지로 일찍이 부모를 여의고 남의 집에 얹혀사는 신세이나 천성적으로 호방하고 쾌활한 성격 덕분에 처지를 비관하거나 상념에 젖는 일이 거의 없다. 후에 위약란과 결혼하나 행복한 삶을 누리지는 못한다.[19]

설반(薛蟠)  설보차의 오빠이다. 하금계의 남편이고 향릉을 첩으로 맞는다. 귀족자제임에도 불구하고 무지하고 저속한 인물이다. 향릉을 첩으로 사면서 사람을 때려죽인다. 후에 또다시 살인 사건에 연루되어 잡혀 들어가지만 결국 사면 받아 석방되고 잘못을 뉘우친다.[3]

설보차(薛寶釵)  설부인의 딸이고 설반의 여동생으로 금릉십이차 중 한 명이다. 왕부인의 질녀로 가보옥과는 이종사촌지간이다. 온유돈후溫柔敦厚하고 인정에 밝은 성품으로 유교의 전형적인 여인상이라 할 수 있다. 금옥양연金玉良緣의 연분으로 가보옥과 결혼하지만 가보옥이 출가하면서 독수공방하는 신세가 된다.[4]

소홍(小紅)  가보옥의 시녀로 원래 이름은 홍옥紅玉이나 가보옥의 옥玉과 글자가 같다는 이유로 소홍으로 이름이 바뀐다. 신분 상승에 대한 야심이 크고 머리가 비상하여 왕희봉의 시녀로 발탁된다. 가운을 마음에 두고 손수건을 바꿔치기해서 적극적으로 인연을 맺는 대담함을 보인다.[24]

영관(齡官)  가부 내 연극단의 배우이다. 귀비가 친정 나들이 했을 때 창을 잘 하여 귀비로부터 음식을 하사받는다. 성격이 강직하여 가보옥이 〈모란정牡丹亭〉의 한 소절을 듣고 싶어 이향원梨香院을 찾아갔으나 내키지 않는다면서 노래를 불러주지 않는다. 가장과 마음을 주고받는 사이이다.[18]

앵아(鶯兒)  설보차의 시녀이다. 가보옥의 통령보옥에 적힌 글귀와 설보차의 금 목걸이에 적힌 글귀가 서로 대구를 이룬다는 것을 두 사

람에게 알려준다. 가보옥과 설보차는 앵아를 통해 서로가 금옥양연金玉良緣임을 확인한다.[7]

**왕부인**(王夫人)    가정의 처이자 가보옥의 모친이다. 설부인의 언니이고 왕자등의 여동생이다. 영국부에서 가씨賈氏, 왕씨王氏, 설씨薛氏 가문을 연결하는 인물이다. 하나밖에 없는 아들인 가보옥을 지나치게 보호하고 걱정한다.[2]

**왕희봉**(王熙鳳)    가련의 처로 금릉십이차 중 한 명이다. 왕부인의 질녀이니 가보옥에게는 사촌누이이자 형수가 된다. 아름다운 외모에 남성적인 기질을 가진 인물이다. 재치와 유머 감각이 매우 뛰어나고 사무처리 능력 또한 탁월하여 가부의 안팎을 장악한다. 권모술수에 능하고 자신의 이익을 위해서라면 수단과 방법을 가리지 않아 고리대금을 놓고 사람의 목숨을 해치기도 한다.[3]

**원앙**(鴛鴦)    가모의 시녀로 가모의 두터운 신임을 받는 인물이다. 대대로 노비 집안의 자식이지만 강직하고 신의가 있다. 가사가 첩으로 데려가려고 하자 머리를 자르겠다고 하며 저항한다. 가모가 죽자 따라서 목을 매 자살한다.[20]

**유노파**(劉老婆)    영국부와 먼 인척이 되는 시골 노파로 재치와 익살이 넘치고 세상물정에 밝으며 삶의 경험이 풍부하다. 넉살좋은 성격과 입담으로 가부 사람들이 모두 좋아한다. 교저가 변방으로 팔려갈 위험에 처하게 되자 평아와 함께 시골에 숨겨주고 후에 교저에게 중매를 서준다.[6]

**이환**(李紈)    가보옥의 형인 가주의 처이고 가란의 모친으로 금릉십이차 중 한 명이다. 일찍이 청상과부가 되어 목석같은 마음으로 살지만 말년에 아들 가란이 공을 세워 높은 지위에 오르자 여복을 누리게 된다.[4]

임대옥(林黛玉)　　가모의 외손녀이고 가보옥의 고종사촌동생으로 금릉십이차 중 한 명이다. 일찍 부모를 여의고 이러한 처지 때문에 늘 비애와 상실감에 젖어 산다. 병약하고 감수성이 예민하여 감정의 기복이 심하다. 미모와 재능이 남다르고 가보옥의 정신세계를 가장 잘 이해하는 인물이다. 가보옥과는 목석전맹木石前盟으로 맺어진 사이이지만 두 사람의 사랑은 비극적인 결말을 맞게 된다. 아무것도 모르는 가보옥이 속아서 설보차와 결혼하는 날, 임대옥은 홀로 쓸쓸하게 죽는다.[2]

장옥함(蔣玉菡)　　예명藝名은 기관琪官이고 배우이다. 가보옥과의 첫 만남부터 호감을 느끼며 마음이 잘 맞아 서로 지니고 있던 수건을 주고받는다. 후에 화습인을 처로 맞이한다.[28]

조이랑(趙姨娘)　　가정의 첩으로 가탐춘과 가환의 모친이다. 첩이라는 이유로 사람들로부터 천대받는 것에 대해 원한을 품고 살아간다. 마도파를 시켜 가보옥과 왕희봉을 음해하려는 계책을 세우기도 한다. 가모의 영구를 철함사鐵檻寺에 모신 뒤 돌연 병사한다.[2]

청문(晴雯)　　가보옥의 시녀이다. 신분은 비록 비천한 시녀이지만 도도하고 자존심이 강하여 무조건 주인의 비위를 맞추거나 떠받들지 않는다. 가보옥의 총애를 받는 데다 외모와 바느질 솜씨가 뛰어나 시기와 질투의 대상이 된다. 모함을 받아 대관원에서 쫓겨난 뒤 병이 들어 홀로 쓸쓸하게 죽는다.[5]

평아(平兒)　　왕희봉의 시녀이자 가련의 첩이다. 신중하고 사려 깊으며 주인에게 충심을 다해 왕희봉의 신뢰와 총애를 받는다. 가련과 왕희봉 사이에서 일어나는 일을 세심하게 보살피고 사단을 없애는 역할을 한다. 왕희봉이 죽은 뒤 가련의 정실부인이 된다.[6]

향릉(香菱)　　진사은의 딸로 본명은 진영련이다. 원소절元宵節에 하인의 등에 업혀 등 구경을 나갔다가 납치된다. 우여곡절 끝에 설반에게 팔려와 이름을 향릉으로 바꾼다. 설반의 정실부인 하금계가 향릉을 학대하고 독살하려다 도리어 죽게 되고 향릉은 정실부인이 된다. 아이를 낳다가 난산으로 죽는다.[1]

화습인(花襲人)　가보옥의 시녀이다. 원래는 가모의 시녀로 본명은 진주珍珠이다. 가보옥과 운우지정雲雨之情을 함께 나눈 관계로 가보옥을 극진하게 보살펴주는 인물이다. 가보옥이 출가한 후 수절하려고 하나 후에 장옥함에게 시집간다.[3]

# 홍루몽 인물 관계도

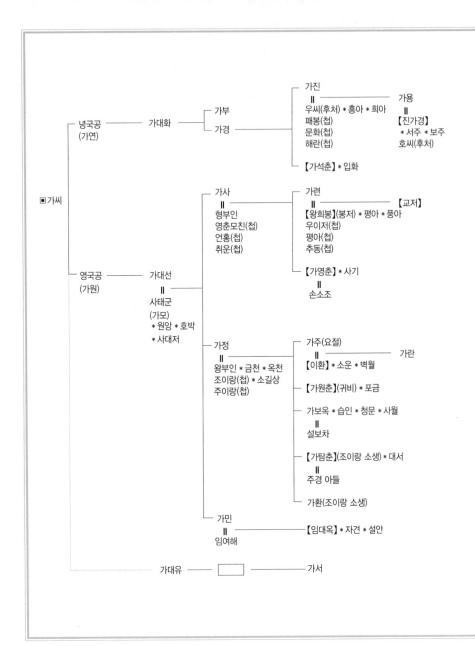

**넝국공 (가연)** ─── **가대화** ─── **가부**

**가경**

- **가진**
  ‖
  우씨(후처) * 흥아 * 희아
  패봉(첩)
  문화(첩)
  해란(첩)

  - **가용**
    ‖
    【진가경】
    * 서주 * 보주
    호씨(후처)

- 【가석춘】 * 입화

**영국공 (가원)** ─── **가대선** ─── 사태군 (가모) * 원앙 * 호박 * 사대저

- **가사**
  형부인
  영춘모친(첩)
  언홍(첩)
  취운(첩)

  - **가련**
    ‖
    【왕희봉】(봉저) * 평아 * 풍아
    우이저(첩)
    평아(첩)
    추동(첩)

    - 【교저】

  - 【가영춘】 * 사기
    ‖
    손소조

- **가정**
  왕부인 * 금천 * 옥천
  조이랑(첩) * 소길상
  주이랑(첩)

  - **가주(요절)**
    ‖
    【이환】 * 소운 * 벽월

    - 가란

  - 【가원춘】(귀비) * 포금

  - 가보옥 * 습인 * 청문 * 사월
    ‖
    설보차

  - 【가탐춘】(조이랑 소생) * 대서
    ‖
    주경 아들

  - 가환(조이랑 소생)

- **가민**
  ‖
  임여해

  - 【임대옥】 * 자견 * 설안

**가대유** ─── [ ] ─── **가서**

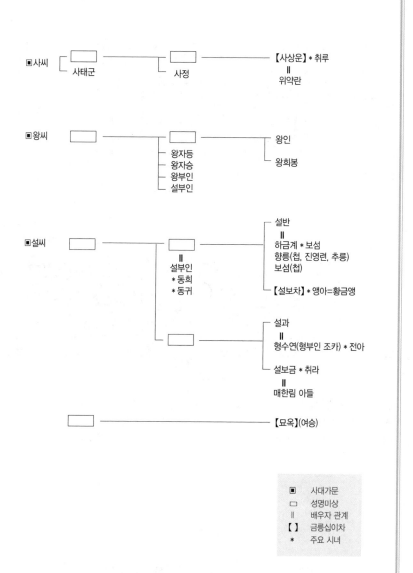

■사씨 ┌─[　　　]───────[　　　]─────────【사상운】* 취루
　　　│　사태군　　　　　　사정　　　　　　　‖
　　　│　　　　　　　　　　　　　　　　　　　위약란

■왕씨 ┌─[　　　]───────[　　　]─────────왕인
　　　│　　　　　　　├ 왕자등　　　　　　　└ 왕희봉
　　　│　　　　　　　├ 왕자승
　　　│　　　　　　　├ 왕부인
　　　│　　　　　　　└ 설부인

■설씨 ┌─[　　　]───────[　　　]─────────┌ 설반
　　　│　　　　　　　　　　‖　　　　　　　　│　‖
　　　│　　　　　　　　　설부인　　　　　　　│　하금계 * 보섬
　　　│　　　　　　　　　* 동희　　　　　　　│　향릉(첩, 진영련, 추릉)
　　　│　　　　　　　　　* 동귀　　　　　　　│　보섬(첩)
　　　│　　　　　　　　　　　　　　　　　　　└【설보차】* 앵아=황금앵
　　　│
　　　│　　　　　　　　[　　　]─────────┌ 설과
　　　│　　　　　　　　　　　　　　　　　　　│　‖
　　　│　　　　　　　　　　　　　　　　　　　│　형수연(형부인 조카) * 전아
　　　│　　　　　　　　　　　　　　　　　　　└ 설보금 * 취라
　　　　　　　　　　　　　　　　　　　　　　　　　‖
　　　　　　　　　　　　　　　　　　　　　　　매한림 아들

[　　　]───────────────────────【묘옥】(여승)

| ■ | 사대가문 |
|---|---|
| □ | 성명미상 |
| ‖ | 배우자 관계 |
| 【 】 | 금릉십이차 |
| * | 주요 시녀 |

# 대관원의 구조

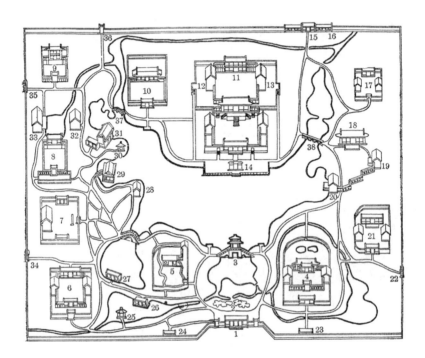

1 정문　2 곡경통유　3 심방정　4 이홍원　5 소상관　6 추상재　7 도향촌　8 난향오　9 자릉주

10 형무원　11 대관루　12 함방각　13 철금각　14 성친별서패방　15 후문　16 주방　17 절　18 가음당　19 철벽당

20 요정관　21 농취암　22 각문　23 숙직방　24 의사청　25 적취정　26 유업저　27 행엽저　28 노설엄　29 우향사

30 모란정　31 파초오　32 홍향포　33 유음당　34 각문　35 각문　36 후각문　37 판교　38 심방갑교

*양내제(楊乃濟)의 대관원 모형도 (《홍루몽연구집간》제3집, 상해고적출판사, 1980)를 따랐음.

## ✿ 저자약력

### ◆ 조설근 曹雪芹

조설근(약 1715~1763)은 본명이 점(霑), 호를 근포(芹圃), 근계거사(芹溪居士), 몽완(夢阮) 등으로 부르며, 남경의 강녕직조(江寧織造)에서 귀공자로 태어나 부귀영화를 누렸으나 소년시절 가문이 몰락, 북경으로 이주하여 불우한 생활을 하였다. 만년에는 북경 교외 향산(香山) 아래에서 빈궁한 생활 속에 그림과 시를 즐기며《홍루몽》의 창작에 여생을 보냈다. 다른 저술은 남아있지 않고 그의 생전에는《석두기》(石頭記)란 이름으로 필사본 80회가 전해지고 있었다.

### ◆ 고악 高鶚

고악(1763~1815)은 자를 난서(蘭墅), 호를 홍루외사(紅樓外史)라고 했으며, 요동(遼東)의 철령(鐵嶺) 사람이다. 건륭 53년(1788) 향시에 합격하여 거인(擧人)이 되었으나 진사 시험에는 계속 낙방하였다. 건륭 56년(1791) 친구인 정위원(程偉元)의 부탁으로 그가 수집한《홍루몽》후반부 30여 회를 수정 보완하여 활자본 120회를 간행하는 데 도움을 주었다.


## ✿ 역자약력

### ◆ 최용철 崔溶澈　choe0419@korea.ac.kr

고려대학교 중어중문학과 교수. 고려대 중문과를 졸업하고 국립타이완(臺灣) 대학에서《홍루몽》연구로 석·박사학위를 취득했다. 중국고전소설과 동아시아 비교문학 등의 연구에 주력하고 있다. 박사논문 "청대 홍루몽학의 연구" 외에《홍루몽의 전파와 번역》과 "조설근 가세고", "구운기에 나타난 홍루몽의 영향연구" 등의 저서와 논문이 있다.

### ◆ 고민희 高旼喜　miniko@hallym.ac.kr

한림대학교 중국학과 교수. 고려대 중문과를 졸업하고 동 대학에서《홍루몽》연구로 석·박사학위를 취득했으며,《홍루몽》의 사상성 및《홍루몽》연구사 등에 관심을 기울이고 있다. 박사논문 "홍루몽의 현실비판적 의의 연구" 외에 "홍루몽에 나타난 휴머니즘 연구", "중국 신문학운동 초기의 홍루몽 평가에 관한 고찰" 등의 논문이 있다.